上卷

陈社散文选

人生如歌

陈社　著

文汇出版社

图书在版编目(CIP)数据

人生如歌 / 陈社著. —上海:文汇出版社,
2023.3
ISBN 978-7-5496-3979-3

Ⅰ.①人… Ⅱ.①陈… Ⅲ.①散文集–中国–当代
Ⅳ.①I267

中国国家版本馆 CIP 数据核字(2023)第 033970 号

人生如歌

著　　者 / 陈　社
责任编辑 / 熊　勇
装帧设计 / 书香力扬

出版发行　**文匯**出版社
　　　　　上海市威海路 755 号
　　　　　(邮政编码 200041)
经　　销 / 全国新华书店
排　　版 / 成都力扬文化传播有限公司
印刷装订 / 成都兴怡包装装潢有限公司
版　　次 / 2023 年 3 月第 1 版
印　　次 / 2023 年 3 月第 1 次印刷
开　　本 / 880×1230　1/32
字　　数 / 480 千字
印　　张 / 20.375

ISBN 978-7-5496-3979-3
定　　价 / 98.00 元(上下卷)

代序：三读陈社

徐一清

一

读陈社的散文和随笔，看得出他的思想修养、生活阅历、文字功底，都已作了比较充分的准备，且没有轻率为文的习惯，几乎每一篇出，都扎扎实实，不浮躁，不虚夸，不矫情，不作态，坦诚以见，落落大方。

陈社的散文，是他人生经历和情感经历的长久蕴蓄，数量不及随笔，分量却厚重。读他的《艰难的父爱》（1992年第4期《中国作家》），不会忘记那方惨白的大口罩。父爱的艰难和伟大都渗透在这方口罩上。掩在口罩后面，久患肺病的父亲的面影，却是模糊而陌生的。陈社的父亲陈本肖（笔名高放）先生，是泰州现实主义新文学的播种者。1940年代末、1950年代初的泰州文学青年，多是从他的讲话和作品中，从他从重庆和上海带回家乡的书刊中，特别是从他的为人上，真实地认识了鲁迅和高尔基。陈社的散文，记录了当年他父亲同文学青年交谈的情景，以一个孩子的眼光所见，满座都是大口罩。剧烈的咳嗽，断续的谈话，是一个顽强生命在压抑状态下热烈的燃烧。散文透露了他父亲所遭"胡风集团"冤案牵连的无奈命运。惨白的口罩,已经成为一种象征。然而没有动摇革命的信念,没有放弃社会的责任,没有失去对人生的热爱。

陈社的散文,大多极好地保持了生活的原初感觉,不失真朴,又多表现为人生的回味、历史的反思,自见深沉。我总觉得陈社受他父亲影响很深。不是亲聆教诲,也不是耳濡目染,这种影响,应该是一种精神的导向。由于时代不同,比较1940年代乃父的作品,陈社少了一种愤怒、抗争和切入灵魂的痛苦,而多了一份清醒。散文如此,随笔尤其明显。

在陈社的随笔中,几乎找不到风、花、雪、月,他关注的是现实人生,放眼的是改革开放大潮中变幻的景观,议政,议经,议教,议文,视野开阔,对世风、世态、世相、世情,透视入微。以积极的负责的态度,真实地清醒地看取人生,他的随笔和散文的创作倾向是一致的,为人和为文是一致的。

二

我和陈社算是知交,来往却极少。1991年他西调扬州,我写了篇文章(《一江春水向西流》)送他,也不像古人的赠序,没有指名道姓,只有他知我知。后来知道他不像以前那么忙了,写的东西多了起来,并且颇为扬州文坛看好。《扬州文学》出了他的作品小辑,扬州电视台摄制了介绍他的专题片和电视散文。《陈社的散文和随笔》就是那期间应《扬州日报》之约而写的,试图对他的散文创作作一较有头绪的评价。

1996年区划调整,陈社又回到泰州。几年来,除了文联、作协的几次活动得以见面聊上几句外,仍难得相逢。只知道他忙,没有多少时间写他想写的,很是为他惋惜。没料想今年春节过后他送来了这本书的打印稿，并且将我的那篇评介文章作了代序，来征得我的同意。

这样，我又读了他近几年的一些作品。与几年前相比，陈社更丰富更生动了。其文还是这样朴实，其人还是这样真诚。书名《坦然人生》，极好地概括了他一以贯之的为人为官为文的态度。我以为这是难能可贵的，也是本书的价值和真谛所在。

新作《关于耿庸》，是《艰难的父爱》的延伸。他的执着的追寻，深入到那曾是现实的历史的苦难的历程，走近又一位正直的父辈知识分子，接触到一个高高张扬的顽强的灵魂。平常的叙述，内含的笔力，清晰地勾勒出耿庸的形象，给人的印象是深刻和强烈的。他说："耿庸，这个大难不死的老人，真是一本耐读的大书呢！"他研读了这本"大书"。《艰难的父爱》是感性的，《关于耿庸》则有了更多的理性思考和分析。这篇文章，也是他的人生经历和体验的浓缩。

附录高放小说《蒙古马》和耿庸散文《又怀高放陈本肖》，固是一个纪念，也可看作理解陈社的背景材料。有两位前辈作家强大的人格力量支撑，则我这篇肤浅的评介，用来为陈社的集子代序，或也可能提供读者一点参考吧。

三

陈社的《坦然人生》终于问世。厚厚实实这一本，虽然大部分文章都较为熟悉，读来还是觉得眼睛一亮。坦坦荡荡，一个完整的陈社站在面前了。

成书加了几篇新作，实也是酝酿多年的力作。其中《琐思》是《人生得失》《讲真话》《沉默种种》《为人与为文》《谋事与谋人》五篇随笔的组合，已在一些报刊发表过，产生了不小影响，好多人都有同感。陈社写社会现象，是"取类型"的，加以概括集中，便有了普遍性，这也是学的鲁迅吧。读《靖江人》，很容易想到余秋雨的《上海人》。概括一个城市的个性，需要敏锐的观察力和感受力，还得有大的笔力。陈社写得很轻松，很生动，出乎意料的好。第一次读到《善哉亚如》，我的感觉，应改为《大哉亚如》，或以卓尔、超然这类词儿修饰之。当然，亚如先生是陈社继父，他不便这样赞美。因此这个"善"字，不仅指善良，当也属一个大的范畴。陈社在继陈本肖、耿庸之后，塑造了又一位父辈知识分子的真善美形象。

陈社不是哲学家，他的《坦然人生》不是人生哲学讲义。但他是探索者和思想者，他付出了代价，这本书是他的人生经验的结晶。他的心态是健康的，文字是明朗的。文如其人，从他的文字，可以清晰地看见他的面影。他是这本散文随笔集的主人公，他在这本书中塑造的自我形象，因为不是刻意追求，因而十分真实、亲切和自然，其认识价值和审美价值，远远超过一部追潮逐浪的小说。如果把他同他追怀仰慕的前辈作家作比较，他们之间既有传承，又有时代的差异。陈社前进了一步，他的清醒、切实和开放，他对现代生活方方面面信息的敏感，他的"回过头来"看看又坚定地朝前走去的沉稳步履，表明他是一位正从 20 世纪跨入 21 世纪的现代作家。

（载 2000 年 9 月 25 日《泰州日报》、2001 年 1 期《书与人》）

徐一清，诗人、作家、评论家。1938 年生于江苏泰州，1960 年杭州大学中文系毕业。中学高级教师。1983 年起担任泰州市、海陵区文联《花丛》文学期刊编辑计三十余年。曾任泰州市文学工作者协会副主席、《花丛》副主编、《泰州志》副总纂、《泰州文化丛书》《泰州知识》《泰州文献》丛书编委等。

与人合作中学作文指导类读物及课外读物多种。曾应约为中央人民广播电台《阅读与欣赏》栏目撰稿。作品散见《东海》《西湖》《雨花》《星星》《清明》《新华日报》《人民日报》《光明日报》《香港文学报》及泰州、扬州两地报刊，著有《逝去的灵性》《平原鹰》等。

目 录

CONTENTS

●●●●◐ 人生如歌

◇ 附　录

◇ 后　记 / 335

辑一　品读礼记

　　"先天下之忧而忧，后天下之乐而乐"，对于当年那位年轻的泰州盐监，对于同样流芳百世的范公堤，难道不是一种回眸、一个写照？

　　范公堤，是范仲淹为泰州留下的一份福祉，是他对泰州的一种致敬，也是泰州给予他的一种蕴蓄、一份成全。

　　　　　　　　　　　　——《范仲淹对泰州的致敬》

范仲淹对泰州的致敬

公元 1021 年（北宋天禧五年），三十三岁的范仲淹走马上任来到泰州。

于是，泰州有了"范公堤"，有了著名景点"范堤烟柳"。

泰州，是范仲淹首次为朝廷外放任职之地，是他人生的一个新起点。

范的官职为泰州西溪盐仓监，乃监管盐务的官员，官阶不高，从八品，比县令还低一点，但因盐官地位特殊，当属重用。

范仲淹的祖上也曾显赫过，其先祖范履冰曾任唐朝宰相，履冰以降，范家历代为官。仲淹便出生在父亲范墉任职的徐州节度掌书记官舍。不幸父亲病逝于任上，母亲谢氏贫困无依，只得抱着一岁多的小仲淹改嫁他人。成年后，范仲淹辞母外出求学，寒窗苦读经年。二十七岁以一介布衣之身考中进士，任广德军司理参军，掌管讼狱、案件事宜，官居九品。因治狱廉平、刚正不阿，升为文林郎、权集庆军事节度推官。接下来，就是为官泰州的五年了。

范仲淹来泰州的任务，是监督淮盐贮运转销及盐税征收。唐代以来，盐税收入已为朝廷一大支柱。作为盐监，范仲淹监管着黄海之滨若干盐场，手上有权，府中有银，日子并不算难过。可他志不在兹，他关注的是人民的疾苦。当时唐代修筑的海堤因年久失修多处溃决，海潮倒灌毁坏农田民宅，甚至殃及已距海一百多里的泰州城下。范仲淹决心解决这个多年未得解决的问题，遂上书申请沿海筑堤，重修捍海堰。不料却有人说其越职行事。范仲淹道："我乃盐监，百姓逃荒去了，何以收盐？筑堰挡潮，正是我分内之事！"先得时领江淮漕运的张纶支持，再获朝廷批准。公元 1024 年，仁宗升范仲淹为大理寺丞，任兴化县令，着其全面负责修堰工程。

这项浩大工程，由范仲淹发端，征招兵丁民夫四万多人投入，后由张纶继之，前后历时四载。其间亦有波折。一是开工初期时值隆冬，雪雨连旬，潮势汹涌扑岸而来，因惊慌逃避陷入泥泞淹死者一百余人，一时谣言满天，称已死几千之众。便有人趁机向朝廷告状，朝廷急令停工，任胡令仪为淮南转运使，赴泰州查勘。所幸胡令仪深知此堰利害，体察范氏苦心，遂与张纶联名奏明朝廷，获准复工。二是修堰期间曾遇夕潮肆虐，狂风巨浪惊天动地，"兵民惊逸，皆苍皇不能止"，时任泰州从事的滕子京神色如常，与范仲淹一起坐镇指挥，果敢镇定，带领大家沉着应对，稳住了局面。三是工期过半的 1026 年，范仲淹因母逝世去职守丧，他屡次驰函张纶，央其无论如何都要将工程继续下去，并称若再有事故朝廷追究，他愿独担其咎。张纶奏请朝廷获准，受命兼知泰州。1028 年春，捍海堰在张纶主持下竣工。

捍海堰建成后收效甚巨，外出逃荒的数千余民户得以回归，百姓安居，农事、盐课两受其利，盐业产销及税收递增，故后有"天下大计仰东南，东南大计仰淮盐"之说。《宋史·食货志》则记："隆兴元年以来，泰州海陵一监，支盐三十余万席，为钱六七百万缗，则一州之数，过唐举天下之数矣。"隆兴元年已是南宋，为公元 1163 年，距捍海堰建成已然一百三十五年，足见是堰泽被后世之功。

巍巍两百里海堰，凝聚了范仲淹等人的智慧和汗水。他针对旧海堤垒土而成容易坍塌的弊端，实施"迭石重筑"新举，堤壁用石头、砖块围衬，以抗潮袭；堤面广植柳树、草皮，以固水土。又在堤东建烟墩七十余座、潮墩一百余座。如遇匪乱，烟墩可点火报警。若逢大潮，潮墩可供人避险。近观之，大堤如卧龙雄峙，草色青青、绿柳如盖；烟墩、潮墩若群虎并踞，却波逐浪、坐镇海天。远眺之，晴日则流光溢彩，苍苍茫茫；阴时则雾气飘忽，时隐时现……不经意间，已成龙盘虎踞、烟柳氤氲之绝胜风景。

关于捍海堰，范仲淹在《张侯祠堂颂》等四篇文章中皆有记载，他真诚赞颂张纶、胡令仪、滕子京三位同人的劳苦功高，却没有言说自己。

当然，历史已经记住了这位首倡者和主要建设者的功名，泰州人民更不会忘记他。后来，人们干脆将"捍海堰"称为"范公堤"了。

从泰州走出去的范仲淹，自当会在更为广阔的天地里施展他的才华，实现他的抱负。他虽屡遭挫折，最后客死他乡，终究是功成名就了。

作为杰出的思想家、政治家、军事家、文学家，范仲淹的一生，是心忧天下、励精图治的一生。

——范仲淹居南京应天府（今商丘）为母守丧期间，应知事晏殊之邀，执掌应天书院教席。他勤勉督学、以身示教、创导时事政论，每当谈论天下大事，辄奋不顾身、慷慨陈词。当时士大夫矫正世风、严以律己、崇尚品德的节操，即由范氏倡导开始，书院学风为之焕然一新。

——当仁宗拟率百官为主持朝政的太后祝寿时，范仲淹认为此举混淆了家礼与国礼，谏言皇上放弃朝拜事宜。时任朝廷参资政事的晏殊大惊失色，批评他过于轻率，不仅有碍自己仕途，还会连累举荐他的人。范仲淹以《上资政晏侍郎书》申明："侍奉皇上当危言危行，绝不逊言逊行、阿谀奉承，有益于朝廷社稷之事，必定秉公直言，虽有杀身之祸也在所不惜。"

——明道二年天下大旱，蝗灾蔓延，江淮、京东一带灾情尤重，范仲淹奏请朝廷派人视察灾情，仁宗不予理会。范仲淹便质问仁宗："如果宫中停食半日，陛下该当如何？"仁宗醒悟，派范仲淹安抚灾民。范仲淹应诏赈灾、开仓济民，还将灾民充饥的野草带回朝廷，以警示六宫贵戚戒除骄奢之风。

——景祐元年苏州久雨霖潦、江湖泛滥、积水不退，造成良田委弃，农耕失收，黎民饥馑困苦。范仲淹出知苏州后，根据水性与地理环境，提出"修围、浚河、置闸"为主的治水方略，开浚昆山、常熟间的"五河"，将积水导流太湖，注入东海，事成。自此，两浙职守均效此法行之。

——范仲淹奉调西北前线担任边防主帅期间，针对地广人稀、山谷交错、地势险要的特点，提出"积极防御"的守边方略，西北边境局势大为改观。同时对沿边少数民族诚心团结、信任不疑，严立赏罚公约，使其安心归宋。北宋与西夏最终缔署合约，西北边疆得以重现和平。

——庆历三年八月，范仲淹上疏《答手诏条陈十事》，提出十项改革纲领，主张澄清吏治、改革科举、整修武备、减免徭役、发展生产等，此即著名的"庆历新政"。新政实施的短短几个月，政治局面焕然一新：官僚机构开始精简，科举突出实用议论文考核，才干杰出者得到破格提拔，全国各地纷纷兴学……

——范仲淹反对宋初文坛的柔靡文风，重视文章的教化作用，提出宗经复古、文质相救、厚其风化的文学思想，推进革新。其散文一脉，以政疏和书信居多，陈述时政高屋建瓴，行文铿锵，逻辑严密，有很强的说服力。一代文豪苏东坡对他评价甚高，称其《上政事书》为天下传诵，《岳阳楼记》则融记叙、写景、抒情、议论为一体，动静相生，境界崇高，成为杂记中的创新。

——因范仲淹多次直言谏上而被贬谪，宋诗大家梅尧臣作《灵乌赋》力劝范仲淹少说话、少管闲事、自己逍遥罢了。范仲淹回作《灵乌赋》，直呼"宁鸣而死，不默而生"，尽显凛然大节。

如此等等，于斯回望泰州，回望范公堤，回望范仲淹曾经的这一人生新起点。先忧后乐，忠诚不贰，秉公直言，其终身不渝的人格精神皆可得到印证。

庆历六年（1046），范仲淹应老友滕子京之约，写下了名篇《岳阳楼记》，篇末作此抒怀："不以物喜，不以己悲；居庙堂之高则忧其民；处江湖之远则忧其君。是进亦忧，退亦忧。然则何时而乐耶？其必曰：'先天下之忧而忧，后天下之乐而乐'乎。噫！微斯人，吾谁与归？"

这段流芳百世的千古名句，与范仲淹天圣三年（1025）在泰州写下的"君子不独乐"堪称同曲同工、一脉相承——"君子不独乐"乃范仲淹五言诗《书海陵滕从事文会堂》中的一句，此诗也是应滕子京之约写下的。

从公元 1025 年泰州的文会堂，到 1046 年岳阳的岳阳楼，可谓范仲淹跨越时空的精神延续和前行。

"先天下之忧而忧，后天下之乐而乐"，对于当年那位年轻的泰州盐监，对于同样流芳百世的范公堤，难道不是一种回眸、一个写照？

范公堤，是范仲淹为泰州留下的一份福祉，是他对泰州的一种致敬，也是泰州给予他的一种蕴蓄、一份成全。

2019 年

岳飞：三十功名尘与土

毫无疑问，泰州对岳飞这位民族英雄情有独钟。泰州城内仅有一座山，以"泰"为名"泰山"，又称"岳阜""岳墩"。山顶上建有"岳武穆祠"，人称"岳庙"。而中国最早的岳庙——岳飞生祠也在泰州，建于他护送百姓避乱落脚的马驮沙（靖江别称）。

这一切，皆缘于岳飞在泰州的抗金事迹。南宋建炎四年（1130），金兵由山东大举南下，宋高宗惊恐万状，急命岳飞任通泰镇抚使兼泰州知州驰援，"诏飞还守通、泰，有旨可守即守，如不可，但于沙洲保护百姓，伺机掩击。"岳飞日夜兼程赶赴泰州，先率部北上，于承州（高邮）境内与金兵激战，三战全胜。再返泰州据城抗敌，退围城金军。又战金兵于柴墟（高港），又胜。奉旨回朝途中，渡百姓于江上沙洲马驮沙，以精骑护之，金兵却步，百姓得以安顿生息。

那一年，岳飞27岁，一片忠心满腔热血，英姿勃发的一员骁将。此后的岁月里，他先后指挥大小战斗数百次，收复六郡、北伐中原，位列南宋"中兴四将"之首，成为皇上甚为倚重的一位军事统帅。连金军都发出了"撼山易，撼岳家军难"的惊叹。不料却遭宰相秦桧等高官陷害，被高宗以十二道金牌从前线召回，绍兴十二年（1142）被杀害，生命定格在39岁。

"怒发冲冠，凭栏处，潇潇雨歇。抬望眼，仰天长啸，壮怀激烈。三十功名尘与土，八千里路云和月。莫等闲，白了少年头，空悲切！靖康耻，犹未雪；臣子恨，何时灭。驾长车，踏破贺兰山缺。壮志饥餐胡虏肉，笑谈渴饮匈奴血。待从头，收拾旧山河，朝天阙！"这篇《满江红》乃岳飞最著名的作品，据史家考证，系他写于被迫班师之后。其炽热的爱国之情令人动容，堪称千古绝唱。

岳飞屈死二十年后得以平反昭雪，追谥武穆，后又加谥忠武，封鄂王，备受尊崇。

岳武穆祠乃后世所建，时在明万历十年（1582）。此后，岳庙便成了人们纪念岳飞的圣地。数百年来，登岳阜以望远，祭岳王而伤怀的各色人等不知其数，留下的诗词书画不知其数。是山也就成了一处著名景点，有"古阜斜阳""泰岱烟岚""岳阜晴云"之称。

记忆中，从小学一年级起，每年清明节前学校组织我们去泰州革命烈士祠（位于岳阜北侧的临湖禅寺内）凭吊后，老师都会带领我们拾级而上，穿过月门，进入岳庙正殿，面对岳飞塑像三鞠躬。然后赶紧退出，让排在我们后面的同学进来行礼如仪。接下来是自由活动时间，同学们在殿旁的碑刻回廊浏览一圈之后，必得登上殿前砖砌的围栏极目远眺，有的大惊小怪："看见了，看见了，我看见江对岸的金山、焦山了！"有的赶忙纠正："不是金山、焦山，是离我们最近的另外两座山！"有的焦急万分："我怎么什么都看不见啊？怎么只看到远处的云层啊？"下山途中，必得在奸臣秦桧夫妇的黑铁跪像前停下来，狠狠地蹬上一脚、吐口唾沫。议论最多的话题是"莫须有"，同学们对这个故事都很熟悉，最恨大坏蛋秦桧，欺骗皇上、陷害忠良；也怪皇帝糊涂，好人坏人分不清；都为岳飞打抱不平，这样一个驰骋疆场的大功臣，竟屈死在同朝宰相的诬陷之中。

经历了"文革",岳庙由废再兴。岳飞塑像前的缕缕香火依旧,古阜斜阳中的世道人心依旧。关于岳飞的话题也拓展了许多。

皇上糊涂吗?他清楚地知道岳飞的价值,若论抵御外敌,岳家军不可或缺。但皇上主和,岳飞主战,不与天子保持一致,这就不能容忍。尤其岳飞的部队号称"岳家军",这又犯了大忌,普天之下莫非王土,大宋的部队怎能姓"岳"?这不是谋反的节奏吗!还有,你要把被掳去金国的两任皇帝,也就是朕的老爸老哥迎回来,什么意思?老爸已成遗骸那个好说,把老哥弄来难不成要朕让位?不行!悠悠万事,先除内患为大!皇上不糊涂。

秦桧糊涂吗?他清楚地知道皇上想的什么。皇上想除掉岳某人,正中下怀啊,那就除掉呗!罪名我来弄它几条。只是"主战"不能作为罪名,嚷嚷的人还有呢,不宜挑明,杀一儆百即可。"岳家军"作为罪名也有失牵强,谁都知道"岳家军"出生入死是为了皇上,该部纪律严整,尤为体恤民间疾苦,号称"冻死不拆屋,饿死不打掳",深得百姓爱戴,不宜把屎盆子扣给它。那个历朝历代惯用的"谋反"也没人相信,加到岳飞的头上确实勉强,而且容易让人产生负能量的联想,得不偿失。至于皇上的老哥宋钦宗回来倒无须担忧,刀把子在我们手里,小事一桩。其实皇上要杀岳飞要什么理由啊?莫须有!秦桧不糊涂。

岳飞糊涂吗?岳飞糊涂。他以为"尽忠报国"不只是刺在身上,"还我河山"不只是书于旗上,而是自己的毕生追求和写照,苍天可鉴!他以为"岳家军"威名既立,对于震慑入侵金兵、吸引百姓投军作用非凡,这不都是为了大宋江山?他以为主战与主和之争,事关国家生死存亡,飞深知其中利害,岂能不披肝沥胆、直言上奏?再说也是皇上您要臣下我说的啊!他以为虽有奸臣作祟,可是非曲直一目了然,皇天在上,理应乾坤朗朗……岳飞，你太单纯、太自信、太一根筋、太糊涂了！

有人说，岳飞的悲剧其实是性格的悲剧。他自以为是，对皇上多有冒犯却不吸取教训。他好为人先，不顾同僚感受却懵懂无知……总之这个人政治素养欠缺，不成熟，以至于脑袋掉了还不知怎么掉的——按此逻辑，设若岳飞深藏不露，在皇帝面前唯唯诺诺，在秦桧面前温温顺顺，该说的不说，该做的不做，甚至连那么多的胜仗都不必打，他至少不会年纪轻轻就死于非命。是吗？如此"成熟"，岳飞还是岳飞吗？窃以为，岳飞的命运绝非他自己所能左右，即便皇上亲信如秦桧者，也算不上交到了什么好运。灭亡，终究是"大宋天下"的唯一命运。

古阜斜阳，是一曲颂歌，更是一曲悲歌。"故垒犹存，此地士民怀重镇；长城顿坏，当年父老泣孤忠。"此联为清嘉庆年间泰州知事方承恩所撰，寥寥数笔，其哀已极。

一阜故土，一抹余晖，记下了一段历史风云。青山依旧在，几度夕阳红。岳飞那个时代的种种，应该远去了吧？

2019 年

毕飞宇“小说沙龙”

2015年1月起，毕飞宇在家乡兴化的工作室举办“小说沙龙”，每季度一期，邀请庞余亮担任策划和主持人。我在《雨花》看到“沙龙”第一期纪要后，致电余亮，就“沙龙”对所讨论作品的作者实行匿名，且重在找问题、提建议的做法甚为欣赏，余亮便邀我参加。此后每期活动，他都提前发来即将讨论的小说文本及活动通知，这就有了我连续几次参加“沙龙”、领教“沙龙”的诸多收获。

兴化的小说创作源远流长，我读过不少兴化作家的作品，也与兴化作家多有交往，置身其中，每每涌起一种被感染、感动的兴奋，叹服这方土地被誉为“小说之乡”绝非徒有虚名。而“小说沙龙”，因其拒绝世故、远离功利，更洋溢着一种文学的纯粹。

“沙龙”可谓群贤毕至、少长咸集，除了毕飞宇、庞余亮以及承办者兴化报的诸位外，兴化文坛的耆宿、骁将、新锐济济一堂。《雨花》主编李风宇、编辑部主任刘春林等也每期必到，热忱关注、支持。与此同时，飞宇、余亮每期还特邀省城和泰州地区的一些小说家、评论家“坐堂会诊”，有时还有省内其他地区甚至省外的作家、记者前来“观战”乃至“参战”。

每期“沙龙”都是直奔主题、各抒己见，挑出的毛病一大堆，提出的建议一大堆。偶尔有人说上几句正面肯定的评价，主持人就会叫停，请其只论问题和建议，不谈别的。如此这般，每每让你产生被讨论的作品遍身毛病的错觉。而被"挑刺"的作者因着匿名，只能听，不能说，连解释的机会都没有，那是需要很强的心理承受力的——听余亮说，除了他和承办方的少数几位，没有人知道作者是谁。这就保证了大家心无旁骛、不留情面。

我之所以兴致勃勃地赶到兴化参加"沙龙"，初衷是想亲身体验这种纯粹，会会我所佩服的毕飞宇和兴化的老朋友、新朋友，领教大家对一只"麻雀"的解剖。由于余亮关照我要发表意见，当有所准备。我第一次的发言提纲还是"一分为二"的套路，先说长处，再谈不足。结果长处不用说了，挑了一通毛病。这样的时候，"沙龙"的每位发言者都成了"炮手"。当然，尽管"万炮齐轰"，依然欢声笑语。

"沙龙"的气氛相当活跃，可以插话、补充、商讨、争论都无所顾忌。这首先得归功于毕飞宇和庞余亮，是他们营造了这样开明、开放的氛围。毕飞宇作为"沙龙"的导师，并没有"一言九鼎"的做派，他的发言同样会被别人的插话打断，而他总是微笑着倾听、答复，或者反驳。有一次，他批评所议小说开头的景色描写着墨过多，不知所云，应该删掉。我插话说，你《平原》开头的景色描写也比较长啊……余亮随即纠正我说，《平原》是长篇……毕飞宇又接上来说，短篇的景色描写即便需要也不容许长，更重要的是要合乎逻辑，要写好不容易。"沙龙"还有一个的亮点，毕飞宇和庞余亮不时提出"如果是你，这个人物将怎么写、这个部分将怎么改"之类的问题，然后和大家一起探讨具体的操作办法。可以说，每一期"沙龙"，都成了一堂生动、实用的"小说课"。

我以前见过毕飞宇几次，但交谈不多。这几次总算长了见识，多有领教。从他在"沙龙"的发言、插话、答疑以及其后的闲聊中，听得出他读书很多、很杂，思考很广、很深，多有自己的见解，是一位具有学养的作家和思想者。他的口才极好，称得上妙语连珠，随时随地会跳出一些让你茅塞顿开、印在脑袋里的句子。譬如，他说《红楼梦》"写尽了日常生活，但读完后我们有那么多的感慨，'白茫茫的大地真干净'，这就是它的艺术气质"；说鲁迅"为我们提供了一种全新的人格模式，尤其是知识分子的人格模式"；说汪曾祺"是用来爱的，不是用来学的，他是一个孤本，汪老的价值就在于他后继无人"。

对于文坛的一些状况，他也有不少妙评，颇得鲁氏的犀利，如："当所有人都在争着'做好人'的时候，这个时代就注定了是平庸的，为什么？我们主动放弃了自由，自由熄灭了，生命就枯萎了。现实的情况是，我们只有江湖之争，很少有真正的思想之争。争论是一件多好的事情啊，有趣，充满了知识和智力的美，我和那么多人争论过，从来都没有影响友谊。"

这些，我都领教了，且将其视为毕飞宇工作室"小说沙龙"的注脚。

2017 年

我所知道的大根先生

与大根先生相识之前，已经知道了他。

先是听母亲说的，我外公和大根先生的父亲叶武先生是东时巷的老邻居——始于民国初年，延续了几代人，熟得不能再熟了。母亲自出生到出嫁都生活在这里，说到五巷那一带如数家珍，满满的回忆。她告诉我，叶家的老大大根、老二凤梧、老三肯林都是才子，若不是政治运动，叶家三兄弟肯定更加出人头地的。尤其大根先生，接连被打成右派分子和反革命分子，坐了好几年牢，出狱后又做了十多年油漆工，等到"文革"结束平反冤假错案，已经六十多岁了。她还告诉我，我祖父家在三步桥、多儿巷都住过，离叶家也很近，有一段时间仅一墙之隔，父亲与叶肯林（后改名林冈）是高中的同学和好友，上学放学经常同行，经常一起读书、下棋、写字作画，离开家乡后经常通信。1948年他们先后回到泰州开展革命活动，叶家又成了大家的聚集地之一。泰州解放初，父亲和大根、凤梧先生在市文联共过事，还和大根先生同时当选为苏北第一届各界人民代表会议代表，等等。

后是听岳父说的，抗战胜利后，他和大根、肯林先生都考上了得以复校的江苏省立教育学院（时设无锡），他和肯林先生还参与了学校地下党领导的一系列学生运动，一起上了黑名单，同一天夜里被国民党宪兵队抓捕关押，释放后又都回到家乡继续开展革命活动。泰州解放初，岳父和我父亲及大根、凤梧先生都曾是教育系统的同事，先后在泰州中学任过教。接着肯林、大根先生及我岳父又先后离开家乡到外地工作……"文革"期间，岳父下放到泰县，后安排在泰州供职，此后的二十多年，他与大根等老同学的联系又多了起来。当年岳父家那台老式打字机上方挂着的一幅山水画，精致小巧，恰到好处，便是大根先生为那面不大的墙壁"量身定制"的。

我第一次见到大根先生的情景记忆犹新，尤其是第一眼那一瞬间的印象十分深刻，因为他就是我心目中的样子，朴实、随和、慈祥，不事雕饰。那是在鼓楼路的学政试院，考试大殿被隔成五间，东边的三间是文化局，西边的两间是文联。我在居中的一间办公，正忙着什么，有人从门前走过，停下来和我打招呼，发现同行者与我互不相识，便介绍："这是陈某人、陈社。这是叶爹、叶大根。"显然大根先生也已知道了我，热乎乎的大手握了过来，笑哈哈地告诉大家："他的眉毛以上、鼻子以下像爸爸，眼睛像妈妈。总体上身材、外貌像妈妈，神态像爸爸……"

后来我调文联工作，与大根先生接触的机会多了，各种会议、各种活动，不时会相遇。他府上我也去过，春节前夕的例行慰问。单独的交谈却比较少，印象深的一次，是为书协、美协领导班子的换届选举，我和文联夏春秋秘书长准备登门征求他的意见，他却风风火火地跑到文联来了，说我们忙，他不忙，为了节省我们的时间，不如他跑一趟。谈到具体意见，老人家只说书协的事，而且尽说别人的好话。这并不奇怪，书协的几位老年及中年书家真正是一团和气，从来没闹过什么矛盾。

耳濡目染，我对大根先生的了解愈来愈广愈深，首先是他的为人，谦谦君子、忠厚长者，却又没有世故，直率、诚恳，襟怀坦白。其次是他的才学，篆刻、书法、绘画方面的术业专攻深孚众望，自是泰州的一个标杆。他在美术教育、音乐教育方面的造诣和成就也相当了得，理论、实践花发双枝，桃李满天下，若干篆刻、书法名家皆出自他的门下。他在地方美术史、文化史、文物保护修复等领域的研究、建设方面也多有建树。再次是他的经历，中学教师、记者、民教馆长、大学助教、总务主任、教务主任、漆工、美工；人民代表、右派分子、反革命分子、劳改犯、美学家协会副主席、书法家协会主席、文史馆员……风雨兼程、大起大落，堪称一部大书。

大根先生，就是我面前的一座宝贵矿藏，我一直想和他好好聊上几次，作一些深入挖掘。我始终感到，他们那一代人有许多比我们丰富、优秀的东西，值得我们了解、学习，值得我们记下来、写下来、传下去。可惜一直未能如愿。主要是我的原因，公家、私家两头忙，似乎总有更重要的事情丢不开、放不下。

时间，就这么一天、一天，一年、一年地过去了。

如同另一些我所敬重的前辈、师长，近在咫尺的大根先生同样给我留下了失之交臂的遗憾。

2017 年

贾广慧的大气象

最近,"自有我在——贾广慧书画作品展"在市区亮相,引起较大反响,除了多家官媒予以报道、推介外,一些自媒体上更是好评如潮,众多专家给予了极高评价。

某日一个临近中午的时候,我走进了五一路上的海陵艺术展览馆。馆内一如我所期待的宁静,一位老人和一只小狗在屋前走廊上享受着阳光……六个展厅,我依次驻足、流连,百余幅作品,我专心欣赏、品味,感受着广慧的笔下天地、心底乾坤。这样的宁静,更接近艺术的本色。

这是我认识广慧三十多年来,第一次观赏到他如此丰富、多面的新作品汇展,真是叹为观止!《万籁高秋》《千峰通云》《青葱深林山有人》等墨色淋漓的山水画作,或巨制,或小幅,皆见万千气象,颇具傅抱石、李可染、陆俨少等大师的雄浑之风。《居高》《清白》及《梅兰竹菊》(四条屏)等清秀飘逸的花鸟画作,以书入画,刚柔并济,似得李复堂、郑板桥等"八怪"乡贤的笔墨之韵。《紫藤》《鸡雏》《燕雀》等一组扇面小品,亦巧亦奇,见小见大,或可遥望白石老人笔下的盎然生意。《江河湖海乐畅游》《玉骨傲雪》等以金鱼、鲤鱼、墨梅为主体的画作,直追彼师潘觐绩、支振声两位本土大家风靡数十年的看家本领,堪称一脉相承。几幅人物画也甚可观,有两方面部肖像可谓扑面而来，线条粗放，处处棱角，于变形、夸张中凸显了一种坚硬的性格，可见画家心有所寄。题为《康巴汉子》的一幅中堂，三个藏族汉子，背面、侧面、正面各一，神情、姿态、服饰恰如其分，使我想起了在西藏的所见所闻以及著名油画家陈丹青那组享誉海内外的《西藏组画》。而一幅细笔彩绘《鸿雁》，临摹自工笔大师陈之佛，与展厅内其他作品风格迥异，让我见识了他于又一传统画法上的功夫。至于他画得最多的松鼠，更是广为人知，这次展览又让我大饱眼福。听邵展图先生介绍，他有次造访贾府，广慧见他包着资料的一张什么纸说："这个可以作画。"然后一笔下去，十几秒钟，一只活泼可爱的松鼠已跃然纸上。这就是颇具传奇色彩的"大体一笔画松鼠"了。据说广慧为了画好他的松鼠，常去野外跟踪观察，家中也养过多年，可说把这种小生灵了解、琢磨透了。"台上几分钟，台下十年功"，广慧的功夫不仅在诗内，也在诗外。

广慧的作品有其师承，他的师承又是多方面的，这才有了他的兼收并蓄和多姿多彩，一笔在手，四面开花，"十八般武艺"都能来它一手，其所以"广慧"也！他的作品又不是简单的模仿和复制，他能融会贯通、入之出之，他是有他的创新乃至独创的。这也是我此次观赏其画展的印象之一。广慧将他这次书画作品展命名为"自有我在"，当包含了这层意思，这是他的追求，他的自信，也是他的自得，符合实际。

展览开幕不久，某微信群聊得热闹，我也跟着说了两句，一为："广慧作品见大气象！"二为："必成大家！"一文史学者当即予以具体定位："广慧作品代表泰州的文化高度！"一小说名家则更上层楼："贾老师已是大家。"如此等等，其作其人得到激赏的程度可见一斑。

思其所以然，似有所悟。我与广慧曾同在文化、文联系统共事多年，交往却极少，除了偶尔在潘觐缋先生画室或一些会议、活动中相遇外，单独的会面、交谈仅有两次。一次是 20 世纪 80 年代初，我受市文化局李一萍局长之命去找他，记得是一个晚上，我找到了他的家，在省军区教导大队（时驻泰州明德大楼院内）的一栋住宅楼上。这是我与他的初次见面，我转达了局党组欢迎他转业后来文化系统工作的愿望，接着向他了解有关情况。广慧讷于言，我问一句，他答一句，然后就没什么话说了。第二次已是多年后了，听说他调离文化系统去了国税局，我认为此举属逆向流动，感到可惜，便问他缘故。他带我看了国税局安排给他的那间画室，说他的调动纯粹是为了有多一些的时间作画，没有其他原因，要我放心。

　　除这两次之外，他没有跟我联系过一次，也没听说他找谁谋求过什么。当然，这并非他多么"孤傲"，也不见得我多么"官僚"，我们之间毫无芥蒂。他只是尽可能多地把精力、时间、心思用到创作上去了。这是他作为一位画家的本色，也是他为人的本色。

　　窃以为，广慧今日之成就，与他的这种本色不无关系。

2017 年

王石琴：功载史册

泰州现代工业的发端，人们耳熟能详的是"三泰"：泰来面粉厂、振泰电灯厂、华泰纱厂。说到华泰纱厂，人们自然忘不了一个人——王石琴。

作为华泰纱厂创始人之一的王石琴先生，属于载入史册的一位功臣：

定址泰州。1943年秋，上海人傅耕莘欲在其家乡绍兴投资兴建纱厂，请毕业于南通纺院的高尧设计。高尧是泰州人，与时在上海大同大学读书的王石琴是朋友，两人便商量，争取说服傅耕莘将纱厂办到泰州来。石琴先生随即多方奔走，调查研究，向傅力陈在泰州办厂的种种优势，邀请傅来泰实地考察原料供应、产品销售、交通运输等方面情况。傅耕莘几经权衡，最终心悦诚服，将建厂地点改为泰州。

负责筹建。1944年夏，傅耕莘牵头成立了由他及高尧、王石琴等人组成的发起人会议，确定分块集资，上海方面占70%，由傅耕莘负责筹集。泰州方面占30%，由王石琴负责筹集。石琴先生毅然休学一年，回泰负责筹建。他首先动用祖产入股，接着动员父辈朋友参与（泰州有同福、天福、天成泰三大绸布店及大德粮行等商行代理人合资一千万元），随后选厂址、建厂房、购买设备、组织运输安装……千头万绪，日夜操劳，为华泰纱厂的建成投产立下了汗马功劳。

力阻外迁。1947年，因物价上涨、资金短缺，上海方面的大股东欲将工厂迁至国民政府江苏省会镇江，已赴镇江选址。石琴先生心急如焚，立即联络泰州方面股东，组织管理人员和职工代表联名上书董事会，剖析迁址之弊，进行说理斗争。终于得到董事会认可，把华泰纱厂留在了泰州。

无偿捐赠。泰州解放初，社会主义改造尚未开始，石琴先生即代表全家将祖传的10多家工商企业股权无偿捐献国家；并和大妹赶赴乡下，当众烧毁地契，将祖传田产赠给农民。为安置志愿军伤病员，他主动让出20余间自住房，家里另租房居住。泰州博物馆、图书馆成立伊始，他又将祖传古籍、字画等文物全部捐赠。在他的影响下，泰州工商界掀起了捐赠热潮。

1949年后，石琴先生历任泰州市工商联筹委会副主任兼秘书长、市政建设委员会副主任兼建设科长、副市长、市人大常委会副主任、扬州市政协副主席等领导职务（其间同时担任民盟泰州市委负责人），直至离休。

泰州建设史上，拓宽坡子街、兴建泰州船闸、开辟泰山公园、围建万亩渔场、开垦红旗农场、疏浚通扬运河等具有开创意义的重大事件，保护光孝寺戒台、御史牌坊和胡人石刻等具有历史价值的重要举措。石琴先生或为主事者，或为主要参与人，居功至伟。1954年梅雨季节的洪涝灾害中，江淮并涨，上河水位高出下河地面三四米，当时连通上下河的鲍家坝闸、九里沟涵洞发生险情，一旦溃塌，将危害里下河。时任抗灾现场指挥的王石琴副市长在倾盆大雨中叫响了"不让一滴水流入里下河"的豪迈口号，他率领干部、民工冒着狂风暴雨奋力抢险，后又协助邻县的宫家涵、界沟河堵口，前后奋战数十个日日夜夜，终于取得了胜利。诸如此类的事例还有很多，常为人们津津乐道，以至于在他逝世20多年后的今天，人们依然不能忘怀，依然不时说起这位贡献非凡的创业者和建设者。

然而，人们又有所不知，石琴先生首先是一位激情燃烧的革命者。

中学时代，他积极参加抗日救亡运动，张贴抗日标语、演出《放下你的鞭子》等抗日话剧、编印《涟漪》抗日刊物、组织学生辩论会，以"应先安内后攘外，还是先攘外后安内"为题，宣传我党团结抗日的正确主张，而被日军抓走关押……

大学时代，他与共产党人志同道合，惺惺相惜。在白色恐怖的上海，他掩护和资助过多位共产党员和地下党外围组织成员。他的住所，既是革命者的落脚处，又是进步同学的会聚地。他们在这里收听解放区广播，举办读书会，学习革命理论，编印《新青年丛刊》《拿饭来吃》等书刊画册及"反饥饿、反迫害、反内战"的宣传品。当年在沪得到他掩护和资助的刘韧同志（时任泰县蒋垛区委副书记）清晰地记得他说过的话："中山先生倡导'三民主义'，如今蒋委员长实行的是'四民主义'，即民生凋敝、民不聊生、民主杳无、民怨沸腾。"

在白色恐怖的泰州，石琴先生利用暑期召集就读于各大学的老同学、老朋友以及他的弟妹们聚会，讨论"中国应当向何处去"等问题，统一了认识：第一，发动内战的责任在国民党。第二，社会腐败现象的根子在上面。第三，国家的前途在和平民主道路。根据大家都是大学生的特点，筹划组建中国文化建设协会。

此后，他经民盟上海市委负责人彭文应等同志介绍，加入了民盟组织，会见了章伯钧、罗隆基等民盟中央负责人（当时民盟已转入地下活动），此后一直保持与民盟组织的秘密联系，了解革命形势，坚持反对美蒋反动派的革命立场。

大学毕业回乡担任华泰纱厂负责人期间，他在厂里举办工人夜校，教工人识字，讲解革命道理，举行工人与学生同乐会和春节联欢晚会，唱革命歌，跳秧歌舞，演进步节目……由此引起国民党特务注意，被迫去无锡、上海等地边工作边从事革命活动。

解放军在苏北节节胜利的喜讯传来，石琴先生和大妹倚琴等人冒着危险渡过长江封锁线，骗过国民党哨兵的盘查，然后一路步行，唱着《解放区的天是明朗的天》等革命歌曲，奔向泰州——抵达时正是泰州解放的第二天。从此，他的人生掀开了新的一页。

此后，作为资深革命者的石琴先生，服从中共泰州市委的安排，留在党外工作了一生，也为党嘉许了一生。他数十年如一日，忠心耿耿、孜孜汲汲，成为一位杰出的"党外布尔什维克"和"爱国民主人士的优秀代表"……他在这方面的贡献，亦已载入史册。

2017 年

泰东先生的贡献

溱潼，因"天下会船"而闻名于世的溱潼，曾去过多次。却孤陋寡闻，没听说过那里有一棵了不得的山茶花。

直到 2003 年的 7 月，在中共泰州市委二届五次全会上，市委书记朱龙生同志向与会者绘声绘色地介绍了这棵山茶花，又由山茶花讲到了旅游事业、讲到了经济和社会的发展。姜堰市、溱潼镇的党委、政府高度重视，把山茶花作为一个项目抓在了手上。短短几年，古山茶树下已游客云集、热闹非凡。一棵树，成了一颗耀眼的明星。山茶花还是过去的那棵山茶花，命运却发生了巨大的变化。

而今，溱潼的山茶花早已声名鹊起、盛誉载身，成了"全球茶花王"了。甚至有了《走近全球茶花王》这本书为其树碑立传。作者高泰东由一棵山茶花写起，竟然写成了洋洋十万余言的一本专著，足见其花其著的不同凡响。

我与高泰东先生素昧平生，是他的这本书打动了我。

打开这本书，作者对家乡的挚爱扑面而来，对家乡风物的痴情扑面而来，对山茶花的迷恋扑面而来。捧读它，你不由得不感动、不感佩、不感奋。

或许，这还不是一本常规意义上的书。它是文学的、又是科技的，是历史的、又是民俗的，是自然的、又是人文的……把它归入到哪一个类别都不够纯粹。

然而，这又是一本独具实用价值和教化意义的书。只要你打开它，它便会引着你走进山茶花的大千世界、走进古镇溱潼的世纪时空、走进作者的精神家园。

中国茶花协会、国际茶花协会相继作出评价：《走近全球茶花王》的出版，使溱潼古山茶成了中国、世界范围内唯一被详细记载历史、人文、传说、地理、生物学性状的山茶树。

因了这本书，这棵山茶花就不只是一株植物，而是蕴含着自然、历史、文化、科技的一门学问，是飘逸着这方水土风物、风情的一张名片。

这是泰东先生对家乡的一大贡献。

不止于此，泰东先生对于家乡佛教事业的贡献同样令人钦佩。

在有关单位、人士的支持、帮助下，他历经 7 年，调查、走访、勘探，写就了 20 万字的《姜堰佛教》和 30 万字的《佛缘姜堰人物》两部著作。为什么要写这两本书？因为姜堰的佛教源远流长，有过辉煌的历史。又因为曾经的几十年，姜堰的寺庙几乎都被改作其他用途或被拆除，绝大多数僧人还俗。其中"文革"期间佛像被砸、经书被烧、资料被毁，所遭之灾已近灭顶，以致 1993 年出版的《泰县志》，有关佛教的部分仅两页、两千余字。

为此，泰东先生采用了"拉网式"的办法，跑遍了姜堰的所有自然村落（约 600 个），勘查了所有能够找到的古旧寺庙、复建寺庙及相关遗迹，寻访了遍及城乡的 5000 余名有关人士。他力求准确，每个人物、每个事件都要忠于史实，至少要有多人的陈述相互印证。遇有不同说法，他会奔波多次，去同一个地方、为同一件事采访数人甚至数十人，反复核实认证。涉及建筑、古树、碑刻的，他必到现场抄录、拍照、测量或称重，确保每一个数据、每一份资料都是第一手取得。

经寒历暑、餐风露雨，泰东先生以其智慧和汗水的付出，收获了丰硕的成果。仅已出版的《佛缘姜堰人物》一书，就记载了与姜堰佛教有缘的本土及国内外人士300多人，有关事件、事例上千个。包括吴同甲书刻、光绪御赐佛教大匾各一块，明代石狮、记史木方等重大佛教文物20余件，散落民间的古石碑10通，特色佛教楹联15副，民国时期僧办小学5所，历代佛教文化艺术人物91人，在艰难情况下抗击日寇、济世行善、传承佛教、保护文物的70多人，还首次确认了现存姜堰地区最古老的佛像乃明正德年间（1506～1521）兴泰镇尤庄村东岳庙的一尊菩萨塑像……如此等等，填补了姜堰佛教史料中的诸多空白。

与此同时，他还撰写了多篇关于高二适、柳敬亭、文天祥等乡贤或旅泰名人的研究文字，钩沉史籍、记叙掌故、纠正差误。又在《泰州晚报》开辟《人海之中》专栏，讲述着他的同乡、同学、同事的故事。他主编的集体回忆录《1966年我们读高三》，编入44位健在同学及追记8位已故同学的文章156篇（其中不少是他采访整理）。南京大学莫砺锋教授在题为《从66届高中到77级本科》的序言中誉之：真实记录了52位共和国同龄人的悲欢离合，为中国1966届高中留下了一个完整班级的"群体样本"，也为历史留下一段铭刻在普通人心中的实录，真是难能可贵！

泰东先生所做的这些事皆着眼于家乡，是他退休后对家乡作出的贡献。毫无疑问，这些贡献已超越了他的家乡，其价值必将在更为广阔的时间空间中显现。

2018年

忙人沈杰

十年前，我曾写过一篇《杂家沈杰》。如今还想写写他，因为有不少内容需要补充。

在泰州，知道沈杰的人很多，在灯谜界、媒体界、演艺界、旅游界、归侨侨眷界，他的名气颇响。尤其近几年，新媒体发展迅速，沈杰微博、博客、微信一个不落，工作圈、朋友圈、同学圈、公众号应有尽有。他统一以"泰州沈杰"的名号亮相，同时配以或西服或唐装的靓照，我每打开手机，都可以见到他和他的作品。许多认识或不认识他的人，都是通过媒体见识以至熟识了他。与此同时，他还频频在省城及各地的新、老媒体展示作品，影响自然更大、更广了。

毫无疑问，沈杰算得上泰州的一位名人了——这篇文章若以"名人沈杰"为题也可一写，但我还是选择了"忙人沈杰"。因为说到底，任何名人几乎都是忙人，或者说"名"都是"忙"出来的，包括正面的、负面的。

沈杰忙的都是正面的事，宣传泰州的方方面面，介绍泰州人的精神面貌和文化生活，采访莅泰文化名人、文艺明星对泰州的印象……他在市广播电视台工作的那些年，忙的就是这些事。退休后被聘请到凤城河风景区工作的这几年，忙的还是这些事。不仅分内的工作忙得风生水起，分外的事情也忙得精彩纷呈。比如他在泰州大剧院等演出场所采访的各种演出，现已不在他的职业范围之内，但他每场必到。演出刚开始，他的"现场直播"也开始了，图片、视频及解说通过微信连连推出。及至次日，人们又会欣赏到他图文并茂的观摩采访文章。

有了这些积累，沈杰已出版了两本书，一是《我与名人有约》（中国炎黄文化出版社2008年8月），二是《群星璀璨耀凤城》（团结出版社2016年7月）。选入这两本书中的作品，主要是沈杰这些年来对造访泰州的众多文化名人和我市文化界一些成功人士的专访，其次是泰州若干文化活动的现场写真，此外是其关于泰州风土人情、关于灯谜趣闻、关于海外掠影的散文随笔。计236篇，50余万字，400多幅图片，洋洋大观、繁花似锦。譬如名人专访部分，沈杰以平民化的视角聚焦，着重挖掘广大读者感兴趣、想了解的事情，用朴实无华的笔调记下与名人们交流的一个个瞬间，其中不少内容都是他们兴之所至首次对媒体披露的，可谓"独家专访"。而有的名人或因已经辞世，或因身体等方面的原因已远离公众的视线，遂成绝响。

单就资料价值而言，这两本书也堪称珍贵。我还大致估算了一下，沈杰编就第二本书之后的三年时间里，发表的作品又有一两百篇了，他的第三本书大约又在孕育中了吧？

沈杰的忙，我是熟知的。学生时代我们是同窗，又同插队于里下河水乡，后来又同在工厂做工，再后又同事于新闻媒体，他总是忙忙碌碌。几十年下来，我们的交往却很少，一年半载不见面、不通一个电话是常事，也没感觉到有什么不好，习惯了。

我们的交往，最多的是相互的阅读。他发表的作品，我都比较留意；我发表的文章，也在他的必读之列。却没有怎么交流读后感，好像很少有这样的时间和空间。读是要读的，然后又去忙了。在我们同学的圈子里，沈杰是公认的忙人，他爱好广、知识面宽、动手能力强，属于什么活儿都可以来两下子的能工巧匠，大家笑称他为"杂家"，多半还是因为他做的事多，忙。

与沈杰之杂相对应的是他的哥哥沈俊、弟弟沈伟之专。沈俊先生为中国科学院海外评审专家，法国著名高校波尔多第三大学博士后导师，计算机专家委员会主席。他在计算机视觉领域提出的"边界探测方法"被国际学术界称为"沈氏方法"，成为中国荣获"傅京孙奖"第一人。沈杰的弟弟沈伟是我国恢复高考后入学的第一届大学毕业生，后在法国留学多年，获得博士学位，成为图像处理、模式识别专家，现为中山大学教授。

有人说，以沈杰的智商和总是忙个不停的劲儿，若是走上与其兄、其弟同样的道路，绝对也会成为一个专家乃至大家的。我则以为，或许现在这样更合乎情理。这个世界既需要专家、也需要杂家；既需要大人物、也需要小人物；既需要有人在大地方忙、也需要有人在小地方忙。况且，三个儿子之中留下一个在父母身边以尽孝道，也是天意。

沈杰应该是一个顺乎天意的人了。他总是这样勤奋、敬业、乐观、满足、不卑不亢地忙碌着，尽管已经走向古稀了。

2018 年

再逢王桂宏

与王桂宏先生相识，缘于江苏省委宣传部的老同志孙国文先生，2009年8月在泰州见的面。桂宏时任镇江新区党工委副书记、纪工委书记。他是姜堰人，生于1955年，1973年高中毕业后回乡务农，不久担任小学民办教师，后从军苏州，1986年转业至镇江市委宣传部，又在纪委系统工作了近30年。

我们的交谈，从他的家乡溱溪镇说起，很快就进入了文学。我佩服他在做民办学校教师期间已写出了近90万字的长篇小说《青春闪光》，佩服他踏入军营不久就在《安徽文学》发表了短篇小说处女作《开船》，那时他才二十出头啊！就是那次，他将新出版的中短篇小说集《野桂花》赠送给我，告诉我选入这本书的20多篇小说都是30年前写的。《开船》在省级文学刊物的发表给了他莫大激励，他的创作激情如决堤之水，两年多时间竟又写下了50多万字的中短篇小说，我唯有佩服再佩服了。

再逢桂宏已是10年后。2019年7月他来泰州，约了几个朋友相聚，我是其中之一。这一次，他赠予我们每人四本他的新著：百花文艺出版社2015年9月出版的散文集《乡愁·泰州卷》，上海文艺出版社2017年1月出版的散文集《乡愁·镇江卷》，江苏人民出版社2017年12月出版的长篇小说《浮茶》，上海文艺出版社2019年1月出版的长篇小说《原点》。不仅于此，他这几年的作品还有江苏凤凰文艺出版社 2016 年出版的散文集《乡愁·苏州卷》等另几本书。这一次，我已不止是佩服，而是惊叹了！

一位长期从事纪检工作的领导干部，从离开一线岗位到退休后的短短几年，作品即如深泉喷涌而出，其来有自。窃以为，或可用"挚爱"两字概括。

其一，对文学的挚爱。桂宏写作第一部长篇小说的时候还不到 18 岁，白天授课晚上写作，就着昏暗的玻璃罩灯，在稿纸上一笔一画地前行，寒来暑往乐此不疲。此后在军营，他仍然把夜晚和节假日的空余时间留给了文学。即便后来因工作而停笔的日子里，他心里的那份情愫并未远去。卸却公务的这几年，他更是笔耕不辍，取得了诸多殊荣：中篇小说《无墓坟》2015 年荣获中国小说学会"中国当代小说奖"、长篇小说《原点》2018 年入选"江苏省作家协会重点扶持文学创作项目"……他对文学的一往情深，铺就了他始于文学又将终于文学的人生之旅。

其二，对故乡的挚爱。他创作的"乡愁"系列散文计三部，状写了他一生中三个"故乡"的厚重和美好。生于斯长于斯的泰州，三水交汇的鱼米之乡，乃其故土，也是他所说的"第一故乡"；在部队锻炼成长的那些年在姑苏，小桥流水人家，是他所说的"第二故乡"；转业后工作生活、家之所系的镇江，山清水秀大江阔，是他所说的"第三故乡"。他对故乡的一往情深，成就了他散文创作的丰收，其中的《乡愁·镇江卷》更于 2018 年荣获第八届冰心散文奖。

其三，对生活的挚爱。生活是创作的源泉，桂宏的作品多取自他熟悉的生活，亲人、邻里、战友、同事，乡情、乡俗、乡趣、乡景……在他真情、真实、质朴可感的笔下次第呈现。即便小说，也都源于他所熟悉的人和事、情与景。他是一个有心人。

不难设想，如果没有他对寻常生活的热情备注和用心感受，很难做到这么记忆犹新、栩栩如生。他对生活的一往情深，使他有了丰厚的积累。这几年他的作品呈井喷之势，其实也是一种厚积薄发，是生活给予他的慷慨馈赠。

其四，对生命的挚爱。相较于许多同龄人，桂宏可谓经历较丰、资历较深、地位也不低的一位成功者了。他本可以优哉游哉地打发时光，养尊处优地享受退休生活去的。可他却抛却浮云，全身心地投入了创作，重新拾起荒疏了多年的笔，继续起过去未竟的事业。夙兴夜寐、日积月累、不离不弃，几年间写下了小说、散文、报告文学近 300 万字，出版了九部著作……如许一往情深的追求，蕴含着一种价值取向、一种人文修养，难道不是他对自己生命的一种挚爱？

这样的挚爱，在桂宏的作品里，时时、处处可以读到和感受到。

当然，其他方面的作用也是他成功的重要因素。从他的作品中，我读到了组织的理解支持、前辈的指导提携、同事的关心帮助、家人的忧乐与共……譬如《美女领导》中的那位确实曾经做过他领导的美丽妻子，不仅相夫教子、勤勤恳恳地操持着他们的家，还经常夜以继日地帮助丈夫誊写稿件。无论家搬到哪里，那些多年积累下来的文稿都是她的重点保护对象，总是完好无损地存放妥帖，每年暑季晒伏时，必得把这些纸纸片片小心翼翼地拿出来晾晒一番……

《乡愁·泰州卷》中有一篇《开明科长》令我尤为感佩，桂宏记叙了他当初学写长篇小说时的一段遭遇。那是 1973 年，他刚当上民办教师不久，写小说的事情已为不少人所知。忽然学校通知他去公社教育科一趟，他估计与写小说之事有关，说不定被人告状了。惴惴不安地走进那间小屋，曹联芳科长张口就问："听说你写了一大堆小说?"桂宏慌忙检讨:"可能耽误教学工作,我检讨,以后不写了。"没想到科长问明情况后,不仅表示了鼓励和支持,还让他有什么困难尽管说。桂宏犹犹豫豫地说:"我不知道现在写的这个东西像不像小说,想请几天假去一下南京,请出版社看一看有没有修改价值。"曹科长未加思索便一口答应:"批你一周假,来回费用公社报销,公社再给你写个推荐函。"

因为小说稿要按出版社专家的意见进行修改,曹科长又指示学校:能代课的小学教师好找,能写小说的人不多,批准王桂宏请长假去搞创作吧,希望他按照出版社的要求好好修改,争取出版,为公社争光!

呜呼!桂宏在初涉文坛之际,就能幸运地遇见这样的领导,实在是他人生中的莫大幸福!

在《开明科长》文末,桂宏有一段夫子自道:"后来我也当了干部,也或多或少地管着一些人,也或大或小地掌握着部下的命运。但我工作的一生总是那么顺利,总是能得到大家的支持和好评,组织上总是能给我不少的荣誉。现在回想起来,开明科长那种慈祥、宽容的形象,始终是我走向成功的重要动力源泉。之所以说曹联芳科长是开明科长,其实就是处处为别人着想。只要心中有部下,没有不受欢迎的官。"

是的,有的时候,为官者的一句话、一个举动,不仅能够影响部下的命运,也影响着部下的思想,影响着他们怎么做人。

2019 年

于俊萍的小说世界

这部小说集收入了于俊萍创作的六篇小说。

《寻找小波》是一个关于寻找的故事，小说的主人公"我"8岁那年与儿时伙伴"小波"失散在逃亡的火车上。三十多年后，主人公继续着她的寻找……而当年两个孩子的逃亡，也是为了寻找——寻找夜幕中向茫茫戈壁逃亡而去的母亲。生离死别，小说的永恒主题。

《共潮生》的故事发生在鼓浪屿，两个素不相识的男人不期而遇，一位已过不惑，一位甫及弱冠，突如其来的意外、心有灵犀的意会，使他们成了朋友。一系列的偶然仿佛都在冥冥之中，由此，我们读到的并非什么传奇故事，而是两代人各具时代烙印的人生孤独。

《垄上行》由某市医药公司老总魏新来的非正常死亡事件，描绘了魏的昔日同窗以及他几任夫人等各色人等的过往和当下，欲念、希望，爱恨、情仇，商海、官场，医院、患者，富豪、穷人……《清明上河图》似的喧嚣声中，依然"青山不寂寞，有小河潺潺流过"。

《七月池塘》得名于一幅炭笔画，这个故事自然离不开画家了。对于莘莘学子而言，七月是个特殊的时节，有结束，有开始，有分离，有会聚。每个人都像一个池塘，或大或小，或深或浅，或圆或方。于是，便有了人生的种种，汇合成一曲剪不断、理还乱的命运交响。

《一样是月明》中的两位主人公，一位是嘉陵江畔的小镇镇长，一位是姑苏城内的大学毕业生，不期然，两个世界里的人相遇、相知、相爱。没有一句爱的表白，或许起初还算不上爱，却愈见缠绵和深沉。爱，其实不需要理由。或者说，汉塘的那轮明月，便是全部理由。

《饮马湖畔》属于复线式小说，主线是大学生村官陆飞的成长历程，副线有三：一是他与爱人小雯的深情，二是他的同窗好友的家庭变故及事业涅槃，三是他资助的一个农家女孩死亡事件的追踪。光明与黑暗、人性的美与丑纵横交错，社会万象汇于一纸。

走进于俊萍的小说世界，每每被她笔下的人物所打动，也每每为她的语言而吸引，这就是文学的魅力了。且举印象尤深的几点：

各具个性的人物形象。《一样是月明》里的小禹和《饮马湖畔》里的青青同为初涉职场的大学生，同样对心上人充满倾慕。不同的是，小禹的爱欲说还休，青青的爱溢于言表；小禹的爱多的是疼爱，青青的爱多的是喜爱。《七月池塘》里的李凯进和靳永先是美术学院的同窗，铁哥们儿，他们几乎同时对法学院的女生秋秋一见倾心。李凯进义无反顾，不惜惊世骇俗，直至带着秋秋私奔。靳永先却自惭形秽，大约也不愿掠人之美，结果一味"单相思"，等到机会来临又误判形势，跪在秋秋面前求婚，等来的却是秋秋的痛哭。最是令人动容的是《寻找小波》里的"我"，这位奇女子，因了孩提时与小伙伴的命运与共，还有一种朦朦胧胧的喜爱，当属初恋的萌芽吧？竟等待、寻找了他三十多年，这样的执着，何其高贵、何其稀缺！性格决定命运，人物个性既立，他们的不同命运必然其来有自，这是作者小说成功的一个重要原因。

引人入胜的故事情节。这六篇小说，除了《共潮生》不以情节取胜外，其余几篇皆以情节见长，而且故事里面套着故事、故事外面连着故事，加上运用了蒙太奇、意识流等艺术手法，悬疑、意外多多，好看耐读，引着你读将下去，以寻究竟。譬如《寻找小波》，写的"我"由乌鲁木齐飞往上海的寻找之旅，其间时时闪回，追叙了三十多年前"我"和"小波"等几个小伙伴及其家庭在边疆农场的遭遇，惊心动魄如动作大片，为"寻找"做了层层铺垫。而在上海连续几天寻旧居、找原住民、辨认"小波"的过程中，不断融入种种疑问、猜测及推理，扑朔迷离如侦探故事，留下诸多悬念。又如《垄上行》，由魏新来的突然意外死亡事件展开。这个在申州医药界呼风唤雨的人物活得十分滋润，没有理由自杀。如系他杀，原因为何？凶手是谁？魏新来是个故事很多的人，同学、朋友一大堆，老婆就换了几次……从一个接一个的故事中，我们领略着于俊萍小说世界的魅力，也看到了现实生活中的你、我、他。

生动传神的细节描写。请看这两段文字："车子在夜色中滑行，他开车很稳，也很快。车子出小镇，女孩一直没有说话，似乎要睡着的样子。他想是自己造成人家没有吃成晚饭，歉意地看向她，忽然发现凌乱的短发下，两只大眼睛目光灼灼地看着自己，吓了一跳。赶紧将目光收回，专心开车。只想快些赶到小雯身边。"（《饮马湖畔》）"几本书，都是几年来发表过我论文的不同刊物，翻开一本，书页间夹着一串已经干枯了的泡桐花，这一页的空白处，一行墨迹很深的字：小禹，泡桐又开花了，你何时再来？明思远的笔迹。这个男人，把多少东西深埋在了心底？"（《一样是月明》）——这样的细节描写，小说人物细微复杂的感情得以显现，对于性格的刻画、内心世界的揭示都是成功的。从本书若干细节描写中我们还能看出，作者的笔始终饱含着善意和真诚，把握了一种节制。儿女情长，爱或不爱，皆见良善。这是她对笔下人物的爱惜，也是她对文字的敬畏。

诗情飞扬的语言风格。作者自小酷爱诗词歌赋，至今仍能倒背如流，她也曾创作过一些诗歌，经年的积累和历练对她的语言风格影响极大，本书中的几篇小说莫不如是。且摘两段："终于，海水一波波漫过来，无声无息，却激流汹涌。一层层白色的水线迅速推进，没有迟疑，也没有退路。只有海水，唯有海水，不知道它们是从哪里来，要到哪里去，这无穷的澎湃浩荡仿佛与自己有着千丝万缕的联系，礁石消失了，沙滩消失了，月光映着茫茫无边的海与天，让人有莫名的欣喜，也有种说不出的怅惘。"（《共潮生》）"6月初的夜晚，空气中充斥着湖水与草木的清新气息。半个月亮从云朵后露出头，薄纱般的光芒笼罩着天地。林荫道外是缓缓起伏的山影。山脚下有个小教堂，屋顶的十字架被月光勾勒成淡金色，镶嵌在丝绒般的夜幕中，一种宁静的感觉四处流淌。新野在教堂门口的长椅上坐下，双手支颐。她仿佛听见家乡那条熟悉的小河流水的声音，小船在垛田间自由穿行，妈妈的手，温柔地抚过她被风吹痛的面颊。"（《七月池塘》）

如我所读，这些特色，以及其他一些可圈可点之处，生成了于俊萍小说世界的丰富、宽广、不落俗套。当然，这只是我的一孔之见。

2019 年

老友观澜

观澜姓范，称呼他老范、范院长、范先生、范老师乃至范大师的人比较多，只有我们这帮几十年前的老同学还直呼其名，我则习惯于称其"观澜"，亲切些。

前两天观澜给我转来了泰州日报官微发布的《关于范仲淹忧乐观思想泰州起源的思考》（刊于 2019 年 9 月 2 日泰州日报《思想周刊》），系市委党校的一个研究课题，他是课题组三位成员中的领衔者。恰巧前不久我应友人之约，写了两篇海陵古景的文字，其中之一就是关于"范堤烟柳"（范公堤）的，所以观澜他们的这篇文章就读得很认真，很有收获。

我给他点了个大大的"赞"，接着提了一条意见："标题长了一点，《范仲淹忧乐观的起源》即可。"随后把我的《范仲淹对泰州的致敬》发给了他，请他帮我看看。同时就我文章中的几处数据说了我的依据和看法。最后妄作小结："你的研究课题重在以史论人论古今，属于研究论文。我这篇文章则重在人的精神，属于文化散文。角度不同，取材不同，写法不同，可谓异曲同工。"

观澜当即打来电话："你那个范仲淹担任泰州盐监的官职名称，保留一个就可以了，不必说两个。另外'范仲淹对泰州的致敬'，不仅仅是范公堤啊！还有胡安定啊……"引经据典，滔滔不绝，我唯有唯唯诺诺了。我们一些老同学就是这样，一年半载不联系是常事，可一旦聊到了什么话题，都是不绕弯子、直抒己见。

这种情况可以追溯到几十年前。1965 年，我们考上了同一所中学，都是 13 岁。那时候学习很轻松，课后作业很少，课余活动和玩耍的时间很多。我们虽不在一个班，但肯定一起参加过若干集体活动，甚至还一起疯玩过，真正的两小无猜、童言无忌。我们曾经聊过什么已难以忆及，印象最深的是他那时的头发比较茂密，比现在多多了！一年后"文革"爆发，接下来上山下乡，同学们有插队的，有读高中的，还有去当兵的，我与观澜从此天各一方。再次相见已是多年之后，我从插队的地方回了城，观澜从当兵的地方退了伍，与留在泰州的老同学们得以会合。再见如故，又开始了"不绕弯子、直抒己见"的新篇章。

也就是从那个时候开始，观澜的才华渐次显现。先是摄影，他很早就是泰州有名的摄影家了。20 世纪 90 年代，有关方面为他在泰州工人文化宫推出的摄影展乃泰州较早的个人展。我从扬州赶回来参加开幕式，摄影界的老朋友们陪我观展为我讲解，这是我第一次集中欣赏观澜的作品，较为全面地领略了观澜摄影艺术的魅力，也见识了他在文艺界并社会各界的人气。多年来，他的摄影创作一直坚持不辍，不断有好作品推出，譬如地级泰州市建立初期，他的一幅反映古城新貌的《水色连城》大为风行，不少媒体、画册、展览争相选用，成为展示新泰州新景色的代表作之一。他还出版了两部摄影作品集，举办过关于佛教的专题摄影展，作品不断入选海内外各类展事赛事，获得不少奖项。我还沾过他的光，钢笔画家王鹏先生去年应邀为我的长篇小说《五条巷》创作插图，有三幅就是根据观澜的摄影作品绘制的，其中的《五条巷俯瞰》还被出版社设计成封面至封底的全图，使拙著大为增色，我每送人，他们夸的都是封面。

观澜对泰州佛教的研究和在佛教界的人脉更是独树一帜，写了大量这方面的文字，遐迩闻名。2001 年他的《江淮名刹——泰州光孝寺》出版，引起热烈反响。那个时候泰州能出书的人远没有现在这么多，而关于泰州名刹的书籍更是绝无仅有。观澜这本专著颇有几分横空出世的气势，首发仪式上，一些佛教界的元老或题词或资助或驰函或致电或亲临，给予了极大支持和关注，文艺界的同行们则纷纷前来祝贺。不久，这本书就荣获泰州市政府哲学社会科学优秀成果一等奖。十多年过去，观澜已出版佛教类书籍十余部，蜚声海内外，对于"文化泰州"建设的贡献不可谓不大。而他在这中间所投入的智力、精力、体力也可想而知，我曾不止一次说过，像观澜这样一位取得如此丰硕成果的脑力劳动者，评他一个"劳动模范"，或者颁他一枚"五一劳动奖章"，再恰当不过。

观澜的著作除了佛教类的之外，还出版了被概括为"情缘三部曲"的《泰州情缘》《真情回眸》《瞬间缘聚》等散文集和文艺评论集。他还在《大公网》《泰州晚报》《我的泰州》《菩萨在线》等各类媒体开设了散文随笔专栏，定期发表文章。读观澜的散文随笔，感受到他对家乡这方水土的深厚感情。一些我们已经淡忘或未多留意的人和事，他铭记着，一篇一篇地写了下来，他是一个有心人。譬如他写的周志陶、徐荫庭、戈厚群等几位已故文艺家，对于今天的泰州人而言已经知之甚少。而张执中、夏道球、陈富平等几位仍致力于创作的文艺家，了解他们的人也不算很多。观澜的文章让这些早已鼎鼎大名的人物再次回到了人们的视野。在他的笔下，这些人物形象丰富生动，故事情境独特，堪称各有各的风采，尤其一些细节描写令人眼睛一亮，十分动人，勾起了我诸多回忆。

观澜还是一位收藏家，书画信札、图书报刊、邮票邮封、粮票布票、烟标烟盒、坛坛罐罐……不论名人凡人、贵重轻贱，似乎都照收不误，家里的这些宝贝存放得满满当当。我不无惊讶，他哪来这么多雅兴和精力的？记得"文革"初期一些同学分别参加了所谓"造反派"或"保皇派"的"红卫兵"组织，其他同学则被称为"逍遥派"，一时间四分五裂。观澜属于哪一派我毫无印象，至今也没问过他。后来却听说他收藏了许多毛主席像章、红卫兵袖章、造反战报、批判传单之类的"文革"物件。惊叹之余，不得不佩服他，小小年纪竟有如此远见卓识，可见他从小就是一个有心人！

　　近十年来，观澜先后应聘担任了泰州市凤城河风景区文化顾问和泰州市农业开发区发展顾问，他根据领导安排，积极建言献策，不遗余力地实地谋划，不辞劳苦地四处奔波，为凤城河、秋雪湖两个景区的文化建设作出了重要贡献。望海楼、文会堂、桃园、柳园、中国建筑风水文化博物馆、中国评书博物馆、秋雪湖国际写作中心……每一个景点都留下了观澜的智慧和汗水。2009年4月，"泰州旅游"在博鳌亚洲论坛精彩亮相，迈出了让世界通过旅游了解泰州的重要一步，观澜亦是这一活动的重要推进者。如此等等，有领导称誉他为"泰州旅游大提升的最初开拓者和功臣之一"，并非虚言。

　　那天我在电话里跟他说，我们年纪都不小了，当有所为有所不为，我看你佛教方面的事情已经做得差不多了，不如集中精力把范仲淹的文章做下去。观澜没等我说完就接上了话，范仲淹的文章我早就在做并且一直在做啊，光范氏宗亲的聚会和学术研讨会每年就有好几次，我都参加并提交论文，收获很大啊！过两天去太行山也是这方面的事。佛教方面的事情也丢不下啊，现在手上还有两项课题在做，至少要写两本书！还有还有……兴致勃勃、滔滔不绝，我唯有唯唯诺诺了。

2019 年

学者顾农

知道顾农先生，源于肖仁先生，在1987年。当时我供职于县级泰州市文联，肖公向我推荐了他，建议我请他出山。肖公说，顾农是个做学问的人，恐怕难请，你若是能请得动他，我在《花丛》和文协的事情就都交给他了。

我便去请他，确实费了几番口舌。顾农当时在一所中学做副校长，又是语文老师，忙得很。他拍着手上的粉笔灰，指着桌上堆着的待批改的学生作业本，细数着他的工作量，婉言推辞，博得了我的无限同情。本以为他要用做学问的重要意义来"压"我的，可他一个字也没有说。

最终他还是答应了。他说，故乡和文学，不正是我心目中最重要的两个东西吗？大家一起来把家乡的文气弄得浓一点，应该。后来共事了几年，交流过不少，他还是对做学问的事语焉不详。但他的学问我是切切实实感受到了，从他随和的举止、简洁的言谈、平实的文章和对人对事的洞见中，都感受到了。至于他的学问是怎么做的，取得了哪些成就，却不甚了了。后来读了他写的几本书，又读了《百家文学》等报刊对他的专访，才算有了大致的了解。

顾农先生1961年高中毕业，是年17岁。班主任和语文老师让他考北大中文系，他却想学新闻，像他二姐古平一样当名记者。二姐说，新闻有什么搞头，没有什么学问。只得去了北大中文系，准备当作家。没想到开学第一天系主任杨晦就宣布，北大中文系不培养作家，这里是培养学者的。从此一门心思读书、上课、听讲座，以魏晋文学为研究方向，通过各种途径向名师请教，写了一堆论文、若干札记，渐入佳境。不幸"文革"爆发，只得改变方向，读了多年鲁迅。自1968年起，先做了多年中学教师，后做了多年大学教师，以中古文学、鲁迅学研究为主，成果斐然。

20世纪80年代末，顾农先生由泰州奉调扬州师范学院任教，曾开设中国文学史（先秦至唐）、魏晋南北朝文学专题、古代文论、古小说、文选学、文献学、文学研究方法论等课程。在《文学遗产》《文献》《汉学研究》《国际汉学》《国学研究》《燕京学报》《古典文学知识》《新文学史料》《鲁迅研究月刊》《上海鲁迅研究》《散文》《随笔》《文学自由谈》《中华读书报》《文汇报》《大公报》等报刊发表大量论文、札记、散文、随笔，为《文艺报》"玄览堂随笔"专栏作者。著有《文选与文心》《魏晋文章新探》《建安文学史》《文选论丛》《从孔融到陶渊明：汉末三国两晋文学史论衡》等专著，《高适岑参集》《千家诗注评》《花间派词传》、鲁迅《汉文学史纲要》等注评本，《听箫楼五记》《四望亭文史随笔》等散文随笔集，以及教材和普及性著作若干种。

说到以魏晋文学为研究方向，还有一段故事。在北大读书期间，顾农先生是中国文学史的课代表，同主讲魏晋南北朝隋唐这一段的陈贻焮先生来往很多。有一次他交的作业是几份关于阮籍《咏怀诗》的札记，不同意黄节先生《阮步兵咏怀诗注》一书中的若干说法，自立新说。陈先生在他的作业上画了几个老大的问号，提出若干问题，还当面问他某些结论的依据是什么。他答不出来，却很有信心地说："我想应当是如此。"陈先生道："你觉得应当如此，别人认为应当如彼怎么办？总得有可靠的根据，哪怕有一点点也好。魏晋这一段材料不够用，给推测想象留下许多余地，如果胆小如鼠，简直研究不成，但你也忒胆大了！"顾农紧张起来，陈先生又说："我看你将来可以研究魏晋。关注这一段的人太少。胆子不妨大，读书可要细。我看你大有可为！"然后又告诉他还可以看些什么书。最后又道："我年轻时也是胆大包天！"说罢自个儿大笑起来。

关于鲁迅研究，前面说到"文革"爆发是他转向的一个节点。而在这之前，由于他读过林辰先生关于学者鲁迅的研究文章，大为佩服，从中了解到，鲁迅为了写他的《中国小说史略》，做过极其深广的准备。便开始花时间阅读、关注鲁迅作品以及与鲁迅有关的文字。"文革"初期还曾和几个同学合编过一本《鲁迅语录》，又编过一本《鲁迅旧体诗注释》。为此通读了鲁迅的全集和译文集。后来到农村中学教书，因当时学校图书馆里的书籍大部分还封存着，只有马克思主义著作和鲁迅著作可以借阅。顾农便把鲁迅的全集和译文集借出来，长期放在手边，慢慢看了七八年，由此走上了鲁迅研究之路。他关注的重点也由最初的具体文本与各路材料之间的联系、教材中鲁迅作品的分析，到后来的鲁迅与中国古代文化的关系，又由鲁迅而兼及周作人以及现代史上的另一些人物。而鲁迅本人研究古代文化的重点之一就是魏晋文学，这又使顾农的中古文学和鲁迅学研究两者之间有了诸多契合点。

一般而言，专心做学问的人不怎么参与和干预社会现实，不乏遇到问题绕道走的人。顾农先生似乎并未在这方面好好修炼，颇具士大夫的一腔真性情，时有一针见血的犀利和深刻。譬如早年有人对兼任市文联《花丛》副主编的一位"义务劳动者"不服气，谓其发表的作品不多，不如有的作家。顾农脱口而出："有的作家作品是不少，但其十篇也抵不上人家一篇。"他文章中这方面的例子也不少，兹摘数语："不懂得阶级斗争，不懂得政治权谋，不懂得处世之道，不懂得吹牛拍马，都可以斥为'书生气'……也许有人会说，如果一个人有书卷气而无书生气就好了。这个恐怕比较困难，真是碰到这样的人你得小心一点：此公一定是个厉害角色。"（《书生气与书卷气》）；"似乎很有学问，却用那学问来向皇帝或权贵献媚、讨好、巴结，这种作派，中国古代称之为'曲学阿世'。"（《曲学阿世》）；"当年的教授不仅指导学生学习知识研究学问，还和他们一起为民主而斗争，甚至也在一起流血。所谓经师人师，正当如此……如果学校变成一间经销知识、出卖文凭的商店，师生之间变成卖方买方。学校当然也还可以办得下去，但那又是多么可悲啊。"《访西南联大旧址》。

顾农先生的著作，大部头我未曾去啃，散文随笔倒是读得不少，佩服之处甚多，譬如他的幽默，每每令我会心。还是摘引二三由读者直接感受吧："所以我后来对于史料考辩一类问题也持比较圆通的态度，问题能一棍子打死它最好，如果不能，则想办法做出尽可能合理的推测，先行把它打昏，以观后效，以待后贤。"（《纪念陈贻焮先生》）；"平庸自有它的厉害之处，它有一种后发的综合的优势，《唐诗三百首》和《古文观止》可以说是这一类选本的代表。平庸之辈往往比锋芒毕露的英雄日子更好过，活得更长久，官场上情场上是如此，选本场上似乎也是这样。"（《两类选本及其意义》）；"例如关于鲁迅的文章，就比若干年前要少得多了，而其中有若干文章还是专门找鲁迅的毛病，在鸡蛋里挑出了不少骨头。这种情形也许可以理解，过去谈得少的，现在不妨多谈谈。找出伟人的毛病也是一件快事，同时也就找到了卖点。"（《鲁迅与陈寅恪》）。

勤学敏思，多向授课老师请教，乃至转益多师，是顾农先生治学的经验之谈。由于他私塾三年学得扎实，小学是直接从三年级读起的，私塾先生为此骄傲了许久。中学也不一般，老师中抗战前的教授等高级知识分子就有好几位，在那样的氛围中耳濡目染，自是受益匪浅。考上北大，燕园内外更是名师云集，他既利用担任课代表的便利向老师多交作业、多当面请教，又履行担任校刊副刊编辑的职责去向各位名师约稿、请教。此后的几十年，他又因各种因缘，当面聆听或通过书信向多位业界大师请教过种种学术问题。他的《听箫楼五记》中便有一章《转益多师记》，记叙了他与王瑶、陈贻焮、吴小如、余冠英、李何林、钱锺书、程千帆、林散之、艾煊、池澄等先生的笔墨缘。而钱锺书先生则是其中唯一他未当面请益的导师。顾农曾先后写过两封信给钱先生，一是质疑先生《管锥编》中有一处张冠李戴，特驰函请教。先生很快回信，说是"属我之误忽……承纠正，当遵改"。二是就钱先生指出《离骚》全诗存在前后性别不一的毛病，探究而下，得出一个新结论，遂成一篇论文，题为《〈离骚〉中的角色转换》，寄呈钱先生审阅。先生回信予以肯定，谓之"与鄙说各明一义可也"。如此等等，皆是他转益多师的收获。高山景行，顾农有此夫子自道："所以等到我年纪大一点而有青年人来不耻下问时，态度也非常热情，以此来回报我的师辈。"——这里的"不耻下问"仍是顾氏幽默，当然，更是师辈精神的传承。

　　回首与顾农先生三十多年的友谊，交往较多的还是最初在老泰州文联的那一段——他说我们乃"淡水之交""共事数年，十分愉快，好像也还做成了几件事情"——尔后，他和我先后调往扬州，由于工作上的交集很少，联系也就稀了。后来我再回泰州，见面更少。但我每有习作出版，他是必寄的一位，他也常将他著作中适合我看的寄赠予我。2000 年 8 月他收到我的散文随笔集《坦然人生》后，立即写来一篇评论文章，题为《好一个坦然的陈社》。我打电话向他道谢，同时跟他商量，想把标题中的"好一个"三字去掉，他同意了。

十多年后，他又打算为我的散文随笔集《艰难的父爱》写评，我特地向他提出要求，希望他说说不足。我说我是说的真话，因为唯有指出不足，才真正有利于我的提高。再说就你的文章而言，这样也更有厚度。后来他果然在题为《无所不谈　道在其中》的评论中写下了如是文字："陈社的文章如行云流水，已经达到很高的境界，但似乎也还有些未过我瘾之处，如果能更迂回更锋利一些，或能更多一点如杜甫所说的'沉郁顿挫'，可能更好些。不过这种感想也许只是表明我的暮气和偏见，随便说说，不必当真，知道还有这样一种老朋友的求全责备也就足够了。"虽说多了几许谦抑，还是比较到位地指出了我的问题。

这就是淡水之交了。

2019 年

新泰州建立之初的两件经典作品

　　1996 年 8 月，地级泰州市建立，时任市委副书记的邵军同志陆续创作了一些关于泰州的文艺作品，其中的《泰州之歌》《泰州札记》尤其为人赞赏有加，20 多年过去，依然令人神往。

　　《泰州之歌》是一首歌，邵军作词，吴小平作曲。歌词如下：

仰望远古的波涛，

难忘唐宋的文豪，

更是梅柳的故乡，

还有那竹影的轻摇，

这是一片文明的沃土，

灿烂的泰州几多骄傲。

啊，朋友！

让我们相聚，

看今日的泰州多么美好。

携着淮河的清波，

汇入长江的大潮，

张开腾飞的翅膀，

架起那时代的金桥，

这是一幅甜蜜的画卷，

未来的泰州已经起锚。

啊，朋友！

让我们奋斗，

为明天的泰州更加美好。

词作者作为一位从省城初来泰州的领导干部，他对泰州的认知和期许已在歌词之中，足见是读了书、行了路、做了功课的。而曲作者作为一位土生土长的泰州人、省城的著名作曲家，他用音乐对歌词、对家乡的演绎当是一往情深"最泰州"的了。

《泰州之歌》于1996年底由泰州人民广播电台播出后，反响热烈。记得不久举行的全市歌咏大会上，不少代表队都演唱了这首"泰州人自己的歌"。在此后的全省对外宣传"七个一工程"和精神文明建设"五个一工程"（皆有一本书、一部电视片、一首歌等）评选中，泰州均获得"优秀组织奖"。

《泰州札记》是一本书，邵军著。江苏人民出版社初版于1999年6月，再版于2000年4月。这是一部叙说泰州历史人文的著作，由《千年梦寻》《海陵溯源》《理学先驱》《文昌北宋》等30余篇独立成章又互有联系的文化散文组成。作者立足于世纪之交的时空节点，选择泰州历史上为人足道的名人、要事、艺文、景观，驾重若轻，娓娓道来，故纸之昔、思想之今于他富有个性的笔墨中融为一体，而语言沉着平实，多有个人见解，易读耐读，绝不枯燥晦涩。这也是此书有别于一些文史类读物的特色和写作上的不易之处了。兹摘两节，供未读此书者感受一下：

"公元前122年，汉武帝冬狩，猎获一只怪兽，怪兽生有一只角，五个蹄子。有人说这就是麒麟，是天赐的祥瑞，应以此为年号，于是便将这一年改为元狩元年。不久，汉朝的版图上出现了一个海陵县，隶属临淮郡。我们现在能看到的最早的记载，是元狩六年的郡县名录。就在汉代海陵县的基础上，泰州至今已延

续了二千一百年的历史。"（《海陵溯源》）

"千年一梦。如今在泰州能够寻得的痕迹，只是那古老的安定书院了。清净的庭院，虽然几度兴废，但那株古老的银杏树，至今仍枝繁叶茂，令人真切地感到千年时光的流转和凝聚。书院周围是名校泰州中学，从这里走出来的俊杰，已不逊胡瑗和他的朋友范仲淹、孔道辅辈。小小书院，传承了千年的文脉。"（《千年梦寻》）

著名文学评论家王干（他也是土生土长的泰州人）曾在《沉思的散步者——序〈泰州札记〉》一文中如是称道："《泰州札记》便是力图站在时间之巅、历史之巅、文化之巅开始写作的，因而全书以一种梳理、抉择的历史眼光来考察、呈现泰州沉淀千年已久的地域文化、人文资源，避免了同类著作的琐碎和零乱。虽然名为'札记'，但并不'杂'，全书都融入了作者精心的构思和缜密的组织，每一篇文章都有隐的关联和逻辑联系，整合起来是泰州历史文化的变迁史，隐在背后的则是中国历史文化的变迁史。"

多年过去，《泰州札记》的读者有多少？难以统计。我自己读过多次是肯定的，深感受益良多，所以推荐给了一些朋友、同事、领导，多位从外地来泰履新的市领导都读过。而每有记者、作家来泰采访或采风，我必持书代赠。也就得到过若干反馈，皆言泰州"了不得"，称此书乃了解泰州历史文化的一把钥匙。又言作者"了不得"，堪称泰州的"文章太守"。

邵军书记卸任离泰已近 20 年，而今，我将他在泰州工作期间创作的这两件经典作品介绍给各位读者，是为纪念。

2020 年

新年礼物

2020 年元旦，陆建华先生八十初度，他捧出了一本纪念册，真诚忆往，深情抒怀，作为生日和新年的礼物，分送给亲朋好友，堪称意蕴深长，独具一格。这是我在迎新之际收到的最有意义的礼物。

纪念册封面上是"却顾所来径 苍苍横翠微"两行唐诗书法题签，"陆建华 80 岁生日暨金婚纪念"一行小字作为副标题镶于一侧，全书 100 来页，图文并茂，丰富多彩，不仅回顾了作者八十年的奋斗人生和五十年的美好婚姻，还记叙了这八十年间的一些人和事：小学、中学、大学、职场，村野、乡镇、县城、省会，同学、恩师、同事、朋友……

《一"汪"情深四十年》是纪念册中关于作者与汪曾祺部分的标题，概括了他研究汪曾祺的投入和付出。自 20 世纪 80 年代始，第一篇关于汪老小说的长篇评论是他写的，第一部《汪曾祺文集》（五卷）是他编的，他跟踪宣传研究汪曾祺，计写下了约 200 万字的文章，包括五部专著、大量论文和纪实类文字……被推举为汪曾祺研究会会长。纪念册篇幅有限，书中的图片资料当属精中选精，殊为珍贵。文章也仅选了一篇，题为《汪曾祺的为人与为文》，读来已足大观。感叹于他对汪老的一往情深，我不禁想及他最近在《不可捧杀汪老》（2019 年第 5 期《文学自由谈》）中的大声疾呼："绝不能脱离汪曾祺本人的生活实际和创作实际，尤其是不能违背汪曾祺本人的意愿随意夸大和拔高。"对他的"一'汪'情深"领悟更深。

纪念册中扣动人心之处颇多。譬如把"养儿不读书，就像养条猪"作为人生信念的母亲；"宁可湿衣，不可乱步"的私塾先生；"从结婚第一天起就生活在无爱婚姻与真爱追求的矛盾之中，最终心力交瘁，选择了死"的同学；遗嘱丧事从简，"党和人民是不会忘记他，更不会在心中'从简'"的老书记；还有他们夫妇相距30年的两张合影——都在玄武湖。黑白的一张摄于1970年他们新婚之际，偶遇的一位老乡帮助拍下的，遂成他们唯一的"结婚照"。彩色的一张摄于1999年，儿子拿着那张"结婚照"拉着爸妈，找到当年拍照的原处按下了快门……

没想到纪念册中也有我的照片和他写下的文字。照片是十多年前他们夫妇来泰州时与我的合影，我喜气洋洋地立在他们二位中间，不知尊卑的傻样子。当时我是请嫂子居中的，他们不肯，我只手不敌双拳，想想也就一张照片吧，哪能想到他们会印在纪念册上公之于众呢？

与建华先生相识三十多年了，他长期担任省委宣传部文艺处处长、省文艺评论家协会副主席、省作家协会散文工作委员会主任等职务，是我的领导和师长，我也一直视其为领导和师长，由衷地尊重和敬佩他。他是一个真实的人，质朴、诚恳、直率，我们的交往主要在工作和文学，由于他既没有某类领导的架子，又没有某类师长的做派，我们之间自然多了几分亲切和随意。

记忆中的往事很多，印象犹深的是他对家乡的一往情深。建华先生是高邮人，几十年来为家乡做的大事、好事等各种事情难以计数。与此同时，他始终把高邮、扬州与兴化、泰州视为一家，一样地真情眷顾。远的不说，泰州作家首获"汪曾祺文学奖"，泰州市文联打造"里下河文学流派"，他都认真负责地尽了力。他主编《江苏散文双年鉴》时曾打电话给我，说《江苏作家》刊载的一篇评论我作品的文章写得很专业很有水平，准备选入年鉴，但是感觉有些话说得满了一点，删掉一些为宜，请我帮他联系上作者，以征得同意。他就是这么个人，无论什么情况，总有他的原则。

纪念册上有一页是关于我的文字，兹摘一节："我在文艺、新闻界有那么多朋友，对陈社的感觉有点特别；我觉得他像我，也可以换句话说，我像他。正是彼此都觉得像：生活、工作经历、对文学的痴迷的爱、对人生与社会的看法与见解……许多方面都像，这就容易心有灵犀，一见如故。很多话、很多见解，不说也能心领神会；即便有一个较长时间没有见面，不会生疏，更不会忘掉，依然一定彼此牵挂着，默默注视着。什么时候见面了，照样开心，不是久别重逢式快乐，而是像才分别一天那样高兴。我以为，这样的友谊，是经得起时间和世俗生活考验的。"

我很意外，也很感动。这些话他以前从来没有对我说过，但许多感觉是共同的。

真实、爽直、真诚，这就是我心中的建华先生。

2020 年

再读巴金

巴金先生著述甚丰，仅人民文学出版社就出版过《巴金文集》14卷、《巴金全集》26卷等若干种，其为人公认的代表作有长篇小说《家》《春》《秋》《寒夜》和散文集《随想录》等。

再读巴金，指的是《随想录》，以及书内书外的另一些东西。

我手头的《随想录》购于1987年春，系人民文学出版社1986年12月首次印刷的版本。全书计五集，即《随想录》第一集和《探索集》《真话集》《病中集》《无题集》，收入他自1978年12月至1986年8月期间写的散文作品150篇，计42万字。每集一本小册子，每本定价从0.9元到1.1元不等，合计5元。

巴老说过："五集《随想录》主要是我一生的总结，一生的收支总账。"

人民文学出版社如是介绍："文艺界人士认为，这是一部'力透纸背、情透纸背、热透纸背'的'讲真话的大书'，是一部代表当代文学最高成就的散文作品，它的价值和影响，远远超出了作品本身和文学范畴。"

当年购得《随想录》后，我即通读一遍，深为先生爱憎分明的良知和情怀所打动，为他朴实而接地气、有温度的文字所吸引。巴老的散文，不以华丽的辞藻、深奥的理论、炫目的技巧赢人，而是贴近现实、贴近人民，落笔明白晓畅、言近旨远，足见这位老人对寻常读者的尊重，对文学使命的敬畏。

这部大书便成了我写作生涯中的一支标杆。此后的这些年，其中不少篇目我又重新读过，他对"真"与"善"的价值追求、对"文以载道"的身体力行，对"讲真话，把心交给读者"的深情呼唤，犹如一簇火炬，总是在指引、激励和鞭策着我。

最近再次通读《随想录》，则有一点偶然。2019 年岁末，我的一部散文杂文集书稿被出版社删掉了多篇，交涉无果后，准备另写几篇补上。恰巧此前参加一个座谈会，闲聊时一位朋友对我说，有一个问题存在心中多年了，一直没有问你，今天就当着大家的面问你一下——这个问题曾有人问过我，没想到多年之后还有朋友惦记着，自当如实相告——由此及彼，我又想起了另几件事，本来是准备作为小说素材的，那就先用一下，写成散文吧！

多少也有一点顾虑，这些事情，有的为人关切，有的不为人知，有的被传得面目全非，我则很少对人说过。而今一下子就把它落到纸上，会不会引起某些不必要的误解或者麻烦呢？

我又想起了巴金老人，遂把《随想录》放到案头，一不做二不休，花了 10 多天时间，又通读了一遍。

巴老写道："我勉励自己讲真话，卢梭是我的第一个老师，但是几十年中间用自己燃烧的心给我照亮道路的还是鲁迅先生。我看得很清楚：在他，写作和生活是一致的，作家和人是一致的，人品和文品是分不开的。他写的全是讲真话的书。"

巴老写道："真话不是指真理，也不是指正确的话。自己想什么就讲什么；自己怎么想就怎么说——这就是说真话。"

巴老写道："所谓'真话'，只是说我当时真是这样想的，真是这样见闻、这样感受的。"

巴老写道："我喜欢剧中的一句台词：'人——要保持自己的本来面目。'说真话，也就是'保持自己的本来面目'吧。"

巴老写道："不会有人读了我的作品就聚众闹事或者消极怠工或者贪污盗窃，这一点我很放心。"

……

释然。写就写吧，如同曾经写过的另一些篇什，无论如何，总是一种真实的存在，是对人们关切的一种坦白。由斯，写又何妨？

2020 年

先生之风

　　邵燕祥先生近日安然去世，读到了不少追思、悼念他的文章，对他的了解、理解更多了，也唤起了心中的记忆。

　　我与先生虽只见过一次面，通过一次信，却永志不忘。

　　那是 2007 年 5 月，我应邀去高邮参加"纪念汪曾祺逝世 10 周年活动"，得以见到了敬仰已久的邵燕祥先生。记得是在餐厅，我们交谈的时间不长，因为好几位记者、作家都在等着和他说话，我自知不宜多占时间，便匆匆告退了。后来一个活动接着一个活动，也就没有再打扰他。还是陆建华兄提醒，让我送两本书给先生，于是在离会前聚餐时，我带上了《坦然人生》和《不如简单》两本习作送了过去。先生连声道谢，问以后怎么联系我，我便给了他一张名片。

　　想不到一年后，我收到了先生寄赠的杂文集《闯世纪》，书的扉页上是他于 2007 年 8 月的题签："陈社兄存念　供暇时翻翻　燕祥持赠"。旁边贴有一张黄色纸片，上书："陈社兄：高邮一见如故，又读大作，具悉家世及经历。谨呈旧作一册，聊以为报。顺候时安　燕祥"。黄色纸片下还夹着一张白色纸片，留下了几行细细的笔迹："陈社兄：去年八月发病（后做心血管搭桥手术），赠书迟迟未付邮。乞谅。现病体痊愈，勿念。燕祥"

　　我百感交集，当即给他回了一封信。说了我收到赠书的意外，接着介绍了我岳父的情况，我岳父比燕祥先生年长5岁，做过癌症切除手术、还发过两次心梗，心血管搭桥也已多年，身体状况却在搭桥手术后得到改善，经常骑着电瓶车到处溜达。由此我建议先生不要有心理负担，注重休息调理，必能恢复健康。信的最后，我很诚恳地对他说，我这封信请您不要回了，我也不会再写信给您了，我懂得先生的健康和写作都不容许在我身上花费时间。当然，我还说了您是我的长辈和前辈，称兄难当之类的话。于是，我们从此就没有再联系。

但我依然关注着他，过去就读过他不少作品。那些年又订了一份他和杜导正、江平、董健等多位专家、学者担任编委的刊物，他发表在上面的文章和在有关会议上的发言更是每篇必读，他是一位敢讲真话的文章大家，一位脊梁骨很直的正人君子。

我读了他的这本出版于2004年5月的《闯世纪》，书中收入的80多篇杂文均写于21世纪初的2000年—2003年。何为"闯世纪"？他在书的《序》中写道：

"20世纪的一百年，在全中国，在全世界，有太多的战争，动乱，灾荒，饥馑，无数的死亡与杀戮……多少应该活到21世纪的生灵，阻隔在了新旧世纪的门槛前面。

"而我，得以不死，磕磕碰碰跌跌撞撞冒冒失失地闯到21世纪来了。

"此之谓：闯世纪。"

《闯世纪》，是先生对我的教诲。他的馈赠、题签和写在两张纸片上的文字，更是对我的教诲——是先生做人、行事的风范。

我醍醐灌顶、铭记在心。

先生之风，山高水长。

2020年

凤鸣先生的一绝

认识凤鸣先生，始于他的一绝。

这一绝，便是他的人物肖像画。凤鸣先生的人物肖像画画种多样，国画、油画、素描、速写皆有所擅，尤以素描独领风骚。他笔下的名人不少，凡人更多，师长、朋友、同事、同学、乡邻、亲戚都是他的创作源泉，每为行家、观者击节称道。其中毛泽东、周恩来等政界领袖，齐白石、梅兰芳等艺坛泰斗，钟南山、李兰娟等杏林英模皆形神兼具，栩栩如生。而张执中、封林森、时彭年、范观澜、沈杰、戴德刚等众多为我们耳熟能详的泰州人杰则抓住了他们各自的精彩瞬间予以呈现，每见画龙点睛之会心。

我曾向他求得一本由他担纲设计的纪念册：《匆匆那年：泰州市东方红中学 1976 届高中六班毕业四十周年纪念》。这本纪念册之所以吸引我，是因为它与众不同——他为当年的班主任和参加聚会的每位同学都画了一幅肖像，38 幅画图生动形象，各有各的萌——这不仅是我在各种各样的纪念册中从未见过的，也堪称是册一绝。我被打动了，因为它艺术的精湛，更因为它情感的纯真。

令我赞叹不已的还有他临摹的《八十七神仙卷》，这幅堪与《清明上河图》比肩的白描人物长卷，相传为一代画圣吴道子所作，因场面之宏大，人物比例结构之恰当，神情之生动，构图之宏伟壮丽，线条之圆润劲健，而被历代画家艺术家奉为圭臬。凤鸣先生的临摹作品以其深厚的白描功力，逼真地再现了原作所描摹的八十七位神仙列队而行的盛大场景，于回旋交错的墨色线条中，展现出一种庄严的动感与和谐的意趣。

凤鸣先生的其他作品亦颇为可观，他的油画甚得其师、著名油画家赵龙骧先生真传，看得出构图、色彩等方面的青蓝相继。他的国画则得益于中央美院教授焦可群先生的指点，山水、花鸟均有一方天地，工笔、写意皆能涉笔成趣。依我的门外汉眼光，比较喜欢花鸟画中的竹、荷、松一脉和山水画中的天门、古村、黄山系列，前者颇具"扬州八怪"之风，后者有的以水墨见长，有的则是对宾虹老人的膜拜了。

他在工艺美术方面的成果也煞是了得，在人民日报、工人日报、扬子晚报等媒体发表装饰签案作品一百余幅，在全国、华东地区、江苏省轻工系统组织的装潢美术设计大赛中多次获得大奖，他还为所供职的单位设计了数十种扑克的背纹和包装，为多家企业、单位设计了产品商标或形象标识，获得华东大奖的"虎牌扑克"系列套装装帧是他与师父沈心传先生近四十年前的传承合作，获得江苏人民广播电台台标设计第一名的是他三十多年前的灵感妙思，在江苏陵光集团商标设计全国征集中从七千多件作品中拔得头筹的是他二十多年前的得意之创……这些，都是他的"童子功"了。

凤鸣先生乃如皋名门冒氏后人，1958 年生于泰州，自幼喜爱美术，聪慧好学，1978 年起先后在泰州人民印刷厂、友谊印刷厂从事工艺美术设计工作，其间毕业于扬州职业大学美术装潢系，曾潜心师从资深设计人沈心传先生学习装潢设计经年，并多次得到设计大师韩美林先生指点。他系高级工艺美术师、泰州市工艺美术职称评定委员会委员，还是中国民主同盟盟员，民盟中央书画院泰州分院画师。近年来，他的精力更多地集中于人物素描和国画创作，遂成此展。

预祝凤鸣先生画展圆满成功！

2021 年

李亚如书画艺术的过人之处

2000 年 5 月，我在《善哉亚如》一文中简评了他的书画艺术，特别欣赏他的大气磅礴、书卷气息和激情飞扬。这些认识，源于对他的了解和观其运笔、品其作品的领悟，也得益于人们对他及他作品的评说。他逝世后，人们的欣赏和评说仍在继续。直到两年前"纪念李亚如先生百年诞辰"活动之际，又有不少专家学者和媒体人士或撰文或立言，做出了若干全面、精要的评说。由此，我通览了数十年来数十位人士的文章，受教良多，遂将这三点认识展开，并从上述文章的相关内容中摘录部分，以求有所丰富。

大气磅礴

亚如先生的作品写意、写实兼具，又以写意为主，尤其常用的大写意，不事雕琢、纵横挥写，用起墨来泼泼洒洒、豪放不羁，似乎很随意，又恰到好处，有大气魄、大意境。他曾在辅导画院同人时鼓动之："何不先用大笔痛快地来几下？"认为作画就得有点"霸气"，得经营一个有力度的主体，以免失之于"花、乱、散"。

他的作品不少是大幅乃至巨幅，1980 年以八尺整纸创作的

《饮马长城窟》便是其中之一。四十年来，媒体上关于这一巨制的评论连绵不断。美术评论家马鸿增（曾任江苏省美术馆馆长）："作为气势雄壮的泼墨写意的代表，是六十一岁的李亚如。他兼长诗、书、画，作品意境开阔，既苍劲浑朴，又余韵萦回。大幅《饮马长城窟》以阔笔浓墨绘写出'山川互出没，原野穷超忽'的雄壮之美……"山水画家朱葵（曾任江苏省美术家协会副主席）："《饮马长城窟》《南岳朝云》追求气吞山河之势，意境浑厚深沉。而《岱庙汉柏》则注重绘出古柏犹如苍龙，矫健摩空，纵姿万千。"美术评论家张郁明（教授，扬州市美术家协会理论委员会主席）："这些大型山水画都源于生活，反映生活，以生动的有意味的形式反馈生活，反馈人民……都是亚如行万里路，从现实中提炼出来的，其笔势纵横，移步换景，浓墨重彩，潇洒活泼的诗文题跋，都与画面水乳交融地结合成一个整体，产生了震撼心灵的艺术魅力。他为当下的扬州画坛留下了我用我法，法由法生，诗书画印合一的扬州八怪创作方法在新时代下的新生态新境界。"

令人称奇的还有六尺整纸的《飞流直下》，描绘悬崖飞瀑的壮观，铺天盖地的水流连成一片，呼啸着从崖顶直扑而下，整个画面约九成是水，无论站在哪个角度，都能感受到扑面而来的水流、震耳欲聋的轰鸣……此作单论构图之大胆便十分罕见，当是作者给自己出的一道难题。然而非此不能达到如此绝佳效果。再如《一支灵石出云霄》《报岁兰》等作品，都以独特的构图、淋漓的水墨，突出、强化了灵石、兰草等画中"主体"的魂魄，营造出以简胜繁的阔大意境。面对这些作品，能够感受到作者画笔在手、山川在胸，已处于一种无拘无束、物我两忘的自由状态，所谓天人合一。

代琇、庄辛（伉俪，同为作家、媒体人、收藏家，合著《大画家齐白石》等）在《墨海中立定精神》中写道："李亚如的画，尤其是山水画，构图开阔，笔力千钧，气势雄强，意境深邃，他的一幅挂在扬州国画院客厅里的《雨后》，写雁荡绝壁飞瀑奇观，泼墨淋漓，云岚怪诡，一触眼就能使人溶进画家创造的境界中去，感到雨露烟云迎面扑来。他的《武夷溪山图》是一幅丈多长的横幅巨作，画的是武夷九曲的鸟瞰全景。武夷山峦的形象经过画家的高度艺术概括，渗入了画家的审美情操，以撼人心魄的恢宏气度被描绘出来。"

亚如作品的大气磅礴并非仅在大幅，也并非仅在山水。他的许多尺幅不大甚至较小的作品，同样有其不凡气势。这里说说他最小的画作：若干四尺八开的小品，有梅花、兰花、荷花等的花卉系列，有葡萄、萝卜、荸荠等的果蔬系列，都有上乘表现。譬如花卉系列中的牡丹图谱，每幅的色彩、形状、品类都有不同。我曾对他说："不看你的画，还就想不到牡丹花竟有这么多不同姿态、不同颜色，牡丹真的不愧为我们的国花。"他说："我去洛阳看牡丹可不是旅游，每一种我都画了不止一幅写生稿，而且都记在了脑子里。"所以，欣赏这些小品图册，也能感受到一种仪态万方的盛大气象。

京城一位大名徐有芳的观展者曾撰文见诸报端，盛赞亚如先生作品的气势，认为他的气势既在他的作品中，更在他秉公直言的人品中："李老集诗文书画于一身，我钦佩他的艺术修养，但我更钦佩他的人品。他作画为文，不因承定说，不因人废文，而是刚直不阿，秉公直言。家乡人几乎无人不知，隋炀帝是为了看琼花才修筑大运河的。我自幼以为真，如今也以为然。不想李老的《琼花图》所题文字却一正我的视听。原来，开凿大运河是隋文帝的百年大计，炀帝为了实现父志，才兴师动众，完成这千秋大业。"

文化学者丁家桐（作家、书法家，曾任扬州市文联主席）同样十分赞同亚如先生为大运河力排众议的历史观："他还有两幅成名之作与隋代有关，一幅是《饮马长城窟》，一幅是《琼花图》，都涉及对隋炀帝、对运河的历史评价。他用视觉形象的延伸表达他的史识，力排众议。追溯缘由，均与他热爱乡土有关。他是扬州人，运河人，他在画作中表达他的历史观，扩大画面的容量，使欣赏者所领略，这就和作画者徒以技巧取胜不同。"

文博学者李万才（曾任清代扬州画派研究会会长）有此"亚如技法论"："就其传统笔墨来说，他既学前人，又异于前人。他常常在古人忽略之处下功夫。如中国画过去从不表现天和水，即使表现，也是以意为之。而他画天空的云层，既淡且厚，如烟、如絮，有深厚感、有深远感。画水也一样，不但画出水的急速、缓慢的动态，而且画出水的分量。如《雨后》一图，从正面描绘水的势态，当人立于画前，不但似听有水声，还有水花迸出画面之感。中国绘画传统是一株大树，亚如先生是凭借自己的学问和功力沿着主杆向上攀登的。"

美术史论家薛锋（曾任清代扬州画派研究会会长）认为："他善作长幅巨制，但非以势欺人，毫无那空泛浮躁之习。其画风具有南方之灵和北方之壮气，其北骨南韵之特色，令人惊叹。他对花卉、飞禽、走兽、山水、人物等，无所不画，无所不精，这些传统题材在他的笔下，能带人进入一个清新的世界。他那巨制《饮马长城窟》《墨荷》等的气势，给人以掀天揭地之感。他善用淡墨、泼墨，又使墨溶于水，以取得朦胧中有真实之质感，真实中又有朦胧之诗意，使画面产生一种神奇变幻、水墨淋漓。其独特的笔墨和结构，所表现出的情绪、胸次和素质，都说明了他个人的学养。"

山水画家高顺康（曾任扬州国画院副院长）写下了难忘的一些画面："20世纪70年代曾随先生一行游黄山，李老不顾旅途颠簸劳顿，在汽车或轮渡上，手不停挥，归后绘成黄山记行数十幅，蔚为壮观。见李老作画确实是一种享受，只见他双目炯炯，凝视画面略作思考，忽而醮墨奋起挥写，大有解衣盘礴之势。他更喜大笔涂抹，墨意纵横，只见手腕翻动，竭尽变化，气势豪放之极，然后对画面粗粗点缀细节，浑然而成一体……李老身上有一股常人所不及的毅力。这可能是他早年参加革命、历经磨炼而形成的一种品格。"

美术评论家贺万里（曾任扬州大学美术学院院长，现任清代扬州画派研究会会长）在《扬州美术史话》中如是观："他的大写意花鸟画，充分体现出其多年从政勤务所养成的大局观和大气势。他的作品《饮马长城窟》《南岳朝云》《岱庙汉柏》等，雄浑苍劲，气势非凡。他的大写意荷花笔墨恣肆，干湿变幻，酣畅淋漓，意境苍莽而新奇。他的书法作品，糅楷、隶、行于一体，笔路多变，雄劲苍浑，风韵隽永。"

曾为"扬州八怪"作传的丁家桐根据资料作出比较："先生画作以大幅见长，气势恢宏，颇具笔扫千军气度。'八怪'诸人曾有《梅花纸帖图》，又有巨制如《煎茶图》《苇间书屋图》等，形制均不如亚如先生作品之雄阔。"

文化学者赵昌智（书法家，曾任扬州市委常委、宣传部长，现任扬州文化研究会会长）曾著长文对亚如先生作出全面评析，论及"气势"则直言之："先生的诗、书、画都有大格局、大气象、大气势、大力度。而尤以画为胜，试看《饮马长城窟》《雁宕秋雨》《恒山初雪》《雄狮图》《志在万里》等等，莫不如是。看百年扬州画坛，就气势论，无出其右者。"

书卷气息

读亚如先生的画，不难感受到他的文化修养和由此所决定了的胸襟和见地。他所营造的是一种意蕴、一种氛围、一种可以意会的人文品格，决无浅薄的匠气。他自幼受到艺术熏陶，七八岁起就师从扬州的几位优秀作家、画家学习古文诗词、书法、篆刻和绘画，自此不辍。十六岁有诗作在上海刊物发表。二十二岁与人结为诗社，分题限韵作诗。二十三岁与人联袂举办"三青年画展"。由幼及长及老，他作画数十年，绝大部分作品都有自撰的题款，自刻的印章本身也是艺术，常有画龙点睛之奇效，诗书画印相得益彰，足见其对古代文人画风的扬弃之道。

他的作品并未止步于随物赋形，不只是画面上的内容以及笔墨、技法、传承等，内涵十分丰富，总有一股浓浓的书卷气，每见历史人文和作者的思想见识，耐人寻味。所以，《水乡晨趣》就不只是秋天清晨趣味盎然的芦苇和麻雀，而是作者在战争年代的生活积累，记录了一方水土、一个时代。《稍纵即逝》也不只是篓子里正爬出几只极具动感的螃蟹，而能够读到人们刚刚经历过的一段历史，一个国家惊天动地的故事。

书卷气从何而来？源于广博的学识和深刻的见识。薛锋先生说他"无所不画，无所不精"，当离不开此"二识"支撑。南北东西的名山大川，他凡去过，必有作品呈现，且必有自家风范。而垛田、苇雀、菱角等少有名人下笔的水乡风光、风物，他也是无所不画。别人常画的梅兰竹菊之类画中君子，自是他常画常新的题材。而他的晚饭花、扁豆花、猫脸花等，却不免成为人们眼前惊喜不已的不速之客。至于他画作的命名，也有文化，试看"十里菜花黄到门""留有莲蓬带子香""看看新世界"等，极为传神，书卷气自在其中。

朱葵先生由此寻源："宋代苏轼提出的'士大夫画'，亦称'文人画'，其内容多为山水、花鸟，但重视文学素养，提倡诗文书画结合……李亚如领悟'八怪'的继承与创造精妙，在艺术上有着自己的探索与追求。他的作品受前人影响，形式上重水墨写意，讲究笔墨情趣，略脱形似，追求神韵。"

所谓"文人画"，当然是文人所作之画，必须建筑在画家自身所具备的文化素养之上，没有相当的文化造诣，没有自己的探索与追求，何谈持文之人、以文化人？书画界曾有一"血统论"颇为有的人执着，注意力不在"现实表现"而在"出身"，否则便是师出无名。

亚如先生的追求是"三有"——有容、有我、有法——他的工作室便名"三有斋"。他师古人、师造化，尤以"扬州八怪"为终身之师，致力于继承、发扬其优秀传统和创新精神，从幼时耳濡目染地追随、夜以继日地临摹，既动手又动脑，到先动脑后动手，博采众长，兼收并蓄，把前人的精粹化为自己的血肉，形成自己的面貌。赵昌智先生认为正是"三有"造就了他："有容乃大，有我乃新，有法乃正。所以他的作品有阔大胸襟，崭新意趣，正大气象。"昌智先生此论，诚为的评。

媒体人朱述新（诗人、作家，曾任《长城》杂志主编，北京日报社党组书记、社长）曾发表访谈录："终于谈到了扬州八怪。他是钦佩他们的，钦佩他们的艺术造诣，也更钦佩他们的精神、人品。比如，对郑板桥画竹，于夜静竹语中竟听到了'民间疾苦声'，他就很钦佩。对于八怪们作书作画作诗不泥古、敢创新的精神，他尤为嘉崇。他说，学八怪而单纯仿八怪，追求似八怪，'似之则死'。他认为，扬州八怪的艺术造诣很高，八怪各有怪处，应当继承他们留下的艺术遗产，但更重要的是要发扬，要创造，要拓新。他认为八怪们画文人画而有切实的入世精神，体察民情，师法造化，是很可贵的。"

书画家尹石（曾任江苏省美术家协会驻会副主席）有此感言："李亚如先生，扬州八怪之后又一才子也！当曰：半官半民，多才多艺。先生集诗书画印文为一身。画以艺理胜，书以隶辩上，印以金石开，诗文则以古风佳。作品画中有诗，诗中有画，可谓无画不诗，无诗不画。取今人题材，得八怪灵魂，成自家面目，拂扬州春风！"

说到传承，书画家刘方明（曾任扬州八怪纪念馆馆长）写道："兼擅诗书画印的亚如先生，所画山水写真率性，有石涛的苍润挺拔之气象；所画花鸟取法李鱓，笔墨酣畅淋漓，情趣盎然；其书法由楷入行，以草作隶，篆隶相融，拙中藏巧；其篆刻刀法古雅，神隽味永。可贵者亚如先生用自撰的诗词歌赋创作书画，情境相合，将自己对自然、时事的感受于文字传于丹青，而这种方式其实也是'扬州八怪'书画的特色。"

亚如先生治印亦始于幼年，他一生所作书画数以万计，所用之印基本上都是自刻，曾有记者在采访记中述及他左手指端的刀痕——其十二三岁刻印时切破，当时刀深见骨，鲜血如注，他包扎后仍不丢手。长期坚持下来，业内外专家多有称道，一谓当今书画精篆刻亦精者并不多见；二谓其作品书卷古风弥足，刀法上入秦汉，印型、字体、内容多有讲究，如"一得也""守拙""不为画奴""二分月下人"等，莫不如是。代表作《岳武穆〈满江红词〉组印》计一十九方，以神态各异的金石组合，表现了作者心目中的英雄形象，蔚为大观。

他特别注重写生，远至名山大川，近至庭前小景，乃至案头静物，无不入其画稿，若干佳作皆从写生中来。我曾见他从武夷山写生带回的画稿，千姿百态近百纸，由此创作出多幅精品，文气古韵兼具，却又不泥古，自有一股清新灵秀之风。若干题诗亦甚有味，其一云："清晨濡墨对群峰，画出溪山一两重。欲写青松才着笔，白云深掩已无踪。"极写山中景色的瞬息万变，可谓诗中有画、画中有诗，令人叫绝。

学者顾农（作家、教授，曾任扬州师范学院中文系系主任）在《漫说诗人李亚如》一文中作此评析："亚老的近作中有若干首似乎相当近于王维，如'驱车入山深，浓荫围若城。梦醒犹思睡，满耳画眉声'。又如'密树掩群峰，飞流下几重。苍茫浓雾里，山寺一声钟'，与前几年的作品相比，风格有所变化，这大约就是所谓'衰年变法'了。"

丁家桐先生则读到了郑板桥和杜工部："先生也是诗家，诗作之半不亚于画作。诗作使我印象最深刻者为《邵伯怀古》，过去的年代'秋冬水浅行船难，春夏水涨猛如虎'，宛如板桥之《逃荒行》，关切民生，继承的是杜甫诗风。"

美术评论家黄俶成（扬州大学教授、学科带头人）写道："中国自唐代开始，文人画开始有题跋。清代'八怪'将诗、书、画、印相结合的艺术推到一个新的高度。李老四者皆长，有机结合，熔为一炉，体现了八怪的传统。题句往往语隽意深，产生独特的效果。我们将李亚如先生的艺术成就作大略回顾后不难发现，他对'八怪'优良传统的发扬，是全方位的。他不局限在'八怪'的笔墨迹象间，而是师其意，传其神，取中有舍，舍中有取，博采众长。"

画家顾扬（曾任扬州国画院院长）写道："一个画家的学养代表了这个画家的高度和他作品的高度。亚如院长本人的学养就很高，因为他，那时画院的交流层次也很高。刘海粟、黄胄、周思聪等大家都因为亚如院长来过画院交流，日本著名画家东山魁夷、高山辰雄也都来过，日本书道负责人、著名书法家梅舒适五次访华都专门造访亚如院长。这样的交流，就相当于这些大师给我们上了一堂课，真是受益匪浅。"

新华社（中英文电讯）则如是破题："中国著名书画家李亚如今天在北京中国美术馆展出的120幅书画杰作使参观者领略到

传统中国文人画的书卷气息和高逸韵味。"

激情飞扬

亚如先生的画或气势恢宏，或淡逸清远，都意味隽永，内含充沛感情，予人一种生机勃勃之感，而且极富人情味和时代气息。

媒体人周益群（曾任《东方艺林》杂志执行主编）在《"八怪"风范有传人》中举例："李亚如利用中国画诗、书、画浑然一体的特点，刻意求新。请看，画面上的两根老丝瓜，裸着枯藤败叶，画面并不惊人，但他题上：'莫道藤枯瓜已老，去垢除污尚耐磨'两句诗时，可令人浮想联翩。小鸡画得更是饶有情趣，简单的画面，仅画了几只刚出壳的嫩羽犹湿的小鸡，但题上了一句'看看新世界'，便使人感到一股清新气息跃然纸上。"

他笔下的小鸡，印象深的还有一幅《母爱图》，画面上翠绿的芭蕉树下，一只安详的母鸡正给它的几只毛茸茸的小鸡喂食，旁款为"天下之爱，莫甚于此者"，令人怦然心动、回味无穷。

他善作苍鹰、白鹤，尤其鹰鹭家族画得最多，品类、姿势各异，最见精神。如《双鹰图》，书画家潘高鹏（江苏省新闻美术家协会会长）、媒体人杨明照（摄影家）品评："以苍劲的古松、对视絮语的双鹰构成雄奇的画面，道出了老画家心底对党对社会主义祖国的无限深情。"又如他患脑血栓后的一幅写意，一只雄鹰正展翅而上直冲云天，旁题自作七言一首："垂老更逢一病侵，春回留得半残身。健存右肢天怜我，再画翱翔万里鹰。"

他是一位极为珍惜时间的创作者，画家杨麟（曾任扬州国画院院长）曾著文写意："我更看到了黄昏中亚如先生临窗奋笔的情形。因公务繁忙，亚如先生总抓住任何空当作画。每个黄昏，别人下班之际正是先生创作之时，先生的灯总比别家的亮得晚，他说黄昏时打开灯，屋子反而不亮了，于是那抹夕辉便深情地伴着他，总是最后从他的画案前离开。"

愈近晚年，他愈加激情满怀，想把时间更多地用于艺术，离休后即书一条幅："无端岁月漫消磨，此生有半属蹉跎。学画未成书未尽，一天须作两天过。"他的座右铭是"寸阴是竞"，旁题："一寸光阴一寸金，老来更惜寸光阴……"悬于画室壁上。他还写过一篇散文《光阴》，从朱自清的《匆匆》说起，一直说到自己一生"不愿放跑光阴"的情怀。八十岁这一年，他自书了一幅笔力雄健、虎虎生风的条幅："八秩少年"，悬于客厅内，旁书的一段文字十分有趣："岁月匆匆，吾年已八十。然童心犹存，事事想学、事事想做。愿天赐吾寿，方可多学多做，为世人多留贡献，庶不虚度吾生也。"这正是他一生奋发精神的映照，既是他的自勉，也是对后人的策励。

从他的作品中，不仅能够读到他情真意切的赤子之心，还能读到见他人所未见，作他人所未作，乃至拍案而起、不平而鸣的一腔豪情。

赵昌智先生对此颇有感触："亚如先生的作品以情感人。进京展出时，潘絜兹题词：'豪情不减少年时，淮海风雨入梦思。世人争夸诗书画，战士情怀知未知？拜观李亚如先生画展情不能已，归写短句奉教。'杨成武看了《恒山初雪》说，'这是我过去的根据地……我前年去山西，你画了山西的新貌。'他给老山前线战士赠《鹰》，战士们得知他是中风不久创作，深为一个老兵的精神和情怀感动，用弹壳为他制作了一支手杖。亚如先生曾有西南之行，忆昔'兴化顾符祯善作《蜀道图》，写旅人荷担骑驴行于栈道之上，其状极艰苦。今铁道畅通，盘旋于崇山峻岭之中，列车飞驰，气象雄伟，人行道中，心旷神怡，因作《蜀道新图》，并纪以诗.'诗的最后写道，'蜀道之难今已矣，铁路筑向群山巅。隧道穿行丛山履，悬桥飞架复相联。朝发蓉城夕至滇，蜀道之行如登仙。行旅乐，行旅便，知否，道旁筑路群英忠骨埋相联?'我曾是一名铁道兵，读到最后一句，不禁心中一热，当人们乘坐火车感到便捷时，有几人能想到筑路之艰难？在大西南修铁路基本是一公里一个人的代价。但亚如先生注意到了，注意到了道旁的烈士墓。书画评论常有一句话'力透纸背'，看亚如先生书画，我忽然悟道，'力透纸背'不仅指笔力，而且指学力，指思想穿透力。亚如书画于书画之外有东西，故能拨动观者的心语，引起观者的共鸣。他的心永远与人民联在一起，因此他的作品感人。"

书画家李亚如曾是战争年代的老兵，理论家赵昌智曾是建设时期的老兵，老兵之间自然心有灵犀。评论家张郁明激赏的则是文人作品里的军人基因："他的山水画在传统的基础上融进了一股军人的雄强奔放和淋漓痛快。他的书法功力极好，善狂草。他善以草书笔势入画，奋笔如椽，如飘风骤雨，以书法之骨壮其骨，以书法之势壮其势，给人不拘于小节而挥洒自如的大匠风度之感。"山水画如是，花鸟画亦如是，朱葵、薛锋先生曾撰文评价："他的八尺《墨荷》画得潇洒淋漓，荷叶笔法如'狂草'，墨色浓淡泼洒有致，再由中锋勾出荷花的妩媚，兼收并蓄，颇感清香带露。题跋为：'田田新叶连天绿，朵朵鲜花映水红，番雨歇，尘埃净，清香飘入碧空中。'墨荷虽已'墨分五色'，配以诗注，更显斑斓芳丽。"

《李白杜甫画像》在亚如先生的作品中别具一格，盖因这是一幅讽刺"评法批儒"运动的人物画。画上的诗圣和诗仙眉头共锁，举首问天，上题："世人称李杜，李杜本相契。秋深共被眠，剧谈独为继。一朝伤别离，魂梦常萦系。偏有好事者，为我划阶级。阶级不相同，思想则迥异。屋有三重茅，地主成分隶。老杜是儒家，法家是老李。秋风破茅屋，更遇狂风起。此风特别奇，东西变不已。李杜在九泉，怒气填胸臆。欲酬以诗苦不成，低头拊掌徘徊相太息。"右下角铃长方形篆书印章一枚，印文系"知之"二字。此画屡屡为人称奇称绝，每次展出皆能吸引众多观赏者流连，叫好、失笑者都有，对画家敢怒敢言的真性情由衷敬佩，对作品诗书画印的珠联璧合深为赞赏。

山东省潍坊市郑板桥纪念馆藏有他的一幅书法作品，上书他自作七言一首："板桥先生百世师，劲节高风独自持。落拓一官归去后，依旧街头画竹枝。"旁题长款为："板桥先生品格至高，非怪也。诗文至妙，非怪也。书画至精，非怪也。何以怪称之？乃后世之人以陋俗之目以目先生，故怪之也。吾敬先生，以先生非怪。非以怪而敬先生也。板桥自是板桥，非怪也！先生若有知，当以杖击呼怪者之脑，而斥之也。"这幅在四尺整张宣纸上以"亚如隶"书就的作品，见情见性见功力，被人称作《板桥论》，视为他的代表作之一。应扬州市扬州八怪纪念馆和兴化市郑板桥纪念馆之请，他又为这两个馆各写了一幅。

何为"亚如隶"？当源于顾农先生的命名："他真草隶篆兼备，隶书功夫尤深，看得出曾受到《礼器碑》《石门颂》的深厚滋养，草书中有着怀素的影子，篆书则似吴让之。但他又不专师一人一体，而能博采众长，神明变化，近年来尤喜作隶而用草书之法，草书中却又有篆隶之意，作品古朴而活泼，流畅而凝重，形成他个人特殊的风格。其代表作如四条屏杜甫《梦李白》诗，如《板桥论》，还有他为瘦西湖小金山所书之联'借取西湖一角堪夸其瘦，移来金山半点何惜乎小'等，当称为'亚如隶'，乃书坛珍品。"

论及书法，也有一些专家更为推崇他的草书，譬如朱葵、薛锋先生写道："李老的字融汉隶、魏碑、二王于一炉，特别是草书，遒劲有力，笔画、布局有如绘画，书画界对之有很高评价。"我则认为他的隶书、草书俱佳，首先，他的隶书造诣极深，不同面貌、不同风格的作品皆能信笔而成，《登泰山》的典雅，《长安秋望》的古拙，《但得夕阳》的圆润，《迎鉴真像》的灵动，均可溯源而又出神入化。而"亚如隶"则是以草书之法入隶，可谓草三隶七，个人风格凸显，已然自成一家。至于他的草书，本身就是由"有容、有我、有法"修炼而成，非一般功夫所能至，而且笔墨难度大，他能写出如诗如画的境界，殊为难得。

书法家朱福烓（曾任扬州市书法家协会主席）有评："他的书法创作，纵横挥洒，不拘一格，乃至各种书体无所不能，却又各具风格。看起来似乎很随便，其实是具有很扎实的功底的。我曾见过他的一轴寸字的行书条幅，用笔流畅而严谨，传统法度俨然，可以知道他在师法古人上很用过一番心力……他的书法放而不野，逸而不飘，拙而不怪，清而不浊，随心而运，风格多样，常写常新，且大字小字，运笔自如，是他对自身书法美学追求的最理想的表现。"省城一位大名周和生的观展者亦曾撰文评价："他的草书章法参差错落、疏密有致；用笔姿势洒脱，率多变化：或如龙蛇飞舞，或如枯藤屈折，傲岸奔放之气直扑入面。"

家藏的一幅《赤道雕弓能射虎》，四尺整纸，录叶剑英元帅联对十四字，书于 1980 年，笔走龙蛇，其势跃如，尤其一连串的枯笔，气韵非凡，极为耐看。是作历来为业界所重，屡屡参加展览、选入画辑并在报刊发表。他后来也曾写过多幅，总觉得不如第一幅，所以最终留下的还是这第一幅。他说，称得上精品的草书可遇不可求，得激情飞扬、一气呵成。

结语

写到这里，可以有所归纳了。

我的三点认识虽属管中窥豹，但我坚信一点，写字作画亦如作文，得凭作品说话。而众多专家、学者、观赏者的论说，都是"凭作品说话"，他们在更为广阔的时空里告诉我：作为"扬州八怪"杰出传人、当代著名文人画家，李亚如书画艺术的特色和优势，早已成为他们的共识。

刘海粟、赵少昂、东山魁夷、启功、贝聿铭等多位大师皆曾予其美誉。

学者、诗人江树峰先生诗云："扬州八怪有遗珠，诗画书章融一炉；善学前人题绝唱，任情挥洒出新图。"跋云："李亚如同志所作人物山水画，饶有新意，题诗飘逸，书法亦直追前贤。"此诗被广为传颂多年，至今不衰。

马鸿增先生对李亚如书画艺术的概括性评价，亦为不少专家学者和媒体引用："山水以气势夺人，花鸟以情趣取胜，书法以力度见长。而贯穿于全局的，则是诗、文、书、画兼长的艺术素养。"

庄辛先生的概括则从源头说起："二百多年来，扬州画派对于中国画坛有着极大的影响。扬州画派，代有传人，今扬州国画院名誉院长李亚如同志即是其中之一……他的作品既具有扬州画派的传统精神，又能出题材之新，布局之新，笔墨之新，意境之新，使作品勾画出时代的风貌、洋溢着时代的气息，一种豪放气、灵秀气和书卷气，跃然纸上。"

薛锋先生的《扬州画派的后起之秀》堪称同调："他确是继扬州画派的后起之秀，现代扬州画坛的代表画家……他自幼即从扬州名画家蒋荫三、汤遂之学书画。书以颜柳欧苏为基础，出入怀素、黄慎，集历代诸家之长，工八分行草，自成一格。画工花鸟、山水，用笔简拙，苍劲秀逸，淋漓潇洒，气韵遒劲。尤工画鹰、鹤，得神俊之气，其作品浓不伤痴，淡不嫌寂，一丘一壑、一花一叶，笔触豪放，最富诗情。其山水气势雄峻，笔墨纵横，意境幽深，极有自然生趣。他亦善篆刻，刀法入秦汉。加上他文学修养很高，题画诗跋，情操脱俗，不落窠臼，在继承'扬州八怪'的传统中创有新意，故人称三绝。"

赵昌智先生在《扬州艺坛的旗帜性人物》中充分论证："亚如先生是在一个特殊的历史时期、特殊的文化背景下成长起来的堪称'全才''通才'的文艺家……以其独特的天赋、独特的阅历、独特的努力，在诗书画印等领域创作了大量人们喜闻乐见、可以传之久远的精品力作"。

丁家桐先生在《亚如：一方里程碑》中郑重作结："扬州自新中国建立以来，诗、书、画、章，四方面均不乏才人，佳作迭出。但'诗画书章融一炉'，可以当之无愧者能有几人？从这个意义上说，先生是新中国扬州文艺史上的一方里程碑，一个高度，一种标志。"

张郁明先生在《建议修建李亚如先生纪念馆》中如数家珍："我以为，在亚如先生的艺术人生中有十个第一……"说到他在八十岁生日之际，将自己的一百幅书画精品捐赠给了扬州八怪纪念馆，其中就包括用乾隆年间八尺整纸绘就的《饮马长城窟》《双鹰图》和《水乡晨趣》《邵白怀古》等代表作。这一义举，在扬州、江苏乃至更大范围内，尚属第一人。

如此等等，便有了本文的标题：李亚如书画艺术的过人之处。

2021 年

水的泰州

泰州这片土地，原本在海洋之中，能长成今天这个模样，先得感谢大海母亲的孕育。泰州人的祖先，是吃大海的饭长大的。泰州历史上的鼎盛，也是从大海、从盐业开始的。泰州的根在大海、魂系大海，泰州的血脉连着大海。请看唐代诗人王维对泰州的写意："浮于淮泗，浩然天波，海潮喷于乾坤，江城入于泱漭。"

不知是幸抑或不幸，岁月沧桑，泰州逐渐远离了大海。大海的性格和胸怀是否也远离了泰州呢？

长江却始终把泰州拥在怀中。这条世界上屈指可数的长河，滋润了泰州的水土，养育了泰州的人民，它是泰州的生命之河。当然，长江的给予不是简单的恩赐，而需要你的付出，需要勤劳、勇敢和智慧。千百年来，十年九涝的水患，泰州人经受了无数风风雨雨。在奔腾不息的生命之河中，练就了坚韧、顽强的生命力和一副好身手。长江，又何尝不是泰州人的力量之源呢？

泰州与水便结下了不解之缘。泰州的城池，名曰水城；泰州的乡村，人称水乡；泰州的世界，一派水的世界。泰州的河流湖泊多得数也数不清，整个一张绿悠悠、湿漉漉的水网，说泰州人是在水中泡大的，一点也不过分。因此，泰州历代官员的政绩都与水有关，有筑海堰的、有修江堤的、有开运河的，宋代名相范仲淹为官泰州行色匆匆，仍留下了"范公堤"流芳百世。延及当代，泰州更有百里硬质江堤和引江河等现代化水利工程为世瞩目。水，是泰州的根，也是泰州的旗！

泰州人得益于水，也受制于水。泰州人爱水，却又懂得"水不能当饭吃"的道理，得靠自己去干、去创造。泰州人也不蛮干，而是"靠山吃山、靠水吃水"，实干加巧干。世世代代下来，硬是把脚下的这方水土打造成了远近闻名的鱼米之乡。比上不足，比下有余，泰州人也没有太大的志向，受乡贤王艮"百姓日用即道"思想的影响，平民意识很浓。何况天高皇帝远，出门就是水，交通不方便，不如知足常乐。于是乎，早上"皮包水（茶馆）"、晚上"水包皮（澡堂）"，悠然自得。敢冒大风险、成大事业的人为数不多。

却又望子成龙，说我这辈子只能这样了，把希望寄托在了孩子们的身上。特别重视教育，从《诗》《书》《礼》《乐》，到琴、棋、书、画，样样逼着孩子去学。常挂在嘴边的一句话是："不学出点名堂来不要回来见我！"就这样，文风日盛，人才辈出。宋代建有安定书院、明代出了"泰州学派"，施耐庵、柳敬亭、郑板桥、梅兰芳……顶尖级的人物报出来就有一大串，弄得外地人听了还不肯相信。

泰州人的性格似乎与水也有很大关系。清淡平和、温文尔雅，不像北方人干柴烈火，一不小心就火冒万丈。泰州人一般不去惹是非，他们欣赏的是邑人郑板桥的"难得糊涂""吃亏是福"。即便有几个好斗的，也颇讲究章法，好听一点的叫"外柔内刚"，难听一点的叫"窝里斗"。因而被人讥讽，说泰州的干柴已经被水浸湿了。这话有点刻薄，听起来刺耳，却又有值得我们反思之处。尽管泰州也出过农民起义的首领张士诚，出过"风风火火闯九州"的《水浒传》，出过以一当十、打得敌人落花流水的黄桥决战，出过千舟竞发、把红旗插到国民党总统府的渡江大军，出过中国人民解放军的第一支海军部队，还出了春兰集团、扬子江药业集团等一批敢为天下先的市场经济弄潮儿……这大约是水的性格的另一面，瑕瑜互见，符合辩证法。

走过了几个千年，泰州及泰州人在扬弃之中不断变化、发展。坚韧、务实、创新、包容等中华民族的传统精神和优秀品质被泰州人张扬得有声有色、有波有澜。一个崭新的泰州已崛起在长江之滨，崛起在长江三角洲的城市群落之中！走进新的世纪，泰州及泰州人当如何作为呢？我以为还是扬弃，在瑕瑜共存基础之上的扬弃，在有利和不利因素基础之上的扬弃，在扬弃中进步、发展。

何况，今日泰州及泰州人的概念，已非五年前了。它似乎回到了从前——包容了原泰州及周边更为广阔的天地。它又超越了从前——包容了天南海北来和我们一起建设新泰州的新泰州人。泰州的水，已不只是长江和运河，还有黄河、珠江、松花江，还有多瑙河、密西西比河、扎伊尔河……

问渠哪得清如许，为有源头活水来。泰州的未来有什么理由不更加波澜壮阔、绚丽多彩呢？

　　　　2001年7月为"'泰州精神泰州人'大讨论"而作

辑二　我心深处

　　在乡下的几年，母亲得到了不少干部、社员的照顾、帮助，她一直心存感激。回城后，同队的农民要买我们盖在乡下的房子，说不少下放干部已经卖了。母亲和我商量后，将三间住房捐赠给村里，成了村办学校的一间教室。

——《怀念母亲》

怀念母亲

本文由相对独立又互有联系的 7 篇文章组成，除《记住了两句话》写于 2010 年外，其余 6 篇均写于 2017 年初。这 6 篇文字，与老友费振钟先生有关。他偶然见到一张关于我母亲的照片——振钟 20 世纪 80 年代初在扬州教育学院进修时和我母亲熟悉，前两年又在泰州见过面——用手机拍下发给了我。是时我母亲刚去世数月，这张照片便勾起了我的若干回忆和念想。

母亲的坚持

母亲是 1948 年夏天认识父亲的，她在一篇文章中记下了他们的故事，其中有这么一段："当时，我还是省立如皋师范（时驻泰州）的学生，学校里和街坊上都不乏追求者，上门介绍的人也不少，我均不为所动。特别是遇到那些有钱的、开店的托人上门来说媒，我都是抛下一句'我不愿当老板娘'夺门而出。本肖的家境十分贫寒，一家三代 10 口人，靠他父亲的微薄薪水和他有限的稿费来支撑。他还患有肺病，体质不好。更为严重的是有邻居多次提醒我父亲和哥哥，说陈本肖是共产党，经常有密探在他家附近转悠。记得有一次我从本肖家出来，手里拿着一本红色封面的《毁灭》，一位熟人看到后立即劝告我不能看这种书，说你这样下去会出事的……我算是'执迷不悟'了，仍然不管不顾地与本肖确立了恋爱关系。"——这是她的坚持了。

1955 年，父亲因受"胡风集团骨干分子"耿庸的牵连被抓走。母亲也被关押起来，几个月的时间里，审查人员不断施加压力，要她检举揭发，甚至拿他们 3 岁的儿子（即我）来说事，警告她如不与反动丈夫彻底划清界限，不仅她自己，儿子将来也会受到影响。可她无法相信自己的丈夫竟是反革命分子，也确实揭发不出他们希望她揭发的东西，极为委屈，感到从未有过的孤独和无助……但她还是坚持到了最后。

"文革"中，父亲已经去世，母亲又被揪了出来，小会批判、大会批斗，各种罪名一堆，脏水泼了一身，被赶出工作岗位接受改造，被下放农村"重新做人"，屈辱、艰辛压迫着她。那样的年代，那样的侮辱，对于一个孤苦伶仃的弱女子而言，可谓生不如死。当时，有不少人为她、也为我和妹妹担忧，怕她想不开、撑不住……她终于还是坚持下来了。

母亲属于有一点文化的革命者，曾经跟随父亲等一些进步青年从事地下活动，为泰州解放作出过贡献。新中国成立后，她担任西仓街道团总支书记和团市委青年业余学校、总工会职工学校教师，后供职于市委宣传部、市文联、市总工会，又服从组织安排，去市广播站当起了播音员……由于父亲的原因，她入不了党、提不了干，几十年"原地踏步"。她没有后悔自己当初的选择，而是坚强地微笑着面对这个世界。

许多人跟我说过，你母亲是个苦命的人。是的。9 岁时她母亲早早去世，小小年纪跟着她父亲漂泊过，去她已出嫁了的姐姐家寄居过，因家里反对她的婚姻"离家出走"过。自 1950 年结婚至 1963 年我父亲去世，13 年中大部分时间父亲均在病中。父亲去世 3 年后，我妹妹又患上了不治之症，经过 6 年危难，1972

年病逝。1979 年至 2003 年，她与我继父共同生活了 24 年，其中一多半时间继父处于半身不遂的状况。她一生中最宝贵的岁月都是与患病的家人相依为命，都是以照顾他们为生活日常……母亲始终无怨无悔，默默地做着她认为应该做的一切，她坚持下来了，坚持到为她至爱的这几位亲人送行。

母亲一生忍辱负重，努力工作、善待他人，赢得了大家的尊重。在同事、朋友中，她是大家尊敬的"戴大姐"。在家里，她是祖父、祖母、外公乃至我曾祖母最信赖的人，是叔叔、姑姑们敬重的"大嫂""二嫂"（父亲、继父在各自兄弟中排行第一、第二）。在晚辈中，她是深受爱戴的一位亲人和长者……她很少计较一己一家的得失，习惯于替别人着想，宁可自己吃亏也要施以援手。当然，她也自有她的原则。前几年，晚辈中有人处置祖产时考虑到了她这个长辈，却没有顾及另一些同辈人。母亲主持公道，坚持维护大家的共同权利。

而今回想，母亲的种种坚持，为自己的少，为家人的多，前前后后数十年，真够难为她的了。

曾经的专业

母亲读的师范，第一份正式工作是团市委青年业余学校教员。在市总工会工作期间负责过职工教育，管过职工业余学校，同时兼任教员，还曾被任命为城西小学教导主任，退休前又在扬州教育学院教务处、图书馆工作了 10 年。从这个角度讲，教育算是她几度从事过的一个专业了。

去年夏天，画家居志毅老先生打来电话，说想跟我聊聊，我便去他府上拜望。交谈中，他又回忆起了我母亲，说我母亲做他老师的时候，看了他创作的连环画，十分欣赏，鼓励他坚持下去，并多次予以推荐介绍，他至今都十分感谢。居老的谢意是由衷的，因为这番话他 30 年前就跟我说过，此后每次遇到我都要说。我也曾问过母亲，她说那时居志毅还是个年轻小伙子，文化程度不高，需要鼓励和激励。

没想到母亲很快就转了行。市人代会上代表提意见，说广播站全是"和尚"（男播音员），都是讲的泰州土话，每天早上打开广播只听到"和尚念经"，强烈呼吁配备一个能讲普通话的女播音员。此时母亲正准备去城西小学上班，组织部又临时改变决定，通知她去了广播站。

对于播音这一全新的专业，母亲下了一番功夫，努力学习、钻研，很快适应了新的岗位，后来担任了播音组组长，还是单位的团支部书记。渐渐地，泰州的节目在省内有了名气，老一代的广播人都知道泰州的"扬路"（她的播音名）。前些年江苏电视台来泰州拍摄纪录片《梅兰芳》，导演蒋文博同志和我聊熟了后回去告诉他父亲，老人家立即给我母亲打来电话，原来文博的父亲当过多年的江苏人民广播电台副台长，"扬路"有了点名气的时候，他还是个小青年呢。我母亲退休后，他还去扬州看望过她。

其实，母亲最初的擅长还是文艺。1949 年 1 月泰州解放，欢迎大军进城的腰鼓队中，母亲是最活跃的一个。不久军、地两方联欢，母亲他们表演了一个"海军舞"——那时正全力准备渡江战役。军区文工团的黎明团长当即在后台找到她，要她参加文工团随大军南下。母亲当晚就和我父亲（那时他们尚未结婚）商量，父亲要她去和黎团长说，他愿意和她一起去，可以去做他们团的编剧。由于黎明同志对他不了解，也可能文工团不需要他这样的编剧，结果母亲没有去成。

母亲便成了泰州的文艺骨干，担任机关和企业文工团的团长，排演了《枯井沉冤》《刘莲英》等话剧及其他节目，经常担任主要演员，多次获得省、市嘉奖。有一年参加全省汇演，泰州的节目中有一个"河蚌舞"，母亲是领舞，获得大奖，被省里留下来演了好几场，成为经典节目。这方面，母亲也是有所钻研的。家里藏书中她的那部分，除了一些教学、播音方面的，最多的就是文艺方面的了，有各种读物，包括苏联的一套小丛书，还有《斯坦尼斯拉夫斯基选集》等大部头，都是父亲买给她的。

话说回来，这些专业还算不上母亲的"主业"，她多年来花费时间和精力最多的，是做家人的助手和陪护。父亲写作，她负责誊抄、邮寄、购买稿纸、书刊……妹妹因病休学，她帮她买来课本、默写生字、诵读课文……继父作画，她负责裁纸、研墨、选配钤印……尤其病中的护理、陪伴，更是堪称专业。无论身体方面的料理、照顾，还是精神层面的抚慰、交流，都极为耐心、周到，细致入微，而且善解人意、恰到好处。家人、亲友、医生、护士每每为之感叹，可谓有口皆碑。

回忆到往事的时候，母亲也会说上几句。譬如："如果当年我跟军区文工团走了，我的情况，尤其专业上的发展就大不一样了。""如果不是连续不断的政治运动，我总不至于到最后连个'专业技术人员'都算不上吧?"当然，也只是偶尔说两句而已。她说得更多的，是她一生中遇上了许多好人，是她的家人都在努力……她说，过去的已经过去了，她欣慰于现在和将来。

一张照片的回忆

2016 年 10 月 22 日，老友费振钟发来微信："陈社兄，今看'文革'泰州旧照片，见你母亲被批斗照片，为之恻然。该照片为档案馆流出，不知你是否要看，怕你心情不忍。振钟"

照片不太清楚，但大致情况尚能分辨。那是市委大礼堂舞台的一角，侧幕前有两个女性正在被批斗，左边的是钱树蕙（她是曾任泰州市副市长、扬州市政协副主席、著名爱国民主人士王石琴先生的夫人），右边的是我母亲戴冰。她们各被两个女性扳扭着臂膀压跪在地，脖子上各挂着一面大牌子，上面分别写着各自的"罪名"和打了叉的姓名。钱伯母的头侧着，我母亲的头仰着，好像被身后扳扭她们的人揪住了头发。照片上方写有一行小字："机关大联指、文联总斗批王顺堂、戴冰"——当时的照片应该还有，因为同场被批斗的还有吴林、王顺堂等人。这张照片上只有她们两个，而且写的说明张冠李戴了。

那次批斗会的前前后后我记忆深刻。母亲上午离家时对我说："可能今天下午要在市委大礼堂开大会批判我，你不要担心，也不要去看。"我不知道说什么好，"嗯"了一声。我家离市委大院不远，批斗会的声音从高音喇叭里一阵阵地传了过来。那天被批斗的人中，除了我母亲和钱伯母外，王顺堂、吴林我也见过。王叔叔好像在文化馆工作过，还当过哪个剧团的导演。吴叔叔当时是一个单位的领导，关于他的大字报和小传单很多，说他是"敌特"什么的，他还是我的一位同班女同学的父亲。我站在院子里听着，高音喇叭里的口号声一浪高过一浪，每听到"打倒戴冰！"的呼喊，心脏都要紧缩一下。我被一种孤立无助的感觉压迫着，特别希望每天和我在一起的几个要好同学能来陪我，可他们一个都没有来。后来听说不少同学都到批斗会上看稀奇了。

批斗会结束后不久，母亲被几个人送了回来，后面跟着一大群看热闹的。母亲面无表情，一声不吭。送她的人跟她讲了几句劝导之类的话，又把我叫到外屋低声交代："这几天你要特别留神，特别是今天晚上和夜里，防止你妈妈想不开，要把家里的厨刀、剪刀藏起来。"我彻底慌了。妹妹则从母亲进门的那一刻起，就紧紧地拉住母亲的手，寸步不离。她当时已经9岁，不久前刚确诊患了不治之症"红斑狼疮",她是一个很早就懂事了的乖孩子。

幸好来了一些好心人看望,有亲戚、朋友,有同事、邻居,他们有的说了几句什么,有的陪她坐了一会儿,有的匆匆来去,留下一个关切的眼神。我姨母来帮我们烧了晚饭,说今天不走了,陪陪你们。祖父晚上也来了,买了两包好烟送了过来,祖母叫他买的,让母亲抽抽看,说抽烟可以排解郁闷。祖父也劝姨母回去,说你放心,戴冰是经过风浪的人了。但我仍然处于高度紧张之中,始终不敢合眼,密切注意着母亲的动静。她仍像往常一样,临睡前到我床边看我有没有睡好,我赶忙闭上眼睛,屏住呼吸,装作已经睡熟了的样子。

年岁稍长后,母亲告诉我,那些批斗他们的人并不都是出自内心,甚至在批斗会上,扳扭着她臂膀的两个女同志中,也有人数次用手抚摸过她的手,传达着一种关切。还说1955年她被关押在城中女子浴室的近半年时间里,看守她的几位女同志待她也很好,经常和她聊天,不像审讯她的人把她当成反动分子的"臭老婆"训斥,上街买东西吃时也常问她一声要不要代买一份。她还告诉我,父亲被关押在机关大院一间屋子里的时候,大部分看守人员也待他不错,常常不露痕迹地关照他,并没有把他当成反革命来看待。父亲曾特别提醒家人,说揭发批判他的人不少是他的同事和学生,在那种形势下,人家也是没有办法,而且越是以前和他关系好的和得到他器重的人,就越是要表明与他坚决划清界限的样子,所以不要记恨他们。祖父祖母也说过,在父母被隔离的日子里,仍然有人通过不同形式表示了对他们的关心和同情,要他们不要忘记。

"文革"结束后,母亲又回到了原单位,她还像过去一样和同事们和睦相处,包括那些斗过她的人。也还像过去一样善待着熟悉和不熟悉的人，包括"文革"初期像看见"瘟神"一样躲避着她的几个至亲晚辈。往后的几十年，她始终如一，没有记恨任何人。

我家的经济日常

母亲9岁丧母，外公对他这个小女儿就格外疼爱。外公在朋友的轮船公司做过经理，还到高邮什么税所当过主任，家境尚可。在高邮期间，他将泰州家里的房子出租，把我母亲、舅舅和舅母、已出嫁了的姨妈一家儿口都带了过去。母亲从小学到初中有五年就是在高邮读的，她小时候的照片中有不少都摄于高邮，穿着小小的旗袍，头上扎着蝴蝶结，很乖巧的样子。

转折点在1948年夏天，母亲爱上了一个患有肺病的穷作家，外公不同意。当时母亲还在如皋师范（时驻泰州）读书，听不进外公的劝说。不久泰州解放，母亲参加了工作，住到机关宿舍去了。一年后就和穷作家（即我父亲陈本肖）结了婚。

母亲当年21岁，忽然成了陈家的大嫂，不少事情都得帮着张罗。她和父亲的收入也就成了家里的主要经济来源，拿到薪水和稿费，除了买书、看病等开支外，其余全都交给家里。他们由包干制改为工薪制时，两人第一次的工资加上补发的计240元，还去给父亲看病欠医生的90多元后，给家里每个人做了一件新衣服，全家高兴得像过节似的。有次刚拿到父亲所写《略评夏阳〈在斗争的路上〉》的稿费，恰逢豫剧演员常香玉带头捐款为"抗美援朝"买了一架飞机，他们当即把稿费也捐了出去。不久政府号召职员退职以减轻国家负担，父亲和母亲商量后就让祖父从工商联退了职，说你们放心，我们夫妻两个有饭吃，全家就有饭吃！

1957 年，舅舅来跟母亲说，他子女多，养不了父亲，希望她来承担。从此，外公每天一早先来我家吃早饭，接着带着我玩一会儿，然后就去食堂等开门。外公随母亲先后在两个食堂代过伙，一是商业局的食堂，二是五一居委会的食堂，都靠近母亲单位。外公每天都是去食堂最早的，而且吃得快，吃完了再打一点回去当晚饭，一顿等不到一顿。一个冬日，外公没来，说他走不动了，让孙女来拿点面条回去给他吃。接着又说吃不下去了，然后就咽了气。母亲一直为此自责，说外公最后这几年年老体衰，吃不饱，是饿死的。

那年头，中国人真的是穷。我们家比起姨妈、舅舅两家算收入高的了，但由于父亲长期生病，双方的长辈也必须赡养，总是入不敷出，总是欠着公家和私人的钱。外公临终前 10 多天，母亲买来两只"高级饼儿"准备送给他"享受"一下。这是我们家第一次购买这种当时很是著名的"高级"食品——很贵，所谓"高级"，放到现在，连最"低级"的也要比它好上无数倍——我看得嘴馋，母亲问我是不是特别想吃，我竟摇了摇头，她便夸我是好孩子。

姨妈家经常揭不开锅，母亲帮不上大忙，小的接济不断。那时广播电台有一位看门老人，我们称呼他"郑爹"，家在老渔行，生活困难。母亲有时带点吃的或旧衣被什么的给他，还约他来我家吃过饭。老人十分感动，一定要认我母亲做"干女儿"，然后每个星期天都兴致勃勃地来"干女儿"家吃饭。

前一阵我偶然翻到母亲的一个小本子，上面记着她 1960 年的流水账。1 月份的如下："还款：33.62 元；给妈：30 又 10 元（包括房租 6 元和上欠）；冰的袜：1 元；露的袜 0.40 元；雪花膏：0.57 元；牙膏 0.41 元；父亲的鞋布：1.47 元；冰的布褂料：2.70 元；肖袜：1.04 元；给肖：5 元；买被里、衬裤、露的裤子计 7 元；露的围加：0.68 元；给父亲：2.30 元；社的大衣：2.15 元；肖和露的裤子：0.65 元；萝卜：0.15 元；鸡蛋：1 元；鞋骨：0.24 元；2 月份新华日报 1.20 元；饭票：2.24 元；菜票：9.76 元；杂碟：0.50 元；面条：0.11 元；饺子：0.20 元；萝卜：0.27 元；馒头：0.12 元；钙片：0.72 元；信宁咳：0.84 元；鸡蛋：2.16 元；猪油：2.00 元；花生：0.40 元；给父亲过节：3 元；给父亲生日：10 元；瓜子和糖：1.2 元；橘子：0.82 元；梨子：2.00 元；给淑贞、宛静、社等各 1 元。"我查了一下，1960 年 1 月 28 日为农历正月初一，2 月 5 日是外公 79 岁的生日，这个月的开支包括了过年，合计 140.92 元，超出了父母两人的工资收入。

外公去世后两年，父亲病逝，家庭收入少了大半。3 年后，妹妹患上"红斑狼疮"。接着"文革"，祖母和妹妹的抚恤金被取消。接着我插队。接着母亲下放。经济更加窘迫。我们养过种鸡、卖过鸡蛋、织过渔网、还卖过父亲留下来的书刊……母亲并不愁眉苦脸，而是省吃俭用，撑持着那样的日子。但下放的那次她犯难了。当时我已插队高邮，又要她和我妹妹一起下放，机关门诊室的医生成志秋阿姨陪她去找有关部门反映，因为妹妹患有"红斑狼疮"不能晒太阳，乡下医疗条件也差。恰巧在市委大院遇上了市委书记王子安同志，书记当即表态，我妹妹才留了下来。

在乡下的几年，母亲得到了不少干部、社员的照顾、帮助，她一直心存感激。回城后，同队的农民要买我们盖在乡下的房子，说不少下放干部已经卖了。母亲和我商量后，将 3 间住房捐赠给村里，成了村办学校的一间教室。

"文革"结束后，大家逐步过上了好日子。母亲勤俭节约的习惯没有改变，慷慨的性格也没有改变。继父创作的书画作品，他们多年来只送不卖，婉拒了若干送上门来的收入。曾有一台湾企业开出"天价"，托人来求购一幅被媒体誉为"狮"中极品的《雄狮图》，他们没卖，却于11届亚运会前夕赠送给了中国代表团。政府及一些部门常用继父的书画作礼品去山西等地求援煤炭等物资，他们从不肯收取分文。20多年中，从扬州到海内外，向他们索画的单位、个人很多，他们几乎有求必应，而对众多老同志、老朋友，他们不求也送。他们还经常拿出作品用于公益活动，或者帮助那些为亲人治病、为孩子求学等遇到困难的人。最多的一次，选了100幅精品捐赠给了扬州八怪纪念馆。我们夫妇和女儿曾分别资助过几个贫困孩子，母亲知道后，要我帮他们联系，也资助了一个贵州山区的孤女。

记住了两句话

母亲对我的教诲不是很多，几十年下来，多数是"衣服要多穿点""下班不要拖这么迟""晚上不能睡那么晚"之类。有时我不耐烦，忍不住抢白她一句："我都这么大岁数了，你怎么还把我当小孩？"母亲也不生气，锲而不舍地继续着她的这一切。

不过，母亲的教诲主要不是体现在言语上，而是默默地做。她从不唠叨，我越不耐烦她说得越少，但依然毫不妥协地去做她想做的。无论是过去的困难岁月，还是条件好了的现在，每天一早，她必得提前起床为我们做好早餐。我们不知多少次劝她多睡会儿，早餐由我们自己来做。她也不说不，却始终不改初衷。其实她心里想的我们都知道，一是担心我们图省事，马马虎虎不吃好；二是为了让我们多睡会儿。吃饭的时候，她的注意力总是在我们的饭碗上，不停地给我们揽菜。我便向她宣传"每餐七分饱"的健康新知识，她也都知道，却总是停不下来。每次出差，她都要往我们的衣物包里塞上两件衣服，似乎天天都会来冷空气。然后盯着中央电视台的《天气预报》看，随时向我们通报天气趋势。不论我们是乘飞机，还是火车、汽车，都得在第一时间给她报平安，深更半夜也不能例外，不然她就不会入睡。

这一类的事情真是说不完。年轻的时候，心里常常涌起感动和愧疚。等到我也有了女儿，感受又进了一层。所以，我常对女儿说的一句话是："养儿才知报娘恩！"

工作上的事情我很少和母亲说，这是我多年来的习惯，单位上的事一般不和家人聊。起初，母亲还不时问问，后来也就不问了，但对媒体上的地方新闻比较关注。尤其我到报社工作后，我们的两张报纸她是每天必读，也读得最为认真，还时常提出问题和我讨论。若发现了什么毛病，必得做上记号放在手头，等我下班回来提醒。我发表的文章，她都要看上几遍，几乎每一篇都要评论，然后收藏在专门的地方。

记忆中，这些年来母亲对我说的，有两句话最为难忘。一句是："你要记住别人对你的好，不要记住别人对你的不好。"另一句是："老实人终归不吃亏。"

这两句话，母亲最初是什么时候说的，已记不清了。印象中，我10多岁时，有一天在放学的路上，忽然有同学追着我喊"打倒陈本肖（我父亲）！"，我回家告诉了她。她说小学生不懂这些，不要去和人家争辩，然后说了前一句。20多岁时，有一次我受了人欺，便写了封信准备送给其单位领导。母亲则劝我不必小题大做，吃点亏算了，接着说了后一句。

母亲的话我都是听的，但有时也有点儿不以为然。觉得她什么事都让人三分，吃了亏仍然和颜悦色，受了欺常常默不作声，其实她的好心未必都能有好报。我的一些长辈也是一方面说她人好，一方面又说她好得嫌过分，似乎永远欠着别人的情。母亲也不解释，只对我说过她的看法。大意是：别人给予我们的帮助，要知恩图报；我们给予别人的帮助，则不要记着、想着。即便吃了亏，这个"亏"也是身外之物，值不得计较。

母亲的这些道理，是否就是她的人生信念呢？我没问过。但她确实是这么做的，而且做得不声不响、平平常常。记得下放农村期间，常有农民来我们家借米。那个年头，农民家一年之中吃不上几次米饭，平时全靠大麦粥、红薯干充饥。而政府对下放干部和插队知青，则有小米按月限量供应——当然，也无富余。总之，大家都很穷。而来借过了的，有还得上的，也有还不上的，还有借了再借的。母亲从来没有向哪一家催要过，也从来没有埋怨过。她总是告诉我，谁家怎么在劳动时帮助了她，谁家又怎么帮我们在屋前种上了南瓜……多年前，一位母亲帮过不少忙的老同事、老朋友出乎意料地使出小人之举，别的老朋友获悉后很为气愤，母亲却比较淡然。她告诉我，这种事情不足为怪，因为功名利禄是能左右人的，所以损人利己的事情才会屡见不鲜。我们不去在乎别人对我们的不好，不也照样过来了吗？

前几年，母亲家的老屋拆迁，便有熟人关心，说这是个大事，老实了就会吃亏。母亲问我，我说："也不一定，现在政策比较透明了。"母亲一笑："是啊，多一点信任为好！"

母亲之逝

母亲去世已近一年了，每想及她去世前那一天多的情况，便无比后悔和自责。

2016 年 4 月 29 日上午 7 时许，母亲没有像往常那样在厨房里忙碌，而是和衣坐在床上。她告诉我们，胃不舒服，夜里没睡好。我们当即送她去医院。在车上，老伴问我去哪个医院，我说先就近，以尽快查出病因，若问题大立即转院，问题不大就在这家医院治疗。

母亲这些年身体一直很好，极少去医院，挂水、打针什么的一次没有。每年体检，除了血压、血脂等几个指标偏高外，大部分正常。平时连感冒、拉肚子之类的小毛病都很少。但她毕竟是88岁高龄的老人了，不论身体出现什么情况，立即去医院乃不二之选。

到了医院，等候、挂号、门诊、缴费、几个项目的检查，已11点。门诊医生说心脏有问题，有心肌梗塞的征兆，需住院挂水。我们问，她历年体检从来没发现心脏有问题啊！医生说这么大年纪的人，犹如一部机器，各个部件都已经磨损了，难免不出问题的。老伴去办住院手续的途中，恰巧遇到一位熟悉的医生，便向他咨询。那位医生说，既然只要挂水，那也可以不住院啊！门诊医生未同意，说现在挂水就得住院，她的情况也必须住院。

母亲在心血管病区住下后，我去医生办公室送有关手续，同时跟临床医生商量调病房的事——他们安排的是个3人间，母亲在中间的床。左边的一位病号及陪伴的人正在看电视，音量开得很大。右边的病号悄悄告诉我们，说他们每天从早看到晚，头都吵得疼——病区的主任正向几位医生讲解他对我母亲的病情分析。他对我说，根据检查情况，可以确定为心肌梗塞。随后就让临床医生填写《病危通知书》，要我签了字。临床医生是位女士，十分热情，她要我不要过于紧张。说确定为心梗的依据主要是某某数据，正常值不应超过十位数，你母亲已经几百了，肯定有问题。但目前还不算高，一般要上升到一万以上，就会往下降了。她说他们以前就收治过类似的病人，都是这种情况。我松了口气，说这次发现老母亲心脏有问题也是好事，给我们敲响了警钟。她说是的是的。我又要求给我母亲换个安静的病房。她当即帮我联系，说下午有位病人出院，是双人间，你们等通知吧！

从中午开始，母亲一直在挂水，各种袋子。我们夫妇两个陪着她，获悉消息的岳母等家人也都来了，我把医生说的情况一一转告，她们也放下了心。可直到晚上，母亲"胃部"难受的感觉始终未有缓解，特别是八九点钟的时候，更是哼出了声。我知道她只有在熬不下去的情况下才会如此，尤其病房里还住着一位老太太，母亲是个极度自爱的人，她不可能不顾及人家需要安静。从9点到12点，我3次请来值班护士查看，护士再去请示医生，最终给她加挂了新的药剂，有了效果。凌晨一点，水挂完了，母亲睡着了。

次日一早，母亲说她感觉好些了。我告诉她，昨天已经给这个医院的院长发了短信，告诉他基本情况。由于已是88岁的老人了，请他跟该病区招呼一声。院长已回了信，他们肯定会重视的。上午病区主任来查房，也说她有了好转，还安慰了她几句，继续挂水。岳母又来陪她，说既来之则安之，干脆多住几天，把身体全面检查一下，调理好。她们还聊到了我岳父的情况。我岳父曾两次心梗，第一次在20世纪80年代，骑自行车带外孙出去兜风，倒在了东城河边，市人民医院抢救过来了。第二次在2003年，情况更严重，时任市人医内科主任的朱莉大夫征求我们意见，说老人属于大面积心梗，需根据情况确定放支架或者搭桥，问我们是继续在他们院诊治、手术，还是立即转院。我们选择转院。医院当即帮我们联系妥当，救护车直接开到南京鼓楼医院检验科门外，心脏造影显示三根主要血管堵塞了两根半，随即上了手术台，搭了5个桥，多活了11年。岳母说："你的情况比他好多了，严重的话就必须转院了。"

11点半，老伴送来了烧好的面条和几碟小菜，张罗着喂母亲吃。我则回家午餐、洗澡、休息一下。下午3点多，老伴打来电话:"快来!妈妈不行了!"就一句话……我以最快速度赶到医院。几名医护人员正围在母亲身边抢救。医生见我来了,把我拉到门外,说老人已无生命体征,抢救不会有效果了,是否到此结束。我说请你们无论如何继续抢救。医生转身又进了病房,两位医生轮流给她做人工呼吸,确实毫无效果。医生又把我拉到门外,问我是否结束,我别无选择。

老伴告诉我,我离开医院后,母亲一直未有异常情况,下午3点突然说心里特别难受。老伴赶忙按响呼叫铃,来了位护士给她做心电图,老伴催促她先去喊医生来看怎么处理。一会儿来了位医生,边用听诊器检查边问:"疼不疼?"母亲回答:"不疼,但是难受。"医生转身就去看邻床的病人。老伴急得叫住他:"这边的情况怎么办?"医生便走了出去。这时,母亲说她更难受了,感到气喘不过来,老伴慌忙奔到走廊上大声呼叫医生。过了好一会儿,来了另一位医生,看看情况不对,回去喊人来抢救。护士们推来抢救车,让老人躺下来,给她打针,翻东翻西地乱作一团,才把东西找全了。接着戴氧气面罩,氧气又上不来……那情景可以用"手忙脚乱、章法混乱"来形容,持续时间最长的是按压胸部的人工呼吸,没有任何效果。

还有一个情况,那天正值"五一"假期,可能节日值班的医生、护士人手不多,负责我母亲的临床医生也不在,关键时刻很有点儿叫天不灵、呼地不应的味道。抢救的效果不论,至少他们的应急速度、工作的熟练程度和效率令人失望。

丧事忙完后,我们去医院缴费结账,办完了一切手续。然后去了院长办公室,院长很重视,与分管医疗的副院长和医务科长一起接待了我们。我说,我们没有任何追究谁的责任的打算,只想说一点看法。我不懂医疗,但有亲戚朋友是干这一行的。他们认为我母亲的这种情况,入院后就应该做心脏造影,根据情况确定救治措施，譬如需否放支架、搭桥等。不能单靠挂水，水挂多了副作用也大——想不到他们医院虽然有心脏造影的设备，却没人会用。我说你们没有足够的设备和能力应该告诉我们，或者联系转院。老伴则说了抢救时的一些乱象，先是耽误了极为宝贵的时间，后是手忙脚乱、漏洞百出。院方作了一些辩解。我们说，你们再作一些了解，希望给我们一个合理的解释。院长明确由副院长负责此事。

后来我们应约去见了副院长，副院长说经过了解，病区确实存在一些不完善之处，现在已经做了认真整改，抢救的操作流程图也已贴上了墙。然后问我们有什么要求。我说，人死不能复生，任何要求都没有意义了。就提两点希望吧，一是今后没有能力救治的病人要安排转院，避免我母亲的情况再度发生。二是希望你们有一个正式的道歉。副院长和我热情握手，表示可以做到。

母亲之逝，留给我的，唯有自责。

母亲的身后事

由于母亲的去世太突然，我们完全没有精神准备。那一阵，头脑里一片空白。

在场抢救的两位医生也比较紧张，我刚同意停止抢救，他们立即离开了病房。其中一位又半路折回问我："要不要殡葬'一条龙'服务？我有他们的电话。"我点了点头。

去殡仪馆前，我去了医生办公室，医生护士都在——大约都是节日值班的，负责我母亲的临床医生及病区主任未见到，倒是增加了两个陌生面孔，后来知道是院医务科的来人，负责处理医疗纠纷的——我跟医生护士们告别，说辛苦你们了，负责的那位医生走过来跟我握手，我拍拍他的肩："谢谢你，你尽力了，人工呼吸做了那么长时间，出了很多汗。"他们都松了一口气似的。

到达殡仪馆时天已黑了，我分别给女儿及泰州、扬州的亲人打电话告知这一噩耗，他们一开始都以为听错了，不相信好好的一个人就这么突然走了。

晚上，泰州、扬州的一些亲人陆续赶来，他们不时提醒我该做哪些准备，忙着帮我们应付各种事，一起回忆着我母亲的许许多多……老人家静静地躺在我们中间，好像听到了，又好像睡熟了。

丧事办得很快，我们是 4 月 30 日傍晚送母亲来殡仪馆的，5月 2 日上午已经安葬完毕。母亲是位尽可能为别人着想，尽可能少给别人增加麻烦的人，一生如此。加上这三天恰逢"五一"假期，所以她的朋友、我们的朋友、同事都没有惊动，包括我的单位市委宣传部。事后，我受到不少批评。与母亲相处了几十年、一直联系不断的几位老朋友，怪我没让她们来为"大姐"送行；我退休后常在一起聚聚的几拨朋友骂我没把他们当成弟兄；单位的领导则批评我这么大的事不告知单位违背常理……我都接受，一一向他们检讨。但我仍然认为我这样做也有道理，母亲若能有知，肯定会表扬我们是真正懂她的。

老人的身后一般都会有个遗产的问题。这个问题我在母亲身体很好的时候就想到了，我不希望我们这个和睦的大家庭将来为此产生矛盾。母亲很赞成，她首先问我有什么想法，因为无论从法律的角度，还是从情理的角度，她都可以让我们多得一些。我说我们不要。母亲欣慰地流了泪，说还是你们懂妈妈。于是，从继父去世 10 周年的 2013 年 3 月起，她开始考虑财产方面的事情。2015 年 9 月 16 日，母亲写好了遗嘱。签字盖印前，还让我发给我的兄长——我继父的长子，征求他们的意见。

母亲的丧事忙完后，我把她的遗嘱交给了大家。兄弟姐妹们说，虽然父母都已经去世了，我们仍然是一家人，仍然和过去一样。

母亲还有一件事留到了身后。那是外公早年买的房屋，几年前已经拆迁，涉及他的三个子女及其后继人——当时在世的为母亲本人、舅母及其子女、姨母的子女。母亲的态度是：家里的事好商量，亲情比财产重要。进而明确：舅母及其子女可以多得一些，她的一份拿出一半赠与舅母。姨妈的子女同样应得一份，不可以把他们一家排除在外。

母亲去世后，我和老伴也商量过，也得早些考虑我们的一些身前身后事了。于是便有了一些打算。其一，继父和母亲在世的时候，捐或赠掉的书画作品数以千计。我们打算向他们学习，将我们珍藏的一些书画也捐赠出去。其二，外公房产中属于我母亲的一份，我们将全部捐赠出去。其三，母亲对播音事业深有感情，也深知播音工作的甘苦，我们也打算为此做点儿事。

我们以为，以此来纪念母亲，比较符合她对于人生、对于价值的看法和做法，肯定能够得到她的认可。

2017 年

艰难的父爱

父亲久患肺病，在我 12 岁那年离去。

儿时的记忆里便少了那暖暖的粉红。没有温情的搂抱、娇嗔的纠缠；没有假山洞内的屏息躲藏、绿草坪上的纵情追赶……印象最深的，莫过于那方厚厚的大口罩了，惨白惨白，遮住了他大半个面孔。

我忍不住问他："爸爸，你老戴着口罩不憋得难受？"他凝视着我，很认真地说："会的，我会把它摘掉的！"我雀跃着奔去告诉妈妈，她也很认真地点点头，搂过我，泪却湿了面颊。慌得我不知所措，再不敢提口罩的事了，可心里憋不住，老在想。那讨厌的鬼玩意儿，像道屏障挡着，使爸爸变得模糊、陌生，留给我无数个难解的谜。

爸爸总是静静地坐在他自己的房间里。那是一套旧式平房的西屋，一方书桌、一只圈椅、一张小床。板壁上贴着两帧木刻头像，蓄着胡须的两个老头儿，从报纸上剪下来的，已发了黄。相连的厢屋里搁着几块铺板，堆着一摞摞书报杂志。一把京胡挂在墙上，落满了灰。

爸爸有不少朋友，有的比他年长，更多的比他年轻，大多夹着书呀报啊什么的，一来便高谈阔论。我们家待客与众不同，不沏茶、不递烟，但备有干净口罩和酒精棉球。我常凑到门口张望，个个戴着口罩，酒精气味扑鼻，像是在医院。爸爸的话最多，间着哮喘，时而激昂、时而深沉，仿佛面对的不是几个朋友，而是成百上千的人。有时一阵呛咳袭来，把他的话猛然截断，朋友们劝他歇会儿再说，他硬是哑着嗓子申辩："不要紧的……不要紧的……"喘着粗气，挣扎着从大口罩后面吐出断断续续的字句来。

我很少进爸爸的房间，他不让。然而，我知道爸爸是十分想看到我的。他时常倚在门边等着我放学归来。在很远的地方，就能看清他那身泛了白的蓝布中山装和一方惨白的口罩，以及那殷殷的目光。这样的时候，爸爸会问我许多许多问题。随后便是奖励，照例一块小糖，装在一只玻璃瓶里，叫妈妈拿给我。

有一次他忽然问我："知道为什么给你取名'陈社'吗？"我得意地晃晃脑袋，背书似的："知道，我是社会的儿子，不是爸爸妈妈的私有财产。妈妈告诉我的。"他又问："'社会的儿子'是什么意思呢？"我答不上，他便慢声慢气地讲解起来，可听了一大阵我还是搞不懂，脸都急红了。爸爸乐得呵呵大笑："别着急别着急，你还小呢！长大以后就会懂的。"说完忙着取来玻璃瓶，亲自给我发奖。站在门前的台阶上，一手握着瓶身，一手捏着瓶盖，小心翼翼地把糖倒在瓶盖上，再举起瓶盖轻轻抖动，让糖块悬空落入我拢成碗状的手中。看着我鼓起小嘴慢慢吮吸，聚精会神，像是欣赏什么精彩的表演。直到我心满意足，说了"谢谢爸爸"，他才踱回房去，默默坐到西窗下的书桌前，让夕阳的余晖洒落在长瘦的躯体上。我偷偷注视着他，看那宽阔的前额上泛起的一抹红润，想象着那大口罩后面残留的浅浅笑影。

小学三年级时，医生说我的肝有点肿大。其实那时这算不上什么病，爸爸却急得不行，要我停学休息。我不愿意，缠着妈妈求情。爸爸不知怎的变得极无耐心，没容我多叽咕便光了火：

"不行！非停学不可！"我噙着泪花小声申辩，他竟勃然大怒，变了个人似的咆哮起来："不行！非停学不可！宁可一字不识也比这样强！"紧接着一阵剧烈的呛咳，胸脯急剧起伏，眼轮出现青灰。我"哇"地哭出声来："我不！我不！我要上学！我要上学！"妈妈掏出手帕为我揩泪，被我一把抢过掼到地上。爸爸苍白的脸上涌出潮红，猛然举起瘦骨伶仃的手，朝着我，忽而又无力地颤抖着，缓缓放下了。我知道他是不会碰我的，哭喊得更起劲了……

想不到他后来还是惩罚了我，那方法更令我意想不到——他从水缸里舀了一杯水，猛地泼向我身上——我被吓蒙了，缩着脑袋呜咽着，泪眼模糊地窥着他，不知还会发生什么事。爸爸却没再吭一声，只是急促地咳喘，眉结掠过阵阵痉挛，眼睛眺着天外，一动不动，停滞在口罩上方。那神情真有点怕人，我怎么也想不通他为什么会这样。

爸爸的去世我是事后才知道的。那天姑姑等在学校门口，把我接到了叔叔家，说是爸爸嘱咐的，他病重，不让我回去。到第二天带我回家时，家中已大变了样，所有门窗都开着，地上洒满了石灰。爸爸静静地躺在花圈丛中，枕边伴着他平时放在案头的几本书。向爸爸的遗体鞠躬时，我的鼻子阵阵发酸，他平时是那么地喜欢我在他的眼前，总是站在房内远远地看着我，看我吃饭、看我游戏、看我做作业……上学前他总要叮嘱一声："放学后早点儿回来！"可这次，这最后一次，他又为什么不让我回家呢？我似乎意识到了一点什么，委屈的泪水滚滚而下。

随着年龄的增长，世间的事渐渐知道得多了。我读了他的一些作品，听前辈们讲了他的一些往事，也初尝了人世的沧桑……父亲一生坎坷，"胡风集团嫌疑分子"的帽子使他久陷困境，疾病的魔爪又夺去了他像常人那样去爱、去恨的自由。"不要紧的！

不要紧的！鲁迅不是生过肺病吗？高尔基不是生过肺病吗？"——他在自传体小说《蒙古马》中发出的这声呐喊，该是久积之后的一种喷发吧?！是一口油井、一眼旺泉，是鲜奶、是血浆，饱含着深深的期待和寄托。蒙古马，大自然的骄子，那是怎样一匹驰骋千里的骏马呀！

现在，我也做了父亲。当我搂着女儿，听她甜甜地哼起"粉红色的童年"时，每每想起父亲的那方大口罩，想起那一块小糖、那一杯凉水、那火山爆发似的一阵咆哮，想起那最后时刻的嘱咐，深深体悟着儿时所不能体悟到的许许多多……

1989 年

妹妹的故事

　　妹妹小我 5 岁，来到这个世界的时候，"反右"斗争正如火如荼。父亲挺着病体栉风沐雨，母亲更是身心交瘁。他们给这个小生命取名"露青"——展开青青生命——该是那种情形下的一种期待和寄托吧？看着襁褓中那圆圆的小脸、亮亮的眼珠，长辈们称赞之余，不免轻轻地叹上一口气。我则高兴得什么似的，围着那朱红色的摇床转悠个不停。

　　母亲是市广播站的播音员，每天从清晨的"早上好"工作到"祝听众同志们晚安"。做母亲的时间有限，妹妹很小就进了托儿所，全托，每周接回来一次。妹妹便特别地恋家，每个周末都是她欢乐的节日，早早地挤在托儿所门口眼巴巴地盼亲人去接，小鸟儿似的蹦着跳着奔进家中，吱吱喳喳地说个没完，嘻嘻哈哈地笑个不住，总是很晚很晚才肯入睡。可第二天早晨醒来却像变了个人，一遍又一遍地念叨："我不上托儿所，我不上托儿所……"警惕性极高，不问出个究竟决不肯离家一步。记得有次天快黑了，还未能把她哄走，小姑姑答应不送她去了，带我们上街玩。走到靠近托儿所的路上，和她玩起了捉迷藏的游戏，终于用手帕蒙住她的双眼把她骗进了托儿所。我们躲在门外张望，除去手帕的妹妹瞪着眼睛愣在那儿，哽咽了好久，才决堤似的哭出了声。我从未见她这样哭过，说不出的滋味，闷着头逃离了那可恶的栅栏门。

别人都夸妹妹长得漂亮，我倒看不出什么特别来，但她的爱美却是我所熟知的。她从小就养成了良好的生活习惯，自己的东西都是自己整理，有条不紊，不论什么衣服穿在身上都服服帖帖，一方花手帕总是干干净净、方方正正地放在口袋里，小辫子梳得像模像样，扎着鲜艳的蝴蝶结。她最珍爱的是一条翠绿色的背带裙，用母亲的衬衫改的，虽旧了点，但并没有怎么褪色，夏日傍晚洗了澡才拿出来穿一下，十分素雅，透出一股青春的朝气。印象深的还有她的那双白布鞋，父亲去世时做的，她穿得特别小心，老是那么洁白如故，一尘不染。

祖父喜花卉，尤爱秋菊。秋风起时，小小庭院已是菊的世界。妹妹常去流连，问这问那，浇水施肥掐芽除虫，桩桩要学、抢着要干。祖父如逢知己，很认真地对大家说："我老了以后，这些花交给小露，就算放心了。"对她也就格外慷慨，常让她挑一盆两盆带回来，妹妹更是早晚侍弄，使满屋飘香，洋溢着生命的气息。

9岁那年，妹妹患了不治之症，叫"亚急性红斑狼疮"，血液里的毛病，晒不得太阳，受不了劳累，靠药物维持生命。学是不能上了，她央求妈妈去和老师商量，保留了学籍，照样缴费注册，领回课本，在家自学。那些日子里，她几乎天天都在盼望同学们来，问她们学校里的情况，请她们解答学习上的疑难，捎去自己做的作业，还要相约许多许多事情……总是特别兴奋，滔滔不绝，似乎早已忘记了自己的病。感觉稍稍好一点，她就吵着要去上学，头一天就忙着吸墨水、钉本子、理书包，做好各种准备。第二天必定比往常早起许多，很快洗漱早餐服药完毕，朗朗地道一声"再见"便上了路。撑着遮阳的小伞，哼着轻快的歌曲，惹得邻居们阵阵叹息。

几年过去，妹妹的病未见好转，我和母亲又相继插队下放。妹妹一人待在家里自己照料自己，幸亏邻居的叔叔阿姨对她甚好，使我们少了许多牵挂。那时生活相当拮据，妹妹总是省吃俭用，从不为自己买什么，却学着为祖母织毛衣，帮我补袜子、纳鞋底。看到姨母家的姐妹们织渔网可以挣钱，她不听劝阻，硬是加入了她们的行列，从早到晚地掏那网眼儿，小手被尼龙线勒得鲜血淋漓，她贴上胶布，坚持不辍，一个月下来，竟也能挣到四五元钱。每当她把那几张带着体温的劳动所得交给妈妈时，妈妈总是一把攥住她的小手抚摸好久好久，无语而凝噎。后来我进了邻县的社办厂做工，早出晚归，本以为可以照顾她一点了，可下班到家时，妹妹已把晚饭烧好，忙着盛上催我快吃，换下的衣袜也洗好晾干，叠得整整齐齐，放在了我的床边……

　　妹妹最后的日子是在上海的医院里度过的。这是她第五次住院了，血液病引发了肾炎，几度垂危。母亲日夜陪着她，我则住在亲戚处，每天骑自行车带些饮食过去，一家三口在病房里相依相伴了四十多天。那是我一生中陪伴妹妹最长的一段时光了，虽然有着太多的沉重，却使我永志心头，万般留恋。

　　妹妹的病情稍稍稳定之后，我便回家上班。临行那天，兄妹俩谈得特别多，我要她安心养病，听妈妈的话，少让妈妈操心。她则再三叮咛，嘱我旅途小心，上班要注意安全，在食堂吃饭不要太节省，晚上要早点儿休息，说她一定听哥哥的话，不惹妈妈生气，早日治好病，等我接她回去。她还告诉我，同病房的阿姨夸她普通话讲得好，答应以后介绍她去当演员……这就是我的妹妹，一个身患绝症、15岁的女孩。她和别的孩子一样，有着许多梦一般的希望和幻想；她又和别的孩子不一样，懂得太多太多，太会把别人挂牵。

　　不久，妹妹的病更加恶化了，全身水肿，呕吐、无尿、腹胀如鼓，她终于意识到了面临的威胁。为了求得好转，她听从医生的一切，医生说应当尽量吃点东西，她以极大的毅力艰难地塞进一点食物，可又随即吐得精光。护士为她导尿，她咬着牙配合，疼得泪珠滚滚，硬是不叫一声。医生要把她转到"小病房"，她也知道那是许多成人病员都憎恶、恐惧的病危病房，还是点点头答应了。能用的药物及措施都已用过，仍无力回天，妹妹的痛苦与日俱增，看得出，已到了难以忍受的地步了。但她依然不吵不闹，只是变得烦躁不安，特别憎恨那氧气管，不断地恳求拔掉它，然而，她已经一刻也离不开它了。

最后的告别，是在龙华殡仪馆。亲戚们不让母亲去，她快支持不住了。我则显得格外坚强，抚着妹妹布满针眼的小手，轻轻地吻了吻她那冰凉的额头，把自己用的一支铱金笔插入了她的衣襟……

1991 年

父亲的书

编辑出版父亲的作品集，是我多年的心愿，也是我的家人、亲友和父亲当年一些领导、朋友、同事、学生的期待。

父亲在我的心目中是一个神圣的偶像，尽管他在我 12 岁那年就去世了。

我对父亲的了解，除了儿时的一些记忆外，主要来自他的作品和他的经历，来自人们的介绍和评说，来自对他所生存、生活的那个时代的了解和分析。

上小学的时候，我读了父亲的小说《蒙古马》，母亲让我读的。一天，两个孩子在我背后喊打倒我父亲的口号，我委屈地告诉母亲，她拿出一本旧杂志："这篇小说是你爸爸写的他自己，你看一下。"

那是 1947 年 4 月号的《文艺复兴》。《蒙古马》描写了抗战期间的重庆，一个文学青年的不满和抗争。我反复读了几遍，把喜欢的句子抄录下来，背熟了。譬如："这不是他们的权威，是生活的权威。不是吗？卑湿的空气中是适宜于蚊子的成长的！"譬如："腿子生来就是为了走的！什么叫退缩？有向后生长的脚趾吗？"譬如："一个从他自己的痛苦中得到骄傲的人，需要人的同情吗？"

后来，我又读了他的另一些作品，有《老庆余布号》等小说、《老爷，你不要拍桌子》等诗歌、《"忠诚"的惨叫》等杂文、《略评夏阳〈在斗争的路上〉》等评论、《关于细节》等论文，还有他的《自传》。尽管我对那个时代的情况知之不多，理解能力有限，但有一点确信无疑：父亲的文学经历与革命经历一脉相承，他是一位坚定的革命者。

1955年，当年与父亲在重庆一起从事文学活动的耿庸被定为"胡风反革命集团骨干分子"，父母受其牵连也被关押审查批斗……我尚幼，几乎没有印象。长大后，才深切感受到这件事对于我们这个家庭的种种影响。

1980年，市委为我父亲平反，问我有什么要求。我说人已死去这么多年，没有什么好要求的了。只问了一下"耿庸还在不在"，回说不清楚。我揣测，他受的磨难肯定比我父亲大得多，判刑11年，接着"文革"，是否还在人世很难说。

庆幸的是，他还活着。平反后，耿庸在上海辞书出版社编审的岗位上成了上海市劳动模范，担任着全国政协委员等社会职务。他给我写了很多信，也见了几次面，谈了不少往事和我父亲的作品。他告诉我，《蒙古马》等作品写的是他们的共同经历，发表前他就看过，希望我能把父亲的作品搜集到，编一本作品集。

于是，我开始了对父亲作品、遗稿的整理、搜集。起初是一字一句地抄，几位文友帮我誊清了一些，母亲和岳父母又校对、打印了一部分。由于父亲的遗稿多数是底稿、竖写、繁体，修改甚多，笔迹模糊，纸张发脆，放大镜、字典和资料书成了我的主要工具。由于家被抄过，不少已散失，去上海、南京等地图书馆查寻那些不知确切发表时间和报刊的文章，犹如大海捞针，以至于耿庸伯伯要我一定要找到的《青衣文人》等几篇杂文终于没能找到……

我曾问自己：编辑出版父亲的这本书到底有多大意义？如今的读者会对这些写旧时代的作品感兴趣吗？我清楚，这本书是没有多少人愿意看的。但我还是坚持着极为认真地做着这件事，这是我的心愿。

　　耿庸伯伯写来了书序《又怀高放陈本肖》（高放乃父亲笔名）。文中说："无论那个时代怎样地过去了，那个时代依然是能够了解和应当了解的历史的存在。"此后，他又偕夫人路莘专程来泰，探望了我母亲等"故友的家人"。他们特别说到我父亲在自身不保的情况下，对于"从来没有发现耿庸任何反党反革命言行"的坚持，而"在声势浩大的运动中，昔日的朋友转眼就成了揭发批判先锋的不知有多少"，以及这位故友和他的家人并未因受到牵连而后悔、埋怨的情怀。返沪后，他们写下了一篇题为《美丽泰州》的文字，文末是这样一段话："在时代的风云变幻中，人们也许无法左右自己的命运。然而，不幸往往是外力所加的，而美好却是人们的正义和善心写就的。"

　　父亲当年的一些领导、朋友、同事、学生以及我的长辈们或者寄来了他们发表过的回忆文章和有关资料，或者专门写来了他们的怀念文章或信函，或者打来电话予以关注，热心地提供有关情况……

　　2006年10月，《陈本肖文存》出版。书中收入父亲作品40篇，附录怀念文章23篇。

　　是时，父亲已辞世40多年。

　　我以为，这种形式的纪念，对于他来说，是最为合适的。

2020年《泰州日报》"那书与我"征文

善哉亚如

亚如姓李，我姓陈，他是我的继父。

初次相见，在 1979 年。当时对他了解甚少，只知道他是个画家，还是个"官"。后来才知道他"当官"还是有点儿资历的，他是抗战期间参加的革命，担任过学校校长、剧团团长、画报主编、报社社长、文化局长、副市长等职。却看不出他有多少"官"气、听不到他有多少"官"腔，显得比较平实、厚道、谦和。

继父没上过大学，也没经过多少专业深造，却多才多艺。除了家学渊源，从小打下扎实的诗文书画功底外，主要靠勤奋不辍的自学。因而总能干一行专一行，并且都能"专"出一点名堂，抗战期间就与同好结成三人诗社，又与同好联袂举办过"三青年画展"，继此一路走来，取得了较高成就。马克思主义的理论他也挺在行，那多半出于他对革命的向往和工作的需要，读书笔记、研究论文写过不少，20 世纪 50 年代在江苏农学院工作期间就取得了政治经济学讲师的职称。他还是个作家，写过不少小说、剧本、诗歌和散文，新中国成立初期就出版了 5 部小说和文学读物，获得了省文代会创作奖和团中央、全国妇联的嘉奖。20 世纪 50 年代与江苏另 8 位青年作家一起出席了全国青年文学工作者代表大会。20 世纪 60 年代主持创作的扬剧《夺印》，为全国

50多个剧种、300多家剧团移植演出并被长春电影制片厂搬上了银幕。直至20世纪80年代，他还有小说获得江苏省文学创作奖。他的雕塑作品也颇可观，20世纪60年代省政府调集各方力量建造淮海战役纪念馆时，他担任的就是雕塑处处长。他对扬州的地方文化悉心钻研，撰有《郑板桥试论》等大量论文和《扬州园林》等专著。由此，他又有了清代扬州画派研究会会长、绿扬诗社社长、省美学学会理事等一些社会职务，皆实至名归，不属于那种因了官衔而得到的虚名。

继父受中国传统文化的影响比较深，特别注重个人道德的自我完善，在行为方式上比较循规蹈矩，对组织上的任何安排都是服从，从未想过争个什么、比个什么的。20世纪50年代省城的几位作家谋划搞个《探求者》文学刊物，邀其参与其事，他当时正供职于江苏农学院，文学的诱惑力当然很大，但他不知道如何去跟组织上说，只得谢过朋友的好意，继续去忙他的行政事务和经济学教学。"文革"结束后不久，他刚刚担任扬州市革委会副主任，经中央一位领导同志推荐，中央组织部一位负责同志征求他的意见，问他是否愿意调北京工作，说缺乏这方面的干部，首都也更适宜他发展艺术上的专长。他瞻前顾后，总觉得这事超越了常规，还是婉言谢绝了。曾有一位负责同志请他为瘦西湖的正门写块门匾，说原有的那块有点歪，不好看。继父不同意，说我认为写得很好，不必换，对前人应该尊重。最终他只答应为瘦西湖的后门写了一幅。他常说，为人应该本本分分，要学会在有限的天地里尽力作为。瘦西湖公园镌有他撰写的一副楹联："借取西湖一角堪夸其瘦，移来金山半点何惜乎小？"颇能见其心境。

而在学术、艺术方面，继父又不屑于墨守成规。他很早就对斯大林"有计划、按比例发展规律"是社会主义特有规律的权威论断有不同见解，认为资本主义早就有了计划调节，社会主义则无法拒绝市场那只"无形的手"，因此经济规律只能在一定的经济条件的基础上产生而不取决于社会制度。写出的论文当然无处发表，直到 1981 年才试着寄给了一位经济学界的朋友，朋友对他"十分新鲜"的观点"很感兴趣"，排除阻力才在江苏省社会科学院的《理论研究》上发表了。还没有发全文，而是摘要，框在了"文章摘登"栏目之内。

他改编的戏剧《新桃花扇》，没有让侯方域和李香君去出家修行，却让他们参加了明末的义军，到福建"打游击"去了，结果被批判为配合蒋介石反攻大陆。加上《绣符缘》《王昭君》几个剧本，皆因标新立异、犯了"忌讳"，使其"文革"伊始就遭批斗，成为扬州地区最早被揪出来的"黑帮"。对于"评法批儒"运动中几近荒唐的种种作派他多有微词，专门画了一幅《李白杜甫合像》予以讽刺，画上的题诗颇似民间摇滚，满满的真性情，让人哑然失笑、十分会心。

他的创新精神更多地表现在对书画艺术的追求上。多年来，他致力于"扬州八怪"优秀传统的继承和发扬，却又不是简单地追随和模仿，也不排斥其他书派、画派。他说，"扬州八怪"的"怪"，其实就是创新，而不是一味崇上，因而一扫画坛陈陈相因的僵化腐俗之气，示崭新于一时，成为中国画坛一支突起的异军。学习继承"八怪"，首要的就是学习继承其创新精神。因此，他十分注重对"八怪"艺术的研究和思考，决不亦步亦趋地踩着前人的脚印走，而是尊重自己的感受，师其意不师其迹、择其善者而从之，把前人的精粹化为自己的血肉，做到兼收并蓄、法自我立。他的画室以"三有斋"名之，寓"有容、有我、有法"之义，当是他艺术思想和创作实践的概括了。正如研究他的专家所言：亚公长于笔墨、意在笔先，山水蓄石涛雄奇苍润之势、花鸟蕴方膺酣畅淋漓之韵、人物备黄慎形神兼具之意，又以书法治印之道入画，博采众长、别开天地。常出题材之新、布局之新、笔墨之新、意境之新，大气磅礴、自成一家。其书法则独树一帜，以草篆之法作隶、以隶篆之法入草，故草书流畅富含古拙浑厚之味，多为行家激赏；隶书古朴充盈活泼洒脱之风，人称"亚如隶"是也。作为一个长期从事领导工作的公务人员，他又是一级美术师、中国美术家协会和书法家协会会员，被誉为"扬州八怪"的当代传人。

他常说，勤奋和毅力是成功的基础。他不抽烟不喝酒，许多爱好也放弃了。为了锤炼自己的意志，他一年四季都用冷水洗澡，坚持了许多年。一有机会他便出去写生，无论名山大川、历史遗存，还是荒山僻野、新区新貌，甚至家前屋后、盆中小景，都是他创作的源泉。除了工作，几十年来他把可用的时间和精力都花在了艺术和学术上面，纵使被"隔离审查"及下放农村期间也不例外。他总要想方设法做点什么，实在不行，大脑也不会闲着。"寸阴是竞"是他的座右铭，他一直悬挂于画案上方，并刻成一方印章，时时使用。1984 年患脑血栓住院时，医生再三警告他要绝对休息，却几次被护士从枕头下搜出了纸笔。就这样，他还是完成了题为《病中杂诗》的一组七言绝句，后来收入了他的诗集《泡影集》中。20 世纪 70 年代以来，他先后做过胃切除、安装心脏起搏器等手术，两次脑中风又曾使他几度垂危，以至半身不遂。就是在这期间，他的创作却进入了佳境，不少被行家视为他代表作的作品，就是在病中完成的。

家中现在还有两支被母亲留下作为纪念的加长毛笔，算是他病中作画情景的写照。由于蹲不下来，加上画案不够大，就将客厅腾空，几张宣纸拼在一起铺在地上，然后把各种笔分别扎在 1 米多长的竹竿上来使用。那笔悬在手上，像探雷器似的。母亲则忙前忙后，一会儿端上墨砚，一会儿递上水钵，一会儿送上颜料，随时与他手中的笔相接应。每作一幅画，继父都是汗流浃背，到了盛夏，汗珠更是"叭嗒叭嗒"地直往下掉，一片一片溶入宣纸淋漓的墨色之中。

即使在这样的情况下，他仍然不改一丝不苟的脾性。每幅字、每幅画都精益求精，自己不满意的当即一撕了之。有时一幅字能重写许多张仍不得通过，我们在旁边看他撕去那么多不免惋惜，想拿一两张觉得很不错的留下来，他不让，并把道理讲给我们听。我们就想，道理是有道理，但你那么顶真，别人却未必看得出来，何苦呢？但回过头来再想，又觉得还是他对。

继父的顶真表现在许多方面，他写字作画讲究一气呵成，说这样才能达到气韵贯通的境界。因此他吃饭、睡觉的时间一般不是看钟点，而是依他搁笔的时间，饭菜凉了又热、热了又凉的最是常事。他最怕作画中途有人造访，又不肯失礼，只得半途而废，送客之后再从头开始。他帮人家题写匾额、碑刻、楹联一类的一般都讲究个"原大"，即实物要多大的字他就尽量写多大的字，说这样才"原汁原味"。别人告诉他写小一点照样可以放大，他却认为那是图自己省事的敷衍，宁可多花许多时间精力和笔墨纸张。

我不懂笔墨，但喜欢看。以我一个门外人的眼光观其运笔、读其作品，比较欣赏的有三点：一是大气磅礴。特别喜欢他的大写意风格，好像不事雕琢、纵横挥写，用起墨来泼泼洒洒、豪放不羁，似乎很随意，又恰到好处，有大气魄、大意境。二是书卷气息。读他的画，不难感受到他的文化修养和由此所决定了的胸襟和见地。他所营造的是一种意蕴、一种氛围、一种可以意会的人文品格，而决无粗俗浅薄的匠气。三是激情飞扬。他的画或气势恢宏，或淡逸清远，都意味隽永，内含着充沛的感情，予人一种生机勃勃之感，而且极富人情味和时代气息。

对所取得的成就，继父每每不愿张扬。有记者来访，他说得最多的总是艺术上的见解和追求，不会借高官名流之名来炫耀自己。他出版的《画辑》和《书法篆刻集》都是请的扬州人氏题签。他说，他们的名气没有别人大，并不意味着水平不高。别人不了解、不宣传情有可原。而我作为扬州人，就应该宣传他们、尊重他们。20世纪70年代末，一位因"利用小说反党"而被打入冷宫十多年、始得稍解的原高层领导人托人向他索画，他作了一幅《兰石图》相赠，并撰一绝句题于画上："细雨东风吹嫩寒，绿荫深处见幽兰。孤芳不再守空谷，一片馨香到岭南。"那位首长深为感动，从此与他联系不断，到中央任职后更是对他关怀有加，继父却疏了往来，也不再对人重提此事了。他的一位老友是中央一领导人的叔父，两家素有交往，前几年其子媳来扬时就食宿在我们家中。那位老人对他的艺术推崇备至，曾赋诗相赠："扬州八怪有遗珠，诗画书章融一炉，善学前人题绝唱，任情挥洒出新图。"继父当然高兴，但仍然以平常心待之，从来没有想过要做书画以外的文章。诸如此类的事情还有，至于曾受到过某某高层领导的会见、遵嘱为某某外国首脑作过书画，或者与某某大家时有诗书互和等等，他都能淡然处之，多数均鲜为人知。

继父主事扬州文化工作多年，辛勤操劳、殚智竭力，贡献不可谓不大。但他从不满足，总是说扬州文化事业需要做的事还有许多，很少津津乐道他已做过的事。朱自清先生的故居就是他在寻访多位老人后找到的，跑了不少街巷、颇费了一番周折。时过境迁，而今安乐巷中的"朱自清故居纪念馆"已像模像样、开放有年了。除了朱先生的公子一直对他心存感激，不时来信或来扬时登门问候"亚如兄"外，不再听人提起。他说，重要的是找到了故居、解决了扬州文化史上的一大缺憾，而不是找到故居的是谁。他在扬州的对外文化交流方面做了大量开拓性的工作，结交的外国友人众多，多年来却没有出国回访过一次。唯一的一次出访是去香港，还是离休之后应香港诗社社长梁耀明先生之邀所作的私人访问。不少人为他鸣不平，他总是淡然一笑，并不抱怨什么。

还有一件事有点荒唐，1987 年中国美术馆举办他的书画展，主办单位的同志专程去南京博物院商借他在战争年代的一批作品——华中二分区全套近 200 期《人民画报》，作为该刊主编，上面刊有他当时所作的大量木刻石刻宣传画（主要是封面画），这是他珍藏多年世所仅存最为完整的一套，为防毁损无偿捐给了该院——可院方坚决不同意，商量再三要求拍几张照片拿去展览仍死活不允。主办单位的同志气不过，赶来找他想办法，他反过来劝了来人一通，就此作罢。

人说搞书画的挺能来钱，继父在这方面却最不"开窍"，尽管囊中羞涩，却从来不讲价钱，这一"自律"他一直坚持了好多年。他曾作过一仰天长啸、雄风勃发的巨幅《雄狮图》，被媒体誉为"狮"中极品。一台商慕名专程来扬开出"天价"求购，他坚辞不让。却于 1990 年第 11 届亚运会前夕无偿赠送给了中国代表团，勉励运动健儿们"勇往直前、再攀高峰"。他在北京、福州、上海、深圳等地举办画展期间，曾拒绝过多起画商或外宾的买画要求，却夜以继日地作书作画，送给当地的同行以及接待、服务人员。对于某些无钱不画或待价而沽、说是为了体现艺术价值和身价的做法，他颇为不以为然，认为金钱与艺术毕竟是不同范畴的东西。人各有志，他注重的总是后者。直到现在，他每年所作书画的大半仍是用于应付"画债"——他的一个本子上总是记着许多索书索画人的名字，划去一行又添一行——当然，现在不可能像过去身体好的时候那样有求必应了，但遇到为了治病送医生一类遭逢不幸要求人的事情，他都大动恻隐之心，只要可能，必不让人家失望，而且决不收钱。这方面也有一件事情例外，20世纪70年代末，一位在"文革"中整过不少人的高官曾托人甚而登门找他求幅字画，他几度拒绝，至今没肯写一个字。

由于不"开窍"，他不仅没能"先富"起来，也未能"后富"起来，但在公家的事情上他又颇具经济头脑。"文革"后他主事扬州国画院伊始，经费紧缺，事业待兴，他一方面四处奔走，寻求上面支持；一方面自挖潜力，开辟售画渠道。他曾定下一条院规：所有在职画家的卖画所得8%奖个人，92%留单位，他自己则拿卖画所得的4%。苦心经营数年，国画院旧貌换了新颜，砌了新楼，小小庭院茂林修竹、有山有水，成了扬州园林中的一处新景点——峋园，还征用土地新建了职工宿舍楼，一批中青年画家乔迁新居，解决了画院多年未得解决的住房困难。他致力于新人的培养，认为这是振兴国画事业的根本之计，创办了学制二年的全脱产国画学习班，进行政治、历史、文化、文学、书画等多方位的教学。有的学员认为考进画院就是来学画画的，无须学那么多课程，他总是谆谆善诱，告诉他们文化修养是不可或缺的基础，否则就不可能成为真正的画家。数年下来，学习班的学员们学有所成，不少成为画院的骨干，有的还考上了美术学院继续深造，后来成为颇有作为的青年画家。

继父在家中也是个典型的好人，他与母亲两人的一生都颇多坎坷，同病相怜，因而格外珍惜晚年的幸福。二十多年来，他们始终相敬如宾，从来没有红过脸。他对子女要求很严，总是用他的人生观、价值观要求后辈，但很少摆在脸上，也从不唠叨，而是一种内在的导向和影响。由于"文革"十年他所遭受的厄运，正在读书的儿女们受其牵连，都去了农村、工厂或边远地区，却没有一个抱怨他的。他平反复职之后，也没有谁依仗他去谋取什么，而是自食其力、自己努力，以至各有所成。

1997 年，继父 80 岁生日之际，他和母亲与子女们商量，打算把自己留存的毕生精品之作捐献出去。他说，这 100 幅作品是我自己认为比较好的，可以代表我书画艺术的总体水平乃至最高水平，因此我一直珍藏至今。现在把它们捐出去，是因为它们不仅属于我个人，也属于生我养我的扬州，属于我所师承的"扬州八怪"发源地，所以不准备作为遗产留给你们，不能让它们以后散失掉。子女们均表示支持，全家老少忙乎了好一阵，完成了这一义举。

　　就在这一年，他自书了一幅笔力雄健、虎虎生风的条幅："八秩少年"，悬于客厅内，旁书的一段文字十分有趣："岁月匆匆，吾年已八十。然童心犹存，事事想学、事事想做。愿天赐吾寿，方可多学多做，为世人多留贡献，庶不虚度吾生也。"我以为这正是他一生奋发精神的映照。现在写出来，既是他的自勉，更是对后人的策励了。

2000 年

岳父待遇之变

　　岳父之为岳父，源于一次偶然。"文革"期间，他与聚在一起的几位下放干部说："周扬等'四条汉子'有望解放了，他（指我）父亲的问题迟早也要解决的。"我十分震撼，因为在那种年代能看到这一点已非一般，而敢于公开讲出来就更不容易了。或许就从这句话开始，我后来成了他的女婿。

　　岳父的待遇之变，主要是他离休被改为退休的事。1947年1月至1949年1月，他在江苏省立教育学院（时在无锡）读书期间，参与组织了地下党领导的一系列革命活动，从而被国民党宪兵队逮捕，定为"政治犯"，与另外三人一起被关入无锡监狱。据此，原泰州市委根据无锡市委党史办的存档资料，报扬州地委为他办理了离休手续，不料两年后又按上级要求改为退休。说他的情况在两可之间，过去办离休不算错。现在有人民来信对几位老同志的离休提出质疑，根据他新中国成立后填的第一张干部履历表，参加工作时间写的是1949年2月，那是他被派往中学工作的时间，不是供给制，改为退休也对。

　　岳父当然难以接受，外地的"狱友"们则更为震惊，说那时连脑袋能否保住都不知道，哪里会想到以后填表的诀窍？要他向上反映并寄来了证明材料。岳父便写了申诉，说明他填写参加工作时间时，理解为应从进入干部编制拿到工资之月算起，同时详细写了地下工作及狱中斗争的经历，因此应以其填写的全部内容为据，不应只看一点不论其余，况且与他同时入狱的另三位"政治犯"都是离休。此外还陈述了三点：一、1949 年 1 月他出狱回到家乡，旋即参加了地下党领导的"中共泰县同志会"，继续从事革命活动。虽无从享受什么"供给制"，但"中共泰县同志会"的同志们为泰州解放作出的独特贡献乃客观事实，党史资料上也有记载。二、泰州解放伊始他们几个知识分子由政府选派至泰州中学组织复校、复课，每月领 90 斤大米的"工资"（即"低粮制"），虽比"供给制"略高，又低于一般教师。后来这几位同志均因不是"供给制"而被否决，有失公允。三、1949 年暑期，泰州地委举办了一期"抗大"式的夏令营，计 500 多名学员，泰州 200 多人，他担任泰州队队长兼教员。当时一些已有工作被选调到夏令营工作的教学管理人员后来未办到离休，而一些学员却办了，也是因为"供给制"。

　　我曾问他人民来信的缘由，他说不清楚，可能弄虚作假办离休的情况确实有，人家有权质疑，但他们不了解我在无锡的情况。他还告诉我，对地下工作者不公道的做法事例很多，据说有个"十六字方针"，不少同志政治上不受信任、不得重用，甚至蒙冤遭屈。譬如参与领导"中共泰县同志会"的地下党员储冉，其上级乃地下党南京市委书记陈修良，就是她主持了南京的和平解放工作，解放后任南京市委第一任组织部长，后来不被信任，历经坎坷几十年。再说这个"供给制"，它是根据部队和解放区的情况确定的一个界限。而地下工作都是秘密行动，活动经费都经常自己掏腰包，怎么可能享受统一供给衣帽铺盖、一日三餐的"供给制"呢？至于去中学，因为那时泰州刚解放，寒假后学校必须如期开学，原有的学校管理机构需要调整，不少过去的教材也不能用，市委选派他们去组织复校、复课等工作，包括自编教材授课，一年后学校工作正常了又回了机关。如果他们没被选去，待在机关里自然享受"供给制"了。后来夏令营的情况也类似，管理人员和教员是从学校选调过来的，不属"供给制"。而学员基本上是招的学生或社会青年，两个月集训后分配工作，不少做了教师，由于他们在夏令营期间属于"供给制"，符合离休条件。

家里人便劝他想开点算了，到了这把年纪，待遇之类皆是身外之物。外地的亲友也来电、来信开导他，说现在一些人不了解地下工作的特殊性复杂性，而政策的解释权裁决权又在他们手上，况且朝中有人没人不一样，不如不去费那些周折，寻那些烦恼。

另一个待遇之变是他的职级。岳父20世纪50年代为副处职，60年代为正处职。"文革"后由副科、正科到副处，直至退休。我问他为何不向组织上提出这个问题。他说提过，退下来时提的，希望退休后恢复享受正处级待遇。市委书记黄扬同志十分重视，告诉他已报到扬州地委组织部，扬州传下话来也说没问题。后来发现并没有办，他也没再追，说算了，差别也不大，不烦这个神了。

这两件事当属岳父晚年遭遇的两个不公正待遇，尤其第一件，他认为首先不是待遇问题，而是对他们那段激情燃烧岁月的漠视和否认。我们曾猜测，他那年突发心肌梗塞必与此事有关。幸好他后来想开了，他对我们说，当年他们从事地下工作，经费都是各人凑起来的，当时教育学院地下党负责人之一是你们的大舅高介子，介子至今记得那次抓捕时他逃离无锡的路费是我凑给他的。那时候根本不可能有什么"供给制"，也想不到以后会有什么"供给制"。现在的"离休"，也只是后人用于管理前人的一个"发明"而已。

于是，他抛却烦恼，每年都要陪岳母或率领第三代及第四代外出旅游。同时用自己的一技之长奉献社会，英、日语翻译，中、外文打字，五笔字型辅导，乐此不疲，担任了市翻译协会会长、市养鸟协会会长等多个社会职务。其中影响最大的是市老干部艺术团，岳父担任团长和电子琴、手风琴的演奏员，岳母是指挥和独唱、领唱的歌手。那二十多年的时光里，从我们家到泰州处处，人们经常看到、听到他们飘逸的白发、激情的歌声……

2018 年

岳母的"入党问题"

建党百年之际，岳母的哥哥、嫂嫂、姐姐、妹妹、妹婿们都获得了"光荣在党 50 年"的纪念章。如果加上已经去世的，她兄妹这一代当中能够拿到纪念章的就更多了。可是她没有，因为她连党员都不是。

这个问题以前想到过，但一直没有问。这次她却主动说了起来。九十一岁高龄的老人家思维清晰、记忆犹新、表达流畅，真是不简单。

岳母还是中学生的时候，就是无锡省立教育学院附中的学生自治会主席和歌咏团团长了，参与组织并参加了抗议国民党统治的学生运动。也就是那期间，她和到她学校开展地下活动的岳父相识了，后来岳父被国民党宪兵作为"政治犯"抓进了无锡监狱，她不管不顾，每天去送"牢饭"……岳父 1949 年 1 月出狱后，回到家乡泰州继续从事地下斗争，她则于无锡解放后的 1949 年 6 月加入了无锡团市委青年文工团。

两年后，岳母调来泰州（那时她和岳父尚未结婚），被安排在团市委工作。1952 年 10 月 21 日，团市委党支部大会全票通过了她的入党申请，会后即将有关材料送到市委组织部，履行有关手续。

几天后，市委组织部一位同志找她谈话，拿出一张照片给她看，问她认不认识照片上面的一个男同志。照片上是一群人围着一张乒乓球桌，她正在和那个男同志打乒乓球。她说面熟，一起打过几次球，但我不知道他是什么人，也不知道他姓什么叫什么。因为教育学院和附中在一个大院子里，打乒乓球的人非常多，相互不认识是常有的事。

组织部的同志说，和你打乒乓球的这个人被逮捕了，他是现行反革命，是特务，是国民党特务组织潜伏下来的。这个特务说他认识你，岳母莫名其妙。

入党的事情就被耽搁下来了。五年后组织部又找岳母谈话，说事情清楚了，那个同志姓丁，是地下党员。他那个时候来打乒乓球，是想通过你去接触你的哥哥高介子，因为高介子是教育学院的地下党负责人，但没有接触上。由于丁同志做地下工作的时候是单线联系，而他的上级领导人牺牲了，所以一直没有人来为他证明，后来想尽办法请人找到了他上级领导的领导，才证实了他是地下党员，得以平反，可是他已经坐了五年牢了，连累了不少人。

丁同志平反的这一年，正巧反右斗争开始，时任团省委巡视员兼《江苏青年》杂志总编辑的高介子被打成右派，岳母又变成了右派分子的妹妹，入党的事情又被耽搁了下来，这一耽搁又是二十多年。

一直到1979年，高介子的右派问题得以改正，省委组织部把平反决定寄到泰州市委组织部，组织部又交给了岳母所在单位泰州市科委的负责人。当时的科委主任居瑞林同志接到这份文件后跟岳母说，你的包袱可以彻底卸掉了，应该尽快解决你的入党问题，我已经到组织部调看了你的档案，你赶快重新写一个申请报告。

岳母想，我都快五十岁的人了，过去了这么多年，这个时候再去做个大龄新党员，没什么意思了，所以就没有再写申请书。她对领导说，我虽然不再打入党申请了，但是我仍然会以党员的标准要求自己，做一个党外的布尔什维克。

几年后，泰州组建九三学社支部，岳母是第一批加入的 10 名成员之一。由于她长期在科委、科协工作，科技界的知识分子很熟悉，介绍了不少同志入了社，工作开展得有声有色，得到了同志们的尊重。她退休后，学社领导逢年过节必来慰问，去年她过九十大寿，九三学社领导班子的新老成员都来了，坐了满满一桌。

岳母工作几十年来，多次获得省、市和全国表彰。她工作之外也见精神，譬如曾多次把增加工资的名额让给了同事，领导每次都表扬她，说她的思想觉悟高。

我们问她，你的姐妹们入党怎么没有受到高介子的影响呢？她说，她们是解放初，也就是 1957 年以前入的党。受影响的还有一个最小的妹妹，她 20 世纪 60 年代参加工作，入党问题是哥哥平反后得到解决的。而我，在这之前又多了一个丁同志的牵连。

我们拿她打趣：根据您对我党的贡献，我们家必须给您颁发一枚"党外布尔什维克 50 年"的纪念章。岳母笑着说，我们这一代这么多人在党 50 年，够光荣的了，接下来就轮到你们这一代了。我作为我们家民主党派的"光荣代表"，也挺好的啊！

2021 年

外公行状

外公在五时巷算不上老住户，家里的几栋小平房是他和外婆1925 年及其后分两次买下的，我母亲就出生在这里。

外公出身贫苦，当过长工，打过短工，在姜堰一家油坊帮工时，每天光从远处的河里往油坊挑水就得三十多担，肩头上的肿块从来没消过——外婆就是油坊掌柜的女儿，那时候两人就有意思了——他后来只身跑到泰州，先在吴公馆打杂，后来被吴家介绍出去学航运，干了十多年，当上了经理。这期间，娶了我外婆，其后又带着孩子来到泰州，自己租了一条船代理长江到内河的航运，在靠近轮船码头的五时巷安下了家。

外公的衣着平常，以棉布长袍为主，整洁，即便旧了，也不皱巴巴的邋遢相。他中等个子，头皮刮得泛着青光。腰板硬挺挺的，笔直。双眼黑亮，炯炯有神，与唇边两条乌黑的八字胡上下呼应，很威风。他刚住到这儿来的时候，巷子里的人遇见他，估计他未必认得自己，往往迟迟疑疑，并不主动与他打招呼。他却迎上前去寒暄几句，拜托街坊邻居多多关照，两眼发光，八字胡一翘一翘的，和气得很。

时间长了，巷子里的人都说他人好。或许码头跑得多见的世面不同，为人行事的格局就不同寻常。邻居家有个什么事，他是必得随礼的，由太太送过去，讲究个拿得出手。巷子里哪段路破损了，他不声不响就找人来补平了，很平常似的，并不当回事宣扬。

左邻右舍不仅记住了我外公的好，还说我外婆贤惠，一个殷实人家的女儿，嫁给外公这么多年，风风雨雨，相夫教子，没听她对男人高言高语过。外婆长得端庄，笑起来更加好看，大大方方的，特别肯帮人的忙，又不多言多语，巷子里的家长里短从不掺和，总是笑脸迎人。不料这么个好人竟一病不起走了，留下了三个孩子。

外公中年丧妻，极为悲痛。办完丧事的那天，多喝了两杯酒，醉了。反反复复念叨："我太太跟着我吃了苦啦，为我养儿育女不谈，家里的账全是她管，省吃俭用，一个铜板一个铜板地往起攒，不然哪有我的今天啊！"

邻居们便又多了一份了解和佩服，对他的极度悲伤以至酒后失态，也更理解和同情了。

从那以后，邻居与外公的走动便多了些。外公有了闲空，也会约两位过来喝上几杯。让儿子去"小腊龙"卤菜店切半只卤鹅，到"老正兴"饭店门口摊儿上买些油炸臭干、鸭血卜页卷儿、水煮花生，再让大姑娘炒两个下酒菜，龙门阵便摆开了。

外公一直没有续弦，先是风风光光地把大姑娘嫁了出去，是个律师的儿子，在政府里做文员，条件不错。接着又四处张罗为儿子成了亲，媳妇长得俊俏，大脚，能干家务。小姑娘年纪尚小，可怜九岁就没了娘，舍不得，捧在手心里宠，反复叮嘱她："一定要好好念书！"

20世纪50年代初，外公的航运还在做，只是停掉了自己的航班，到朋友的公司里帮忙，毕竟六十好几的人了。于是公司里跑跑，自己家歇歇，两个女儿家转转，一副优哉游哉的样子。走在巷子里，跟人打起招呼来，声音依然洪亮，八字胡虽白了不少，依然一翘一翘的，神气得很。依然不时与好友聚聚，依然首选"小腊龙"和油炸臭干。

几年以后情况变了。先是朋友的公司歇了业，树倒猢狲散。接着大姑爷被定为历史反革命，抓去劳改。小姑爷在什么运动中被斗得吐血，老病加重，经常卧床不起。再后来就是"三年困难时期"了……

巷子里便不见了外公的悠闲，眼神有些呆滞，八字胡稀稀疏疏，手上多了根拐杖。遇到人虽还打个招呼，但不肯人称他"经理"了，声音发了哑，"咕噜"一声已擦肩而过，敷衍似的。

他常拎着个包出门，里面鼓鼓囊囊的。这样的时候，他都走得比较快，低着头看着脚下的路，有什么急事要去办的样子。一会儿又看见他回来了，还是低着头，慌慌张张地直往家里奔，布包还是鼓鼓的，显得重了些，不知道装的些什么。

再后来，邻居看见坡子街旧货店的那个老头儿老往外公家里跑。这才明白，他收藏的那些瓷器、字画保不住了。没办法，还有什么比吃饭更重要的呢？你再狠也狠不过一张嘴的。何况外公家里是十张嘴，你是要一家老小的命，还是要你那些已三文不值二文的所谓宝贝？

外公是明显地老了、瘦了，过去多精神的一个人啊，现在只剩下一副骨头架子，走在巷子里，摇摇晃晃的，生怕一阵风把他吹倒了。

大姑爷被抓去劳改后，儿子一家就很少和大姑娘家来往了。儿子胆小，不敢不划清界限。外公还去，他不放心。大姑娘家在城里，关帝庙巷，他亲家当年置下的宅子，很气派的。现在住在里面的是两家房客。大姑娘和外孙、外孙女们挤在院子里搭的窝棚里，没有床，乱砖上面搁了几块木板，铺了些稻草。除了小姑娘送过来的一床棉被叠在中间外，旁边是几条发了黑的棉花胎。

外公看了心酸，恨自己无力帮姑娘一把。每次去，大姑娘都得下一碗面条让老人吃了再走，外公更是心酸。

外公每天都到小姑娘那里去。小姑爷养病的营养是早上一只鸡蛋，做成盐水蛋花汤，滴两滴麻油，撒几片葱叶。以前小姑爷吃之前，都让小姑娘先分一点出来给年幼的孩子补补，后来就留给老岳丈了。外公早上先去小姑娘家，把那几口盐水蛋花汤喝掉，再吃一点留给他的稀饭、馒头什么的。歇一会儿，便去小姑娘单位等机关食堂开门。在食堂吃了中饭，再买一点饭菜当晚饭，然后打道回府。

每天早上，五时巷里的石板路上都会响起"笃、笃、笃"的拐杖声，邻居们便知道，老人家到小姑娘家去了。午后一会儿，"笃、笃、笃"的拐杖声再次响起，邻居们又知道，老人家在机关食堂吃过饭了。

外公后来走不动了，让他大孙女每天去小姑娘那儿拿点吃的回来。后来又让大孙女带信过去，说爹爹不要吃的了，他吃不下去了。再后来，他就不声不响地咽了气。

邻居眼睛红红地告诉两个姑娘，你们家的人说老头子是个大肚子饿吼，从食堂吃过中饭回来不到两个时辰，又等不及地把晚饭吃掉了。还说家里的字画都被他偷出去换东西吃了。

2020 年

祖父的日子

祖父是扬中人，曾祖父在江心洲上开了家店铺，经营茶叶和杯儿碗的，因大水被淹，举家来了江这边的泰州。还是开店，还是经营茶叶和杯儿碗的。曾祖父说祖父聪慧、有静气，是块好料，做生意可惜了，让他读书。祖父便一门心思往私塾跑，"之乎者也"学得头头是道，生意却一窍不通。曾祖父病逝后，店铺转给了旁人，祖父便觉得对不起父母。

他还觉得对不起太太，人家一大家闺秀，嫁过来没过上几天好日子就跟着他受穷——其实祖父结婚前就有了一份工作，在旅社抄抄写写，薪水也年年在加。只是家里负担太重，上有老下有小，常为几个孩子的学费发愁。

1949年，祖父辞了旅社的差事，去工商联雇员工会上了班。一天，大儿子本肖回来说："政府财政紧缩，号召职员退职以减轻国家负担，我们家应该带头。你们放心，我们夫妻两个有饭吃，全家就有饭吃！"祖父犹豫了一下，转脸看看祖母。祖母没有犹豫："听本肖的！"祖父就去办了手续。又赶紧找了两份临时工作，一是帮公园侍弄花草盆景，二是帮书店抄写线装书，每天提着个竹篮或者藤包出出进进的。

过了几年，本肖忽然出了事。抗战时在重庆的朋友被定为"胡风分子"，登上了报纸。祖父便劝儿子去向组织说清楚，结果本肖夫妇都被带走了。三岁的孙子得帮着照看，祖父辞了公园的事情。抄写古书没有停，无非早上起得更早些，晚上睡得更晚些吧。问题是脑筋不如以前，进度跟不上，尽管人家没有怪他。他还是跑去打了招呼，说你们另外找人吧。人家说："陈爹，你不要多想，我们不会的。"祖父更感到对不起人家了。

还算好，本肖夫妇又回来了。没想到老二本培又出了事，成了"右派分子"，他想不通，赌气溜回了泰州。祖父急坏了，左劝右劝，根本的一条，共产党的饭碗不能丢。又拖着本培去听本肖晓以利害，终于把他说回了头。还不放心，本培前脚走，他后脚又赶了过去。在昆山乡下的一座木桥上，脚下一滑掉下了河。本培心疼得落了泪，向他保证一定老老实实接受改造，不再多言多语。祖父便责怪自己对老二关照太少，让他年纪轻轻一人在外面对复杂社会，感到很对不起老二。

我读小学时，祖父已六十多岁，还打两份工，还是提着个竹篮或者藤包出出进进的。老远就看见他躬着个背，一步接一步地往前跨，鼻梁上架着的那副眼镜十分显眼，两个滚圆的黑框包着两只厚厚的镜片，挡住了半个脸。

祖父提着竹篮的时候，是忙家务，买菜买盐买柴火什么的，就靠这只竹篮。提着藤包的时候，就是上下班了。那时候这种藤包常见，长方形，上方有两只半圆形的把手。包里装着侍弄花草用的围裙、护袖之类。若是去书店，祖父必得把藤包擦拭干净，垫上报纸，再小心翼翼地把古书样本和抄写好的散页依序包好，放进藤包。回来时，藤包里已换成了待抄的样书和空白的散页了。

公园还请祖父去帮忙，跟他讲明每天来半天，一般的事情动动嘴就行了。祖父总是忙上大半天，领导不过意，决定给他加薪。他坚决不要，说如果多拿一分钱，就有悖于自己的初衷，从不与人红脸的人这次竟红了脸。

祖父抄写线装书也有过人之处，他不仅蝇头小楷写得规矩，而且对古书内容颇有所知，很少出错。抄书按字数算钱，费神费时间，尤其那些旁注，字极小，他高度近视，还有白内障，眼睛几乎贴到纸上去了。

祖父的时间每天都排得满满的。清晨则起，先抄书，再去公园上班。午后下班到家，继续抄书。傍晚照看一下天井里的花草，点起煤油灯还是抄书。临睡前记日记及当日收支账目，给外地子女、亲朋写信或回信，也不时吟唱几段诗词，或者自作一首半首。日复一日，大致如此。

一天中午，祖父在家门口被一位拉板车的工人撞倒了，腿子上破了几处，出了血。那小伙子扶他起身，祖父说没事没事，却站立不住。邻居说看来伤到骨头了，快去医院，把他扶上了板车。

结果是右膝盖粉碎性骨折，得住院手术，还得静养几个月。板车工急得直哭。祖父安慰他说："不要着急。你放心，我子女多，都有工作，住院费、医药费不要你出！"邻居李爹急了："陈爹，你不能太好说话啊！大白天把个老人撞成这个样子，眼睛长到哪儿去啦？别的不谈，你要多受多少罪啊？该他出的还是要由他出！"祖父叹了口气："都不容易噢！小伙啊，以后要注意啦，不能太莽撞。我说话算数，不要你出一分钱！"

小伙子多次登门，想认祖父做干爹爹，祖父不答应，说新社会不兴这个。小伙子还是"干爹爹干爹爹"地挂在嘴上，偶尔还提着一包茶食过来。祖父感到过意不去，非得回礼不可。

2020 年

家人郑爹

　　今天是母亲去世四周年的日子，去墓地看她，又想起了一些人和事，郑爹便是其中之一。

　　20世纪60年代，郑爹是我母亲单位的门卫。他来自泰州北郊的老渔行，以前在一家船厂做工，年纪大了，也没有什么退休不退休的说法，便来街上谋了这份活计。不知道他的名字，不论什么辈分的人都喊他"郑爹"，我也跟着喊。

　　老人家又瘦又矮，满脸皱纹，剃个光头，胡子拉碴，就一个乡下老农民的样子。别看他个头小，饭量却特别大，无论去附近的居委会食堂买还是自己在传达室烧，都装到一个桶状的铝罐子里，总是狼吞虎咽顷刻之间解决。不知什么缘故，吃完之后，他的喉结还得动上一阵子，里面发出咕咕咕的奇怪声音。

　　我还发现他有一个特别与众不同的地方：他总是蹲着。无论站岗还是吃饭还是干别的什么，总是蹲着。蹲在地上不论，即便有凳子他也不坐，而是蹲在凳子上面。我曾问过母亲，母亲说可能与他长期生活在船上有关，习惯了。

　　母亲对郑爹有所关心，去食堂吃饭时常会留一点饭菜带给他，有时也会从家里带一点吃的给他，还带他来我家吃过饭。看他传达室里的铺盖单薄，曾送给他一床盖的被子和垫的棉胎，还送过他"卫生裤"（较厚的棉织品，近似于现在的运动裤）等衣物。印象深的是一件线衫——那时候许多人家都是找来或买来棉纱手套，拆解后几股并成一股，再手织成线衫线裤，还可以染成不同颜色，权当毛线衣裤穿，我和妹妹、母亲都穿过——郑爹开心极了，说毛线衣（他坚持把线衫说成毛线衣）是城里人才有条件穿的，现在他也穿上了。于是经常解开棉袄扣子，把他的"毛线衣"露出来炫耀。

老人家便要认我母亲作干女儿，母亲告诉他，现在不提倡这些东西，我们家也从来不认干亲，不管认不认我们都是一家人，不是挺好吗？郑爹很不开心，蹲着的人呼的一下站了起来，气呼呼地说，我没文化，大字不识一个，你说的道理我不管。你若看得起我就答应，若看不起我就算了。

母亲便成了他的干女儿，没有搞任何仪式。母亲仍称呼他"郑爹"，我和妹妹也还称呼他"郑爹"，老人家对这一点也不计较。

从此，老人家固定在每个星期天的中午来我家吃饭，他都是早早地到，蹲在门前的台阶上看干女儿忙，也会帮着做点儿洗菜之类的杂事。每餐必得喝两杯酒，话也多了不少，重点都是他门卫的工作情况，表扬一些人、批评一些人，对有些对他不买账甚至恶语相向的言行十分愤慨。母亲总是和风细雨地开导他，说生活不易，有时有的人态度不好，可能是人家恰巧遇到了不顺心的事，你把人多往好处想，尽量不往坏处想，就不容易生气了。老人家说，你的话我最爱听了。

几年后，我和母亲相继插队、下放。母亲初到乡下不久，老人家步行了近两个小时来看望我们，还特地买来了几只税务桥的烧饼。母亲说你跑了这么远的路肯定饿了，先吃一个充一下饥。他坚持要我们一起吃。于是祖孙三代一人一只吃了起来。母亲吃得慢，刚吃了一半，几个农家小孩跑来盯着她手上的那半个烧饼咽唾沫，母亲便把那半个和留下来的一个一起分给了他们。老人家说，你不该自己只吃半个。母亲叹了口气，农民的日子不好过啊，这些孩子太可怜了。

我们从农村回城后，郑爹已不做门卫回了家，母亲便托人到老渔行了解他的情况。不久郑爹的儿子来了，说他父亲一直在念叨着他这个干女儿，直到去世。

2020 年

大姨的素把剪

妻的大姨高凤子今年90岁了，她10岁时因日寇轰炸离开家乡泰州，和弟妹们随母亲去了江西泰和县，投奔正参与筹建国立中正大学的父亲，后又为求学独自辗转江西雩都、南昌、南京等地，20岁参军南下，直到50岁后才回来过几次，都是来去匆匆。这次返乡，她准备住上几个月，开始了与我们朝夕相处的一段时光。老人家极为健谈，她的经历犹如一部传奇，充满了我们闻所未闻的故事。本文先和大家分享一个。

大姨手头有一把黑色的小剪刀，比我们以前用过的折叠式剪刀还要小，却锋利得多。剪药袋、开奶瓶、修指甲……每天都在用。妻拿起桌上的大剪刀递给她，她不要，说我这把小剪刀用惯了，用了快70年了。什么？这是什么剪刀？能用上70年？是的，是一个战友送给我的，云南产品，质量好。我的这位战友叫彭健民，牺牲了。

大姨于1949年6月在中央大学读书期间投笔从戎，参加了刘邓大军的西南服务团，被编入云南支队。当年10月南下，先是坐闷罐车，经郑州、武汉到长沙。由于接下来得步行去云南，加之天气转冷，棉衣还没发下来，走掉了不少人。于是在长沙补员，彭健民就是那时参的军。他是当地人，正读高中，被分到了大姨任班长的四大队五中队四班当战士。11月从长沙出发，经过

3个月的长途跋涉，到达昆明郊区，然后分配工作。他们所在的五中队一百多人全部分到了武定专区，转为地方干部。

在武定，有五位同志被调回昆明再度入伍，去了二野四兵团政治部文工团，大姨便是其中之一。这五位同志都是行军途中文艺演出的骨干，分别是主演、作曲、美术，大姨是写诗朗诵、快板书等节目的业余创作员。其余同志都分到了武定专区所属各县的党委、政府，彭健民也在其中。

几个月后的一天，大姨巧遇来昆明开会的彭健民。小伙子告诉她，他被分到禄劝县计委，主要任务是打土匪和开展"减租退押"运动。说话间，他从口袋里掏出一把剪刀送给昔日的班长，介绍说，这是他们邻县禄丰著名的"素把剪"，所谓"素把"，乃铁的本色之意。"素把剪"创始于清代光绪年间，由于刃口加入了英国钢材，刀锋刚而不脆、利而不卷，十分管用。大姨说，这么好，你留着自己用吧！小伙子笑着又掏出了一把给她看，说我现在有薪水了，买了好多把带来，就是准备送给一起南下的战友做个纪念的。

昆明一别，他们又失去了联系。西南服务团的成员都是高中以上文化程度（参加服务团的基本条件之一），很多人在历次运动中遭到审查、蒙受冤屈，不少同志已下落不明。党的十一届三中全会以后，平反冤假错案工作得以启动，西南服务团的一些老同志也积极参与进来。云南省委组织部专门设立了"西南服务团党史组"，请他们帮助梳理、联系当年的服务团成员。大姨便把她那个班的战士名单列了出来，一个一个地查找，唯独彭健民找不到。原来他早已牺牲了，就在那次昆明别后不久的一天，许多战友所在的禄劝县城遭土匪包围，我党88名干部被抓走杀害，20岁的彭健民就在其中。

大姨寻访了不少老同志，又意外获悉一个新情况：88位烈士中有一个同志并未遇难。那是一位叫陈宝荣的女同志，当年她也是在南京参加的西南服务团，随云南支队一起南下，和彭健民一起分配到禄劝县，又一起被土匪抓走的。她被几个土匪轮奸后，土匪的二头目把她从刀口下抢过来做了老婆。在土匪的严密看管下，她痛不欲生，熬过了惊恐、屈辱的日日夜夜……终于等到了一天，她趁看守麻痹时逃下了山，将襁褓中的儿子放在路边，一路狂奔回到县城。不料县委已物是人非，接待她的人一脸鄙视："你为什么不自杀?"随后宣布她为"叛徒"，决定将她遣返，命她自行回乡。她沿路乞讨回到了南京。回家后的这几十年，她靠帮人糊纸盒、打零工为生，始终孑然一身。大姨去宁找到她时，这位以美貌闻名的同龄战友已满脸憔悴、垂垂老矣。作为唯一的幸存者，她回忆了当年战友们顽强抵抗，最终不敌而被抓走杀害的情景，几度泣不成声。陈宝荣是战友中获得平反的最后一人，虽几经周折，终于重获新生。此后，她以伤病之躯全身心地为社会服务，被授予社区模范、优秀离休干部等光荣称号。

　　西南服务团健在的老同志们自发捐款，为 87 位烈士重修了一座集体墓葬。遗憾的是，这些烈士的姓名至今都未能凑齐（有南下干部，也有当地干部），其中的许多人早已尸骨无存。

2018 年

二叔为文

二叔是我父亲的大弟，大约由于排行老二的缘故，我们这些下一辈便称其二叔或二伯。

二叔于文，属于大概念。他性格活跃、爱好广泛，文、艺、体方面均有涉及，都有那么一手半手。没想到却在税务、外贸部门干了一辈子，终身与算盘为伍。

改变的起点在 1949 年春，他们部队在渡江战役后接管苏州，一批人从部队转到地方。二叔认为自己参军前在我党办的华中大学读书，入伍后又在军后勤司令部干宣传工作，去文化单位比较对路，没想到安排他去了税务部门。他说他二话没说就服从了，其实并不尽言，因为他十分羡慕跟他一起渡江到苏州的陆文夫、滕凤章同志——凤章还是和他一起从泰州去盐城，又从盐城一起参加渡江大军，紧接着一路西行，在七圩冒着枪林弹雨过的江——他们分别去了新华社苏州支社和新苏州报，这事他跟我念叨过好多次。

当然，他对新的工作极为认真负责，很快就适应了。只是从文情结仍在，工作之余每每倾心于此，经常与哥哥在信中展开讨论，不断向当地报刊投稿。新华社苏州支社 1949 年的通讯员聘书被他一直保存着。他曾寄给我一张苏州的报纸，上有他写的回忆解放苏州的文章，还有渡江战役纪念章及那张聘书的照片。

1958年的"整风补课"运动中，二叔被"补划"为"右派"，发配下乡劳动改造。他停止了投稿，偷偷写起了诗词之类的东西，又练起了书法，却很少示人。1979年"改正"后，他寄来了当年悼念我父亲及我妹妹的填词，重新用宣纸抄写的，古隶，一笔一画，用笔沉拙。写我父亲的为《调寄破阵子》，词曰："四十年来天命，半生尽受颠簸；贫困不移威不屈，披肝向党笔当戈。何曾步蹒跚？长夜苦斗病魔，而今气竭神枯；纵怀壮志共凌云，苍天全无公正处。天相吉人何?"

平反后，他与不少同学、战友恢复了联系（我熟悉的就有郭瑞年、严正、古平等多位，以作家、记者、导演居多），还与同在苏州的陆文夫叙上了旧。然后跟我大发感慨，说他们都是一生或大半生从文，都取得了很大成就，而我至今还在各种经济数据中打转，一事无成。

二叔离休后，一门心思为文了。不停地给苏州的报纸投稿，他的文章主要有三类：一是回忆往事；二是对苏州的城市建设尤其老城保护提出意见、建议；三是就一些时事政治发表的看法。他告诉我，第一类稿件几乎篇篇用，第二类用得很少，第三类基本不用，很是不以为然。我便劝他，国家大事你就少操心了，多练练书法、写点诗词最有益于修身养性了。他当即反驳，你父亲就不是这样子的，我还没到修身养性的时候呢！

二叔的家庭情结和家乡情结特别浓，前些年每年都要回来一两趟，每次都要住上十来天。家里的亲人每个都得见上面，都得聊上一阵。所以他对我颇有意见，因为我每次和他聊的时间他都嫌不够。每次来泰州，他经常一个人出去探旧，当年住过的街巷、读过书的学校、玩耍过的地方都是必去的。他是省泰中的老校友，老校区去过若干次，流连忘返。有一次恰巧遇见了校友会的副会长兼秘书长赵克俭同志，受到了热情的接待，克俭陪着他聊了两个小时，还请他对校友会的工作提了意见。他就对我说，人家都尽责啊，你也是副会长，怎么从来没听你说过校友会的事情的？

　　为了更多地了解家乡的情况，他要我替他订一份泰州的报纸——那时在苏州订不到。从此，《泰州日报》便成了他案头的必修功课，经常写信或打电话谈他的读后感，或者赞许家乡的发展变化，或者指出报纸上的毛病；还不时寄来他写的稿件，要我帮他看看，做点修改，能用的话就选两篇登一下。几年间，我一共选过三四篇他的回忆性文章，转给了合适版面的编辑，其余的或者不太合适，或者不能用。我打电话给他解释，他一方面表示理解，一方面又说我们和苏州一样，凡是对城市建设的意见、对时事政治的看法一概不用，属于"莫谈国事"。

　　有一次他打来电话，大大夸赞了我们一通。原来苏州一个副市长因贪腐几个亿被抓，一时间议论纷纷，各种说法真假莫辨，而苏州的媒体一律只字不提。结果他从泰州报纸上看到了一篇转载的详细报道，当天就被一位老同志借去看了，又被老同志的儿子带到单位被人借走了。他要我帮他再找几张这份报纸，说还有好几位老同志等着要看。

　　我又问他最近写了些什么诗词，书法练得怎么样了。他愣了一下，然后平静地告诉我，我和你父亲既一样又不一样。不一样的是他是文人，我算不上；一样的是我们一辈子都关心时事政治，忧国忧民。

2019 年

也说我对女儿的培养

女儿曾发表过一些散文随笔并有选载、获奖，还出了书，2006年加入了江苏省作家协会，一些朋友便以为是我这个老爸培养的成果。其实不然，她从小到大，我几乎没有辅导过她的写作。记得有一年放寒假时，女儿带回了她本学期（初三上）的课堂作文练习册，说老师要求家长认真阅读后写个序。由此我通读了她练习册上的18篇作文，这才意识到，集中读孩子的作文，于我竟是第一次。所以我写的序，开头一段便是检讨："……愧为乃父，此前竟未读过一篇。若非老师嘱为作序，尚不知何时才能忙到尽此家长之责。只能借此向老师、向女儿道声'对不起'了！"

那么，我对女儿的培养在哪里呢？举个例子吧！

1994年春节刚过，我从《中国青年》杂志上看到"希望工程"的介绍，便向扬州团市委了解情况（当时我在扬州工作），答复未接到通知，尚未开展，遂直接与"希望工程"的主办单位——中国青少年发展基金会取得了联系。随后与女儿交谈，建议她将压岁钱捐出去，帮助一个贫困孩子。女儿答应了，但她的压岁钱不够要求的额度，我说差的部分我们补足，她开心极了。

办好手续后，主办单位选择了河北省平山县下槐镇爪角小学的一个失学女孩与我女儿配对。从此，女儿与那个女孩（本文隐去姓名）开始了通信。

那个女孩是个孤儿，奶奶和大伯照顾她的生活，由于我们的捐助得以重返校园，插班上了小学二年级，她和我女儿同年，却晚了四个年级。她信中说的不少事情都是我们想不到的，譬如她的学校在山沟里面，交通不便，信寄过去会很长时间收不到，让改寄到她老师的另一个地址，由老师带给她。又如我女儿请她寄一两张照片过来，她说她虽然已经 11 岁了，但从来没拍过一张照片，等以后照了相，一定会寄给我们……

这种联系、交往，使女儿了解、感受到了一些平时接触不到的东西。

当时我写了一篇随笔《同一片蓝天下》，说一位朋友参加了"希望工程"的捐助，了解到贫困地区失学儿童的情况，感叹于同一片蓝天下，孩子们的境遇却有着巨大差别。《扬州日报》的周保秋主任看到这篇文章后与我联系，说"希望工程"在扬州是个新事物，请我帮助联系那位朋友，他们准备组织采访报道。我只得坦白"那位朋友"就是我和我女儿，并告诉她，我们和女儿有个约定，即不对外透露这件事。理由是：这样的帮助才算纯粹。周主任表示理解。此后，我们又继续通过"希望工程"的途径资助了三个孩子。

潜移默化中，女儿的价值观在形成、发展，懂得社会、生活的不圆满，比较节俭，遇事能为家庭、他人着想……当年她出国留学，先选择的澳大利亚，因费用太高不得不放弃。最终去了不收学费但难度很大、得改学德语的德国。留学期间，我们与她的交流仍在继续。她的《留学，到德国去》一书也选载了少许我们发给她的短消息，且摘一条："今天的《泰州日报》刊载了一篇记者专访《我的父母是下岗工》，带到车上（出差）读了一遍，过些天就寄给你。我特别同情弱者，见文中一些孩子家的艰苦情况，不由得阵阵心酸。我们家的经济条件要比下岗工人家好多了，给你看也不是要你去省吃俭用吃多少苦，而是让你对这个社会多一份了解和体悟，在面临今后可能发生的困难时，能够多一份坚韧和顽强。"

女儿的短消息中这方面的内容就更多了，譬如："我变得特别节省，什么东西都觉得奢侈，今天在路上看到一欧多一只的热狗，犹豫了半天还是没买。"在《去科隆打工》一文中她写道："在莱比锡待了一年多，知道这里没有工打。听同学讲科隆还可以，一放假，便兴冲冲地赶了过去。可等到我奔波于科隆街头，按照电话黄页上的地址，一家一家地找中介的时候，才知道自己先前的种种设想不过是小女生天真无知的想法罢了。眼前的事实是：多如牛毛的中介里，居然没有一家能找到工作……第二周周一一早，便又背上黄页出门了。几次失望后，又走进一家中介，例行公事一般，希望已快死绝。怎料负责接待的女秘书并没有立刻打发我走，而是让我坐一下，旋即拿起了电话——一种强烈的预感包围了我，心脏便狂跳起来。果然，她放下电话对我说：'我这里正好有一份工作，明天就可以上班，每天早晨 5 点 45 分上班，工作 7.5 小时，每小时工资 6 欧元，每天加 6 欧的餐饮费……'狂喜的我不假思索，埋头就填表，半晌才抬起头问：'小姐，这是一份什么工作？'"

如此等等，我以为，这种绵延不绝的影响，对于女儿的人生之路，是有益的。

2021 年

女儿创业

一

女儿在中学读书的时候，我们就问过她，你希望将来做什么工作？她说还没想到一个我特别喜欢的工作呢，但是你们两个人的工作我是肯定不会做的。为什么？你们一年到头忙得半死，还没有钱，没意思。我们来劲了，立即开始灌输：那好，我们希望你以后做一个医生，既能方便家人，也能帮助别人。她一口回绝，说奶奶一辈子照顾病人，你们还嫌不够啊？我这个人心软，看见别人生病就不好受，更不用说拿着刀子往人家身上切了。

她留学回国后去了北京，我们把这个问题正式提上了议事日程。她说不忙，我还没想好呢，得先熟悉熟悉国内的情况。于是跑到优酷网去应聘，运气好，在30多个应聘者中被录用了，写一些宣传优酷的文字，跟媒体打交道，时间不长就升了职，前景看好。她却给公司领导留下一封信，就单位工作提了一些建议，辞职了。我们急了，展开思想政治工作攻势，怎么说还是有个稳定的工作才算后顾无忧吧？好在她还算不固执，同意接受高等学校或文化媒体两类单位。一了解，大学教师必须博士以上学位，她是硕士，没门。恰巧《文艺报》面向全国招聘记者，让她把资料寄了过去，同时附上她出版的两本书和一堆发表在报刊上的文章及获奖证书，信心满满地等着去面试，却没了下文。

女儿却释然了，反过来劝慰了我们一番。我们眉头紧锁，怎么办呢？我要自己干！那你准备干什么？自己创业呗。创业？创什么业？还没想好，基本的一点，做自己喜欢做的事，还要实现财富自由。财富自由是什么意思？就是不再为钱发愁。那老爸老妈已经差不多财富自由啦！那是因为这些年我拼命打工，减轻了你们的负担。再说你们那个生活质量，天天早上吃泡饭萝卜干，还要还房贷，还财富自由呢！不是不是，爸爸只喜欢在家里吃早饭，也不光是泡饭萝卜干，还有鸡蛋牛奶什么的，几十年的习惯改不了，与财富没有关系。

有一天她忽然打电话回来，说在"淘宝"上开了个店铺，叫"爱美主义小店"。我们立即联想到关于"淘宝"的各种议论，吸了一口冷气。各种问题呼啦啦地抛了过去，她说你们自己上网去看吧，不要情况不明就乱下结论。

原来她这个小店专卖国外的奢侈品，主要是女性用包及服装。小店的页面上介绍了"爱美主义"这个店名的由来，由外文的原义到中文的译义，这才知道西方不仅有马克思的主义，还有热爱美的主义。商品页上的品种并不算多，但有一个是一个，价格就吓死人了，少则几千元，多则数万元。然后郑重承诺：本店所有商品一律来自国外的品牌专卖店和大型商场的品牌专柜，保证货真价实，如有问题，假一罚十，并公布了店主的手机号码和政府有关部门的举报电话。

二

买卖就这样做起来了，我们不放心，打电话过去问，她基本上没空回答。无论是白天夜晚，要么打不通，要么话才说了半句她又有事了。她解释说，由于时差的缘故，与国外买手及店家的联系经常在晚上和夜里。那你的睡眠怎么保证？健康是 1，其他的只是 1 后面的 0 啊！那一阵子，我们最操心的已经不是"假一罚十"之类，而是她的身体了。

于是跑到北京去实地考察。一进门就吓得不轻，满屋的包裹、包装盒、打包带……我们首先见识了女儿做事的慢与快，慢是验货，小心翼翼地拆开国际快递包裹，全神贯注地检查货物的里里外外，包括标签、购物单据、包装物等等，一丝不苟。快是发货，填写发货联、快递单、装箱、封固，嚓嚓嚓嚓，瞬间完成，动作之快捷、包装之规范，棒极了！我们不禁感叹，以前显得那么弱小的女儿，如今竟干起了这种苦脏累的活儿，变了个人似的，真是不简单！

过了一阵，女儿告诉我们，忙不过来，找了帮手，在外面租了房子。又过了一阵，说已经成为"淘宝"上的"皇冠"店了，台湾的投资人主动来投资，又增加了员工，公司又换了地址。再后来，说公司转型了，不卖东西，只提供服务，所以不叫"爱美主义小店"了，叫"淘世界"。我们又是一堆问题，再到网上去找答案，中国网、中新网、新浪网、创业邦、界面等不少媒体都有报道。

综合各种信息，我们大致明白了她那个小店的"转型"是怎么一回事。爱美主义小店是店家和买手联手购货售货，淘世界则是通过他们自主研发的手机 App，向买卖双方提供一个交易平台，由买手与消费者直接购销。卖方（境外买手）与买方（国内顾客）按约定时间互动，买手在顾客想去的商场，凭借淘世界 App，通过拍照、视频、语音、文字等形式向顾客推介或寻找他们想要的商品。同样的商品，有不同买手在不同国家、不同商店现场直播，消费者可以分别与不同买手进行交流，挑选最佳的性价比，货比三家。

就是说，爱美主义小店是一家网上商铺，淘世界则是一个新型的交易平台。虽说同属于"电商"范畴，但前者是利用"淘宝"平台做买卖，后者则是创造自己的平台给别人做买卖；并作为第三方，负责销售环节的全程监管。简言之，爱美主义小店的核心是销售团队，淘世界的核心则是技术团队。

这么看来确实不错。不过你是学的文科，怎么敢搞科技的？我们招聘了强大的科技团队，我自己也在不停地学习，知道我看过多少这方面的书、向专家请教过多少这方面的问题吗？好好好，不简单！还有一个问题，你们做了这么多事，能提多少差价呢？不提，我们不提一分钱差价，也不向买手和消费者收取费用，反而要贴不少钱，我们用的是投资机构的钱。投资机构为什么要把钱给你们花？他们一般是长线投资，钱投进来，他们就是股东了，参与公司的重大决策。公司做大做强以后，如果能够上市或者出售，他们的回报还是很高的，当然风险也很大。那么你们的工资就是投资机构发了？他们的钱，标准我们自己定。那你给自己定的多少？一万。一万？是的，只有公司骨干的几分之一吧！当然作为"老板"，我也可以给自己定得高些，不过我不愿意。这不仅是我的一种姿态，也是我的价值观。

她发给我们一篇文章，写于 2014 年 6 月 15 日，即爱美主义小店成立三周年的纪念日，也是淘世界诞生的这一天，题为《创业就像写诗》，文中有这样一段话："'爱美'这首诗，写了三年。接下来的诗篇，我还是一点把握都没有。但是，我一如既往地只想向前冲，因为冲刺的感觉真的是太好了。我知道这已经变成了我的生活，创业已经融入到我的血液里，渗透到我的骨髓里。"

三

回想起来，虽说早就敦促自己少问问题，少去考察，还是忍不住，一有机会就问这问那。她的单位也去看过，一次是爱美主义小店，一次是淘世界——当然两次都只待了二十分钟左右，基本上是看一眼就走——感觉都不错。

印象深的是气氛好，都是年轻人，从工作大厅的大环境到员工工位的小环境，皆极富现代气息，尤其员工工作台上的那些装饰点缀，千姿百态、色彩斑斓。看得出都出于这些孩子的妙思巧构。工作大厅里也都有女儿的工位，除了桌上放的一个装着她家小狗的相框被我们一眼认出外，别无他异。女儿说，除了另外有事，她大部分的时间都在大厅的工位上，便于工作。

另一个印象深的是他们的福利不错，别的不论，公司每搬一个地方都有一间休息室，配有冰柜、热水器、微波炉、电烤箱、咖啡机等设备，牛奶、咖啡、糕点、水果等免费食品五花八门。女儿告诉我们，这些是为员工工作期间补充能量而准备的，供大家随时自取。而北京早高峰交通不便，一些员工常常不吃早饭往单位赶，这些也就解决了他们的早餐。公司有专人负责这方面的事情，及时根据大家的需要补充、更换食品。如此等等，总之，我们感受到了一种浓浓的人情味，一种可以称作"企业文化"的东西。

其实我们多多少少也知道一些女儿创业路上的艰难，主要从她的文字里。譬如："我走过很多弯路，绕过很多圈子，从一个连与员工做离职面谈都会忐忑不安的姑娘，成为现在这个可以连续工作20天不休息的女汉子。这个过程，是不知道多少个煎熬、焦虑的日日夜夜。心里渴望的东西，怎么也摸不到，但还是得静下心来，一步一步往前走。'心有猛虎，细嗅蔷薇'，每一次我被焦虑压得喘不过气来的时候，都会对自己说这八个字。"

我们曾问她，关于你创业的艰难，能告诉我们一些具体事例吗？她笑了起来，你们就不要操心了，到目前为止只能算起步，往后的路还长着呢，等我退休后，会写一本回忆录，回答你们的问题。这丫头！

中国新闻网 2015 年 8 月 5 日报道："国内 C2C 海淘电商平台'淘世界'今日在北京举办品牌战略发布会，宣布已完成 B 轮融资……"该网及其他一些媒体提供的数据显示，淘世界这家拥有近 200 名员工，吸纳了大批人才的科技公司，已创造了国内海淘电商的多个第一。

一年后，淘世界宣布参与组建美丽联合集团。从此，女儿和她的团队不再是"一个人的战斗"了。又是一年后，她选择了离开。我们很是惋惜，她担任着集团副总裁，有比过去高得多的待遇，又不像过去那么辛苦，应该不需要再有一个新的开始了。女儿说，我就是这样一种性格，不满足于在一个阶段长久地停留。

2019 年

《兰石图》的故事

　　清代扬州画派研究会的朋友给我发来微信和视频，告诉我一位领导同志近日来扬州视察时，说到他第一次来扬州的时间是1978年。研究会的同志们便谈论起他们首任会长李亚如先生所作《兰石图》的故事。

　　关于这幅画的前前后后，我听母亲说过，知道的情况更多一些。

　　"四人帮"被粉碎后，继父李亚如从下放8年的江都重返扬州，先任扬州国画院院长，后获彻底平反，"官复原职"，加任扬州市革命委员会副主任。在这期间，有人受托请他为刚刚"解放"的一位领导人画一幅画。继父知道那位领导同志因"利用小说反党"而蒙冤多年，情动于衷，挥毫作了一幅《兰石图》，又撰一首七言诗题于画上，水墨淋漓的兰花、山石与"细雨东风吹嫩寒，绿荫深处见幽兰。孤芳不再守空谷，一片馨香到岭南"的诗句融为一体，表达了他对老一辈革命家的敬重，对历史的臧否。

　　那位领导人收到画后，很快致电"亚如同志"，连连表示感谢，说他们一家人都很喜欢这幅诗、书、画、印珠联璧合的作品，当即挂在了客厅……

　　不久，便有了那位领导之子的扬州之行。

那天，那位领导之子一身军装，由部队同志带路，找到了位于盐阜路上的扬州国画院。他说他从北京到南京出差，特地到扬州来，是代表他父亲来看望李院长的。他询问了一些情况，观看了国画院内悬挂的一些画家作品，还聊起了"烟花三月下扬州"等唐诗。临别时，他再次代表他父母邀请李院长夫妇到他们家做客。

恰巧第二年李亚如作为扬州市代表团成员参加"广交会"，到达广州后，随行的母亲跟那位领导的夫人通了电话，告知这一行程。领导夫人说太好了，一定到家里来，随即做了具体安排。母亲又说，我们这次是扬州市的市长带队来的，能否请他一起去？领导夫人说，我们是私人活动，就不邀请其他人了。

到了那位领导的住处，首先映入眼帘的便是客厅里的那幅《兰石图》。领导夫妇都十分健谈，问了"亚如同志"的许多情况，对他从战争年代开始长期从事文艺创作和宣传文化领导工作的经历很为欣赏，勉励他创作、工作两不误，把被政治运动耽误掉的时间补回来。领导还站起身，指点着《兰石图》及其一些局部，谈了他的理解和评价。他尤其对"细雨""嫩寒"等句对"气候"的描摹予以赞许，认为亚如同志的认识和判断准确，"四人帮"被打倒了，不等于就是一片春光了。他还请亚如同志得便时为一位老帅画一幅画，说老人家这方面是专家，肯定喜欢你的作品。

那位领导调中央工作后，他夫人曾来电话，问亚如同志愿不愿意到北京工作，说百废待兴，需要这方面的干部，首都也更适宜你发展艺术上的专长。继父感到突然，说从来没想过这方面的问题。领导夫人说，你们考虑一下吧，会安排好的。不久，中组部一位领导同志来电，就拟调李亚如同志赴京从事美术管理工作的有关事宜正式征求意见。当时继父已经考虑好了，予以婉言谢绝。他跟母亲说，我想来想去，总觉得这事超越了常规，我们还是安居乐业吧！

此后，那位领导夫妇还偶尔有电话过来，主要是祝贺节日、问候健康之类，领导夫人则每次都要和我母亲聊些家常。他们还寄过几次水果过来，其中有两次是替那位老帅转寄的，老人家的原包装包裹在纸箱里面，完好如新。记得有一次的苹果大得出奇，从来没见过，而且特别甜美，我们七个子女每家都分到了一份。

1987年3月，中国美协等方面为继父在中国美术馆举办"李亚如画展"，那位领导由其夫人代表他到展览现场送上了祝贺。

不久，那位领导退居二线，自1990年10月至2002年4月，他们夫妇在深圳生活了近12年。2002年5月24日，那位领导在北京逝世，享年89岁。

清代扬州画派研究会的朋友还告诉我，那位领导的夫人2002年来扬州时，还特别提到他家仍挂着李亚如同志的画。

一幅《兰石图》，那位领导及其家人的人格精神可见一斑。

2020 年

泰州解放前夕的《告工商界书》

　　泰州解放前夕（泰州时名泰县），一批革命青年以"中共泰县同志会"的名义，在街头张贴并向城内商户发放了一份传单：《告工商界书》——此为迎接泰州解放宣传品中的一种，根据当事人的回忆等历史资料，本文略述其详。

　　1949 年 1 月中旬，中国人民解放军进逼泰县县城。20 日凌晨，国民党泰县县长丁作彬逃跑。因被学校开除而回乡开展革命活动的进步学生戚瑜获悉这一情况后，随即向当时藏匿泰州家中逃避敌人抓捕的地下党员储冉作了汇报。当天一早，他们即通知从事地下活动的战友们在五巷叶肯林家会面，决定立即亮出革命的旗帜，多方面采取行动，为稳定民心，防范破坏，迎接解放走上街头。

　　按照分工，陈本肖负责起草《告工商界书》《告泰县同胞书》两份公告，戚瑜负责带人去县政府及敌特机关关闭门窗贴上封条，韩连康负责刻写用于油印的传单、绘制《解放区形势图》，陈泽浦负责绘制宣传漫画，叶肯林负责书写标语口号，李安琪、刘尊华、戴冰、徐印心、李学汾等同志都各有分工，大家忙了整整一天，至晚才把各种宣传材料大体准备就绪。

　　参加这次行动的同志中，在外地读书的回泰大学生占了一半，有被国民党通缉的学生运动骨干，有刚从敌人监狱保释出来的"政治犯",有寒假返乡看望家人或勤工俭学的,几位女同志是在如皋师范(时驻泰县)读书的毕业生或在校生,还有几位社会青年。其中储冉、徐星祥已是中共党员,年龄最长的是从外地回乡的进步作家陈本肖。较长时间以来,他们都不同程度地参与组织或参加了与国民党反动政权的斗争,多数具有一定的理论水平和斗争经验。

经储冉同志同意,所有宣传品的落款统一为:中共泰县同志会。

21日晨,泰县县城处于"空城不空"状态(解放军尚未进城,国民党残部及潜伏人员仍在),同志们不畏危险,拎着糨糊桶,带上大量宣传品,在坡子街、大林桥、中山塔、胜利路(现人民路)、彩衣街等闹市区张贴宣传画和标语,沿途散发传单,还爬上中山塔的最高层向下抛撒传单。

这一系列行动在全城引起了很大震动。看宣传画和传单、标语的人竟使多处拥挤不堪、交通堵塞。如在北城门大华电影院门前围观的人就相当多,电影广告栏上张贴的大幅漫画,画的是奔驰着的解放军坦克碾碎国民党群丑,那是根据《群众》杂志米谷同志的作品放大制作的。广告栏两旁贴着各种各样的传单、标语,上面写的是"保护和扶助民族工商业""发展生产,繁荣经济,公私兼顾,劳资两利""人人有饭吃,人人有工做""首恶必办,胁从不问,立功受奖""解放全中国,为建立民主、自由、统一、富强的新中国而奋斗"等。发出的传单许多人在争相传阅,多数群众第一次了解到了解放区的胜利形势、国民党黑暗统治的实质以及我党的有关政策。过去他们听惯了国民党的造谣污蔑,对共产党很不了解,这样的宣传鼓动,无疑是一次很好的启蒙教育。

《告工商界书》则在其中发挥了重要作用,因为泰县县城乃周边地区的商品集散中心，当时包括粮行、草行在内的店铺就有几百家，仅坡子街及与其相连的彩衣街等街巷，各类商店就数以百计。商业能否稳定，对于城市的社会稳定事关重大。

在此前的1948年底，李安琪已按照同志们的嘱托，冒着危险跑到解放区老叶庄，找到他哥哥李维——时为中共泰兴县委副书记——询问解放军何时来解放泰县县城等情况后，又匆匆赶回传达了李维同志的要求。

据戚瑜《蓄涌在心海的情潮——追忆战友陈本肖》等文章回忆，铅印的《告工商界书》就是他和陈本肖一起去位于城中歌舞巷头的美捷印刷所找了关系秘密赶排并就地校对、付印的，印刷费用也是他俩给的。其实那时从事地下工作的同志们皆如此，可谓"自掏腰包闹革命"。

为了使更多店主能够看到《告工商界书》，同志们还特别将传单逐一分送到沿街店铺，一些商家因为犹疑、恐慌而关了门，他们就从门缝中塞进去，有的则贴到店门上。戴冰在《我的回忆》一文中描述道："我们几个女同志天未亮就去街上张贴……那情形，就和后来《青春之歌》中的林道静一样。"

《告工商界书》的宣传达到了预期效果，不少店铺当天下午就恢复了营业。

兹将全文照录如下：

告工商界书

你们被捐够了吗?！什么壮丁安家费、戡乱慰劳费、自卫献枪费、绥靖临时费、保安团装备费、军民合作站用款、城防工事费以及一切有名无名的苛捐杂税，加在你们头上，压在你们肩上，你们忍气吞声，受尽苦痛。

在国民党反动统治之下，工商萧条、市场枯竭，在恶性通货膨胀之下，工商界"虚涨实亏""存底日薄"。去年8月，反动政府恶毒地企图刮尽民膏，发行半分金气也没有的所谓"金圆券"，商人受害太惨了！你们的血被吸枯了吧?!你们的肉被剐瘦了吧?!你们过够了这种日子吧?!

这不是你们的命运不好，这不是你们的财气不旺，是国民党卖国给美帝，使中国陷为美帝的半殖民地；是国民党反动统治官僚资本的垄断，窒压和剥削着民族工商业；是反动政府的一套反动的工商政策，摧残着工商业的正常发展。在这个只顾蒋、宋、孔、陈"四大家族"专利的蒋政权下，工农人民大众赤贫地失去了购买力，没有人民大众的购买力，没有富裕的"国民经济"，工商业是不会繁荣的！

经过了两年人民求生的战斗，英勇的人民解放军歼灭了国民党二百六十几万匪军，至去年7月，内战进入了第三年，人民解放军展开了雄伟的秋季攻势以来，简直如摧枯拉朽，风扫落叶，先后解放了济南、长春、锦州、沈阳、郑州、开封、徐州、淮阴、蚌埠等重要战略都市，反动军队的主力大部就歼，现我大军正待南下强渡长江、直扑京沪，国民党反动统治就要土崩瓦解，人民解放军就要解放全国了。一切的和平阴谋被人看出是"欺人自欺"，新的政治协商会议就要召开了，人民共和国的联合政府就待成立了。今天，在人民解放军的壮大声势下，伪泰县县长丁匪作彬率残鼠窜了，人民解放军解放了泰县，桎梏是舒解了！罪恶统治是完蛋了！人民所渴望的光明是来临了！新民主主义的日子是掀开了！

毛泽东同志的《新民主主义论》中说道："新民主主义的新中国是要把一个在政治上受压迫、经济上受剥削的中国，变成一个政治上自由、经济上繁荣的中国……"

中共中央于去年"双十节"公布了《中国土地法大纲》，明白地规定："保护工商业者的财产及其合法的营业不受侵犯。""发展生产、繁荣经济、公私兼顾、劳资互利"，这是新民主主义的建国方针。和国民党反动政府的通货膨胀罪行相反，和"金圆券"的币制相反，民主政府的币制是稳定的。和国民党反动政府的摧残工商政策相反，在解放区，自由交易、商品畅流，在正确地保护和扶助民族工商业的政策下，举办贷款、减轻税收，使正当的工商百业欣欣向荣，把腐烂的消费的城市改造成了健康的生产的城市。而贫苦人民的解放和生活改善，国民经济的扩充，则对工商界种下了无比的购买力，对工商业的繁荣赶砌着永久的奠基，也展开了一个美丽的民主自由统一富强的新中国的前景！

你们被捐够了吧?! 你们的血被吸枯了吧?! 你们过够了国民党反动统治的岁月了吧?! 你们再没有疑虑了吧?! 你们完全明白了吧?! 你们——国家的主宰，新经济建设里的重要一员，来共同为全中国的解放和新中国的建立而努力吧！

中共泰县同志会

中共华中工委此前决定，泰县县城单独设立泰州市，成立泰州市军事管制委员会、中共泰州市委、市政府、市警备司令部。1月21日晚，解放大军的先头部队抵达泰州东门外（是日被确定为泰州解放日)，1 月 22 日上午，泰州市领导机构成员和华中一分区三团官兵进城。而在丁作彬一伙逃离当天（1 月 20 日）发布的《告工商界书》等传单、标语中亮出"人民解放军已解放泰县"等口号，是出于安定民心、震慑敌人的策略需要。

泰州解放后，陈本肖和戴冰成了我的父母。父亲去世后，他遗物中《告工商界书》的手稿仍在。征得母亲同意，我于 1985 年 7 月 1 日将它捐赠给了泰州市博物馆。

2021 年

辑三　职场内外

　　如此等等，便有同志说我过于"仁慈"，作为负责人，可控可为的空间大着呢！我说是的，但我历来信奉"宁人负我，毋我负人"，以德报怨，心自坦然。及至多年之后再遇到类似情况，已经不为所动了。

——《〈花丛〉三记》

那年选举

大约在 1986 年吧，泰州市第九届人民代表的推荐、选举工作全面展开，没料到文化系统第一阶段就出了意外。

和上届一样，市里确定文化系统选区两个代表名额，要求都是专业艺术人才——上一届的两个代表一位是戏剧家，一位是画家，这次依然符合条件。各选民小组共推荐了十二名初步候选人。想不到冒出了一个不速之客，推荐数为 107 人，位于第二的是老代表中的一位，推荐数是 48 人。

这个不速之客是个普通干部，一个到文化系统才几年、资历较浅的年轻人。于是与各选民小组进行协商，讲清文化系统安排专业艺术人才的考虑，是贯彻执行"尊重知识、尊重人才"之大政方针，根据代表的整体结构要求和文化系统的自身特点而确定的。虽然两个艺术人才在文化系统占了代表名额的全部，而在全市的代表中只是一个很小的比例，他们不仅代表了文化系统，更代表了全市的一个重要方面。所以一定要顾全大局，确保选举圆满成功。

按惯例，将按推荐情况确定三名正式候选人，从中选出两名代表。而最终确定的正式候选人是四人，除了上述两个推荐人数领先的初步候选人外，另二人一个是另一位老代表，一个是一位选民人数最多的基层单位负责人，四选二。意在分流那个年轻人的选票，加大两位专业艺术人才的优势。

选举结果还是意外，仅一人获得过半数选票，竟然还是那个年轻人，既成事实。接着进行第二轮选举，两位老代表中原先推荐人数高的当选。

意外意外。冷门冷门。

那个突然"冒"出来的年轻人是谁啊？

我。

真是冤了！虽说走上社会也有十多年了，插队、务工，再到机关，都是做的最普通的事，从来没想过会与"人民代表"的称号沾上边，因为那与我实在太遥远了。

我也坦白一下，说真话，对这两次意外，我的内心还是沾沾自喜的。正式选举时我也投了自己一票，我当时担心选票分流后得票太少难看——但更多的是着急，特别不希望因此陷自己于不义之地，那是绝对的得不偿失。我不知道问题出在哪里，也不知道该做什么。

当然，我自坦然。我当时是文化局党委委员、党委办主任，推荐过程中，我在局党委的领导下，和同事们一起，努力做了应该做的各项具体工作。被提名推荐后，就按规定回避了。那个时候似乎还没有"拉票""贿选"之类的说法，我也绝无可能堕落至此。所以，两次意外之后，我什么都没有做，甚至没有跟任何人做过哪怕一句话的表白。同时，我也没有听说组织上以及任何人对我有过怀疑，领导、同事们依然像过去那样对待我、爱护我，没有人认为我有责任。

事情就这么过去了。

此后有一次与局里的几位老同志一起闲聊，他们忽然说及此事，问我是否明白其中缘故，我赶忙请教。有的说，其实很简单，就是你这个人比较正直，敢于讲真话，敢于帮群众讲话，不是唯唯诺诺，更不是吹牛拍马、一门心思看着上面的脸色行事；有的说，选民中的基层群众占绝大多数，他们希望的是人民代表能帮他们讲话，其他都不重要。有的说，文化系统的选民素质还是挺高的，他们是不会瞎投票的，大家选你，是对你的认可和信任，也是对你的期望。

我很意外，解释说我真的没想过这些，就是平平常常的说话做事而已，历来如此。若说讲真话，也很平常，我以为这与我所遇到的不少领导有很大关系，是他们开明的境界、民主的作风为我提供了好的环境。

他们笑了，说这就对了。

2020 年

《花丛》三记

在海陵区委宣传部、区文联的努力下，《花丛》于 2005 年春闪亮复刊。我当时交了一篇《〈花丛〉散忆》的作业，因其中有的事语焉不详，近日仍有领导问及，故作此文续之，同时补充另一些内容，是为三记。

幸存记

1987 年，省里决定全省的县级文学刊物停刊，《花丛》名列其中。我不甘心，便给高介子打电话，了解有没有挽回的可能——高介子时任省新闻出版局副局长、江苏出版总社副社长，是我的长辈亲戚——他告诉我，这次治理整顿是中央的部署，要求是"一刀切"，但也说不准。所以如果你们市委支持，可以努力争取一下。

问他具体途径，他说省里有一个领导小组，省委副书记、宣传部长孙家正挂帅，省委宣传部常务副部长王光炜直接负责，省新闻出版局等部门参与。你们不需要找多少人，关键是王光炜部长，最好能见到他，当面递上材料，简要汇报几句，这样他印象深些。这件事你可请马国征处长帮你安排——马处长时任省委宣传部新闻出版处处长，泰州人，对家乡多有帮助——至于新闻出版局这头，我知道就行了，到时你们报的材料也给我一份，我会帮你们的。

他还特别提醒我两点，一、请示报告要写好。一是突出《花丛》是一个创刊很早，多年来得到不少领导关心扶持和广大文艺工作者信赖的内部刊物。二是复刊几年来始终坚持正确的办刊方向，没有发表任何违规或不健康的作品。二、请示报告要以泰州市委宣传部的名义写，并且由扬州市委宣传部签署同意的意见。

向市委宣传部领导汇报后，我分别与马国征处长和时任扬州市委宣传部副部长的晏仲富同志作了汇报。此后便是跑扬州、跑南京，想见的人都见到了。

我们报送的材料中，主件是以市委宣传部名义写的《关于保留〈花丛〉文学内刊的请示报告》，附件有《泰州简介》《泰州文学创作成果一览》和几期以往的《花丛》。请示报告汇报了《花丛》诞生、成长、停刊、复刊的过程；汇报了泰州市文协（文联旧称）建立于 1949 年末，其时泰州为苏北行署及泰州专署所在地等情况；汇报了泰州乃汉唐古郡，文脉绵延、名人辈出，既有"文昌北宋"的历史光华，又有新中国成立后江苏首部长篇小说诞生于斯的当代成就——长篇小说《在斗争的路上》于 1950年 11 月由新华书店华东总分店出版，作者李进乃泰州人氏，时为泰州地委宣传部副部长兼《泰州报》社长；最后特别强调，经省政府批准，泰州市自 1985 年 1 月 1 日起为省辖县级市，国民经济计划改为由江苏省单独列户，这是泰州有别于其他县或县级市的地方。

马国征处长带我去王光炜部长办公室时，部长说他已经知道这件事了，他客气地听完了我的汇报，说这次治理整顿原则上县级文学刊物一律停刊，计划单列仍然是县级，你们首先要做好停刊的准备。我唯唯诺诺。

那天我还准备好了一套给孙家正副书记的材料，又写了一纸信函附上，告知我们已分别向王光炜部长以及高介子、马国征等家乡领导作了当面汇报，恳望书记"手下留情"，送到了省委办公厅收发室。

最终，《花丛》得以幸存。不仅如此，省新闻出版局还发下表格，《花丛》首次被批准在省局正式登记，获得了江苏省内部报刊准印证，号码为：（JS）字第3360号。

那时的条件非如今可同日而语，去扬州、南京都是我单枪匹马，挤那人满为患的长途汽车和公交汽车，带去的"礼物"是泰州土产麻油、麻糕之类，塞在三个包内，肩上背一个，一手提一个，跑单帮似的，狼狈不堪。有一趟未赶上返程的班车，只得到高介子家借宿……

而有了《花丛》幸存的结果，这些都算不上什么了。

改版记

我是1987年4月调文联工作的，到任后我会同有关同志进行了较为广泛的调查研究，拜访了文联和各协会领导成员以及众多文艺骨干，征求大家的工作意见，如何进一步办好《花丛》亦在其中。

比较集中的意见有四：一、实施改版；二、加强编辑力量；三、拓宽征稿渠道；四、变半年刊为季刊。经请示市委宣传部副部长、市文联主席叶德明同志，我们做了如下工作：

关于改版，组织了专门讨论。论及《花丛》的定位问题，当时有两种意见，一为"里下河文学"，二为"苏中文学"，各有道理。顾农提议听听汪曾祺先生的意见，同时请他题写刊名。张荣彩便转请时在《文艺报》工作的王干帮我们去找汪老，结果汪老直接写来了"里下河文学"。

最终我们还是选择了"苏中文学",主要考虑当时的泰州已非历史上的海陵、泰州,大半地区不在里下河之内,打出"里下河文学"大旗的应该是兴化、高邮、宝应等里下河腹地,而且适宜由汪曾祺先生其人其文所依的高邮来领头。我们用此名有失谦恭,还难免"种了别人的地,荒了自己的田"。而泰州地处江苏中间位置,属于苏中之中,泰州文学既是"苏中文学"的重要组成部分,又与苏中其他地区的文学渊源与共、互为影响,有着较多的联系和趋同,《花丛》立足于斯,可谓适中。加上周边县市多数没有文学刊物,而作者队伍壮大,《花丛》尚有一些吸引力。但还是没有更改刊名,先踏踏实实做事,不在打什么旗号的问题上纠结,而是在《卷首漫语》中表达了"立足泰州,面向苏中,探索、开拓、深化和推进苏中文学"的追求。

关于加强编辑力量,组成了许润泉、肖仁、陈社、陈人龙、吴双林、顾农、夏春秋、徐一清、葛崇烈等包括《花丛》老编辑和宣传部、文联、文协有关负责同志的编委会,由姚社成、石文虎、陈人龙、张荣彩、武维春、张晓平等中青年作家和文联秘书长夏春秋、画家徐文藻等为责任编辑,经市委宣传部批准,聘请徐一清、吴双林分任副主编和执行编委。

关于拓宽征稿渠道,与新的编辑机制密切相关。发布《征稿启事》,责任编辑按各自擅长,一般两人一组,分别负责小说、散文、诗歌、报告文学、民间文学、文艺评论及书画、摄影、歌曲等文艺作品的组稿和编辑,明确要加大约稿面,注重选用本土作家、青少年作者和周边地区作家的来稿,适当刊发与泰州有关的省内、国内名家的作品,努力扩大《花丛》的作者面、读者面和影响力。作为主编,我按期主持召开编前会议,讨论当期的稿件构成,商量增删意见,形成编辑方案。然后才是编稿、统稿、审稿、印刷、发行等一应程序。

自 1987 年下半年实施改版始，这样的编辑机制计运行了 5 期，即 1988 年第 1 期至 1989 年第 1 期。这期间我因职务变动，日常工作到了宣传部，获悉一些意外情况有增无减，譬如针对徐一清等同志的非议乃至排斥。

一清在《花丛》1988 年第 3 期、第 4 期合刊的《卷首语》中作出回应："看来要办好一个刊物，还要爱这个刊物。一不为名，二不为利。不但任劳，而且任怨。也要好的环境，要各方面的配合，抱定宗旨，齐心协力。所可欣幸的，泰州文学并未停止前进。即使《花丛》不存，它也将日益壮大地存在。"

我写下的是《我与一清》，且摘一节："就在一清为文联更多效力的同时，关于他的闲言碎语也多了起来。诚然，一清不是一个没有缺点的人，也不可能件件事情都做得尽如人意，但这与加在他身上的'罪名'毕竟是两回事。我惊异、不解，徐一清到底碍着谁了？对一个'义务劳动者'如此上纲上线、大动干戈是为的什么呢？一清却异常冷静，只是很少朝文联跑了。即便如此，属于《花丛》的事情，只要找到他，他仍然极认真地去尽他的义务。愈是这样，我愈是不得安宁，愈感到欠他的太多、太多。"

非议一清的目的其实在我，在于新的编辑机制。如此等等，便有同志说我过于"仁慈"，作为负责人，可控可为的空间大着呢！我说是的，但我历来信奉"宁人负我，毋我负人"，以德报怨，心自坦然。及至多年之后再遇到类似情况，已经不为所动了。

《花丛》1989 年第 2 期至 1991 年第 2 期的 5 期，主要由夏春秋秘书长（1990 年增补为副主编）和新调文联的刁泽民同志负责编辑。再往后，就是洪东兵、姚社成二位主事了——我于 1991 年 12 月从市委宣传部副部长、市文联主席（《花丛》主编）的岗位上奉调扬州。

采风记

当时文联的经费极为拮据，以《花丛》为例，项目资金总是捉襟见肘，得精打细算才能出上两期，稿费标准很低，责任编辑们多为无偿劳动的"义工"。我便成了市财政局文化行政股的熟客，跑得他们不好意思的时候，总能有所收获。

有次又跑到一笔追加经费，征求大家意见：或者用于发放编辑费及其他开支，或者组织一次采风。皆呼"采风！采风！"于是便有了《花丛》编者和作者"寻觅海陵文化踪迹"的一次远足。

租了一辆面包车，一路向东，风尘仆仆、欢歌笑语。面朝大海，在沿海滩涂上遍布的苇草中或逆风前行，或席地而坐，或素面朝天。不知是谁从酒厂"赞助"来了几扎啤酒，张晓平（雨城）忽然从挎包里掏出早就藏好的一瓶，炫耀着仰头直灌，酒花和笑靥绽了一脸。

六千年前，这里还是海的深处。岁月如波，海陵渐渐出落了，成了眼前这番景象，成了中华麋鹿世代安居的乐土……

走进麋鹿园，大家安静了下来，对那些"四不像"（麋鹿因角似鹿非鹿、蹄似牛非牛、尾似驴非驴、颈似驼非驼而被称为"四不像"）研究得特别起劲。麋鹿为国家一级保护动物，距今已有200多万年历史，最早起源于黄河中游，后遍及整个中国的东部地区。1900年，麋鹿在中国本土灭绝。1985年，漂泊海外的麋鹿回归中国，重返北京南海子故里。1986年，林业部、江苏省政府和世界野生生物基金会合作，从英国伦敦的7家动物园引进39头麋鹿到江苏，在大丰沿海滩涂建立自然保护区。

我们告诉接待人员，大家是获悉麋鹿回归大丰的喜讯后慕名而来以先睹为快的。在与他们探讨交流麋鹿身世的过程中，顺便介绍了古海陵的广阔天地，作为麋鹿生存、繁衍的重要故乡之一，原本就与大丰等地共处一域。于是人家顿生景仰之意，一定要泰州人民题字留念，双林（沙黑）、社成（皖人）扭捏一番后，终于泼墨挥毫，盛赞大丰人民迎请麋鹿回归的博大胸怀，赢来了阵阵掌声和欢呼声。

晚上在一小旅店住宿，剩下的啤酒喝得精光，引吭高歌或深沉吟诵的人就比较多，而且没有一个合作节目，都是自顾自的独角戏。也有特别敬业的，譬如徐一清（青徐），已不声不响地回了房，据说礼赞麋鹿的散文诗已经写好了初稿。张跃年（中跃）兴致最高，拖住张荣彩（子川）或者别的谁下棋下到了半夜，第二天早上差点误了时间。

归途安排在海安停留，参观刚刚修复开发的韩国钧故居——即先生当年的住宅，亦称韩公馆。

韩国钧（1857—1942），字紫石，亦字止石，晚号止叟，泰州海安人（海安曾隶属泰州）。其晚清入仕，辛亥革命后顺应历史潮流，两度出任江苏省省长，勤政廉洁，颇多政声。

抗战期间，他出面召集苏北各界知名人士参加在海安召开的联合抗日座谈会，又在曲塘召开了苏北抗战和平会议，为建立"三三制"的抗日民主政权，动员各界民众团结抗日，扩充地方武装，做了大量工作。他主动与新四军领导人交朋友。1940年陈毅率部移师海安时，他盛情邀请陈毅夫妇住进家中，与陈毅把酒论文，纵论天下大事，还将他审定的《吴王张士诚载记》相赠。刘少奇来海安时，亦来韩公馆会见韩国钧，韩为之设宴洗尘。新四军领导人自刘、陈、粟以下，皆曾大会于韩公馆。

1941年秋，汪精卫亲笔手书任命韩国钧为伪江苏省长的委任状，派伪国府秘书长李士群亲见韩国钧"劝进"。韩国钧大义凛然，不为所动。驻海安和泰州的日军头目也相继胁迫韩国钧"从命"，均被他严词拒绝。日寇恼羞成怒，遂将他软禁。韩国钧不屈不挠，于忧愤中辞世。陈毅军长当即赋诗以悼："赤县神州坐沉沦，几人沉醉几人醒。彪炳大义持晚节，浩然正气励后生。不向党籍攘外寇，相期国是息内争。海陵胜地多风物，文信南归又见君。"

韩国钧于清光绪三年十月二十一日（1877）在泰州学政试院考取秀才，是年20岁。从那个时候开始，他始终没有忘记反哺家乡，于泰州文化的长廊中孜孜矻矻，在泰州教育的园地里勉力耕耘……大家在展厅内流连忘返，从故居出来时已近黄昏，有人提议干脆在海安住一晚，参观的收获与以前所知的资料需要消化、整合，附议者众。我连连抱拳，经费不可突破，租的车也有期限。再说当日恰逢中秋佳节，行前就答应司机确保他回家过节的，不能食言。

于是返程的车厢便成了讨论会的会场，要者如下：

韩国钧留给家乡最卓越的文化财富，是他主编的《海陵丛刻》。《海陵丛刻》编撰工作始于1919年，耗时10余年，他搜集考订，详征博引，精心编纂，倾注了极大力量。此书集宋、元、明、清历代计16家著述，共24种、75册（现存23种、67册），是一部内容十分丰富、涉及各方面知识的地方文史丛书，为后人研究海陵历史文化提供了宝贵资料。

韩国钧曾担任今江苏省泰州中学的前身——私立时敏中学董事长10年之久。其间，他提出了"学成致用"的教育理念，聘请凌文渊、单毓华、陈谟、萧然、殷子芹、曹家骐、冯奎章等一批泰州贤达分别担任董事、校长、教师等职，造就了是校历史上的一度辉煌。

韩国钧所编《朋僚函札》，收入其与张謇、康有为、冯国璋、梁启超、蔡元培、章太炎、黄炎培、史量才、吕凤子、陶行知、高二适等数以百计的近现代历史名流、同僚友好的往来信函3000余件，具有很高的史料价值、艺术价值和文物价值。

韩国钧审定的《吴王张士诚载记》，为支伟成、任志远辑录，于1932年3月出版，共5卷。此书正编按年纪事，记述了张士诚起义14年间发生的主要事件。附编为附传、附考、附志、附录，记述了与张士诚起义有关的人物、逸事、遗闻、典制沿革、诗文等。韩国钧为此书用心甚笃，其所撰序文有记："尤睠睠于吴张遗事，博访周谘，复手自摘录，搜集散材得数十种，爰属伟成益加采获，汇为成书，用彰先烈。"

2021 年

幸会《雨花》

我与《雨花》编辑部的联系，始于20世纪70年代，曾寄过两篇习作过去，一是评论《嬉笑怒骂　皆成文章——评话剧〈枫叶红了的时候〉》，二是小说《第二次被遗弃》，都被退了稿，都附有退稿信。信为编辑手写，未具名，盖着编辑部的长方形印章。关于前者的信中说，这篇稿件属戏剧评论，不适合本刊，建议你改投合适的报刊试试。关于后者的信中说，你的故事是有感染力的，有意义的。但作为文艺作品，它的艺术感染力还不足。你可以把它恢复原样真名，压缩成通讯式的文章寄给报纸试试。也可以根据这素材重新构思，写成文学作品。他们的认真和真诚使我感动，也深切认识到自己还差得远，不能急于投稿——这是我与《雨花》最初的幸会了。

与《雨花》编辑们的相识，已是多年后。时任《雨花》副主编的周桐淦一行下来组稿，我们在乔园招待所接待了他们。除桐淦和费振钟我已认识外，姜琍敏、徐明德、梁晴等几位好像都是初次见面，却没有多少陌生的感觉，交流得很畅快。桐淦年龄比我略小，比我沉稳许多，考虑问题周全、周到，已然是一位亲切、宽厚的兄长，感觉任何话都可以和他说、任何事情都可以和他商量。振钟小我几岁，平静而随和，他话语不多，始终微笑着倾听，与我也已认识的王干声情并茂的青春风格不同（他俩当时乃齐名的青年评论家，写作上的一对搭档）。明德年龄比我稍大，似乎并不比我"成熟"多少，他是个实在的北方人，当过兵，热情澎湃，快人快语，即便有时结巴一下，也是"那那那"的快节奏，我很快就喜欢上了他……有了这次聚会，再见《雨花》的诸位编辑，就像老朋友似的分外亲切了。此后的许多年，他们和后来认识的另一些编辑，都给了我不少关心、帮助。

按照那次组稿会的约定，《雨花》1990年第12期推出了"泰州市作家小说专辑"，集中展示了雨城、沙黑、石文虎、习远、姚舍尘、张荣彩等泰州作家的作品，占了这期《雨花》的过半篇幅，其中雨城的《小城吟》还上了封面。此外，该刊还有几期的封二、封三刊登了李雪柏、吴骏圣等几位泰州画家的画作。记得明德和桐淦收到稿件后还问过我："怎么没有你的作品的?"我说轮不到我，作为文联的负责人我也不宜。其实我的小说《井边》刚在《扬州文学》某期的头条刊出，尚有几许"自我感觉良好"，但还是克制住了。

1991年2月，桐淦来电说，昆山作家杨守松写的报告文学《昆山之路》在《雨花》首发后反响热烈，《新华文摘》等报刊纷纷转载，江苏文艺出版社刚出了单行本，希望我们推荐给泰州作家乃至有关领导干部一读。请示市委领导后，我们立即购买了100本，赠送给一些写作者和市及各部门的领导，还随书附上了一份推介函，说明了缘由。随后，我们着手组织讨论会。我把情况电告桐淦，他当即表示要来参加。讨论会那天，不仅桐淦和明德来了，叶至诚主编也来了。至诚先生我可是久仰了，他的父亲是中国现代文学的元老、著名作家、教育家、出版家叶圣陶，他的妻子是著名的"锡剧皇后"姚澄，他的儿子是作家、全国优秀中篇小说奖得主叶兆言，他自己也是一位资深的作家、编剧、编辑家和藏书家……而至诚先生最为打动我的地方，则是在"探求者"事件中，他和他的同事们争相揽责的君子之风。

1956 年，"百花齐放，百家争鸣"的方针出台后，中宣部有关会议明确提出"同人刊物也可以办"，说这是"为了有利于提倡不同风格、不同流派的自由竞争"。于是，江苏几位青年作家谋划办个《探求者》同人刊物，不料仅"探求"了一个多月，尚未出刊即告覆灭，继而成为"反右"运动中的一桩大案。康生批示："江苏《探求者》这样的集团，如还不算右派反党集团，那还有谁算反党集团，谁算右派呢?"遂下令严查。姚文元则发表了《论"探求者"集团的反社会主义纲领》等文章予以猛烈批判。"探求者"成员由此遭遇厄运，曾华屈死，方之、梅汝恺劳改，陈椿年发配青海，高晓声回原籍务农，陆文夫去工厂做工，叶至诚下放劳动。在被审查、批判的日子里，陈椿年说自己是"始作俑者"应当负责，叶至诚、方之说自己是党员应当负责，高晓声、陆文夫说自己是《启事》《章程》的起草者应当负责……都把责任往自己身上揽。陈椿年先生曾在一篇回忆文章里写道："灾祸临头之时，绝大多数'探求者'临难不苟的事实，成了我们这些人终生友谊的基石，也成了生命中最可欣慰的回忆。"

至诚主编来参加我们活动的那年，已经 65 岁了。当他走进会议室的时候，与会同志自动起立、鼓掌致敬。至诚先生则连连拱手致谢。讨论会发言热烈，大家从不同角度谈了读后感，认为"昆山之路"既是一条文学之路，更是一条发展之路。两位主编也讲了话，桐淦介绍了杨守松采写这部作品的前前后后，一些领导的支持、帮助，以及《雨花》杂志所做的种种努力。他告诉我们，省委宣传部已将《昆山之路》作为党员干部的冬训教材，发到全省县级领导。他还说到一个内情：杨守松原稿的标题并非《昆山之路》，而是《中国梦——关于社会主义是不是乌托邦的思考》……

至诚先生则从《昆山之路》说起，谈了文艺创作的"主旋律"问题。他认为，对"主旋律"的理解要防止简单化和片面性，不能以"歌颂"和"批判"作为衡量是否"主旋律"的依据。因为纯粹歌颂或纯粹批判的文艺作品是不存在的，歌颂的同时必然有所批判，批判的同时也必然有所歌颂，两者相互交融、相反相成。只要作者立足于人民的立场，无论从歌颂的方面看，还是从批判的方面看，反映的都是人民的利益。说到底，还是鲁迅的那句名言："从血管里流出的都是血，从水管里流出的都是水。"

讨论会前，我们还安排了一个活动——陪至诚先生一行去春兰公司参观。那时的春兰形势大好，空调器厂外面排满了等待产品的货车，他们不胜惊讶。听了陶建幸总经理的介绍后，更是赞许有加。至诚先生对我说，你们也可以写出个《春兰之路》的。我说是的，目前关于春兰的新闻报道已出了不少，但在文学方面做得很不够，当然也有客观原因，譬如陶总很少接受采访，泰州作者想获得第一手的创作素材比较难。我来努力一下，安排合适的同志来做这件事。

恰巧不久市委组织部戈丽和副部长和我联系，说今年是建党七十周年，市委要一份陶建幸同志作为优秀共产党员的事迹材料上报，具体事宜已经跟春兰方面说好了，请你们宣传部帮助写一下。我就把这个任务交给了刚到党员教育科任科长的陈扬，我交代他：首先搞好这份材料。同时借此机会了解更多情况，尤其要从陶总身上直接挖掘素材，争取写出更大、更有分量的东西。后来陈扬写出了报告文学《超越》，先由我们文联的《花丛》推出，后来又为《雨花》刊发。

还有一件趣事与那次活动有关，明德曾告诉我，叶兆言说过，他父亲去过泰州后，他们家买的空调就全是"春兰"了。

2017年"我与《雨花》的故事"征文

古巷人家

省政府新闻办发来通知，要求各市新闻办组织拍摄反映改革开放成果的电视片，以对外播出。与扬州电视台商量后，确定选择一户普通人家，以其家庭的命运变化，表现十多年来的社会变迁。

经街道居委会推荐，电视台选择了东关街的一家老住户，户主是位手工业者，干过多年敲白铁皮之类的营生，生活上十分拮据，政治上又不被待见。改革开放后拨乱反正，使他有了施展才能的天地，两个儿子一个开出租车、一个经营服装，都已成家立业，一家人过上了丰衣足食的生活。

前期采访、编写脚本等准备工作就绪后，电视台一干人马选了个风和日丽的早晨登门拍摄。不料他家忽然变了卦，用手挡着摄像头不让记者拍摄，说家里商量过了，不同意拍。电视台的帅哥记者、美女主持一齐上阵，说了一大堆好话，居委会的人也来做工作，还是不松口。户主说，我们家算不上富裕，你们拍上了电视，坏人会以为我们家钱多得很，万一把我孙子绑架了或者怎么的，后悔都来不及……那怎么办呢？这个片子是市政府要我们来拍的，您总得支持一下市政府吧？市政府要拍的？那让市政府来人跟我谈。

电视台外宣部仓爱民主任跟我说了上述情况，请我跟人家谈一下，无论如何把工作做通。我说行。爱民又说，你得说明你是代表市政府的啊，不然那个老头不会答应的。我笑了，我就临时代表一下吧，总不能请市长、部长去跟他们谈这个事吧？

次日上午，一位工人师傅模样的老人来到了我的办公室，就是那位户主了。我迎上前去，握手、让座、递烟、沏茶，寒暄一阵后，进入主题，我请他先说。老师傅真的好口才，一口气说了一大堆，标准的扬州话，抑扬顿挫、有声有色，扬州评话似的。我忍俊不禁，我说您的顾虑我们都能理解，尤其像您这样儿孙满堂的福气人家，平安是福。不过论有钱，不要说在扬州，就是东关街，你们家大约也是个中等水平。您也知道，这些年我们扬州的社会治安好得很，没出过绑架案。就算真有了土匪强盗，他也得找个大财主吧？像香港那么多富翁，强盗找上的也是李嘉诚这样的巨富，您说是不是？老人笑了，这倒不假，我们家也就马马虎虎过日子，还是穷人哦！我说您也不要客气，穷人也轮不到您当了。为什么我们选择到你们家拍电视，主要不是因为你们家"腰缠十万贯"，而是你们家有代表性，过去受到种种限制和压制，有本事也没有用，是党的政策使你们家有了奔头，你们是靠苦干巧干、合法经营才有了今天。所以这部电视片不是介绍你们家多么有钱，而是通过你们家的今昔变化，来说明党的政策的正确。老人说，我们一家老小上了电视，总归是露了脸，好人坏人都晓得我们赚了钱了，难免会惹上什么麻烦，不稳妥。你们还是另找一家吧，我们东关街上家家日子都过得不错，比我们家有钱的多的是，你们就不要为难我了。我说是的，本可以另找一家，但您家是居委会推荐的，您也同意了，电视台已做好了各项准备工作，再变卦就是出难题了，还是支持我们一下吧！

老人犹豫了一下，吞吞吐吐地说，我们家有个要求，请政府帮助解决一下。我媳妇卖服装，可生意并不好做，忙得孙子都靠我们带，上了电视后生意肯定要受影响，你们帮我媳妇安排一个稳定的工作，我们全家都支持你们拍好这个电视。我不禁喷饭，告诉他，这个要求办不到。电视台一年 365 天天天都在拍电视，那得要政府安排多少人的工作啊？再说您媳妇上了电视，等于电视台给她做了广告，生意会更好的。如果您不同意，这部电视片也可以不在扬州播放。再说这部片子主要用于对外宣传，将翻译成外语对国外播放，外国的强盗即便看了也不至于赶到扬州来找你媳妇麻烦的。您说是不是？老人不好意思地笑了。

告别时，老人忽然想起什么似的停下脚步告诉我，市里的干部我也认识几个的，我们东关街上的邻居。我说是的是的。他接着说，某某大领导我也很熟的。是吗？当然啦，他老家就在东关街，每次回来探亲都遇得到。那时候都是老房子，家里没有洗手间，都是上巷子里的公共厕所，我常遇到他，有的时候一起在厕所外面排队等位子，也有时候蹲在一起。他和你说话吗？说啊，很和气的，那时候哪知道他后来当上这么大的官啊！我顺势拿他打趣，您把这件事说给那位领导听听看，他肯定赞成你这个老街坊拍电视的。老人大笑着连连摆手，现在只能在电视上看到他了。

很快，这部名为《古巷人家》的电视片顺利摄制完成，片头就是用的第一次拍摄时被拒的画面——老人举手挡住了摄像头，屏幕上只见一只大手，不见人影。然后故事慢慢展开，一家老小兴高采烈地反复亮相，好像都特地穿上了新衣裳。

2016 年

特大爆炸，发生在除夕夜

1996年2月18日（除夕）晚7时45分，扬州市区南门街居民住宅区第8栋楼突然发生强烈爆炸，8户房屋遭到严重破坏，伤亡惨重。

其中一户住着一位香港老人和他的扬州老伴，其香港的儿子、儿媳、孙子当日赶来与老人共度除夕，一时生死不明。多家香港媒体记者打来电话询问。由于救援尚未结束，事故的具体原因及伤亡的详细情况还未出来，加上无从核实香港记者身份，市政府办值班人员态度谨慎，多个问题皆以"不清楚"应之，结果对方极为不满，在电话里严词指摘。

我的领导，扬州市委常委、宣传部长叶绍岚同志夜里打来电话，告诉我有关情况，问我应该怎么处理。我说外宣工作有句话叫"先入为主"，及时公布事实真相有利于释疑解惑，避免猜测和流言。所以除了必须保密的内容外，应该及时、坦诚地告知基本情况，先说知道的和允许、适宜说的，不宜一概"无可奉告"。叶部长要我向省委外宣办请示一下，我向省委外宣办秦志法主任做了电话汇报，秦主任又与中央外宣办和省委、省政府有关领导通了电话，确定了应对香港媒体的几条原则。

接着通知我到"2·18事故"指挥部报到，负责这方面的具体事务。去的第一天上午，政府办等部门就转来了七八个香港媒体记者的电话。此前，事故原因（煤气地下管道泄漏、积蓄于底楼防潮隔层，遇明火引发爆炸）、伤亡情况（8 户人家计死 19 人、伤 5 人。香港老人那户计 5 人在家，死 4 人，重伤 1 人）、死伤者姓名等基本情况我已作了了解，便如实相告。记者们还追问了不少问题，譬如煤气泄漏为何没有发现，那户人家到底有几位香港人在爆炸现场，重伤者的伤情、救治情况、有否生命危险，遇难者将获得哪些救济，他们的遗体是运回香港还是在当地火化，等等。

我就已知的情况一一作答，如扬州连日大雪，厚厚的冰雪覆盖是煤气泄漏未被发现的原因之一。又如，我本人刚去扬州苏北人民医院看望了重伤的香港小朋友丁家琪，他今年 15 岁，是随父母来扬州看望祖父母的。由于他坐在餐桌靠墙角的位置，头上的楼板被墙角搁住了部分，才得以幸存。小家琪的伤情是左腿骨折、右眼球挫伤、视网膜出血，经救治，已无生命危险。我举起手掌他已能看见，也不会失明。再如，小家琪的哥哥原定与他们同来扬州过年，因临时有事取消了行程，所以关于其情况不明的猜测绝非事实。

我还告诉他们，指挥部现场抢救、医疗救治、危房加固、事故调查、安全保卫、居民安置、后勤服务 6 个小组都在紧张工作，有关情况将及时公布，你们可以继续与我联系，我将如实解答你们的问题。另外，香港《文汇报》驻江苏记者站站长齐永女士、香港《大公报》驻江苏记者站站长郭震先生已在赶往扬州的路上，扬州市政府新闻办公室已授权这两家港媒就此次事故向香港同胞作权威发布，你们近日就可以从这两份报纸上看到较为具体的文字、图片报道。

有记者希望来扬州作现场采访，我表示欢迎，同时提醒他们，需要持有省级管理部门的许可手续。还有记者问我可否告知我的姓名、身份，他们拟在电话采访稿件上注明。我说可以，当即相告。

每接一个电话，我都代表扬州市政府新闻办公室，就香港媒体记者对此次事故的关心、关注，表示衷心感谢。他们也礼貌地向我表示了感谢。

自2月24日起的几天内，香港《文汇报》和香港《大公报》分别刊发了对此次事故的连续采访报道。《文汇报》第一篇是《扬州住宅煤气爆炸事故　港客三死一伤　亲友分别赶飞扬州　受影响住户获妥善安置情绪稳定》，第二篇是《扬州煤气爆炸现场传真》，刊发了"爆炸现场""被炸毁的港人住宅""现场抢救死伤者""丁家琪在医院急救中""本报记者与小家琪合影"等多幅照片。《大公报》则同时推出了两篇，一为《扬州除夕爆炸案重伤者脱离危险　十九人死包括三港人　初步勘查原因为煤气泄漏积蓄导致爆炸》，二为《扬州除夕大爆炸追记》。

3月1日，上述两报又分别报道了煤气爆炸事故善后工作完妥，遇难者遗体已经火化，幸存者丁家琪基本康复当天早晨返港，各项补偿金均已给付，有关法律手续也已办结等最新动态。并介绍了小家琪及其哥哥、姑父母、舅父、姨父等亲人返港前分别向扬州市政府及有关部门、单位写感谢信、赠送锦旗的情况。

至此，我们就此次事故对香港媒体的应答、接待、报道，画上了句号。

2017 年

以文会友

我在扬州工作的那几年，有幸结识了一些朋友，其中不少属于以文会友。

在此之前，由于爱好写作，加上工作的缘故，扬州作家的作品阅读过不少。但除了宣传文化口的一些同志谋过面外，多数乃神交。

到扬州后，与不少作家有了接触，基本上是他们"带我玩"，通知我参加有关活动，邀请我加入民间小聚……初次相见，不免会说及阅读他们作品的印象，以文会友。至于我，以前在扬州报刊发表的稿件很少，自知几斤几两，没想到他们竟然记得其中一二，且予以勉励，使我顿生"他乡遇故知"的激动。许少飞、谈宝森、鲁晓南、殷伯达、杜海等几位亦师亦友者最是性情中人，语爽酒爽精神爽，给了我与家乡师友畅叙的感觉，真是痛快！

那一阵，我除了完成《泰州市报》随笔专栏《寻味集》下达的任务外，便是给《扬州日报》投稿了；还先后应周保秋、孟瑶二位主任兼责编之约，开设了《扬州半月谈》和《一周走笔》两个时评专栏。前者每半个月一篇，由我独担。后者每周一篇，本来也要我一人承担的，我说属于自己的时间不多，而且经常出差在外，还是两周一篇稳妥。孟瑶同意了，遂又邀约了陈公宪、毛新华两位写手加盟，他们各自每四周一篇。

说是时评，孟瑶却要求我们写成"不是时评的时评"，即内容为时评，形式为随笔——近似《扬州半月谈》的写法吧，有思想、有文采、有滋味，生动活泼，就 OK 了——署名她已确定：子曰。以与一般的时评区别开，由三位作者统一使用。我立即条件反射，想起了曾经被大批特批的"三家村"，又说笑了一番。

领会了她的精神后，我写了首篇：《子曰自述》。开场白，让读者了解这个栏目是怎么回事。文曰：

一元复始，万象更新。在新年元旦的悠扬钟声里，本报正式扩版，我们也有幸把新辟的这个小栏目奉与读者诸君。

栏目定名《一周走笔》，顾名思义，每周"走"上一回。既曰"走"，自然要走走瞧瞧，眼观六路、耳听八方，不能木讷讷地僵在一处。笔墨上也想活泼跳脱一点，不是西装笔挺照本宣科的正襟危坐，而是水洗绸夹克加运动鞋的挥洒自如。

当然，纵横千里并非漫无边际，时间上以一周为限，大事要事热点难点皆可评说，陈芝麻烂谷子冷饭僻菜非吾所欲也，但求新闻性和广泛性；空间上以扬州为本，或挖掘于里，或生发其外，下可及村里人家、凡人俗事，上可涉国家大势、世界风云，只要着眼点不离本土，尽可驰骋。

活泼跳脱也不能失之油滑、空泛，编辑之意，无非追求本版本栏自有的风格和韵味，而有别于一般的新闻综述和言论。

最重要的是要有思想。不是一周新闻的简单罗列，或者人云亦云的大杂烩，话不在多，却要读出笔者的思考、见地和爱憎。顺便说明一下，此为"走笔"，不是"社论"，不代表本报的观点。文责自负，编者读者都可以见仁见智的。

好了，开场锣鼓敲过，算是相识了。读者诸君，咱们下个周末见！

接下来，以文会友的情况又多了一些，尤其是机关里的同志，不少都是因为《一周走笔》的内容与他们的工作有关而与我多了一层交流。我一再申述"子曰是三个人"，他们仍然不依不饶。

原来他们有的早就注意到我的文字了，说你发表在报纸上的《坦然人生》《不如简单》等"大作"我们剪下来了，至今还压在台板下面——大约是为了证明所言不虚，一位老兄当即背诵了其中的两句。还说电台播放的你的散文《妹妹的故事》听得落泪，你在电视散文《独轮车忆》里演的自己帅呆啦……现在终于和你对上号了！我真的是受宠若惊、备感荣幸。

以文会友，是扬州留给我的美好记忆。

2021 年

新泰州的宣传语

1996 年 8 月，地级泰州市诞生。我从市筹建领导小组宣传办公室的一名成员开始，在新泰州工作、生活至今，亲历了这个年轻的城市在改革开放大潮中的进步、发展。本文记叙了新泰州成立十多年来三个主要宣传语形成、包装、宣传过程中的有关情况。

告诉您一个新泰州

地级泰州市建立伊始，各项工作都处于新的起点，怎样把新泰州宣传、推介出去，是宣传文化系统肩负的一项重要任务。那一阵，市委宣传部施亚康部长多次召集部内同志商讨、谋划，要求我们与各地、各单位对接，首先做好两件事。一是要有声音。宣传部及报社、电台、电视台等媒体和文化单位在做好对内宣传的同时，要加大对外宣传力度，开拓对外宣传阵地，做到省内省外、国内国外都有泰州的声音。二是打好基础。按照省委宣传部的要求和泰州的实际情况，组织实施"一部电视片、一本画册、一份市情简介、一首歌曲、一张光盘"等对外宣传的"五个一工程"。两件事都要快，都要好，要让人们尽快而又较为全面、准确地知道泰州、了解泰州、欣赏泰州。

由于施部长亲自挂帅，抓得具体，各地、各单位的任务都完成得不错。尤其第一件事，随着市委、市政府 1997 年 4 月在北京举行的建市汇报会，泰州的对外宣传达到了高潮。第二件事也很有成效，电视片不断补充、修改，越做越好。画册得到了三十多位摄影家的参与和支持，由小而大，由粗而精，业已成型。市情简介是在此前最先推出的，已成为对外交往中介绍泰州的常备资料。歌曲为时任市委副书记邵军同志作词，泰州籍音乐家吴小平同志作曲，名《泰州之歌》，由泰州人民广播电台滚动播出。光盘也已制作了一批，不少活动已经用上了……

既然对外宣传的基础建设已初步形成了一个系列，可以考虑设计一个总的宣传语，做一个整体包装了。我们参考了一些外地的宣传品，特色都比较鲜明，各有各的萌。但似乎仍有一个窠臼，与我们曾经用过的"扬子江畔的一座新兴城市——泰州"等宣传语处于同一个思考层面，新鲜感、吸引力不够强。

那个时候，市委宣传部尚未设立对外宣传科，这方面的工作主要由我所分管的宣传科和新闻文艺科承担。宣传科负责画册、简介等印刷品的编辑、制作和有关活动的策划、组织。新闻文艺科负责统筹电视片的摄制和市内外媒体的新闻、形象宣传。我和这两个科的陈兵、严晓明、刘国铭、徐春洪、潘时常、王龙、孟国平等同事们算是动了一番脑筋，可就是想不出一个让自己满意的宣传语。想不出还得想啊！记不得是在什么场合了，我头脑里突然冒出了曾经看过的一本书，书名为《告诉你一个真美国》。就是它了！立即"借"了过来。它叫"告诉你一个真美国"，我们就是"告诉您一个新泰州"了！

宣传部的方案得到了市委领导的认可，由此，"借"来的这个宣传语被隆重推出，以"告诉您一个新泰州"为名称或包装的文章、电视片、画册、册页、光盘、专版、专栏、邮资明信片以及一些文艺节目都出来了。

这中间还有一个故事，我们和设计师翟润生同志研究《告诉您一个新泰州》画册的封面时，为增强视觉冲击力，决定"泰州"两个字不用印刷体，而用《泰州日报》报头的书法体，并将其放大套色。《泰州日报》的报头乃时任江苏国画院院长、著名画家赵绪成先生的手笔，形神双具，堪称上佳。我跟赵院长打了招呼，他笑哈哈地说："你们用吧，画册印出来后带一本给我看看。另外记住带一份《泰州日报》给我，我为你们写了报头，到现在还不知道印在报纸上是个什么样子呢！"

起初，《告诉您一个新泰州》的画册以泰州市人民政府新闻办公室的名义编印，再由国务院新闻办直管的五洲传播出版社出版，并几度更新，唯"泰州"两字始终未变。而光盘、明信片、招贴、标语等宣传品以及一些环境布置都参照了这本画册的设计，前六个字为印刷体，"泰州"两个字依然是"赵体"。

水的泰州

2001年夏，市委宣传部等部门组织开展了"泰州精神泰州人"的大讨论，时任市委常委、宣传部长的周琪同志对这个活动有一期望。

他在部办公会上说，我来泰州半年多了，一直纠结一件事，就是找不到高度概括泰州的一两句话。当然，泰州的亮点很多，譬如：历史悠久的文化名城，京剧大师梅兰芳的故乡，中国人民解放军海军的诞生地，春兰、扬子江集团的摇篮，全国双拥模范城，遐迩闻名的鱼米之乡，等等。这些都概括得很好，要再浓缩确实不容易。但宣传泰州还是需要这么一两句话，需要最简洁、最到位，外地人乃至外国人听一遍就能听得懂，并且能记得住的一两句话。像我的家乡徐州，前几年就有人概括出来了，五个字："雄性的徐州"。徐州精神和徐州人的特质、性格、风采已在其中，极为传神，已成为徐州的一张极简"名片"。

周部长希望我多留意这次大讨论的情况，争取从中多挖掘出一些成果。等忙过这一阵之后牵个头，组织几位专家、学者考察、调研，还可以到徐州等地走一走，学习取经，然后找个安静的地方住下来，集思广益，拿出几套方案来。

当天晚上我头脑里一直在想这个事，夜里突然醒了，想到了泰州的水，海水、江水、河水，满脑子都是水……感觉想出头绪来了，人家"雄性的徐州"是五个字，我们"水的泰州"四个字就够了，但必须作一番说明才能为人理解和接受。那就写一篇文章吧！

两天后，我外出开会前把题为《水的泰州》的文章打印稿请人送给周部长。离开泰州不久，就接到了周部长颇为激动的电话："太好了，一字千金！你真神了，这么快就写出来了，重奖！"

为什么我作出这样的概括呢？答案就在《水的泰州》这篇文章中。

其一，我写了泰州之水的渊源。写了泰州的根在大海。写了长江是泰州的生命之河。写了泰州的河流湖泊多得数也数不清，整个一张绿悠悠、湿漉漉的水网。所以，泰州及泰州人与水结下了不解之缘。

其二，我写了水对泰州及泰州人的影响。写了泰州人爱水，却又懂得"水不能当饭吃"的道理。写了十年九涝的水患，泰州人经受了无数风风雨雨，练就了坚韧、顽强的生命力和一副好身手。写了世世代代下来，泰州人硬是把脚下的这方水土打造成了远近闻名的鱼米之乡。所以，水是泰州的根，也是泰州的旗。

其三，我写了泰州及泰州人的性格。主要讲了两个方面：水有温和、舒缓的一面，又有汹涌澎湃、一泻千里的一面。泰州人的性格清淡平和、温文尔雅，不像北方人干柴烈火，一不小心就火冒万丈。但一旦汹涌澎湃起来，也势不可挡。从农民起义的首领张士诚，"风风火火闯九州"的《水浒传》，到中国人民解放军的第一支海军部队，再到春兰集团、扬子江药业集团等一批敢为天下先的市场经济弄潮儿，不胜枚举。可谓一方水土一方人。

此文几天后在《泰州日报》"泰州精神泰州人"大讨论专版刊出，产生了广泛影响。不少领导和读者认同了我的观点，认为一个鲜活的"水"字，看似平常，却使泰州的历史人文得到了恰当的概括、提炼，堪称点睛。几位文史学者、水利专家在发起成立"泰州市水文化研究会"的文章中也都引用了这篇文章中的内容。很快，"水的泰州"成为全市上下的共识，成为介绍、推介泰州的一张极简"名片"。

此后，该文又先后为《新华日报》《人民日报》《当代海军》等20多家报刊和新媒体转载、发表，产生了更为深远的影响。文中"泰州的城池，名曰水城；泰州的乡村，人称水乡；泰州的世界，一派水的世界。泰州的河流湖泊多得数也数不清，整个一张绿悠悠、湿漉漉的水网"，已为人们耳熟能详，以至"水城""水乡"成了泰州的代名词。

本土著名作家、文化学者徐一清先生在《泰州的点睛之笔》中如是评价："陈社的《水的泰州》，是历史的回眸，也是世纪的展望。以一个'水'字为泰州定性，他辨认出了泰州的灵魂。"

祥泰之州

2009年6月27日，"同一首歌·祥泰之州"大型演唱会在泰州体育馆成功举行。这一活动由泰州日报社联手中央电视台主办——此为"同一首歌"首次与地方媒体合作——旨在利用央视的强大传播能力和"同一首歌"的著名品牌效应，在更大范围内宣传泰州、推介泰州。

"祥泰之州"这一四字组合，典籍上并无原话，但有"通泰"的表述。关于泰州"太平、祥和"的赞美有历史佐证，关于"太平之州"的称誉有口口相传。而"祥泰之州"对泰州的概括和描述准确而美好，得到了广泛认同。市委、市政府也已确定将其作为泰州的主宣传语。因此，用其作为这台演唱会的主题，当是不二之选。

接下来，需要围绕"祥泰之州"这个主题，从泰州历史和现实的无数亮点中，选出最具吸引力和表现力的一些典型，以点带面。就是说，要用昨天的史实和今天的事实说话，以证明泰州确实是一个祥瑞之地。而且不仅要让观众感受到"祥泰之州"名副其实，还必须适合综艺形式和电视手法来呈现。我的同事刘仁前、苏元华等同志是这次活动的策划、组织者。那一阵，他们动脑动腿、集思广益，拿出了活动方案，面向《泰州日报》《泰州晚报》、泰州新闻网的广大读者开展了征集"城市名片"、海选"祥泰小天使"、竞猜"明星嘉宾"等一系列活动，得到了众多读者的热烈响应和踊跃参与。

其中仅"城市名片"的应征稿件便收到了数百份，经过筛选、概括、提炼，又邀请市委办、政府办等部门的领导和徐一清、黄炳煜、姚社成等专家帮助谋划、把关、修改、润色。几经打磨，"祥泰之州"演唱会的三张"城市名片"得以敲定，成为这台晚会的三大板块闪亮登场。

第一张名片："千年书院　百年名校"。由江苏省泰州中学及其校园内的安定书院切入而延伸，展示了泰州历史悠久、人文荟萃的深厚蕴藏，描绘出"祥泰之州"文昌水秀、吉祥和顺、充满活力和魅力的城市形象。

第二张名片："海军诞生地　水兵母亲城"。回顾了六十年前中国人民解放军海军于泰州组建的峥嵘岁月，讴歌了这片土地与人民子弟兵的鱼水情缘，由此展开，呈现出泰州这座英雄城市的光荣革命传统及其传承创新。

第三张名片："和谐城市　祥泰之州"。以身边的鲜活事例与建设、发展、奉献的形象组合，诉说了泰州的创造与建树、爱心与付出。而一些当事人和普通观众对友爱、祥和、进取、包容等城市氛围的切身体会，是对"祥泰之州"一种连接地气的解读。

整台演出如行云流水，亦张亦弛。央视也花了大功夫，将大量图像资料、外景片段和现场采访融入其中，加上明星云集、激情四溢。可谓高潮迭起，欢声笑语贯穿始终。央视一套、四套等多个频道播出了若干次，还特地打上滚动字幕："这是'同一首歌'创办九年来，观众参与度最高，互动性最强，魅力独特的一场晚会！"

值得一提的是，作为这台演唱会主题亦即主要宣传语的"祥泰之州"，无论舞台上多彩的巨型霓虹灯，还是场内场外的各种大幅喷绘，包括入场券、节目册、工作证、记者证、车辆通行证等所有证件，"泰州"两个字依然是人们所熟知的书法体，只是知道这两个字的人有许多已经不知道赵绪成了。

曾有智者语，这次活动取得了轰动效应，社会效益、经济效益双创纪录，却未花费政府分文，功莫大焉。问题是安全风险太大，若遇莫测则前功尽弃甚至功不抵过。何况你是快退休的人了，犯不着冒这个险、劳这个神。此言不虚。确实，若遵照"不求有功、但求无过""无过即功"的"成功学"而行，那就多一事不如少一事了。

而今，随着这座城市的进步发展，泰州的宣传语又由"祥泰之州"拓展为"康泰之州、富泰之州、祥泰之州"以及"泰州太美，顺风顺水"等多个系列，在新的基础上有了新的提炼和升华。作为新泰州一个曾经的建设者和宣传者，我备感欣慰和荣幸。

2018 年

宣传张云泉

2005 年 3 月起，全国重大先进典型人物、泰州市信访局局长张云泉的事迹在中央及各地新闻媒体集中推出，产生了广泛影响。本人作为这次典型宣传活动的一个亲历者，不少记忆犹可翻拾。

中央新闻采访团由时任中宣部新闻局副局长的刘汉俊同志任团长，调集了中央及北京、江苏、上海、广东等省、市主要媒体的采编骨干四十余人，齐聚泰州，进行了多角度、多层次的全面采访，就泰州而言，堪称空前。

其实，对张云泉同志先进事迹的宣传报道，泰州宣传部门和新闻媒体已经进行了多年。地级泰州市建立初期，有的同志因为初来泰州，对张云泉同志了解不多。还有的同志道听途说，对他的一些行为不太理解。记得在一次会议上就有同志反映过听来的议论。我因为对张云泉同志比较熟悉，也就直言不讳地说了我的看法。说到"作秀"，我举了两个事例，说他帮助那么多人做了那么多不属他职责范围内的事情，譬如多年来为一个上访户的幼女安排抚养、上学直至就业，我就做不到。如果有人也能像他那样"作秀"，我们照样宣传报道。我还说，宣传先进是褒扬他们身上主要的、闪光的东西，这个世界上没有一个人是十全十美的，先进人物也是如此，如果求全责备，我们的工作就没法做了。

在大家的共同努力下，各新闻单位陆续推出了关于张云泉同志的事迹报道，《泰州日报》和《泰州晚报》计发表报道、评论96篇，泰州电视台还先后摄制了《一号接待员》《月到中秋》《信访局长》等几部专题片，其中不少为江苏电视台等省级媒体播出、刊登并获奖。这些，都为树立张云泉这一先进典型打下了基础，也为后来方方面面宣传张云泉储备了宝贵的原始资料。

中央新闻采访团来泰集中采访期间，本人受命负责采访活动的组织协调工作。我们提前安排市直媒体将多年来宣传张云泉的报纸及电视片等资料进行整理汇总，同时组织20多名记者采访整理出《张云泉同志事迹素材及线索》计50条4万多字，《泰州日报》还推出了长篇通讯《"连心桥"上的贴心人——信访局长张云泉》，一并供中央采访团参考使用。采访团的同行们纷纷夸赞我们想得周到、准备充分。尤其泰州电视台毛敏等同志编导的那几部专题片，他们事前全部制作成光盘，提供给采访团，一些电视台和互联网站的同行们如获至宝，称为"绝版"，在他们后来采编制作的节目中多有引用。

考虑采访团包括近二十家新闻单位，仅中央电视台就来了四五个栏目，而张云泉只有一个，泰州市委常委、宣传部周琪部长与刘汉俊团长商量后，确定在各新闻单位分别采访的同时，安排四到五次大型集中采访活动。于是把集中采访活动的主持人兼新闻发言人的任务交给了我。

集中采访活动设在春兰宾馆会议大厅，主角当然是张云泉了。每次活动分别邀请张云泉帮助过的对象、有关知情人和有关市（区）、部门的同志参加。中央采访团全体成员、本市各媒体的记者以及方方面面的同志济济一堂，蔚为大观。云泉同志充满感情的介绍和应答激起了一阵又一阵的掌声，一位中年女士当场取下自己的一条大红围巾，献哈达一样，披到了云泉同志的身上，连声说"太感动了！太感动了！"——她是周玉明，上海《文汇报》资深记者、编辑、作家。

中央采访团各新闻单位的分别采访也在紧张、有序地进行，每个采访小组都有泰州市广电局、泰州日报社及采访对象所在地区、单位的同志帮助联系并服务。龚永泉、张严平、周玉明等老同志都和年轻同志一起风尘仆仆，沉到了采访的第一线，获取了大量鲜活、动人的素材，问起他们，他们说得最多的是："深受教育！满载而归！"许多同志白天采访、晚上写稿，人民日报、新华社、中央人民广播电台、光明日报、中国青年报、文汇报、南方周末等多数媒体都是长篇通讯，有的还配发了系列评论，刘汉俊团长也写了一篇评论《张云泉的"三鞠躬"》。中央电视台除了采编了系列新闻报道外，《焦点访谈》《新闻会客厅》《面对面》三个栏目关于张云泉的专题节目也在准备之中。

中央新闻采访团离开泰州的那天，全体成员给张云泉同志留下了一封题为《云泉同志，请多保重》的信，信中写道："没有什么语言比老百姓的眼泪更真实，没有什么礼物比人民群众的信任更珍贵。您用自己的行动让人民群众喊出了'共产党万岁'，您用自己的行动让老百姓说'这就是三个代表'，您用自己的行动履行了共产党人为人民服务的庄严承诺。您也在我们记者心目中树起了一座精神的丰碑，请接受我们最崇高的敬意！"信的下方是采访团四十多位成员的亲笔签名。

几天后的一个晚上，市委万门祖副书记通知我，要我次日赶赴北京，参加央视《新闻会客厅》的节目录制。到了那儿才知道，《新闻会客厅》这档节目是由主持人与张云泉同志、国家信访局一位领导以及一位泰州人对话。我去得仓促，也不知从何准备，硬着头皮就进了演播厅。还算顺利，张云泉的口才就不要说了，国家信访局的耿局长也是对答如流。我也就放松了下来，回答了大约十个问题吧，基本上没出错。譬如其中一段，主持人问我："是不是张云泉比较艰苦的童年、青少年的经历、岁月，使他现在看到困难老百姓的时候，心里充满了同情心，这对他有特别大的影响？"我说："他自己受过苦，他能感同身受，看到那些困难的孩子他特别同情，和他们一起流泪。这都是经历对他的影响。"主持人说："做一阵儿可以，关键他做了22年，我觉得他真是发自内心在做这样一些事情。在泰州那边，你们老百姓是怎么看这事、怎么看待张云泉的？"我说："最近云泉同志身体不太好，在医院挂水，老百姓给他送花，给他打电话，给他点歌，一句话：'好人一生平安'！"

随着中央采访团宣传张云泉同志的稿件、节目陆续推出，我们组织报社同志广泛搜集整理，编印了《张云泉报道汇编》，收入中央和部分省、市媒体的新闻稿和音频文字稿计70余篇60多万字，为省委宣传部等部门编印出版的《"连心桥"上的贴心人——张云泉》、中宣部新闻局等部门编印出版的《信访局长张云泉》两本书提供了详尽的资料。给省里的汇编材料是江苏出版总社的祁智同志和我联系的，当时我们还没整理好，我说您的动作真快啊！给北京的材料则直接寄给了刘汉俊同志，他回信给我的时候，还附赠了一本他刚刚出版的散文集《午夜的阳光》。

说到赠书，周玉明大姐也令我感动，她来泰的第一天就到我的房间采访我，送给我一本她写的名家采访随笔《最耐读的是人》。后来我也回赠了两本书给她。想不到她回沪后，又寄来了她的先生、著名学者赵鑫珊先生的两本著作。

如此等等，又是这次宣传张云泉活动给我的意外收获了。

2019 年

履职报社

　　2004年8月4日，我奉命去泰州日报社上班。此前，市委常委、宣传部长周琪同志征求了我的意见。接着市委书记朱龙生同志又与我谈了一次，他问我，日报的总编要求调回南通，你说是现在放他走还是过一段时间再说？我说从有利于工作的角度考虑，当然留他一段时间最好。可是正巧南通日报目前缺总编，那边要他去，过了这个时候就不一定有这个空缺了。他已找过我，希望我能帮他促成这件回家团聚的大事。书记说，如果这样，你就书记、社长、总编一肩挑吧！我说不能，我没有直接办过报纸，报社的摊子比较大，日报还是配一位专职总编比较好。书记说，没问题的，你能干得好，或者你明确一位常务副总编就是了。我说，希望书记体谅我的心情，我不喜欢自己占着位子让别人干事。书记笑着说，马上就要开常委会定这个事了，想不到你提出了这个问题。那你说说看，谁当总编比较合适？我说建议从报社内部选择，接着推荐了一位同志，介绍了他的有关情况，同时提出接替该同志担任晚报总编的建议人选。书记说好吧，我让组织部就去考察。但我明确交代你一条，你的责任一点不减，包括日报在内，报社的所有事情我只认你说话。

　　也就是我去上班的这一天，市委同时宣布了我和两报总编的任命。

没想到迎头而来的是财务困难。刚去的那一阵可谓债主盈门，多数是基建工程欠款和银行贷款到期。原来报社的各项开支主要靠自身收入，市财政每年给的固定补贴只有一万元。我觉得奇怪，我们是市委机关报啊，一万元还不如不给呢！同事说，不一样，有补贴就是差额拨款单位，没有就是自收自支单位，差额拨款单位得按机关事业单位的规矩办，不能享受自收自支单位的自主权。真的吗？真的。所以我们得靠经营收入生存、发展，首先是保证每天报纸的出版。两报的订阅费呢？订阅费远远不够支付办报成本，新建的这座报业大厦也是靠的经营收入和银行贷款——这些是外部的情况。内部的困难也急，印刷厂送来了一份清单，报社已拖欠他们两个月的印刷费，目前库存的纸张只够印一个多星期，总不能让市领导天天等着看的报纸停刊吧？

　　急火攻心，账上没有余款，这个时候向谁借钱呢？去找市领导、财政局领导求助，无功而返。于是紧急动员，要求领导班子成员每人筹集不少于 10 万元暂借给单位，其他员工自愿，数额不限，先给印刷厂去买纸。接着跑银行贷款，其中最急的一笔是中国银行的 500 万到期欠款。先得找资质优良的单位担保，贷到钱还掉到期的，然后才谈得上下一步。跑了市领导及有关部门，没有着落。公家的路走不通，只剩下私人关系了。有位老同学在一家市属骨干企业当董事长兼总经理，听我诉了一通苦，说这件事不好办，我们早已改制为股份制了，几年前一家法院砌大楼要贷款，我们担保过，结果惹了麻烦，董事会已做过决定，以后再不做这样的事了。幸好咱俩感情深，他不松口我就不走。他只好带人来报社查阅档案和财务报表，了解了我们的固定资产、运行机制等情况，回去开了董事会，破例为我们作了担保。

　　与此同时，我们采取了一系列开源节流的措施。

　　节流方面，包括调研新闻纸市场行情，与印刷厂商谈降低费用；变自办发行为邮发为主、自发为辅，解决征订报款流失等问题；还有严控非必须性开支，停止非公务性接待及逢年过节给有关领导、部门的礼品，等等。举个例子，那几年报社领导班子在全市宣传文化系统的年度竞赛中获得了一等奖，市委宣传部每年都下发两千元奖金，讲明是奖给主要负责人的，班子其他成员由各单位自定标准自己拿钱发放。而我当时一心想着"节流"，便在党委会上提出：宣传部发的奖金领导班子每人两百元，单位不再拿钱发了。此后经济情况好转，我仍然沿用了这一做法。

开源方面，对广告经营体制进行改革，变分别承包为统一承包，与南通日报社签订三年代理承包合同，广告团队由两社人员组成，接受泰州日报社领导，确定了广告收入逐年递增 500 万的目标，取得了显著成效。在全社干部职工的支持下，广告部门实施公司化运作，经营领域深耕细作，向多方拓展。与市房产管理局合作举办房产交易会，并与市广播电视台联手，三方协力推进，努力做大做优。报社还举办了一系列文化活动，如每年一度的新年音乐招待会，将长影乐团、上海芭蕾舞团、墨尔本皇家交响乐团等高雅艺术引入泰州；并与央视合作，举办了"欢乐中国行·魅力泰州""激情奥运·放歌泰州""同一首歌·祥泰之州"等大型演唱会，提高了泰州的知名度和美誉度，取得了社会效益和经济效益的双丰收。

我离开报社后，市审计局对我的任期经济责任进行了审计，《审计报告》显示：2004 年至 2009 年，本社广告经营收入由 1559.07 万元增加到 7831.12 万元，增幅 369.39%。职工收入由 309 万元增加到 1071 万元，增幅 246.06%。

毋庸讳言，这些举措也有一些同志不满意。譬如此前的一位广告承包人感到没有了用武之地，递交了《辞职报告》。有同志劝我，这种人让他走是好事，你只要签个字，他就"拜拜"了。

我没有采纳他们的意见，而是与那位同志促膝谈心，我说你来报社不到十年，已经是正科职了，而今广告经营体制改变，不直接承包给个人，党委给你安排了正科职岗位，相信你能干好。你的收入虽然比过去少了，还是比上不足、比下有余。譬如长期担任摄影记者的两位老同志，从县级《泰州市报》算起，在报社干了快二十年了，至今连副科级都不是，待遇远不如你。而你辞职，就意味着放弃事业单位的身份和待遇，可能你现在无所谓，但退休后差别就大了。所以我真心诚意劝你不要走这条路。那位同志听了我的劝告，表示感谢，把《辞职报告》拿走了。

一下子说了这么多经济上的事，其实报社的一切工作都是以办好报纸为中心。我在忙开源节流的同时，一点没有放松报纸这一块，用人导向、政策规定、激励措施等方面都向采编一线倾斜。始终把坚持正确舆论导向、提高办报质量作为全社工作的重中之重。当时《泰州日报》和《泰州晚报》编委会均以资深新闻人为主体，策划能力、动手能力都很强，足可依靠。我边学习边实践，经常和他们一起学习、讨论，参加他们的编前会、选题会，注重新闻宣传的创新创优，两报及泰州新闻网先后策划推出了《本报纵深》《品周刊》《高端访谈》《泰州日报新时空·网络对话》《每周时评》《爱心奶奶》《视点》《关注》等取得较好反响的专版、专栏。我还和同志们一起组织了长篇通讯《"连心桥"上的贴心人——信访局长张云泉》《法官陈燕萍的和谐追求》等一系列先进典型宣传和"先进性教育""践行科学发展观""纪念改革开放三十周年""中国医药城"等10多个新闻宣传战役。2005年至2009年，本社计获省以上新闻奖115项，其中一等奖29项，实现了"江苏新闻奖"和"中国新闻奖"零的突破；依托《爱心奶奶》专版组织的"爱心奶奶"扶助弱势群体系列活动，于2007年当选"江苏省第十一届精神文明建设新人新事"。

《泰州日报》由每天 8 版、少量彩印，增加到每天 12 版、彩印为主，发行量稳定在 4 万份左右；《泰州晚报》由每天 16 版、套红印刷，增加到每天 32 版、彩色印刷，发行量由 2004 年的 1 万多份增长到 2009 年的 3.59 万份。

　　作为"第一责任人"，我始终把队伍建设和作风建设抓在手上，注重制度建设，主持制定了《党委会议事决策规则》《社务会议事决策规则》等一系列规章制度，以制度来管人、管事。连续四年开展以学习马克思主义新闻观及《中国新闻工作者职业道德准则》《关于新闻采编人员从业管理的规定（试行）》为主要内容的集中学习教育活动，规范职业精神和职业道德要求，严格执行新闻报道与经营活动分开等各项规定，坚持不给采编部门和编辑、记者下达创收任务。对违规违纪行为坚决查处。在市作风建设领导小组对市直 99 个部门的年度综合考核评比中，本社由 2003 年的"末 3 位"逐年进位，两度被市委、市政府授予"作风建设先进单位"光荣称号。在全市宣传系统"抓典型、树形象"竞赛中，本社连年获得一等奖。在市直系统服务业发展评比中，本社连续 3 年名列第二。副社长、日报总编成爱君同志获"全省优秀新闻工作者""全市十佳勤政廉政好干部"光荣称号，副社长、晚报总编倪郭明同志获"全省优秀宣传思想工作者"光荣称号，记者丁秋玲等同志获"全国三八红旗手"等光荣称号。

　　从 2004 年 8 月到 2009 年 11 月，自 52 岁到 57 岁，这一去，我在报社工作了 5 年有余，如果还算"及格"的话，可谓不虚此行了。

2019 年

对内照顾

很想为职工做点儿事，也确实动了一些脑筋。

单位有几百号人，情况不一，需求也各种各样，但有一点是共同的：希望增加收入。以前两任领导班子已经做过不少努力，取得了明显成效，只是条件有限，有些事还没有做成。我们接过他们的担子，理当继续做下去。

有个著名的"木桶"定律，说一个桶能装多少水，取决于最短的那块木板，意在如何取得事业成功的最大值，当然也有其他理解和解释。我们没有想那么多，只是简单地认为，增加职工收入的事一定要做，既要奖勤罚懒，又要兼顾并非因"懒"而处于弱势的群体，乃至要从这些弱势的"短板"做起。

于是做了几件事。

一是缩小收入差距。规定本单位干部职工的岗位津贴，差距不得超过3倍。按不同岗位及职级、职称等因素，分为若干档次，其中最高的每月900元，最低的300元。

二是扩大受益范围。将编制内职工享受的年终奖、书报费、节日慰问金等福利待遇，扩大到合同制职工；将下属印刷厂股份制改革的持股人员由厂管理层扩大到全厂职工。

三是照顾老职工。设立工龄津贴，全员享受。目的是让退休职工和工龄长、年龄大，绩效工资和岗位津贴相对低些的老职工适当增加收入——按每年工龄 3 元计，30 年工龄的每月增加 90 元，3 年工龄的每月增加 9 元。看起来挺悬殊，但绝对值并不大。况且人都有老了、工龄长了的时候，也是一种公平。

四是设立基础职级。参照机关事业单位干部晋级的办法，增加或新设了助理、科员等基础职级，使不少同志由此在岗位津贴、年终奖金等待遇上得到提升，惠及了工作时间较长的普通记者、编辑、办事员以及部分优秀的年轻同志。

与此同时，为稳定职工队伍，还做了几件事。

譬如解决家庭困难。帮助应聘入职的职工联系落实他们配偶的工作调动。这些同志多数来自外地，其中有几位因配偶系教师无法调进泰州，较长时间分居两地，家庭存在种种困难。我们分别情况，逐一向有关领导及相应部门、单位求助，终于得以解决。

又如解决企业编制。制定标准、严格考核，每年吸收几位成绩突出的优秀合同制记者进入企业编制（进入事业编制有若干限制，单位自身做不到），既增强了他们的归属感，也使他们的基本收入有所增加。在此基础上，我们又将这一措施扩大到经营一线的优秀合同制职工；并将一些来单位时间较长、仍在一线工作的年龄较大的合同制职工列入下一步解决范围。

此外，还尽力帮助老职工排解子女就业的后顾之忧。当时大学毕业生就业形势十分严峻，单位也有数位老职工的子女大学毕业后面临待业，成为他们家庭的后顾之忧。我们区别情况，专业对口且单位需要的，在录用采编、经营部门合同制员工的批次中予以照顾；单位难以安排的，则帮助联系有关单位，请求人家帮忙。这一问题，单位内部意见并不一致，因为这种照顾与现代企业制度相悖，况且"子女顶替"之类的政策早已不存。但我们考虑，多年来因种种原因照顾进来的各种人员都有，直到当时依然难绝。既然拒绝不了对上、对外照顾，也应该适当对下、对内照顾。况且这种对内照顾并非"子女顶替"，这些老职工的子女只能录用为合同制，而不是"顶替"为企业、事业编制。同时明确，领导班子成员的子女不得照顾进入本单位。

这些举措，惠及了"短板"，"长板"也同样有所得益。所以，多数职工是称道的。当然，不尽如人意之处也很多。一些在做的事未能完全到位，一些想做的事刚刚开了头或者尚未起步……都因为我们尤其是我本人的瞻前顾后而错过。曾有老同事、老朋友劝我，说哪个单位不是一把手说了算？现在的政治就是一把手政治！但我还是较多地考虑了一些不同意见，期待着某种水到渠成的状态。结果，还是错过了。

在此期间，关于我的人民来信不少，审计部门三度进驻审查，关于职工收入方面，认为本单位职工收入的增长幅度在经营收入中占比偏高，存在违反事业单位预算管理规定和财务制度，自立名目、多发福利等问题，必须立即整改。记得首先停掉的就是"工龄津贴"。

其实早在2000年左右，中央有关体制改革的文件就明确了扩大用人单位自主权，打破旧的身份壁垒，实施同岗同酬、同绩同酬等举措，我们也向同志们多次讲解这一系列改革必将带来的公平合理。但虑及任何事情都得有个过程，并且这个过程有时候又非常漫长，何况还有一个"老人老办法，新人新办法"的说法，不确定因素较多。而涉及职工收入的事情，光开"空头支票"不行，否则等到有关政策落实之时，有些同志可能已经错过了。于是依据中央导向有所行动，结果还是被纳入整改之列。

2018 年

与读者沟通

在报社履职,深感广大读者的支持和帮助是做好工作的基础。由于我们主动沟通不够,不少读者对新闻媒体的性质、特点等诸多情况缺乏了解。所以,我们很乐意向他们介绍、汇报,通过沟通增进了解。

我们还选择在记者的节日:一年一度的"中国记者节",通过我们的报纸,向广大读者作一汇报。确定了"每天关注别人,今天被别人关注"的主题词,让报社党委表彰的优秀新闻工作者在自己的报纸上集中亮相——分别刊发他们的近照、简介和特别想与读者交流的一段话——向广大读者袒露心迹、汇报思想。

2007 年 7 月 1 日,在《泰州晚报》创刊四周年之际,我又写了一篇文章,题为《报人也难》,与读者朋友们做了一次推心置腹的交流。文章写道:

"伴随着地级泰州市的诞生和成长,泰州日报社所属的《泰州日报》、泰州新闻网和《泰州晚报》已分别走过了 10 年、7 年和 4 年的历程。

"作为中共泰州市委主办、市委宣传部主管的媒体,我们是党和政府与人民群众之间的一座桥梁,肩负着引导舆论、传递信息、关注民生、反映民情、构建和谐、促进发展的时代重任。

"广大读者是通过我们的报纸和网站来了解我们的,我们也是通过我们的产品来向党和人民汇报的。除此之外，并不需要更多地介绍自己。

"今天，在《泰州晚报》创刊 4 周年之际，我们还想再来一次例外：借报纸一角，说一点我们自己的事儿，向读者朋友们汇报、交心，期望能够增进你们对我们的了解。"

文中说了办报的几个难点。

一是新闻规律的把握。党报首先姓"党"，同时又必须姓"新"，必须是一张"新闻纸"，而不同于"政报""工作简报""经验总结"。可是我们在这方面却做得不是很好。一方面，我们自身的能力和水平有限，就事论事的报道、平淡空泛的报道、摘摘抄抄的报道为数不少；另一方面，方方面面的要求比较多，逼着你去把"新闻纸"搞成"工作资料汇编"。

二是版面安排的协调。一份报纸，根据它的定位、容量和读者构成，需要设置哪些版面、版块、栏目，必须有一个合理而留有余地的方案。可是我们在这方面也做得不是很好。一是缘于内部，譬如采编与广告两个方面，在使用版面方面难免会有矛盾，要由两难变为两全可谓煞费苦心。二是来自外部，方方面面的要求不少，有时难以回旋，不得不临阵易辙，砍掉既定的版面，撤除已签的合同。

三是舆论监督的践行。舆论监督的必要性无须赘言，我们也得到了有关部门的肯定和支持。只是也有同志不习惯，尤其涉及到自身利益的时候，干扰常常是多方面的。兴师问罪的，威逼恐吓的，对记者动粗的，都有。你若告诉他："媒体不是中央纪委，媒体不是审计署，媒体不是调查组，你不能要求它每句话都说得对。"（时任国家安监总局局长李毅中语）。他立马来了精神，认为已经抓住我们的"把柄"了。

四是经济方面的压力。常有同志说，你们党报是"官办"

的，应该衣食无忧啊！其实不然。还有同志问，我们订了你们的报纸，你们不是已经赚了钱吗？殊不知，订报款远远不够支付办报成本。那你们为什么还忙着征订，弄得大家很烦？其一，作为党办的媒体，必须有足够的覆盖率，以发挥好"桥梁"的作用。其二，发行量与办报成本成反比例，与广告收入成正比例，需要一定的规模。而这些情况，知之者不是很多，以至于有的同志见到广告便反感，甚而对党报经营工作的正当性提出质疑。

这样的沟通，颇有为自己"辩解"的味道，但我确实说的是实话。

几年后，江苏省新闻工作者协会主席周世康同志在一篇文章中谈到了这件事：

"作为一个新闻人，专门就办报写了三篇评论，分别是《报人也难》《"负面报道"之我见》《记者节里说记者》。三篇评论的核心是说随着时代的前进，报纸在满足读者知情权的前提下，新闻舆论正在进一步开放……评论一方面高兴于这些进步，为之欢欣鼓舞；另一方面，由于社会方方面面的认识总不是同步的，传统的习惯性的封闭思维总顽固地占据着某些环节，在实际办报过程中，难处不仅体现在舆论监督上，也表现在按新闻规律处理新闻上。由此，作者又感叹'报人也难'，这也体现了作者撰写时评实事求是、据实道来的特点。"

知我者谓我心忧，不知我者谓我何求。

2017 年

为职工讲话

2009 年 10 月 27 日晚，我市出现了较为严重的烟雾污染，《泰州日报》和《泰州晚报》分别组织记者连夜实地采访探究，次日上午出版的这两份报纸分别刊发了《过境客烟重度污染市区》和《烟雾呛人，谁在焚烧秸秆?》的报道。

一位读者看了报纸后，给我发来短信，于是有了如下短信交流：

读者来信："陈社长，说'客烟'压境，怎么来的依据？驾机跟踪还是踏烟而觅？说我们没有'发现'着火点周边有着火点，应当够拍领导跟准了（注：原文如此）。江都、海安、东台的烟都飘来了，请问当晚是什么风？是先吹的东风再吹的西风？环保部门怎么说不要紧，领导是什么要求也不要紧。但我们的记者、编辑是有脑子的，白纸黑字，自己别闹笑话了。一孔，见谅。"

我的回信："谢谢批评！前晚因烟雾弥漫，为寻究竟，本社两报记者分成若干小组由市区向四方搜寻火源，有的小组凌晨方还，写下记者所见。仅此而已，望包涵！陈社"

读者回复："谢谢陈社长，唐突处海涵！"

我的回复："感谢理解，期望您继续关注批评本报！陈社敬礼"

与这位读者交流的同时，我将这几条短信转发给了两报的总编。日报成总编建议这位读者再看一看刊于同一版面的市气象台台长的分析介绍。晚报倪总编则准备向记者们传达这位读者的来信，要求记者们在采访中力求更细、更实。

我给倪总编回了一信："可以了。首先要表扬。新闻不是判决书，记者也确实没有直升机，判决书和直升机还都有误呢。关键在火源。烟的特点是无风时四处弥漫，据说盐城那边也在说他们的烟是泰州飘过去的呢！"

我之所以建议倪总编不要就这篇报道再对记者们批评，是实在于心不忍。想想看，15位记者，冒着浓烟，分成多个小组，在暗夜中搜寻了几个小时，直到找到火源、拍下照片为止。然后再回到报社，综合成两篇报道。若论报酬，摊到每个人的头上已是微乎其微。他们可以因为苦，因为报酬少，因为会有舆论风险而不干吗？不可以。他们可以因为是娇生惯养大了的独生子女而像在家里一样想偷懒就偷懒吗？不可以。新闻职业的使命决定了他们别无选择。

当然，本报受到关注，不仅体现在读者的质疑、批评乃至控告方面。应该说，更多的还是体现在读者的肯定、赞扬和改进建议方面。无论何种意见，无论准确与否，我们都是欢迎、重视的，记者们也都十分看重。因为，这不仅有利于我们发扬成绩，纠正错误，也是我们与读者直接交流、沟通的一个渠道。

10天后的11月8日——第10个中国记者节，我写了一篇《记者节里说记者》，发表在《泰州日报》的《每周时评》专栏。文中说到了这件事，还另拾话题，说了其他的一些情况：

"比较令人郁闷的是，有时，记者的人格得不到应有的尊重，执业的权利得不到应有的保障。被斥之大庭、晾于门外的情况有之；被推三阻四、忽悠得东奔西走的情况有之；被横加阻挠、胡搅蛮缠甚至恶意诬陷的情况有之；仅仅把记者当作工具使用，实际上很是厌烦新闻规律的情况有之……

"不可否认，记者首先也有一个自身素质提高的问题。从中央到地方正在深入开展的'三项学习教育活动'，正是抓的这一问题。不过，这应该不影响他们应当得到的起码尊重和基本保障吧?"

作为报社的负责人，在报纸上公开为职工"鸣冤叫屈"，感到不尽妥当。可我不吐不快，认为在记者自己的节日里，帮大家说几句，也是与读者及有关方面的一种交流、沟通。但我还是做好了接受批评的准备。

很快，我收到了一些同事发来的"节日贺词"，有的说："写得好！说出了记者的心里话！"有的说："感动中！谢谢您体贴记者。可惜，像您这样敢说、敢做，还敢白纸黑字'留下证据'的领导不多不多也！为了您对记者的体贴，为了热爱的新闻事业，为了更多把我们当成好人的那些人……加油！忍耐!"

稍感意外的是，我并未等到批评，也未感到压力。

2017 年

宣传陈燕萍

2009年6月1日，市委政法委负责同志通知我及《泰州日报》《泰州晚报》各一位负责同志去参加关于"宣传陈燕萍"的专题会议。到会的有市委政法委、市中级法院、市委宣传部、市广播电视台、泰州日报社等部门的负责人。据介绍，莅会的省高院政治部主任是当天专程从南京赶来的。

会议的主题很明确，就是如何进一步宣传好我们泰州的优秀法官陈燕萍同志。到会领导充分肯定了我市媒体几年来所做的工作，陈燕萍同志的先进事迹已经在全省范围及全国法院系统产生了广泛影响，现在的目标是将陈燕萍同志的事迹推向全国，争取中宣部像宣传信访局长张云泉同志那样，将她作为全国重大典型，由中央主要媒体来进行集中宣传报道。

与会同志纷纷发言，提出了不少建设性的意见。我也从操作层面提了两点建议：第一方面，进一步宣传好陈燕萍，要超越过去重在宣传她对弱势群体的关爱，超越过去对她作为"法官妈妈"，做了不少的"分外事"的事迹报道。而要深入挖掘她在履职过程中，在做"分内事"的过程中公正执法、为民解忧的担当；深入挖掘她作为基层的一名人民法官，在构建和谐社会的总体目标中所发挥的作用。第二方面，2005年张云泉同志成为全国重大典型，是经省委宣传部推荐到中宣部的。而今陈燕萍同志如果还走同样的推荐渠道，存在一些不确定性。因为全省包括省直和13个地级市，先进模范人物众多。相隔4年，省委宣传部两度向中宣部推荐泰州的先进典型，把握不大。不如走法院系统的渠道，陈燕萍同志已经是全国法院系统的先进典型了，由最高院向中宣部推荐，成功的概率较大。

与会领导接受了大家的建议，当即指定由我带队赴陈燕萍同志供职的靖江市法院及有关单位采访其本人和有关同志，完成第一方面的任务。由泰州中院院长张培成同志负责与省高院、最高院对接，完成第二方面的任务。

会后，我和《泰州日报》《泰州晚报》记者钱建虎、康炜、孙亚琴等同志研究制订了采访方案及两报各自的侧重点。6月4日，我们及市广播电视台的记者一行十人去靖江法院园区法庭对陈燕萍等同志进行了采访。此后，记者同志们又多次分赴靖江进行补充采访，掌握了大量第一手的素材和有关文档资料。

经过两轮讨论、修改，由钱建虎等同志采写的特别报道《法官陈燕萍的和谐追求》、由康炜等同志采写的人物通讯《百姓信服的好法官》于当年7月下旬完稿并分别报送市政法委和市中院审阅把关，政法委和中院的领导十分重视，认真审阅后签署了感谢媒体、同意见报的意见，张培成院长还专门来到报社向同志们致谢。

第二方面的工作也进行得很顺利，根据泰州中院和江苏高院的推荐，最高人民法院领导和中央政法委领导先后签署意见，转至中宣部，中宣部领导也签署了意见。随后，中宣部确定陈燕萍同志为全国重大典型，组织中央及有关省市媒体进行集中宣传报道。

根据市委宣传部新闻文艺处孟国平处长的意见，上述两篇特别报道当时没有立即见报，而是参照几年前宣传张云泉同志的做法，待中央新闻采访团来泰时再推出，为中央媒体的采访、报道作一点铺垫。

2009 年 12 月，中央新闻采访团来泰采访陈燕萍同志的先进事迹。恰巧我刚刚调离报社回到宣传部，未再参与有关工作。

是为记。

2020 年

写亦无妨

本篇及接下来的另几篇文章以前没有打算写过——只准备做小说素材——文中的事情也很少对人说过，如今把它落到纸上，大约还与我的"另类"有关。也是，想写就写吧，如同曾经写过的另一些篇什，即便是些茶余饭后的谈资乃至笑料，仍是一种真实，是对人们关切的一种坦白。由斯，写亦无妨。

我相信，真实乃记述类文字的生命，但直面自己、解剖自己、公开自己不为人知或被传得面目全非的情况并非必须——它至少与"藏拙""成熟"等处世之道相悖。当然这个世界上也不乏逆行者，这些年来，巴金先生的《随想录》导夫先路，肤浅者如我，虽不能至，心向往之。

本文先说一件事，大致属于"何不食肉糜"那类。

2006年岁末，一位老领导跟我说："市委朱书记对你很不错，你找他谈谈看，现在有机会，可以安排你在政协之类的地方挂个职务，解决一下副厅待遇。"我甚为惊讶："比我资格老、年龄小的人有的是，不可能轮到我。"老领导笑了起来："不是谈该轮到谁，而是正好你遇到了机会。再说你也算老资格了，从建市到现在，担任常务副部长或第一副部长多年，身担几个正处职，一个人做了几个人的事情……但这种事情必须你自己去找领导沟通，他们脑子里装的人太多了，不一定都能想得到。"

老领导说的"机会"包括两个方面，一是我们宣传部新来的常委李部长不到一年又改任组织部长兼宣传部长，下任宣传部长已确定必须是年轻的女性，而且得是现任的副厅，等省里派。据说先选的一位人家不愿意来，正在另选。而泰州虽说人才济济，但每次都被限在备选条件之外。尽管班子的结构设计是一大原因，但总是"灯下黑"难免有伤积极性，安抚一下乃人之常情。二是市政协等几套班子的换届工作已开始酝酿，将空出不少位置，此外还有其他副厅和准副厅的位置，其中每有安抚一下的先例，市委组织部等部门的负责人就有这样安排的。

关于前者，曾经有过一个插曲。李部长年初来泰州上任前夕，市委朱书记找我谈话，告知省委决定，对我说："就你的资历、水平，就是到省委宣传部当个副部长也不比别人差……希望你能理解，你有什么想法可以跟我说。"——书记对我历来很少官话、套话，当部下的也就少了拘束——我笑了起来："朱书记，你说的是实话，我也对你说实话，这个事我没有想法。因为历来宣传部副部长提部长的极少，这是大家都知道的惯例，根本不要去想。所以你尽管放心，我只说一句话：以前我怎么配合周部长的，今后就会怎么配合李部长！"

关于后者，我也从来没有想过，因为怎么说都轮不到我。何况我也不是一个需要"安抚一下"的人。

我对那位我很敬重的老领导说："谢谢您的关怀！我考虑还是不开这个口。"老领导笑了，从此没再和我提这件事。

我的话是由衷的。我这个人多年来经常为部下的工作或任职问题找领导，甚至还红过脸，可就是从来没有为自己向任何一个领导开过口。这是我的一个原则，我像爱惜羽毛一样，始终坚守着这个原则，不愿意破这个例。

不久，省委选派的缪部长到任，朱书记和组织部李部长送她来，我的表态发言比较简短，核心还是那句话："我以前怎么配合李部长的，今后就会怎么配合缪部长。"

我是这么说的，也是这么做的。

一天，又有一位朋友点拨我："你应该拓宽思路，这几年从别的市提拔到泰州来的就有好几位，泰州向外交流也顺理成章。那年颁发政府组成人员任命书大会上，朱书记以你为例脱稿讲的那一段，你不会忘记吧，对你的评价非常高啊！像你这样的经历，别的市或者省级机关都好安排。现在你正巧遇上了机会，只要朱书记发个话，组织部和省里沟通一下，肯定解决。"

我对这位朋友说："缪部长刚来不久，正需要我们全力配合，这个时候我提出要走，会不会引起误会？而且我们报社的经营工作正处于团队调整的关键阶段，同志们正在定目标、下任务，我一走了之未免不仁不义。"朋友笑了："你还是书生气，不需要管那么多的！"

朋友所言不无道理，这个地球离开了谁都不会停止转动。

于是便顺着他的指点想入非非。朱书记和李部长都对我比较了解，都善解人意，我若开口，他们肯定会认真对待。只是最好不要推荐去别的市，哪个市都不缺人，为了照顾我而占了人家的位置不好。倒是省里的空间大些，文件上也讲过要充实基层的同志去省级机关。至于到哪个部门，我这20多年一直未离宣传口，大部分时间在三地宣传部的不同岗位，又在文化（新闻出版）局、外宣办干过多年，文联、报社还在干着，组织上如考虑对口安排，选择余地较大。

若问我的希望，当然首选作协系统，我爱好文学，能够有更多机会向那许多熟识的老师、朋友请教，再好不过！只是感到自身条件够不上，先自我否定掉了。那么能留在文联系统也不错，我20年前奉调文联系统，任县级泰州市文联专职副主席，后又较长时间担任县、市两级宣传部分管副部长和文联主席，对文联工作比较熟悉、很有感情，与省文联的领导和各市文联的同行相处融洽，交流深广，与不少文艺家有着多年的友谊，包括每年一度的省政协会议，文艺界的朋友们朝夕相处，亲如家人，这些都对工作有利。再说当时省文联负责日常工作的党组书记杨承志、副书记高以俭、书记处书记言恭达都是多年来对我十分了解、充分肯定的老领导，我认为他们肯定会欢迎我。

那一阵，我的思想屡开小差，脑子里闪现出以往与文艺界朋友在一起的各种画面，满耳的欢声笑语，真的是想多了。

无巧不成书，就在这期间，我接到省文联一位朋友的电话，他告诉我，文联领导在酝酿新进工作班子的人选中有你，认为你各方面条件都比较过硬。你要不要通过什么途径推进一下？

有一次朱书记约我去他办公室谈工作，临别时我说了一声省文联朋友来电话的事，他说："好事啊，我支持！"想请他由市委组织部与省委组织部沟通一下的话已到了嘴边，又忍住了。

还是不开这个口好，坚持了这么多年，实在不想破这个例。

我的心又复归平静。

2020 年

差之毫厘

一天早上上班时间，我刚到宣传部参加部务会议，忽然接到某区检察院一位负责人的电话，他们要把报社印刷厂的厂长带走审查，请我立即通知他到社长办公室来。我说我在外开会，散会后就回单位。他说我们已经到你办公室门口了，必须立即把他带走。我便通知单位的纪委书记办了这件事。

事后了解，这个案件是上级检察院交给他们办的。两年前有一个建筑商供出了几个他曾行贿的对象，其中有我们报社的一个副社长（已判刑）。这位厂长因建筑商供出的受贿金额少，当时没有查他。现在立案就不简单了，应该是发现了新问题，肯定不是三万两万的事。

报社的基建搞过多次，最大的一次是 2001 年开始的迁址新建，建筑面积一万多平方米。那位副社长的案情检察机关曾向我介绍过，并没有涉及这位厂长，想不到他还是卷进去了。

我在领导班子会上通报了有关情况，大家摇头叹息，不无担忧。这位厂长担任印刷厂的一把手已十多年，各项收支都是他一支笔，经手的资金数以亿计，印刷厂由事业改制为企业也是在他手上完成的，现在突然来查他，而且不是纪委，是检察院，肯定不是小问题。在大家印象中，他是一个善于带领队伍的管理者，又是一个十分谨慎小心的人，做事认真细致，处处精打细算，从未发现他有这方面的问题。作为一位退伍军人、老党员，他做过记者、编辑，后来担任报社办公室主任，上上下下的口碑都比较好。当年报社领导班子之所以调他出任印刷厂厂长，也是看中了他的长处，他也没有辜负大家的希望，带领全厂职工实现了各项工作的稳步发展……事到如今，任何惋惜都无济于事，只有静候结果了。

没想到检察机关又把他放出来了！

检察院两位领导来到我的办公室介绍了案情，这位厂长受贿4万多元，挪用公款30万元，认罪态度较好。经研究决定，先办"取保候审"，下一步向市检察院申请"不予起诉"。我问他们具体情节，说是受贿的4万多元涉及几个行贿人，是建筑商和材料供应商。挪用公款是他主动交代的，当时打了借条，已在厂会计室的保险柜里搜到了，他在海南买了一套房子。

后来我问这位厂长，他说审讯人反复向他交代，里面的情况不准跟任何人说，更不准翻供；你是戴罪之身，随时都可以把你再抓进来。我说你跟我必须说。他才吞吞吐吐地说了几句：那4万多元我有异议，但不承认不行。30万元是临时借的，我承认。

我批评了他一顿，你不算穷吧？至于为几万块钱把一生毁了吗？还有买海南房子的事我怎么没听说过？你打的什么算盘？检察院的人说，正是这30万挪用公款加重了你的案情，犯不着啊！他说4万多元中有1万是那个建筑商有一次拜年送到他家里的，装在茶叶盒里。他发现后请厂里一个中层干部陪着他去退回了，时间、地点、包钱的报纸、当时说了些什么都可核查。另3万多他们说是我母亲住院时几个建筑商分别送的。是有人去过医院的，但我记得没有这么多……我实在受不了了，几天几夜不睡觉实在受不了，生不如死，又实在交代不出，只能按照他们的要求签名捺印一一照办。我出来后已经写了申诉材料，但不敢送过去。

我说这样吧，你把申诉材料交给纪委书记，我们帮你反映。

我和纪委书记先后走访了区、市检察院的领导，递交了对该厂长不予起诉的申请书及其本人的申诉材料，受到了热情认真的接待。我还给他们提了一条意见，我说这个案件金额较小，拉一把、推一把情况大不一样，如果事前能和我们沟通一下，由我们先和当事人谈一次话，给他一次坦白交代的机会，就是挽救了，这种事例并不少。市检察院陈勤检察长很认可我的意见，当即了解情况，表示了歉意。不久，检察机关下发了《不予起诉决定书》，认定的受贿金额为 3 万多元。

经请示市纪委，这位厂长的党籍必须开除。作为股份制企业，工作及职务可以保留。

一天，一位朋友问我，你们那个厂长的案件另有目的，你有数吗？什么目的？我不知道啊？目的就是你这个社长，你真的不知道？

我惊掉了下巴！不可能！报社的基建在我就任社长前一年多就完成了，与我不搭界。这个你就不懂了，按照我们办案的经验，下面的人犯了事少有不牵出上面的人的，以基建上的事情立案不等于只查基建。譬如印刷厂的改制是在你手上搞的吧？这里头的名堂太多了，利益瓜分，一查一个准。幸好你那个厂长没向你行贿或做其他害你的事，不然你也进去了。

他这么一说，我倒有点相信了。那天检察院来带厂长走，确实有点突然袭击的味道，我也感觉到对我不那么信任，好在我心中无事，就没去多想，也没向市委领导反映。记得两年前检察院来带那位副社长，市委书记事前向我说了必须立案的理由，然后由检察院与我对接，我没有任何不被信任的感觉。这次虽不被信任，但我依然想不通他们为什么"另有目的"。

朋友说，你想想看，有没有得罪过什么人，尤其是有权查经济案件的人。我跟他说起了一件事。

几个月前，报社一位留职停薪期满的中层干部回来上班——他去一家比较有名的企业担任了两年副总，党委会研究后安排他出任某处处长，我和分管领导跟他谈话，寄予很大期望。他也兴致勃勃地干了起来。不料时间不长他又向我提出，那家企业还想要他去担任副总，工资待遇等费用仍由企业承担。党委会讨论时，一些同志认为这个处的工作很重要，他屁股没坐热又要走，不负责任。而这家私营企业经济效益极好，需要宣传的时候就找上门来，却从来不在我们报纸上投放广告，凭什么老要我们支持它？我说留得住人留不住心，难免影响工作。而这家企业给他20万元年薪，还配有专车，比报社的待遇高多了，还是成全他吧！于是决定有条件支持，参照类似做法，借用期内该企业每年给付报社10万元费用，或者投放20万元广告。那家企业的一位负责人来商谈后，几位市直部门负责人又分别来和我商谈，希望我们继续支持这家企业，免除附加条件。我向他们介绍了报社的情况及党委会研究的结果，表示爱莫能助。不久，一位领导约我和他一起去这家企业看看，认识一下他们的老总。我便跟着领导去了，受到了热情款待，几位市直部门负责人也都提前到了……我们党委会又复议了这件事，确定维持既定原则。后来那家企业再来商谈，我们分管领导就劝他，你们效益那么好，就算互相支持吧，少投放一点可以商量，没有一点表示不行。结果这件事就到此为止了。如果这就叫"得罪"的话，我算是得罪人了。

朋友说，这就对了，问题就在这里。我说按道理不会这样，这些领导一直和我工作互相支持，相处很融洽啊！朋友说，你这是书生气。

后来，我把这件事告诉了一位老领导，他一语破的：就是这么回事。

他对我说了几点，归纳如下：一、有的人想拍领导的马屁只愁找不到机会，你是顺水人情送到面前还无动于衷，敬酒不吃吃罚酒。二、当领导的都很看重面子，你却让他们丢了面子。三、那个企业倒不是舍不得花这点小钱，也是争的面子，认为没有他们搞不定的事情。四、有的小圈子很厉害，你惹不得。五、在有的人眼里，你十个社长也抵不上一个老板。

我激动了："我跟他们说过的，报社的基建，本息滚到现在计负债几千万，靠我们职工一点一点地创收，边生存发展，边逐步偿还，作为领导和公职人员更应该体谅我们，而不是这样！"

老领导拍拍我的肩膀："不说了不说了！你这是没事的，要是有事早进去了，谁还管你发展不发展、还债不还债？差了一点点啊！"

2020 年

"奥运歌会"风波

2008年3月17日，"激情奥运·放歌泰州"主题歌会的新闻发布会在泰州宾馆举行。自此，这一大型活动的来龙去脉、筹备和实施情况正式向社会昭示。

作为该活动的主办单位，泰州日报社举办大型文艺演出并非首次。自2004年起，我们每年12月31日都在梅兰芳大剧院举行一次"新年音乐招待会"，感谢方方面面一年来的关心、帮助、支持。而在泰州体育馆举办两万多观众的大型演唱会也非首次，上一次是2007年6月30日举办的"欢乐中国行·魅力泰州"大型综艺晚会，这是我们与中央电视台的首度合作，想不到竟取得了轰动效应。央视的导演、剧务曾概括出这台晚会的几个"最"，说这是"欢乐中国行"有史以来少见的。

由是，我们对于"激情奥运·放歌泰州"寄予了更大期待，广大职工摩拳擦掌，信心满满，纷纷要求参战。

就在这样的气氛里，我们接到上级指示：省里收到举报，这场演出严重违规违法，省文化厅将派员来泰查处。

举报基本属实，我们手上那份盖着奥运组委会某部门鲜红大印的《授权证明》是假的。这场演出的中介机构是泰州一家演出代理公司，即去年帮我们代理"欢乐中国行"的那家。我们当即报警，代理公司的负责人随之被羁押审查。

经公安部门和省文化厅调查组查实，泰州那家演出代理公司并非直接找的奥运组委会，而是通过人找的北京一家自称与组委会关系很铁的公司，结果拿给我们的《授权证明》是伪造的。那么，是北京那家公司造的假，还是组委会里的不法分子造的假？公安和省文化厅的同志说两种可能性都存在，他们已上报协查。同时要求泰州那家演出代理公司及报社吸取教训，消除不良影响。

市政府领导要求我们立即停办这场演出，找我过去谈话，要求我们令行禁止。我申述了四点：1. 由于我们工作失误而造成了不良影响及领导工作的被动，我负全部责任，已做了检查，愿意接受处分。2. 我们之所以看重那份《授权证明》，是因为看重奥运组委会的权威性。现在这些不存在了，我们不打奥运组委会的旗号，照样可以为奥运呐喊，为泰州放歌。3. 这场演出的内容积极向上，没有任何问题，应该能够起到宣传泰州、鼓舞人心的正面效果，中途停办未免可惜。4. 这场演出的冠名、招商工作已全面铺开，主要的合作协议都已签定。如果停办，对不起众多合作伙伴，将造成人家多方面的损失。而我们报社，多年来负债经营，自负盈亏，这场活动已经忙到现在，功亏一篑，实在与心不甘。总之，请求领导给我们一个将功补过的机会。

中午，政府办的一位同事打来电话关心我，说刚刚主要领导发火了："如果陈某人再不听话，先把他撤了！"劝我还是服从命令听指挥为好，没有这个必要啊！我也光了火："撤吧，他一天不撤，我就坚持一天！"

最终，"激情奥运·放歌泰州"主题歌会如期举行，两万多个观众位置座无虚席，一片欢声笑语，堪称激情四射，鼓舞人心——当然我并没有被"撤"，估计那位主要领导也是一时说的气话吧。事过之后，他还表扬了我一句："劳苦功高！"

为了兑现因那份假冒《委托函》而对合作伙伴作出的承诺，我们分管副社长一行专程去了北京，购买了央视四套的播出时间，于是，"激情奥运·放歌泰州"又在中央电视台"激情四射"了若干回。

　　报社的同志消息灵通，早在公安部门调查阶段，就向有关领导提供了有关举报人的"情报"。说是宣传系统某同志由于家人的一篇稿件《泰州日报》不用，上门来打招呼仍然没有效果，十分恼火，终于等到了报复的机会，报社内部也有人给他提供了"子弹"。

　　汇报到我这里，我说别在这类问题上花费时间了吧，没有意义。谁让我们让人抓住了把柄呢？尽力做好我们自己的事情才是重要的，但我得跟你们约法三章了：以后谁被骗了谁负责，哈哈！

2021 年

盖章的周折

2009 年 6 月，是我们报社上上下下极为忙碌的一个月。除了每天采编、出版《泰州日报》《泰州晚报》，上新"泰州新闻网"等舆论宣传工作以及社内社外的各项工作任务外，我们与中央电视台联手举办的"同一首歌·祥泰之州"大型演唱会进入紧锣密鼓的实施阶段。正式演出并实况摄录时间定在 6 月 27 日晚，地点在泰州体育馆。

我们曾于前年和去年举办过"欢乐中国行·魅力泰州"大型综艺晚会和"激情奥运·放歌泰州"主题歌会，积累了一些经验和教训。而《同一首歌》作为央视同类节目中最靓的品牌，其艺术水准和受欢迎的程度皆首屈一指。所以，我们抱着极大的期待，有计划、有步骤地推进着各项筹备工作。

没想到在关键时刻卡了壳，按照央视要求，在双方签订的合作协议上，要由演出所在地的公安部门盖章，以证明当地对于举行这一大型活动的认可。这是央视举办大型活动的惯例，我们前两次活动也是这样办理的。可这次，我们的办事人员熟门熟路地跑过去，却没盖到。不仅如此，我们和往年一样悬挂在街道上的宣传标语，竟被人扯得七零八落。

这期间，单位分管经营的副社长找我，想去美国参加一个华人作家交流活动。从工作角度考虑，他这时候是不该走的。但我心一软，还是答应了。结果我便成了社长兼副社长，大事小事都冲到了第一线，颇有几分心力交瘁。

我带着经营部门的同志拜会了市公安局的领导，他向我们绘声绘色地介绍了央视有次在他工作过的城市举办大型文艺演出，由于观众太多秩序失控，不得不中途停止演出的险情——市委书记夫人的钱包都被挤掉了呀——接着推心置腹地对我说，还好没有死人，否则我肯定是要担责的一个，那就不可能（提拔）到你们泰州来了。我说那还是活动策划和管理上的欠缺导致的，央视在全国各地举办的大型活动多的是，出事故的情况却很少。我们与他们前两年就合作得很好，演出现场可谓井然有序。今年是第三年，大家更有经验了，不应该出什么乱子。尤其你们的干警，真是太棒了，我跟你们治安支队的同志聊过，他们很乐意参加我们的活动啊！有的干警还让家人穿上警服，提前进了场。局长终于松了口，说你去找我们分管局长吧，他如果同意我也同意。

分管局长我就更熟悉了，意外的是他和以前判若两人，冷冰冰的，感觉陡然多了某种底气和牛气似的。按照同事的提示，我赶紧试探了一下。我说前年我们给你们误餐、劳务费 30 万，去年是 50 万，今年应该增加，数额还由你定。他不为所动，说来说去就一句话：我们是为市委市政府服务的，你们是自己搞的经营活动，去找社会上的保安公司吧。

情况反馈到"同一首歌"栏目有关负责人，他们十分同情，说其实盖章只是个形式，真要出了事，他公安局能推得一干二净？要是都考虑保"乌纱"，我们中央电视台的台长就得砍掉这些大型演出活动了。这样吧，你们社长不是宣传部副部长吗？那就盖个宣传部的章吧！

宣传部的章也没盖到。

走投无路，我给市委常委、政法委书记高纪明同志打了电话，请求政法委破例给我们盖章。高书记正在省委党校学习，他一如既往地爽快，一口答应了：部长长期支持帮助我们，包括最近谋划向中宣部推荐宣传陈燕萍这件大事，我肯定全力支持你们！不过你最好跟市委张书记汇报一下，我就更好办了。

因张书记见不到，我当即给他写了一信，派人送给了他的秘书。恰巧次日上午我列席市委常委会，会议中途他上卫生间，我便等候在门外。他见了我就说："你的信我看了，大活动的安保工作很重要，只要是在泰州这块地盘上搞的活动，公安部门都有责任保障安全。"我连连道谢，随即报告了高书记。高书记说，这样吧，我星期五下午回泰，你晚上安排一个活动，我约公安局的两位局长参加，你请一下你们常委部长到场。

活动如约举行，高书记既讲大道理、又讲小道理，既有批评、又有表扬，还现身说法，和公安局长聊了一通"乌纱"与年龄及其他的辩证关系，活动气氛由冷转热，很快趋于祥和。

次日（周六）上午，政法委的同志特地去了办公室，为我们盖了章。

谢天谢地！"同一首歌·祥泰之州"大型演唱会于原定时间隆重举行，取得了圆满成功，可谓社会效益、经济效益双丰收。特别是"千年书院　百年名校""海军诞生地　水兵母亲城""和谐城市　祥泰之州"三大板块内容在活动中得到了充分展示，进一步提高了泰州的知名度和美誉度。

此后，央视一套、四套等多个频道播出了若干次，还特地打上滚动字幕："这是《同一首歌》创办九年来，观众参与度最高，互动性最强，魅力独特的一场晚会！"

2021 年

拂袖而去

前不久参加一个座谈会，闲聊时一位朋友对我说，有一个问题存在心中多年了，一直没有问你。据说有一年有位大领导到你们报社检查指导工作，领导讲话还没结束，你居然中途退场拂袖而去。机关里传言纷纷，是怎么回事？

这个问题以前曾有人问过我，想不到十年之后还有朋友惦记着，我自当如实相告。

那位领导来单位检查指导是我们期盼已久的事情，我曾去见他的秘书，又通过常委部长请求向他汇报一次工作。因为他来泰州上任半年多了，一直希望他能听取汇报并来视察一下，了解情况、认识人头，给大家提提要求，鼓鼓劲。

一天上午，那位领导的秘书打来电话，说领导定于次日下午过来调研。我表示感谢，同时请他向领导汇报一个特殊情况，看能不能调整一下时间。

一个月前，市政协陈克勤主席和我联系，请我给政协的同志做个讲座，讲一讲泰州文化。我说我离开文化局长的岗位已经几年了，这个讲座由现任局长陈士宏同志来做更合适。主席接受了我的建议，确定由我和士宏局长各讲一部分。上半部分我负责，讲泰州的历史文化；下半部分士宏负责，讲泰州文化的现状和发展规划。有关事项落实后，政协办公室发出了书面通知。

偏巧那位领导来调研的时间与政协讲座的时间在同一天的下午两点。那位秘书稍后又来电话，问政协讲座的具体时间安排，我说我是下午 2 点到 4 点，陈士宏局长是 4 点到 6 点。他说你跟政协说一下，由陈局长先讲，这样就没有问题了。因为领导到你们那儿时间不会长，肯定不会超过两个小时。

我当即向克勤主席电话汇报，他很理解，笑哈哈地说，我们调整一下。

那位领导一行下午 2 点准时到达，先看，再听，最后讲话。我们领导班子全体成员、两报编委及各部门负责人都参加了。我的汇报比较充分，既有书面的《情况汇报》及《泰州日报社简况》，又就正进行中的舆论宣传、大型文化活动等具体事项做了请示，并由有关同志做了补充。那位领导谈笑风生，不时脱稿即兴发挥，会议室内气氛融洽，欢声笑语。

3 点 50 分，我收到市政协陈骏骠副主席的短信，问我出发了没有。我说马上就出发。他回信说士宏局长已讲结束，我们等你。过了几分钟，手机振动，是他的电话。我不能不出发了。因那位领导还在讲话，我向他的秘书指指手表示意，起身离席，一出门就三步并作两步地奔向了电梯间……

这就是这件事情的全部过程。

后来，我听到一些传言。有的说，那位领导很生气，他跟人说，我为官这么多年，待过不少单位、跑过不少地方，到泰州时间也不短了，这种情况是第一次遇见。有的说，那位领导第一次去他单位视察，他竟然不等领导把话讲完就拂袖而去，狂得没边了。有的说，这种情况确实少见，必有深层次原因。等等。

我觉得这些传言都不可信。因为我向领导秘书所说的特殊情况，他不可能不向领导汇报，那么领导就不可能生这么大的气。再退一万步，就算秘书竟然未向领导汇报，领导最简单的途径也是先问秘书一声，或者直接叫我过去说明情况，不就"天下无贼"了吗？

　　还有，就在领导视察的那天下午，我已安排几位同志根据录音将领导讲话整理成文字稿，当晚我从政协回到报社后，又起草了报社党委关于组织干部职工学习贯彻领导讲话的通知。两天后，刊有这两份文件资料的报社内刊《新闻立交》已分发到报社各支部、单位、部门，并送呈市领导机关及有关部门。这也说明了我对领导视察的重视吧？

　　有朋友不以为然，劝我去向那位领导做个解释。我说没有必要，我正事还忙不过来呢。朋友当头棒喝："什么是正事？有比领导更大的正事吗？告诉你社长先生，领导这头忙不好，你再忙也没用！"

　　我也光了火："你们的这些官场学问我很厌恶！"

　　几年后，一位在那位领导身边工作过的朋友问起这件事，很惊讶。说他们当时就没听说有政协这回事，只知道领导正在讲话，你竟然麻木不仁，招呼不打就拂袖而去。他又开导我说："听了你说的情况，确实看不出你有什么错。但是你没有错并不等于你不错，更不等于你对。"

　　我说你绕口令似的，我不明白。他说你还不明白啊，我再问你一句："是那位领导重要还是政协重要？"

　　我说这不是哪个重要的问题，而是先来后到的问题。政协早就发了通知了。那位领导来调研则是即时决定，并非无法调整。而且我认为对政协这些"无权无势"的老领导老同志尤其应该尊重、守信，这是我做人的原则。何况我还是服从了那位领导，按照他秘书提出的方案，跟政协主席汇报的。政协也是服从那位领导，把议程调整过来的。

　　朋友叹了口气，不谈了，事情已经过去了，不谈了。

2020 年

多事之秋

2009 年 10 月，中央有关部门对即将在第 10 个中国记者节表彰的"全国优秀新闻工作者"进行公示，我的名字忝列江苏省四位入选者之中。数日后部领导告诉我，中央有关部门收到了关于我的人民来信，省委宣传部要求泰州市委宣传部就人民来信所反映的问题予以查核并书面回复。

我对领导说了三点：一、强烈要求组织上进行调查核实。二、我可以肯定这又是一封匿名信。三、部里这次推荐我的缘由我明白，我很感谢。但我只知道是推荐的省内先进，从来没想过全国先进。现在公示出来了，影响涉及全国新闻界，希望组织上对我负责。

领导说，你能当选"全国优秀新闻工作者"不仅是你个人的光荣，也是我们泰州的光荣。报社的情况我们都了解，我收到的这类来信也不少，有关部门以前调查、审计的情况我都知道，组织上当然会对你负责，你放心吧！

有同志建议我跑一趟省或中央宣传部汇报一下，当面沟通的效果肯定不一样。我说莫须有的东西无须在意，因为事实只有一个。我这个人有一个颇为自得的地方，就是从不为自己的职务、荣誉向组织上开口，更不用说去跑了。再说眼下距我退二线的时间不足半年，我不可能在这最后时刻破了这个例。我相信组织上会对我负责。

怎么也没有想到，正式表彰的名单中我被取消了。

我了解到，原因是泰州方面没有按要求出具书面回复。一时间我非常愤慨，当即给领导写了一封言辞激烈的"抗议书"。领导解释说，由于省里没有再催，我们以为不需要了。

奇怪的是，在"全国先进"被取消的同时，我依然被表彰为"全省优秀新闻工作者"。有同志开导我，能获得"全省先进"也很不容易啊，这本身就是对你的肯定。我不以为然，说这不符合最基本的逻辑，如果有理由取消我的"全国先进"，那么同样的理由也应该取消我的"全省先进"。当然事已至此，已经没有任何余地了。

我一如既往地投入到工作之中，尽可能把这一突如其来的不愉快抛开。三个月后，我的新闻评论集《过犹不及》出版面世，序言系时任江苏省新闻工作者协会主席周世康同志所写。此时我已离开报社回到宣传部，我将这本书视为一个新闻工作者的业务回顾和离职宣言。

市委宣传部推荐我参评"全省优秀新闻工作者"的缘由，应该与我即将退二线有关。因为市里、部里每年分配给报社的各种先进名额，我都推荐了别的同志，就我而言这是最后一次机会。而我这次之所以没有拒绝，主要原因是我的专业职称问题。虽说按照我的工龄和职龄，一纸职称证书并没有多少实际意义。2007年我向市委组织部提出申报正高职称的申请，组织部分管领导也是这样劝导我的，还拿起计算器给我算起了账。可我还就看重职称的"非实际意义"。

根据我的情况，有关同志建议我先申报政工系列的"正高"，因为我从事宣传工作已逾30年，政工"副高"是1992年评上的，至2007年已达15年，远远超过了申报"正高"的年限，比较有把握。于是我从市委组织部批准的 2007 年开始申报，可连续两年都未得通过，据说原因之一是我没有获得过个人先进。

清楚我情况的一位领导为此专门写了一份《情况说明》："我在泰州任常委宣传部长期间，与陈社同志共事 5 年，对他的工作是满意的。2004 年 7 月省委表彰一批优秀党务工作者，市委安排给宣传部领导班子一个名额。对照条件，陈社同志是最适合的，但他主动把这一荣誉让给排名在后但年龄大的另一位副部长，其精神和风格可嘉。由于我调回省文明办工作，原本想找机会弥补的愿望未能实现，至今引以为憾。陈社同志实际上担着常务副部长的担子，同时兼任文联主席，兼任过文化局长，后来是泰州日报社党委书记、社长，对待工作尽心尽力，对待荣誉礼让同事、部属，从不上报自己为先进。我想组织上一定会充分考虑到这一情况的。"可惜这份《情况说明》还是没起作用，因为这毕竟只是"说明"，而其他申报人员的材料中，国家级、省部级的烫金证书多的是，莫斯科不相信眼泪。

这才有了本文开头的情况。由此我决定，永远不再申报那个"狗眼看人低"的政工职称了。隔了一年，再回过头来申报新闻记者和文学创作两个专业，这两类职称有个好处，它主要看你的作品，并不把获得过多少先进以及这些先进的等级作为必备条件。尤其文学创作类的政策最得人心，重在作品，哪怕你没有单位，没有工作，是个生活不能自理的残疾人，或者是种了一辈子庄稼的老农民，只要有作品，都行。由此，我便成了这一政策的得益者。

还有一个情况需要说一下。那封"人民来信"除了列举了我的种种"罪行"外，还说我这个先进是送礼送出来的。有领导告诉我这个情况后，我说了"不可能"三个字。许多人都知道，我去报社后即停掉了购买礼品、宴请的开支，包括过年过节例行送给有关方面、有关领导的一点烟酒全部叫停，这在当时那种社会风气下非常不合时宜。可这就是当时的实际情况，是本单位许多同志都知道的事实。所以说我为个人荣誉而去给谁送礼，不可能。我坚定地相信事实，坚定地相信组织，相信只要稍作查核便可一清二楚。

其实"不可能"后面还有三个字我没有说，就是"不需要"。何为"不需要"？因为对照"全省优秀新闻工作者"的条件，我是符合的。而市委宣传部的推荐理由也写得极好，对基本事实的概括提炼准确到位，说服力很强。加上负责这件事的省委宣传部、省新闻工作者协会的各位领导及不少专家都对我比较了解，所以不需要——实际上我并不知道评委是哪些人以及什么时间召开评审会，没有打听过。也就是在我完全不知道的情况下，评审会把我和另三位同志评选上去了——说句笑话，如果需要的话，这些领导、专家就是白当的了，我在宣传口摸爬滚打的几十年也是白干的了。

当然我也回想了我"送礼"的往事。接待外地客人，往往会送一点泰州土特产。去南京参加省政协会议，有时会带一点泰兴白果给同组的文艺界朋友。其中有一次属于专程外出，在 2009 年夏天，由于享受文化产业政策扶持的名单中没有我们报社的印务公司，根据市文化局分管局长曹学赋同志指点，我们带着印务公司的同志去了省委宣传部和省新闻出版局。同行的有报社分管印务的纪委书记、分管出版的副社长以及相关部门的负责人，印务公司带了一些香烟及地产酒等礼物备用，这是当时企业求人办事的惯例——该公司属于改制后的股份制企业，他们维护客户和相关管理部门的一些做法毋庸向报社请示，报社也不作干预。

那次事情办得很顺利，省委宣传部文化产业处两位处长听取了我们的汇报，看了我们带去的《申请报告》后，当即把《申报表》等一套资料发给了我们。省委宣传部分管部长坚持留我们吃了饭再走，并安排产业处、改革办两个相关部门负责同志作陪……若要说我去省里"送礼"，就是这一次了，我们一行七人从报社大院出发也有目共睹。如果"人民来信"就是说的这件事，是出于想象力丰富，还是故意移花接木？我已懒得去想了。

再说一句，如果我是为了自己的事情去送礼，完全可以悄悄进行，于人于己皆然。这方面的"经验"我还是听说过一些的，根本没有必要如此兴师动众，七八个人在职工眼皮底下"轰轰烈烈"地开拔，有病啊？

这还没有结束，2010年，我申报新闻正高职称的材料上报不久，"人民来信"又到了省委宣传部。不过这封信没有影响到结果——我被评审为"高级记者"，时为泰州仅有——信的内容可想而知，我也懒得去问了。

一次，一位相处多年的老同事和我闲聊，又说到了单位匿名信比较多的现象。我告诉他，信访局张云泉局长曾告诉我，多年来泰州正处级干部中人民来信很少的，为数不多，我是其中之一，没想到去报社后情况变了。老同事说，说到底还是个利益问题，江湖险恶啊！我说早就有人告诫过我，知人知面不知心，要学会保护自己，没必要什么都公开，尤其要尽可能不树敌，否则就把这个"敌"弄服帖了。我对他说，我不相信这个，我也宁可不相信写信人的背后还有人，我相信人心换人心。其实报社的事情大家都清楚，我都是对事不对人，多数干部职工都是认可的。即便有的事有的同志有意见，我也是推心置腹，诚心诚意以善待之。再说市委对我每年一度的民意测评，审计局对我的几次审计结论，也能说明一点问题吧？没想到有的同事竟会这样，而且这样的事不仅是针对我一个人，也不是单单针对领导层，谁要提拔到重要岗位了，即将遇上什么好事了，马上"人民来信"一堆。

老同事笑着说，我比较注意跟有的同志搞好关系，所以这几年一封"人民来信"也没有。我当即直言相向：你认为这就是你的成功之处吗？我不这样认为。

　　十年过去了，所有的理解与不理解、愉快与不愉快都已远去……我想起了我的旧作《不如简单》中的一句话：让岁月的长河静静流过吧，回头再看，已不见了昔日的波澜。

2020 年

辑四　人生如歌

　　曾经有朋友问我，那个时候的五条巷已经很破旧了，你怎么把它写得这么美的？我说，破旧也是一种存在，它的美并未消亡，甚至破旧也自有其美。况且我写了生于斯长于斯的居民，写了他们在巷里巷外的活动，五条巷因了人的存在和他们有声有色的活动更有了独特的韵味。

　　　　　　　　　　——《一本关于泰州人和泰州城的书》

买书四十年

前天去新华书店闲逛，见其部分门面已出租给某保险机构，颇为惋惜。所幸剩下的部分还有不少，书籍依然很多，足够我左挑右拣了。

几番筛选，买了11本。性价比最高的是《老舍文集》的《中短篇小说》，选入先生历年作品47篇，48万字，700多页，超厚的一本，39.80元。价格较高的是《帘卷芜城》，31万字，500多页，58元。但内容丰富，且硬面精装、装帧典雅，乃扬州文化学者韦明铧先生写扬州的又一本书，不忍弃之。老伴说："58块钱到菜场一眨眼就没了，书却不会消失，你还心疼啊?"我乐坏了："对对对，你说到我心里去了!"

四十年前买书的情况就大不一样了。

那时"文革"刚结束，出版业迎来了春天，中外名著的书讯纷至沓来，却供不应求。不少部门、单位的图书室都在扩充，凭着介绍信取得了优先待遇，许多书还没上架就被买走了。

经人指点，我找到了新华书店的书库，在下河轮船码头西侧一条偏僻的巷子里。书库里设有该店的流动股，股长、股员每人一间办公室，里面全是书，有装在书架上的，有堆在地上的，还有挑好打了包的。不仅书多，人也多，都是来买书的。每次都能遇到不少熟人，也无暇聊天，基本上招呼一声就各忙各的了。

流动股负责派送各单位要的书，便有了调配权。我因为经常去，很快就与他们熟了，老周、老徐、大王、小杨、小李等一个不落。他们有时也会把藏在柜子里的紧俏书拿给我一本，还能提前告知哪一天会有新书上架。

他们按城区的几个片分工，我属于小李管的那个片，麻烦他最多，在他手上买到的文学名著有几十本，一直想感谢他。一次听说他酷爱集邮，我就把仅有的一本集邮册送过去，任他挑——册子里的邮票不多，多数是些旧的纪念邮票。还有一些"文革"票，是当年与人通信从信封上剪下的。我惭愧地跟他打招呼，对邮票数量、质量方面的不尽如人意请他包涵——小李很大度，没有一点嫌弃的意思。依然把好书留给我，依然及时向我透露一些信息。

有一次他告诉我，店里来了《红与黑》，数量很少，控制在经理手上，没有相当关系弄不到。我便去找了我的一位老领导，他当时是商业局局长。我想商业局管商业，新华书店也是商业，应该有用。果然，书很快就买来了，是上海译文出版社 1979 年 4 月的版本，繁体竖排，44 万字，684 页，1.95 元。书的封面设计尤见匠心，就红和黑两个色彩，中间留白了三个大字："红与黑"。我爱不释手，再去书库的时候，首先向小李报喜、道谢。

我之所以费这么大的劲去买书，其实还有一个重要原因：赎罪。

"文革"中，父亲的抚恤金被取消，母亲的工资被扣发，妹妹正患着不治之症，生活成了问题。父亲留下的书刊常常被用来救急，那真是件难以名状的苦役！拿起这本，翻翻，舍不得，放下了；再拿起那本，翻翻，舍不得，又放下了。如此翻来覆去，才能凑足一竹篮，提着，蹒跚着出了门，送葬似的。就这样，一个月总得卖上两三趟，《人民文学》《译文》《文艺报》都成了附近酱菜店的包装纸，不时回到我们家的饭桌上，沾满了酱菜的色渍，而父亲红蓝铅笔留下的各种记号和批注依稀可辨。看到这些，饭桌上的气氛便凝重起来，甜脆的酱菜也变得苦涩无比而难以下咽……

后来，父亲的挚友耿庸伯伯告诉我，他们也卖过自己的书的。在抗战时期的重庆，他们因从中华书局辞职而失业，一时生活无着，不得不忍痛卖去最心爱的书籍，买回羌饼充饥。他始终记得我父亲拿起这本翻翻放下，再拿起那本翻翻又放下的痛苦神情和提着书捆出门时的沉重步履——两代人遭遇的相似使我震惊，使我清醒。是的，这不是我们的罪过。

靠熟人关系买书的情况也就持续了四五年，接下来的日子就省事多了，图书产量越来越大，买书渠道越来越多，很快从卖方市场变成了买方市场。书库去得少了，转向门市部。每出差外地，一些专业书店、民营书店也成了我的驻足之处。住宿的旅馆往往辟有售书点，会余饭后常去转转，很少空手而回。

女儿买书则多在网上，我曾向她推荐过一本新书，过了两天发信问她买到没有，她回了三个字："看过了。"有次在她家，我说曾在南京买过李洁非写的《典型文坛》，非常好。可他接着出的《典型文案》和《解读延安》在泰州买不到。她笑了起来，边吃午饭边用手机为我下了单，七折，免运费，下午快递就送来了。见我对快递员千恩万谢的样子，她又笑了，说看你大惊小怪的，北京都是当天送达，到泰州隔一天也能到了。我看你以后买书也上网吧，很方便的。

从此我便成了网上书店的顾客，确实既方便又便宜，而且可以货比三家。今年3月，同学给我发来推荐《南渡北归》的微信链接，作家岳南的新著，200万字，厚厚三大本，标价195元，微信直销128元。正准备认购，又顺手点开手机上的"当当网"

搜了一下，选中 97.50 元的一家下了单。前不久我又点开微信看，直销价已是 158 元。再看网上书店，100 元以下的也已绝迹。说明这套书确实好，买的人多，而微信的影响力也功不可没。

图书购销多元化对实体书店的冲击已成趋势，却又难以完全取代。在我，依然还会去书店逛逛，我喜欢在一排排书架间细细翻、慢慢挑的从容，喜欢在书架旁随意地坐下来，读上几页，再决定取舍的自由，这种感觉真的很棒！

2018 年"纪念改革开放四十周年"征文

1978，我批评开后门

1978 年 5 月 19 日，《新华日报》第 3 版的《读者论坛》栏目发表了我的一篇杂文，这是一篇指名道姓的批评文章。

之所以写这篇文章，纯属有感而发。

那时候公共浴室条件不好，却天天人满为患。由于住房条件差，夏天还能在家里凑合，其他的大部分日子只能赶到公共浴室去扎堆，洗澡开后门的现象也就屡见不鲜了。

一个星期天的中午，我去附近的一家浴室洗澡。照例挤在浴室紧闭的大门外等候到点开门，进得门后照例见到了不少已从后门进入的"特殊浴客"……洗完澡回到家，我一口气写下了题为《从列宁排队理发想起的》的批评文章，抱着试一试的心态——"四人帮"已被粉碎，党报对这类文章或许可以开禁了——寄往了《新华日报》编辑室。

文章从革命领袖到理发店排队理发的故事说起，批评了这家浴室的开后门现象。文中写道："我家离泰州健康浴室不远，每天中午 1 时之前（浴室一时开门营业）都可以看到不少顾客守候在浴室大门外。浴室大门的开启时间是很准的，只有当广播对时的最后一声响过之后，才有人来开门。可是，当第一批顾客蜂拥而进的时候，发现浴室里已经是'人物济济'了。这里，有'红光满面'的主任，有'热气腾腾'的科长，有浴后入梦、鼾声大作的'叔伯哥哥'，也有正在细品二道茶的'堂房舅舅'……顾客们都很诧异，一点钟之前那浴室大门关得铁桶一般，这些人是从何而入的呢？他们不知道，浴室的后边是个小巷子，巷子里头有扇后门，这些人就是从后门提前进来的。"

老实说，我对这篇文章能在《新华日报》发表的期望并不大。因为当时媒体正在大力宣传"抓纲治国"的成就，我这篇批评开后门的杂文是否不合时宜呢？

没想到几天后的 5 月 20 日，同事打电话告诉我："你有一篇文章在《新华日报》上发表了！"真是喜出望外！我连忙找来报纸：《"特殊浴客"从何而降?》，醒目的标题极富冲击力地扑向我的眼帘。标题改得太妙了，起到了画龙点睛的效果，杂文的味儿也更浓了。再细看，除了末尾一小段被删掉外，基本未作其他改动。文末还配了一则"编者的话"，其中写道："编完了《'特殊浴客'从何而降?》，又联想到一系列的'特殊'：'特殊旅客''特殊顾客''特殊病员'……有这样的长途汽车站，也定了制度，并且叫人排队依次上车，可是待到旅客上车一看，前面几排已为'特殊旅客'所占；有这样的菜场，时新货一到，外面排成一条龙，里面拣得闹哄哄，原来是'特殊顾客'又光顾了。诸如此类，在某些人看来，似乎无关宏旨。但是，想一想列宁为什么排队理发，道理是不讲自明的。不特殊是共产党人、革命干部的特殊品质，报刊上已介绍不少，为什么有些人对此就无动于衷、我行我素呢？"

文章及编者的话在泰州引起了不小的反响。文中所说的健康浴室的主管部门泰州市商业局党委专门发出了《关于立即组织讨论〈"特殊浴客"从何而降?〉一文的通知》，要求本系统职工正确对待批评，联系本单位、本部门的实际对照检查、开展讨论，还研究制定了有关整改措施。对此，《新华日报》又进行了题为

《举一反三　吸取教益》的跟踪报道。

　　据时任泰州市委宣传部通讯报道科科长的汤顺培同志介绍，这篇文章及编者的话在省内也引起了反响。在省里的通讯报道工作会议上，与会者对新华日报刊登这篇指名道姓的批评文章予以充分肯定，认为这是一个信号，是粉碎"四人帮"之后党报显现出来的一种新气象，其意义已超出了这篇文章本身。

　　或许就从这篇文章开始，我每有感，都会写下一点文字。偶尔也会选两篇投给《新华日报》一试。奇怪的是，无论《新华日报》发了我的什么文章，不少人津津乐道的还是这篇老掉了牙的"特殊浴客"。以至于多年之后还有熟人和我打趣："你文章中写的'红光满面'的主任、'热气腾腾'的科长是谁啊？""那个浴室以及其他地方的后门被堵住了吗？"

2017年"我与新华日报"征文

儿时乒乓

印象中，小学低年级的时候还没有什么特别的体育爱好，就是上上体育课而已。后来回想，那时正值所谓"三年自然灾害"时期，许多同学吃不饱，面黄肌瘦的，肯定影响了对体育的爱好。高年级的时候条件好了些，学校的体育氛围也浓了些。特别是乒乓球运动的全面普及，那叫"忽如一夜春风来，千树万树梨花开"，连毛主席都带头拿起球拍了。

不经意间，校园里忽然冒出了若干个乒乓球台——露天，水泥砌的，比标准的球台小许多，桌面很不平滑。即便如此，球台周边常常围满了人，排着队等着上阵的一个接一个。同学们的球拍多数是家长或自己做的，也简单，找块木板，锯成球拍的形状，讲究的再弄块塑胶涂上胶水粘上去，手柄处则缠上布条贴上胶布。拿在手中，立即有了运动员的感觉。只有少数几个同学拥有店里卖的那种正规球拍，那个神气啊，比考了100分还要威武，总是前呼后拥的，若肯借给你打一局，就是天大的交情了。

我们学校最风光的一次，是庄则栋、李富荣、张燮林等乒乓名将来作表演。大礼堂挤得水泄不通，随着那只小球着了魔似的穿梭跳跃，惊叹声、欢呼声经久不息……一时间，全校上下都以会打乒乓球为荣，不会打乒乓球为耻。语文老师曾布置过一篇谈理想的作文，多半同学都激情满怀地写上了："学习庄则栋叔叔，为伟大祖国争光!"

我当然也在潮流之中,经常去学校的水泥球台旁排队,星期天则约上两三个同学,钻进我母亲单位的会议室兼乒乓室举行循环赛,每次都是汗流浃背、筋疲力尽,兴趣却越来越浓,感觉自己与庄则栋叔叔的距离已有所缩小。终于在学校的一次比赛中被人看中,让我去市体育场参加训练。

训练了不到两天,通知部分球员加入市集训队,没有我。很是失落,想想又在情理之中,因为我确实属于比较差的一个。参加训练的同学中,我们城东小学的就有好几位,多数是人民医院的职工子女。据说医院不止一个乒乓室,条件都不错,而他们其中某位的父亲或母亲就是管这一块的,任由孩子们使用。所以他们每天都在一起训练好几个小时,汗水里终于泡出了真功夫。而且他们个个天资聪慧,会动脑子,拼劲十足,一派"小庄则栋""小张燮林"的势头。我与他们对阵,总是找不到状态,不仅不是商化忠、于世昌等男同学的对手,连张蔓菁、蔡明等女同学都打不过,每每手忙脚乱,只剩下捡球的份儿。

灰溜溜地正准备走,被泰州著名乒乓球裁判员高铭叔叔叫住了。说他们商量过了,要我跟在他们后面当裁判。我有点惊讶,未及思索就一口答应了。高叔叔是我母亲老家的邻居,见过我几次。我对他印象很深,都是在赛场上,他浓眉大眼,目光如炬,嗓门特别洪亮,标准的大裁判范儿,据说他在泰州的乒乓球裁判中是级别最高的一位,所以经常担任重要比赛的裁判长。忽然要跟在他后面学徒,意外的"改行"稍稍冲淡了一点被淘汰的遗憾。

接下来就学着当裁判了。老实说,这一行入门不难,关键是要懂乒乓、熟悉竞赛规则,并不需要老师太多的教授,而重在看和练。看,就是看老师怎么当裁判,多看、多体会,有了问题及时请教。练，就是实战训练，坐上赛场内的裁判座椅，正儿八经地当起裁判来，然后请老师评判、指导。经过几次小型比赛的锻炼，老师基本认可了。

记得较大的一次场面，是在兴化的扬州地区少年乒乓球比赛，我小小年纪竟然出差到外地去当裁判，十分兴奋。不料整个比赛只用了我一次，而且是在最初的预赛阶段，后来就没我的戏了。我很有点儿不服气，觉得我裁判当得挺好啊，不仅没有犯误判之类的错误，而且动作准确，声音响亮，怎么就不用我的呢?

原来这类比赛的裁判员要有一定的级别，我这个"级"外的孩子没有资格。之所以带上我，纯粹是让我来学习、见世面的。这才明白，我不仅当运动员差了一大截，当裁判员也差了一大截。

2017 年

我的体育爱好

上小学的时候，打了两三年乒乓球，算是爱好上了，花在上面不少时间，成为班上打得比较好的一个，平时赢多输少，尤其动作像模像样，自我感觉良好，只是关键时刻差强人意，每每功亏一篑。

还下过一阵子围棋，因为家里有这玩意儿，是父亲留下的。母亲说，你父亲年轻的时候琴棋书画都有一手，譬如围棋，他解放初就得过市里的什么冠军呢！这么说来，我就没有理由不来它一手了。恰巧我因肝肿大休学一年，有的是时间。可惜父亲去世了，没人请教。便去街上的棋室转悠，看人家怎么下，知道个大概后，跃跃欲试。那时候一点不知道还有棋书、棋谱这回事，只记住了别人的一点套路，就瞎闯开了。开始全输，渐渐地也能赢上几盘，兴趣大增。输了还想再来，赢了也想再来，锲而不舍。

一年后休学结束。回到学校不久，有一次老师问班上同学谁会下围棋。见无人举手，我只好豁出去了，总不能让老师失望吧？原来市里将举办小学生围棋比赛，地点就在我们城东小学，要求各学校选拔选手参加。不知什么原因，没经过选拔就通知我上阵了。

那是个星期天的上午，赛场就在我们五年级的几间教室里。第一轮我很轻松地赢了。第二轮换了个地方换了个对手，一开始也挺轻松，可就是赢不了。这位对手的年龄显得比我大，下棋像个成人，每一子都得想好久，轻易不肯落下。我烦透了，又不能催，只好陪着他干耗。结果其他比赛全结束了，只剩下我们这盘没有下完的棋。别处的裁判都跑来围到我们身边观战，指指点点、窃窃私语。我就着急，真不该拖这么长时间，耽误老师们回家吃饭了。可对手仍然无动于衷，还是在那儿慢慢想……这盘棋一直下到中午十二点半才结束，我输了。对手后来进入了决赛，得了第二名，我一点都不稀罕。

上初中的时候，我们一帮同学迷上了足球，通常下午第二节课的下课铃声一响，第一件事就是冲到体育室的窗口借来足球，接着开始鏖战，个个踢得泥猴儿一般。后来嫌借球费事，几个同学凑钱买了一只新的，打了个网兜轮流掌管，天天背着招摇过市。随着个头的长高，我们又打了一阵子篮球。不久"文革"爆发，学校已非学校，足球、篮球也与我们渐行渐远了。

这之后游泳的次数便多了起来。说到游泳，趣事更多。我们几个初学的时候都瞒着家里，怕家长不肯。而且即便哪位家长恩准，还得等他或她有时间陪同，家长们又不可能像我们这样集体行动，可行性近于零。所以我们都是偷偷去，先是在东城河南端，水浅。后来转移到西岸，安静。游泳真是太好学了，我们基本上都是一次通过，区别在于有的人呛的水多些，有的人少些。

唯一的问题是不能让家里发现。那时候家长们不怎么有空管我们，对我们的行踪也过问不多。我们便有了对策：回家前把短裤晒干就不会露馅了。每次在水中尽兴之后，都在岸边一字排开，反复俯、仰，接受阳光蒸烤，然后神色镇定地打道回府。也曾有过两次图省事，脱掉裤头尝试裸泳，没料想一对男女大白天跑到河边来谈恋爱，弄得我们泡在水里上不了岸。

有一天母亲问我："你这几天脸上、膀子上怎么晒得这么红的!"我说:"故意晒的,皮肤太白,别的班上的同学笑话我,给我起了个'秀才'的绰号,说我不是劳动人民。"母亲忍俊不禁,以后就不再问了。还有一次母亲洗衣服时问我:"你裤子上怎么换了一块补丁?"这回我已想好了答辞:"踢足球摔了个跟头,把裤子撑破了。""换补丁怎么把里面一层也剪掉的?""剪错了,应该不剪的。"母亲又不再问了。

其实那次还是因为游泳,是个阴天,短裤干不了,只好湿漉漉地套上长裤奔回家,长裤又湿了。赶紧拿到煤炉上烤,结果烤焦了,只好两层一起剪掉,换了一块补丁——那时不少同学的新衣服在穿之前,都会在膝、肘、臀等处提前缝上补丁,这样衣服就比较耐穿,等到补丁磨破了的时候,补丁里面还好好的。街上一些缝纫店也专门设立了这种业务——于是就有了一种现今看不到的奇观:一件旧了的衣服,几个打过补丁的地方还像新的。

游泳是我坚持时间最长的一个爱好,除了插队停了几年外,算得上东城河的常客了。特别在交通系统的那十年,每年初夏到初秋,几乎每天必去。下班后先回家吃半碗泡饭,然后直奔邑庙街,再直奔河边,由西岸往东岸,一口气游十个来回,再坐在岸上等着身上出汗……这样的时候,天已黑了下来,河面、河岸已复归静寂,我常仰面朝天,看好长时间的月亮。

再往后,有了孩子,工作也忙了些,东城河去得越来越少了。游泳,终于成了我体育爱好中的又一个断片。

2017 年

我的摄影简历

读初中的时候喜欢上了摄影，一旦借到照相机，几个同学立即宝贝似的护着，奔到泰山公园过瘾。晚上则一起钻进同学毛敏家临时遮挡成的"暗房"里冲洗。毛敏是家里老大，全家唤其"大毛"，老二毛捷、老三毛跃就是"二毛""三毛"了。二毛讨喜，也想跟着我们过把瘾，当即被大毛喝退。调皮的三毛便不抱幻想，专门与大毛捣蛋，我们每钻进"暗房"，他必在外面拍门敲窗，弄得大毛心神不定，药水都调错了。

我们都是初学者，借来的照相机又没有一次不出故障，还常为各类技术问题争论不休，尤其刘晓苏和毛敏每每各执一词，思想很难统一，加上我们都是一副营养不良的傻小子模样，综合各种因素，最终鼓捣出来的作品多数惨不忍睹。随着我们插队的插队、当兵的当兵、进厂的进厂，这段经历遂成历史。

这段经历大约也潜在地影响了我们。若干年后，刘晓苏、毛敏已成了电视台的摄像、导演，跟在他们后面追着喊"老师"的年轻记者一茬儿接着一茬儿。我本来就处于边缘地带，不敢涉足电视之类的高端技术和艺术，便重新"边缘化"地拿起了相机。因为历史教训深刻，我很少拍人像，尤其不愿意再留下自己的傻样子。每次带着相机出行，重点都在风景。多年下来，积累下了若干胶卷，先是黑白，接着彩色。用上数码相机后，电脑里堆得到处都是，经常被警告"内存空间不足"，又舍不得删除，总想等有时间好好整理一下，挑选几十张，配上文字说明，编成一本小册子，用以留给孩子及孩子的孩子，让他们看看祖先曾经的足迹和那时的风景。

人像也做不到绝对不拍，有的时候是非拍不可的。譬如陪家人出游，"御用摄影师"必须当。我退下来后，有一天老母亲忽然对我说："'上有天堂下有苏杭'，我苏州、杭州都没去过啊!"我便非常自责，先送她去苏州我姑姑、婶婶家，由她们几个老姊妹相聚、游玩了几天。第二年又陪她去了一趟浙江，游了西湖和乌镇，全程担任导游和专职摄影师。母亲特别开心，回来后就催我去洗几张回来，我把电脑放到她前，说你先看这上面的吧，等我有空了再选一下送去印，结果一直拖到如今。给外孙拍照也属我的重要职责，对着他"咔嚓"个不停，自认为佳作累累。老伴为此经常表扬我，同时提醒："主要是孩子神态可爱，被你抓拍到了。"比较难操作的是为老伴照相，因为每拍一张她都要进行质量检验，不满意必得重来。于是我就不停地叫好，绘声绘色地解释好在哪里，她就不再过于坚持，然后我就跑得远远地去拍风景了。

这几年手机摄影大为普及，而且随着手机质量及其像素的飞速提升，"菜鸟"们都舍弃了相机，连老伴都认为她用手机拍的已超过我的相机了。有两次我在什么地方掏出"傻瓜"相机取景，旁边的人竟像发现了"老八路"似的。也罢，置身全民摄影的时代，我的摄影该退出历史舞台了。

只有前年的一件事让我兴奋了一下。初中同窗去母校搞"同学50周年"聚会，拍了好多照片，尤其毛敏带来了他的徒弟及高端设备，确保了重要场景图片的科技含量和艺术水准。"同学会"秘书长李社建便要求每个同学再选一两张初中时的照片上报，由毛敏负责把新旧照片编辑在一起，然后统一交给同学微信群的群主李黎明，由她晒到群里。我傻眼了，本以为那些傻样子的照片没有保留价值，早就不知扔到哪里去了——想不到毛敏竟然还保存着，他别有用心地把这几张照片抢先发到同学群里炫耀，几个傻小子一个比一个傻地傻愣着，真是太珍贵了！

2017 年

试验作坊

在船厂学徒的时候，学的是修理发动机等船用机械，锯、凿、锉之类的钳工技术是必备的基本功。由于经常和电工、木工、漆工、钣金工等其他工种在一条船上操作，看在眼里，多多少少记住了一些。便跃跃欲试，把家当成了试验作坊，一些简单的维修都是自己动手，虽说时常磕磕碰碰，还是给生活带来了不少便利和乐趣。

电工活儿干得最多，加个插座、换只开关、装盏电灯，乃至查故障、排线路什么的，都是自己来，愈战愈勇。漆工活儿也是常备不懈，门、窗、桌、凳等木器裂了缝、有了洞，先用油灰补平，再上漆出新，寻常事。母亲的一张大床，金属管组装的那种，因年代久远，银色的镀层早已剥落，锈迹斑斑。于是花了几个星期天，清垢、除锈、防锈漆打底、调和漆覆盖、清漆提光，一道工序不少，终于焕然一新。

祖父养了些花草，我便找来几块旧铁皮，叮叮当当敲了半天，做成一只喷水壶。不料灌满水一试，几处冒水，又叮叮当当敲了一阵，毛病还难以根治。只得借来火烙铁，蹲在煤球炉旁鼓捣了好久，把所有接缝都焊上了。然后用防锈漆里里外外漆了一遍，送到了老人的庭院。祖父祖母分外惊喜，直夸我巧。后来发现祖父还是拿着水舀子浇花，喷水壶却闲置在一旁。便问他原因，祖父说，这个壶的喷头眼儿大了，出水过猛，不怎么好用。祖母瞪了他一眼，笑眯眯地对我说，你爷爷是因为这个水壶是孙子做的，舍不得用。

我甚至还斗胆干过一次修钟的活儿。将一只坏了多年的闹钟拆开，又把一只好的闹钟打开，两相对比，反复研究。终于发现坏闹钟的两个不正常状态：一是发条存在不规则动作，二是有两处齿轮的转动态度消极，皆属动力障碍；便一一卸下，发条重在调理、恢复其张力，齿轮则主攻清除尘垢，感觉大有起色；再小心翼翼地装回原处，红色秒针竟"滴答滴答"地奋勇向前了，那个兴奋啊！可惜它虽跑得挺欢，却不准，一个小时下来已经慢了十几分钟。

最有成就感的是木工活儿。起初是给松动的小凳子加个楔子，抽屉上装只暗锁之类的小打小闹，接下来逐步进军制造业。看到商店里一种盒式底座的日光灯，镇流器、启辉器以及接线全部封闭在内，十分美观。当即回家找来两块木板做了一只，还用乳黄色的油漆加以美化，换到了餐桌上方，仰着头反复看，越看越觉得比店里卖的还要上档次。自信心陡增，书架、碗橱、小桌接二连三地隆重推出，屋里屋外都成了作坊。那时准岳母一行常来我家，对我的作品颇为欣赏，我心领神会，又把作坊搬到她们家，很快就推出了第二代产品。

我于木工，工具不好且不全，材料还能凑合，厂里每年都要分一两次，尤其春节前，把修船拆下的废木材分给职工回去蒸馒头。这些废木材质地很好，缺点是歪歪扭扭的不成形，而且破损多，满是螺栓留下的锈洞，得费不少事把它们处理成可用之材，方可进入生产一线。

有次到同学贾如正家玩，一下子被一张转椅吸引住了，扶手、椅背、椅座、椅脚皆为不同形状的弧形，一色的深红硬木，唯有转轴是一根金属螺杆，堪称完美组合——如正说这是他家的一件"古董"，用了好多年了——我头脑里立即显现出家里那些歪歪扭扭的废木材，暗下决心仿制一张，便看得特别仔细。回到家就画出了图纸，再用硬纸板做成各个组件的模板，然后按图索骥，到木头堆里选材。施工难度是前所未有的大，按大致尺寸下料后，先斧削、刨平，接着按模板锯成不同的弧形，再凿孔、做榫，几乎每一道工序都不容易。譬如锯，由于是弧形，只能用很窄的锯条，把不稳。又得选坚硬的木料，特别吃力。再如凿，还是由于弧形，没有一个榫头是方方正正、合规合矩的，榫孔难以凿准。总之，费了很多事，走了不少弯路，返工重来的情况是前所未有的多。断断续续忙了几个月，手上的创伤前赴后继，磨出的血泡成了老茧，才算大功告成。而且比贾如正家的那张"样板椅"有所创新，我做的坐垫可以翻转：一面塞入泡沫塑料、包上平绒，冬天不冷；另一面是光滑的纤维板，夏天不热。最后是漆工工序……当我坐上这张乳黄色的转椅，在书桌前悠悠地转来转去时，心中的那种得意劲儿，也是前所未有的。

不久，便有亲戚带来了在他家打家具的木工师傅，师傅围着我的转椅又是量、又是摸、又是写写画画地忙乎了一阵，然后回去依样画葫芦。结果四不像，看上去总是不对劲。我就认为，这样的"高端作品"不是谁都能做得出来的。而且他用的是买来的好木料，我可是"化腐朽为神奇"呢！

2017 年

邂逅明星

上小学时，最高级的娱乐是看电影，对电影明星就比较崇拜。曾得到一张巴掌大的图片，上面印着新中国电影"22大明星"的照片。我拿到班上炫耀，同学们争相抢着看，最终没了踪影。

幸好明星们的形象、姓名我已记住，他们是崔嵬、谢添、陈强、张平、于洋、于蓝、谢芳、赵丹、孙道临、白杨、张瑞芳、秦怡、上官云珠、王丹凤、祝希娟、李亚林、庞学勤、张圆、金迪、王心刚、田华、王晓棠（图片上的顺序）。每在银幕上看到他们，那张图片就会从脑海里跳出来，与之对应。

接下来的许多年，明星们多数落了难，银幕上见不到了。

再见他们的时候，已是拨乱反正的年代，《林家铺子》《青春之歌》《早春二月》等被批"臭"的影片得以重播，备感亲切的同时，想起了这些影片、这些明星被抹黑的一幕幕，如今影片仍在，而其中的不少演员已告别了这个世界。

2001年和2006年，我两次参加全国文代会，见到了各艺术门类的许多当红明星，也与仍健在的多位老影星不期而遇，颇多感慨。

记得2001年第七次全国文代会开幕式，我们江苏代表团与解放军代表团相邻而坐，恰巧我的座位在人行道左边第一个，解放军代表团一位小品明星在同一排右边第一个。他的周边则坐着多位歌唱明星。因离开会还有一段时间，连云港市文联主席魏琪便请我帮他拍与明星的合影，首先请出的是那位小品明星，闪光灯刚闪过，魏琪的位置上已换上另一位。小品明星一直笑哈哈地站在那儿，接受我们的"流水作业"。接下来是一位歌唱明星，前后一共请出了五六位，都微笑着予以配合。魏琪要我也走过去拍几张。我没动，我从不"追星"，不习惯这种场面。

开幕式中途休会时，明星们再次被代表们围住了。我走出会场找清静，忽然看到庞学勤老师，坐在远远一个角落的长椅上。我走过去问候他，他让我坐在他身边和我聊了起来。听说我是江苏的，老人乐呵呵地称我老乡——原来他是江苏滨海人，18岁进了解放军苏北军区文工团，新中国成立后任北京电影演员剧团演员，"文革"后任长春电影制片厂副厂长，后定居珠海，曾任市文化局长、市政府顾问。我说您演的《古刹钟声》《独立大队》《兵临城下》我都看过，你们22位大明星的照片我曾宝贝似的拿到学校去炫耀，结果被同学截留了，他哈哈大笑。这时于洋老师走了过来，我便请于老帮我拍了和庞老的合影，又请庞老帮我拍了和于老的合影。两位老人都伸出臂膀搂着我的肩，笑得十分灿烂。

此后，我便专门留意这些老艺术家。会议发给每位代表两只纪念封，一只我请江苏团的全体代表签了名，另一只就随身带着。那次北京饭店接待了好几个代表团，机会很多。但我坚持不进他们的房间或讨论室，不干扰他们的谈话或用餐。就这样，张瑞芳、于蓝、秦怡、田华、王晓棠、刘长瑜、闵惠芬、谢晋、乔羽、尚长荣、瞿弦和、王铁成、鲍国安等十多位老艺术家都给我签了名。五年后的第八次全国文代会，不仅于蓝、秦怡、田华、于洋、尚长荣等老师再次为我签名，又增加了周巍峙、李默然、刘诗昆、胡松华、杨伟光、吴贻弓、陈燮阳、翟俊杰、冯骥才等老师。

最值得记下一笔的有四位。一是粤剧艺术家红线女。我在电梯里和她巧遇，一直送她到房间门口，然后请她签名，我说上次文代会我也请您签过。她说了一声："谢谢您!"又加重语气："谢谢您请我签名!"二是电影艺术家田华。在京西宾馆院内一条小道上，她从对面走过来，我迎上去请她和我合影，她说："好啊!"又环顾四周："谁给我们拍?"恰巧一位服务员从楼内走了出来，老太太连连招手："小伙子，来帮帮忙!"这张照片拍得极好，老太太的满头银发真是美绝了。三是藏族歌唱家才旦卓玛。我在走廊里追上她，她问我："要签中文还是藏文?"我说："都要!"她便郑重地给我签了两个名字。四是配音演员乔榛。在餐厅，他坐到我对面向我点头致意。我问候他的身体。他说了手术、化疗情况，还摘下假发，让我看他的光头。签名时他笑着说："这么多前辈都签啦，我只敢签在边上了。"

我这个从不"追星"的人，这两次却破例"追"了起来，多半是出于一种"反其道而行之"的心情。

2017 年

十年健步走

"健步走"这个名称是学来的，我以前一直说"快步走"，后来服从了"官宣"。

其实我能算得上健步走的时间不是十年，而是二十年，从单位搬到凤凰东路新大楼那年开始。那些年我早晚上下班一般步行，从莲花二区到宣传部16分钟左右，到报社18分钟左右。时间太短，感到运动量不够，便常绕路而行，拐进人民公园走上一阵。公园里的那个小土坡是我早晨喜欢登临的佳处，坡虽不高，毕竟比在平路上费力些，又多走了一段，运动量有所增加。晚上从单位回来得晚，穿越公园出来，正是北大门外广场舞的高潮，我每每驻足，十分羡慕那些活力四射的舞者，自叹不如。

若设个里程、步数之类的门槛，我的健步走当从2009年算起。从一线退下来后，我也给自己定了个"小目标"，每天走一个小时，至今已第十个年头。无论高温37摄氏度，还是严寒零下7摄氏度，每晚必做这个功课，非特殊情况一天不落。并将"小目标"具体化为：1. 时间不少于一小时，必须连续走不中断；2. 路程不少于四公里，即某路段二十个来回以上；3. 时间和里程的要求都要达到。经过一段时间实验，感觉运动量大体适宜，譬如大热天，虽说汗衫短裤基本湿透，气温太高也是重要原因。而大冷天得跑到半个小时以上脚才发热，一个小时左右身上微微出汗，不到这个状态不行。因而日复一日坚持不懈，就这么走过来了。

变化发生在今年初夏。省作协安排我参加中国作协的疗养，在北戴河住了十天，空气绝佳，气候适宜，每天到处乱逛，健步走的时间加起来都在两个小时以上。适逢父亲节，女儿问我想要什么礼物，我说快步走时手机拿在手里不方便做动作，你送我一个可与手机关联的运动手表吧，记得你不止一个的——她是一个马拉松爱好者，国内、国外的"半马"长跑都参加过——女儿问，你要功能多的还是少的？少的，只要能计时、计步、计里程、测心率就行了，复杂的老人脑筋跟不上，用起来反而麻烦。隔了一天，顺丰快递送来了。

戴着这个手表在海滨大道上健步走的第一天，竟走了十二公里，接下来每天的记录都在十公里上下，并不觉得累，餐餐胃口大好，照样熬夜看世界杯。我便总结了几条体会：一是环境好，心情就好，劲头就足。二是手表即时显示各种数据，促进作用明显。三是在海滨商店买的一双休闲鞋，轻便舒适，走得轻松。

回家以后，我依照在海边的走法，对以前的方法作了调整。总目标不变，但将每天一次集中在晚上的运动量，分解为盛夏早晚两次、其他时节早中晚三次，时间随机而定。试行了几个月，自认为这种自由状态更适合我这种成天伏案的人。每天有几次外出沐浴阳光、休息眼睛、活动腿脚，可谓一举多得。设定的运动量虽不如海滨，比起过去还是有所增加，总里程保持在五公里左右，总时间常在七八十分钟，往往不经意间就达了标，这时候注意的已是适可而止了。

有朋友问我，你健步这么多年应该有效果吧？我说是的，譬如我的体重多年来没有变化，始终在七十公斤左右；又如颈椎，以前遵医嘱在屋里挂了个理疗托，早就用不上了；还有高血压，我 1998 年开始服用降压药，2015 年停掉了，直到如今没有再吃过一粒。如此等等，当然不能把功劳全算在健步走上，但它至少产生了积极作用。

前不久，健步走又给我带来了一个惊喜。手机上忽然跳出一个"微信运动"的链接，点击加入后，发现朋友圈里的亲友竟有五十多位在上面，这才知道我其实是个落后分子。更有趣的是"微信运动"上有个"步数排行榜"，即时发布大家所走的步数和排名。我每天晚上都会打开浏览一下，老同学夏鸣、老同事陈春鸣已多次以第一名的成绩雄踞封面，李廉祥、周桐淦、赵翼如、姜圣瑜、董勤、陆巧林等朋友也曾拔得头筹，想不到我七十六岁的小姑母陈宛静竟然也以 14850 步的成绩拿到了 11 月 6 日的冠军……我常给他们点赞，平时疏于联系，尤其有的朋友不怎么在微信上现身，"微信运动"又增加了一个渠道，瞬间就可以与他们一一互致问候，真是太方便了！

2018 年

快乐公交

从一线岗位退下来后，我住到了市郊，开始涉足公交车。虽说配备的公务车尚在，又有私家车，毕竟赶急的事情少多了，加上开车技术欠佳，又不想次次麻烦驾驶员，公交车便向我张开了笑脸。

不料想一发不可收，及至退休后，已成了公交车上的常客。我家附近的站点是"东夏庄"，走过去8分钟，可乘15、21两路车。前一个站点是"海陵大桥西"，从另一条路直接走过去11分钟，可乘113路。来回都在路上走一段正合我意，为何？步行有益于身心健康，这方面的谆谆教导不要太多。我坚持每天快步走已10年有余，每天都有既定目标，得花时间完成任务，乘公交正好一举两得，何乐不为？

于我，乘公交车还有几大优点。一是省心，坐上去就不用烦神了。别的不说，现在自驾车到哪儿找个停车位都够你受的吧？二是舒适，夏天有冷气，冬天有暖气，比家里的空调还给力。而且拥挤的时候少，宽松的时候多，早迟都能有个座位，不冷不热不苦不累，不要太好。三是方便，公交公司的信息服务系统比较完备，手机上下载个App，导乘、线路、站点，各路、各班进站、离站情况都能查到，科技改变生活。四是实惠，两块钱可乘全程。我先办了一张手机卡，两块变成了一块四。随后办了老年优惠卡，一块四又降到一块。而年满七十岁更可享受免费待遇，每当车厢里飘扬起"老年免费卡"的动听声音，我都羡慕不已，眼巴巴地等着进入这个行列。五是减少别人麻烦。有时参加活动，主办方安排接送，电话打过来，我就乐呵呵地说一声："我已上了公交啦！"

我乘公交，一般不会让自己闲着，优哉游哉，正好可以看看微信。现在微信上内容太多，我只得有所控制，一般每天看三次，限在早、中、晚，时间不多，多数帖子干脆不点开，有所不为。坐在公交车上就破例了，也就增加了几许阅读的时光，自然开卷有益。所以如果哪位朋友在早中晚之外的时间看到了我的帖子，八成我正在"快乐公交"着。

我岳母也是一位"快乐公交"者，堪称我家的"公交达人"，九十岁的老人了，银发飘飘，公交的线路、站点什么的了如指掌，尤其转乘的路径记得一清二楚。我每向她请教，她都能说出不止一个方案供我选择。其实她以前一直是有"专车"的，大事小事一个电话，儿子或女儿的车就到了。现在电话减少了，说公交比儿女还要自如、方便。来儿女家，去看朋友，走亲戚，或者逛超市，老同事聚会，到医院探视病人……多数靠公交。所以她这两年来我家也和过去不太一样，说来就来，说走就走，自由自在。有两次我们外出有事，回来时她笑眯眯地说："我也出去了一趟，老朋友来电话，要我去陪她聊天，乘公交来回一个多小时，聊了近两个小时，还在你们前面到了家。"

老伴则善于开拓"快乐公交"的新境界，她去北京看外孙，经常带着孩子到处逛。起初女儿都给她叫个"滴滴打车"跟着跑，后来她不要了，嫌多了份羁绊还多花了钱，更喜欢扶老携幼地乘地铁和公交，而且首选公交，说车内车外都是人群都是风景，比地铁好，孩子最开心。为此她还带我到女儿住处周边的几处公交站台考察，让我把写有线路、站点的牌子拍下来一堆，存在手机里，说我们两个的记性都不如她母亲，需要存档备用。受她影响，我也有所开拓，南京、扬州的公交都乘过，尤其扬州，线路、班次多，方便快捷，坐在窗明几净的车厢里，欣赏着沿途错落有致的景观，可谓人在画中游了。

一不小心，我的"快乐公交"已近 10 年，似乎还应该说点儿不足。譬如乡村的不少站点没有遮阳避雨的站台（多数"临时停靠点"早已不是"临时"了，感觉还是有关方面比较注重彰显城乡差别，呵呵），晚班线路和车次较少，间隔时间过长，有时站台显示屏和手机 App 上报告的时间滞后或出错，还常有某班车全程无显示的情况，服务态度也参差不齐，需要改善。当然，借用前人的名言，这些只是一个指头与九个指头的关系啰！

再举一个最近的例子，这段时间海陵大桥经常堵车，前天傍晚我乘 15 路，密密匝匝的车子从桥西堵到了桥东，一眼望不到头，等了七八个红灯才上桥。乘客们议论纷纷，说起了近年的几起塌桥事故。司机便告诉大家，外地事故发生后，本地都会重视起来，每当拥堵，都有专人把车辆拦停在大桥两端，以减轻桥面负荷。但不知什么原因，又有好些天没人管了——除非有重要人物莅临，才会三步一岗五步一哨，管理得井井有条——他指着停在我们周围的大型载重车和油罐车说，你们感觉到桥在抖动吗？已经有了吱吱咔咔的响声了。果然。于是车上又展开了万一这么多车掉下去有没有办法的讨论。司机苦笑着插了一句："你们还算好的呢，我可是天天都得从这个桥上来来回回啊！"大家都不吭声了，一个个的眼神里闪烁出对司机同志的无限同情。

还好，在桥上抖动了约一刻钟后，前面路口再次亮起了绿灯，我们这批车缓缓过了桥，车厢里响起了一片欢呼声。

2019 年

家在海陵

退休后的这几年很少出门，海陵区的文学活动却时有参加。因为我家在海陵，更因为海陵区文联和作协的邀约。

和我联系较多的是薛梅、徐同华两位主其事者，由于参加了他们组织的活动，加入了微信"海陵作协群"，又和更多的旧雨新知有了联系和交流。几年下来，置身其中已成为我生活的一部分。

文学界同行的交往，主要是文字之交。我与薛梅、同华两位的友谊也不例外。

薛梅的文字拜读得比较早，那是在 20 世纪 90 年代初泰州文联的《花丛》期刊上，署名梅青青，记得我还问过"这个梅青青是谁?"后来她赠我一本散文随笔集《何处是归程》，使我读到了她的更多作品。她文字的典雅、婉约、沉静以及意在言外、情至深处的韵味使我佩服，感觉到科班就是科班，不一样。而徐一清先生的评论《或浓或淡的一种词味儿》，又为我的品读递来了一把钥匙，我特别认同一清的这段话："读薛梅这个集子，常能辨出一种词味儿。不在书名，也不在书中引用和化用的古典词句，主要是她的作品的情调和笔致，多委婉曲折，轻灵妙曼，其内在节奏，即其音乐性，富有词的韵味。"以至于我每向人介绍到她，必说"词味儿"。这本书读下来，最能打动我的是《等待时分》

等多篇寄情的文字，那腔婉约、那份孤独、那种引而不发的蕴蓄、那些字词句组合成的精致唯美，足可遥望李清照了。

与同华的文字之交，缘于 21 世纪初他写作《泰州名胜》之际，由此我对这位当年刚二十出头的小伙子刮目相看。后来他的散文随笔集《闲情都几许》出版，嘱我写个序，又得以读了他更多的作品，更是刮目相看了。再后来他的作品喷涌而出，《凤凰管》《稻河旧燕》《泰州道教史话》《海陵广志》《说泰》《梅兰芳》等著作次第面世，引人注目。同华的文字，文史兼修的一类影响最大，多有好评，故有"青年文化学者"之誉，可谓实至名归。成如容易却艰辛，我从朋友圈内每每看到他书斋内或夜晚或凌晨或假日的灯光、满桌满地的书籍资料，还有或近或远考察观摩的现场图片，甚至屡有因小恙而置于案头的汤药。在此期间，他还完成了南京大学戏曲学硕士研究生的进修深造。勤奋加聪慧，成就了同华的学养和笔力，也使他成了我于海陵文史和中国戏曲史等方面请教的老师。

区作协另两位副主席，一位叶慧莲，一位陈建波，也是多年前就认识了。

知道慧莲之前，常在报刊上看到署名"叶慧莲"和"董小潭"的散文和小说，前者与其人早就对上号了，后者则是在收到她题赠的长篇小说《谁是谁的救赎》之际，方知"董小潭"是她的笔名，真是肃然起敬。慧莲是一位领导干部，长期在基层工作，在城北街道"一把手"的岗位上干了好几年，又身为人母，千头万绪，不可谓不忙，可她却在百忙中创作出了许多小说、散文、诗歌等多种体裁、多种风格的作品，殊为不易。这与她生活积累丰厚、才气足、下笔快、且善于利用业余时间都不无关系。我曾参加过她的中篇小说《一条会飞的姓杜的鱼》讨论会，惊讶于她对先锋小说创作方法的吸收运用，所以我发言的开头便说：

"作者也是一条会飞的鱼。"

建波年龄不大却成名很早，迄今已出版《暗杀》《乱花》《密室》《诡计》《出手》《伟哥》《密谋》《我是老枪》《杂牌军》等长篇小说多部，被誉为"暗战小说创始人"。其小说写作风格多样，故事复杂有趣，文笔精湛，构思精密，情节诡谲、悬念迭生，善于在风云变幻的时代背景下剖析人性，广受读者喜爱。而且多部作品以古城泰州和里下河平原为环境背景，读来尤感亲切。这些长篇小说有的在小说网等文学网站连载，有的为上海人民广播电台等媒体制作播出，有的已与影视公司签约。我曾跟建波打趣："若论社会效益和经济效益双丰收，在海陵区乃至更大范围内，你的暗战小说堪称第一。"酷酷的建波满脸灿烂，颇为自得。

在海陵作协这一群体中，群贤毕至，少长咸集，高手比比皆是，各有各的精彩，我有幸忝列其间，以文字相交，受教多矣！

以我有限的了解和体验，几年时间内，海陵区文联和作协已做了若干为人称道的实事、好事。且举数例：

提升《花丛》质量。在区委宣传部的指导、扶持下，《花丛》编辑部在提升办刊质量方面下了大功夫，作者队伍愈加扩大、选编稿件愈加优化，栏目设计、图片配制、装帧印刷均愈加精美，又由季刊拓展为双月刊，容量扩大了，出刊周期缩短了。一路前行，老《花丛》人一清先生的鞠躬尽瘁、导夫先路，新《花丛》人同华才俊的继往开来、埋头苦干，皆功不可没。而集五十年之大端的《〈花丛〉创刊五十周年纪念专刊》，堪称前不见古人的历史文献，当可传之后世。

策划出版《海陵文学丛书》。这是一套集海陵区老中青三代作家作品的丛书，年龄最大的乃已坐八望九的文学前辈肖仁先生，12位作者每人写一本，有散文、小说、评论、对话等体裁。

薛梅和同华从策划到组织到统稿到宣传，全程投入，代表区委宣传部和文联尽到了责任和义务。我曾陪他们去省城请两位评论家为丛书写评，汪政先生问有什么要求，我便提了一条：最好12位作者每个人都能写到。丛书出版后，他们又组织媒体作了充分的宣传推介。而今回头再看，这套丛书依然不失为海陵区文学史上一大阶段性成果。

组织开展文学活动。包括采风、研讨、征文、评优、观摩、交流、讲座、读书班……主题鲜明、形式多样、内容丰富，较为全面地体现了文联的"联"和作协的"协"。我对其中的两次活动印象尤深。一是他们与市作协联合举办的一次小说作品讨论会，提前将作品发给与会者阅读、准备，要求主要谈问题和不足，结果果如其然，算是"文学批评回归本体"的一次尝试。二是呼应市、区委大政方针，组织了"古盐运河文化带采风创作活动"，作家们由知其然到知其所以然，创作出一批各展文采、各抒己见的成果。

创新"名师带徒"机制。在全省率先实施了"名师带徒"的文艺人才培养战略，且有所创新。譬如"名师"不限于本区，既邀请了家在海陵的著名小说家、戏剧家沙黑先生坐镇，又特邀了著名作家、市作协潘浩泉、庞余亮两任主席和"紫金山文学奖"得主李明官先生驰援。又如师、徒名单确定后，不由他们自己互选，而是由作协根据各人文学创作的门类、擅长及其发展趋势等因素，本着资源优化配置的原则协商指定，以期各得其所。

宣传作家作品。在通过《花丛》这一主阵地推介本区作家作品的同时，先是在区委宣传部的微刊"微海陵"设立《海陵潮·文艺》专栏，定期推出区内外作家书写海陵、讴歌泰州的散文诗歌作品。又与泰州广播文艺频道《风韵泰州》栏目建立合作关系，将海陵区作家的作品由该栏目录制成音频节目，这档节目由文字作品、主播朗读、作者简介、作者照片组成，图文并茂。随时打开手机，既可闭目聆听，也可边听边读，方便极了，故而大受欢迎。区作协陆泉根秘书长负责组稿、衔接等一应事务，因卓有成效而备受推崇。

如此等等，不一而足。

团结作家，做事成事，需要有一个好的带头人。薛梅就是一位这样的领导。无论是在担任区文联副主席分管作协工作期间，还是在担任区委宣传部常务副部长兼文联主席、作协主席期间，她都恪尽职守，兢兢业业服务于事业、服务于群众，以一般般的条件，做出了不一般的成绩。我尤其欣赏她的为人，她对文学前辈抱有一颗感恩之心，关怀备至、由衷礼赞，我读过她写肖仁、徐一清、潘浩泉等几位老先生的文字，情深意切而文采斐然，非用心不能成篇。她对年轻同志呵护有加、真诚提携，我每见她不遗余力地推介这些新人新作时，都能领会其中的殷殷之心。与此同时，作为早年即已加入省作协的一位资深作家，她却没有做过一件利用公权宣传推介自己的事情，这种严于自律的操守，更是为人钦敬。这样一种风范，也就带动起了一种风气。

这就是我眼中的海陵区文联和作协，是我心目中的海陵。

2019 年

采风归来话短长

前不久参加海陵区文联、作协及城西街道办事处组织的"古盐运河文化带采风创作活动",参观了古盐运河文化公园、梅兰文化创意园、泰来面粉厂旧址等已建或将建项目,感受了我市各级党委、政府及有关部门、单位对该文化带建设的重视程度和工作力度,不由得欣赏、赞叹,本文且说其一。

江苏梅兰化工集团利用一老旧厂区创立的梅兰文化创意园,不到两年时间已初具规模、气候渐成。早前已从新闻媒体上得知该园的一些消息,先是"巴秋美术馆"隆重揭幕开放,后为"荣宝斋画院十人画展"开幕式和"荣宝斋画院名家工作室"入驻仪式联袂举行……此次身临其境,原来就在以前常去的名牌企业泰州市化肥厂(后归于梅兰集团旗下)的厂部旧址,砖楼、花坛、苍松、翠柏,依稀当年模样,而今老树新枝,尤觉别开生面。

梅兰集团的前身为泰州市电解化工厂,该厂及他们的领导和干部职工有不少我都熟悉,六十余年来,这家工厂已发展成为响当当的国家高新技术企业,如今他们利用这处占地数十亩的厂区,投资创办文化创意园,在泰州尚属首家,足见其眼光独具。这固然有党和政府推动文化产业发展的政策推动,企业负责人的视野也很关键。从社会效益的角度看,梅兰文创园为泰州提供了一个文化发展基地和旅游景点,呼应了市委、市政府"古盐运河文化带"建设的大政方针，功不可没。从经济效益的角度看，也应该不用担心，作为一家堪称利税大户的明星企业，自然是会算账的。别的不论，单说"栽下梧桐树，引来凤凰栖"的效应就不可小觑。

巴秋美术馆的名誉馆长巴秋先生我就更熟悉了，15年前他去"北漂"深造时，咱俩是市文联的同事。当时他正苦学黄宾虹，忽然说想去北京一个国画培训班进修，把我吓了一跳。原以为他习画也就是"玩票"吧，没想到年近花甲的他竟能下这么大的决心，非常佩服，唯有尽力支持了。接下来又是一个接一个的想不到，先是他衰年变法，承继导师老圃的衣钵，绘得一手风格鲜明的农家果蔬。这几年又再辟蹊径，创作了一大批老街古巷的写真风景，令人耳目一新。于是作品每每拍出，巡展连连举行，受到业界及识者青睐，巴秋美术馆随之横空出世，首登鹭岛厦门，再驻故里泰州，可谓水到渠成。

包括巴秋作品在内的"荣宝斋画院十人画展"设于文创园主楼大厅，十位画家多数科班出身，"60后"占了半壁江山，当属实力一派了。欣赏他们的作品，感觉既有传统风貌，又具现代气息，洋洋大观、美不胜收……目不暇接之余，印象最深的还是老圃的果蔬、巴秋的写真——此为实话，并无贬低其他展品的意思。孤陋寡闻者如我，私下以为这些属于花鸟、山水范畴的作品对于当今画坛抑或具有某种别有洞天的意义。此外还可能与我的感情因素有关，从巴秋的作品中，我读到的是这位老友15年来风雨兼程的艰辛、矢志不移的奋进。

文创园内还有一处被命名为"可人轩"的展室，陈列了数以百计的奇石，千姿百态、巧夺天工。其出处遍及三山五岳、五湖四海，乃至地球村的某个角落。而今让它们齐聚于古盐运河畔，自然来之不易。巧的是，可人轩主竟又是我的一位老友，乐得我直呼意外。几年前曾听过这位兼作家、书家、藏家于一身的"十项全能选手"聊过石头的种种妙处，知其有所研究有所收藏，却不知他的研究如此之深之广，收藏如此之精之巨，真是叹为观止。斋中悬挂的一幅行书横披正是轩主的笔墨："待把江山细看"，俊秀潇洒、不温不火，煞是可人，为轩中奇石作了形神合一的点睛。

如是，仅此一个梅兰文创园已足可观，而古盐运河文化带往后的风光当更为可期。

为了这个"更为可期"，我还得把另一点感想说出来——仍以书画为例——以就教于诸位方家。

古盐运河的文化，本来就具有开放、包容的特色，梅兰文创园将荣宝斋画院的名家名画引进泰州，正是这一特色的彰显。那么在古盐运河文化带的规划、建设中，是否还需要加大对本土画家画作的重视程度呢？

泰州书画艺术源远流长，古往今来，名家名作灿若群星。若能做一些可行性研究，通过合适的渠道和形式，将这些宝贵的精神财富和物质财富纳入古盐运河文化带之中，无论对于泰州的文化，还是对于泰州的旅游，都是一件好事。本人曾写过一篇《沉寂的书画大家——漫说吴骏圣》，不妨在此引用一下。文中说道："我记得以前泰州一些单位的招牌、报刊的刊头及各类标识都出自他及几位泰州本土书法家之手。印象中他写有'泰州文艺''泰州文化馆''泰州少年宫''泰州书画院'等，皆有章有法、富有个性，落落大方、赏心悦目，伴随着泰州这座城市经风雨、见世面，走过了一年又一年。时至今日回头再看，仍不逊于眼下那些名声更响的'外来和尚'。我始终认为，'文化泰州'的建设发展，应尽可能多地利用、发挥泰州文化，包括泰州文化人的作用。"说的是书法，绘画或其他亦当同理。至于"名家工作室"

之类，形式大于内容，不妨视情而行。

最后还得补上一句或许多余的话：综上所述，本人绝非反对古盐运河文化带的对外开放，只是希望"本土"与"外来"相得益彰、共领风骚而已。

2019 年

邻居家的猫

新冠病毒袭来，宅在家中已经二十多天了。少了一些事，也多了一些事，邻居家的猫便是多出来的一件事。

邻居家养猫的时间不长，远没有我们家资深，所以我们常常为他家对猫猫的照顾不周着急，又不便说，街坊之间落下个多管闲事的印象不好。

初次看到他家院子里的猫猫应该是前年，一只黑白花的女孩，个头适中，两只蓝色的眼睛很会说话，可爱极了。我因为每天快步走都得从它面前经过若干趟，有时还会带点儿美食给它品尝，它便和我交上了朋友，每见到我就会跑出院子"喵喵"叫着奔到我身边来，躺在地上打滚撒娇，要我摸摸它，然后心满意足地看着我远去。

几个月前，它身边忽然多了六只小猫，挤成一堆抢着吃奶。过了不久，又多了几只或大或小的猫。我数过几次，最多时达十五只。问邻居，说其他的都是流浪猫，跑来吃他们家的猫食，赶都赶不走。我常驻足观看，原先的那位猫妈妈自然是群主了，别的小猫是近不了它的身的，时间长了才有一只纯黄色的小不点儿浑水摸鱼，挤在那堆小猫中间偷吸几口奶。等到小猫稍大开始吃主人喂的食物时，也都是六只猫宝宝先吃，猫妈妈在一旁守着，流浪猫们则待在一边咽着口水等候。还是那只小黄猫倚小卖老，大约自认为是干儿子吧，常常不守规矩凑上去吃几口，猫妈妈则睁只眼闭只眼懒得去管了。

接下来就是新冠病毒时期了，邻居去了女儿家，开始隔一两天回来一次，接着日渐稀少，这些天干脆暂停了。城里的小区管控更严，每户两天才有一张出入证，他们家三代五口柴米油盐全靠这张证，人总比猫重要吧？

大约从春节前开始，他家的猫突然少了下来。开始我还没意识到，因为我们小区附近有饭店，有学校食堂，还有面条包子店，这些猫经常成群结队地进进出出，不会成天待在家里大眼看小眼。等发现那许多熟悉的猫猫总是看不到时，才想到饭店、食堂什么的都已关了门，它们多半是逃难去了。看着仅存的几只宝贝，老伴当即把喂它们的任务交给了我。

老伴负责每天为它们烹制食物，以米饭、剩菜和宠物饲料为主，有时加点鱼、肉的边角料之类，烧好后凉一会儿，我便送过去。猫妈妈早已不在了，每天等着我的是五只宝贝，其中两只黑白花的是猫妈妈的儿女，一只是那只小黄猫，还有两只黄白花的，其一在五只中个头最大，另一只次之，皆是流浪猫中的熟脸。每次我端着食盆出门，其中的四只都欢呼着奔过来迎接，然后狼吞虎咽。它们还保持着早先的规矩，都是三只小猫先吃，然后大黄花。中等个头的黄花总是战战兢兢、若即若离地守在一边，等到那四个伙伴酒足饭饱离开后，才蹑手蹑脚地过去收拾残羹剩饭。

渐渐地，它们等不及我在固定时间送餐了，经常对着我家的院门呼唤，那只小黄猫还几度从院门下面钻进来寻求突破，每每被我家的两只狗狗冲出去追得老远。为了杜绝狗狗的恶劣行为，我们关了它们禁闭，不让它们出院门一步。猫猫们也退而求其次，一般都蹲在距离我家院门五米左右的路上等待，既能第一时间见到我，又免得跟狗狗作闲气。只是我每天几次的快步走大受影响，一旦出门，它们立即围了上来。除了那只胆小的黄白花孤零零地躲在一边窥探外，其余四只争先恐后地绕着我的两条腿卖萌，缠得我迈不开步，只得回去取来宠物饲料豆给它们加餐。

二十多天没出门，家中的库存已亮起红灯。给狗狗买的米早已光光，人吃的米也为数不多。每天电饭煲里煮的饭，四分之三是猫猫狗狗的，有时老伴还担心它们不够，便要我们把碗里的饭再留下一些。有一天吃饭时我正在听一首乐曲，忽听她猛喝一声："不要全吃掉！"惊得我筷子掉了一地。

我家的网上购物早已停止，买来的东西和快递均存在不安全因素，不怕一万只怕万一，不能掉以轻心。但还是破例为猫猫狗狗下了单，可惜十多天过去了，宠物饲料的订货单上显示的仍是"正通知快递公司取件"。

常常想到武汉的同胞们，他们遭遇的险境和艰难是我们难以想象的，他们尚在坚持，我们这点困难实在算不上什么。真心希望他们早日转危为安，到那时，邻居家的猫猫应该已经回到了主人的怀抱，我家的狗狗也可以解放了。

2020 年

从《找美国人吵架》说起

近读泰州晚报副刊《坡子街》所载米儿的大作《找美国人吵架》，写她女儿屡屡"找美国人吵架"，其动机竟是为了训练提升自己的口语，真是太有趣了！

中国留学生初到国外，语言是必须过的一关。

我女儿到德国第一天就发短信给我们："我会好好学德语，就可以和别人交流了。今天在街上有个德国老头和我叽叽哇哇说了一大通，好像要告诉我什么，我一句也听不懂。"

半年后她又告诉我们："我去找房屋管理员争取成功了！我可以用德语和德国人对话了，不需要人陪我去。"找房屋管理员争取的是续租学生宿舍，她以前租的小间，便宜些。管理员说小间已经登记满了，给你大间吧。她急匆匆地跑过去跟人家理论，发现自己与德国人"吵架"也 OK 了。

初到国外会遇到各种各样的问题，有些是在《留学生须知》之类的书籍资料上找不到的。有一次她来短信说："我亏大了！柜子门轴坏了去报修，房屋管理员要罚我 50 欧元。同学知道后告诉我，家具坏了不要报修，用木胶粘粘就可以了。气死我了。"还有一次她切肉时切破了手指，说有点深，我们不放心，问她怎么不去医院的，她说在语言班期间享受不到大学生待遇，得自己付医疗费，有个同学也是伤了手去过，处理包扎得非常好，但花掉几十欧元。她舍不得，到同学家里找材料包扎了一下。

　　刚上专业课的时候，中国留学生不太适应，因为在国内，书本上的观点就是老师的观点，就是标准答案，国外则不然。有一次她做完一个分析社会现象的测验交上去，老师说了自己的看法，女儿脱口而出："哎呀，我写错了！"老师奇怪地问，你为什么觉得你写错了呢？女儿说，因为我写的和老师说的不一样。老师说，那不奇怪啊，对于同一件事物，不同的人往往有各自不同的看法，这很正常，不能因为看法不同就说别人错了。女儿兴奋地告诉我们："那次测验我得了最高分。以后我就越发不可收了，越来越大胆地说出自己的看法——和别人不同又有什么关系呢？这是我自己的思想啊！这种感觉真的很棒！"她就此写的一篇《我在德国学社会学》，《新华日报》发表次日，《报刊文摘》和《澳洲在线·读者文摘》均转载了。

　　诸如此类，她发给我们的短信、邮件多数是关于生活、学习和人生的经历和思考，不乏各种矛盾和纠结，每见不加修饰、琐琐碎碎的原生态，却满含经验和教训。我们都及时整理打印出来，送给她的爷爷奶奶外公外婆以释挂虑。有朋友看到后也欣赏有加，说值得出一本书，价值就在这原生态，能够给予读者具体实在的启发。于是便有了我和女儿合著的《留学，到德国去》，出版社对这本冠以"一本给父母和孩子看的书"置评："子女教育是中国家长的头等大事，如何面对各种选择？作为父母或子女应该怎么做？本书解读了其中的多种可能性。"

　　此书出版后，收到了不少朋友和读者的来电来信，作家梁晴写道："收到赠书，放下赶写中的长篇一口气读完了您和女儿的那本留德故事，感慨万分。读的过程简直气都透不过来，总算女儿这么好，将来会有出息的。谢谢这本书第一时间赠我，这是一本杰作，比你的《坦然人生》多了很多光彩，皆因为是真性情的无遗坦露。"新华社高级记者古平在信中说："我想有这种经历的人并不少，但只有你想到把这些写成一本书。这的确是一本给父母和孩子看的好书，肯定会受到读者欢迎。"上海读者周根生寄来了挂号信："4月5日去虹口新华书店，偶然见到你们的新书……毫不犹豫掏钱买了一本。回家一读，真巧，书中第五章《签证风云》所叙述的：去年2月15日（年初四）在签证处排队等候签证，排在第一和第二的一对中年夫妇，还正是我及我的老伴呢！这不禁又使我回忆起那寒冷的一夜……"广州读者苏钿："'五一'期间从广州图书馆发现你们的《留学，到德国去》，借回家一看，放不下手。为此推掉约会和应酬，一口气用不到一天的时间就把它看完了。很好，如实反映、如数家珍，没有那些作假的油盐酱醋。"长沙读者徐美荣："读了你们的书，我萌生了给你写这封信的念头。想请你在百忙之中抽点时间给我写封回信，给我一点指点和帮助才好。你能帮助我吗？能给我们指出一条光明正确的路吗？"

2018年末，泰州晚报总编辑翟明同志在策划《坡子街》副刊时，希望我对这本书做些编辑处理，划分成若干小节，由该报次年推出的这一新构陆续刊登，分享给感兴趣的读者。而今，《坡子街》已走过了一年的路程，成长为许多作者、读者心仪的一个品牌，作为其中一员，与有荣焉。

2020 年

社区巧遇

前不久，泰州晚报翟明总编邀我参加"《坡子街》作者走进社区"活动，与社区干部交流。我说名额有限，就不去了。建议请几位推广大使或写过社区故事的基层作者参加，譬如王玉兰、常玫瑰等同志。翟总说这次活动是我请市民政局安排的，朱莹局长很想见到你啊！我乐了，朱局长是我的老同事，好久不见，正巧有事想问问他。

跑了两个社区综合服务中心，先是莲花社区，后是中山社区。没想到条件都好得不得了，各类活动场所及配套设施、各种服务项目及相关制度、全年逐月逐日的活动安排及菜单明细十分完备，我能想到的一个不缺，出乎意料的更多，根本不是过去的概念，算是"颠覆了我的想象"。而我这些年居住的是一个乡下小区，目前还近乎"一张白纸"，真是羡慕死了。

幸好朱莹局长做了一个关于过去、现在和未来的社区工作介绍，听得大家赞不绝口，我的羡慕也就转换成了对"最新最美图画"的期待。

尤为打动我的，是社区工作干部和志愿者们关心群众、帮助群众、扶持群众的生动事例。譬如莲花社区业主房美娟讲述的外地人受到热情关怀，使他们融入社区大家庭的故事；美好社区严丽萍书记讲述的扶持业主创业，使其得以发展、壮大的故事；泰和社区左敏副主任讲述的帮助低收入者解决困难，使其深受感动，主动向灾区捐款的故事；中山社区管亚莉书记讲述的欢迎党员退休人员把组织关系从原工作单位转来，壮大骨干队伍的故事……

这些故事当场就被与我同行的《坡子街》作者"认领"了，我当然不能"抢新闻"，就说说这半天当中的巧遇吧。

走进莲花社区综合服务中心（设莲花四区内），看到会议桌社区干部那一边的席卡中间是"姜希霞"，当是一位女士了。心想我们那个年代的居委会主任一般都是老大妈或者老太太，现在肯定年轻化了。结果坐下来的却是帅小伙姜希霞——莲花社区的党委书记，先让我跌了一回眼镜。再打量，这位少帅还有点眼熟。姜书记说他认识我，他曾经是梅兰社区综合服务中心的党委书记，办公地点在我以前居住的莲花二区，这就对了。他们那个服务中心是一排平房，就在我住的那栋楼前面，我去过多次。惭愧的是人家这么一位为我们服务了多年的资深书记，我只落下了一个"有点眼熟"，真是辜负了社区同志从寒到暑、日复一日的辛劳了！

业主张锦秀在发言中夸起了姜书记，书记便要求她只讲自己当楼长、做志愿者的事迹，不要讲社区负责人。张锦秀说我们做的事情都是你们组织、指导的，绕不过去啊！大家笑了起来，便请她自我介绍一下……我接着她的介绍又作了补充，我说张锦秀同志可是名人啦，我经常在电视、报纸上见到她，譬如公益活动的场地、创建战役的一线、接受采访的现场，印象深的还有那年胡锦涛同志回乡视察时的欢迎人群中。她哥哥也是一位名人——泰州籍著名作家张锦江。翟总问我，你怎么对她这么熟悉的？我说她是我的亲戚啊！

离开莲花社区的路上，我对左敏同志说，想不到今天来的社区负责人中一多半都是您这样的女孩子，真不简单！她笑了笑，随即说出了我女儿的名字，问我是不是她爸爸。我说是的，您认识她？她说我跟她同学，我也认识您，您祖父祖母和我们家是老邻居。对了，府南街63号，我祖父祖母住里面，你们一大家住在一进大门的几间，我每次去都是从您家天井穿过，您就是当年我们老邻居家的那个可爱的小丫头吧？

中山社区综合服务中心位于中山塔东侧的鼓楼路，属于老城区的城中地段，紧靠我出生、成长的街巷。走进一间接一间的活动室，满眼都是熟人，开心极了。其中有一位是原泰州麻纺厂的丁厂长，记得他这位老厂长还是个老专家、老先进。他告诉我，他看过我写的书，是我送给他夫人的。啊？您夫人是哪位？她和您是同班同学，接着说出了她的名字。我说是的是的，我们那一届的同学经历特殊，感情不一般啊，前两年还举行了毕业五十周年的纪念活动。可是这么多年却全然不知你们原来是一对神仙伴侣。若不是泰州晚报组织这次活动，真说不准还有没有这样的机会巧遇。

2021 年

一本关于泰州人和泰州城的书

——对话长篇小说《五条巷》作者肖放

小慧：荐好书，品人生，听经典，欢迎你来到《品读时光》。我是小慧，这里是 FM97.3，泰州文艺广播。《品读时光》的播出时间是 13 点到 14 点，欢迎大家每天的收听。

我们首先来关注今天的好书推荐，今天我想向你介绍一本关于泰州人和泰州城的书：《五条巷》。这本书的作者是中国作家协会会员、中国电视艺术家协会会员、一级作家、高级记者陈社。陈社亦名肖放。那么在今天的节目里，我们特别采访了肖放老师，让我们来走进《五条巷》，了解这部小说背后的故事。

肖放老师，您好！您写的长篇小说《五条巷》问世以后，报刊上曾经有过对您的专访，我看过之后，特别感动。而且这是您在退休之后所写的长篇小说，所以我在拜读的时候，更增添了几分敬意。我特别想知道，是什么原因，促使您下决心写这部小说呢？

肖放：好的。这本书写了七十年前泰州解放前夕一些知识分子（多数是文学青年）组织地下革命斗争的故事，这段历史有一个不同寻常的地方，就是泰州这些文学青年开展革命活动是自发的，起初并没有党组织指导和领导过他们，他们的领路人是一位青年作家，这便有了某种"泰州特色"。把它作为小说素材，自然就有了与同类题材小说不同的地方。

小慧：对，这是我们泰州在解放前夕的一段不同寻常的历史。肖放老师，之前有没有人写过这样的故事呢？

肖放：这段历史，党史资料上有记载，当事人的回忆文章也有不少。但是以长篇小说形式加以表现的未见先例。此其一，是我写这本书的主要动因。其二，我在书中穿插介绍了古城泰州的历史人文、风土人情，这方面的资料、文章、书籍较多，但是以长篇小说形式予以集中呈现的比较少见。其三，关于描写里下河的文学作品，反映其腹地高邮、兴化农村的较多，而以"里下河门户"泰州为主体的长篇小说比较少见。所以这部小说也入选了泰州市文联"里下河文学流派长篇小说资助项目"。

小慧：确实是的，我和我的几位同事刚刚拜读了您这本书，像您这样以古城泰州的这段历史和人文为描写对象的长篇小说确实是没见过。我们也曾议论过，可能也是听众想了解的，您创作的这部小说中的人物有原型吗？

肖放：有些有，有些没有。譬如方中平等知识分子、楚天吉等地下党员、刘维等我党干部、参与筹建泰州华泰纱厂的江石琴等都有人物原型——当然不是用的原名了。还有的人是由几个人物的原型糅合起来的。虚构的人物也不少，像《海陵时报》，京剧票友社的那些人物都没有原型，包括国民党的毛县长、共产党的吴书记，人物形象都是虚构的。

小慧：那么书中写的那些故事呢？也有不少是虚构的吧？

肖放：是的，虚构是小说的基本特征之一。当然，由于我这本书是写的泰州人民迎接解放的故事，同时融合、穿插介绍了泰州的历史人文，这两个方面都不能全靠虚构，否则就不是泰州了。所以，这两个方面的主要情况、大的事件，包括时间、地点等等，都与史实相符，都有史料依据。但是具体情节，尤其若干细节就是虚构了，是在不违背历史事实前提下的创作。

　　小慧：我看到江苏凤凰文艺出版社对这本书有这样一段评语："本书虽非纪实性作品，但成书期间作者阅读、研究了大量历史文献和史料，在尊重史实的基础上进行二次加工再创作，为读者呈现出一个史诗般震撼人心的人性、风情、文化交织的独特画卷，实为纪念泰州解放七十周年和新中国成立七十周年的重量级礼物。"这段评语是对这本书的充分肯定了。那么他们所说的"二次加工再创作"，就包含了虚构吧？

　　肖放：是的，当然出版社的一些话应该是对我的鼓励了，我的这部作品远没有达到他们所评价的那个高度。

　　小慧：但是我觉得您也不要太谦虚，我读这本书的时候啊，一边读，一边有这样的感觉，就是深深地震撼。虽然我是一个70后，但是对泰州城的很多历史啊，风土人情啊，都不太了解。但是读了之后，我就陡然觉得这是一本活生生的教科书啊，对我们生活的这座城、对我们城里的这些人有了更加深刻的了解了。

　　肖放：谢谢！其实我对这些情况也不是了解得很透的，我阅读、参考了大量资料，还寻访了一些当事人，请教了一些泰州的老文化人和青年文化学者，他们的介绍和作品中的一些描述对我很有用处，有的我采用了。谢谢您能喜欢。

　　小慧：真的很喜欢！

　　肖放：接着刚才的话题，关于虚构，我举个例子吧。我在书中写了主人公方中平的"情史"，写他爱过两个人，也被两个人爱过，这些都是虚构。方中平的人物原型没有这段"情史"，但他有过爱情经历。我以为我的虚构符合这个人物和这部小说的逻辑，革命者也有七情六欲，也会谈情说爱，不都是"洪常青"或者"柯湘"。

　　小慧：肖老师，您所说的这个"洪常青"和"柯湘"是什么人物呢?

肖放:您知道"文革"期间的"样板戏"吗?一个是《红色娘子军》里面的党代表,一个是《杜鹃山》里面的主要人物,也是党代表。那个时候这样的英雄人物都没有爱人啊、恋人啊……

小慧:您是从人性的角度来描写这些革命者的形象的,他们不是神,也有七情六欲,不过他们在革命觉悟方面比普通人进步了许多,对吧?

肖放:是的,革命者也是平常人嘛!我之所以要虚构主人公的这段故事,意在以此来反映那个社会,也是为方中平一再拒绝肖亦兰的爱情作铺垫。总之,小说中的虚构作为一种创作手法,是为塑造人物服务的。

小慧:是的,源于生活,高于生活,将生活真实上升为艺术真实。肖老师,这部小说一定是您的心血之作了,那你觉得这本书里的哪些部分是您自己最满意的呢?

肖放:说怎么满意还谈不上,但写这部小说我是用了心的。书中的人物无论是着墨多的还是着墨少的,我都力求写出他们在那个历史环境中的个性色彩。譬如我党秘密工作系统派往泰州的特派员姚汉年(他的人物原型也是有的),他来泰州,在南门外开了个米店,当起了掌柜。他第一次在书中现身是带刘秀芝、肖亦兰两个女学生去解放区。他为两个女生叫好了独轮车,绑上小椅子让她们坐。因为是乡间小路,一般步行,他担心两个女生走这么远的路吃不消,黄包车什么的又不好用,只有独轮车。独轮车也不怎么好坐,所以绑上小椅子。

小慧:这个细节描写就特别生活化,的确是我们祖祖辈辈泰州人解决出行麻烦的一种智慧,总能想出办法来解决生活中的这些问题。

肖放：泰州是"里下河门户"嘛，上河属于长江水系，下河属于淮河水系。下河主要靠船，上河除了船还有独轮车，我在插队的那个地方就推过独轮车，我写过一篇散文，题目就是《独轮车忆》。

小慧：是吗？所以由于有了这种生活经历，您写小说的时候就有内容可写了，可以想见，以后我们的子孙后辈可能都不知道独轮车是什么了。

肖放：现在已经很难找到那种木头轮子的独轮车了。因为当时是冬天，姚汉年又为两个女生准备了"毛耳朵"（内有兔毛的耳套，现在也有，档次高多了），两个女生嫌难看不肯用，后来耳朵冻僵了不得不用，这才发现这个"毛耳朵"原来是天下最好的东西。

小慧：这个细节描写也是特别生活化。

肖放：两个女生便私下议论，说看一个男生，话多话少、笑多笑少不重要，重要的是会不会照顾人，依此衡量，这位学兄可得高分——姚汉年尽管是我党干部，但也才 20 多岁，而且他们一聊，知道姚汉年还是她们泰州中学的校友，只是她们高几届，她们便喊他学兄，就悄悄议论开了。

小慧：我觉得您写的这一段可以作为经典语录，放之现在，哪怕一百年前、一百年后，我觉得这个标准都是女孩子们要默默记在心里的。就是在找另一半的时候，一定要观察，话多话少、笑多笑少不重要，重要的是会不会照顾人。

肖放：不是看表面，而是看是否能够实实在在地照顾人，两个女生就觉得这个男生不错。所以后来姚汉年就成了刘秀芝的丈夫，现实生活中两个人物的原型也是这样，泰州解放后，他们成了夫妻。

小慧：真是这样啊！我读这段文字的时候就特别有感触，我也从一个女性的角度出发去考虑，觉得这一段写得特别细腻，感情特别丰富。

肖放：谢谢！又如我写了报馆老钱的夫人（现在一般叫"报社"，那时叫"报馆"），她第一次和老钱到方中平家造访，我是这样写的："中平把客椅往前挪了挪，请他们夫妇安坐。钱夫人低下头鼓起嘴巴对着那张旧椅子"呼呼呼"地吹了一阵，然后皱着眉头坐下了半个屁股——她是一位特别讨厌灰尘的女人——随即又张开了笑脸。"这是一个小小的细节，是为了刻画这个人物形象而设计的，关于老钱夫人的细节还有一些，我写人比较注重细节。

小慧：是啊，这些细节描写可以让我们更加深入地去了解这些人物，细节见人，小中见大。

肖放：是的，再比如京剧票友社的几个人物也挺有意思——我把这个票友社安排在"天滋茶社"，历史上"海陵八景"之一就是"天滋烟雨"，很有名的。票友社排演了不少剧目，在《霸王别姬》这出戏里扮演项羽的老贾是个当官的，这个人在票友中间从不摆谱，大家一起吃个早茶什么的他总是一老一实地交上份子钱。好多人就是这样，职业归职业，但是在爱好上，在朋友们一起玩的时候，是另外一个样子。

小慧：对，彼此放下身份，就是以票友的身份、好友的身份出现，一视同仁。

肖放：这个老贾在县党部负责党风督察，饭局并不比其他当官的少——票友当中还有一个警察局的副局长，也是整天应酬。老贾由于头一天连喝了两顿酒，痔疮发作误了演出，弄得饰演虞姬的老杜也上不了场，老杜始终耿耿于怀，硬说是老贾故意耍他。

小慧：我读到这一段的时候，真是忍俊不禁。老杜这个人物太有意思了，还有他的报馆同事老钱，两个人一直在斗，家长里短，人性毕现，两个人的个性都凸显出来了。就说口头禅吧，老钱是一口一个"梦""你晓得啊"，老杜是"这个这个——嘿嘿嘿——"特别有意思，得用泰州话说才能有那种独特的味道，我现在就用泰州话说给听众们感受一下……怎么样？真是太生活化了，艺术来源于生活啊！肖老师，看得出您在人物塑造方面的用心。

肖放：谢谢！我追求的是不脸谱化，接地气。不少人物，我都有意识地让他们有不同的表现的细节。

小慧：您在书中写了不少泰州的风土人情，读了以后，更加深了对咱们泰州的了解，有一些风土人情的介绍，堪比教科书。打个比方吧，如果你对我们泰州历史上的盐文化、税文化等缺乏了解，那么翻开这部小说，一定能让你找到通俗易懂的答案。而且，这种答案有别于一般化的历史资料，它比较生动、有趣，而且书写这部分内容的时候，设计还特别巧妙，书中有好多这样的例子！

肖放：确实是有意为之。譬如有个人物叫葛瑞龄，这人也有人物原型，他是泰州中学的高中生，校园诗人，我把他的家安排在稻河的吊脚楼，通过他把泰州的稻河和吊脚楼呈现了出来。诸如此类，还有《五条巷之夏》《"皮包水"与"水包皮"》等不少章节。

小慧：这些章节在介绍泰州风土人情的时候，不是生硬地把它往里面一按，而是随着人物去看、去了解，对吧？

肖放：对，写人是主要的吧，我有意识地在写人的同时，把泰州这座城市融进去了。

小慧：对，这种融合就特别巧妙。

肖放：曾经有朋友问我，那个时候的五条巷已经很破旧了，你怎么把它写得这么美的？我说，破旧也是一种存在，它的美并未消亡，甚至破旧也自有其美。况且我写了生于斯长于斯的居民，写了他们在巷里巷外的活动，五条巷因了人的存在和他们有声有色的活动更有了独特的韵味。

小慧：我也可以理解，就是您对这片土地深沉的爱，所以才把当时已经很破旧的五条巷写得这么优美，让我们忍不住要捧着这部小说读一读。

大家知道，2019年是我们泰州解放七十周年，也是我们中华人民共和国成立七十周年，肖放老师的《五条巷》出版得正是时候。那么今年1月，也就是泰州解放七十周年之际，我们泰州广播电视台的多媒体融合平台《我的泰州》开始连载这部小说，迄今已经推出20多篇了。那么从今年9月份开始，也就是新中国成立七十周年之际，我们泰州文艺广播电台将推出根据这部小说精心创作、制作的长篇配乐节目——纪念这两个七十周年，致敬为这两个七十周年作出贡献的泰州人和泰州城。

肖放：谢谢你们！谢谢泰州广播电视台的同志们！

小慧：应该谢谢肖放老师，谢谢您的这本书！品读了《五条巷》，就能知晓我们泰州解放前的一段不平常的革命历史，了解我们泰州的人，也能够读懂我们泰州这座城！我们唯有不忘历史，才能开辟未来！谢谢您，肖放老师，再见！

肖放：再见，谢谢！

2019年

关于读书的对话

——泰州晚报《读书》专版访谈

问：请谈谈你读书的心得。

答：关于读书，我有一个特别大的遗憾，就是没能读完初中，也没能读上高中，尤其没能在全日制院校做几年学生，没有得到全面、系统的教育，没有在那种时间空间、那种令人流连的人文环境里，在老师的教导和与同学的朝夕相处中，大量阅读、研讨那许多必读、选读的书。

问：是由于"文革"吗？

答："文革"爆发时我刚读完初一，停了课，接着下乡插队、进厂做工。但后来没能上大学主要是我自己的原因，恢复高考后本可以补上一课的，第一年由于工作原因而止步，第二年又因轻信有关规定而错失了机会。

问：哦？什么情况？

答：1977年我在泰州市交通局"学大庆"工作队做队员，获悉恢复高考的喜讯后就去向领导请示。领导首先表扬我，说年轻人追求上进是好事，应该支持。接着又委婉地提醒我两点：一是这个事你要向局长去汇报。二是"学大庆"工作队为期一年，如能干完这一年再考，就工作学习两不误了。于是我决定"两不误"，没想到第二年却听说考生年龄不得超过25周岁，而我已经

26。我母亲特地跑到教育局去咨询，答复说有这个规定——后来得知实际情况并非没有余地，真是懊丧，只怪我们太老实了。

问：确实可惜，不过你们这一代有不少就是自学成才的。

答：当然我自己也读过一些书，还参加过其他途径的学习，但是不一样。自己读书只能在工作之余，时间有限，也比较随意，与在学校攻读不可同日而语。人说"书到用时方恨少"，我的看法是，一个人读书的多与少，许多时候都能感觉到，并非到了用的时候才觉得少。

问：自学需要更多的付出，也更辛苦。你能介绍一下对你影响最大的是哪些书吗？

答：鲁迅作品、古代散文、马克思主义哲学。这三类书籍我以前读得最认真，也最有兴趣，应该对我的影响比较大。

我上小学的时候就读过一些课外书籍，包括《钢铁是怎样炼成的》《红岩》《水浒传》等小说，都是囫囵吞枣。从小学到初中，我最感兴趣的不是语文，而是数学。在工厂做工期间，中央电视台每周有几天中午播出陈琳老师的英语课，那时家里还没有电视机，我都是去富春饭店楼上的泰州电视转播台蹭课，做了若干卡片，一有空就掏出来念念有词。

年岁稍长，我比较喜欢古文、宋词和历史，曾到市总工会职工夜校学过两年，每周四个晚上，两天大专古文、两天高中数学，放学回家后立即做作业，常常忙到深夜。接着又读了三年半的高师中文函授，可惜面授的时间不多，得自己用功。那时候我能背诵、默写不少古文和诗词，《召公谏厉王止谤》《太史公自序》等皆滚瓜烂熟，《前出师表》《滕王阁序》等更不在话下。至于哲学，1980 年在扬州地委党校脱产学了半年，遂成一爱。还在交通系统职工学校兼了哲学和历史两门课。后又参加了三年省委党校行政管理专业函授，二十多门课程中最喜欢的还是哲学。

中年往后，我兴趣最大的是当代文学史和中共党史，因为有许多问题说法不一，想通过阅读来作些比较和判断。我还读了一些泰州作者的作品，一是因为工作的缘故，需要了解学习。二是为了写评介文章。从这些作品中我也受益匪浅。但总的来说，我读的书还是太少，不少门类是空白——这绝非矫情，是实话。

问：你在文学创作、新闻评论等方面都取得了丰硕成果，看得出，这与你读的书有很大关系，譬如鲁迅的杂文。

答：有句"读万卷书，行万里路"的名言，常被用来教导写作者。读书与经历是一个层面，读书与写作是又一个层面。就说鲁迅杂文吧，它的精髓是什么？是对人性、对社会的洞察，是批判精神。可是不等于你读了鲁迅的书，甚至能够分析得头头是道，就能写了。鲁迅可不是想学就学得来的，"熟读唐诗三百首，不会写来也会偷"，鲁迅的杂文你"偷"给我看看？高山仰止，上不去的。但是你读了他的作品，总能受到一些影响。读书与写作的关系，主要是一种积累，一种潜移默化。包括我曾经很感兴趣的数学、历史、古文，现在已忘得差不多了，但影响仍在。

问：我曾读过你不少杂文，近期印象深的有《关于"大师"》《央视某导》等，请你谈谈从事杂文创作的经验。

答：经验不敢当，体会有一些。我认为写杂文有几点比较重要：一是理性原则，必须尊重事实，不逾法规；二是批判精神，只说好听的不是杂文；三是独立思考，要有自己的见解；四是符合逻辑，得把道理讲通。

且举几例。譬如20世纪90年代初的作品，"气功热"之时，我写了《眼见为实》；马俊仁大红大紫之时，我写了《功成名就之后》；文人纷纷下海之时，我写了《文人经商》；何智丽击败邓亚萍夺得广岛亚运会冠军之时，我写了《是非何智丽》。又如近几年的作品，前不久中国散文学会启动编辑《"冰心散文奖"获奖作品集》，我按要求从获奖的拙著《走过》里面选了《媒体形象》《褒贬"春晚"》《"聂树斌案"的选择性》等三篇报了过去，都是近作，加了一个《央视话题》的总标题。我以为我写的这些杂文，还算符合上述几点，而且紧扣当时的社会热点，有其存在价值。

问：你概括的这几点确实很重要，就杂文写作的艺术性而言呢？

答：语言过硬，意味隽永方能引人入胜。若论技巧，欲擒故纵、曲径通幽、意在言外等手法皆是常道。在我，虽不能至，心向往之。

2018 年

附录：

评论文章摘录

黄毓璜《简单着是美丽的》：我特别注意到作者笔下一些人物的神采，比如《他还活着》中的李进、《一面之缘》中的景国真、《我与一清》中的徐一清。作者对这几位先生的深深敬仰和赞许有加，跟他们的身份、职务、履历乃至才干无多关涉，那些包含处世方式和人格力量的细微叙说，恰恰突现出一种"简单"，一种跟时尚构成对视的、近于极致的"简朴"和"单纯"。我知道作者的描述和把握是准确到位的，它证实并深化了我对于一种精神的体感。

黄毓璜 作家、评论家。曾任江苏作协书记处书记、理论工作委员会主任、《评论》主编等职。著有《文苑探微》《云烟过眼》《苦丁斋思絮》等。

徐一清《从曾经走向以远》：陈社散文以写人见长，每存其真而传其神，跃然纸上，予人深刻印象。不少个性化、典型化的细节描写，隐约着他的小说人物的影子，这是陈社散文的一大特点。

陈社式抒情，不是倾泻，而是缓释，结尾往往凝作一点，铭刻在那里。

徐一清　诗人、作家、评论家。曾任泰州市文学工作者协会副主席、《花丛》副主编、《泰州志》副总纂、《泰州知识》《泰州文献》丛书编委等。著有《逝去的灵性》《平原鹰》等。

黄显宇《天然无雕饰　淳朴见真情》：真情实感是散文的灵魂。这篇散文之所以动人，还在于它把抒情、明理和叙事有机地融合在一起，以抒情议论的笔法去叙事，文中可谓笔笔含情、事事明理，文章自然也就如同一清先生的人品和文品一样，显得天然无雕饰。而无心修饰的散文，诚如王蒙所说，则能更见出真性情真境界真品味，这在一个充满包装与大旗的散文世界里，当然是至为可贵的。

黄显宇　作家、评论家。著有《求索》系列诗歌卷、散文卷、童话卷及《星际大搜索》《植物故事》《中学古诗文详解精练》等，主编《王派〈水浒〉评论集》《小学作文指南》等。

陆建华《在人生和文学的大道上坦然前行》：他的散文随笔，看不到矫揉造作的斧凿痕迹，却总是于字里行间自然地流淌着情感的暖流。真情不仅洋溢着他的那些写亲情友情的如《艰难的父爱》《妹妹的故事》等作品之中，即如他在写故乡、写母校的如《水的泰州》《母校的美丽》等篇什之中，照样燃烧着作者火样的真情。

陆建华　汪曾祺研究学者、作家、评论家。汪曾祺研究会会长。著有《汪曾祺传》《私信中的汪曾祺—汪曾祺致陆建华38封信解读》《陆建华文学评论自选集》等。

顾农《无所不谈　道在其中》：中国散文有两大源头：史传与诸子。陈社的作品一部分继承了史传散文的传统，一部分略近于诸子散文的派头。能够两手都来得甚至都很硬，实在非常困难。

顾农　作家、中古文学、鲁迅学研究学者。曾任扬州师范学院中文系主任等职。著有《建安文学史》《魏晋文章新探》《文选论丛》等。《文艺报》"玄览堂随笔"专栏作者。

潘浩泉《心灵的仪式》：不管社会如何发展，物质怎样丰富，心灵满足才是人的永恒主题。心灵满足的途径多种多样，有一种满足依靠自我修炼，自得其乐。远离喧嚣，淡泊名利，看重心灵的自由，不做欲望的奴隶。陈社对文学的坚守与追求便是如此。它是心灵的仪式。

潘浩泉　作家、评论家。曾任泰州市政协副主席、泰州市作家协会主席等职。著有《世纪黄昏》《幸福花决心要在尘土里开》《忘忧草》等。

沙黑《读陈本肖》：陈社以其童年，身受父亲的艰难，后来不断回味那艰难中的父爱，读来深感是人间一种悲剧。他以这泪水凝成的文字，回首仰望父亲的面庞，痛悔童年的执拗，以告慰在天之灵，从而如一束血红的花，开放于现在和将来的平凡的人间。读者的泪水会和陈社的流在一起，会因为某种共同的情感不期然地在心灵中被深深地一触，痛彻心扉。

沙黑　作家、一级编剧，曾任《大幕前后报》《雨花》杂志编辑，泰州市作协、剧协副主席等职。撰有《街民》《李明扬与李长江》《板桥应试》等小说、戏剧、随笔作品多种。

于国建《"发声"的学问》：陈社笔下的文字，有群众语言的运用，有前人典故的发挥，有自己观察思考的提炼，不矫揉造作，不故弄玄虚，文从字顺，平淡清淳，简洁质朴，几无闲句闲字，就像田里的稻穗麦穗，颗粒饱满，极少见到秕子。这样的文字，看似平淡，实则大气峥嵘，是大美。

于国建　报人、评论家、作家。曾任扬州市委宣传部副部长、泰州日报总编辑、泰州市社科联主席、泰州市委宣传部副部长等职。著有《燃烧集》《脚下碎片》《退思闲想》等。

储福金《读陈社散文》： 陈社说事的散文每每事中蕴理，意味绵长。《猫爸爸　猫妈妈》细致描绘了作者一家与流浪猫一家相遇并照顾它们的过程，阴晴寒暑、吃喝拉撒睡，于点点滴滴中妙趣横生、见情见义。《扬子晚报》刊发后网评热烈，称其为"一篇饱含人道主义温情的力作"。

储福金　作家。曾任江苏作协副主席、小说工作委员会主任等职。江苏省有突出贡献的中青年专家。著有《黑白》《心之门》《人之度》等。

苏增耀《品读陈社》： 一句话、一个眼神、一个动作都被陈社转化为人生的能量。诚实的。执着的。有恩必记。有恩必报。在云卷云舒之间，他看到的不是影子之黑，而是阴影中的透明和期待。

苏增耀　作家、评论家。曾任靖江市委副书记、靖江市政协主席等职。现为靖江市马洲文化研究会会长。主编《枣儿》《靖江之最》《靖江印象》等，著有《政协风格》等。

姚舍尘《陈社散文创作断想》： 散文是掏心窝的文体，必得真性情将心一块一块凌迟示众。这个过程，我在陈社的书里看到了。他写身边的人和事，总是抓住人的特点展开笔墨，文字中透露着人际的善意与厚道。他写不常见到的人，感觉则是造型能力极强的素描，洗练而别有深情。我甚而惊心于他的几乎无技巧，以及对沉痛的表达如此节制。这确乎是散文的高级阶段和境界了。

姚舍尘　作家、评论家、编剧。曾任县级泰州市文联副主席、高港区副区长、泰州市政协副主席等职。著有《落红》《五月的鲜花》《吾园秋深》等。

费振钟《关于陈社和他的写作》：所谓写人叙事，虽为文章常道，却也因不同写作者不同的才情与器识，可以看出通达与否的。我读陈社散文集中所有作品，即以通达来作为评价，作者能做到这一点其实并非容易。

费振钟　作家、评论家、文化学者。江苏作协专业作家。著有《江南士风与江苏文学》《堕落时代》《费振钟文学评论选》等。

汪政《世象山水共品题》：陈社出身文化世家且长期从事文化工作，他的积累深厚，创作领域也相当广，可以说各体皆擅。

汪政　作家、评论家。现任江苏作协副主席、中国小说学会副会长、江苏省文艺评论家协会主席等职。著有《涌动的潮汐》《我们如何抵达现场》《悲悯与怜爱》等。

孙俐《走过崎岖坎坷，洒下一路阳光》：一个人相信什么，他未来的人生就会靠近什么。从相信到质疑，背后是理性；从不信到再信，背后是见识与格局。相信才有希望。我读陈社作品的最大受益是，因为它的厚重、豁达与平静而变得愿意相信……

孙俐　亦名刘丽，业余写作者，在各类媒体发表文学、音乐作品若干，个人公众号"孙俐聊吧"。镇江人，现居上海，供职于某中外教育合作机构。

谭然《流向德国的父爱之河》：与这曲曲弯弯的留德之路一起延伸着的，还有一条静静流淌的父爱之河。枯燥而烦琐、孤独而艰难的留德之路，竟然是一次充满父女亲情的情感之旅。

谭然　文学硕士，现任泰州日报评论员、总编办主任。发表《老舍、赵树理小说叙事模式比较分析》等论文为人大复印资料转载。编有《泰州文化丛书》，著有《泰州名人》等。

庞余亮《文学树上的一颗"私密果"》：在所有写父亲的文章中，陈社先生的《艰难的父爱》给我留下了深刻的印象，比如那里面的白口罩、白石灰，简直惊心。那是一个懂事的儿子在叙述父亲。而到《留学，到德国去》中，这样的儿子成了父亲。一个新时代的父亲。这本书中，前六章是父亲，后六章是女儿。父女两人在书中对话，成就了父爱养育的一本奇书，也见证了时代在父亲和女儿心中的呼啸与长吟。

庞余亮　诗人、作家、评论家。现任江苏省作家协会理事、泰州市文联主席、作协主席、靖江市政协副主席等职。著有《薄荷》《半个父亲在疼》《小先生》等。

雷雨《简单行世性情文》：与陈社先生见面不多，几年前看到他的《坦然人生》，很为这样的人生姿态感慨。如今世风，有多少人能够做到坦然面对，不卑不亢？看到他与远在欧洲留学女儿的书信集，让我们知道陈社是怎样尽职尽责的一位父亲；看到他整理自己坎坷多难的父亲的遗稿，我们知道了陈本肖先生当年在新文化运动中的贡献，也知道了陈社先生渊源有自，是怎样一位儿子。

雷雨　作家、评论家、出版人。现任凤凰传媒集团副总编、江苏作协理事、南京市评论家协会副主席等职。著有《漫卷诗书》《龚自珍传》《诗人帝王》等。

吴萍《真诀自从眼中得》：《艰难的父爱》，先生笔笔蘸情，一点点勾缀出爱子尤切的病父形象，令人动容……他亦慈亦严的训育终成了先生一辈子的珍藏。当年跨过栏杆买橘子的父亲，给朱自清和天下儿女一道难忘的"背影"，先生这篇同调之作，却让一个身有病、心强大的父亲迎面而来。

吴萍　评论家、作家。作品见于《散文》《文艺报》《书城》等媒体，著有《遇见》等。

李晋《铭记流年的真情》：时光易老，岁月无情，在陈社的笔下，流年里的每一段时光都是充满真情的。在《走过》这本散文集中，他从生活的源泉里提取感恩的价值，形成闪耀人性关辉的文字视觉，在慰藉我们心灵的同时，传递给我们温暖和感动。

李晋　笔名李敬白，作家、评论家、地方文化学者。在国内外报刊发表文字数百篇，著有《人间滋味，温暖可期》《东进烽火》《纸面留鸿》等。

（以作者年龄为序）

苏增耀：品读陈社

一

我以为，在有限的人生里，坐拥书城也许只是一种奢望，但在自己的枕边放上几本喜爱的书，却是很容易做到的。只要每天晚上翻上那么几页，浅斟，或者细饮，那么自己的一天就会蓦然被书中的光芒照亮。就像苏童所说，这样的一天，起于平凡，而终止于辉煌。

《坦然人生》应该属于这样的一本书。

我只要把这本书打开，就能够看见一个汉子，一个在人生旅途中大步向前的汉子！书上是我熟悉的笔迹，笔直，干脆，一点也不拖泥带水。一个人的笔迹其实是带着他的人生密码的。这样的横就是横、竖就是竖、撇就是撇、捺就是捺的笔迹的主人，肯定是一个汉子。

这个汉子就是我的朋友陈社！

二

对我而言，与其说阅读陈社这本书，不如说品读陈社这个人。

三

翻开《坦然人生》，我不由想起一位葡萄牙作家说过的话："写作就是对自己的正式访问。"

真的记不清有多少次，陈社带着我一起走访他的人生码头。不幸似乎特别偏爱这个早慧的少年，他的人生里更多的是风雨和泥泞。十二岁丧父。年轻时相依为命的妹妹又早夭。做过农民。做过工人。可是陈社依旧面对着人生的海洋微笑："人的真正价值在其内涵，人的真正魅力在其人格，其余的皆身外之物。"

我信然。与陈社交往这么多年，我最欣赏的就是他身上散发的人格魅力。坦然人生。人生坦然。他总是记得阳光的恩情，而把泥泞和阴霾忘却。

四

在陈社的书中，到处可见他俯身捡拾并珍藏的"麦穗"：

发怒的父亲为了"艰难的父爱"泼出的一杯水。这杯水是陈社永远不能忘怀的。有几次我们见面时他还说到这件事。这杯水至今仍在他记忆的密林里滴着纯粹的水珠，而这些水珠每一滴都闪烁着钻石般的光芒。

亡妹露青衣襟上的一支铱金笔。这支铱金笔是陈社插上去的。但这支铱金笔仍然在早亡者的星空纸页上沙沙地书写。

还有，插队第一天的《国际歌》，如今还在逝去的又不会永远逝去的青春的嘴唇里歌唱着……

五

帕斯捷尔纳克曾经质询过每一个写作者："假如种子不死?"我想,陈社肯定也这么质询过自己。与那些凭才情和技巧写作的作家相比,作为本色作家的陈社,更有必要闯过写作者的宿命:"种子是死去还是不死?"否则,他永远不可能来到人生的高地上为自己的生命打井。

种子必须经历死亡才能重生,但是种子肯定要死在散发着腐殖土气味的土壤里。在那样的土壤里,对于一个作家,就不仅仅是用"考验"这个词来形容了。在那样的偶然又必然的土壤里埋着,陈社不是绝望和忧伤,而是满怀希望,向着已知的岁月,向着未知的岁月,伸出的是他的一对手形的叶片。而这叶片是手心相向的。祈祷和祝福式的。感情和感恩的。"为什么我的眼里常含泪水?因为我对这土地爱得深沉……"

所以,当陈社把这一对手形的叶片一一展开,我们就有幸读到了《艰难的父爱》《妹妹的故事》《关于耿庸》这些种子重生后的翠绿和饱满的生命力。

六

作家在作品中隐匿了自己,他还必须带着他自己在作品中归来。

归来的作家有的倦怠,有的焦虑,有的愤怒,有的平静,有的则满脸微笑。陈社属于后者。

陈社为什么在他的文字中那么珍惜亲情?我想原因只有一个,他把感情的阳光都刻录在他的生命里了。他的写作就是在灯下记下所有给他生命以光以热的种种细节和恩情。比如受恩于韩老的一句话的陈社，竟然在多少年之后成为韩老的女婿，不能不说陈社的真情是有些分量的。

一句话、一个眼神、一个动作都被陈社转化为人生的能量。诚实的。执着的。有恩必记。有恩必报。在云卷云舒之间，他看到的不是影子之黑，而是阴影中的透明和期待。

"我告诉她，困难、艰苦甚至苦难是一笔真正的财富。经历过苦难和困境的人，一般会比别的人更知道什么是善良、什么是丑恶，头脑会比别的人更清醒一些……"

七

如果说坦然是陈社的一撇，那么淡泊就是陈社的一捺。

基于这种坦然和淡泊，汉子陈社终于完成了 23 万字的心的圣殿——《坦然人生》。而在这圣殿的中央，则是他最为看重的父亲和父爱。

1992 年，陈社以一篇堪称完美的散文《艰难的父爱》去北京领取了《中国作家》优秀散文奖，出乎意料，又在意料之中。《艰难的父爱》中那厚重的感情，精致而又典型的细节把无数读者征服了。陈社为文坛贡献了一个可与朱自清的《背影》相媲美的父亲形象。

在陈社的记忆中，父亲的形象只会越来越清晰，越来越鲜活。咳嗽的父亲。吐血的父亲。口罩背后话音不清的父亲。作家陈本肖，泰州现实主义新文学的播种者，一个患了肺病的正直的知识分子，一匹顽强而高扬着马鬃如旗帜的蒙古马的父亲。

八

作家陈本肖和作家陈社是一对父子，更是泰州文坛上一对相互呼应的山峰与山峰。我相信，当陈社写出了这本《坦然人生》时，这对父子就在文字中相逢了，还在文字与文字的行距中一起秉烛夜游。

每次重读《艰难的父爱》时，我总有一个强烈的感觉，父亲是一匹倔强得近乎固执的蒙古马，儿子是一个用心弹奏马头琴的歌手。从1963年到1992年，整整三十年，作为儿子的陈社梦见过多少次父亲我无从考究，但有一点是肯定的，从《关于耿庸》中也可以看出，这三十年来，以至于以后，他都是以歌手的身份寻找着变成马头琴的那匹蒙古马的魂。

寻找父亲。重塑父亲。用文字给父亲雕刻。一凿又一凿，一斧又一斧，多余的东西去掉了，留下的就是那生命的音符，是那低沉浑厚的命运交响乐，也就是我们的父亲蒙古马！

父亲在我们心中，实际上就是父亲活在我们的身上。我们每个人身上都要重叠起很多人的生命，而作为底片的父亲，只有赤子才能用他的爱把父亲显影出来。

"不要紧的！不要紧的！鲁迅不是生过肺病吗？高尔基不是生过肺病吗？"

蒙古马腾空而去。马头琴琴声如诉。我们都活在了如山的父爱的荫庇之中。

九

这些年，陈社为工作到靖江来，虽然总是来去匆匆，我们却成了朋友。

陈社不仅是我的朋友，也是靖江人民的朋友。他的真心实意的《靖江人》，写了靖江人和靖江人的精神。这篇精彩的散文是应我之约而创作的。那一年，我在宣传部长的岗位上，正筹划编辑一本《作家眼中的靖江》。陈社很快就把稿子寄来了，又帮助联系时任泰州市委副书记的邵军同志写了一篇。《靖江人》开始发表在《孤山》上，后来收入《坦然人生》，还在台湾拿了一个很有些分量的征文奖。我被陈社的真情深深地感动了。不是因为他心中藏有感情的阳光，何以写出如此真切而传神的佳作？

这，其实正是真情汉子陈社的魅力所在，淡然的微笑，赤诚的情感，事不张扬的助人。

我这里不能不提及《我与一清》。一个领导，一个书生，友谊竟那样真纯如水。这本集子出版，陈社没有请名人题字作序，而把一清的评介文章作了"代序"，可见他对一清友谊的珍重。

十

我很信服徐一清对于陈社文章的评价："自见深沉"。深沉自见，这根就源于汉子陈社的人生态度，坦荡，坦诚，坦然。

既然坦然，就无遮无掩，像一望无际的大地一样，风吹过来又吹过去，云卷起来又舒开来。大地上的路虽然弯曲着，但它是前行的。汉子陈社老实得像一个农民，一个字一个窝，一个窝一个根。既然生了根，就有了向上展开的手心相向的芽。然后开花。然后结果。然后我们就看到了这本《坦然人生》。

"走出一己狭小的天地吧，抛开那太多的鸡零狗碎。你会发现，天空原本是那么的蓝，白云也是好风景。"

十一

陈社是实在的，又是犀利的。他的大部分议政、议经、议时事的文字由于他的真和锐，至今仍有铿锵之声。

宽阔的情怀。朴实的文风。不为尊者讳。也不为贤者讳。内心藏着一团火的陈社微笑着把他笔端上的文字搞得滚烫滚烫的，也把我们的心搞得滚烫滚烫的。《曾参杀人》《中国小学》《眼见为实》《狗就是狗》《曾经的疑问》……哪一篇不是接近了沸点，到了今天也没有降温？

所以我经常向我的朋友说起这本书的正气和赤诚。昔日古人煮海取盐，今日陈社以心煮字。真话的芳香在如今这个时代，是多么难得，也多么可人！

十二

感谢上帝！在我断断续续写完这篇文章的时候，真是有些轻松感悠闲感了。可我的朋友陈社还依然操劳着忙碌着。

忙碌着的陈社身上充满了书卷气。书卷气不同于书生气。尽管他也有那么一点儿书生气。

陈社的确是一个能在人生的云影下聚拢阳光的汉子。这么多年来他一直聚拢着。

我认为陈社是一座活火山。1989 年的一次爆发，他写出了一篇可以留传后世的《艰难的父爱》。如今十多年过去了，我期待着这座泰州文坛的活火山的再次喷发！

2001 年

徐一清：泰州的点睛之笔

江风淮雨，沧海桑田。在这个特定的水环境中，泰州已经走过 5000 多年。2001 年 7 月，陈社发表《水的泰州》，是历史的回眸，也是世纪的展望。以一个"水"字为泰州定性，他辨认出了泰州的灵魂。

麋鹿不是泰州特产，但在这里找到了最理想的最后栖息地。"红粟"不是泰州特产，但在历史上只有"海陵红粟"出了名。煎熬出的淮盐不及吴盐细白，但在泰州却曾创下全国最高的利税。商业繁荣，但不出豪商巨贾，以前主要是徽商，现在主要是浙商进军泰州大市场……一方水土，自有一方的特性。

陈社说："泰州人得益于水，也受制于水。"很有道理，很辩证，是这篇文章的"文眼"。

陈社赞美了泰州人的勤劳、勇敢和智慧，坚韧顽强的生命力，变水患为水利的伟大创造力，赞美了深厚的文化底蕴和优良的教育传统，以及产生的许许多多顶尖级人物。同时也指出泰州人的弱点：安于现状，知足常乐，没有太大的志向，不敢冒大的风险，相信一种消极的人生哲学，却又不免"窝里斗"。

这种双重性的历史性格，是民族的共性，通过个性表现出来。"天高皇帝远，出门就是水，交通不方便"。除了社会原因，相对封闭的地理环境，是形成这一性格的决定性因素。

在漫长的农业社会，四围皆水，泰州经济的发展曾是缓慢的，每前进一步，都要经过长时间积累。这有好处，基础厚实，潜力很大，不浮躁，不急功近利，可持续发展的空间广阔。不利之处，在狭隘保守，慢节奏，悠然自得。

　　泰州在长三角既有 16 个城市中，至今还叨陪末座，然而蓄势很强，前冲力很大，不能不说是跟这一时间磨出的水养成的历史性格有关。

　　古代哲人早就认识到水的双重性。陈社文章的价值，不仅在揭示了泰州和泰州人的水的性格，还在发现了这个性格包含的积极因素：扬弃和包容，并以此回答了"面对新的世纪，泰州和泰州人当如何作为"的问题。

　　有扬有弃，这水才得变活，流动起来，奔腾起来。兼容并包，这水才得变大，漭漭泱泱，波澜壮阔。

　　泰州在历史上就曾受到先进的吴文化和中原文化很深影响，虽然是被动的，然而这里有扬弃，有包容，这才成就地域文化的丰富性和变化性，不是太落后。今天则是主动接受上海经济圈的辐射，同苏南互联互动，积极而有选择地引进国内外大企业集团的投资项目，这是更高一层自觉的扬弃和包容，已成为新泰州快速崛起的一个推动力。

　　泰州人也跨过了长江，走出了国门。除了机械、医药、石化、建材、船舶等，特别具有象征意义的，是数十万农民经纪人，摆脱了守在家门口的小农意识，携带大批量的优质农产品和水产品，投放到了上海、南京各大市场，远销海外。泰州人内在的闯劲儿，开始涌动出来了。

　　陈社很有眼光。突破口正是交通。泰州的现代交通，起步很迟而发展极快。这是历史的趋势、时代的呼唤。打破了地理局限性，交通一变，泰州和泰州人的面貌大变。

泰州最大的优势，最宝贵的资源，最可持续发展的空间，还是水，而这水还有着双重性格。

泰州港已经排出的五大港区，还只利用了境内深水岸线的几个小段。大面积的生态湿地，从兴化西北部，到溱湖、河横，到江滩、江心洲，都有广泛分布。连缀的湖荡，密织的河网。丰富优质的地下水资源……这是一面。另一面，水面的缩小、水质的污染、水资源的浪费……也到处可见。

"南堤北圩"筑成了巩固的水上长城，还将北引的引江河发挥了引灌、排涝、运输等强大功能，各区市的城市防洪工程日趋完善……然而，特大洪涝灾害，旱灾、蝗灾、风灾、雹灾……还都不是不可能发生。自然规律也有辩证法。

而泰州的水的性格，不同于北方，也不同于江南。陈社有个比较，意在强调泰州和泰州人的个性。扬弃是在发扬优秀传统的基础上创新，包容是在汲取先进经验的提升中自主。如果失去自我，也就失去了灵魂。如果泰州的城市建设，包括水文化建设，不能保护和彰显地域文化特色，也就失去了优势，失去了吸引力和竞争力。

陈社的《水的泰州》，集中表达了泰州领导层和各界人士的共识。他写得很从容，很轻松，不乏幽默，这是因为站得高，看得远。水不在深，有龙则灵，文不在长，有"眼"则明。眼睛是心灵的窗户。陈社的文章，可谓泰州的点睛之笔。因此在《泰州日报》发表之后，《新华日报》《当代海军》《人民日报》又相继发表，产生了很好的影响，人称泰州的城市名片，信然。

2006 年

顾农：无所不谈 道在其中

数年前，《艰难的父爱——陈社散文自选集》（人民文学出版社 2011 年版）一书刚出版的时候，我就拜读过一遍，当时最强烈的感觉，是佩服作者的才华和勤奋，几年不见，他竟然写出了这么多精彩的文章！当时我正为一部从事多年始终不能封顶的书稿弄得上气不接下气，烂尾楼让人心烦意乱，原想就陈社此书写一点读后感的设想竟然未能动手。

缺下的课总归要补，许过的愿终当要还。

中国散文有两大源头：史传与诸子。陈社此书分四个部分：写人、说事、论理、问道，前一半（就篇幅来说是一大半）继承了史传散文的传统，后一半略近于诸子散文的派头。能够两手都来得甚至都很硬，实在非常困难，因为这里是两套路数：论理问道就得把道理说明白；而写人说事，其中何尝没有道理？却最好不要明说，甚至可以不必说。

我自己写短文，大抵是走后一路的，甚至沦为考证，摊材料辨是非算细账，很容易弄得琐琐碎碎，而能不能深入到古代作家的心灵里去殊不可知，何况谈的其实都是些古老陈旧的小问题，无关于天下兴亡、国计民生，而半生心力尽瘁于此，世事家常、百姓日用，反倒全盘忽略了。书斋生涯虽然是我的最爱，其实也很害人，但我无法革新。继续在边缘上待着吧。

陈社始终活跃在现实生活当中，接触的人和事都非常丰富，而且大抵都在基层。集子里只有一篇《关于耿庸》谈的算是一位名人，但他也并没有直接去写这位"胡风反革命集团骨干分子"的平生大事，只是很具体地记述自己同这位父执的几次通信和面谈。陈社的父亲陈本肖先生抗战期间同耿庸在重庆相聚的时候，热烈谈论的无非是文学，两位青年才俊都努力争取要做中国的托尔斯泰和高尔基，而就因为这么一点现在看来非常美好的青年人的友情和奋斗，后来在运动中却成了本肖先生的罪状，批斗，关押，最后还算幸运，荣获了一个"受胡风分子影响，不以胡风分子论处"的宽大结论，但他的身体全垮了，缠绵病榻，终于英年早逝，让少年陈社只能感受所谓"艰难的父爱"。这样的痛苦在当年的中国虽然恐怕只能算是小事一桩，而在作者却是刻骨铭心的。此书中有一篇《母亲的教诲》，文字很平静，但我总是从中感受到"受胡风分子影响，不以胡风分子论处"的灰色雾霾在压抑着她，让一位大家闺秀出身才华横溢的知识女性从此异常低调，呈现为东方女性婉约深沉的美。

《关于耿庸》一文也是写得很沉静，只是说"没想到他还活着，狱中十多年活下来了，'文革'十多年也活下来了。平反后，耿庸一头扎进了工作和写作，以其伤病之躯在上海辞书出版社编审的岗位上认真地'为他人作嫁裳'，成了上海市劳动模范，还担任着全国政协委员等社会职务和学术职务"。陈社的记叙中还有这样一段：

"……从一九五五年突然被捕开始，一直说不出上头希望他说出的东西来，现在当然也说不出什么，因为这个集团根本不存在。他告诉我，即使被定为这个集团主要成员、骨干分子的人当中，有不少就素不相识，直到平反五年之后的一九八六年，幸存者聚到北京参加胡风追悼会时才认识了一下，算是续了三十年前同案犯的缘。只是谁也没有想到，这一迟到的本来也许不会有的相识，竟天作似的安排在胡风的遗像前，而另一些也该认识一下的骨干分子则已先胡风而去了……结果许多原先想问的问题没问，要说的话都没有说。面对着遗像上胡风那颗似乎仍在天真而执着地思考着什么问题的大脑袋，大家不约而同地选择了无言。"

那么多知识精英和他们的亲属子女就因为这么一个莫须有的"集团"，吃尽了苦头和艰难，而后来却非常宽宏豁达，还是在认真工作，甚至当上了劳动模范。在创作上当一个托尔斯泰大约不容易，而在思想上要做到他所主张的忍辱负重、自我完善，在中国似乎比比皆是，尽管在这里几乎完全没有俄罗斯传统知识分子那种宗教情结在起作用。《母亲的教诲》中记录的教诲之一是："你要记住别人对你的好，不要记住别人对你的不好。"又一层意思道："即便吃了亏，这个'亏'也是身外之物，值不得计较。"这些话虽然普通，却是许多善良的中国人特别是知识分子的安身立命之道。

陈社的散文无所不谈，看上去无甚高论，但诸如此类的见道之言或并未明说仅为见道之意的地方还很不少。《二叔的一生》写这位离休老干部平凡而曲折的命运，粗看好像并无深文大意，但我注意到，文章中写到他被莫名其妙地被打成右派后来又平了反，几十年中一向老实勤奋地工作，而"凡事都要辩个理的习惯并未有多少改变。每次回泰州或者通电话，都可以听到他的高谈阔论。他最主要的话题永远是国家大事和世界风云，几十年如此。经常和他的弟弟、妹夫以至晚辈们辩得不可开交。有时我没有时间和他多聊，他还蛮有意见，说我缺乏我父亲那种忧国忧民的满腔热忱。"亏可以多吃，理不能不讲。这也是一条很重要的"道"。

《一面之缘》是为纪念病逝的首届全国百佳新闻工作者、著名电视散文编导景国真先生而作，陈社同他只见过一次面，而景先生为了将陈社的《艰难的父爱》拍成电视散文前后忙了两年，做了大量的工作，结果得了一个大奖，其时他已经离开了省电视台的编导岗位，此后同陈社也没有什么直接的来往。他"为的什么呢?"陈社提出了这个问题却没有回答。我想这里面自然有一种"道"。

《我读浩泉》是阅读泰州作家潘浩泉先生作品后的体会，其中有许多正面的评价、细致的分析，总之是非常佩服;但到篇末却有一段直陈潘作的"不如我意之处"，非常坦率，这些看法是不是中肯我不敢确认——我很抱歉没有读过潘先生的作品;但我敢说，这正是文学批评的应有之义，同时也包含着一种"道"。陈社有一篇文章的题目说得好:"坦然就不累"。

书中还有一篇《识人之道》，列出了五条，可以说都是至理名言，完全拥护;不过就算是充分运用了这五条，是否就能完全识人，我不免还有些怀疑。识人很难，在一般情况下还比较好说，在特殊时期，遇到深得难测的人，可真不容易认识他。世界上出人意料的事情，大家见得还少吗?至今认识不清，也没有什么要紧，咱们后会有期。

陈社的文章如行云流水，已经达到很高的境界，但似乎也还有些未过我瘾之处，如果能更迂回更锋利一些，或能更多一点如杜甫所说的"沉郁顿挫"，可能更好些。不过这种感想也许只是表明我的暮气和偏见，随便说说，不必当真，知道还有这样一种老朋友的求全责备也就足够了。

2014 年

费振钟：因为父亲的引力

——关于陈社和他的写作

正初冬时节，窗外两棵乌桕，树叶已成驼红。此时再读陈社2011年的散文集《艰难的父爱》，别有一种滋味。时间正像看不见的风霜，将人生点染得如此深重，以至不能不生出无限感恨。二十五年前，陈社为他故去的父亲写"艰难的父爱"时，是否也因了这种感恨呢？前年，他又以此为书题，内心用意，已经昭然若揭了。

我认识陈社大约在20世纪80年代初，那时候文学风起云涌，小城泰州一时也多新起才俊，有所谓的"三张一姚"，有自称"沙黑"的吴双林，自然也有陈社。只是年龄上陈社要比三张一姚们稍大一些，写作上则不同专务小说的沙黑。但对文学的热望，他们是共通一致的。也就在这样的热望中，我从南京到泰州，大约有一二回文学讲座活动。这样，与陈社相识，就成了那个时期普遍的结盟。当日，文学是最强的黏合剂，很容易让一些人见面一次就引为同道。

说相识，并不相知。我对陈社，说真的并不太了解。至少，作为文学中人，我不知道陈社何以进入文学，并且能够一直用写作支持他的人生与人格。相识近三十年，只听说陈社从泰州去了比邻的扬州，从扬州又回到了比邻的泰州，如此而已，仅稍有消息，没有频繁交往和深度交流。直到他写耿庸，一个他父亲年轻时的朋友，陈社才坦然告诉我们，原来文学于他，直承父辈，我这才知道，父亲的影响贯注了他自己的人生。

实际上，列在书中第一篇的《艰难的父爱》，就有强烈暗示。这篇写于1989年5月的作品，可能是陈社第一次公开对父亲的致意与怀念。陈社的父亲在他十二岁时因病去世，在与父亲一起生活的十二年中，他甚至没有能够真实地看到白口罩后面父亲的脸庞，所有记忆，只有父亲的眼睛，和眼睛里"殷殷的目光"。父亲于他是一种秘密、一种迷惑、一种不解和一种难以言说的存在。多少年后，他才体悟到父亲对他的"沉重的爱"里包含的意义。文中写得最动人的，是他父亲要他停学时严厉而愤怒的呼喊，那种决绝之爱，只有在希望与绝望交织中挣扎的人才会产生；而写得最透彻的，是他父亲关于"为什么取名陈社"的父子答问，这个答问在他们父子有限时间中，一直反复多次进行，因为"做一个社会的儿子"，事关父亲的嘱托，也事关少年陈社将来的世界观和人生选择，所以一问一答，看似家常，却有超出父子之伦的大义，所以让人怦然心动之外，尤能看出陈社通过追思父亲，也在寻求与再次确认自己的成长，所谓思之切，而旨意远。

循着《艰难的父爱》的思路，这里我特别需要细读陈社的父亲陈本肖。我们对这位20世纪40年代笔名高放，在抗战重庆发表过《蒙古马》等多篇小说的青年作家，"七月派"同人耿庸的朋友，全无所知。20世纪50代受胡风案牵连的高放，在小城泰州也未必有多少人了解。但高放也就是陈本肖，受拘押、抄家、批判，在政治迫害下，本已罹病的身体因抑郁而英年早逝，却是他个人以及他的家庭在不幸时代中的大不幸。当年陈社不知父亲为何许人，何以郁郁寡欢，他也不能明白收存在母亲那里的一张小纸片，为什么会像符咒那样，控制着他们，像阴影笼罩着他们的生活与未来。或许一直等到陈社见到了耿庸后，耿庸的讲述，才会让我们对陈本肖的形象有完全的认识，而《关于耿庸》其实是作者父亲的张本。如果说，戴着大口罩，不以面目示人的陈本肖，只是被那个时代埋没者的一个隐喻式描写，那么耿庸则是陈本肖存在的比照，寻找耿庸，也便成为对陈本肖的重新发现。这也是作者在父亲去世近三十年后，访问耿庸，并写下《关于耿庸》的理由。作为七月派一员，耿庸既见证了陈本肖当年的文学身份，同时更重要的是见证了他的社会抱负和精神。20 世纪 40 年代的陈本肖作为一个深受"文学现实主义"影响的青年作家，就已经立下了为人生为社会的远大目标。而 50 年代，即使他重病在身，即使他受到不公正的待遇，即使他面临死亡的逼近，这个目标也没有动摇和改变，只是换了一种形式，陈本肖将实现目标的最后希望，托付给了儿子陈社。对照前文的叙事，我们就真正明白了，"父亲的爱"为什么如此艰难？真正了解了生命中承受之重的陈本肖何以对儿子爱之深望之切。同时，作为一个阅读者，我也能够找到陈社这部散文集中所有文字的出处与内在理路。

2006 年，陈社在他父亲遗作《陈本肖文存》后记中，对他父亲说道："我还想让他知道，他的儿子将努力去做一个像他这样的人。"皆因父亲的引力，陈社的写作，无论出自情感冲动，还是理性思考，都有着他父亲的精神背景。在这样的背景之下，读陈社这部散文集里看起来难以划一的文字，就有了一个硬实的内核，那就是对人生与社会的关注。

作者将《艰难的父爱》分为四辑，写人，说事，论理，问道，按我的阅读，陈社这部散文集其实集中在两种内容：一个属于私人领域，一个属于公共领域。前者，主要在对亲人与友人的抒写，后者则在对各类社会生活和事件的叙评。依上述两种内容，则又可从作者的写作题旨与表达方式，分为两类文字，一类致敬，一类反思。向逝去的、健在的、年老的乃至青春的亲人与友人，向他们的生命与存在、人性与品德致敬；对现实，对社会，对政治，对生活，乃至对所有那些进入作者视域的事物反思。致敬与反思构成了陈社写人叙事对立而又统一的主题。

所谓写人叙事，虽为文章常道，却也因不同写作者不同的才情与器识，可以看出通达与否的。我读陈社散文集中所有作品，即以通达来作为评价，作者能做到这一点其实并非容易。写人，尤其亲人与友人，说的是一种私人之间的关系，通与不通，完全以作者对于人性人情的同情与理解为标准，才能做到情真意实；叙事，说的是社会之事，达与不达，则以作者认识的准确与透彻为标准，方可体现出一种"公断"。归结起来，也就是陈文所谓的"理"与"道"了。尽管陈社不像乃父那样从纯文学的小说创作起手，然而"文章"却自是中国的文学传统，理与道，就是中国文章传统的血肉精神。当年本肖先生以"蒙古马"为象征力量，与非理非道的人生、社会抗争，不也正是乃子陈社现在对理与道的孜孜以求吗？

我于书中，单拈出若干篇代表性的文章，试对以上作一申说。

《善哉亚如》为陈社写他继父李亚如专文。如文中说，见到继父在 1979 年，这时候作者已近而立，此一见，非只认亲归省，而是理解并真正认识了一位德行纯善的长辈。说起来，写继父的文章比写继母的文章还要难做，按弗洛伊德的理论，这里面暗含了一种人伦上的困境，但由于作者超出一般亲情，对于既是画家又是官员的继父，有着更高的同情理解，所以轻易能够绕过心理与情感的困境，写出一位令他感佩的父亲形象。当年作者曾对父亲本肖先生的不幸遭遇与英年早逝而深感人生缺憾，现在李亚如的出现，无如成为他的精神与人格培养的另一源泉，推原作者之意，他是深以为幸，也深以为敬的。而用敬心行文，作者着笔最多的则是他继父身上的品德与人格，是艺术气质与生命的蓬勃激荡之气。依此作者几乎从继父日常生活、待人接物以及书画活动等等，一一写来，面面俱到，却不见琐碎。最后总起到继父一生奉行的人生哲学和精神境界。文章最后引继父自书座右铭"岁月匆匆，吾年已八十，然童心犹存，事事想学，原天赐吾寿，方可多学多做，为世人多留贡献，庶不虚度吾生也"。亚如先生之大真大善，于作者不能为之传照，而非寻常私情所能比拟。

再看他如何写女儿。一篇短文，题目是《关于女儿的话题》。其实父女之情，最属私密，与舐犊之爱，尚有不同，可作者却以一个"话题"方法，由情入理，他要说的其实与当年父亲对作者的言教一样。女儿独自在国外读书，阅历人生，父亲自然牵挂，但他在女儿的成长过程中，不言儿女情长，却将与女儿的"对话与交流"当作做父亲的职责和要求。在女儿已经长大成人，知事晓理后，他"与女儿交流，继续着关于正直，关于善良，关于做个好人，关于好好学点本领的教诲"。这时候，我们所熟悉的那"殷殷目光"，似乎越过三十年，转到了陈社眼里。我们再次感到了父亲的力量。这就是陈社"关于女儿的话题"，通过对话与交流，传递给了新的一代。与当年不同，"父爱"不再艰难，对话和交流也不再隐晦曲折，不再要以"愤怒"的特殊方式进行，一切都可以成为倾心相谈的话题，父女可以成为这同一世界有同一人生目标的朋友，互相关切，互相激励。

《我与一清》与《我看增耀》，在书中所写诸友人中，这两篇尤值一提。两文的特点均不以情为胜，一清稍长作者，增耀为作者同辈，"我"与二人，实为文字之交，道义之交，作者正是集中在"道义"二字上着墨。陈社写到的徐一清，耿正而狷介，是一位典型的中国文人。作者视一清为师长，因为文学工作的缘故，一清又受作者之托主编刊物，这就成了作者的"下级"。这样的关系，其实难为。作者似有纠结，但在一清则处之分明，当他准备为作者父亲的旧作撰文介绍时，因作者"升迁"之故，便立刻中止，以避趋奉之嫌，这在作者看来本无必要，然而一清先生的清洁自爱和道德自律，于此小事上却表现得十分充分，令作者不能不生敬意。如果这件事在二人之间交往中，对作者触动还不够，那么有一次一清对作者因误解始以严责终以自歉，那就让作者为一清先生的坦荡和真诚畏慰交集了。增耀是作者另一位朋友，两人都属于"文化官员"。让作者能够与之倾心交结的原因，在于增耀是一个敢于为文化倡言、勇于任事的人。文中以增耀为青年作家庞余亮安排工作、生活一事为例，写他的"君子之风"。对增耀这种完全没有任何私心私利、完全出于对文学的爱，对作家劳动的尊重的做法，作者不只称赞他"为他人作嫁衣裳"的人格，更是宣扬今天所缺少的那种正直的"为官之道"。增耀虽在小城，虽仅为一小官，但身上却保留了中国士大夫的道德文章传统。而对陈社来说，他写增耀，何尝不是与自己的作一比照？所谓用他人的光来照亮自己。《我与增耀》放在写人最后一篇，非仅时间顺序，宜为"压卷"。顺便说一句，写朋友，匿于私谊，为文章一忌，至少格调不高。陈社写他的这两位友人，取之以道义，出之以情操，可谓正调。

现在转到叙事或说事上来。陈社以事为说，从文章作法上来讲，或可看作直接承续中国传统。这里首先需要揭出一个大观点，即唐代诗人白居易所说的，"文章合为时而著"。在中国经典作家看来，文章承担着"经国之大业"这样巨大的社会功能，因此必须适应时代的需要而作。这个观点一经提倡，就缔结了文学与时代的强劲关系。文章说事，说的是时代之事，是与现实社会紧密相关的事，这既是一个具有时代感和社会感的作者之写作目的，也是他的良知和责任。20世纪50年代作者父亲的那些师长与朋友，将这种写作称之"拥抱现实"，而在今天，则成为文学知识分子主动选择公共领域进行写作的一个根据。明了这个观点，对陈社大量说事之文，读者或能原谅其纷杂，而对作者"为时而著"的敏锐与勤力，以及多知多见，可予以充分肯定。

《三十年前的一篇杂文》为陈社回忆自己写作经验的一篇杂记，有夫子自道的意味。三十年前这篇反对"特权"的文章，对作者有双重含义。首先这篇文章成为作者写作的开端，其次，1978年适当时代转捩期，"政改"成为社会的一件现实大事，作者用"杂文"方式，参入当下政治，从此也开始了他的写作对于"说事"的倾向和风格。现代以来，自从鲁迅开创杂文体，于中国文章传统导入现代批判精神，而"七月派"作家是鲁迅现实批判精神的直接继承者，陈社的父亲陈本肖当年既写小说也写杂文，例如《忠诚的惨叫》《青衣文人》，甚至更能体现这位"七月派"盟友的现实情怀。因此，陈社如此珍视三十年前发端之作，实在是有他个人的价值取向。

散文集中下列诸作《书祭》《中国小学》《菊豆的悲哀》《从〈禁忌大全〉说到讳言文革》《过犹不及》《无奈浓烟》《全面的误区》《说真话》《沉默种种》《美与发现》，从文体与内容上，属于"时事评论"，皆能表现作者对于时代生活的把握，以及对于社会的分析。与其说作者自己有多年新闻从业经历，显然有着对事物的敏感，但无如说作者具备丰富的社会经验，能在复杂的社会现象面前，保持足够的客观与通识，从而显示较强的反思能力。"论理"也好，"问道"也好，与其说是作者对于写作内容的划分，不如看作作者的理性设定。有没有理性，对于一个将自己的写作置于公共领域的作者来说，尤为重要，否则当他介入社会，批判现实时，就有可能失去对事物的判断力，而仅仅成为一个被情绪左右或蒙蔽的"愤青"或"怆老"。比如关于"公权"问题（《公权私用与抓好一把手》），作者针对当代官场权力腐败现象所作的分析，既有事实依据，但又不囿于对腐败的愤怒与指斥，而是从制度上进行思辩，探讨中国语境中民主与监督的可能性与必要性。又如关于"公德"与"私德"（《终于重提老实人》）的关系，作者以权力与人际关系切入官员的道德认肯，通过分析两种不同的"政治人"，提出"老实人"在建立清明的政治环境中的重要性。这些都体现了作者理性思考的深度。

中国自20世纪80年代社会开放以来，时代变化越来越快且越来越复杂，个人对于这种大时代的变化，自然会产生复杂性的感受，即使作者处于小城环境中，也因个体强烈的感受，而欲寻求某种观念，从而表达个人"定见"。我从作者这本书中，将这一"定见"总结为"良善"观念。陈社在大变革时期的个人感受点，是多方面和多层次的，既有那些显见的，如关于政治、权力、文化、教育、人才等，也有隐性的，如道德、气度、善恶、成败、得失等，作者力求从社会理论的角度加以观察和解读，尽管作为个人观察者，其理性解读有限，但作者试图捕捉到这个变化中的普遍性认同，从而为社会走向良善，贡献自己的见解，却能够起到交流的作用。我的意思，作者希望他的"问道"式表达，并不一定为了说服读者，但在具体情境里，他相信自己的反思性表达具有一定的重要性，至少对于关注这个社会及其变化的人们，他的"良善"主题，可能会让读者在价值失缺、人心浮躁的时代，思考如何获得均衡感。也就由于这一点，陈社这本书中有着鲜明的"现实作风"，无粗声大言，无疾颜厉色，亦无强词夺理，有平常心，有静观心，有求实心，是故能成良善之知，将理性的力量引发到最大限度。读者可对照《狗就是狗》这篇闲话，揣摩作者此中用意，为何倡言推崇人类理智主义。

说到这里，这篇书评该结束了。忽然想到多年前读过美国作家品钦的长篇小说《万有引力之虹》，这部小说过于现代，无情节可记，只记得这个题目真好。不免望文生义，借题发挥一回。引力大到宇宙，天体物理，小到微观世界，一花一草，无处不在，无时不起作用。若陈社从父亲那里获得引力，我则希望这引力，在陈社的写作上空化升出一道永恒之虹。而在虹的那一端，便是他美丽并且具有写作天赋的女儿。

2014 年

后　记

　　本卷原收入我的散文77篇，因一些原因，现保留70篇，其中65篇选自2017年—2021年间的新作。

　　所谓"新作"，是相对于我的上一本散文集《走过》而言，《走过》于2016年12月由北方文艺出版社出版，这65篇皆写于其后。

　　卷名"水的泰州"，系我二十年前一篇散文的标题，文中写道："泰州的城池，名曰水城；泰州的乡村，人称水乡；泰州的世界，一派水的世界。泰州的河流湖泊多得数也数不清，整个一张绿悠悠、湿漉漉的水网，说泰州人是在水中泡大的，一点也不过分……水，是泰州的根，也是泰州的旗！"

　　文中还有一句话："泰州人得益于水，也受制于水。"

　　全书分为四辑。辑一《品读札记》，主要是对一些人事、作品的致敬。辑二《我心深处》，则是对亲人的怀念或期待。辑三《职场内外》，是我职业生涯中一些片段的写实。辑四《人生如歌》，记叙了我经历中的一些事及人。《附录》是对于本人此书同类作品的评论选摘，选自一些师长、朋友发表的文章，挂一漏万，在此一并致谢、致歉！

　　本书是我的第六本散文书籍，距第一本《坦然人生》（2000年6月）已逾21年。这些年来，我的文字中属于以上方面内容的占了不小比例，譬如"品读"方面曾专门出过一本《向平凡致敬》，"亲人""家乡"和"人生"方面写得更多，其中《艰难的父爱》《妹妹的故事》《水的泰州》等一些篇什还曾为不少媒体、书刊选载，被视为我的"代表作"。从某种意义上看，这些方面的内容或可告一段落了。

可我总觉得想写而未及写的东西还有许多，还需要不断充实。所以我还会继续写下去，或许这就是生活的魅力吧！

感谢各位！

陈社

2022 年 2 月

下卷

陈社散文选

人生如歌

陈社 著

文汇出版社

图书在版编目(CIP)数据

人生如歌 / 陈社著. —上海：文汇出版社，
2023.3
ISBN 978-7-5496-3979-3

Ⅰ.①人… Ⅱ.①陈… Ⅲ.①散文集–中国–当代
Ⅳ.①I267

中国国家版本馆 CIP 数据核字(2023)第 033970 号

人生如歌

著　　者 / 陈　社
责任编辑 / 熊　勇
装帧设计 / 书香力扬

出版发行 **文匯**出版社
　　　　　上海市威海路 755 号
　　　　　(邮政编码 200041)
经　　销 / 全国新华书店
排　　版 / 成都力扬文化传播有限公司
印刷装订 / 成都兴怡包装装潢有限公司
版　　次 / 2023 年 3 月第 1 版
印　　次 / 2023 年 3 月第 1 次印刷
开　　本 / 880×1230　1/32
字　　数 / 480 千字
印　　张 / 20.375

ISBN 978-7-5496-3979-3
定　　价 / 98.00 元(上下卷)

序：精神的高度

赵本夫

一个作家能走多远，取得多大文学成就，决定因素不是技巧，而是精神的高度。因为技巧可以共享、通用，而精神只能属于个人。这里所说的精神，包括思想、品行、素养、情怀、追求和价值观等。而杂文随笔无疑更需要精神的支撑。

陈社先生的这部杂文随笔集，就是一部有独立思想和精神指向的书。

陈社先生生活中为人儒雅、谦和，似乎一切事都可以商量。但从这部书里，我们却发现他是个有着鲜明个性和精神操守的人。特别是对社会百态和人生世相的解剖，就如一把闪亮的手术刀，犀利而深刻。这样的篇目很多，如《随感二题》《过犹不及》《善待世界杯》《识人之道》《谋事与谋人》《讲真话》《恶人告状》《君子与小人》《距离》，等等。比如在《恶人告状》里，他把恶人的心态、手段、动机、嘴脸，都揭示得淋漓尽致。这类人的确古已有之，但似乎从来没有像今天这么多，真是一件值得深思的事。社会需要什么，人间就会产生什么，如果今天日本人再次侵略中国，相信还会产生一批汉奸。恶人的产生，既是个人的问题，又是社会的问题。恶人大行其道，好人屡屡蒙冤，谁该为此埋单？

生活中有太多的无奈，我们也许不能改变什么，但我们还是要保持内心的操守。世界上最累的事莫过于做人，但如果看淡了世俗的名利，本色做人，就会有一个坦然而轻松的人生。这时候，你真该为自己感到骄傲了，甚至该为自己干一杯，因为你活得很有尊严。在现在的社会，一个人活出尊严可不是一件容易的事。于是陈社先生有了《不如简单》这样的文字，如此，已经是个智者。

是为序。

（载 2007 年 1 月 23 日《文艺报》、作家出版社 2011 年 8 月《赵本夫选集》）

赵本夫，生于江苏徐州丰县。1981 年发表处女作《卖驴》，获当年全国优秀短篇小说奖。已发表小说、散文等 500 万字，出版中外文作品集 20 多部。著有《地母》三部曲——《黑蚂蚁蓝眼睛》《天地月亮地》《无土时代》及《天漏邑》《走出蓝水河》《刀客与女人》《荒漠里有一条鱼》等，入选多种好书排行榜，荣获国内外多种奖项。作品被改编成电视连续剧《走出蓝水河》《青花》。小说《天下无贼》被冯小刚改编成同名电影，为人津津乐道。

曾任中国作家协会主席团委员、江苏省作家协会副主席、《钟山》杂志主编。

目录

CONTENTS

●●●●● 人生如歌

◇ 附　录

◇ 后　记

辑一　全面的误区

　　曾参没有杀人，倒是说曾参杀人的人手中还拿着刀子呢！有鉴于此，光是轻飘飘地说一声："走自己的路，让别人去说吧！"就未免太"阿Q"了，也很不负责任。

——《曾参杀人》

"特殊浴客" 从何而降

最近读报，看到了革命导师列宁排队理发的故事，感受很深。现抄录于此：有一次，列宁到理发店去理发。那里已经等着许多人，列宁便问谁是最末的一位。意思是要按照先后次序等候。大家知道列宁的每一分钟都是极其宝贵的，于是对列宁说："谁是末了的一位，这不要紧，现在空出位置来，请您先理发吧。"列宁回答说："谢谢诸位同志们。不过这是要不得的，应该按班次和守秩序。我们自己订下的法律，应该在一切琐碎的生活里去遵守它。"列宁一面说着，一面就找个椅子坐下，并从衣袋里掏出一张报纸来看。

列宁身为党和人民的领袖，而以一个普通公民的身份出现于群众之中，不搞半点特殊，不愿意接受任何一点"优待"，这就是故事的感人之处！

不知什么缘故，从列宁的排队理发使我很自然地联想起一些同志的洗澡。我的家离泰州健康浴室不远，每天中午 1 时之前（浴室 1 时开门营业）都可以看到有不少顾客守候在浴室大门外。浴室大门的开启时间是很准的，只有当广播对时的最后一声响过之后，浴室才开门。可是，当第一批顾客蜂拥而进的时候，发现浴室里已经是"人物济济"了。这里，有"红光满面"的主任，也有"热气腾腾"的科长；有浴后入梦、鼾声大作的"叔伯哥哥"，也有正在细品二道茶的"堂房舅舅"……顾客们都很诧异，1点钟之前那浴室大门关得铁桶一般，这些人是从何而降的呢？他们不知道，浴室的后边是个小巷子，巷子里头有扇后门，这些人就是从后门提前进来的。

在"四人帮"横行之时，不要说理发洗澡这些日常生活里的小事，就是调动工作、当兵、升学等大事，也大有后门与前门之分，这是不足为怪的。然而，"四人帮"已经被打倒一年多了，党中央抓纲治国的战略决策已经初见成效，整个社会风气已经有了很大的改变。在这样的大好形势下，我们的一些同志，特别是一些干部同志，如果仍然无动于衷、我行我素，就说不过去了。不要以为开后门洗澡是生活小事，没什么了不起。经常想想列宁同志的话吧："应该按班次和守秩序。我们自己订下的法律，应该在一切琐碎的生活里去遵守它。"

浴室的工作人员也应该丢掉人情观念，把后门关闭起来。如果还有人厚着脸皮去敲你的后门，不妨把列宁排队理发的故事讲给他们听听。

1978 年

坦然人生

人生如舟，时而顺风，时而逆水。逆水行舟则浪涛颠簸、曲折艰难；顺风扬帆也有暗礁险滩须得提防。大千世界林林总总，更有人情冷暖、世态炎凉伴君而行。由是，有点经历的人，常有筋疲力竭之感，每每一声长叹：活得太累！

其实，"累"也是可以放下的，就看你能否坦然面对。

坦然，来自对现实的承认。"人往高处走，水往低处流"固然不错，但当你"大胆地往前走"的时候，有否考虑过：你的追求是否现实？人们憧憬理想，却容易忽略它与现实之间的距离，或者虽承认有距离，却又认定只要有机遇便可时来运转，如愿以偿。殊不知，人生旅途有许多距离是无法跨越的。天生五音不全而指望当歌星一鸣惊人，看了几部录像即发誓非刘德华不嫁，被上司表扬了两句便天天等着升迁……凡此种种，年轻时偶生此念倒还不难理解，倘若非要当作人生理想去耿耿追求，不达目的誓不罢休，以至于腰酸腿痛、白费工夫，又何苦呢？须知：有理想是一种正确的生活态度，放弃理想也是一种正确的生活态度。有时后一种态度，作为一种活着的艺术，乃是更明智的（梁晓声语）。

坦然，需要淡泊名利。这些年与仕途中人接触多了，耳闻目睹了不少故事，而几乎每个故事后面，都有一声叹息。他们中有太多的人别无选择似的认定了一条道路走下去，对这条路上的名誉、地位以及随之而来的房子、车子、票子等等寄予着种种期望。于是，走出了本该属于自己的那方世界，说起话来吞吞吐吐、闪烁其词，做起事来瞻前顾后、藏头缩尾，不想笑的时候要笑、想笑的时候又得忍着，总怕得罪了谁、涉及了谁，周围的亲亲疏疏、沉沉浮浮时时左右着自己的喜怒哀乐，这能不累吗？如果我们淡泊一些、达观一些，不去做功名利禄的奴隶，而是坦然自若地去履行自己的职责，不是从容得多吗？当然，名利也不是什么坏东西，人们津津乐道想入非非都无须指责，只是不要过于多情、过于用心罢了。

坦然，是一种气度。在并不轻松但又很少生死攸关的日常生活中，要学会自我调解，宽容一些、随和一些，凡事莫强求，既不要和别人过不去，也不要和自己过不去。否则，上司不公你要生气，同事走运你要生气，旧属势利你要生气。诸如此类，听说这一位与那一位一起吃饭要生气，看到那一位与这一位一同乘车又要生气，电灯不亮、车胎小气、刮风下雨你都要生气。倘若自己的向往落了空，你更是牢骚满腹、怨气冲天，拽住谁便数说自己的功劳、别人的罪过，要求你的上司、你的同事、你的下属无一例外地证实你的完美、同情你的不幸……可是，天还是那个天，地还是那个地，这世界一点也没有因你而改变。你愈加郁闷怨恨，心是灰的、周围的人是灰的、满天满地都是灰的，夜夜失眠、满面憔悴。为什么不去一次歌厅？或者来一趟远足，攀一攀黄山极顶？走出一己狭小的天地吧，抛开那太多的鸡零狗碎。你会发现，天空原本是那么的蓝，白云也是好风景。

坦然，是人生的一种潇洒。当你为一级工资脸红脖粗，他正悠闲地翻着昨日报纸；当你因一官半职长吁短叹，他却哼起了"平平淡淡从从容容才是真"；情场失意，他没有"以牙还牙"，依然给旧时恋人寄去一帧精美的生日贺卡；面对责难，他并不急于表白，却一如既往地甩过一支香烟；甚至在他遭遇不幸、你想劝慰而又不知说什么好的时候，他的幽默竟能一扫满天的乌云。没有患得患失、讳疾忌医，没有矫揉造作、文过饰非。坦然地面对一切利害得失、恩怨是非，你就能处变不乱、举重若轻，你便可坦坦荡荡地去爱、去恨，让喜怒哀乐真真实实、顺乎自然。这样，人生就不是一场磨难，生活的重负下也能挥洒出画意诗情。

刘海粟大师书有一联："宠辱不惊，看庭前花开花落；去留无意，望天上云卷云舒。"这位世纪老人的人生之道，可为心镜。

1991 年

曾参杀人

　　曾参，孔丘的弟子，贤者。一日，有人告诉曾母："曾参杀人。"曾母不信，答曰："我的儿子不杀人。"说完继续织她的布。不久又有人对曾母说："曾参杀人。"曾母不为所动，织布如初。可当再有人来说"曾参杀人"时，曾母害怕了，扔下了布梭逾墙而走。当然曾参并未杀人，但谣言起了作用，连他的母亲也失去了自信。这则故事见于《战国策》，"曾参杀人"的始作俑者是谁？文中未详，但其目的显然是达到了。

　　作为古来有之的一种社会现象，谣言似乎总是处于科研领域的真空地带，理论上缺乏规律性的把握，实践中显得难以捉摸，每每疲于被动式的招架应付，以致"曾参杀人"之类的传奇迄今仍有市场，这实在是一些人的幸运和另一些人的不幸。

　　试作分析，谣言大致有三种类型。一是天方夜谭。如有人杜撰了某点心店串通殡葬工偷剐人尸肉作馅心而大获其利的故事，因其耸人听闻而被报章猎奇，以致谬种流传。二是貌合神离。"骆驼牌香烟中含有鸦片"的流言就曾令西方烟民谈虎色变，其实风马牛不相及。三是捕风捉影。"小行星将撞击地球"一说虽非空穴来风，但已离奇得面目全非。诸如此类的无稽之谈，倘若稍作查核、分析当难以惑众。可惜的是，某些传播者的热情往往不在于此。

谣言的存在，总是为了使人相信、以求取得某种益处的。在这一点上，它与荒诞戏剧或童话故事泾渭分明。因此，谣言的制作与播散便成了一门学问和一种艺术，甚至成了一种职业。人们发现，谣言的常用语有二：一曰"据说"。"据说"就是据"其他人"所说，便有了"根据"，"美国之音"的"据说"就相当多，即使你有万千疑窦这问号也无处可送，只得束手就擒。而正由于有了"根据"，说者已退到了"中立"的安全区，既不用担心承担什么责任，又可以最为自由地宣泄其被压抑的、不可明言的冲动。一俟奏效，天晓得的"其他人"仍不见踪影，获利的还是说者。二是举出某些个极有发言权的人来作根据，曰"××说"。于是，关于首脑人物病入膏肓的"最新消息"，总是那些中央医院的主刀医师、值班护士等等老百姓无从查考的人士"亲眼目睹"。如果涉及的是某要人的隐秘，大抵出于他的司机、秘书等等"消息灵通人士"的"私下透露"，而芸芸众生与其素无私交，自当不去指望也能得到些许亲聆"透露"的荣幸的。如此有名有姓的"根据"，不啻一封署了"名"的匿名信，大可扮演义愤填膺的道德家的角色而不会受到惩罚。

　　抛出谣言的时机也有讲究。谣言是黑市交易中的商品，常以泄露天机的形式出现，因其鲜为人知而越发神秘和珍贵。但谣言的价值不是任何时候都存在的。这和黄金不同。黄金也很稀有，故而珍贵，可人们并不去使之流通，而是将它积攒起来。谣言却必须适时消费，才能在其最具价值之际获取最多的利息。所以，谣言便常常在一个绝妙的时机出现在一个绝妙的地方。西方人对此颇为精通，谁谁吸毒、谁谁宿娼等等涉及候选人私生活的谣言，总是随着投票日期的临近而不胫而走。每逢此时，总有人忙碌得近乎反常，创造出前所未有的劳动效率。美国一家公共关系事务所"霍华德·唐尼合作协会"就以其在几小时内即能派出专家小组制造谣言的能力而遐迩闻名。

　　谣言的作用确实低估不得，它近似于催眠术，能引诱人、迷惑人、征服人直至致人死命。法国学者卡普费雷曾指出，精于谣言的战略家们有一个非常著名的行动准则：诽谤吧！诽谤吧！总会有什么留下的。臭名昭著的戈培尔更干脆下了"造谣一千遍便可成为真理"的结论。而"周公恐惧流言日"的诗句、阮玲玉"人言可畏"的绝笔则道尽了善良人们的无可奈何……

　　曾参没有杀人，倒是说曾参杀人的人手中还拿着刀子呢！有鉴于此，光是轻飘飘地说一声："走自己的路，让别人去说吧！"就未免太"阿Q"了，也很不负责任。

1992 年

《菊豆》的悲哀

终于看到了影片《菊豆》，张艺谋着意营造的又一个大红色调的世界，鲜血淋漓、令人窒息。

实在是一个太古老的故事了——封建社会对人性的残酷虐杀。中国的历史太沉重、太压抑，有着太多的触目惊心。这类故事书刊、舞台、银幕、荧屏均早有所见，讲了快一个世纪了吧？似乎还未有尽期。当然，艺术家们并不仅仅是再现一下历史，让人们了解一点已成过去的血泪。

未出影院，便听有人议论。骂菊豆放荡、狠心、绝情，同情残废了的杨金山眼睁睁地戴"绿帽"而无能为力……这是又一种社会效果。比影片本身更沉重、更为发人深省。或许，连张艺谋也始料未及。

在非人的婚姻专制下，任何一点抗争、反叛，哪怕垂死的挣扎都是大逆不道。而对生命、人性、青春的强暴肆虐，反倒理所当然。这面目狰狞的封建礼教，千百年来奉为正宗的"国粹"，统治着吾土、奴役着吾民，戕害了多少无辜？扼杀了多少生灵？时至今日，仍非空谷足音。是的，反封建由来久矣，在中国也曾几度轰轰烈烈，辛亥革命、"五四"运动的斗士们导夫先路，付出过血的代价，写下了巨制鸿篇。然而，旧的传统观念毕竟根深蒂固，如果以为唱罢"安魂曲"，遗老遗少们便都真的安了

"魂"，就未免太天真了。封建礼教的幽灵仍在四处游荡，现在还远未到到处莺歌燕舞、更有潺潺流水的季节。

物换星移，多少个春秋过去了。菊豆的悲剧结束了吗？漫漫长夜里她那声声惨叫、累累伤痕，在共和国的朗朗蓝天下不是依稀可闻可见？杨金山死了，却阴魂不散。他想做而没有做到的，天白们做到了，他的生命正在天白以及天白的后代们身上延续。菊豆那一点可怜的人性萌动连同她鲜活的生命终被彻底碾碎了。在白幡纷飞的送葬（应曰招魂）队伍中，在黑烟升腾的熊熊烈火里，分明有着杨金山险恶的笑影。甚至今天，他还能赢得银幕下的某些同情，他有什么理由不笑呢？二十世纪九十年代了，他仍有足够的时间来品尝胜利的滋味。这是菊豆的悲哀，也是《菊豆》的悲哀。

悲哀，又何止于斯？《菊豆》完成于两年之先，国人们不是"无缘无故"地等到今天才得以目睹么？这些年，反封建题材的影片中还有《原野》《红高粱》《大红灯笼高高挂》等，无不举步维艰。而同时，某些堪称"全盘封建化"了的戏剧和港台电视片或原封不动地重返了舞台，或连篇累牍地占据着荧屏。《女儿经》《烈女传》之流的一版再版已不是什么新鲜事了。国内（也是世界）首屈一指的歙县牌坊群也已修葺一新，在向游人们隆重推出贞妇烈女们的"模范事迹"呢……悲乎！民主运动的先驱们九泉有知，岂能安宁？

1992 年

眼见为实

清晨漫步街头，随处可见意守丹田、沉浸于气功境界中的男女老少。作为一种具有传统文化特色的自我身心锻炼方法、一种强身健体祛病之道，气功得到人们的如此厚爱确非寻常。记得曾有人断言：中国的气功热会像前些年注射鸡血、喝红茶菌、饮凉水等风行一时的疗法一样，转瞬即逝。可十多年过去了，气功热潮依然风起云涌、大浪排空，真是出尽了风头。

我相信，气功是一种有效的健身方法，对修养身心、增强体魄有益；对一些慢性疾病的调理治疗有利；甚至有时也能对某些人的沉疴重症产生特殊疗效。但我又不能相信充斥于市的那些对于气功神话般的宣传。然而，宣传者多为亲眼所见，绘声绘色、言之凿凿。有道是"耳听为虚、眼见为实"，岂有不尊重事实的道理？

这几年气功师们的"带功报告"大受欢迎，票价虽高仍场场爆满，且均系自愿，无需行政摊派、工会解囊。其原因多出于对气功及某些大师的神往和百闻不如一见的心态。大师们果然身手不凡，功力所及，使成百上千的听众前俯后仰、左摇右摆、且说且唱、或哭或笑，进入忘我之幻境。而于这摇摆哭笑之后，已有人感到神清气爽、诸病皆除了。据说在某处还有躺在担架上进场、扛着担架凯旋的。令人叹为观止，不信也得信。

中央电视台龙年春节联欢晚会上的"气功表演"则更令人佩服。在亿万观众的眼皮底下，气功大师显示了"轻功踩气球""硬功拔铁钉""外气击木靶"等"神功绝技"，惊得人们目瞪口呆、赞叹不已。晚会主持人也恰到好处地来了一通现场发挥，让人们再次报以热烈掌声。众目睽睽，再没有比这更具说服力的了。

不过且慢，三年后的春节前夕，中央电视台春节晚会总策划邹友开等一行驱车赶到中国作家协会文采声像公司，观看了一部名为《神功内幕》的录像片。此片的撰稿、主演司马南是位新闻记者，又是国务院机关某气功科学研究会副理事长，大名鼎鼎的气功大师。他先表演了"踩气球""尖刀抵喉""外气碎物""遥控变味""干扰电波"等包括轻、硬、外、电诸种"气功功夫"在内的28个"绝招"，随后逐一揭开内幕。原来这些"神功"背后只是些一点就明的物理、化学小常识和魔术技巧，普通人短时间内也能掌握，对于魔术师们来说更是小菜一碟，电视记者们纷纷效法，无不马到成功。于是，已选定于羊年春节晚会上表演的"气功"节目被取消了。

前面说到的"带功报告"也有人做过实验，是人乃湖南衡阳杂技团团长孟记孔，一个不懂气功也没搞过气功的人。他于1990年3月26日上午在长沙体育馆举行了一场"超强力带功治病报告会"，有一千多名气功爱好者参加。开讲前照例先由主持人"隆重推出"：这是著名气功大师某某，功夫如何了得云云。然后便是"带功授课"，什么"信则灵"啊，"不要控制自己想动就动想说就说"啊，如此这般，一番心理暗示语言诱导。不出几分钟，场内便沸腾起来，拍肩打背的、顿足捶胸的、就地滚打的、哭笑呕吐的，千姿百态，占场内人数的40%，比严新大师"带功报告"的场面还要热烈。更有趣的是，有一次司马南在北京展馆剧场讲党课，门外竟围了不少病人恳求入内旁听，理由是：司马大师讲课带功，我们亲眼见过的。

眼见为实，是人们从生活中总结出来的经验，确有正确的一面，在多数情况下是行得通的。但是在某些场合、某种情况下，眼见之实又能把人引入歧途。太阳每天从东方升起、又从西方落下，千百年如是。人们按照这千古不变的眼见为实，很容易得出"地心说"的结论。实际上，哥白尼以前的人们正是信奉着这个眼见为实的结论的。魔术师手中一支钓竿，瞬间从人群中钓上尾尾鲜鱼；量杯内一汪清水，手指一点便成了蓝色；数米之外一块刚校准的手表，吹口气即"乱了方寸"……如此种种眼见之实，却又并不为实。这一点，魔术师的表演已能充分说明，人们一般是不会也没有必要把它当真的。

但是，倘若"魔术师"中的某一位某一天忽然换上了"气功大师"的名片，事情就麻烦了。中央电视台已经不止一次遇过此等麻烦了，善良的中国人仍在继续遭遇着这类麻烦。当然，总有人可以从这些麻烦中捞到好处，这就不言而喻了。

1992 年

科学与迷信

气功是一门科学，但并非所有号称气功的都是科学。

一本记述某大师"丰功伟绩"的书——《大气功师出山》中说，大师一发功就看出戈尔巴乔夫脑门上的不是胎记而系欧洲地图，周围的那些点则是即将发生动乱的国家，从而正确地预见了东欧局势，指出齐奥塞斯库寿数已尽……该书还信誓旦旦地告诉人们，大师是如何看见、感到了灵魂的存在。并说人的灵魂不仅存在，而且已被一位医生称了出来，重量为7.1克，此类奇谈怪论书中俯拾皆是。如此"气功"，是科学还是神话？是人间还是鬼域？

科学的殿堂应该是圣洁的，它欢迎一切探索、研究、试验，允许失败、失败、再失败，但容不得任何一点虚伪。这些年来，以伪气功现象为代表的各种伪科学大肆泛滥，诸如意念运来成捆人民币、剥下女郎内衣胸罩、外气拨云见日、控制敌方导弹、五雷掌功夫使220伏电压升至数千伏，还可焊接钢片之类，均是既无科学根据也经不起科学验证的无稽之谈——虽然关于此类"神功绝技"的各色介绍中，"信息致动""人体能场""共振原理"等新名词层出不穷，也只是挂羊头卖狗肉而已。

中国人讲究实用，衣食足后，对健康长寿的追求特别虔诚，气功的治病功能也就分外令人神往。于是，大师们便纷纷肩负起了"救死扶伤"的神圣使命。张大师说她"开天目"能透视人的五脏六腑，诸病难逃；李大师说他发功可见掌上星光闪烁，受其"灌顶"则百病皆除；王大师透露外星人已赋予她免除地球上人类病痛的特殊任务，只要交足挂号费，外星人就会神不知鬼不觉地钻进你的被窝把病气吸走；刘大师则宣布他受"无形师父"的神秘指引，已发功使水改变成分成为"信息水"，可驱邪祛病、益寿延年……真是太有魅力了！果真有这等好事，还要那么多医院干什么？人人交一笔"挂号费"、购一点"信息水"什么的，不都可以"身体健康、永远健康"了吗？然而，现实毕竟是无情的，是气功还是骗术，不证自明。

这些年的气功热如此之盛，一个重要原因是盛名之下封建迷信活动的泛滥，是中华大地上的又一次"造神运动"。历史上，气功就多半与江湖巫术为伍，泥沙俱下、鱼龙混杂，种种"伪劣产品"早就"引无数英雄竞折腰"了。毛泽东主席数风流人物率先列举的秦皇汉武都曾很受过一阵愚弄。秦始皇笃信方士的胡言乱语，终于死于寻求长生仙药的途中，可谓至死不悟。汉武帝一生崇神拜仙，跟着江湖术士学习"点沙成金""返老还童"诸术，诚惶诚恐、乐此不疲，留下了几多笑柄……千载之下，秦皇汉武们是后继有人的。而与如今的某些大师相比，当年的江湖方士自是"稍逊风骚"了。当然，现代先进传播工具的推波助澜也起了不小的作用。但是，宣传声势并不等于科学结论。笃信者、追随者势众也不等于拥抱了真理。

任何骗术都有限度。可以骗一个人一生，也可以骗一些人一时，但不能骗所有人永远。一个民族更不可能长久被少数骗子所愚弄。古今中外概莫能外。这大概也是一条规律吧？

1992 年

过犹不及

前些天"澳星"发射失败，引起了人们的议论，见诸报端的就有《假如电视不直播》《有感于澳星发射失败》等数篇。中国人毕竟成熟多了，既能坦然面对失败的沉重现实，又能冷静地接受关于失败的种种议论，均没有大惊小怪、讳莫如深。

不够成熟的倒是在失败之先。发射前两三分钟吧，作现场报道的电视播音员有一番导语，列举了诸如美国"挑战者号"航天飞机升空后爆炸等世界航空史上的多次失败记录，却"疏漏"了我们自己。这就给人们造成了一个错觉，似乎失败只是外国人的事，我们从来都是旗开得胜、马到成功的，就等着万众欢腾的那个时刻到来吧！这"疏漏"很难说不是出于某种考虑的故意，也很难不使人产生若干似曾相识的联想。

无独有偶，就在发射失败后的两三分钟，另一个频道上播放的电视剧中，外宾向中方人员提出了卫星发射能否成功的疑问，只见扮演者唐国强极潇洒地一扬头，荧屏里便飞出了"万无一失"的豪言壮语。豪壮是豪壮矣，但过了头。这受了捉弄的刻意安排，真个让人别有一番滋味在心头。相比之下，长城公司总经理稍后讲的几句话就较为得体。当然，笔者并无意责怪电视播音员和唐国强，作为播音员和扮演者，于此无可厚非。

过犹不及，是中国的一句古话，指事情做过了头就和做得不够一样。应该说，中国人是深谙此道的，历来崇尚稳重、笃实，讲究含蓄、简约。从孔老夫子开始，几千年传统无出其右，极大地左右了人们的价值观念和审美心理。相传古代一次以"深山藏古寺"为题的绘画比赛，画师们各施绝技，尽绘天下名山古刹，可问鼎的一幅却没有寄墨于山岳寺庙，仅勾勒出一行曲折的山间小道和山脚下挑水的一个小和尚，其中道理自不待言。

在中国人眼中，含蓄是真、是善、是美，画上的空间、乐中的停顿、景前的遮掩，皆因此。留有余地，才耐人寻味、更具魅力。过了火候则往往弄巧成拙甚至适得其反。"犹抱琵琶半遮面"之所以令江州司马泪湿青衫，其魅力不正在于含蓄、不失分寸吗？倘若不抱琵琶不遮面乃至袒胸露肚呢？恐怕就倒了胃口。

中国人犯糊涂的时候也不是没有，五十年代反"右"的浮夸、六十年代批"资"的狂热，都曾极一时之盛。"过犹不及"灰溜溜地跟着孔老二靠了边，"矫枉必须过正"则领导着时代潮流。说要跑步跨入共产主义，立即轰轰烈烈地放"卫星"，亩产一下子从几百斤涨到几千斤、几万斤，报纸上还配以照片作证。说有了"走资派"，一夜之间大街小巷高帽子林立，标语遍地、口号震天，中国也就在自己的广播里成了"世界革命的中心"……凡此种种，已非一般的过了头，也不是列宁所说的多走了一步半步，真正是跑到十万八千里外去了。当然，那是在"左"的思想统治之下，多数人是知其不可而不敢不为之，与今天的政治空气大大不同，当作别论。不过，时常想想这些，倒也不无裨益。

眼下"澳星"发射失败的原因已初步查明，故障亦在排除之中，人们正翘首以待下一次的成功。想来电视播音员和"唐国强"们也会以较前成熟的形象出现于荧屏吧？

1992 年

也谈模式

顾农先生在《散文模式》一文中谈了对散文创作的认识，认为只要言之有物、斐然成章，散文怎么写都行，不必一个模式。作文如此，为人亦然。

人较之于文更复杂一些，由于先天条件和后天环境的差异，人的千差万别便不可避免，"世间没有两片完全相同的树叶"就是说的这个道理。而一旦有了模式，问题就简单化了。当然，并未见有谁像谈散文那般对人的模式做出种种界定或编入教科书。但是，作为观念形态的一种思维定势，人的模式又确实积淀于不少人的头脑中，时时左右着人们的审美尺度和价值取向。

手头正好有一本近期的《花丛》季刊，小说《求俗》（石文虎作）的主人公"秀才"因了脸上的书卷气和"抓笔杆子的胳膊腿"而被贫下中农乃至"插友"们视为异类，他极不服"输"，以改变自我的痛苦代价去寻求世俗的认可，结果，"模式"是靠上去了，却失去了本属于他自己的那份真实。

本人也曾有过类似的不幸，天生的"非劳动人民"模式，孩时便有了自卑。为"脱胎换骨"，下乡支农、公益劳动、打扫卫生等等都是争先恐后，专拣最脏最累的干，且从不戴草帽遮阳。逢到暑假，每日必完成三课：河水里泡一小时，河滩上晒一小时，举杠铃一小时，颇见奇效。无奈好景难继，一俟秋风萧瑟，日课渐疏，很快故态复萌。于是，插队务农、进厂做工伊始，得到的期望总要比同伴们微薄一些，在人们欢迎新同志的笑容后面，常能读出几分"哀其不幸"的苦味。还好未再把什么模式当作紧箍咒套在自己头上受罪。

后来进了机关，见识稍长，感受便又多了些。譬如何谓"官"的模式，就非三言两语能够道尽。不像插队时的农村，黑黄精瘦、语多"荤腥"的即为正宗的"老大哥"。"官"的模式则不那么简单，不是穿上中山装、踱起四方步就能大功告成的。总有什么在引导着你、规范着你，冷不丁就会飘来一句：这样不行，不符合我们的身份。或曰：我们以前是如何如何，哪能像现在这般这般？若明若暗，莫测高深。因此，你得特别留心"形象"的问题，不断检查对照调整修正。久而久之，举手投足，遣词用句均够上了一定的模式，千人一面、千面一腔的情况也就不足为奇了。难怪外国人说中国的官儿太像官了，何谓"像"？模式也。当然，这还是说的表面现象，属于"形似"吧。至于是"形神俱似"还是"形似神不似"，甚至"神似形不似""形神俱不似"的，也都有。那得扯出其他问题了，按下不表。

唠叨了这么多却又不必绝望。"形散神不散"曾被定为一尊，被人认定散文就该如此，但并没有能阻挡住散文的百花齐放。事物终究是要按照它自身的规律运动、发展的，作文如此，为人亦然。

1992 年

硬件与软件

家乡的同志来说，这次创建卫生城活动，市里又下了大工夫，"硬件"建设上了水平，城市面貌大为改观，令人耳目一新。据说检查团的评价相当不错，看来折桂有望了。当然不如人意之处也有，譬如人的素质方面，或者叫"软件"吧，显得不尽适应。

此言不虚，比较典型的得算公厕了，这两年新建了一些，可算外观精美、内构上乘，既具民族风格、又富现代气派。遗憾的是少数用厕之人不够检点，每每只图一时痛快而不顾公共卫生，实在有失水准。以前曾有"铁将军"把门以待检查团光临时再开一下的临时措施，此举过于简单粗暴令人孰不可忍，自然于事无补。还有个垃圾问题，任你垃圾箱连修带换、"门窗"齐全，他硬是不往里面倒，环卫工人纵能招架，也支撑不了许久。时过境迁，难免故态复萌。至于只求屋内金碧辉煌、不管门外雪上加霜的人家更非一个两个。

这是说的卫生，服务质量亦然。眼下时尚装潢，商店的招牌越做越大、餐馆的包厢竟比豪华、旅社招待所也纷纷鸟枪换炮、改旗易帜了。旧貌变新颜，很是现代化。但作为另一种城市面貌的服务质量，并不都如改善了的环境那般令人赏心悦目，曾有人撰文写过这种反差，说买东西如乞讨，常遭白眼；进馆子得嘴甜、手勤、自我服务；住旅店则叫天不应、呼地不灵。因此，

"宾至如归"在商店得改成"宾至如丐",在餐馆是"宾至如佣",到了旅社只好"宾至如囚"了。批评的是外地,但愿与本埠无涉,可作为"反面教材"还是有用的。凭良心说,在服务态度方面,我们这个城市对外形象一直不错,著名作家陈祖芬就有专文发表,由衷赞美了泰州服务小姐"葡萄酒般的微笑"。不过,现在还不是"老王卖瓜"的时候,要看到存在问题,看到"软件"建设与"硬件"建设之间的差距,尽管检查期间情况颇佳,不那么容易挑剔。

引申一下,再来谈谈"观念"问题,这是更深层次的"软件"了。有人说过:由南往北走,越走越保守。并举例为证:广州各大宾馆门前放着"的士,请进"的站牌,而哈尔滨各大宾馆门前的告示却是"出租车禁入"。广州欢迎"的士",是把送上门来的客人当财神,在星级宾馆门前,还专设一些礼宾先生、小姐为光临的客人拉开车门、接过行李、迎引入内,并向司机挥手致谢。哈尔滨的"禁入"据说一是怕出租车抢了宾馆车队的生意,二是为了安全,怕出租车拉来一些"不三不四"的人。两种截然不同的态度,反映了南北观念上的差距。我们这个地方不南不北,属于"中庸"地带吧?与北比,未敢多让;与南比,则老是慢一拍。若在过去,还能落个"稳"的"优势"。可时至今日,恐怕已处于南北夹击之中,不能稳坐钓鱼台了。所以,解放思想更新观念就尤为迫切、重要。不然,"硬件"上得再多再快,"软件"跟不上,思想观念还是旧的,"新瓶装旧酒",前途便不容乐观。

柏杨先生认为,一个国家的现代化,必须一个国家国民的思考方法现代化,或者至少跟物质现代化同时并进。现代化的场所,必须有现代化的行为才配得上。现代化和表面花枝招展无关,而是要头脑现代化、思想现代化、风度现代化。窃以为是很有道理的。

1992 年

过去想也不敢想

"十五的太阳，照在咱农民身上……家家有了电视机，户户忙着砌新房，还有洗衣机、电冰箱，过去想也不敢想，如今农民穿西装"——这首热情歌颂改革开放政策使农村发生巨大变化的歌曲，是泰州市老干部艺术团根据《十五的月亮》的曲谱重新填词、久演不衰的节目。本人有幸多次欣赏，印象最深的一次是在泰东乡影剧院，在穿着西装、戴着戒指、喜形于色的农民兄弟们当中，在他们拼命鼓掌、大声叫好的热烈气氛里，我被深深感染、打动了。

倒不是这个节目有多高的艺术性，而是它真实地唱出了农民们富裕的喜悦和自豪。尽管西装穿得有点儿皱巴巴的，显得不甚服帖，却是全毛的面料；尽管领带系到了羊毛衫外面，不合规范，却是真丝的质地；或许洗衣机、电冰箱目前并不十分需要，在有的农家甚至只能起到米坛、碗柜的作用，然而他们还是买回来了……过去想也不敢想、想也想不到的，如今已一桩桩、一件件地成为现实，他们有什么理由不鼓掌，不叫好呢？毫无疑问，改革开放以来，最早得到实惠的是农民，得到最多实惠也是农民。从七十年代末"要吃米，找万里……"的由衷欢呼，到今天的拼命鼓掌、大声叫好，沧海桑田十数载，中国农村的日新月异，广大农民的扬眉吐气，有目共睹，举世欣然。

之所以值得高歌相庆,不仅是因为有了米、有了粮,有了电视、冰箱,有了西装、新房等等物质上的由穷至富,还因为有了基于其上的思想观念的改革开放。这使我想起了十年前的一次关于西装的讨论。在市文化局"清除精神污染"的学习讨论会上,一位资深人士针对荧屏、街市上刚刚出现的中国人穿西装现象,从不合我国国情、不见民族特长、不及中山装端庄、不符勤俭节约风尚等方面进行了广泛深入的批评,最后顺理成章发出了"难道外国月亮比中国的圆吗"的诘问。这还是发生在上层建筑领域文化人身上的事,对于世代守着脚下一方土地忙于温饱的乡野村民来说,当时是否敢想,能否敢穿,也就不难想见了。

时过境迁,关于西装的讨论已成过去,对国人的穿着大惊小怪,忧心忡忡,发出种种诘问的情形也很少见到了。改革大潮正冲决着一道又一道旧观念的堤坝,神州大地日益气象万千。如今农民的所思所为不仅已非昔日的"贫下中农"可同日而语,在许多方面即便吾辈城里人也难望其项背。最近报载,某农民企业家已申购"波音"客机拟私营民航,并欲承包卫星发射等航天工程。此举众说纷纭,褒贬不一,但不论如何,如此"胆大妄为",确乎我等想也不敢想的。

1993 年

《禁忌大全》及其他

年前得书一部——《中国实用禁忌大全》，硬面精装，洋洋七十二万言，历数民族宗教、心理思维、生理生活、社交习俗等各方面的禁忌千余条，多数闻所未闻，令人咋舌。诚然，编撰者的用意是好的，内容上亦均具有一定的现实或科学依据。但总觉得太"那个"了一点，故与同事戏言：如许禁忌，还活得下去吗？

人生在世，需要有所禁忌，是谓没有规矩不成方圆。可禁忌太多也不是个办法，处处"红灯"当头，势必诚惶诚恐、无所适从，不仅不利于自己的身心健康，也不利于社会的健康，更不用说禁忌的失当甚或毫无道理了。"文革"就是一个突出的例子，倘若有一部《中国"文革"禁忌大全》一定会比任何喜剧更喜、悲剧更悲，令过来之人扼腕慨叹、后生小辈惊诧莫名的。

时代不同了，经历过这些年的拨乱反正和改革开放，中国人的禁忌已没有以前那么多、那么莫名其妙、令人生畏了。市面上的《禁忌大全》以及诸如此类的《须知》《必读》，也只是知识性出版物而已，读者诸君尽可以见仁见智，"拿来主义"抑或不予理会悉听尊便，犯不了大忌。但是，这是否就意味着中国人的思想解放已大功告成，所有不该再有的禁忌都已偃旗息鼓、烟消云散了呢？

不妨还以"文革"为例。那场历时十年的浩劫已过去多年了，可作为一段历史、一段给中华民族留下巨大伤痛的历史，又使人们无法淡忘。对"文革"的控诉、针砭、反思仿佛成了一个永难拒绝的话题，不断出现于他们的言谈、作品之中。当然，不再听到"无产阶级'文化大革命'就是好"的赞歌与之"对着干"了，但是，或明或暗的禁忌却未见止歇——有的师出有名，"向前看""多歌颂少暴露"等大道理并不缺乏，总是伴着振振有辞的曲解而堂而皇之地行使"一票否决权"；有的则什么道理也没有，就是不高兴，神经脆弱得很，像阿Q之于癫痫以至"光""亮"一般，讳莫如深；也有善良为怀的，如同大慈大悲的唐僧大师，纵使万不得已羞羞答答地念上一回紧箍咒，也是为了徒弟好——此等现象于今虽已不再普遍，恰又绝非个别。所以，便又多了些与党的十一届三中全会精神相悖的悲剧喜剧，也就有了少男少女们不知"文革"为何物、莫辨"四人帮"是何人的旧闻新闻……

前事不忘，后事之师。否定往昔的错误，牢记历史的教训，正是为了更好地把握现在、健步未来，这道理并不复杂。党中央十二年前通过的《关于建国以来党的若干历史问题的决议》也已讲得十分具体、透彻。时至今日，依然守着老黄历，这儿禁那儿忌的，就未免太不合时宜了。

尽管如此，路还很长，因袭的力量不可小视。改革开放十多年了，人们头脑里的一些旧观念仍时时泛起。它们或者冠冕堂皇、以"正统"的面目出现，或者乔装打扮、披上"新潮"的外衣，束缚、愚弄着人们，使得人们心甘情愿、自以为是地受其左右，对自己百般禁忌，以至于陷在因袭的沼泽中难以自拔。因此，破除禁忌也得从我做起，欲成就改革大业，先得与自己头脑中的旧观念决裂，自己解放自己。

1993 年

想写小说

想写小说的念头已有多时，倒不是又读了什么《小说作法》之类，奈因生活中的"小说"太多，源泉就在脚下，不写，未免熟视无睹，有负于生活的厚爱。

现成的一个题目是"工作就是请客吃饭"。这题目有点儿不伦不类，像标语口号，全无小说的韵味，但观点明确，与"文革"时的"革命不是请客吃饭"针锋相对，或许不无可取。内容方面则不必担心，生动的形象、传神的语言俯拾皆是。当然源于生活还得高于生活，否则极易写成生活实录，失之冗长。

"功夫在诗外"系古语，可以古为今用，推陈出新。不妨模仿前人，以《故事新编》的形式出现，如此，甲乙丙丁、ABCD均可粉墨登场，新酒入旧瓶，各归其位。"公关"则为新词，更具无穷意蕴，冠冕堂皇的下面，已是欲海横流、无所不及。随手掬取浪花数朵，可读性当不亚于《拍案惊奇》。此类题材宜作章回小说，亦可标新立异，铺陈起《公关的异化》系列中篇。

荒诞小说亦可偶尔为之。生活中富于想象、虚拟的人物未见其少，似是而非的新闻自会不期而遇。倘欲逐一澄清近乎"此地无银"，且得耗费口舌于身无补，求助公堂更是小题大做、有伤感情。至于用"无言"去表达"最高的轻蔑"，那是大人物的清高，非小人物所能企及。倒不如荒诞小说别具一格。毋庸想象、虚构，纪实之中荒诞纷呈、惊诧过后月白风清，更有余味耐人咀嚼，何乐不为？

坐在办公室内听人天南海北，列举诸多首长对"身边人员"的特别关怀，敬意油生。转念想及更多非"身边人员"的陈陈相因，又不免思绪万千。由是，"关怀一下"与"辛苦十年"的黑白反差交相辉映，"白领阶层"的不同境遇及其酸甜苦辣直奔笔端，一幅世态图卷已呼之欲出。

某日邂逅一旧时属下，不经意，此君已于"推心置腹"之中使了假，惑然。及至忆起此君对鄙人感激涕零、信誓旦旦的往事，方有所悟。是时，小说中的人物形象活脱脱立于眼前。若能成篇，当是"典型环境中的典型人物"了。

时下市场繁荣，总经理、董事长自然多多益善。只是泥沙俱下，挂羊头卖狗肉者时有所见。喷满香水的烫金名片背后，每每是诱敌深入的陷阱，成焉败焉，皆成绝妙讽刺。此虽九牛一毛，却又不可小视。遥相呼应的有知识的贬值，以及前几年的文凭买卖、这几年的职称交易。权力堪称"金边证券"，关系战胜唯物主义，各色商品琳琅满目，鱼龙混杂不足为奇。以之诉诸小说之林，或可警世？

如此等等，不胜枚举。生活之于创作，确乎"取之不竭、用之不绝"，只怕手中秃笔难能招架。更重要的是要"给读者以光明和鼓舞"，切忌一叶障目、不辨主次，因而颇费斟酌、踌躇至今……

1993 年

"老九"的实惠

与文化系统的老同志聊，常听他们谈起党的十一届三中全会以来的种种好处。不同的是，他们说得最多的并非收入的增加、生活的改善等等通常所说的实惠，而是政治上的翻身、精神上的解放、学术上的自主。动情之处，每每唏嘘不已。

历次政治运动中，文化人屡屡首当其冲，往往猝不及防便不明不白地成了"反动"，搞得人人自危、如履薄冰。到了"文革"，更是水深火热、在劫难逃。最简单的，早上去上班，下班能否让你回家就是个问题。因而出门之前，总是磨蹭又磨蹭，东看看、西摸摸，左叮咛、右嘱咐，万般无奈地快快而去。随身带着的包内则备有毛巾牙刷等生活用品，以防不测。还得装出若无其事的样子，以免家人看到加重思想负担，更怕被"革命左派"发现说你做贼心虚。到了班上，也是战战兢兢，写不完的检查，做不完的交代，惶惶不可终日，说不准什么时候就会大祸临头。当时泰州市文化馆的储其庆先生，一位勤勤恳恳、厚道本分的老报人，就是在这种沉重的精神枷锁下刻钢板而把"万寿无疆"错为"无寿无疆"，一夜之间命赴黄泉的……

那样的时候，文化界的芸芸众生政治上遭迫害、精神上受奴役、学术上被禁锢，一人"负罪"、三代遭殃、九族株连，没有什么人权可言。至于儿女前程、生活待遇等等与政治生命息息相关的问题，也是命途多舛、黯淡得很。当然，此等境遇并非文化界才有，在极左路线统治下的灾难岁月中，上自开国元勋、下至平民百姓，又何尝不是患难与共、同病相怜？

或许正因为此，文化界的老同志们才对今天所拥有的政治地位和为人为文为艺的权利尤为看重，视为党的十一届三中全会以来得到的最大实惠。而条件改善、收入增加等通常意义上的实惠，对他们来说已在其次了。这当然深中肯綮、令人敬佩。

不过，倘若"其次"方面的实惠也能再多一些，岂不更好？诚然，这些年来文化界人士的工作、生活条件都有了很大改善，绝非昔日可比了。但与别的一些行业相比，确又很有差距。尽管在目前的情况下不太可能对文化事业给予特别的重视和扶持，也不可能使文化界大多数人都"先富起来"。然而，为他们的创造性劳动提供更为有利的物质基础，让他们的付出与收入更成比例、更合情理一些，还是可以做到的。不然，政治上扬眉吐气、学术上硕果累累，其他方面的实惠却依然如眼下民谣所云，老是摘不掉"老九"的帽子，总有点儿不是滋味。

1993 年

中国小学

扯来这个话题，算是对皖人先生近作《中国大学》的一点呼应。该读大学的时候未得进入大学校门，务农务工，蹉跎了岁月。在此之前的中学时代则遇上了"文革"，学的是些别的东西。能说它几句的，便是这人人都有过一回的小学了。

中国小学的渊源未作查考，大约总与身着旧长衫、蓄着山羊胡、鼻梁上架着副圆眼镜、满口"之乎者也"的私塾先生有关。与之"配套"的自然是那些个支棱着圆溜溜的瓜皮帽、嘴角挂着涎水、愚蠢得让人发笑的"小财主"之类。自小接受的这类形象化教育，是我对中国私塾的几乎全部的认识。后来发现同龄人当中也有读过私塾的，最直接的印象是毛笔字写得好，认识的字也多，进而了解到一些另外的情况。前几年去绍兴，特地去看了鲁迅幼年就读的私塾，一如认识中的阴森冷寂霉味扑鼻，似乎照射不到阳光。私塾先生案头的戒尺仍虎视眈眈地横在那儿，使人想起童年鲁迅被抽得通红的小手。还发生了些什么不得而知，有一点倒是值得庆幸的：从这里走出的并非变得呆头呆脑的周树人，而是未来的鲁迅。

读私塾手续简便，不需要户口本以及居委会证明之类，自由度比较大，完全的双向选择。上小学的手续也不算复杂，但自由度小，依据户口所在区域划定就读学校，别无选择。平时没有多少用途的户口本这时就成了关键。做父母的都希望自家的孩子能上最好的学校、受最好的教育，但中国人对居所的选择余地极为有限，多数是唯求其有，容不得挑东拣西，只好随遇而安，也就将就着过去了。唯独在子女上学的问题上不肯马虎，家没处搬，便一齐在户口本上动起了脑筋，搅得有关部门有关人士的府第门庭若市。更有技高一筹的，小孩还未出世便张罗得有鼻子有眼，极具远见地做下了户口的文章。所以，你就不会奇怪那些个舍近求远风来雨往每天穿越半座城市接送小孩的爸爸妈妈爷爷奶奶外公外婆了；你也不难理解他们何以一边对请客送礼的社会风气深恶痛绝，一边又为自己在这方面所取得的预期效果喜形于色了。

教育部门自然叫苦不迭，绞尽脑汁想主意、四面八方做工作，年年都有新的对策出台。据说最为有效的是名曰"三统一"的方案，即父母与小孩的户口要统一，户口与身份证上的住址要统一，户口与实际居住地点要统一。为了这"三统一"，教育部门有关学校户籍民警街道干部整个夏季均无宁日，逐门逐户查核虚实真伪，深入到吃穿拉睡的具体环节。做父母的更是如临大敌，揣着个户口簿疲于奔命的、临时与亲朋好友交换住处的、拖住小孩紧急示范排演的，紧张得异常、认真得异常、兴奋得异常，那情景绝不亚于所谓"黑色的七月"。

这两年不少地方出现了私立学校，没有了户口限制，又是一些富有经验的退休教师和经过挑选的聘用教师任教，教学质量当不成问题。但问津者并不多。收费偏高是一个原因。当头的那个"私"字也使人心里不大踏实，条件反射似的想到旧私塾的霉味以及鲁迅先生"救救孩子"的呼声。倒是各类补习班提高班大受欢迎，未能"三统一"到重点小学的孩子们得到了弥补，已是"重点"的幸运儿更可以巩固提高，真是再好不过了。于是，每天的黄昏和晚上，你都可以从南来北往的滚滚车流中看到一个个背着书包啃着蛋糕的学童们由大人载着急匆匆地赶往他们的第二课堂，或者第三课堂。而星期天和寒暑假则更是补习班提高班以及外语班书画班钢琴班电脑班等等各种班的黄金时节，家长们孩子们老师们为了共同的和不同的目标全都走到一起来了。

曾听一位朋友讲过他从忙户口开始到小学六年为孩子所做的许多事情，其疏通各种关节的曲折、经济上超负荷的压力、每天十数里往返奔波早晚陪读的艰辛……令人扼腕，而这一切都是他自找的。我问他："是否非这样不可呢?"他叹了口气："不这样又该哪样呢? 我这辈子就这样子没有什么奔头了，怎么说也要对孩子尽到责任吧?"我无言以对，说不出是感动还是悲哀。于是想到了这么一句话：小学的世界很精彩，小学的世界很无奈。

1993 年

再谈中国小学

经费不足，是中国各级教育官员多年来最烦心的事了。最为寒酸的又数小学，边远穷地区自不待言，堪称经济发达的江浙一带也是捉襟见肘、活得并不舒坦。对俞德利那句"钱不是万能的，没有钱又是万万不能的"名言，中国小学的校长们是深得个中三昧的。

但无论如何，学校总得办下去，而且只能办好不能办坏，只好向孔方兄低头了。一曰找赞助。校友通信录、家长情况表被校长们翻得烂破，择其要者登门求助，好话说掉几箩筐，索得一些怜悯之余的慷慨。颇似几百年前的鲁人武训，斯文用来扫地，悲壮得使人动容。二曰办实体。破墙开店、划地办厂、校舍出租、老师改行，这边是机声隆隆、那厢有饭菜飘香。校长则一身数任，满脑子商品经济、市场风云，跑原料、找销路、研究公关方略，忙得晕头转向。

好不容易弄来几个钱，也是杯水车薪。而种种让人犯难的事情已接踵而来。最简单的是："某某的小孩是贵校学生，请予关照……"，不论好办不好办，组织面孔是万万摆不得的。校长们心中有数，虽说赞助、扶持之类大多姓"公"，却又绝对排除不了私人感情的决定性作用，这个情非领不可。知恩图报乃中华民族的传统美德，为人师表者岂可有悖？况且还有个"继续支持合作"的问题，不能不有一点"发展的眼光"。投桃报李算不上，给有关同学一些特别的优待照顾褒扬也属情有可原，尽管仍不免有点儿为难。

与学校的寒酸形成鲜明对照的是一些学生的阔气。对于中国的"小皇帝"们来说，一支棒冰几块小糖便欢天喜地的时代早已逝去了，新式玩具、时髦服装、皮鞋手表之类也新鲜不了几天。眼下热门的是轰轰烈烈的生日聚会、离别聚会、假日聚会、升学聚会等。不论家长们有无考虑，小伙伴们是非请不可的。且吃的喝的玩的乐的都得像模像样，互赠的礼品也讲究个"拿得出手"。如此轮番进行，档次节节攀升，潇洒地走了一回又一回。做父母的不可能都是腰缠万贯，虽有微词却又碍于面子，只好强颜欢笑，老老实实地充当财政部长兼后勤部长。当然，这绝非中国小学的普遍现象，人们从"希望工程"中获悉，贫困地区还有许多农家子弟穷得至今上不起学。即便富裕得多的城市，在一些孩子大把花钱的同时，仍有不少家长对某些学校及有关方面积极推荐的课外书刊、保健商品等等叫苦连天，希图通过"禁止摊派""减轻学生负担"的呼吁来缓解囊中的羞涩。

就这些，已经让校长们够伤脑筋了，还有一个无从回避的教师队伍问题更为令人忧虑。一方面，一部分在职教师身在曹营心在汉，向往着外面世界的精彩；另一方面，师范学校生源不足，越来越多的人不愿从事"人类灵魂"的基础工程。对前者，尚有行政措施制约，留不住心先拴下人。不过此等行政行为在市场经济大潮的冲击下还能维持多久就很难说了。至于后者，则已回天乏力，无奈得很。渐渐地，满腹忧患的校长当中也有人开始考虑自身的前途命运问题，甚而付诸行动了。这对于中国的小学、对于中国的教育事业、对于中国的孩子及其家长们，实在过于残酷了一点，然而，似乎又很难去责怪他们。

1993 年

面包会有的

"面包会有的"是苏联影片《列宁在十月》中的一句道白。十月革命前夕，革命斗争极其严酷，人民生活万般艰难，列宁的卫士长瓦西里也拿不出什么可供家人果腹了。在与妻子告别时，他所留下的只是"面包会有的"，一句话而已。

然而，这仅仅是一句家常话，一点无奈中的精神安慰吗？

多少年过去了，这句道白、这部影片，连同它们所反映的那个时代的情景，仍不时出现于脑际。

便常常借用这个"典故"，有时对自己，有时对别人，有时带几许调侃，有时又十分认真。

不用说，如今面包并不缺乏。商场里、摊头上货源充足，虽说价格高了许多，却承受得起。所以，这里所说的"面包"，就不只是一般意义上的面包了。想必当年的瓦西里也是这个意思。

"面包"是一种象征，希望、理想、追求尽在其中。而"会有的"，则是信念了。人之初，便有了欲望，都有其向往的"面包"，此乃人之常情。当然也有不屑言于"面包"、似乎不食人间烟火的超凡脱俗之士，但这并不能说明什么。即便至圣释迦牟尼，其所以清心寡欲，也还是因了"面包"，只不过他所向往的"面包"更重于精神层面罢了。而这大约又与出家之前作为王子的他已吃厌了人世间的"面包"，享够了富贵荣华不无关系。

"面包"会有的，但"面包"不会从天上掉下来，得为之努力、付出代价。"一分耕耘，一分收获"可谓普遍真理。例外的情况也不是没有，譬如有个"好爸爸""硬靠山"之类，不过此等"面包"口味不正，难免让人倒胃口。朋友南风写过一篇《靠自己》，论说了市场经济条件下"好爸爸"之类越来越不管用了，今后的出路唯有"高唱《国际歌》"，颇为会心。只是稍稍理想化了一点。其实他很清楚，我国社会主义的初级阶段尚有很长时期，市场经济体制也有待于逐步完善，而法治建设的道路则更加漫长。因此，在相当长的时间内，"面包"的获得仍将存在着多种可能性。当然，应当提倡"靠自己"，这不仅符合时代的主流和发展趋势，也更切合一般情况。因为对于绝大多数人来说，除了靠自己，别无选择。

　　有的朋友不愿努力，说是看透了，努力也是白搭，不如省省精神；有的朋友努力过，未能如愿以偿，也说看透了，把自己筑进"方城"……不能说他们全无道理，但过于急功近利，看问题简单化、绝对化却是他们的通病。殊不知，"面包会有的"远非一句豪迈的口号和一个美丽的预言，其内涵是丰富而复杂的。首先，"面包"有大小、高下之分，选择哪一只便很重要。这就有个自我估价的问题，得客观地认识自己的所长所短，还得冷静地剖析所处环境的利弊，从而知己知彼，量力而行。光是自己的胃口好不行，再好的"面包"，不可能得到的，干脆就别去想它，更不要指望天下的好面包都让你一人吃了去。有所失才能有所得，有所不为才能有所为，此乃至理。再者，获取"面包"的过程，应该是一个不断调整的动态过程，它包括对自身的充实、健全、调整，也包括对标的（所选"面包"）的修正乃至重新选择。其实前者既是努力也是获取，而且是本原意义上的获取。后者则是审时度势的结果，不失为人生的明智之举，"不在一棵树上吊死"，此之谓也。

"面包"会有的，人生就是不断努力进取，不断获取"面包"的过程。尽管人生的遗憾每每多于成功，然而只要你努力了、付出了，你就必有所获。倘若有朝一日你真的大彻大悟，能够心态平和而不是故作姿态地进入"只问耕耘、不问收获"的境界，你的收获则更在其中了。因此，我还是说：面包会有的。

1993 年

狗就是狗

狗年将至，关于狗的评说如同去年说鸡一般，愈见热闹了。

其实，世人所说之狗多数并非本原意义上的狗，而是带有人的感情色彩、被美化丑化人格化了的狗了。因此，狗的世界便同人的世界一样，充满了无穷的精彩。不同的是，人可以话狗，狗却不能说人。非但不能说人，连自我辩解的能力也没有。狗的世界又很无奈。

我们可以举出狗的若干优点及其造福于人类的种种美德，也可以历数狗的无数缺点以至于危害人类的累累恶行。我们可以因其优点而爱屋及乌，宠它捧它厚爱有加；也可以因其缺点而不及其余，厌它贬它恨不得一夜之间让它绝种。然而，狗还是狗，动物而已。毁之誉之对它来说，实在没有太大的区别。

区别在于我们的眼睛，在于与人的经历、心境有关的感情，在于对人生、对世界的认识及其价值观念。于是，狗既是人类最忠实的朋友和仆从，又是脏乱差狂犬病乃至没落贵族有闲阶层等等为人不齿的祸首罪魁。它理所当然地成为机敏活泼勇猛忠诚的化身，也毫无疑问地露出落水狗的本相难逃被痛打的命运……如此等等，各位好恶悉听尊便。只是最好不要把你眼中之狗硬说成属于动物的狗类，更不应以一己的好恶而强求天下皆从、一呼百应。

　　狗就是狗，既不会有美德，也不会有恶德，有的只是本性而已。随它去吧，宽容一点、顺其自然，如何？

1994 年 2 月"狗年说狗"征文

全面的误区

全面是相对于片面而言的，原本无可非议。可一旦走入误区，便十分糟糕。现成的材料笔下就有，相信读者诸君并不陌生。

一曰必然全面。常有这样的情况，一个单位、一位同志成了先进典型，上上下下、四面八方就闻风而至，调查采访、总结经验、宣传表彰……使人条件反射似的想起当年的大寨大队和小靳庄。在那种年代，"阶级斗争一抓就灵"被奉为至高无上的不刊之论，形象化的说法是"纲举目张"。既是先进典型，就必然处处领先，尽善尽美，犹如竞技场上的"十项全能"，缺一不可。所以，大寨的红旗便理所当然地占据了各条战线，三百六十行的状元也全顺理成章地出在了小靳庄。

时过境迁，现在以经济建设为中心了，一些同志并没有从过去的思维定势中走出来。生产经营搞得好，就必然能带动其他各项工作，其他各项工作就不可能不好，否则就不全面，就缺乏说服力。总之，还是一好百好。因此，你若见到本文开头说到的那种盛况就不用纳闷了，也不必惊讶各路人马争先恐后送来的奖杯、奖状、奖旗、奖章……

另一种情况异曲同工。不妨胡诌几句"打油"试摹其状：某君身染感冒，惊动四面八方；咳嗽仅是表象，必定气管扩张；心肺紧紧相连，当然不会健康；肝脏隐患难除，以及肠胃胆囊；手上带菌无数，病起脚下寒凉；最怕洋症"艾滋"，莫非就是这样？可怜感冒未愈，已是遍体鳞伤……这叫一坏百坏。你若做了一件错事，其他方面也必不会好，是为全面。这种情况也是古已有之，于今仍不鲜见。最具讽刺意味的是，昨天还是十全十美、大红大紫的先进典型，今天忽然"栽"了，马上"脑筋急转弯"，成绩是伪造的，德行是假装的，荣誉是骗取的……全面清算，一夜之间由纯之又纯的美丽天使变成了彻头彻尾的魔鬼。

二曰必须全面。譬如你说张三是个好人，那就值得商榷。你应该这样说：第一，张三、李四、王五、赵六都是好人。总之，在我们伟大祖国 12 亿人口之中，好人是占 95% 以上的绝大多数，而张三只是千千万万好人中的一个。第二，张三的好不是天生的，而是党的教育、领导的培养，广大群众帮助的结果。当然，这与张三自己的努力也分不开，比如他学习比较刻苦，工作比较认真。但是，他学习、工作和生活的良好条件并不是天上掉下来的，而是社会主义条件下党和人民提供的。第三，对张三也应该一分为二，他的缺点还是比较明显的，比如曾经迟到过三次、早退过两回。尤其需要指出的是，他还有贪小便宜的嫌疑，那年春节联欢晚会的时候，王科长刚买的 50 只鸡蛋放在他传达室一会儿就少了一只，至今未查到下落。第四，虽然张三是个好人，但是与雷锋、董存瑞、焦裕禄、邱少云等无数英雄人物相比，还有很大差距，还需要谦虚谨慎、戒骄戒躁，争取为四化建设作出更大的贡献。如此等等。

如果你告诉别人喜欢看小说，便又犯了片面性的错误。为什么只喜欢看小说呢？难道马列主义的著作、莎士比亚的戏剧、李白杜甫的诗歌、鲁迅先生的杂文都不好吗？小说有进步的、有反动的，还有黄色淫秽不堪入目的，你都喜欢吗？看小说得花费很多时间，上班看违反纪律，下班看妨碍家务，晚上看影响休息，这些问题难道不应该认真考虑、妥善处理吗？小说中凝聚着作家、编辑、排字工、印刷工、装订工、运输工、营业员以及造纸工人、生产油墨的工人、科技人员、管理人员、后勤服务人员等等举不胜举的劳动人民的智慧和汗水，你想过没有？当你享受他们的劳动成果时，难道不应该首先向他们致以衷心的感谢和崇高的敬意吗？

写到这里，已无须再说什么了。尽管陷入误区的所谓全面还能举出一些。

1994 年

辑二 谋事与谋人

也许，说到容易做到难。面对世事的复杂，你想简单，又每每不敢。简单是需要心的超脱、欲的超脱的，它是对天地的达观、对生死的洞察。倘有所悟，简单就不只是一点勇敢和机智，而是生存方式的一种选择、返璞归真的一种活法。殊途同归，又有何难？

——《不如简单》

不如简单

是的，世界上许多事情不是你想怎样就能怎样的，一厢情愿未必有用。不过，也无需灰心丧气。世事的复杂是个客观存在，很难超然物外。只是你的有些努力是否必要？我倒劝你：不如简单。

简单，就是我行我素。不去留心谁是谁的至好、谁是谁的对头、谁是谁的亲信、谁是谁的靠山，对于那千丝万缕、有形无形的关系网不妨视而不见、听而不闻。该说的则说，该做的便做，不求事事如意，但求于心自安。以平常之心面对世态万象，就能省却许多烦恼，也给自己的真实留下了空间。

简单，是襟怀的坦白和豁达。为人误解人所难免，何不当面问个明白？此等事情想得太复杂只会愈来愈复杂，简单一些，复杂也能变得简单。或者干脆什么也别说，既是误解终会消除的，让岁月的长河静静流过吧，回头再看，已不见了昔日的波澜。

对人情的冷暖也要看得淡些，自然界有春夏秋冬，人世间有寒暑炎凉，事物的变化不足为怪，想开了，一切都会回归简单。重要的是自身的存在和价值，如果你拥有了自信，又何必在乎那世态人情的潮起潮落、风云变幻？

倘若你的背后是恶意的诽谤和非难，我仍劝你：不如简单。你可以淡然一笑，继续走自己的路，看也别看他一眼。也不妨迎上前去，唤他出来，请他在光天化日之下表演一番。说不准就能欣赏到一出窘态百出的活剧，获得一种淋漓尽致的快感。虽说事情未必会到此结束，可阳光毕竟已经射入了阴暗的地方，是非曲直已不再复杂。

　　既然寒暄客套、人云亦云的应酬使你心烦，何不删繁就简？当然，简单并非冷漠、傲慢。君子之交淡如水，贵在真实、自然、清澈无染。至于有人不高兴，也不必太介意，有失才能有得，当简单成了你的风格，或许别人会慢慢习惯。

　　与上司的关系也宜简单。着意逢迎、无微不至虽能讨人欢喜，但劳心劳力、其苦难言。倘若所获不义，更是为人侧目、尽失口碑。何况上司各有所好，人品难免高低。倒不如简单一点，保持正常的工作关系，虽无额外的奖赏从天而降，却守住了人格的自尊、心地的坦然。

　　也许，说到容易做到难。面对世事的复杂，你想简单，又每每不敢。简单是需要心的超脱、欲的超脱的，它是对天地的达观、对生死的洞察。倘有所悟，简单就不只是一点勇敢和机智，而是生存方式的一种选择、返璞归真的一种活法。殊途同归，又有何难？

1994 年

是非何智丽

广岛亚运会上何智丽胜了邓亚萍，夺走了本是中国囊中之物的女单金牌，引起了种种反响，一时间是是非非，众说纷纭。

听得较多的有"汉奸"一说。谓何智丽身为炎黄子孙，不思报效祖国，反而拔刀相向，以国家多年培养之技艺为洋人效力，实属以怨报德、忘恩负义，此其一；其二，入籍东瀛已是不该，转眼竟换了姓氏，连老祖宗都不要了，弄了个不伦不类的名字呼来唤去，听起来就别扭；更有甚者，开口闭口"我的新祖国"如何如何，就差脱胎换骨了，十足一副洋奴相，令人生厌……

相比之下，人们倍加推崇焦志敏。同为国家培养的乒坛名将，焦志敏外嫁韩国后却再不肯重执球拍、加入所谓"海外兵团"，有人请她当教练也遭谢绝，理由是"我不能想象和我过去的教练成为对手"。显然，焦的做法重于感情，符合传统的审美价值取向，而何智丽则已背道而驰了。如此，人们有感而发、评说一番当无不可。而代表着国家形象的运动员、教练员和体育官员们就不宜失之偏颇。报载，邓亚萍对"汉奸"的说法讲了一句话："人都为了一口饭吃。"像是大实话，却又不无弦外之音。诸如此类，如果我们在立足于本土的同时，又能着眼于更大的时间空间，譬如奥林匹克精神之类，再去看赛场上的胜负、去看何智丽或焦志敏，或许会别有所悟。

其实，本有不少问题更需要我们议论、思考的。比方说邓亚萍到底输在何处？赛前准备不足，未料到何智丽能闯入决赛固是原因之一。之二呢？邓亚萍说自己发挥得还是很不错的，只是何智丽发挥得更好而已，她自信再战能胜。女队教练张燮林则认为邓只打出 80% 的水平，言下之意，取胜本乃绰绰有余。倒是另一些人士提出了其他方面的质疑，《服务导报》记者在一篇题为《邓亚萍输球事出有因》的采访述评中说，中国女队存在着队伍管理不力、不注重培养新人等多种隐忧，如队员不遵守作息制度，有的尖子队员晚上骑着摩托车出去玩卡拉 OK，教练往往睁一眼闭一眼，放任自由。对新人，一两场打得不太好教练就认为"不行"，不让她们上大赛锻炼。国家体委训练局局长李富荣则一针见血地指出，女队存在着教练员老化的现象，邓亚萍一输再输说明教练在训练提高运动员心理素质上缺乏招数，有必要更新教练员的知识结构。孰是孰非，尚无定论。吾等不明内里的圈外人只是听听而已，但有助于我们跳出"骂杀"和"捧杀"的藩篱，开阔思路和言路。

　　对何智丽，也有其他可说之处。一个已非专业球员且 30 岁出头的为人妇者，论训练条件、身体素质均不及邓亚萍等国内选手，何以能创下一日之内连克陈静、乔红、邓亚萍三位当红世界冠军的佳绩呢？若说只是"为了一口饭吃"而拼出来的，似乎不像。何智丽曾坦言，论生活所需，她有银行职员的稳定职业，丰衣足食超过国内；论靠比赛挣钱，远比不上国内，因为日本不像国内有香港巨富争相为国手奉送高额奖金。如此说来，莫非何智丽也有生存和金钱以外的动力？张燮林分析说，从何智丽的场上表现看，已到了她乒坛生涯的"第二青春期"，听来十分新鲜又甚觉有理。回首国内，这一概念尚未得到应有的认识和重视，年龄问题上不从实际出发的机械化绝对化造成了多少人才的青春不再？就说何智丽吧，倘若其仍在国内，她的"第二青春期"能否出现便是问题。由此举一反三，颇为耐人寻味。

回到开头的话题，胜败本兵家常事，有许多必然，也有许多偶然。以一时成败论英雄已不足取，一味地迁怒于身外乃至国外更是于事无补，而体坛上此病尤甚。不妨再作一个假设：倘若此次不是何智丽胜了邓亚萍，而是相反。我相信，演绎的将是另一番是是非非。

1994 年

球运如是

罗伯托·巴乔的一记点球，无可挽回地越过球门横梁飞去，意大利的冠军梦顷刻化为泡影……巴乔啊巴乔，你该知道，你这致命的一脚承载着多大的分量？你踢飞的岂止是意大利人梦寐以求的一只金杯？你踢碎了一个国家、一个民族对你的期盼和嘱托，踢碎了你和你的队友们浸满血泪和汗水的希望，也踢碎了你有限青春中极为难得的一次辉煌。

评论家们说，绿茵场上的争斗，靠的是实力、智慧、战术、心理、球星，都有道理。可是从巴、意两队的这场问鼎决战中，我却看不出他们在这些方面的悬殊。我所看到的只是运气，只能是运气。没什么可怨的，要怨，就怨运气吧。怨巴乔的运气，怨意大利的运气。

若运气好一点，不用打延长期，更不用互罚点球，巴乔已经连中两元了，世界杯的纪录就不会是现在这样（罗马里奥也有一球势在必进而未果，倒霉到一起来了）。简单地归咎于巴乔，并不费神。再来一通关于心理负担过重，临门功夫不硬一类的评判，也不困难。然而，不那么令人心服口服。一举摘取 1993 年度"世界足球先生"和"欧洲足球先生"两大桂冠的是巴乔吧？在此次杯赛中一路过关斩将、数次挽狂澜于既倒的是巴乔吧？作何解释呢？而在这场决战中，巴乔尽管腿伤未愈，却仍作出了无愧于球星声誉的上乘表现，并没有失常，应是有目共睹。而今，人家已经"一失足成千古恨"了，又何必摆着一副"组织面孔"，究根寻源、批深批透呢？

巴、意决战前夕，意队发言人在答记者问时说，该队教练萨基极其讨厌新闻媒介的随风倒。前些天把他们批评得一无是处，恨不得千刀万剐；这些天却又把所有的赞美之辞都搬出来了。一会儿打入地狱，一会儿捧上天堂，实在令人厌恶。现在意队又成了失败之师，再读这番言语，更是耐人寻味。

足球的魅力，或许正在于它的偶然性，不是时时处处都能理出前因后果、是非曲直的。

巴乔的"失足"，使我对"球运"一说更为深信不疑。有太多的"失之千里"都是因了瞬间的"差之毫厘"，"不以成败论英雄"的古训极是。

绿茵场上如此，人生旅途又何尝不是如此呢？

1994 年

文人经商

文人经商，不乏成功者。张贤亮属出类拔萃的一个，公司一个接一个地开，著作一本接一本地出，鱼和熊掌兼得，使得诸多文坛宿将和新军的痛心疾首变成了杞人忧天。魏明伦则稍逊一筹，商号的招牌倒也大得可以，只是效益不像广告那么令人赏心悦目。好在东方不亮西方亮，文坛上的光彩依然，"巴山鬼才"还是"巴山鬼才"。这二位都是大手笔，虽说大有大的难处，毕竟凤毛麟角，凭其知名度，生意总要好做一些。

见得多些的是被戏称为"发展中国家"的二三流文人，在文坛上的地位大致相当于"第三世界"吧？经商者众，成功的也不少。但成功得远没有张贤亮们潇洒，而且多数是抱了西瓜丢了芝麻，或者捡了芝麻又丢了西瓜，两全者寥寥。于是"第三世界"不断分化，矢志于鱼的便着意张网、垂钓；认为还是熊掌更崇高的又回头钻进了深山老林。世界一时复归有序。

可无论身处哪方天地，外面的世界总是很精彩、很具吸引力的。经了商的文人们难免惦记着那笔杆子，重操旧业的文人们也不是个个都能耐得寂寞，时不时"过把瘾"却惹得瘾头更大，"第二职业"便兴隆起来。公家的那头忙，私下的这头也得忙，频频进行着角色变换，虽说让人有点儿眼花缭乱，精神世界和物质世界已在不断的互补中得到了充实，再无两头落空之虞。比起那些"一直向前走，不要往两边看"的榆木脑袋聪明多了。

经了商的文人们有许多优势，这或许为他们始料不及。雅兴一来，随时可以自己解放自己，宾馆包个房间，立即拥有了清静。想光临笔会什么的，根本不用像过去那样为几个车旅费煞费苦心。大作草成，也不愁无处发表，企业家能亲自著文已属厚爱，那些忙于"文企联姻"的报刊正求之不得呢！商务繁忙无暇挥毫也不打紧，一年到头接见的记者编辑自由撰稿人数都数不清，酒桌上胡乱侃一通足够他们谋篇布局了。到了这份田地，即便你再三谦虚，也阻挡不了他们的大作署上你的大名，然后是接踵而来的关于你的专访、你的通讯、你的报告文学，以及你红光满面的照片。

文人兼作商人的情况就复杂得多。最理想的是"头路"足，能搞到权势人物的批条，轻轻松松坐享其成，可惜有此鸿运者实在稀少。有人说得更绝对，断定真正"头路"足的也早已不做文人了，以商带文或者合二为一当个"儒商"怎么也比文人强。前些时有部电视剧好像就有这么点意思，文人个个寒酸相，儒商则傲视群雄。别的不论，那么多妙龄女郎冲着他一齐打破了醋坛子就足以证明其言不虚——这是笑话了。

商海中，写文章的那点雕虫小技是绝对成不了优势的，只能靠几个熟人关系，凭一张善辩的嘴皮，包不起房间，用不起手机，聘不起公关小姐，还得上班下班，等因奉此，处于一种"不平等竞争"的境地。好不容易找到一笔业务，先得进行成本核算，为了不影响工资奖金收入，外出洽谈生意需编好公干的借口，电话往来则尽量使用单位的话机，众目睽睽之下，只能含含糊糊说些别人听不懂的暗语……总之，不能像许多赚了钱或赔着钱的商人那般横空出世、气吞山河，又失去了作为文化人的那种坦然，够难够累的了。这又何苦？或曰：实际使然；或曰：终于看破。甘贫乐道的操守已为时尚弃若敝屣，文人们的理想主义正孤独地走向黄昏。简单的道理只是：金钱不是万能的，没有金钱又是万万不能的。所以，总有人乐此不疲。

其实，生财之道何止一条？据说文人中颇为来钱的还是专心"以文养文"的一种，譬如编撰地摊"文学"的收入就极为可观，或者是跟在大款后面殷勤地摇摇尾巴，均较为省心省力。然而，愿入此道的文人毕竟不多。

1994 年

从春兰股票说起

春兰公司的股票下周一就要上市交易了，这是扬州地区首家在证券交易所上市的股票，关于股票的议论也就多了起来。

股票这个东西，年轻一些的中国人过去几乎一无所知，稍稍能侃上两句的，也只是翻过《子夜》之类的小说而已。得到的印象也无非是：股票是资产阶级的专利，是冒险家的乐园，是巧取豪夺、投机欺诈等罪恶的温床，是妻离子散、家破人亡等灾难的根源……

历史走到今天，情况已发生了根本变化。在我们脚下的这块国土上，作为社会形态的资本主义尚未登堂入室便已寿终正寝，作为政治集团的资产阶级也已不复存在。中国人终于不再纠缠于姓"资"姓"社"的问题，而用"不管白猫、黑猫，只要能捉住老鼠就是好猫"的认识来指导实践了。在这样的时代背景下，股票不那么肮脏、丑恶、鲜血淋漓了，股份制成为企业制度改革的方向，股票的发行、上市则是塑造和宣传企业形象的机遇，而愈来愈多昔日对股票不屑一顾或存有种种偏见的人正满怀希望地投身到股民的行列中去，迎接着市场经济浪潮的洗礼。

对此，当然会有人有不同的想法、不同的意见，最为忧心忡忡的是担心资本主义卷土重来，使山河变色、道德沦丧……然而，股票仍不管不顾，争先恐后地登台亮相，带着充满诱惑的神秘微笑，向人们频频招手。

春兰股票公开发行的那些日子里，小城泰州出现了前所未有的股票热，宾馆旅店大款云集，承销网点人头涌动，市面上涉及股票的报刊书籍大为抢手，自由组合的股票沙龙比比皆是……素以沉稳、谨慎著称的小城居民也不甚安分起来，尽管跃跃欲试的坐而论道者居多，不声不响便当上股民的也不在少数。我曾经工作过的一个堪称"正统"的部门里，同事们几乎无一例外地成了春兰公司的股东或股东家属，虽然问起此事他们还有点儿"犹抱琵琶半遮面"。

这一切是否就是资本主义的回潮呢？显然已无继续争论的必要。

人们更为关注的是股票上市后的表现如何，它能给予股东们多少回报。就春兰股票而言，不少股东和预备当股东的人们是看好行情的。有春兰公司良好的形象、良好的经济效益和前景在，有春兰公司发行股票以来及至上市前后可见可期的作为在，完全有理由相信春兰公司的承诺。

当然，任何事物都不是孤立、静止的，中国的股市还很年轻、很不成熟，离法制化、规范化尚有较大距离。行政的干预、机构的操纵、设施的滞后、心理的障碍都很大程度地影响着股市的阴晴圆缺。别的不论，单这几个月来股市的持续低迷、连破新底，股票的价格与价值严重背离的状况，便可见一斑。恰逢此时，春兰股票的上市，就不可避免地存在着多种可能性。

不过，也不必因噎废食，年轻的还在成长，不成熟的终会成熟，你也许会失掉今天，但还有明天、后天……重要的是切莫丧失信心。

1994 年

群众是什么

这是一个不应成其问题的问题。词典上写得清清楚楚，共和国的宪法、执政党的章程中则有着更为具体、深刻的表述。其实并不尽然——你们几个人能代表群众吗？中国有 12 亿人口呢！群众还分左、中、右呢！为群众服务不是为你们几个人服务！——就是颇为典型的一种说法。

因此，"群众是什么"的问题又仍然是一个现实的问题，至少在一些地方、一些单位如此。诚然，群众的意见和要求存在着是否正确、合理、恰当的区别，但只要其没有超出法律的轨道，就应该热情接待、认真倾听、耐心解释、明确答复，能办到的则要努力去办。一时不能办到的，则要说清道理，而不是冷漠地将其一推了之。至于以几个人不能代表、甚或算不上群众的理由，而将人拒之门外，更是没有道理。

群众作为一种泛指，当然是个整体概念，而整体总是由部分组成的，排斥了一个个具体的部分，整体又何复存在？前面提到的那种说法尽管很是振振有词，充其量也只是一通不能自圆其说的诡辩。

群众是什么？首先是国家的主人、企业的主人，这是中华人民共和国基本制度之所在，是社会主义优越性的根本特征。可在我们一些同志的头脑中，这种观念却十分淡薄，每每自觉不自觉地产生"主仆颠倒"的错乱现象，不能不说是主人们的悲哀。

刚刚闭幕的八届二次全国政协和全国人大会议专门强调了发展、加强社会主义民主和法治建设，坚持一切为了群众、一切依靠群众的问题。全国政协领导同志说："中国共产党把全心全意为人民服务作为最高宗旨，把从群众中来到群众中去的群众路线作为根本的工作路线，把尽心竭力为人民群众谋利益作为全部活动的出发点和归宿。"这些论述虽已听过不止一次，今天读来仍感到强烈的现实针对性，产生了一种盼望已久的由衷呼应。

群众既是主人，就具有主人的权利，这包括了解情况、参与管理、实施监督的权利，也包括表达愿望、提出意见、反映要求的权利，更包括希望衣食温饱、住行安顺的基本权利，等等。而作为公仆的党和政府工作人员，国有企事业单位的领导同志应该做到的是尽到公仆的义务和责任，而不是相反。

1994 年

"消费者权益日"过后如何

　　一年一度的"3·15国际消费者权益日"活动又有声有色地结束了。打从有了这个日子，国人们便多了份盼头，平时未能得到解决的问题，都冲着这一天来了，3月15日便越发显得深孚众望。

　　开展这一活动的必要性自不待言，其效果也有目共睹。美中不足的是一年只有一个3月15日，总不能把一年的消费全集中到这一天来吧？积压下来的问题也不可能一日之内全获解决。杯水车薪，奈何不得。更怕时过境迁故态复萌，回过头来再吃二遍苦、再受二茬罪。于是，不得不重提经常化的问题。

　　经常化当然不是要求天天都如3月15日那般声势夺人、轰轰烈烈。无非是希望销售、服务行业能继续保持"3·15"的公道、热情，为非作假者能继续退避三舍、望风收敛，而执法、管理人员也能继续地主动、及时、尽心尽力，让消费者的放心、满意能够日复一日、年复一年。这个希望似乎过高，可又是应该做到的。对于作为"上帝"的消费者而言，如许希望不算过分，法律也赋予了他们这样的权力。

　　因此，有必要把经常化视为既定的目标，付出比开展一次活动更加扎实、持久的努力。经常化的根基是法制化，《反不正当竞争法》和《消费者权益保护法》等有关法规均已实施有时，需要认真宣传贯彻，以增强销售服务行业守法的观念和措施、增强消费者维护自身权益的意识和能力。工商、物价等部门则要恪尽职守，强化日常管理、提高工作效率，真正做到有法必依、执法必严、违法必纠，当好消费者的可靠后盾。还要充分发挥舆论部门以及广大群众的监督作用，使一切损害消费者权益的行径成为众矢之的……倘若这些都能成为经常性的现实，一年一度的 3 月 15 日或许就不会像现在这么热闹了。

其实，"过后如何"的问题并不止于一个"消费者权益日"，3 月 5 日的纪念雷锋活动、3 月 8 日的妇女节以及植树节、儿童节、敬老日、教师节等等一年一度令人向往的那些日子，不都或多或少地留下过同样的问题？

1994 年

漫说宣传

谈到宣传，人们很有点儿"陈见"，极左年代盛气凌人的"假大空"和前一阵躲躲闪闪的"一手软"损害了它的形象。虽说这几年情况已有改观，但不如人意之处颇多，人民群众在肯定其成绩的同时仍难尽释"前嫌"，也在情理之中。

当然，不满意也不全是坏事，至少说明人民群众希望它更有作为吧。刚刚结束的全国宣传思想工作会议确定了加强和改善这方面工作的大政方针，实乃顺乎民心之举，就看下一步如何落实了。

说来似乎并不复杂，无非还是"宣传什么"和"怎样宣传"两个方面，可实践中却又不是那么简单。

宣传什么？中央领导同志讲了四个方面："以科学的理论武装人，以正确的舆论引导人，以高尚的精神塑造人，以优秀的作品鼓舞人。"十分明确。问题在于我们如何将其具体化。科学的理论体系博大，正确的舆论范畴广泛，不分时间地点对象照抄照搬显然不行。宣传什么？就是要理论联系实际，有所选择，讲究宣传内容的现实针对性和科学预见性，才能适应需要，产生实效。这方面，我们有过不少教训。

远的不说，年前"新税制"出台前后，我们的宣传解释和舆论引导就很不够。基本上例行公事式地将有关条文公布一下了事，纳税人和消费者在较长一段时间内是只知其然不知其所以然。倒是各种猜测和传言沸沸扬扬，搅得人心惶惶、物价陡涨，等到税务部门出来"救驾"，已是亡羊补牢了。诸如此类，均暴露出我们在"宣传什么"这一方面存在的问题。你老是"隔靴搔痒"或者"马后炮"，群众当然难以满意了。

再一个是怎样宣传，也就是如何使我们宣传工作的方式方法适应新的情况、为人民群众易于接受的问题。首先，过去一些行之有效的传统方法应当继承发扬并不断创新，这毫无疑问。但仅此不够，还需要我们面对变化中的实际，多作调查研究。譬如如何增强时代特色、现代气息？如何因地制宜，因人制宜？如何寓教于情，寓教于趣？以及选择什么样的载体、运用什么样的媒介等等，都需要不断探索、研究，都大有文章可做。而这些也正是加强和改善宣传思想工作的题中应有之义。这个问题解决不好，同样难以避免事倍功半甚至事与愿违的结果。

这其中又有一个宣传者的自我定位问题，首要的是必须平等待人，这不仅是个懂不懂得尊重别人的个人素质问题，更关系到宣传事业的形象及其成败。因此，从事宣传思想工作的同志应该对自己的地位和职责有一个正确而恰当的认识，搞清楚我们履行职责的根本目的正是为了实现全心全意为人民服务的宗旨，从而牢固确立"服务"观念，置身于人民群众之中，想其所想、应其所需，多一点平等交流和"换位思考"，少一点居高临下的简单说教。唯有此，你的话才有人听，你的活动人们才乐于参与，你的工作也才能奏效。

1994 年

帮忙

女儿小的时候，自我感觉良好，表现之一是喜欢帮大人的忙。你读书时勾勾画画做些记号，她嫌你画得歪歪扭扭、不符合横平竖直的老师教导，忙不迭地拿来橡皮、直尺，帮你规范化。你等着菜下锅，她却坚持由她独立完成择菜、洗菜、切菜任务，只许你担任场外指导，不肯你从中插手。你出门去倒垃圾，她会及时纠正你麻痹大意的错误，跟在你后面把门带紧，将大家一起锁在了门外。如此等等，每每弄得你哭笑不得。

其实我们自己并不比小孩子高明多少。家中琐事不谈，在单位上自作聪明、事与愿违的情况也不乏其例。常有找到单位指名道姓要见领导的陌生人来访，多数是与领导极熟、关系甚近的口气，自然不可怠慢，必积极热情地予以引见或认真负责地指明去向。殊不知领导未必欢迎，也没有时间听他们七拐八弯地攀亲忆旧。积极得不是地方，帮了倒忙。便抱怨这些人不地道，套什么近乎？弄得做下属的左右为难。后来听说当时上海市委一位负责同志专门就此类问题作过批示，言明任何人不得以其亲戚朋友老乡同学的名义拉关系，走后门，牟取私利。方知大地方也一样，才算长了见识。

帮忙得善解人意、区别对象，本本主义、头脑僵化显然不行。这方面当然不乏成功之士。譬如有的人对某些权势人物的了解和揣摩就相当到家，对他们不便出面或不便明示的一些私事，均张罗得周到细致、恰到好处，而且风波不兴、了无痕迹。如北京长城公司总裁沈太福堪称个中高手，他帮助原国家科委副主任李效时解决"经济困难"的形式是奉送了未具李姓名的《技术开发合同书》及《分红结算卡》。港商潘、梁夫妇也深谙此道，他们与李效时的儿子在海南"合办"了一家公司，由潘、梁出资，李效时儿子则"合法"地领取报酬，从头至尾隐去了李效时的踪影，天衣无缝，可谓善解人意之至了。倘若不解人意还自作聪明，就容易适得其反，比方说对彭德怀、焦裕禄和张鸣岐，就不能帮这种忙。因为人人都知道彭德怀是"狠"得出了名的，而兰考县和锦州市的人民也都清楚"焦书记不肯"和"鸣岐不让"的丰富内涵。硬要自作多情，只能是"马屁拍到了马腿上"。

帮忙不仅限于物质方面，也有精神领域的。值得一提的是现在有些单位的民主生活会，"批评与自我批评"变成了"表扬与自我表扬"，至多也不过"小骂大帮忙"。而平时，专拣爱听的、好听的去说，选先进人人都够格、论提拔大家挨个上的情况已是司空见惯。至于这样做最终有多大的用处和益处，似乎已不值得注意了。或者说注意的是自身一时的用处和益处，而没有真正去为事业、为大家、为别人着想多少。前不久的一次聚会上，一位过去的下属"忠贞不贰"地告诉其领导，有关方面如何"混账"，某次竟将本该位居该领导之下的另一领导名列其前，颇为"义愤填膺"，大有欲去为"官"请命、讨回公道之架势。鄙人傻冒，当即劝其"不要帮倒忙"。逆耳之言，尚不知其会怀何想？

1994 年

美与发现

尝与友人戏言："足下不是缺少美，而是缺少发现。"典出自著名的《罗丹艺术论》，借来发点议论，意不在艺术，大抵是些关于人生际遇的零星思考。

这里所说的美，是指人的才干。友人才华横溢、灵气过人，当是成大事之美者。谓之缺少发现，亦非无人所识，只是倘未足其所用也。

美乃客观存在，为人所识本情理中事。但识之与否和用之与否却又不是一回事，譬如你的上面有否"武大郎"或别的什么就至关重要。何况还有一个美的标准问题，历来仁者见仁、智者见智，取舍大不一样，"客观存在"便每每显得无力。

有人说，美已说明一切，价值自在其中，并不在乎外在的发现。道理不错，却有点形而上，离开地面远了点。李白诗曰："天生我材必有用"，自信十足、掷地有声，终为其"诗仙"地位所印证。然若联系他的另外一些诗句和经历来看，又能读出另一种期待。他又何尝不希望为"圣上"所"发现"所"有用"呢？可见"飘然思不群"的古之诗仙也是很难免俗的。

今人比之古人，底气先输了一截。指点江山的少年意气不作数，真敢口出"狂言"或心怀"狂想"的头脑健全者委实寥寥。或许今人阅尽千载沧桑变得实际而少了迂拙也未可知。总之，即便大智大勇的大美者也没几个敢去躬耕南阳的，虽说刘备的缺乏也是一个原因。

古人也不都是退隐村野卧待谁来三顾茅庐，别的出路还有，后来被批得臭名远播的科举制度便是其中之一。科举制度确有扼杀人才之罪，除了"之乎者也"别无所能的无用状元似乎出过不止一个，加上作弊弄伪官场现形的笑柄多多，早已盖棺论定，不为人道了。但终究还有一些人才是通过科举始得发现的，这也是事实。人们当然更希望能有一种比科举制度好上百倍的别的什么制度来实现美与发现的完美统一，来杜绝"官场现场记"的代代繁衍。否则，总难免有人怀旧。

聊到这类问题，人人烂熟于胸的是"千里马常有，伯乐难寻"的故事。眼巴巴地盼着伯乐大人从天而降，其实不必。既难寻，千方百计千辛万苦去寻的大有人在，比你先进多了。所以从道理上说，不仅不必指望伯乐，而且应该取消伯乐，代之以赛马场，是骡子是马都到场上见分晓就是了。当然，这属于理想主义，或曰"左派幼稚病"，起码也是水未到渠未成的一厢情愿。

友人参悟得较透，没有患"单相思"，也就省却了一应烦恼，活得比较平和轻松。只是遇到新问题时无可奈何。譬如最近曾被请去"御用"过一回，当然是时间紧、要求高、难度大的重要任务，推是推不掉的，伯乐大人连连和他干杯，似乎非君莫属，使其平添终为人识的豪兴。接下来的日子便失去了轻松，这倒也罢。交差之后即被隐去不再有请，出版物、功劳簿上一串尊姓大名中友人更不复存在，绞尽脑汁忙到最后只是为伯乐大人作的嫁衣，又失去了平和。从此，再不肯听鄙人胡诌什么"缺少发现"。

1995 年

难学孔繁森

学习孔繁森，深有高山仰止之慨。面对他的崇高和伟大，你不由得不感动、钦佩、惭愧，而迸发出以其为楷模的强烈冲动。同时，又不得不承认：斯人该学，却又实在难学。

也许有人会说，孔繁森所做的，一部分是他职责范围内的工作，在其位当谋其政。另一部分则是他廉洁自律、全心全意为人民服务的事迹，体现了我们党的优良传统和作风，同样是党的干部、人民公仆应该做到的。孔繁森能做到，我们为什么不能做到呢？

道理当然不错。然而在现实中，我们没有做到、没有想到或者想到了也不愿去做的，恰恰正是这些本该努力去做的事情。不妨以孔繁森为镜，来照照我们自己：

1987 年底的一天，孔繁森老家一个亲戚来到地区林业局找担任局长的他，说有急事要借用一下车。孔繁森面露难色地说："这事我当不了家。"那位亲戚很不愉快，生气地说："不当家还当官干啥？当官不认人哪！"孔繁森轻叹一口气，找到办公室主任说："派车！"这位亲戚喜滋滋地坐上车子走了，孔繁森却一直等到车子回来，问清司机共跑了 20 公里路程，随即掏出 30 元钱，请司机代他去交了用车费。1981 年，孔繁森的大哥为了家里盖房子，专门赶到莘县，要担任副书记的繁森帮忙买点计划内木材，被他一口回绝了。他的姐姐也找过他，求他说："三弟，姐从来没有向你张过嘴，求你给外甥找个活干吧。"孔繁森苦口婆心地给姐姐讲道理，直到最后说通了她……在亲戚们看来，孔繁森当的是"大官"，请他买点便宜物资，安排个孩子工作，都是很容易办到的事。可是他兄妹5个，除了他家外，其余4家都仍在农村。他有8个侄子侄女，没有一个"农转非"。他自己的孩子也是凭着各自的努力上了大学、有了工作——对照孔繁森看看我们自己，你说他难学不难学？

孔繁森生活极其节俭，经常吃的是白饭就榨菜，工作一忙，开水泡馒头或方便面也是常事。他穿的内衣许多打着补丁，连块香皂都舍不得买。可每次下乡，他总要把钱分给生活贫困的群众。在零下20多摄氏度的严寒中，他脱下身上的毛衣毛裤送给了藏族老阿妈。在敬老院，他发现一位老人的脚被冻得又红又肿，心疼地把老人的双脚抱在自己怀里，第二天又托人送去了一双新棉鞋，还掏钱买了收音机送给了老人们。他记挂着一次去县里检查工作时探望过的两位藏族孤老，只要有人去那个县，必定要托人给她们捎些钱、粮、衣物。他收养了两个因地震失去父母的藏族孤儿，一人孤身在藏，又要工作，又要带孩子，辛苦劳累可想而知。晚上，工作了一天的他回到宿舍，先要给孩子们做好饭菜，然后再教他们读书识字。夜里，就和孩子们挤在一张床上，孩子小，经常把尿撒在床上，他就不厌其烦地换洗床单。收养孤儿后，经济上更加拮据，他3次献血，用献血营养费给孩子们买来衣物。在西藏工作的近10年时间，他几乎没有往家里寄过钱，省下的工资大部分花在了藏族群众身上——对照孔繁森，再看看我们自己，你说他难学不难学？

举出这许多看似琐碎的事例，是因为它们真实、具体而胜过任何说教。诚然，学习孔繁森并不是"依样画葫芦"，凡是他做过的，大家都去做一遍。而是要学根本，学他的坚强党性，学他的高尚情操，并且真正落实到工作、生活的具体实际中去。这就需要从平时做起、从点滴做起、从应该努力去做的事情做起。莫小看了平时的一点一滴，一个人人格的高下每每见于细微之处，真能做到像孔繁森那样，谈何容易？

学习孔繁森，不可能每个人都成为孔繁森。然而努力缩小与他的差距乃至反差，却是应该做到的，尽管这仍非易事。何况还有一个能否始终如一的问题，毛主席有句名言："一个人做点好事并不难，难的是一辈子做好事，不做坏事。"讲的就是这个道理。

至于嘴上喊着要学，骨子里一点也不打算去学的人确也存在。虽说另当别论，却又从另一个角度提醒了我们。

1995 年

《宰相刘罗锅》好在何处

中国的电视观众这回算是过了把瘾，《宰相刘罗锅》同时在多家电视台播出，看了这台赶那台，顺着看、跳了看、回过头来还看，忙得不亦乐乎。收视率之高自不待说，而且叫好声一片，成了眼下的热门话题。如此情景好像多年未遇了，委实耐人寻味。

听大家聊，不少人都错过了开头的几集。有的起初不知道，有的虽看到了预告却没当回事。那些"隆重推出"的见得多了，尽上当。还有谁会对这个剧名就别别扭扭的古装戏存有幻想呢？没料想这毫不起眼的"罗锅儿"煞是了得，不经意间已是家喻户晓、深入人心了！

一部电视剧，未加炫目的"包装"、未作热闹的捧场，却有许许多多人爱看、许许多多人叫好，自然是有道理的。

《宰相刘罗锅》是一面镜子。人们从剧中的官场情态、民间风景中不仅看到了历史的沧桑，也看到现实的影子。以史为镜，可以知兴替；以人为镜，可以正衣冠。《宰相刘罗锅》不是历史，却是历史的真实；刘罗锅、和珅各色人等皆系古人，却又活脱脱现出今人的种种秉性。

《宰相刘罗锅》表达了人民的心声。人们干过的、说过的，剧中可以看到、听到。人们想干而未能干、想说而未敢说的，剧中也干了、说了。荧屏内的芸芸众生自是人心大快，也激起了荧屏外广大观众会心的欢笑和共鸣，引起了人们对现实更多的关注和对未来更多的期冀。或许，剧中的许多事情有点理想主义，实际情况未必尽然，可"理想主义"不正表明了人心的向背？

人物形象的成功塑造也是这部电视剧看好的一大原因。无论刘墉、和珅、乾隆等主要人物，还是六王爷、胡胜、张成等次要人物，乃至众多只露过几次面的"陪衬"人物，皆有血有肉、个性鲜明，都是七情六欲具备的尘世中人，没有刻意美化为"神"，或者竭力丑化为"鬼"。比之那些个不食人间烟火的"正面典型"和"反面形象"，当然更受欢迎。这方面，王刚、李保田等演员功不可没，他们极为出色的创造性表演可谓此剧成功之关键。导演选中他们，实乃此剧之大幸、观众之大幸！

《宰相刘罗锅》还得益于精彩的故事情节。全剧的主线是刘罗锅几起几落的曲折命运。一个个既有关联又独立成章的传奇故事则是其丰富内容。这些故事或状写朝廷斗争的风云变幻，或描摹市井人生的百味风情，跌宕起伏、有声有色，嬉笑怒骂、皆成文章，很是引人入胜。中国观众喜欢看的是情节曲折、故事性强的电视剧，这是他们的欣赏习惯。《宰相刘罗锅》能得到广大观众的钟爱，当在情理之中。

这部电视剧可称道之处还有许多，当然不足之处也不少，有的地方毛病还不小。但观众们觉得能这样就很不错了，并不苛求。

中国的观众其实是最好说话的了，观剧如此，于世亦然。

1995 年

清风扑面

新建泰州市委及其临时工作机构开展工作方一月有余，市民中已流传起不少他们接近群众、济民之困、解民之忧的佳话。《新华日报》1996年9月19日头版头条位置刊载的题为《扎实 俭朴 高效》的报道，又介绍了一些未为群众所知的"内情"，称道他们的实干精神、自律作风和工作效率。新市委组建伊始，便得到如此激赏，实为难能可贵。

笔者新近奉调回乡，耳闻目睹，不禁为一股清风扑面的新鲜感所激动、所振奋，而不免生出了更多的感慨。

从道理上说，市委所做的，并不是什么惊天动地的非凡之举，而是共产党人的职责与责任，属于应该做的正常工作。《党章》中明确规定：中国共产党的根本宗旨是全心全意为人民服务。中央领导同志也一再强调，要从群众比较关心、社会反映强烈的问题入手，做好工作，并且要把人民群众赞成不赞成、高兴不高兴、满意不满意作为衡量我们工作好坏的标准。这些要求，大家都耳熟能详。

然而，当共产党人真正这样去做了的时候，人民群众所表现出的则是异乎寻常的惊喜、喜出望外的感激。个中三昧，确实值得每个领导干部和共产党员深思。

群众最近议论比较多的一件事是市委前不久严肃查处某地领

导干部住房违纪的问题，市委点名批评了当事的数位领导干部，责令他们限期从为自己营造的"安乐窝"中搬出并作出深刻检查。如此处理本属正常，是理所当然的事，可群众却表现出了分外的惊喜和满意。

群众中还流传着市领导处理一起上访事件的故事，说市领导与上访群众直接对话、毫不敷衍的坦诚，亲赴居民住处实地体察的认真，让群众代表参与调查工作的公正，都是许多人事先没有想到的——当市领导踏着自行车离开居民住处时，一些群众激动地呼起了"感谢共产党"的口号，听来真是百感交集——其实市领导所做的也还是他们应该做的，可群众却是如此地喜出望外和由衷感激。

应该说，类似上述"刑上大夫""礼下庶人"的事情在我党、在我市并不乏其例，维护人民利益、关心群众疾苦是我党各级领导干部素有的传统。问题在于总有那么少数侵害人民利益、不管群众冷暖的人在损坏着党的形象、伤害着群众的感情。因此，从群众的惊喜和激动中，人们体味到的就不仅是对市委工作的肯定和赞许，还有着对更多"清官"和公仆的殷殷呼唤……

由群众的赞许和呼唤，我想到了领导干部的威信问题。真正的威信从何而来？是相信和依靠群众，把人民群众高兴不高兴、满意不满意作为工作的起点和归宿，还是轻视和脱离群众，无视群众的正当要求与基本觉悟，甚至官官相护，只为少数人服务呢？答案不言自明。

天地之间有杆秤，那秤砣是老百姓。

1996 年

星级宾馆与"四大金刚"

在一合资企业当厂长的老同学王建宁告诉我，外方企业的负责人应邀来泰参加经贸洽谈会，提了一个要求：住泰州宾馆。原因除了该宾馆星级的硬、软件条件外，重要的一点是有代旅客洗熨衣服的服务项目。

服务当然是有偿的，洗也行、熨也行，有一件算一件，按件计费。对外宾来说，价格不算高，承受得起。每天早上起床后冲上一把热水澡，换上洗烫得清清爽爽、挺刮如新的服装出门，感觉自然不一样。这是他们的生活方式。现在不见谁大惊小怪甚而争论"姓资姓社"了，我们的服务应当跟上去、适应之才是。尤其泰州新建地级市，门户大开、客源可期，立于新的起点之上，仅一家三星级的宾馆已是捉襟见肘，需做、可做的事情有很多很多。

为外宾服务好的同时也不能慢待了我们自己。这些年中国人的生活水平有了大的提高，但毕竟不敢像外国人那般"奢侈"。一方面大多数人的钱包还不够鼓；另一方面则是生活方式、消费观念的差异。出门在外，有底气专挑星级宾馆住的为数寥寥，多数人是能将就则将就，并不在意有没有"代客洗烫"的服务。只是衬衫领口之类与外国人一样不耐脏，又不如在家中有洗衣机好扔，挨到自己都不忍卒睹的时候，只得自我服务。中国人的尴尬是，现在的旅社都很重视"标准间"的建设，却很少想到自己的同胞也得洗洗衣服、搞点个人卫生什么的。结果越是"标准"的房间洗衣服越不方便，凑合着洗了湿漉漉的又没地方晾晒，硬是整得你皱巴巴脏兮兮的总也找不到感觉。

旅社业的同仁们也有一肚子的苦水。眼睁睁看着别人忙装修上档次提价格，岂能因循守旧无动于衷自甘落后？于是乎紧赶慢赶纷纷鸟枪换炮与过去的寒酸匆匆作别，奔着相同的目标怎么样也得弄成宾馆大酒店。无奈天地就这么大，客观条件达不到，服务又跟不上，犹如土布棉袄缀上几块皮毛硬称貂皮大衣，难副其名。外宾嫌差不说，内宾也叫苦不迭，高不成低不就，四面不讨好。效益也就不如原先想象的那么令人乐观。

由此我想起了上海市的"四大金刚"工程。"四大金刚"即上海人早餐中传统的四大要件：豆浆、油条、粢饭、大饼。前些年，该市的大小餐厅纷纷建包厢、求豪华、换招牌、备大席，而对广大市民情有独钟的"四大金刚"不屑一顾。以至于路边的个体摊点生意红火排着长队，高档餐厅却供过于求门庭冷落。对此，上海市政府财贸办公室实施了"四大金刚"工程，规定了卫生、环境、服务等多项标准，数月之内，全市上千家以"四大金刚"为主供品种的早餐厅相继开张，适应了群众的需要，改善了城市面貌，也取得了可观的经济效益。

类似的事例我们泰州也有，春兰集团十年前的成功之道便是"让开大道，占领两厢"。旅社业发展至今大可不必再往一条道上挤了，得适应市场的需要。要上，就集中力量上它个"三星""四星"，也不妨来点儿"四大金刚"。

1996 年

距离

关于距离的理论，渐渐为人接受了。

譬如恋人之间，距离能产生神秘感，因了神秘而朦胧、而美，比之一览无余唾手可得反而更富吸引力。

夫妻之间有一点距离也不是坏事，朝朝暮暮卿卿我我固然柔情万种，却少了两相牵挂的那份期盼，故有"小别如新婚"之说。

朋友之间更需要有点距离，终日烟来酒去不分彼此的亲密无间能有几多持久？即便真朋友，到了"好得不能再好"的地步，什么都成了理所当然，也难保日后不会生出些尴尬来。回过头再看，还是君子之交为宜。

上下级之间的距离本是客观存在，有之，这个世界才井然有序。像孔繁森那样为孤老暖脚因孤儿卖血的地委书记当然多多益善，可谁也不至于糊涂到以为上下之间就可以没有了距离。

如此等等，适度的距离实在是必要的、有益的、有时甚至是美妙的。它能予人以温馨、和谐、安全、清醒，或许也算得上是生活里的一门艺术呢！

可我们却每每忽视甚而拒绝着它——恋人们追求爱的完全彻底，把两人世界充填得不留一线空隙，夫妻们注重一唱一随，营造的是"长相守、不分离"，朋友间最讲究哥们义气、无所不用无微不至才算够意思，对上司则容易忘掉分寸，一个劲地"积极靠拢"，热情得让人透不过气——不知道保持距离的艺术，不知道过犹不及的道理。当然，就领悟不到距离所特有的美丽。

有什么办法呢？想尽快得到的、想始终拥有的，以及不愿须臾失去的，都太多太多了。

1996 年

君子与小人

君子，正人。根本的一点是正，正直、正派、正气、公正、刚正是也。与之对应，小人的本质特征便是歪了，歪门邪道、歪理邪说、歪风邪气，如此等等。

君子讲公道，追求客观公正，以事实为依据、以实践为标准，不趋炎附势、恃强凌弱，不似是而非、左右逢源。小人对客观事实不感兴趣，在乎的是自己的名利，惯于看风使舵、投机取巧，不惜睁着眼睛说瞎话、昧了良心做佞臣。

君子言行一致，光明磊落，有话摆到桌面上，不搞两面三刀、欺蒙拐骗。小人口是心非、虚伪阴暗，当面说人话、背后说鬼话，为达到个人目的，可以费尽心机、耍遍手段。君子胆量大，敢于讲真话，不怕忠言逆耳、招怨惹祸。小人胆子更大，编造谎言、欺上瞒下、排斥异己、陷害忠良，明知欺君之罪恶不可赦，仍狗胆包天、以身试法。

君子严于律己、宽以待人，自己做不到的，不强求别人做到。要求别人不能做的，自己首先不去做。是为"己所不欲、勿施于人"。小人则对己放纵、对人苛刻，或者躲在阴暗处，专拿手电筒去照人；或者只许州官放火，不许百姓点灯。

君子心中装着别人，小人满脑子只有自己。

君子善于见人之长、用人之长，勇于承认自己的不足和错误，而不揽功推过、装扮完人。小人唯恐别人超过自己，谁冒头就和谁过不去，必得想方设法泼上一通臭水。他们最擅长文过饰非，上司一说好，马上汇报自己的功劳；上司刚皱眉，转眼全说成别人的过错。

君子对上本分，忠于职守、认真负责，不逾矩、不犯规、按章行事。小人不讲规矩、不守本分，热衷于投怀送抱、献媚使奸，对上司不便明说的私事或隐事特别能揣度，总是特别卖劲、高效率高水平地办妥，常常主动充当"拉皮条"的角色。至于可能给上司造成危害，小人并不在乎，到时推卸、抵赖就是了。说不准已预先做好了手脚，以备将来反戈一击、嫁祸于人。

君子重义，不因一己得失而做墙头芦苇，不因权大权小、台上台下而前倨后恭、炎凉世态。小人重利，总是按市场规律办事，一门心思紧盯"紧俏商品"，一旦出现变数，随即弃旧图新。

君子善良，公事私事均与人为善，讲究人格平等。不搞"三忠于、四无限"，不经营小圈子，不求全责备，以权压人。即便批评处分，也不乱打棍子，而是治病救人。小人的成功之道则是心狠手辣，在他们眼里，属下只是自己的工具和仆从，就该随心所欲地使唤、处置，以属下是否绝对归顺、彻底臣服为好恶、为转移。他们最常用的手段是赏你一块肉骨头，最感兴奋的是抓住了你的小辫子，最大的快感是玩弄你的命运。

君子厚道，容易同情弱者，每每援之以手，而不图回报。小人刻薄，专拣弱者欺凌，倘若突发"慈悲"，非得受惠者感恩戴德，一辈子做牛做马不可。否则，必咬牙切齿、欲置其于死地而后快。

小人对上是一条狗，对下是一头狼。

人说：卑鄙是卑鄙者的通行证，高尚是高尚者的墓志铭。或许，在庸常的现实里并非都是如此，尤其在吾辈小人物之中。

不过，小人物也是应该而且可以成为君子的，而大人物中也确实不乏小人。因此，无论大人物还是小人物，总得有所追求、有个目标才是。

做君子，不做小人。

近君子，远小人。

可矣。

1998 年

人生得失

　　人生，如同行路，一步一步往前走。脚下的道路通往何方，许多时候心中并没有数，难以准确预测，更难随心所欲。

　　人在途中，难免十分在意和在乎一时一地的得失，以为事关重大、事关长远乃至终身。其实不然。人生的许多得失也就只是一时一地，短暂、有限，回过头来看甚至微不足道。

　　而且得与失往往相反相成，你有所得，也必有所失。同样，有所失，也会有所得。只是我们当时当地没有看到而已。所以，许多事情要等到回过头来再看，而且时间愈长愈能看得清楚一些。这大约就是人到垂暮之年方能有所省悟的道理。而真正能看清看透的，又往往不是本人，而是旁人，特别是后人。

　　我们这一代人，生在新社会，长在红旗下，当属幸运。但比起从旧社会走过来的人、比起在革命战争年代经受过锻炼和考验的人，便显得先天不足，缺少了许多非常重要的东西。同样，比起我们的下一代，由于经历了天灾人祸的困难时期、经历了"文革"的浩劫、经历了上山下乡的"再教育"，我们在付出了青春年华和满腔激情的同时，也获得了许多在正常年代得不到的东西。我以为，这对我们的一生是至关重要的，尽管我们的下一代颇为不以为然。

　　在我的人生道路上，也曾经遭遇过数次失却机遇的憾事，譬如插队时曾被确定去公社医院学医，后来不知所以地换成了别人；当工人时曾有机会被选去从艺，被长辈代我做主拒绝了；调入机关工作这一年恰巧恢复高考，因工作需要而未能报名；后来又有过几次调动工作的机遇，皆因所在单位的挽留和自己的犹豫而放弃；再后来，还遇到过一些不太合理的对待。当时，每每怅然若失、心中不快。现在回过头来看，不少事已成久远的过去。因而，能够比较冷静、达观了。

有些机遇，或许失去后永不会再来，失去了也就失去了一次改变人生的契机。然而，一味地懊恼无济于事。失去了这一次、这一方面机遇的同时不也意味着你又获得了挑战下一次、那一方面机遇的可能？何况，人生价值的体现不只是靠机遇，还要靠奋发，是金子总会有闪光的地方。有些机遇，或许本来就不该属于你，失去了更未必是坏事。有了这段失去的阅历，必将对你往后的获得有所裨益。至于某些不合理、不公平更应泰然处之。人生无坦途，有些不顺，有助于人格的锤炼、心胸的开阔，有助于你继续往前走。

同理，在我的人生道路上，也曾有过不少获得的幸运。回过头来看，在获得一些的同时，也不可避免地失去了另一些。而失去的那些，有不少恰恰是我最为痛惜的。

人生，有许多完全靠自己，又有许多完全由不得自己。比较切实而积极的态度应是：

大的方面，顺其自然，有所追求又不要强求。

小的方面，脚踏实地地做好每一件事，包括职业范围内的，也包括职业范围外的。

无论大小，都不必把一时一地的得失看得过重。

1999 年

沉默种种

沉默，是在许多情况下可供选择的一种生存状态。

有的人习惯于在一般情况下保持沉默，有的人只在特定情况下选择沉默。沉默是一些人的性格，另一些人的方法。

沉默本身无可厚非，得具体问题具体分析。

先要看环境，看生存的环境。春秋诸子百家争鸣，言路广开，此沉默者，或是对发言权的放弃，充当旁观者；或是别有韬略，扮演旁观者。秦皇暴政焚书坑儒，非议者诛，彼沉默者，乃不得已而为之。

还得看动因，看沉默的动因。如果沉默只是一种习惯，没有什么功利目的，不因环境不同而加以区别，沉默也就是沉默而已，没有什么是非可讲。如果沉默只是一种方法，哪怕貌似习惯，也必有原因，就值得研究，有的可以理解，有的应予推崇，有的值得怀疑，有的需要警惕。

新千年伊始，看中央电视台《东方时空》的一部短片，追述一位老革命最后的日子，有两组画面凸现了沉默。一是在围追着他呼喊"打倒"口号的人丛中走过时，他微低着头、面无表情，一声未吭；二是在囚禁他的病床上，他白发枯槁，形状悲惨。主持人告诉观众，在最后的日子里，这位老革命始终没有讲一句话，直至撒手人寰。这种情况下的沉默，是被剥夺了讲话权利、没有地方讲话、也就没有话可讲的沉默。这样的沉默，同样说明问题。

鲁迅先生说过："最高的轻蔑是无言。"正是如此。

当善良的人们不得不归于沉默时，另一些本来十分善于沉默的人仍然话语不多。譬如康生、张春桥之流，他们在不动声色、少言寡语背后的行径，已为世界上最丑陋、最可恶的沉默做出了最为令人毛骨悚然的注脚。

同是沉默，天地之远，善恶分明。

当人们别无选择之时，沉默也是一种武器，是所能运用的一点权利。

当黑白颠倒、是非混淆，容不得你说明真相，抑或说了也无人理睬时，莫如沉默。

当别人都在煞有介事地"指鹿为马"，你自知无力回天，又不愿跟在后面昧良心时，莫如沉默。

当你遭人暗算、被人误解，却又求告无门，或者任何反驳和辩解均已过时、显得多余时，莫如沉默。

当卑劣者大红大紫，你则不屑于加入奉承者的潮流中时，莫如沉默。

这样的时候，沉默是一种无奈，也是一种抗争。虽说与那些揭竿而起，义无反顾的勇士相比差之千里，仍不失为一种勇敢和机智。即便存有较多自我防卫的成分，仍属正当、理当理解，仍不失为正人君子。

康生、张春桥之流不可一世的时代已成过去。然而，令人生厌、胆寒的沉默并未绝种。人们看见，有些时候、有些沉默，便是一种伪装、一种韬晦的心计。

有的人在是非面前总是一味回避，该表明观点时王顾左右，该说明真相时金口不开，该主持公道时退避三舍。这种沉默，至少也是十足的自私，还有狡猾。

有的人在公开场合很少讲话，要讲也是模棱两可、不着边际，见了别人的长处不愿赞扬，见了别人的短处不愿提醒，总是哼哼哈哈、装聋作哑，而在私下场合却两个样子，十分胆大。这种沉默，表面上是圆滑世故，骨子里心理阴暗。

有的人从不袒露自己的内心，该笑的时候不笑、该哭的时候不哭，总是不温不火、不急不慢，哪怕心里想得发疯，表面上仍不动声色，不留痕迹，显出一种莫名的深沉。这种沉默，是城府的老到、虚伪的高超。

有的人每讲一句话都要经过深思熟虑，风向不准不会开口，领会不透不会吭声，不懂的事情也从来不问。以免站错队、说错话、暴露了无知和贫乏，让人无从捉摸、莫测高深。这种沉默，该是绝顶的"聪明"和"成熟"了。

这样的沉默，是一些人处世的法宝。以逸待劳、以静制动，以"不变"应万变，真是绝妙。由于总是沉默，不会"言多必失"，也不会抛出了自己的"砖"，引来了别人的"玉"，因而总是占据主动。是时，那些不懂得"沉默是金"的人，有的已为他扫清了"地雷"，有的已不知不觉成了他的"垫背"。

这样的沉默，虽说与康生、张春桥之流不可同日而语，也够炉火纯青的了。

沉默种种，种种沉默，世态人情已在其中。

2000 年

讲真话

　　讲真话，不讲假话，这是谁都知道的一条道理。但实际上比较难行，或者说难以完全做到。古今中外，因讲真话不愿讲假话而招怨、惹祸的事情举不胜举。反面的教训太多、太深重了，拿鸡蛋往石头上碰的人自然愈来愈少。

　　正因为如此，人们对那些依然坚持讲真话的人才特别崇敬，像彭德怀、遇罗克、张志新的逆耳忠言，像瞿秋白、巴金的深刻自剖，甚至像周扬晚年的自责和忏悔……都在人们心中树起了丰碑。

　　人们当然希望听到的都是真话、没有假话，一个健康的社会也需要这样的氛围。可惜，依然严峻的现实提醒说：至少目前还未到时候。

　　简单的一个现象是，你讲了真话，人家未必当真，因为你说的跟他听惯了的不一样。首先是不高兴，不高兴就听不进，就反感，甚而认为你有二心，故意和他作对，如此等等，后果就可想而知了。如果你投其所好，专拣他喜欢听的说，哪怕尽是假话，他也乐意接受，即使有某些值得怀疑的地方，也无心细究。他会认为最起码你是忠于他的，这就够了。至于"日久见人心"之类的至理名言，人人都懂，只是谁知道这"久"要久到猴年马月呢？"久"毕竟不能解决现实问题。而专拣假话说的人一般都是有着比别人更为急切的现实需求，如此而已。

由此想来，单从保护自己这一狭隘的角度考虑，有些真话就不能讲，尤其逆耳的真话不能讲。这是讲不讲的问题。其次是对谁讲的问题。对你了解不多、不深的人，不要急于讲。对离你很远、你的话在他耳里无足轻重的人，不要轻易讲。而对那些专喜欢听好听的话，喜欢听他听惯了的话，甚至喜欢听假话的人则最最不能讲。

那么，是不是就不要讲真话，只讲假话呢？当然不是。那太可怕了，我们的社会还没有那么阴暗。何况，真的毕竟是真的，假的终归是假的。应该看到世道人心的向背。无论如何，对那些在人前没有真话、只有假话的人，不论他多么得宠和得势，在人们心中仍然不齿。天地之间总是有着一杆秤的，在这杆秤上，真善美与假丑恶泾渭分明。

当然，对大多数人而言，要求只讲真话、不讲假话，显然不现实、不可能，无私无畏、义无反顾的勇士毕竟少数。芸芸众生活在世上总免不了有种种顾虑，此为生存的本能需要，想来却也无可厚非，不应苛求。

但是，确定一条基本的原则界限还是必要的。

首先，只要能讲真话，或者说只要具备讲真话的条件，就应该讲真话；其次，在不具备讲真话条件的情况下，也要尽可能不讲假话，宁可沉默；再次，遇到不得不讲假话的情况，必须以不损坏他人为前提，绝不能为了保护自己而用假话伤害别人。

2000 年

谋事与谋人

把人分为谋事的与谋人的两类，显得不太科学，有些绝对化。但也不是凭空想出来的，职场中人可作各种分类，谋事的人或谋人的人则泾渭分明。

谋事的人与谋人的人各有哪些特性和行为规律呢？似乎不难概括。

谋事的人整天想的是做事，主要精力都放在工作上。谋人的人整天想的不是做事，主要精力都放在琢磨人上。谋事的千方百计要把事情做好，有所作为、有所成就。谋人的挖空心思要把人琢磨透、把握住，而不怎么在乎工作的成败。谋事的以为工作做好了就行了，就有了交代。谋人的认为把人把握住了就行了，就不愁受亏待。谋事的以为干好工作是第一位的，待人接物已在其中，无须刻意钻研人际关系。谋人的认为工作好坏全凭人——主要是"人上人"——说，真功夫是在诗外，人际关系好了工作就算不好也不愁没人说好。谋事的看不起谋人的，哀其耗费精力，十分无聊。谋人的瞧不上谋事的，笑其徒劳无功，十足的傻蛋。

谋事的说得少，做得多，要说也是与工作有关的。谋人的说得多，什么话都能说、什么话都会说，乃至没话找话说。当然并不是无话不说、实话实说，而是区别对待、因人制宜地各说各话、左右逢源。谋人的做得也多，但卖力做的都是与说的有关的、为谋人直接服务的、能够收到预期效益的事。而不是那些在他看来事倍功半甚至吃力不讨好的例行公事。

谋事的对上是工作，以为工作就是工作，为了工作和事业该干什么就干什么，该说什么就说什么，不以上司的喜恶与亲疏、人事的衰荣或更迭为转移。谋人的对上——当然是现任、有权和管得了自己利益的上——是效忠，认为工作不在于工作，而在于工作之外。工作可以用来作为大旗，但不是用心、用情所在。重要的是上司的脸色和眼色，以及在此背后的千丝万缕、纷繁复杂。这门功课做好了，才能成功，或曰"称职"。

谋事的对下还是工作，以为工作还是工作，为了工作和事业当批评则批评、当褒奖则褒奖，不以属下对自己的亲疏，以及其有否后台、靠山或往后的发展前景而改变。谋人的对下是笼络，认为工作仅仅是工作，不可因了工作伤了和气失了"群众基础"，重要的是要得人心、得选票，是要属下将你引为依靠，对你忠心不二、肝胆相报。因此，好话要勤说、恩威要常施、关系要多拉、还要适时许诺。

谋事的不去关心也无意打听谁跟谁是什么关系，更无心研究"关系学"的奥妙及其功利得失，认为这是低级趣味。谋人的特长正是"关系学"，他们热情备至地打探、搜集、琢磨的就是人与人之间的种种关系，认为这是周旋于社会的重要法宝，总能娴熟利用，具有很深的造诣。谋事的因为不懂关系，不知底细，难免不知不觉之中触犯了谁、得罪了谁、牵扯了谁，以至于有时"死到临头"，还糊里糊涂不知何"罪"。谋人的由于精于此道，有备无患，因而很少说错话、做错事，总是八面玲珑、四处取悦。

谋事的习惯于直话直说、有话在桌面上说。干的就是工作，靠的也是工作，没什么见不得阳光的地方，不需要装腔作势，不屑于搬弄是非。谋人的桌面上说的和桌面下说的往往不一样，而且更注重后者。因为他们有太多的东西摆不上桌面，凭他们的德行在桌面上也少有市场。他们只能靠背后做工作，搬弄是非是家常便饭。特别是单独跟领导在一起的时候，往往表演得极为充分。最常用的手法是"推心置腹"地提请领导要警惕谁、控制谁，还能举出有关例证说明谁目无领导，谁存有二心，而自己是如何为领导披肝沥胆甚至蒙冤受屈的，好像天下唯有他才是真正的忠臣。说得领导感动不已，怜爱之心油然而生。

　　谋事的总是很忙。工作任务一桩接一桩，又很是顶真，常常自加压力，没有多少空闲时间。一天忙到晚，累得可以，到了家也没空消闲，倒头便呼呼大睡。谋人的也是忙个不停。琢磨的问题太多，奔走游说的负荷太重，而且遮人耳目越来越不容易，心理上生理上都难得轻松。从早烦到晚，累得不行，回到家中还是放松不了，喝了参汤、服过安定仍然失眠。

2000 年

辑三　勇者陈培德

　　看来，应该给"负面报道"正名了。任何事物都是矛盾的统一体，对任何事物不同的处置都有可能产生不同的效果。把对一些事物的报道定为"正面报道"，对另一些事物的报道定为"负面报道"，未免失之简单化。其实，比之更为重要的，是给予公众足够的知情权，将事实的真相告诉人们。这不仅是媒体的责任，更是党和政府的责任。

——《"负面报道"之我见》

识人之道

诚如先生教诲，人在仕途，识人乃第一要事。尤其身居高位、权柄在握之人，识之与否更是非同小可。遵先生之嘱，学生以史为镜、以人为鉴，试归纳一二，以期先生指教。

其一，主要不是看其对您如何，而是看其对别人如何。先生德高望重、权倾一方，追随者众、歌颂者众、巴结者众，皆不足为怪。只是先生需留一份清醒，万万不可以为谁"万岁"喊得最响、效忠得最多、私事帮得最勤，谁就是最好的忠臣、最贤的能人。倒不妨了解一点别时别处的情况，看其对别人，对没权没势的人、对已解甲归田的人、对平民百姓们是如何作为的。

其二，主要不是看其是否讲好话，而是看其是否讲真话。古往今来，讲好话的人多、讲真话的人少。当然好话当中也有不少真话，只是那种真话不难讲，难讲的是不是好话的真话。先生居万人之上，自然好话听得多、听得习惯，此乃人之常情。不过学生以为先生断断不可被好话塞住了耳朵而乱了章程。识人者，听其言、观其行，还得想想其所以然。先生学富五车、才高八斗，非学生辈敢企及。然智者千虑，尚有一失，即便大智大勇如先生者，也难免有让人说"不"的地方的，何以满耳朵听到的只是一个"好"字呢？因此，对一味讲好话、一门心思取悦于您的人，特别是惯于讲假话、专门投您所好的人，当想想其所以然才是。

其三，主要不是看其说的是什么，而是看事实是什么。由于真话的缺乏、假话的泛滥，凡事不可仅听其言、轻信其言。而要兼听细辨，去看一看事物的本来面貌。这似乎有点儿费时耗力，其实并没有多大困难，因为事实只有一个。君不见，上下几千年，多少君君臣臣不正是为假话所蒙蔽、为小人所蛊惑而功败垂成？把白的说成黑的，把黑的说成白的；明明自己劣迹斑斑，却一脸委屈、说是受了天大的冤枉。而别人的功名倒了其嘴里总能被贬得面目全非、几无是处；遇到别人的事规矩道理一大套，遇到自己的事则又是别一番道理，可以什么规矩都不讲……凡此种种，历史上不乏其人。先生明镜高悬，不妨朝近前看看，说不准其人还在身边。

其四，主要不是看其一时一地，而是看其一贯历史。这条道理乃先哲所言，也是先生过去常常教导学生的。不知先生近来有否淡忘？如未淡忘，因何每每对历史漫不经心，甚而不屑一顾？或许有人已真的改写了自己，可历史终归是客观的存在，不可改写、不可勾销、不可否定。识人者，只看历史、不论现在固不足取；丢开历史，只看一时一地、看其在您面前的好样子，跟着感觉走，也不是个办法。历史总是一面镜子，可以照见现在、照见今人轻易感觉不到的东西的。

其五，主要不是看少数人的好恶，而是看多数人的识别。首先，不宜以一己的好恶为转移。其次，不宜为圈子里少数人的好恶而左右。而要看多数人、特别是不在先生权力影响范围内的人们的识别。人有主见无可非议，但这主见源于何处却大有分别，"楚王好细腰，宫娥多饿死"一类的古训并非危言耸听。圈子中人的意见也不是不能听，不然人家也会拉出"真理有时会在少数人一边"的大旗的，只是那些个主动积极地向您靠拢、不遗余力地围绕在您左右的人，往往都是有备而来、有求而来的。利益驱动的成分比较多，不如多数人的识别更接近真实。

先生居庙堂之高，命学生交此答卷，学生幸甚。然学生处江湖之远，不谙朝廷大事，难免胡言乱语。暂且凑出这么几条奉上，姑妄以"识人之道"题之。其实也才说了一半。另一半没说的则是识人的前题和基础，即识人者如先生等权柄在握之人必须不是贪官、昏官，否则官场已成市场，成了跑官买官者、玩弄权术者、暗箱操作者的天下，已不是识之与否的问题了。

2001 年

善待百姓

善待百姓，就是好好地对待人民群众的意思，是我们党全心全意为人民服务的根本宗旨所要求的，并不是什么新鲜举措。然而，当这句话出自省委书记之口时，却成了一条新闻，一个热门话题。

那天晚上加班，一身疲惫地到家，刚巧赶上江苏卫视的晚间新闻——江苏省委负责同志在省政协会议上致辞。电视台没有像往常一样，把领导人讲话的开头和结尾摘播几句完事，而是突出了其中的部分内容。于是我便听到了"关心群众疾苦、善解民意、善待百姓"一段话和随之而起的长时间掌声，顿觉眼睛一亮、心头一热。接下来的电视采访中，众多政协委员们津津乐道的也是"善待百姓"这段话。后来听参加省政协会议的同志回来讲，省委负责同志的这一段话恰恰成了本次政协会上掌声最热烈、反响最热烈、讨论最热烈的一个热门话题。这似乎有点儿出人意料，却又在情理之中。

善待百姓，就其内涵而言，并没有什么新的发明创造，我们党 80 年来所说的和所做的，归根到底应该就是这么一条。但如此高度概括地加以表述，好像还是第一次听到，令人耳目一新。"善待百姓"好就好在言简意赅、贴近群众，尤其一个"善"字，极富人情味和温馨感，体现了党的宗旨从内容到形式上的基本要求，暖了人心。而"百姓"二字则强化了平民意识，突出了服务对象的广大性和普通性，拉近了党的干部与基层群众的距离，近了人情。由此而言，"善待百姓"之说本身就是善解民意、善待百姓的体现了。

善待百姓之说之所以引起热烈反响，甚而成为新闻，恐怕也与我们一些干部对百姓的事想得不够、说得不够、做得不够有关。我们的党是带领人民群众创造美好生活的核心力量，我们的干部是全心全意为人民群众服务的公仆，理应时时处处为群众着想、帮群众讲话、替群众办事，理应人人都像彭德怀、焦裕禄、孔繁森那样的。当我们的队伍中一会儿冒出个陈希同、一会儿冒出个胡长清、一会儿又冒出个成克杰的时候，当我们的队伍中还有一些不是太多、也不算很少，虽说不至于有胡长清之流那么坏、也好不到哪里去的人还在作恶的时候，还有什么比"善待百姓"更受欢迎呢？

善待百姓，关键是善。善者，善良、和善、慈善也。居心要善、行为要善、言辞要善。我们党的根本宗旨是全心全意地为人民服务，既曰服务，岂有不善的理由？岂有凶神恶煞或者笑里藏刀的道理？此其一。其二，善待的是百姓，即广大人民群众，尤其是基层的芸芸众生，是有着这样或那样疾苦的人们。当然，老婆孩子也要善待，哥们妹们也要善待，上司亲信也要善待，只是不要喧宾夺主、舍本求末，颠倒了主次。否则，为人民服务变成了为老婆孩子上司服务，老百姓不骂才怪呢。

善待百姓，是党的事业的出发点和落脚点，是党的干部的使命、责任和行为准则，是我们克敌制胜的法宝和凝聚力所在。从政协委员们的热烈掌声和新闻媒体的积极反响中，我们听到的绝不仅仅是赞许，而是一种期望和信心，是对"善待百姓"的热切呼唤。

2001 年

勇者陈培德

如果不是陈培德，中国足球的"黑哨"问题大约仍然不会被中国足协的官员们当成多么大不了的事。作为浙江省体育局的局长，陈培德自揭家丑，主动把该省绿城足球俱乐部向多个足球裁判送黑钱的黑幕公之于世，从而一石激起千层浪。

这很是出乎人们的意料，在"批评与自我批评"几乎成为"表扬与自我表扬"同义词的当今，竟然还有如此陈培德，真是匪夷所思。难怪有人说他是"吃饱了撑的"。不知陈培德想过没有，你如此自揭家丑，往后的浙江足球还有什么脸面？你的同行们会如何视之？痴情的球迷们会如何视之？浙江的父老乡亲们会如何视之？组织部门会如何视之？你这个体育局长还要不要当了?!

陈培德自己说，他之所以如此，是基于对足球界之"黑"的痛心痛恨和对中国足协反腐败乏力的焦虑焦急。自揭家丑，是为了提供一个反面典型，以促进整个足球界乃至体育界的反"黑"。为此，他说服了绿城俱乐部董事长宋卫平等人，让宋站出来自曝给"黑哨"送"黑钱"行贿的丑恶行径，准备接受法律的惩处。古语云：知耻者近乎勇。陈培德是这样的勇者，宋卫平也是这样的勇者。我相信，无论如何，中国足球史上必将留下他们所写下的重重一笔。

陈培德之勇还不止于此，他对中国足协掌门人阎世铎的批评也煞是了得。"阎掌门"作为中国足协的常务副主席，上任以来就受到了球迷和媒体的广泛关注。在中国足球队冲入世界杯决赛圈那天的电视上，阎主席的"首长风采"就很让人受用。而在处理"黑哨"问题上，他的表现，或者说中国足协的整体表现就不那么令人满意了。我曾在电视和网络上听过他几次答记者问，给人的感觉实在不敢恭维，"首长风采"暂且不论，光他一门心思为自己评功摆好的味儿就让人有一种如临"小人国"的感觉。对此，陈培德的点评是"不明智、不成熟、不策略"，可谓毫不客气。他认为中国足协在这个时候不应该为自己评功摆好，不应该把球迷的声音当作枪林弹雨，中国足协的功过自有历史来评论，陈培德说："如果在这么好的形势下不乘胜追击，足协的反腐败要么就是叶公好龙，要么就是智商不够。"呜呼！人们平时见得多的是下对上的恭维奉承以及其余，如此陈培德，只能把他划入"另类"了。

作为阎世铎的老熟人，陈培德对其也表示了足够的宽容，相信他能够做到出污泥而不染，认为他的工作环境决定他可能说一些言不由衷的话。但他仍毫不避讳地坦露了对包括足协领导人在内的某些"黑哨保护伞"的蔑视："有人、有些人、有许多人，不敢下决心打，因为最后要引火烧身，我的眼看到的不仅是收受黑钱的裁判在阴暗的角落里发抖，同时我看到某些以领导者身份、在领导这场扫黑、身居高位的'权士们'，在发表堂而皇之的讲话同时，内心深处也在发抖……"

中国足协的官员们当然也自有他们的韬略或苦衷，但阎主席们左解释、右解释，加上闪烁其词、故作深沉，依然不能令人信服。倒是陈培德又迈出了实实在在的一步，在日前召开的浙江省九届人大五次会议上，陈培德等 29 名人大代表联名提出议案，要求浙江省司法部门尽快介入足协界的反腐打假扫黑行动，而且是先拿浙江足球开刀，此举又开全国之先河。目前尚不知浙江省人大将作何决断，即使司法介入了，能有多大作用也还得看最后结果。但我相信，陈培德的作为是值得的。陈培德说："从打响打假、扫黑第一枪开始，我就决心与这场斗争同在。""即使有不测，如果鲜血能擦亮更多人的眼睛，也是死得其所。"勇哉，陈培德！是他用自己的血肉之躯，从中国足球黑球黑哨黑钱的重重黑幕上撕开了一个缺口，一缕阳光已经透出来了。

　　人们是多么地希望中国足协的历任官员们都来学学陈培德啊，尤其那些个兜里还装着黑钱和"说不清"是什么钱的人。知耻者近乎勇，不要王顾左右而言他，不要把聪明花在为自己辩解和对付公众舆论上。勇敢一点，去做你们该做的去吧！否则，亿万球迷钟情的那方绿茵场何年何月才能绿色依然？

2002 年

我所期望的百年泰中

十年前，母校九十华诞，我从扬州寄来了一篇《母校的记忆》，写下了一个离别母校和家乡的游子对母校的不尽思念。十年后的今天，母校百年校庆在即，已回到家乡数载的我，目睹了母校这些年的建设和发展，心中的兴奋和自豪阵阵涌动，我愿意用最美好的语言来礼赞它——百年泰中、我的母校！

然而，我更愿意借此机会写下我心中已久的一点期望，以就教于母校的领导和师长们。

期望之一：规划、保护、建设好老校区。百年泰中，今能追寻其渊源者，莫过于老校区。母校历史之厚、人文之灿、才俊之粹，多出于此，那千年的银杏树便是历史的见证。这些年来，我多次陪同来宾参观泰中，客人们在对新校区的现代化倍加赞叹之余，每每都要寻其发祥地之所在。尤其重返故地的校友，更是一定要去老校区流连再三，寻找自己昔日的踪迹，聆听那百年依然的朗朗读书声。因此，是否应该把我们的老校区作为百年泰中的一个最重要的组成部分，加以科学的规划和精心的保护、建设呢？譬如已成为百年泰中象征的千年银杏树，那枝枝叶叶之间，留下了多少或欢乐、或辛酸的动人故事？它是每一个在它身边成长起来的泰中人心中深深的情结。然而，人们都感到它眼下的生存状况未免太局狭、太糟糕了一点，以至于为它未来的命运而忧心忡忡。还有以前迎着校门的那座爬满青藤的亭榭和鱼逐蛙欢的池塘，承载过多少师长的期冀和学子的欢笑？若将它重建起来，当比而今这无甚特色的迎街门楼和满满匝匝的沿街店铺之类更像一所读书之地吧？

期望之二：让百年泰中厚重的文化氛围回归。百年泰中的文化为何？其渊源首推宋代教育大家胡公安定，斯人"致天下之治者在人才，成天下之才者在教化，教化之所本者在学校"之说根系海陵、风行天下。因此，当把胡公的文章做足一点。现安定书院犹存，然有"院"无"书"，不见多少文化。这方面可做的事很多，得有心人和有文化的人去做才是。长沙有座岳麓书院，其文化之厚重，恐非今安定书院所能至，但心向往之还是需要的。胡公之后，泰州代有传人，至泰中百年，犹见"教化之所本者"功德非凡。远的不说，侯德原、支秉彝、夏道行、童恺、项志麟、李德仁、李德义等中科院院士如日月星辰，照亮了泰州中学头上的一片天。回头再看偌大的母校，他们的踪迹何处可寻呢？我以为仅在平时锁着的校史陈列室里挂两张照片是不够的，这方面可做的事情也很多。譬如能否为这些国之栋梁、世之精英每人立一塑像呢？让他们融于一代又一代的泰中学人之中，随意地或立、或坐、或漫步于校园处处，安详地注视着他们的母校，欣慰地倾听着后人们欢快的笑声……如此推及其余，可为者何止尔尔？

期望之三：凸现百年泰中的传统优势。对此，学生有如许几处印象深刻：一是名师云集。仅从建国前后到"文革"前的十多年，便有景幼南、赵继武、高古凤、凌尹耕、姚昌学、李剑青、黄岐予、杨本义、叶凤梧……直到后来成名的洪宗礼等不下数十人，其中有的本来就是学养深厚的大学教师，有的通古博今、著述过人，有的业有专攻、自成一家，皆大家风范。二是治校有方。素以管理谨严著称于世，时时处处上规上矩、秩序井然。尤其老校长于一平治下，业内有口皆碑，鸡鸣狗盗、左道旁门者避之唯恐不及。三是师道尊严。教师以为人师表为要，学子见贤思齐、由衷敬畏。学生对老师皆执弟子礼，以先生尊称之。其情其景，实比今之一年一度的"教师节"更富内涵。四是品学兼重。视"育人"为学校一切，在教导学生如何做人的基础上传授知识，在传授知识的过程中教导学生如何做人，是为传道授业解惑也。师生们明白的是这样一条道理：所谓人才，先得是品行端正的好人，还得是学业优良的能人。如此等等，期望母校今之治校者大力弘扬省泰中积百年之功的传统优势，与时俱进、创新发展，使之在新的世纪之中倍加凸现。

母校百年大庆，学生遵命作文，却写下了这许多与喜庆气氛不相协调的话，谢罪了！

2002 年

戏外的风景

    2005 年岁末，张艺谋和陈凯歌这两位被称为顶级大导演的腕儿分别推出了他们的贺岁大片。张艺谋的是《千里走单骑》，陈凯歌的是《无极》。

    从媒体的报道来看，在"推"（或曰炒作）这一点上，陈凯歌毫无疑问地占了上风，他和影星陈红夫唱妇随、双双出击，自恋、作秀，除了自吹自播自己拍的戏如何好得登峰造极之外，为妻的总是一脸幸福地细数为夫的无限可爱、无比专一。为夫的当即投桃报李，也是一脸幸福地列举为妻从演到导到管理剧组到掌控经济的"十项全能"，感激涕零、老泪盈眶，以至于对着记者的摄像镜头抱着为妻的一阵秀吻……

    张艺谋这次却低调了不少，没有怎么炒作，并很快地公开承认，《单骑》的票房收入已输给了《无极》。倒是媒体上披露的一些小事引起了人们的种种议论。这些小事和议论的主角便是《单骑》的主演、日本影帝高仓健。高仓健是凭着一部《追捕》而于28 年前风靡中国的，而今的他已是 74 岁的老人了。这位从影 43 年、在 204 部影片中扮演过各种角色的国际巨星第一次到中国来拍片，他该如何炫耀自己，如何在中国的儿子辈、孙子辈同行面前"摆谱"呢？媒体上披露的是这样几件小事：

    其一，高仓健的演技极为纯熟，他拍片，每个镜头都是一两遍便可告成。可这次来中国拍《单骑》，由于配戏的绝大部分是从没演过戏的非职业演员，往往一个镜头要重拍几十遍，高仓健不厌其烦，不辞其累，自始至终没埋怨过一句。

其二，有两天拍戏时遇到了阴雨，剧组便雇了当地一个农民给高仓健打伞挡雨，高仓健先是推辞，继而屡屡显得不安，最终硬是把自己腕上戴着的手表送给了那位农民。据介绍，到《单骑》拍摄完成、剧组解散之时，高仓健所带的东西，连同衣服、围巾等几乎都送人送光了。

其三，《单骑》中的二号角色是找的当地的一位个体户导游扮演的，第一次拍电影，又是与高仓健配戏，小伙子手足无措，总是找不到北。高仓健便当起了他的老师，慢慢地把小伙子带入了状态。每次拍摄一结束，高仓健都逼着他躺下来，亲手给他按摩，说自己有这一手，小伙子累坏了，得帮他放松放松。

如此等等，虽属小事，却又不小。

2006 年

善待世界杯

世界杯进行了一个月，媒体上围绕此次杯赛的各种报道和评论如潮而涌，给这场被央视称为"豪门盛宴"的全球大餐增添了诸多精彩。对某些球队、某些球员、某些裁判、某些现场解说员乃至整个杯赛的不如人意之处提出的批评也是其中的重要组成部分。仁者见仁，智者见智，本无可厚非。但有些批评过于偏颇，乃至走向极端，超出了正常批评的范畴，就有所不必了。

譬如，葡萄牙队的小小罗据说对英格兰队的鲁尼被红牌罚下负有责任，且由于屡次假摔而成为众矢之的，英国的一些球迷便专门推出了"我恨罗纳尔多"的网站，对其丑化谩骂、恶搞特搞，吓得小小罗都不敢再回英国的曼联队踢球了——因为有人提醒他，他已经成了英格兰的"人民公敌"，若再回英国，势必有生命危险。又譬如，央视解说员黄健翔由于在意澳之战中一时失态，哑着嗓子喊出了"意大利万岁"等一大堆有悖其职业规范的"激情胡言"，一时间，几乎被要其"下课"的吼声淹没。再譬如，此次世界杯进球数少于往届，比赛显得沉闷，球星们也乏善可陈，失去了往届的风采，于是网上便大下结论，认为此次世界杯是一场丑陋的世界杯，如此等等。

小小罗固然有错，但他毕竟是在绿茵场上的激烈竞争中犯的错，何况他还只是一个二十出头的孩子啊！何至于罪不可赦呢？

黄健翔固然有错，但上纲上线到"叛徒内奸卖国贼"也就太离谱了。本次世界杯固然毛病多多，但全盘否定，以"丑陋"二字以蔽之，也不像公道之言。

昨天与在德国的女儿网上聊天，说到世界杯，又有了另一番的感慨。她告诉我，德国队被意大利队淘汰出局的第二天，便有民意测验表明，85%的德国人已经不再为德国队错失"大力神杯"而埋怨和悲伤，报纸和电视继续为年轻的德国队叫好，他们说，不是我们没踢好，而是意大利队的战术和运气更好，最优秀的球队夺冠，这才是足球的魅力呢！德国总理默克尔在德国队失利后，立即和总统一起去球员休息室慰问。第二天又特地邀请球队去她那里共进晚餐，像母亲一样地关怀小伙子们，手挽手地带着他们参观总理府，善解人意地向他们请教足球的知识。那首到处传唱的歌曲"54—74—90—2006"，也随着德国队的失利而戛然而止，换成了"你永远不会独行"，歌词的内容是："走过风里，走过雨里，哪怕你所有的梦想都已经破灭。你要继续前行，继续前行。心中怀着希望，你永远不会独行……"而大街上"54—74—90—2006"的招贴，也一下子换成了"54—74—90—2010"……

德国人的冠军梦被意大利的战车碾碎了，而在德意志的大地上却处处可及脉脉温情：善待挫折，善待失败者，善待打败自己的对手，善待风云变幻的世界杯比赛……斯国斯民是何其开明、何其达观、何其宽容、何其大气呢？

2006世界杯，从慕尼黑到柏林，你不虚此行！

2006 年

伟人之后

　　最近，毛泽东的次子毛岸青去世，媒体颇为关注，其中《人民日报》的评论《凡人毛岸青》别开生面，打动了众多读者。

　　正如文中所述：毛岸青离世了。至此，人们方才惊觉，对这位伟人的儿子竟有些陌生。陌生到不知他长得什么样子，不知他生前在做什么事情，不知他经历的是怎样的人生。

　　这使我想起了 19 年前的一段往事。1988 年，泰州著名画家、"江淮画鱼人"潘觐缋先生的画展在北京京西宾馆举行。开幕那天，政要、名流云集，气氛十分热烈。其间，著名诗人、原中宣部副部长、文化部部长贺敬之向潘觐缋先生介绍了一位来宾——已故领袖毛泽东的女婿，一个穿着一身没配帽徽领章的军装的老人——他一直在人丛之外的展厅边上默默地看画，没有为任何人注意，也没有谁和他交谈……

　　是日下午，泰州市委、市政府假北京市政协礼堂举行在京的泰州籍人士座谈会，那是一次乡音、乡情的大聚会，充满了温馨和盛情。其中，被请了在主席台中央就坐的一位四十来岁的知识分子模样的人格外引人注目。只见他夹着一只公文皮包匆匆而来，匆匆致辞后又匆匆而去，踌躇满志，神采飞扬，颇有几许"天降大任予斯人也"的自得……大家也不见怪，因为都知道他是一位领导的女婿。

两位领导的女婿在同一天内让我们都见识了，其风采和风格又是如此的迥异，不由得不留给我几多回味和世事沧桑的感觉。老实说，两相比较，我更敬佩上午见到的那位，而感到下午见到的这位——我们的老乡和校友——有点儿过了。

　　在谈到毛岸青作为凡人的种种令人敬佩之处时，《人民日报》的文章突出地推崇了毛泽东的家教和家风，推崇了他对子女的严格要求，使我们对这位伟人的崇敬之情更深了，也找到了其儿子、女婿之所以成为凡人的答案。但回过头来再想，又觉得伟人后人的自身因素也同样重要，包括主观方面，也包括客观方面。还拿毛岸青来说吧，其不以伟人之后自恃而自傲、傲人的精神境界和朴实低调的处世风格当是其成为凡人的一个重要原因。当然，其自幼与父母分离乃至失散、流落街头而导致其患有精神等方面的疾病，以至于后来在较长时间内不能正常工作，大约也是其未成为公众人物的一个因素。

　　中央这次对毛岸青后事安排的规格是相当高的，胡锦涛、江泽民等诸多领导人均亲自到八宝山革命公墓为他送行……或许，这里面包含了对伟人毛泽东的敬重，也包含了对毛岸青本人为中国革命事业所作出的贡献和牺牲的一种肯定乃至补偿吧？由此来看，又是凡人毛岸青不同于凡人的地方了。

　　社会总是在发展、进步的，社会的文明、法治程度总是在不断提高的。我相信，当伟人之后是要人还是凡人、是显赫还是不为人知，都与其父荫没有什么关系、都不需要刻意加以联系的时候；当人们对伟人之后成了凡人非但不会感到意外，不会感到是件什么了不起的事情，而是视为正常和平常的时候，这个社会肯定又向前进了一大步了。

　　或许，这也正是伟人毛泽东和凡人毛岸青所期望的吧！

2006 年

帮农民兄弟说两句

这些年来，伴随着夏收、秋收的喜悦，农民兄弟们也附带着送给大家一个烦恼，这就是焚烧麦草、稻草所造成的浓烟弥漫。每逢此时，遮天蔽日的浓烟滚滚而来，搅得人们日夜不宁、怨声四起。于是乎，有关部门紧急行动，发通知、下禁令，直至奔赴农田现场处置。然而，寡不敌众、防不胜防、杯水车薪、堵不胜堵，效果总是不够明显，感觉上反而有点愈演愈烈似的。

看来，我们现在的办法还不是个办法。因此，不妨换个位置，也来当一回农民，考量一下他们会有何思何想，或许会别有所得。

农民兄弟们是最讲实际的。过去条件差，麦草、稻草乃至杂草都是燃料，一日三餐全靠它，家家户户门前的草垛关联着一家老小一年四季的温饱，没有谁肯糟蹋它的。而今，过去的燃料成了多余的废物，一棵一棵地拔起来干啥？拔起来又有何用？不如一根火柴解决问题，省了事还肥了田。加上家里的劳力都在外面打工，匆匆忙忙请了两天假赶回来抢收，已经累得不行了，哪有时间去管那些废物、去管什么"环保"啊？多年前曾有科技人员下来推广过"沼气"，说麦草、稻草都大有可为，只是好像还没等到看见有多大的好处，就不了了之了。这两年又有人来动员"秸秆还田"，说好处大得不得了，可响应的人就是不多。又听说麦草、稻草可以发电，可以做什么高级材料的原料了。还听说有的地方靠秸秆编织发家致富，已经发展成为像模像样的产业了……可是，要它的人在哪儿呢？没人来把它当宝贝啊？连造纸厂下来收原料的人也多年不见了。你说，我不把它烧掉，留在田里干啥呢？

农民兄弟们也不是不怕规矩。你看人家欧洲，哪个敢去点这把火的？譬如交通规则，人家的"的士"，你让他违规一次，多给他几个钱他也不干。什么原因？人家的规矩大、规矩严，谁碰它谁倒霉，无论怎么着，违规都是最不划算的。我们呢？有的有规矩、有的没规矩。没规矩的你管不着，有规矩的也未必都能管得住。还说这烧麦草的事吧，大半个中国都在喊，可年复一年，真正管用的规矩有几条呢？再说，又不是我第一个烧的，别人能烧我为什么不能烧？外地能烧我为什么不能烧？等到你通知下来我已经烧起来了，又没救火车，我也没办法。还有，你来查的时候我不烧，等你走了下班了我再烧不就得了？到了明年，等你又想起这事、又要令行禁止的时候，我又烧得差不多了。

农民兄弟们也怕烟熏。城里人喊熏得吃不消，小孩子上课睁不开眼，路上骑车撞了人，晚上睡觉开不了窗，环保部门宣布空气污染很严重、环境质量很糟糕……我都知道啊，我们家离大田比城里人近多啦，应该属于"重灾区"，一家老小都被熏得受不了，有什么办法呢？等到有条件了，我们也搬到远一些的地方去住，也好少遭一点罪。对了，前几天村里的干部来过一次，说烧草的这种黑烟严重危害健康，要比香烟里的尼古丁毒上 10 倍，会引发癌症、白血病、大脑瘫痪、小脑萎缩……说着说着他自己倒先忍不住笑了。肯定是来吓唬人的，不然怎么事前没听谁讲过，事后也没听谁说过，等到我田里烧起来了的时候才来说的？不过，我也知道这烟呛火熏的肯定对身体不好，可是一年也就这么几天，咱农村人不像城里人那么娇贵，挨过去就是了。

当然，不管怎么说，有一点你们尽管放心，农民兄弟们还是顾全大局的。如果上面有人下来检查验收"环保城""卫生城""文明城"，以及高考啊、中考啊等等关键时刻，我们保证无论麦草、稻草还是杂草都一根不烧，确保天下无烟。一定耐心等到检查团满意而去、考生们重负已卸、你们也松下一口气的时候，再抓紧时机去烧它几天。

2007 年

新闻人物李爱珍

　　李爱珍，女，研究员，博士后导师。1936 年生于福建省石狮市一个华侨世家，1958 年毕业于复旦大学化学系，此后一直在中国科学院上海冶金研究所（后更名为中科院上海微系统与信息技术研究所）工作，2001 年退休。

　　李爱珍系我国第一代化合物半导体科研人员，为我国分子束外延技术作出了卓越贡献。她的研究成果使西方不得不取消了对中国多年来的禁运封锁，她和她的团队所进行的"革命性的开拓"，完成了当时"国际上极少数实验室才能做出来的工作"。李爱珍曾先后获得国家科技进步奖、国家发明奖和国家自然科学奖计 6 项，获得国家发明专利 21 个，发表论文 230 多篇，她还是第一个获得第三世界科学院工程科学奖的中国科学家……李爱珍的杰出成就使她赢得了"中国的居里夫人"之称誉。然而，一直到今年 4 月，她的名字对于媒体而言，仍然十分陌生。

　　使李爱珍这位已退休了 6 年的七旬老太太成为新闻人物的起因，是今年 5 月 1 日，她接到美国国家科学院的电子邮件和电话，祝贺她当选该院的外籍院士。她是继华罗庚、谈家桢、周光召、袁隆平等人之后，第 11 位当选为美国国家科学院外籍院士的中国大陆科学家，也是第 1 位获此殊荣的中国女科学家。

　　李爱珍成为新闻人物的更重要原因，缘于她迄今为止还不是中国的院士。她曾先后4次进入过中国科学院或中国工程院的院士增选有效候选人名单，但在第一轮评审时就落了选，以至于连初步候选人的名单都未能进入。李爱珍赖以获取美国院士席位的科学成就显然不如她屡次落选中国院士的命运令人关注。众多媒体就是以此为新闻切入点，来探究"李爱珍现象"的。

较多的是对中国院士评定制度的诟病。认为中国的诸多评选存在着一个通病：公关成为"潜规则"，利益成为"助推器"，权力成为"撒手锏"，而学识、道德这些最基本的条件反而每每退为其次。这未免有些以偏概全，但如何使我国的院士评选和管理机制克服既有弊端，从而更科学、更合理，已是一个不容回避的问题。对此，李爱珍如是说："任何一件事情都有主流和它应该完善的地方，院士制度也是一样，它的主流、大方向是对的，但是有些地方需要不断完善，中科院也已经注意到了这些问题，最近出台了《院士道德规范》，不过从出台到彻底地执行也应该允许有一个过程。"

有人认为，美国归美国、中国归中国，两国的院士是两码子事，没有必然联系，也没有必要联系，拿"美国的月亮"来压"中国的月亮"是别有用心。李爱珍则讲得比较全面和艺术，她说："虽然我屡次落选，但我认为不能用我当选美国国家科学院外籍院士，来作为引证自己应该当选中科院院士的理由。"她又说："我从来没有衡量过（美国院士和中国院士的头衔哪个更重），美国国家科学院在他们国家有144年的历史，它和中国科学院和工程院的历史不一样，不能进行比较。"我们再看一下她给美国国家科学院的公开致谢信："1863年，美国国内战争处于高峰之际，林肯总统签署成立美国国家科学院。美国国家科学院在31个学科6个学部共拥有2025名本土院士和387名外籍院士，其中200多位是诺贝尔奖得主。成为这个顶尖群体中的一员，是我一生科研生涯的荣誉，以及与我共同奋斗的群体的荣誉……"

还有人认为，李爱珍之所以屡屡落选，其本人也有责任。譬如，她从来不去"公关"，以至于了解她的人太少。她几十年来都是没日没夜地在实验室工作，习惯于从周一工作到周日，其最突出成果之一的"量子级联激光器理论"足足花了23年，她几乎没有假期的概念，退休6年来仍然每天如此；譬如，她太喜欢仗义执言，不可避免地得罪了人。她曾说，她为人做学问，受她的老师邹元燨院士影响很大，老师对她有恩情，而她是个记恩的人。"邹先生非常正直，从不隐瞒自己的观点，对当时的大炼钢铁、土法炼钢、土法炼铝的做法，他在任何场合都讲是不对的。"所以她也是"太喜欢讲真话了，如果要违心做什么事，我就不喜欢，还是干净坦荡点做人好"。又譬如，她从来不去研究怎样可以当选的经验，也不去总结屡次落选的教训，出局当属难免。何况，与她的无所作为并存的是种种"制造院士"的"系统工程"。有记者问她："此次当选美国院士，此前是不是做了大量的准备？"李爱珍说："恰恰相反，我连本国院士都不是，我根本没去想过美国院士，我认为这是非分之想。"记者又问："在国内您四次被荐，四次落选，有没有考虑过落选的原因？"李答："我不知道，也从不去问。我认为这些都不是当事人应该做的事情。没有就没有了，这也没什么。外边对院士评选有各种各样的说法，也曾经有人给过我各种各样的建议。对于是否当选，我内心已经很平静。一个人一生没有烦恼是假话，但是要将这种不愉快尽可能快地忘掉……我总是记得人家给了我什么，却不记得人家没给我什么。我很想在空闲时写本书，把自己的事情记录下来，传给年轻的后代。"

5月28日，中国科学院和中国工程院分别公布了2007年院士增选有效候选人名单，共771人成为今年两院院士的有效候选人，刚刚当选美国国家科学院院士的李爱珍再次入选中科院的名单之中。

这也是李爱珍第五次入选中国两院院士增选有效候选人名单。这一次，这位常笑称自己"'高考'总落榜"的"居里夫人"是否还将重蹈覆辙，在第一轮评审中即被淘汰？或者时过境迁，来个大的变局？媒体上出现了种种预测。我则以为，除非有人弱智，硬是要证明自己一贯正确，或者硬是要和美国科学院决一高低，李爱珍院士的当选已无悬念。

当然，评价一个人，包括科学家，主要不是看他取得了哪些头衔，而是看他的能力和水平，看他的成就和贡献。从这个意义上说，李爱珍能否当选，又不重要了。

正如李爱珍所言：我跟以前的我是同一个人。

2007 年

也谈"不信马列信鬼神"

从最近媒体上，屡屡见到关于共产党的干部"不信马列信鬼神"的议论及报道。国家行政学院的博士程萍刚刚完成的《中国县处级公务员科学素养调查》表明，参与这项调查的 900 名县处级官员中，很相信和有些相信"相面"的官员接近三成；而中国科普研究所年初公布的《第六次中国民众科学素养调查》结果中，很相信和有些相信"相面"的民众为 21%。两相比较，官员的比例超过了民众。

这两个数据的准确性和如此比较的科学性可以不论，简单的事实则是，这些年来，相信"相面"等各类"鬼神之道"的党员干部确实为数不寡，占卜打卦的、烧香拜佛的人丛中，党员干部的身影并不乏见。

这些党员干部是否都已经"不信马列信鬼神"了呢？我以为也不可一概而论。

有的同志对"鬼神"或许并不那么笃信，可心中却有几分敬畏，因而宁可信其有，不敢信其无，见到别人如此这般地虔诚，何必去"反潮流"，硬是跟"鬼神"——也是跟自己——作对呢？于是乎，别人烧香我也烧香，别人拜佛我也拜佛，"鬼神"说行当然天下大吉，"鬼神"若说不行也不必去对着干，如此等等，但求平安无事吧。我相信，属于这种情况的同志应该占多数。

另一种情况是由于一些同志文化水平偏低（文化水平有时是与学历文凭职称等等没多大关系的）、科学知识贫乏，又不注重学习，因而有点愚昧无知。他们往往相信冥冥之中的力量，每每把希望寄托在"鬼神"们的身上。他们是虔诚的、本分的，却忽略了自己党员干部的身份，忘记了所应遵循的马克思主义的科学原理和行为规范。当然，也不能简单化地说他们就是背叛了马列主义。不过，由于他们离"鬼神"近了，反而离马列远了，这也是事实。

　　还有一种情况问题就要严重得多，有的党员干部对"鬼神"不仅是笃信而且是迷信了。他们过于受到利益的驱动，过于希望得到正常情况下得不到的东西，因而近乎走火入魔。这方面的事例也不少，譬如原山东泰安市委书记胡建学，因为某大师说他"有副总理的命，只缺一座桥"，竟然不顾一切、不惜一切地将建设中的国道改变路线去横穿一座水库，终于建起了一座桥。当然这座桥不仅没能让他当上副总理，连他的脑袋都没能保住。这是一件有了结果、既令人发指又带有黑色幽默的极端事例。相信尚未见到结果，因而也尚未显其荒唐的事例还有。如此党员干部，可算是"不信马列信鬼神"的典型人物了。

　　对于这种种现象——尤其是前两种情况，一概以"不信马列"而论，不分青红皂白地统统打上"五十大板"了事固然痛快，却又未必能使大家都心服口服、让问题都迎刃而解。所以，还是需要区别不同情况，采取一些积极的措施。

　　譬如，可以加强科学理论的学习引导。"学习提高、理论武装"是我们党的传统优势，但这些年来，对马克思主义基本原理——诸如世界观、方法论等基本问题的学习、传播和研究似乎不如以前、不够充分，"物质决定精神""存在决定意识"这些最基本的道理是否已经入耳入脑、成为广大党员干部的思维基点以至思想武器了？显然是个问题。

譬如，可以加强科学知识的宣传普及。这方面我们是应该大有可为的。科学是迷信的天敌，当迷信如沉渣般泛起的时候，需要科学的浪潮排空扑岸，而不能只见迷信、不见科学。这是一个"破"与"立"的问题，当科学"立"字当头了，迷信的"破"也就在其中了。为什么我们的孩子们很少有烧香拜佛、信鬼信神的？我想，这与他们正在学着的科学知识不无关系，与他们都知道牛顿、哥白尼不无关系，与他们人手一套的《十万个为什么》不无关系。

当然，对于共产党员，尤其是党员干部而言，还有一个思想教育的问题。既然你加入了这个党、立下了誓言，你也就确立了你的信仰，你怎么可以"不信马列信鬼神"呢？当我们在党的会议上唱起《国际歌》的时候，应该明白"从来就没有什么救世主，也不靠神仙皇帝，要创造人类的幸福，全靠我们自己！"不只是一句歌词，而是共产党人的庄重宣言，是我们已经接受和必须践行的一个真理。

至于胡建学之流的所作所为，我们还应该认真检讨在党纪国法的约束力方面发生的缺失，认真检讨在干部的教育及选拔任用方面发生的缺失，至少不能任由他们不敬苍生敬鬼神，随心所欲地去干那些太离谱的事儿了。

2007 年

2007 年的几起新闻

2007 年的岁末，有一条新闻为人注目——铁娘子吴仪真诚话别。

说的是国务院副总理吴仪在中国国际商会会员代表大会上表示："我在明年'两会'后会完全退休，我这个退休叫'裸退'，我在给中央的报告中明确表态，无论是官方的、半官方的，还是群众性团体，都不再担任任何职务，希望你们完全把我忘记！"今年已届 69 岁的吴仪通过这种方式进行话别，赢得了与会者经久不息的掌声。

这条新闻被中国新闻社发了电讯，当即被国内外众多媒体刊播，产生了广泛影响。

按照习惯性思维，这条新闻不该由身为国家领导人的吴仪本人发布，也不该在这样的场合发布，而应该由组织上到时候通过规定的渠道来宣布。即便人们此前已经从十七大的人事安排中判断出她即将卸任这么一回事了，也只能如此。

按照习惯性思维，这条新闻也不该成为新闻，不该允许媒体刊播，以至于炒得沸沸扬扬。明年"两会"后卸任、退休的领导人多着呢，你吴仪抢着出什么风头啊?! 你媒体怎么可以单单突出她一个人呢?!

按照习惯性思维，组织上应该已经找吴仪同志谈过话，对她进行过善意而中肯的提醒了。

按照习惯性思维，组织上也已经找中国新闻社的社长以及各刊播媒体的总编们谈过话、进行过批评、做出过处理了。

可是，按照习惯性思维会发生的一些事，似乎并没有发生。

这，实在是一种进步。

而且，这种进步并非是从现在才开始的。

远的不说，还说 2007 年的事儿吧！

发生在重庆的"最牛钉子户"事件。2007 年 3 月 19 日，重庆市九龙坡法院裁定："杨家坪鹤兴路 17 号必须在 3 月 22 日以前自行搬迁，否则法院将予强行拆除。"该户户主杨武冲破工地保安的阻拦，重回他家那已在"孤岛"上的危楼内，宣称："要与房子共存亡"。经过 10 多天的僵持，最终与开发商达成了异地安置协议，其楼于当晚被拆除，一场举国瞩目的公共治理危机得以解决。这一事件遂被称为《物权法》诞生后的一起多赢的标志性事件，包括中央电视台在内的众多媒体给予了极大的关注。

发生在江苏的"太湖蓝藻"事件。2007 年 5 月，太湖无锡流域大面积蓝藻爆发，近百万市民家中的自来水无法饮用。江苏省及无锡市的党委、政府积极应对，使这一问题得到初步化解……对此，全国多家媒体进行了报道和剖析。这一事件成为促使我国东部地区转变发展方式，建设生态文明的标志性事件。

发生在山西的"黑砖窑"事件。2007 年 5 月，河南电视台的新闻热线接到了几位走失孩子家长的求助电话。为了帮助他们，记者跟随这些家长奔赴山西黑砖窑暗访。在一个多月的时间内，他们五赴山西，制作了 21 期节目，终于使黑砖窑的内幕大白于天下。在全国媒体的关注下，河南、山西省委、省政府高度重视，中央领导先后作出批示。最终，数百名被困黑砖窑的窑工得以解救。

发生在厦门的"PX项目"事件。2007年12月，厦门市政府就投资108亿元的PX（对二甲苯）项目发布《环境影响评价报告》，启动公众参与程序。在随后召开的市民座谈会上，九成发言代表反对续建该项目。主持会议的厦门市政府一位副秘书长多次引用一句名言："我反对你的意见，但我誓死捍卫你说话的权利。"鼓励市民发表意见。福建省委书记卢展工的态度也很明确："虽然是个好项目，但这么多群众反对，我们应该慎重考虑。"而今，当地政府已决定将这一全国最大的PX项目迁建，并对投资的台商予以赔偿。

如此等等。这些事件均由于媒体的介入并公之于众，引起了社会各界的关注和参与，从而推动了问题的解决。而当地党委、政府的开明，正是促使这些事件得以解决的一个重要原因。

倘若按照习惯性思维，这些事情是不能对外公开的，尤其不能对媒体公开、让媒体介入。媒体介入了往往就会添乱，事情往往都是媒体搞糟的……

从2007年的这几起事件发生、发展的过程中，从媒体在这几起事件的作为中，我们看到，那些习惯性的思维可以休矣！

2007，我们的政府、我们的人民、我们的媒体在一起成长、进步！

2008年

我看文化产业

今日立春，还有 3 天便是春节了。

新春佳节，是中国人民团聚在一起享受生活，包括文化生活的好日子。

我不期然想起了"文化产业"的话题。

这些年，在一些参政议政的场合里，在一些论政施政的文件中，"文化产业"这个新概念总是随着"文化"这个老概念频频出现。论及文化的发展和繁荣，必寄厚望于文化产业；列举文化的问题和不足，也少不了要拿文化产业来说事。

文化产业是个什么东西呢？按照有关人士的解释，它是相对于文化事业，且与文化事业相辅相成，同属于文化的另一个重要方面。文化事业主要是指保护性、公益性的文化，一般由国家投资兴办，日常运行实行财政补助；文化产业则是经营性的文化，盈利才能生存。

不少同志喜欢拿欧美的文化产业来和中国比，譬如美国的文化产业如何如何发达，经济收入甚至超过了航天业……由此得出结论：中国的文化要发展，必须壮大文化产业；中国的经济要发展，也有赖于文化产业的发展。其言不错，但不全面。至少还得说说文化事业的事儿，拿外国公益性文化事业的发达与中国的欠发达来作些比较。

谈论、谋划中国的文化，必须从中国的实际出发，充分考虑到中国的国情。

中国幅员广阔、人口众多、文化积淀深厚、文化需求面广量大，需要抢救、保护、建设、供给的文化太多太多，这些都是中国文化发展的题中应有之义，不是单凭文化产业一个方面就能解决的。看看人家给老百姓提供的那许多公益性的免费文化服务吧，我们的差距同样是巨大的。因此，中国的实际决定了我们必须下更大的气力来推进公益性文化事业的提高和巩固，必须两个轮子一起转，着眼于文化事业与文化产业的并重。

中国还属于发展中国家，农村占了大半，大多数老百姓口袋里的钱还不多，不少文化消费还未能纳入日常的开支范围，这与欧美的国民们已经将文化消费视为日常生活的必需不可同日而语。在这样的情况下，你一个劲儿地瞄着老百姓的口袋，想通过文化产业的发展来减轻财政的"负担"，未免有点儿操之过急了。不难设想，当芸芸众生还在为就业、治病、买房等事儿发愁的时候，有多少人会掏出一把钞票去你那儿消费呢？有人说，中国文化产业发展的障碍是老百姓文化消费的观念尚未形成，譬如某些大款花天酒地、挥金如土却不愿消费文化就是例证。这可以算作一个问题，但根本的问题还在于属于大多数的老百姓口袋里的钱还不够多，以及与钱有关的文化养成还有所欠缺，存在决定意识。

前些年，曾有人提出并推行过教育的产业化和医疗的产业化。实践证明行不通，首先老百姓不赞成。现在拨乱反正了，不仅不能"化"，连"产业"都不宜搞，而只能由国家统筹，作为必须提供的基本服务和保障惠及于民，殷鉴不远。

当然，文化服务与基础教育、基本医疗有其区别，不可能由国家包下来。财政税收就这么多，得分轻重缓急，用其所要。但至少要保证对公益性文化事业足够的重视和必要的投入，以确保广大人民群众能够享受应有的基本文化服务和文化保障。

至于文化产业，当然要发展。就中国而言，这仍然是个新课题，需要继续探索。依愚之见，有必要做一点务虚的工作。其一，正确定位。明确发展文化产业的首要目的同样是为了满足人民群众日益增长的精神文化需要。这就要坚持正确的导向，而不是以盈利为唯一目的，什么都敢搞。其二，科学规划。从实际出发，从人民群众健康的文化需求出发，从有利于提高国民的文化素养和文明程度出发，规划好文化产业发展的资源配置和结构布局，因势利导，顺其自然。其三，政策拉动。营造一个有利于文化产业生存、发展的宽松环境。如此等等。

关于文化的发展，过去需要解决的是"要不要"的问题。"文革"等政治运动对文化的摧残和败坏不论，此后相当长的一段时期内，人们的认识仍然停留在"先发展经济，再发展文化"的层面上。而今，"要不要"的问题已经基本解决——当然，离根本的解决和落实尚需时日——党的十七大吹响了"推动社会主义文化大发展大繁荣"的嘹亮号角，刚刚结束的省、市两会也明确提出了建设"文化强省"和"文化泰州"的奋斗目标，其力度超过了以往任何时期。不言而喻，我们的文化事业和文化产业都将面临着新的机遇和挑战……

无论如何，春天的脚步声已越来越近了。

2008 年

雪灾给我们留下了什么

一场凶猛异常的冰雪灾害突如其来，搅动了整个中国。

令人猝不及防，搅乱了正常的生活、搅乱了正常的秩序、搅乱了千家万户盼过年、忙过年的那份心情……

终于过去了。一个多月后的今天，冰雪已经融化，长天徐徐春光泄、大地微微暖气吹。

这场几十年未遇的雪灾，给我们留下了什么呢？

是不畏艰难、不屈不挠的顽强意志。面对种种自然灾害，中国人民总是坚韧顽强、不屈不挠，抗击地震灾害是这样、抗击洪涝灾害是这样、抗击"非典"灾害也是这样。这正是中华民族的生命力之所在。

是一声令下、万众一心的民族精神。其实何须令下，灾情就是命令。每逢其时，中国人民总是特别地齐心，特别地尽力，万众一心、同仇敌忾，具有高度的民族凝聚力。泱泱华夏几千年，江山万里、长城万里，中国心、民族魂，尽在这里。

是一方有难、八方支持的大局意识。哪里灾害最重，哪里便是四面八方关注、支持的中心；哪里损失最大，哪里便是各行各业援助、捐赠的热点。这样的时候，不需要签合同、不需要打欠条，不需要管接待，甚至连一声感谢都不需要。灾难面前，不分南北、无论东西，全国上下一盘棋。

是忠于职守、献身事业的职业风范。电力部门、交通部门、供应部门、公安部门、气象部门、医疗部门……几乎所有的行业都与这场灾害或直接或间接地联系到了一起，数以百万计的干部职工们夜以继日地坚守在岗、奋战在岗，履行着他们的职责，用他们的全部身心、直至鲜血和生命，交上了一份又一份令人满意的答卷。

是自觉自愿、自告奋勇的奉献境界。人民群众最崇高、人民群众最伟大。灾害之中，无以计数的人民群众自发加入了抢险救灾的战斗行列，有一分热、发一分光，哪怕送上一壶热水、捐出一床棉被……特别感人的是那支由 10 多位农民自发组成的"唐山突击队"，他们千里迢迢地赶到湖南重灾区，一头扎进了抗灾的行列。人们问其缘由，他们说，30 多年前的唐山大地震，是全国人民援助了我们，所以要来报恩。

是攻坚克难、奋勇争先的模范作用。中国人民解放军和武警部队在这次雪灾中又一次作出了突出的贡献，最苦最累最难最险的任务都是由他们来承担，这就是我们的子弟兵。当人们从雪灾现场，从电视荧屏，从报纸的图片上，看到他们——许许多多还都像许三多那样是个稚气未脱的孩子——的英武和疲惫时，抑不住的是感激和心疼。

是心系灾区、忧民亲民的公仆情怀。从胡锦涛总书记、温家宝总理到各级领导干部，纷纷赶赴灾区第一线，察看灾情、现场指挥、嘘寒问暖、慰问灾民。在冰天雪地的严寒里，总书记给奋战着的子弟兵们送上温暖的勉励和鼓舞；在人山人海的潮流中，总理向滞留在火车站的农民工们表达了真诚的歉疚和慰问……

这一切，都是这场雪灾留给我们的深刻记忆。

这是一笔宝贵的精神财富。

连日来，众多媒体纷纷报道了抗灾斗争中涌现出来的种种感人事迹。我们期待着党和政府作出更为全面、深刻的总结，进一步大力褒扬和弘扬这种抗灾精神，让中华民族这种具有传统光辉和时代特征的宝贵精神财富发挥更大的作用。

与此同时，人们对这次雪灾给我们带来的教训也在进行着分析和研究。媒体上反思、质询、问责的声音也不少。譬如，我们的气象预报能否做得更好？我们的供电设施抗灾害的能力能否更强？我们的铁路、公路、航空等方面在灾害中能否更有所作为？等等。一句话，我们的灾害应对机制能否更为健全、科学、及时、有效？

对此，多数部门持欢迎态度。当然，也有很不耐烦的，譬如铁道部的有些领导对于广州市政协副主席郭锡龄在政协小组讨论会上的发言不满，迅即召开新闻发布会予以应对，盛气凌人地驳斥了郭副主席"既违背事实，又违背常识的发言"，并不无嘲讽地发问："当广大铁路干部职工和广州地区人民群众并肩战斗、奋起抗灾、共渡难关的时候，你郭副主席身在何方？"搞得郭副主席再也不愿说什么了。

我以为铁道部此举大可不必。应该有容人说话、包括说错话的雅量；应该有"有则改之，无则加勉"的气度。因为，总结教训与总结经验同样重要，教训也是一笔宝贵财富。大家都不帮你指谬，甚而一个劲儿地说你好，把你捧上了天，你就真的那么好吗？

相信即将召开的全国"两会"上，此次雪灾的教训同样会成为代表、委员们参政议政的话题。我们期待着党和政府在总结抗灾经验的同时，也对其中的教训作出全面、深刻的总结，这对于我们的今后同样至关重要。

人类和自然既共存共依，又常常发生冲突。雪灾过后，仍然免不了会有包括雪灾在内的各种灾害袭来。认真总结此次雪灾留给我们的经验和教训，将其作为一笔宝贵财富加以利用，我们才有可能在未来掌握更多的主动。

2008 年

关于"文化泰州"建设

市委、市政府提出的关于建设"文化泰州"的目标，引起了较为广泛的关注，不少文化界的专家建言献策、参政议政，提出了许多宝贵意见，对实现这一目标充满了期待。

文化界人士的意见，较多地侧重于历史文化遗产保护和文化事业发展两个方面。毫无疑问，这是"文化泰州"建设中十分重要、也十分紧要的内容，应该下大的气力将其做好。

本文想说的，是"文化泰州"建设当中还应该包含的另一些内容。

先来说说关于人的文化的问题。我们所说的"文化泰州"，应该是蕴含并彰显着文化的泰州。泰州的文化蕴含在何处？怎样得以彰显？或者说"文化泰州"通过什么来体现？应该是多方面的。而人，则是其中尤为重要的一个方面。就是说，泰州的文化应该蕴含在泰州人的身上，"文化泰州"要在泰州人的身上得到彰显。泰州人有文化，才称得上"文化泰州"。古人有文化，今人没文化，不能称"文化泰州"；少数人有文化，多数人没文化，也不能称"文化泰州"。当然，这并不是要求泰州人个个都成为文化方面的专家，个个都是施耐庵、郑板桥、梅兰芳。但是，我们可以要求泰州人有文化、有知识、有素养，要学习文化、尊重文化、爱惜文化。进而，还要了解一点泰州的文化，还要能体现一点泰州的文化。古城扬州有句俗语："家中无字画，不是旧人家。"虽然情况各自有别，仍不失为"文化扬州"的一种形象写照。所以，建设"文化泰州"，还得在泰州人的文化养成上下功夫。小至讲文明、懂规矩，大至知书达礼、识古通今，都要我们自己来努力建设。如果说文化是一座城市的魂的话，那么，文化首先得成为这座城市里人的魂，成为人的底蕴、人的自觉、人的综合素质之所在。

再来说说当代文化的问题。我们所说的"文化泰州"，应该是历史文化与当代文化交相辉映的泰州。只见历史文化、不见当代文化，算不上"文化泰州"；历史文化保护得好、当代文化发展得差，也算不上"文化泰州"。至多只能算是"历史文化的泰州"，或曰"祖宗留给泰州的文化"吧！因此，当代文化领域的诸多内容，包括一些新兴的内容，都应该是"文化泰州"建设中的重要组成部分。譬如现代传媒，一座城市的广播、电视、新闻、出版、报刊、网络等，既是这座城市文化的重要载体，又是这座城市文化实力的标志之一。地级泰州市建立十多年来，我市的传媒事业有了长足的发展，但总体上实力还不够强，影响力还不够大，与兄弟城市相比，仍处于相对薄弱的地位，需要更好更快的发展。又如社会科学，既是文化的一个重要方面，又以文化作为研究对象，其地位和作用不言而喻。再如文化产业，也是泰州文化中的一个弱项，需要下功夫来规划、扶持、推进。如此等等，都是"文化泰州"建设中不可或缺的重要内容，应该在"文化泰州"建设的目标体系中有它的位置。推而广之，教育、科技、法制……都是文化赖以生存和发展的基础和保障，又都属于"大文化"的范畴，也应该在"文化泰州"的建设中更有作为。

还有一个文化成果的问题。我们所说的"文化泰州"，应该是文化成果丰硕并持续发展的泰州。文化成果有物质形态的，又有精神形态的；有历史的遗存，又有当代的建设。先说物质形态（一些物质形态的文化成果同时兼具了精神形态的内容），譬如姜堰天目山遗迹、泰州城隍庙、海军诞生地旧址等，均属于历史文化的遗存；而海军诞生地纪念馆、梅兰芳大剧院、望海楼等，则属于当代的建设。再说精神形态，王艮的"泰州学派"、施耐庵的《水浒传》、郑板桥的诗书画印、姜堰的"溱潼会船"等，属于历史文化一类；淮剧《板桥应试》、小品《枣儿》、舞蹈《银絮情》、小说《街民》等，属于当代创作的一类。建设"文化泰州"，既要重视物质文化的成果，又要重视精神文化的成果；既要保护、继承并研究好历史文化的遗存，又要加强当代文化的创造创新创优。

纵观泰州古往今来的文化成果，当代的几十年远不及历史上的几千年。进入新世纪的泰州，应该不断创造新的文化成果，把"出作品、出人才"作为重要目标，多建一些像苏州图书馆、扬州"双博"馆那样的文化精品工程，多出一些学术的、艺术的精品力作。唯有此，历史文化名城泰州才能青蓝相继，成为古今交融、后浪推着前浪的"文化泰州"。

2008 年

又是奶粉惹的祸

2008 年的中国，大事多，喜事多，也多灾多难。

南方雪灾、全国两会胜利召开、汶川大地震、成功举办奥运会和残奥会、襄汾溃坝……当人们还沉浸在接踵而来的大悲大喜、悲悲喜喜之中，几乎已经淡忘了几个月前发生的"手足口娃娃"事件时，"肾结石宝宝"事件又突然降临了。

又是奶粉惹的祸！

新华社发的一组图片中，有一张两个受害幼儿面部表情的特写照片，那两双黑亮的眼眸中透出的惊恐、可怜，让你抑不住地心疼、心酸……

这些孩子、这些来到我们这个世界没有多久的孩子、这些来自只买得起低价奶粉家庭的孩子，碍得谁、惹着谁了？是谁如此伤天害理，对这些无辜的小小生命滥施荼毒？

截至 9 月 12 日，国家卫生部已收到结石病患儿报告 432 例。在国务院新闻办公室 9 月 13 日晚召开的新闻发布会上，卫生部党组书记高强指出，"三鹿牌婴幼儿配方奶粉"事故是一起重大的食品安全事故。经初步查明，导致多名儿童患泌尿系统结石病的主要原因是患儿服用的奶粉中含有三聚氰胺。原因是牛奶收购机构为了虚增牛奶的数量，在牛奶中加水，同时为了保障牛奶中含有合格的蛋白量，加入了三聚氰胺，虚增了牛奶中蛋白质的检测量。

也就是说，为了把水当成牛奶卖个好价钱，就在牛奶里加水，同时再加上可致人患上肾结石病的三聚氰胺，以使质量检测"达标"。是利令智昏了，还是铤而走险呢？而今，国务院已启动"国家重大食品安全事故 1 级响应机制"，要求尽快查明真相，依法依纪处理。相信有关情况不久就会水落石出。

让人最为揪心的还是那些孩子。尽管国务院已决定，对因服用三鹿牌奶粉而患结石病的患儿实行免费治疗（由国家亦即纳税人为肇事者买单？）；有关专家也让服食过含有三聚氰胺奶粉的婴幼儿家长不必过分担心，"因为这种由三聚氰胺引起的结石与成人所患的结石不同，多数孩子通过多饮水即可促使体内结石排出，大多不必住院治疗。"然而，这一事件给孩子们身体上和心灵上留下的伤害已无法挽回。

事情还不仅如此。为什么此类事故接二连三地发生？"齐二药""大头娃娃""肾结石宝宝"……都得等出了人命之后才被曝光、才得以查处？为什么外国人对中国人的"假冒伪劣"最为嗤之以鼻，十分地不"友好"，而我们又总是不断地授人以柄？还有，如果不出人命，那些造假者、护假者们的命运又将如何？说不准，"三鹿"集团们的合格证书、奖励证书依然一本接一本地拿，有关部门的经验介绍、优秀事迹依然一轮接一轮地推呢！

都是奶粉惹的祸吗？

2008 年

"公务员报考热"原因何在

报载，将于 2008 年 11 月 30 日举行的全国公务员考试已有77.5 万人报名，再创报考人数历史新高。千军万马过独木桥，几百人、上千人竞争一个岗位的现象愈演愈烈。

对此，国家公务员局的官员解释有四点原因：一是社会就业压力逐年增大，竞争日趋激烈；二是现行的公务员考试录用制度为人们提供了平等竞争的机会；三是近年来公务员主管部门进一步放宽了报考条件；四是公务员职业本身具有一定的吸引力。总之，持续升温的"公务员报考热"是有道理的。

其实，该官员所说的这些原因，最主要的还是第四条，即公务员职业本身具有的吸引力。试问：三百六十行，几乎行行都面临着社会就业压力增大、需要通过竞争才能录用的形势和政策，而且其报考条件并不比公务员的要求高，为何唯独公务员的报考如此特别热门呢？正是因为公务员这种职业本身所具有的无比吸引力。

公务员的社会地位高。工人、农民不论，一般的科技工作者、教育工作者是比不上的，这固然受世俗的因素所左右，却又是现行体制下的现实；公务员的晋升概率高。这也是不争的事实，无论好赖，总能熬到个一官半职。倘若有幸能够与重要领导接近，那概率就更大了；公务员基本上还是铁饭碗。有国家财政包着，从来不用担心哪一天忽然断了薪水，天灾人祸、经济危机，工资、奖金仍然会按月打到你的卡上；公务员的工资福利最有保障。什么时候定职、什么时候晋级、什么时候调资、什么时候奖励，都上规上矩，不像有些单位一地鸡毛，职工只有任人宰割的份儿；公务员的养老政策特殊。在职时无需个人交纳社保基金，退休后却能比交了社保基金的其他公民领取更多的退休金……

如此等等，都足够吸引人了！

相当一段时期内，一些垄断行业的管理者收入偏高。记得国务院领导同志在记者招待会上就曾正言厉色地抨击过，但未见多大成效。以至于今年还爆出了中国平安寿险公司总裁马明哲年薪6600万元的奇闻。当然也有动了真格的，如新近实施的被誉为"阳光工资"的整顿改革措施，就初步规范了一些行业的收入分配制度。不同地区、不同行业之间公务员的收入差距缩小了。应该说，这是党和政府向社会公平方向切切实实迈出的一步，得到了广大公务员的衷心拥护。

但是任何事物又难免有它的另一面。在公务员们为"阳光工资"拍手称快的同时，一些科技工作者、教育工作者有想法了。江苏电视台"有一说一"栏目曾播出过这方面的内容，有科技界、教育界的人士坦言：领导人曾多次承诺，要确保科技人员和教师的收入不低于公务员，不料想这么一来，差距反而扩大了。

中国的事情还真的不太好办、也不太容易办好呢！

或许，在解决一些具体问题的时候，还应该从更为宏观的角度来考虑，从更为根本的层面来研究，以求得更大范围内的公平吧？

曾有媒体发表过有关专家的建言："在适度提高机关事业单

位收入水平的同时，更应注重提高企业人员收入水平；在规范垄断行业工资发放的同时，更要注重提高非垄断行业的工资水平；在抑制国有企业管理层收入过快增长的同时，注重提高普通职工的收入标准。"窃以为，这才是说到点子上了的话。

毋庸讳言，实现社会的公平正义，需要做的事还很多，"公务员报考热"中已见一斑。

2008 年

我们与苏南的思想差距

去苏南学习考察，深切感受到我们与他们之间的种种差距。其中之一，当在思想观念上。

苏南人是真正理解并努力践行着邓小平同志"三个有利于"方针的，只要有利于经济和社会的发展、有利于人民群众的生产和生活，困难再大，他们也下定决心去干，千方百计地去把它干成。我们也都知道"三个有利于"，也都学习了、宣言了，但实践得不如人家好，缺乏一种百折不挠的坚定和激情，顾虑多了些、束缚多了些，种种局部利益的牵扯和制约也多了些。说到底，"发展是第一要务"的观念没有人家树得牢，大局观、责任感、紧迫感不如人家扎得实。

苏南人敢破敢立，敢于做"无中生有"之事。昆山建成的全国第一家国家级自费经济技术开发区，张家港建成的全国第一家县级市的国家级保税区，皆如此。我们呢？想过干过这类"无中生有"的事吗？即便想了，也未必能干；即便干了，也未必能干得成。为什么？我们比较习惯于循规蹈矩、比较习惯于照本宣科，比较习惯于避风避险、稳步前进。文件上没有写的，政策上没有放开的，还是不碰少碰为妥。不做事、少做事麻烦自然就少，无过便是功。

苏南人志存高远，发展的起点设得高、瞄准的标杆定得远。

昆山提出了"整体发展学新加坡、产业提升学韩国、自主创新学台湾地区";张家港提出了"保二盯一"——确保全国第二,紧盯全国第一;江阴提出要出"高招、绝招、奇招",以非常之策谋远、干大。我们每每着眼于现有的基础,现有一个"螺蛳壳",那就在"螺蛳壳里做道场"。"跳出泰州看泰州、跳出泰州谋泰州"的脑筋动得不够,高招、绝招、奇招想得不多,因而我们的标杆往往是"跳一跳"就能"够得到"的。

苏南人市场经济意识强,思维方式和行为方式比较适应市场经济的规律。我们一些同志仍习惯于官场思维、习惯于依赖行政手段、习惯于搞群众运动,甚至于畏惧市场、回避市场。有些同志以"既无外债、又无内债"为无上光荣,不愿意负债经营、负债发展,固守着陈旧的观念而错失发展良机。有些企业担心公开、透明的市场经济规则会不保自身的"商业秘密",而不愿积极应对上市这样的机遇和挑战。时至今日,我市的上市公司仅寥寥几家,而一个县级江阴市则已有20多家,构成了股市中独树一帜的"江阴板块"。

苏南人"发展是硬道理"的思想观念广泛深入,基本形成了上上下下共同围绕发展尽心尽力、尽职尽责的良好氛围。据江阴市委书记朱民阳同志介绍,青蓝相继的"江阴精神"中有一个重要内容,就是上上下下、各行各业同心同德谋发展。谁走到了前头,落后者就奋力去追去赶,很少有妒贤忌能、损先仇富的,很少有使坏捣蛋、诬告打击的。他认为,这是小小江阴能够发展壮大并被广大干部群众认同为"幸福江阴"的一个重要原因。与之相比,我们的差距也是明显的。大道理人人会讲,但到了一些具体环节,发展就不是硬道理了。只认条条框框的、人为设置障碍的,不乏其人。市作风建设办称其为"中梗阻"。其实,"梗阻"在中间,根子恐怕还在上面。至于因"窝里斗"而造成内耗的事情也不是什么新闻。

　　学赶苏南，从"昆山之路""张家港精神""江阴现象"之中我们得益良多，而勇于解剖自己，找出思想观念上的差距，解决思想观念上的问题，则是我们当前应该去做的。

2008 年

人才三论

一、什么是人才？

人才是个大概念。各行各业都有人才，各行各业都需要人才，各行各业各种各样的人才都是人才。惊天动地，把宇宙飞船送上九天的是人才；孤影青灯，为几块"破瓦片"而皓首穷经的也是人才。峨冠博带、济世安民者中大有人才；贩夫走卒、引车卖浆者中也不乏人才。众口一词，谁都喜欢的人才是人才；异秉另类、让人犯嘀咕的怪才、偏才、鬼才也是人才……

屡屡见到一些政策文件、一些招聘启事、一些奖励措施，适用的范围不够宽广。不少行业、不少方面、不少类型每每不在其列。当然，这要具体情况具体分析。就一个单位、一个部门而言，它只需要与之有关的人才；而就一个地区、一座城市而言，则需要各种各样的人才。

人才是相对而言的。赛场比速度，老黄牛必败无疑；耕田犁地，又数不上骏马。在甲处，你是个人才；到了乙处，你可能就不是人才了。得看你的才是否适其所用。用得上你，能扬你所长，你是人才；用不上你，你的长处没有用的地方，你就不是人才，至少是一个此时此地没有用处的人才。

人才又有类型之分。科技类人才、艺术类人才，专业类人才、复合类人才，研究型人才、决策型人才，执行型人才、领导型人才……虽说各类人才之间会有所兼容、交叉、转化，但大体上是各有其特点、各有其优势和不足的。

人才之本在真才实学。讲文凭、讲职称有其必要性和合理性，但万万不可唯文凭、唯职称论。且不说文凭、职称的获取有多种可能性。古今中外的事实早已证明，没有文凭、职称以及种种头衔和荣誉称号的人才数不胜数。岂能将他们打入另册？

人才的德行十分重要。有才无德的人才不是好的人才，德才兼备的人才才是良才。江苏省政协副主席任彦申写道："如果人格低下、心术不正，本事再大也算不得人才。"并引司马光"君子挟才以为善、小人挟才以为恶"为证。我则以为，有才无德的人仍属人才，仍然可以用其所长，只是要多一点警惕、把握好用什么与不用什么的界限才是。最高人民法院院长肖扬有言："无智者不能当法官，无能者不能当法官，无德者同样不能当法官。"说的是法官，其他官也不能马虎。

二、如何对待人才？

尊重。从一定意义上说，对人才的尊重就是对知识的尊重、对学问的尊重、对专长的尊重、对权威的尊重，也是对人才人格的尊重。武大郎开店，没有尊重，只有排斥，是因为他的居心不同。

宽容。人才也是人，也有喜怒哀乐、吃喝拉撒，也有缺点和不足。不宜求全责备，不宜要求他们都按照你的意愿去思想、去生活、去生长。相反，可能由于他们的个性更鲜明、毛病更外露、脾气更古怪，对他们的宽容度还要更大一些。

切实。所谓人才，亦即在某一方面或某些方面有所专长的人。对他们的判断、评价和期许都应切合实际。如果以为既是人才，必得十项全能、能够包治百病、放之四海而皆准，就是误会了。同时，若是发觉有些人才在另一方面或另一些方面不仅不专不长，反而眼短手短，处于弱势，也不必惊讶和遗憾。所谓人才，也就是有着不平常之处的平常人而已。

三、怎样使用人才？

唯才是举。只要是人才，只要有真才实学，不论是从何方出道，不论持有或不持有何种本本，都应该从实际出发，不拘一格，大胆使用、及时使用、充分使用。倘若遇有本单位、本地区确实用不上的，也应爱才惜才、举贤荐能，创造条件帮助他选其所适。而不能压在箱底，既不用又不放，使可用应用之才埋没在自己的手中。

扬长避短。有哪一方面的专长，就用他哪一方面；属于哪种类型的人才，就将他放到哪一种类型的岗位上。唯器是适，让各种人才在其最能发挥作用的岗位上充分施展才华。而不能大而化之，认为安排了、重用了、提拔了，就是使用好人才了。尤其不能糊里糊涂地想当然，弃其所长、取之所短。这不仅强人所难，造成人才资源的又一种浪费，更会贻误工作。譬如郑板桥，论艺术，三绝诗书画，绝对的大家；论从政，一官归去来，至今仍是为人称颂的好官。倘若以为凡是书画家或者能来上几笔丹青的就都有了郑板桥的能耐和德行，一股脑儿都拉了去做官，恐怕就要误事。

相辅相成。对人才的使用不仅体现在对人才个体的使用上，更多的是体现在对一个项目、一个团队中人整体使用的过程中。因此，使用好人才，需要十分注重人才之间的科学搭配、优势互补。一个项目、一项工程，需要有懂行、服众、亲和力强的牵头人，需要有业务精、能力强的实干家，需要有善于协调、乐于服务、甘为人梯的管理者。一个团队、一个班子，需要有善于用人、善于决断的帅才，需要有分别具备各种专业知识，能够率部干事、成事的将才，还需要有善于对内对外打交道、能协调各种关系、解决各种矛盾的相才……总之，需要的是相辅相成、相得益彰、1+1>2 的效果，而不是相反。

2008 年

"负面报道"之我见

　　关于"负面报道"的说法，未考证其出处。反正这么多年来上上下下、东西南北，包括我们自己，都是这么说的。

　　"负面报道"包括哪些方面？也没见过明确界定，反正范围很广。上至高层出了腐败，下至草民偷鸡摸狗；大至出了恶性事故，小至驾车撞了人；乃至正常的舆论监督，都可以视为"负面报道"而不予公开。

　　不让"负面报道"公开的得失如何呢？一种说法是，光明是主流，媒体的职责就是让人们看到光明，受到鼓舞，而不是相反。另一种说法是，明明是客观存在的事情，你却不声不响、没有反应，人们就会对你产生怀疑、失去信任。

　　比较典型的事例，是发生在1994年4月的千岛湖游船纵火案，船上24名台湾游客、2名导游、6名船员全部遇难。对于这一"敏感"事件，当时国内媒体被严令不得采访、不得报道。结果，满世界的猜测、妄断乃至谣言四起，台湾李登辉当局更是大做文章……而发生在1996年2月的全国人大副委员长李沛瑶被害案，有关方面吸取教训，在尚未查到凶手的情况下，就在第一时间向国内外媒体公布了此案，随后逐日披露破案进展情况。以至于种种谣传均随着事实真相的公开而烟消云散。而今，有关方面更为开明、开放了。譬如今年的汶川大地震，媒体的表现前所未有的好……通过媒体，全世界对这场灾难有了充分的了解，对中国政府的作为赞叹不已，也对中国媒体的作为赞许有加。较之32年前唐山大地震时的情况，可谓反响迥异。

这就是"负面报道"是否公开的不同效果。

当然，哪些"负面报道"可以公开，哪些"负面报道"不宜公开，是可以而且应该有所取舍的。就媒体而言，首先必须遵守国家法律和有关纪律、规定，不得为所欲为。同时，我们又应该以更为开明和开放的心态去面对大千世界，让我们的信息渠道更为畅通。而不必紧张过度，见到"负面报道"就浑身不舒服。

看来，应该给"负面报道"正名了。任何事物都是矛盾的统一体，对任何事物不同的处置都有可能产生不同的效果。把对一些事物的报道定为"正面报道"，对另一些事物的报道定为"负面报道"，未免失之简单化。其实，比之更为重要的，是给予公众足够的知情权，将事实的真相告诉人们。这不仅是媒体的责任，更是党和政府的责任。

况且，随着社会的开放和信息传播技术的发展，现代社会的信息来源已更为多样化。甲媒体不说，乙媒体会说；传统媒体不说，现代媒体会说；即便媒体都不说，信息依然流传。堵，是不明智的，也是乏力的。

2008 年

终于重提"老实人"

"不让老实人吃亏，不让投机钻营者得利"是《中共中央关于加强和改进新形势下党的建设若干重大问题的决定》中的一句话。党的十七大以来，党中央关于"不让老实人吃亏"的言论频频出现，引起了颇多关注和反响。其实，"不让老实人吃亏"并非什么新的立场和原则。无论我党路线、方针、政策的范畴，还是法律的范畴、道德的范畴，"不让老实人吃亏"都是题中既有之义。而今，党中央重新提出这一问题，显然是了解了下情，具有现实针对性。

"老实人"是个大概念，不同年龄、不同职业、不同阶层的人群中都有老实人。但老实人的本质特征是一致的，表现形态则会因情况不同而有所区别。党中央所指，当是干部队伍中的老实人，是相对于投机钻营者而言的。本文也就界定在这个范围之内。

何为老实人？《现代汉语词典》对"老实"的解释是："1. 诚实；2. 规规矩矩；3. 婉辞，指不聪明。"《人民日报》署名"仲祖文"的文章则如是说："我们讲的老实人，不是那些庸庸碌碌、无能无为的人，而是老老实实做人、踏踏实实干事、兢兢业业工作的人。"

所谓"诚实"，就是忠诚老实、公道正派。做人实实在在，不虚伪、不势利，有一说一、有二说二；做事踏踏实实，不偷工减料、投机取巧，不文过饰非、哗众取宠。

所谓"规规矩矩"，就是守规矩、按程序、不乱来。忠于职守，不搞"潜规则"、不钻"关系学"，不拉"小圈子"；公事公办，不会捧上压下、见风使舵、无风作浪。

所谓"不聪明"，就是不机灵、不开窍。比较"傻"、比较"笨"、比较木讷，只知干事、不会来事；还自我感觉良好，误了人的事还不知怎么误的，恼了人还不知怎么恼的，脑袋掉了还不知怎么掉的。

由是，老实人就给自己落下了如许处境：管你的人和你亲近不多、与你隔了一层；你管的人怨你太呆板，难免失望；得罪了的人每每耿耿于怀，甚而加害与你。如此等等，老实人便成了一些人眼里的另类甚而"问题人"，吃亏也就在所难免了。

而今，党中央重提"不让老实人吃亏，不让投机钻营者得利"这一选人用人的重要原则，使老实人看到了希望。网络上跟帖和参与讨论的成千上万。新华网理论频道发表《领导干部要关注十类"老实人"》一文后，又有人贴上了《领导干部要警惕七类不老实的人》一文。引来了更为热烈的讨论。

先看"十类老实人"：一是不和你套近乎但积极配合你工作的人；二是不和你多走动但能体谅你的人；三是不往你家里跑但常往基层跑的人；四是不关注你的私事但能帮下层排忧解难的人；五是不当面恭维你但能帮组织树立威信的人；六是不说虚话、大话而说真话、实话的人；七是不爱多表功但能创造性工作的人；八是不爱提个人要求但表现积极的人；九是不看你脸色行事而能秉公办事的人；十是不喜欢给在职领导"烧香"却给离职领导"送暖"的人。

再看"七类不老实的人"：一是鞍前马后给领导戴"高帽子"

的人；二是专在领导面前献忠心、表决心，从不说不的人；三是背后污蔑领导的人；四是成天围着领导转的人；五是给领导及其家人、嫡系送甜头的人；六是为领导办私事的兴趣超过办公事的人；七是捧上压下、两副嘴脸的人。

本人曾于2001年写过一篇《识人之道》，不妨也摘录数句来凑个热闹：其一，主要不是看其对您如何，而是看其对别人如何……看其对没权没势的人、对已解甲归田的人、对平民百姓是如何作为的。其二，主要不是看其是否讲好话，而是看其是否讲真话……对一味讲好话、一门心思取悦于您的人，特别是惯于讲假话、专门投您所好的人，当想想其所以然才是。其三，主要不是看其说的是什么，而是看事实是什么……君不见，上下几千年，多少君君臣臣不正是为假话所蒙蔽、为小人所蛊惑而功败垂成？其四，主要不是看其一时一地，而是看其一贯历史……历史总是一面镜子，可以照见现在，照见今人轻易感觉不到的东西的。其五，主要不是看少数人的好恶，而是看多数人的识别……首先，不宜以一己的好恶为转移；其次，不宜为圈子里少数人的好恶而左右；而要看多数人、特别是不在您权力影响范围内人们的识别。

刚刚从网上看到，昨天，中组部负责同志在全国组织部长培训班上再次提出了"老实人"的问题。他强调指出："要重视关心老实人、正派人、不巴结领导的人，防止任人唯亲、唯近。"

如何把"不让老实人吃亏，不让投机钻营者得利"的选人用人原则落到实处？如何使"防止任人唯亲、唯近"不再成为一句官话、空话？我的看法有三点：其一，真正形成公平、公正、公开的选人用人机制；其二，领导者先得是老实人、正派人；其三，立言诚可贵，立行价更高。

2009年

"教学名师"与"一把手读博"

此话题缘于国庆节前诸多媒体上的热议。

"教学名师"是指教育部日前评出的"第5届国家高等学校教学名师奖",因百名获奖者中居官职者占了九成而广受诟病的新闻;"一把手读博"是指重庆市半数区县一把手均在西南大学攻读博士而受到质疑的新闻。

媒体上之所以把这两起新闻放到一起议论,是因为它们都与官员有关,并且都与官员的特权存在着显而易见的联系。

其实上述的两种情况,远不止于两起新闻中所涉及的高校和重庆,而是近年来较为普遍的现象。

所谓"教学名师",当是在教学中业绩突出且具有相当名望的教师。现在的问题是,不少久不教学或很少教学的学校官员,纷纷被评上了"教学名师"以及"模范教师""特级教师""教学成果奖"等种种优秀和先进。反正只要当上了某所院校——最好是重点院校——的官员,尤其是"一把手",许许多多的荣誉和待遇似乎就理所当然地成了他们的囊中之物。这实在难怪人们的非议,也难怪某高校出现了几十个教授竞聘一个处长职位的奇异景观。也许有人会问:久不教学的校长凭什么得以通过上级的评审?殊不知,他们的申报材料里面,备课笔记、教学方案、课堂记录、教师测评、学生评价等等应有尽有,可谓天衣无缝。这次教育部评出的"教学名师"中，就有 10 年没教过一堂课的校长，可是翻开他的材料一看，几近无懈可击。

并不是说校长就不该被评为"教学名师"，关键是要名实相符。从国内到国外，堪称"教学名师"的校长大有人在。包括这次教育部评出的百名获奖者中的校长们，够格的"教学名师"也肯定不乏其人。人们所诟病的只是其中居官职者占的比例过高，有悖实际、有失公道而已。

从理论上讲，一位称职的校长首先应该是一位称职的教师。只要条件具备，他完全有资格和理由去获取"教学名师"的称号，是为实至名归。反而言之，倘若百名"教学名师"之中不见一位校长，那又成了问题。真的出现这种情况，不外乎有以下几种可能：其一，校长们都不教学了；其二，校长们的水平和名望确实不如教师；其三，校长们风格高，都把荣誉让给了教师。

同样的道理，一把手读博，本也不应成为问题，反倒值得提倡。当今社会，对官员知识化、专业化的要求愈来愈高。与发达国家相比，我国学者型的官员不是多了，而是少了。重庆市半数区县一把手读博，理当是件好事。之所以受到那么多的质疑，问题在于：他们是为的什么读博？他们的读博费用由谁来支付？他们又是怎么去攻读的？

一把手读博是为了什么？可以有多种答案。最常见的是"本职工作的需要、事业发展的需求"云云，不错。可人们并不那么心悦诚服。因为现实的情况是，一些官员更为看重的是博士的头衔，是指望高学历能够加重升迁的砝码。反正不读白不读，于是一个看着一个，一个比着一个，呼啦啦一下子大家都成了博士研究生；读博的成本是相当高的，除了昂贵的学费之外，还有往返听课、异地学习、外出考察的车旅费、住宿费、招待费以及随同人员的开支等等更多的花费。一把手的优势在于这其中的许多均作为公务、均由公家买单；再一个问题是他们如何攻读而完成繁重的学业？一把手们都是日理万机，担子重、责任大，各种应酬又躲不开，能够用于攻读的时间极为有限，这博士怎么个读法？于是，由秘书们或专门请人、雇人代为听课、代为填写考卷、代为撰写论文的现象就成了不是秘密的秘密。

如此等等。若去怪罪哪一位、哪一批一把手，又有点儿不近情理。因为，他们都是经过上级批准的。况且，比这更应该遭到质疑的事有着呢！

媒体上呼吁要从制度上解决问题，譬如改革官员的选拔升迁机制，控制官员在学历教育方面的特权，严禁官员在学历、学术方面造假，刹住一些高校在学历、学术方面的媚官之风，等等。媒体上又不无担心，认为中国的不少事情都是说到容易做到难。我则相信，世界上怕就怕"认真"二字。只要重视了、认真了，再大、再难的事也有可能办成。去年奥运开幕式的丝丝入扣是一例，今年国庆阅兵式的分毫不差又是一例。

2009 年

泰州的文化基因

在近日召开的文化泰州建设工作会议上，市委负责同志纵论泰州文化，引起了与会者的关注和共鸣。在谈到"传承优秀文化，塑造城市性格"的问题时，他概括了在泰州大地上世代相传、青蓝相继的优秀文化基因：一是开放包容；二是崇文尚德；三是传承创新。虽未尽然，要者已在其中。

泰州历史上就是一座移民城市，一座通江达海、兼容并蓄的开放城市，一座多元文化和谐共生的城市。开放包容成就了泰州和泰州人的昨天，也在影响和造就着泰州的今天。地级泰州市的建立，改革开放政策的推进，使新泰州的发展空间更为宽广。泰州的胸襟更为开放、更为包容了。政治、经济、社会、文化……开放包容的文化基因在各个领域都有了其适者生存的土壤、都有了其发扬光大的空气和阳光。动作较快的譬如"江阴——靖江工业园区"，泰州敞开胸怀，请江阴入驻靖江，不求所有，但求所在，优势互补、合作共赢，成就了"两岸联动"的一个范本；动静较大的譬如"中国医药城"，泰州海纳百川，面向全球招纳贤才、引进项目，打造起中国医药业的重镇，其远大视野，已然超越了古城泰州之一隅。

自古以来，泰州"儒风之盛、冠淮南"，崇尚文化、敬重道德，历来是泰州的良好传统和人文风尚。泰州的文脉源远流长，有汉以降，文风日盛，典籍汗牛充栋，名家灿若群星。大的不论，从泰州日报《品周刊》和《高端访谈》两个专刊上便可见其一斑。从古到今，泰州特别富庶的人家并不多，但书香门第却比比皆是。即便那些平民家庭，那些普通的工人、农民之家，也都十分崇尚文化，皆愿倾全家之力和毕生之力让孩子好好读书。时至今日，人们满目所见，仍是家家户户的"从小抓起"。崇文和尚德又是并行的，文风之盛，民风乃正。泰州的民风素有口碑，"祥泰之州"之誉是为写照。远的不说，泰州的"月度新人新事"评选活动开展了20多年，每月10件，至今仍层出不穷。

泰州的创新精神也是素有传统。胡瑗的"分斋教学法"开中国教育之先河；王艮的"百姓日用即道"是对其恩师思想的扬弃；郑板桥的"六分半书"前无古人；梅兰芳的"梅派"艺术独领一代风气之先……古往今来，泰州人所创造的第一乃至唯一可谓数不胜数。种种创新，都是在传承中实现和发展的，是在吸取前人精华基础上的扬弃，是否定之否定过程中的提升。进入新的世纪，泰州人传承创新的文化基因依然发挥着极大的作用、产生着极大的影响。这些年来，泰州的发展、泰州的进步、泰州的成就、泰州的希望，无不与传承创新精神紧紧相连。可以说，没有传承创新，就不会有泰州的今天；没有传承创新，也不会有"三年再来一个大变化"的明天。

毋庸讳言，泰州的文化基因中，也不可否认地存在着一些消极落后的东西，它们会时不时地冒出来，干扰着人们的思想和行为。譬如，前面例举的"两岸联动"，就有"我们的资源凭什么要给人家用？""我们能人多的是，凭什么要对外地人拱手相让？"等声音冒了出来；再譬如，前面例举的"中国医药城"，又有"我们的资源有限，靠招聘引进能靠得住吗？""铺这么大的摊子，有把握确保成功吗？"等声音冒了出来。如此等等。曾有泰州人自我总结，说我们骨子里有几个毛病，一为喜欢抱团却又"窝里斗"；二为自己不敢冒风险又看不得别人冒风险；三为坐而论道，说的比干的高明；四为要求孩子崇文尚德，自己又不想做出好样子。虽非普遍现象，且说得比较刻薄而绝对，却又不无道理。若要溯源，大约也与泰州的文化有关。

任何文化，总难免有积极、消极两个方面，这不足为怪，也不必讳言。社会总是进步、发展的，文化也总是进步、发展的。我们需要努力去做的，是继承和发扬泰州文化中优秀、积极的基因，抑制和摈弃那些消极、落后的东西。如是，则文化泰州的建设有幸。

2009 年

辑四　网络自由谈

　　中国已经崛起。中国已经成熟。不搞运动，不搞那么多的达标、评比活动，不靠形形式式的"牌子"来启动和推动工作，而是让我们的国家机器运转得更好，是否是一个社会更为健康、更为成熟的标志呢？

——《是是非非说"创卫"》

网上的议论

春节前后，互联网上有两组与泰州有关的议论。一是关于泰州市纪委书记陈国华同志的博客文章的；二是关于 25 岁的孙靓靓将担任共青团泰州市委副书记的。

一

陈国华同志的博客文章题为《百姓骂娘还是把你当"娘"》。首见于其 2008 年 12 月 5 日的博客，《泰州日报》和泰州新闻网于 2008 年 12 月 28 日发表，随后又为《扬子晚报》于 2009 年 1 月 12 日刊载。诚如《新华日报》评论所言，陈国华书记的这篇文章，犹如一石激起千层浪，很快为多家媒体转载，百姓缘何骂娘？领导干部又该怎么看待百姓骂娘？一篇短文，引发社会诸多思考。

有评论认为，老百姓骂娘是不满的表现，证明政府工作还不够完善。而且，这既是公民的言论自由，也是公民行使表达权和监督权的一种体现。如果相关官员能理性地正视老百姓的合理诉求，采取温和而富有诚意的措施解决老百姓的难题，而不是"为丛驱雀，为渊驱鱼"，老百姓还需要无事生非、无理取闹吗？对于陈国华书记"'官'难当是社会进步"的观点，名为"不同意"的网民提出不同意见，认为"官好当才是社会的进步"，而官难当说明社会上还有许多矛盾、许多问题，还有许多老百姓不满意的地方，说明你这个官当得不称职，不为老百姓所拥护。只有老百姓生活水平提高了，上访现象减少了，人民的幸福指数增强了，为官的感到官好当了，才证明社会进步了。

二

关于孙靓靓同志拟任共青团泰州市委副书记的议论，源于泰州市委组织部刊载于 2009 年 1 月 20 日《泰州日报》和《泰州新闻网》的《领导干部任前公示》。其中现年 25 岁、现任共青团盐城市亭湖区委书记的孙靓靓，经过公开选拔，拟到泰州履新。泰州市委组织部此次计公示了 14 名拟任领导干部，唯独孙靓靓最是吸引人们眼球。霎时间，网上议论铺天盖地，搜狐、新浪等众多网站都在首页设置了提要，不少报纸、电台也对此进行了报道。

综观网上议论，以质疑居多。比较集中的一点，是孙靓靓 2006 年 7 月大学毕业后参加工作，按规定一年后试用期满可定为科员级，缘何一年多的时间内就能从科员跃升至如今的副处（拟任）呢？认为此举违反了中央和省里的有关规定及相关程序，怀疑有"官场潜规则"在内。另一种议论认为，干部年轻化是我党的重要方针，孙靓靓读大学时就优秀，这次又从泰州市的公开选拔中脱颖而出，应该提拔重用。当然，没有根据的猜测及不文明语言也不鲜见。面对种种质疑，孙靓靓同志也在网上作了有关说明并坦陈了自己的观点。随即，网民们针对她的说明又是一番议论纷纷。

三

如何对待网上的议论？已伴随着网络的迅猛发展摆在了人们的面前。

有人说，网络好得很。从来没有一个渠道可以像网络这样公开、平等，让人畅所欲言，而不需要看着别人的眼色行事。

有人说，网络糟得很。没有根据的话、诬陷污蔑的话、泼口骂人的话、反动透顶的话都上去了，简直一个黑社会。

有人说，网络既有好的一面，又有糟的一面。关键是要管好，让好的方面发扬光大，让糟的方面没有市场。

说好的人强调自由，说糟的人注重控制，既说好又说糟的人讲究辩证法。

现在的问题是，网上的自由是充分的，而对网络的控制是乏力的。于是常有同志大声疾呼，主张对那些在网上瞎说乱说的人进行惩处直至绳之以法，而对那些向瞎说乱说之人敞开大门的网站则更要从严惩处或者干脆勒令关闭。然而，这种愿望不够切合实际。因为，对网站以及在网上发表议论的人采取此等强制措施，既受制于民主法制的因素，也受制于科学技术的因素，还受制于地球村的因素。

也就是说，不论你是喜欢还是不喜欢，网上的种种议论都不可能彻底封杀。何况，为了阻止苍蝇、蚊子，而把窗户关闭，也不是办法。所以，如何对待网上的议论，已是我们不可回避的现实问题，尤其是当这些议论涉及你，甚至针对着你的时候。从这几年媒体报道的情况来看，有关官员的选择不外乎三种方式。一是直面。积极应对，以平等的姿态参与到讨论中去。二是旁观。冷眼相向，保持沉默。三是背对。你说你的，我听都不听，看都不看，走自己的路，让别人去说吧！

　　三种选择，因情况各异，或许各有千秋。而《中国青年报》的一段话，则有助于我们拓展思路，该报近期就陈国华同志博客文章发表的评论中说：通则不痛，痛则不通。日前，各地党委、政府已经授权《人民日报》驻地记者站发布了 31 个省区市的社情民意通道，有此受理方式在手，老百姓可有效表达诉求，但根本之道则需要官员树立正确的"官念"，不仅勇于接受老百姓的"骂娘"，更要化解老百姓"骂娘"背后的症结。

2009 年

保护好冲锋陷阵者的 "背部"

此语出自市委负责同志日前在市级机关作风建设大会上的讲话，原话如下：我们要鼓励创新者、支持干事者、宽容失败者，特别是要保护好勇于冲锋陷阵者的 "背部"，坚决反对那种怕失败而丧失发展机遇、怕担责任却不怕发展慢的不良行为。

关于 "背部" 的说法很形象、传神、切中时弊。而由市委负责同志的口中说出，则表明了领导者鲜明的立场和导向。它使我们想到了沙场上的战火纷飞，想到了壁垒前的剑拔弩张，想到了《岳飞》《集结号》等诸多文艺作品中的惨痛和悲壮。

保护好冲锋陷阵者的 "背部"，第一要义是冲锋陷阵者。是市委负责同志所说的迎难而上，敢啃 "硬骨头"、敢打 "攻坚战" 的奋斗者，是那些不回避矛盾和问题，致力于创业、创新、创优，埋头于想事、干事、成事的实干者。之所以要特别保护好他们，是因为冲锋陷阵者正在奋战、正在干事、正在创业，正面对着纷飞的战火、重重的壁垒。这样的时候，他们最需要的是主力的掩护、同道的援助、统帅的后盾。保护好他们，不仅是对一支战斗力的护佑，更是对一种精气神的护佑，关系到战局的成败和精神的导向。

保护好冲锋陷阵者的 "背部"，强调的是 "背部"，需要特别关注的是 "背部"。因为冲锋陷阵者的注意力在前方的目标，他们以冲锋陷阵、克难攻坚为己任。他们当然也会自我保护，只不过他们的弓箭、盔甲、盾牌都对着前方，难以瞻前顾后，一边冲锋陷阵，一边提防着自己的背后。而一旦他们的"背部"遭袭，则难免伤元气、乱阵脚，使亲者痛、仇者快。历史上，因腹背受敌而功亏一篑的战例不胜枚举。所以，保护好冲锋陷阵者的"背部"，同样至关重要。

保护好冲锋陷阵者的"背部"，还因为他们的"背部"往往成了某些人选择袭击的重点目标。市委负责同志有言："现在我们面对的都是新问题新情况，不能坐等上级出政策，也不能企盼别人试验成功了再去模仿，而是要多做一些看似不可能，但经过努力不仅做到而且做得很好的事；多做一些开始遭议论、被怀疑，最后被表扬而总结经验的事；多做一些突破困局，开拓前进，打开新局面的事。"一方面，由于这些事看似不可能、容易遭议论、被怀疑，就注定了冲锋陷阵者不可能一帆风顺；另一方面，由于这些事需要突破困局、开拓前进，必然会有破有立，有盈有亏，就注定了冲锋陷阵者不可能人人拥护。

正面的非议、怀疑乃至攻击都在情理之中，可以商量、可以讨论，也可以让实践来作结论；"背部"的袭击则是另外一番情景，你找不到人商量、找不到人讨论。他就躲在暗处搅局，你无可奈何，他偷着乐。当然，事实只有一个，真理只有一个，搅局的人是终究成不了大气候的。然而，及时地对冲锋陷阵者的"背部"加以保护，终归是一件十分必要的举措。因为，他们还在路上，应该帮助他们消除后顾之忧，轻装前行。

2009 年

164　　人生如歌——陈社散文选（下卷）

假如不建风景区，建什么？

凤城河风景区建成开放以来，本地市民和外地游客纷至沓来。在本月份举行的中国泰州国际旅游节期间，更是吸引了一批又一批游客前来观光休闲。短短一年时间，其已成为泰州的主要景区之一，赢来了颇多好评。

当然，不同的声音也有。有的同志认为，该景区占用的资源过多、投资过大而收益较低；有的同志认为，民生的问题是第一位的，应优先解决老百姓的生活困难，不必急于搞风景区；有的同志认为，景区内的不少建筑只是仿古，不应鱼目混珠，与文物混为一谈；有的同志认为，景区内的一些文人墨迹存在谬误，不仅有失文化，也有损泰州形象，等等。

这些意见都有其一定的道理，"横看成岭侧成峰，远近高低各不同"，不同的角度，不同的眼光，总会看出不同的风景。

如何看待凤城河风景区的建设？依我所见，既要就事论事，又不必拘泥于一时一事。不妨试作"近看""远看""反看"之三看，以就教于各位。

一曰"近看"。亦即就事论事，单看凤城河风景区建设自身的成败得失。我以为，它是成功的。过去这块地方是什么状况，而今又是什么状况，谁都可以作个比较，得出结论。用"天壤之别""改地换天"一类的辞藻来形容也不过分。它的自然环境、人文含量，不仅给我们广大市民带来了舒畅、喜悦和自豪，也让包括中国作协主席铁凝、副主席张抗抗等众多的外地游客流连忘返、赞不绝口。风景区管委会最近编辑出版了一本名为《印象凤城河》的散文集，展示的就是 10 多位作家对风景区的种种赞美……毋庸讳言，凤城河风景区的建设中也有谬误，也有败笔。但它只是白璧上的瑕疵、美中的不足，是可以纠正和改进的。就说其中的老街吧，我们同样可以挑出它的毛病，然而它那集聚的人气、兴隆的生意已是一种基本肯定。而国家旅游局所授予的"国家 AAAA 级旅游景区"的荣誉，则是对凤城河风景区综合资质的权威认定。

二曰"远看"。就是跳出风景区来看风景区，看它对于泰州现时的及长远的作用和影响。它是美化了泰州，还是丑化了泰州？是提升了泰州，还是贬低了泰州？对于泰州和谐社会的建设和未来的更好发展，是积极的，还是消极的？答案不言而喻。我以为，对于泰州市区，乃至整个泰州的环境质量、城市品位、人居水平的优化和提升，才是凤城河风景区更为重要的价值所在。凤城河风景区位于泰州的市中心，有了它，市中心立即今非昔比，上了档次。它的美，成全了市中心的美，成全了泰州这座城市的美。从经济效益的角度来看，我们不仅要看风景区投入与收益的比，还要看它的投入对于改善泰州的生态环境，拉动泰州的投资效益所具有的积极意义。再说民生，解决老百姓的生活困难是民生，改善老百姓的生活环境也是民生，这本来就不是矛盾的、对立的。至于资源，风景区并非"占用"，而是"利用"，将原有的资源进行开发、整合、改善，使之成为优质的公共资源付诸社会，得益的是广大民众，何乐不为？

三曰"反看"。就是回过头来看，退后几步来看，所谓"逆向思维"。暂设一问：假如这块地方不建凤城河风景区，建什么？

或者说建什么更好？是建工厂、码头呢？还是建居民住宅？是建宾馆、别墅呢？还是建机关大院？大约不需要进行科学论证、效益分析，也不需要进行问卷调查、民意测验，答案已经不言自明。

相对于周边的一些兄弟城市，泰州存在着多方面的差距，而在城市环境和旅游资源的吸引力方面，差距则尤为突出。凤城河风景区的建设使泰州向前迈了一步。期望它的主事者集思广益，多听听各个方面的意见，多听听不同的意见，把它的后续工程建设得更好，使之更能多如人意。

2009 年

"酒驾"查禁与国情

公安部查禁酒后驾车的统一行动开展一个多月来，已见显著成效。尽管麻木不仁、顶风犯科的醉酒撞人案仍有发生，总体而言，"酒驾"现象已由过去的比较普遍变成了日趋减少。听人介绍，这一行动还直接导致了酒类消费量的下降和代驾行业的兴起。

此次查禁行动之所以能够很快奏效，与过去相比，区别有三：一是异地。此次查禁行动采取了异地执法的举措，即外地警察来本地执法，本地警察去外地执法，以避免熟人相见、手下留情。二是封闭。所有执法警察必须关闭以至上缴手机等通信工具，以避免执法过程中人情电话、权势电话的干扰。三是一律。一旦查实，无论何方神圣，一律扣车拘人，不给任何商量、回旋的余地。

看上去并没有什么特别的战略和战术，也谈不上什么智慧和英勇，却实实在在地见了效果，不能不说是一条成功的经验，值得多说几句。

人所共知，中国的人情力量非常巨大，关系的作用极为神通。有熟人好办事，没熟人难办事；有关系，办不了的事照样能够"搞定"；没关系，该办成的事没准会"砸锅"。似乎成了不少行业、不少领域、不少社会生活中的一种"行情"，以至于现代汉语中出现了"关系学""潜规则"等等很是传神的新词。

公安部显然是认真总结了过去的经验教训，因此，此次行动便具有了极强的针对性。

当然，也有人议论，说异地执法麻烦挺多、成本太大；关闭手机使警察成了"聋子"，是历史的倒退；"酒驾"虽当查禁，但若没有酿成事故、造成后果，一概拘留未免过重；等等。

说得都有一定道理。然而我以为，当前最为迫切需要的是先解决问题，而不是理论研讨；是要尽快见到效果，而不是理想主义。邓小平同志"不管黑猫白猫，能捉老鼠的就是好猫""摸着石头过河"等名言的最大特质，或许就是他老人家最为看重的"效果"和"实践"。这位老人和伟人所说的这些简单、质朴的话语，之所以成为邓小平理论并中国特色社会主义理论体系中的精髓，不正是由于它的管用吗？

又得说到国外了。世界上许多国家之所以"酒驾"的情况极少，源于其法律的权威，包括一律、包括重典。人情、关系等不那么风行也不那么管用。所以，他们的执法一般不需要"异地"，也不需要"封闭"。从官员到平民多数都比较自觉和自爱，用不着警察们看着、守着、监控着，整天忙乎。

中国的情况就不一样了。这是一种差距，是我们需要缩短的差距。

公安部有责任为此作出努力。面对着比较普遍的"酒驾"现象，面对着一个接一个鲜活生命的瞬间陨落，公安部不能无动于衷，必须有所作为。尽管他们目前的举措还处于治标的层面，并且很有点儿仓促上阵、土法上马的无奈。但是，管用了，见效了，抓住"老鼠"了。这就好，这大约就是中国目前的国情。

由公安部想及其他部门，是否也可以反省一下那许多总是收效甚微的三令五申？是否也可以立足于中国国情，加强执法的针对性？譬如，也暂且来他个"异地""封闭""一律"，把公安部的经验先"拿来"一下呢？

2009 年

惠农：把好事做好

中央电视台日前披露了一个案件，几个不法分子把收购来的旧彩电换上新外壳和新包装，打上"家电下乡"的旗号，到农村去兜售，坑害农民。

不法分子何以能够拉到"家电下乡"的大旗？何以胆敢堂而皇之地在农村欺蒙拐骗？央视的报道说：此案正在查处之中。相信不久会水落石出。

无独有偶，此类事件我市也已发生。据3月21日《泰州晚报》报道，根据群众举报，市工商局高港分局在对该区47个"家电下乡"销售点的突击检查中，现场查获拼装、假劣产品近2万元。其中包括拼装的"海信""飞利浦"彩电以及假劣洗衣机、灶具、电饭锅等。

"家电下乡"是党和政府新近推出的一项惠农政策，得到了众多家电企业的积极响应和广大农民的热烈欢迎。我市的春兰、LG等名牌家电企业均已获准参与其中，一批批优质低价的家电产品正在走进农村的千家万户。

"家电下乡"实乃一大善举——惠及了占中国人口大多数的农民；又为一大利举——为家电企业应对金融危机的影响辟出了又一条生路。如此使多方受益的措施，竟然被不法分子钻了空子。可见有了好的政策才是第一步，如何落实到位，确保把好事做好，还得再下点功夫。

这些年来，党中央、国务院极为重视"农业、农村、农民"工作，党中央每年的"一号文件"都是"三农"，推出了一系列的大政方针和政策措施，要求各地、各部门认真贯彻、落实到位，力度不可谓不大。

在这样的大背景之下，还会出现乘"家电下乡"之机坑害农民的事情，只能说明贯彻落实的层面上还存在着问题。当然，此类个案比较好解决。中国之大，出点儿问题也不足为怪。举一反三，杜绝今后就是了。

我想强调的是，把惠农的好事做好，还远不止于此。

惠农的事情太多了，涉及惠农的问题也太多了。我们都要努力把它做好，做得符合中央的要求，符合农民的愿望。

不久前的一次会议上，省委一位领导同志在充分肯定有关惠农活动成功经验的同时，也列举了其中的一些不足之处。他所提出的，其实就是怎样把好事做得更好的问题。

譬如我们搞了好多年的"三下乡"活动，深受农民朋友的欢迎。但是不足之处、遗憾之处也不少。就说活动组织工作方面的一些细节吧，上上下下都乐于安排在年关岁尾下乡服务，而那个时候农民朋友正在忙着过年，自发参与率难免不太高，乡村干部不得不为此多操不少心。"三下乡"一般都有一台演出，但不少乡镇已没有了剧场，得专门为这台演出搭建舞台，服务农民的同时又增加了农民的负担。记得8年前省文艺下乡服务团来我市的三个乡镇演出，那两天的气温是零下5摄氏度，天寒地冻，北风怒吼，台上的演员们冻得口齿打战、声音发颤，台下穿着校服的中小学生们则个个缩头缩脑、瑟瑟发抖。

如此等等。

如果我们更多地为我们的服务对象着想，更多地站在他们的角度去思考、去安排，或者干脆把我们的服务内容、时间、地点、对象等等事项都事先交给他们去选择、由他们来确定，或许效果就会好得多。

既是好事，又有可能做得更好，何乐不为呢？

由此而言，惠农，首先得做的是换位思考，是给我们的服务对象以选择权，是让农民朋友们自己做主。

2009 年

是是非非说"创卫"

　　不知是否与中央精简压缩层层级级的达标、评比活动有关，最近一段时间，媒体上对"创卫"活动的议论忽然多了起来。

　　"创卫"，是指由国家爱国卫生委员会办公室牵头组织的创建"国家卫生城市"评选活动。要拿到"国家卫生城市"的牌子，先得创建市级的"卫生城市"，接着得创建省级的"卫生城市"，方可取得申报创建国家级"卫生城市"的资格。每一阶段的创建活动，均得经过申报、初审、调研、初查、暗访、复查、验收、审批等若干个步骤，其声势之大、要求之高、涉及面之广、历时之久，尽显"中国特色"。而伴随着这一活动的广泛、深入开展，正面的宣传和负面的议论均一直伴随其左右。

　　平心而论，"创卫"活动的积极意义和显著效果是明摆着的。譬如，推动了一个城市的环境卫生设施建设，解决了若干平时得不到解决的脏、乱、差、老、大、难问题，保障了人民群众的卫生安全，提升了人民群众的卫生素质和文明水平，优化了对外开放、招商引资的环境质量……

　　负面的议论以前媒体上较为鲜见，即便说上几句也十分谨慎而含蓄，最近的议论却很不一样。有的说，检查团一来，小饭店、小作坊家家关门歇业，街头摊贩们了无踪迹；检查团一走，立即一一回归。有的说，检查团一来，泛着恶臭的水沟突然注入了清水；检查团一走，清水的源头又断了。有的说，检查团一来，满街都是打扫卫生的干部；检查团一走，干部又都不见了。有的说，检查团一来，一些执法人员的态度最好，好话最多；检查团一走，他们的好态度也跟着走了……

正面的宣传和负面的议论均有根有据，却又大相径庭。是"好得很"还是"糟得很"？确有做点分析的必要。

"创卫"的关键词是什么？正方认为，是"惠民"。城市的卫生状况改善了，形象优化了，生活质量提高了，得益的是老百姓；负方认为，是"创伪"。弄虚作假，形式主义，走过场，得益的是追求"政绩"者。

先说"惠民"，如果我们不怀偏见，这是一个不争的事实。"创卫"工作有许多基础性、克难性、长远性的建设，不仅惠及今天的人民群众，也将惠及我们的子孙后代。即便有些突击性、临时性的举措，老百姓也还是受益者，何必"放下筷子骂娘"呢？

再说"创伪"，这是最近媒体上常见的一个词。如果我们尊重事实，"创卫"活动中弄虚作假的问题确实存在，我们应有雅量听得进不同意见，不必讳疾忌医。但是，若用"创伪"来概括"创卫"，不仅犯了以偏概全的错误，也是对在"创卫"战线上辛勤劳动、无私奉献的干部群众的不公道、不厚道。

诚然，卫生建设、基础设施建设、人民群众卫生素质和文明水平的提高等，是否一定要采取"创卫"这样的形式去推进，是有值得商榷的余地。有同志说，多年前国务院曾叫停过包括"创卫"在内的几个全国性的"创建"评比活动，工作照样进展，却节省了不少开支。还有某地，正值全国"创卫"热潮初涌之际，该市特立独行地宣称："我们不创卫生城市！"而这并没有影响他们把城市建设得越来越漂亮。更有同志列举了国外一些城市的范例……

确有道理。

中国已经崛起。中国已经成熟。不搞运动，不搞那么多的达标、评比活动，不靠形形色色的"牌子"来启动和推动工作，而是让我们的国家机器运转得更好，是否是一个社会更为健康、更为成熟的标志呢?

2009 年

一根绳子拦住了什么

本月初，关于泰州交警用一根绳子拦住行人，禁止闯红灯的新闻引起了一些媒体的议论纷纷。

一根绳子简便易行，效果立现。却又大煞风景，让泰州人不免汗颜。

有人责怪交警部门无能，都进入21世纪了，什么办法不好想啊？竟想出了这种馊主意，太没有层次了，让人笑话。

更有人批评泰州人素质太差，走路都得用绳子管着拦着，还"文明城市文明人"呢！

还有人痛恨媒体多事，就好惹是生非。泰州的大事好事多得很，凭什么专找负面的鸡毛蒜皮来说事啊？

就此，我也来说一点个人的看法。

首先，交警为什么要用一根绳子来拦住行人？为什么要采用这种"里外不是人"的"馊主意"？人们议论较多的是城市形象、市民素质。连路都不好好走，乱闯红灯，不守规则，不循秩序，谈何文明城市？谈何文化泰州？都对。但我以为更为重要的是行人的生命安全。乱闯红灯最直接、最严重的后果是什么？是生命安全的不保。这一点，众多肇事者兼受害者往往都是事前不当回事，等到事发已无可挽回。交警是把保护行人的生命安全作为自身最重要的职责的，为此，在没有想到更好、更有效的办法之前，拉根绳子又何妨？不是吗？生命之脆弱，往往就在一念之差；生死之隔，往往就在一瞬之间。我们可以责怪交警、笑话交警，却万万不要忘记，他们也很无奈，他们只是为了保护我们的生命安全啊！

其次，一个城市交通秩序的好与差，起决定作用的是谁？是我们自己，是我们每个行人，而不是交警。尽管交警的职业装备、管理水平、服务质量是不可或缺的一个重要方面，但主体是我们。如果我们每个人都能自觉地、主动地遵守交通规则、维护交通秩序，交警们会像如今这样"狼狈"吗？为什么在许多国家的街头很少看见交警？即便是偶尔遇到一次，总感到他们很是优哉游哉。绝不像我们国内，交警们个个忙得满头大汗、声嘶力竭。至于像泰州这样交警拉着绳子的滑稽景观，没来过中国的人肯定会认为是媒体瞎编的。所以，当我们责怪交警们没有层次的同时，不妨检点一下自己，检点一下自己又有多高层次，检点一下自己如果没有一根绳子拦着，是否能够做到无论何时何地都会自觉地不闯红灯？检点一下自己在谆谆教导儿子们、孙子们千万不要闯红灯，以免被车轧了的同时，是否能够为儿孙们做出个好样子？

再次，创建"文明城市"、建设"文化泰州"，关键在哪里？在人。在于所有在泰州这块土地上生活、工作、居住、过往的人。文明城市，得靠具有文明素质的人来构建和支撑；文化泰州，得靠具有文化素养的人来积淀和营造。如果我们连最起码的交通秩序都不遵守，连最一般的社会公德都不维护，连必需的基本形象都不顾忌，"文明城市"何来之有？"文化泰州"何来之有？

且不要笑话交警手中的那根绳子吧！它毕竟拦住了我们可能出轨的生命。

撤掉那根绳子很简单。从我做起，大家都自觉一点、自爱一点就是了。

　　从我做起，其实也很简单。

2009 年

公益还民

千呼万唤，新的医改方案终于出台了。

尽管关于医改的争论一直未有止歇，不同的群体各有其不同的道理，甚至在今年的全国"两会"上，还有专家发出了中国人看病"既不贵、也不难"的"雷人"之语。

新的医改方案以中共中央、国务院《关于深化医药卫生体制改革的意见》的形式公开颁布，表明了党和政府的鲜明态度，大的方向已然敲定。

这一方案，最核心的两个字是"公益"。它明确了医疗卫生事业的公益性质，提出了实现人人享有基本医疗卫生服务的施政目标。较之过去这些年来的某些政策和举措，较之过去某些地方的"经验"和"政绩"，是一个大的变化和大的进步，体现了我国医疗卫生事业的发展从理念到体制的重大变革。

从理论上讲，我国医疗卫生事业的公益性质本不应成为问题。社会主义建设和发展的目的就是最大限度地满足人民群众日益增长的物质和精神文化需求，而医疗卫生的保障则是人民群众最最基本的生存需求。如果这条路都走歪了，谈何社会主义？谈何"和谐社会"？当然，中国还处于社会主义的初级阶段，不可能一切都由国家包下来。但是医疗卫生事业的公益性质是不可改变的。这些年来，在药品监管、流通领域存在着的腐败丛生现象，在医疗单位中存在着的见利忘义现象，在就医保健方面存在着的特权群体现象，都是对"公益性质"的抹黑。

对此，新的医改方案体现了较强的针对性。4月7日，新华社受权播发的《医药卫生体制改革近期重点实施方案（2009—2011年）》，进一步明确了今后三年的五项重点改革内容。国务院有关部委负责人也分别作出了他们的解读和承诺。其核心就是解决群众"看病难、看病贵"的问题。概言之，一是通过加快推进基本医疗保障制度、建立国家基本药物制度、健全基层医疗卫生服务体系，使群众"看得起病"；二是通过促进基本公共卫生服务逐步均等化，缩小城乡居民享有基本公共卫生服务的差距，最大限度地预防疾病，使群众"少生病"；三是通过推进公共医疗改革试点，促进公立医院提高服务质量和效率，使群众"看好病"。

公益的基石是公平，没有公平就无所谓公益。党的十七大提出的努力使全体人民"病有所医"，体现的就是社会的公平正义。这次新的医改方案明确把基本医疗卫生服务作为公共产品向全民提供，就是"病有所医"的具体化。是公益还民，也是公平还民。

2009 年

与革命英烈面对面

为深入开展群众性爱国主义教育活动，迎接新中国成立60周年，中央有关部门联合组织开展了评选"100位为新中国成立作出突出贡献的英雄模范人物和100位新中国成立以来感动中国人物"活动。日前，300位候选人的照片和事迹在中央各主要媒体及网站公布，引起了受众的广泛关注。

面对这300幅照片（有的因没有照片而以画像代之）和简要的事迹介绍，令人陡生感慨。

第一感觉是"久违了"！尤其是那150位为新中国成立作出突出贡献的英雄模范人物候选人，多数是我们这个年纪的人所熟知的。然而，我们已好久没有与他们谋面，乃至交流了。还有一些是我们过去所未知的。他们长眠于地下已经半个多世纪了，没有能够看到新中国的成立、没有能够享受到新中国的幸福生活，直到今天——迎接新中国成立60周年之际，我们才对他们略有所知，真的对不起他们，真的感到愧疚。至于我们的下一代、再下一代，知道他们的就更少了。

当然，为新中国成立作出突出贡献的英雄模范人物远不止于这150位。我们从小就烂熟于胸的一个道理就是："今天的幸福生活是无数革命先烈用鲜血和生命换来的。""无数"是个什么概念？是千千万万、无以计数，包括许许多多为国捐躯却没能留下姓名的英烈。从这个意义上说，谁都不可能一个不漏地记住所有革命先辈的英名和事迹。不过问题并不在这里，而在于我们是否把这个群体淡忘、乃至渐行渐远了。

而今，中央有关部门联合组织开展的"全国'双百'评选活动"，已经起到了唤回年长者记忆、告诉年轻人过去的效果。于是，庆祝新中国成立60周年的活动，便添上了凝重的色彩。我以为，此举适逢其时，非常必要，它远比简单化地敲锣打鼓更有意义，也更能深入人心。

这150位英雄模范人物候选人所代表着的正是"千千万万"，是"无数"。"八女投江"的刚烈，是何等的壮丽；邓中夏的坚贞，是何等的崇高；方志敏的清贫，是何等的富有；史沫特莱的执着，是何等的可贵；张思德的鞠躬尽瘁，重如泰山；朱自清的为人为文，足见尊严；张自忠的良心自问，无愧天地；李公朴的事业德行，君子傲然……与他们面对面，高山仰止。你不由得不感动，不由得不惭愧，不由得不肃然起敬。当我们因了挫折而垂头丧气时，当我们因了风险而慌乱退缩时，当我们因了亏待而愤愤不平时，当我们因了房子还不够大、车子还不够新、官位还不够高等等太多的不如意而大伤脑筋时，想想他们，和他们面对面，作一次交流吧！我相信，我们是应该、也能够稍稍平静下来。

综观这150位英雄模范人物候选人，似乎有了一些新的构成。民主党派的人士有了，国民党的抗日将领有了，外国友人有了，文人墨客也有了。应该说，这是对历史的尊重，是我们党不断进步、更趋理性、成熟的标志。当然，也有遗珠之憾。譬如，我党历史上被错误处理乃至错杀的同志当中，也有不少堪称英雄模范的。能否选出一两个代表性的人物，让后人来缅怀、纪念、接受教育、引以为戒呢？这种情况，在150位"新中国成立以来

感动中国人物"的候选人名单中也同样存在，例如张志新、例如
遇罗克……

　　虽说我们同样可以在心中纪念他们。

2009 年

汉字之辩

日前，国家教育部公布了《通用规范汉字表》（征求意见稿），引起了诸多议论。从媒体上的信息来看，多数持反对意见。认为虽然只改变了44个字的字形，涉及面却极为广泛，无论课本、辞典，还是路牌、地图，以及通信、电脑中的种种设置，统统都得因这44个汉字而重来一遍。必将造成极大的浪费，简直是"瞎折腾"。

这些反对意见确有道理。今非昔比，人民群众的话语权和影响力确实大多了。当然，教育部的方案仍处于征求意见阶段，面对种种声音，主事者理当权衡利弊、慎重决断。

不由得想起了前一阵关于简化字与繁体字的争论。不少媒体都开辟了专题讨论区，央视的"小崔说事"栏目则专门请来了各方面的专家、学者以及不少教师、学生。少长咸集，议论风生，唇枪舌剑地辩论得煞是认真。抛开繁简之争中的是是非非不论，单就这场争论本身及其激烈程度而言，其给予人们的强烈印象同样是：人民群众的话语权比过去大多了，媒体的包容性比过去大多了，主事者的民主意识也比过去进步了。

其实，关于简化字与繁体字的不同意见，几十年前就有了。主要的一些观点，也与如今的各方论点甚为类似。只是那个时候舆论一律、民声一律，老百姓基本上听不到不同的声音，也习惯于只听一种声音，习惯于相信并忠实地执行一种声音。所以，什么事情都好办，什么事情都不犹疑。不像如今，"芝麻大的事儿"都能吵上半天，吵得主事者每每改变主意。

记得2001年冬在台湾，岛上的作家们在交流会上给我们提的一条意见，就是一些汉字的简化，造成了这些字本意的缺失。并列举了数个字例来证明，希望我们建议政府有关部门考虑恢复繁体字，保护好汉字这一世界独特的文化遗产，同时也使两岸在文字上统一起来。我等听后，感到他们说的确有一定道理，可又觉得事情并不那么简单，况且此类事情远非我们这些人能够讨论解决。故而一致推举我们代表团的团长和副团长来答复和处理这条意见。

没想到几年后的今天，我们学术界及媒体上就同样的话题展开了热烈讨论。"小崔说事"的那档节目是现场嘉宾、评论家王干先生发来信息让我看的，他和一位年长的教授辩得不可开交，见仁见智，十分有趣。只是谁也说服不了谁，直到崔永元最后小结，也没说出个办法来。电视机前的我一阵干着急，真想打个电话过去凑个热闹。

我的观点其实很简单，就三句话：其一，汉字的简化古已有之，新中国成立后进一步的规范和简化是必要的，也是为多数人接受并得益的。在简化字实行了几十年的今天，如果再全部改为繁体字，将会自找麻烦，难以推行。其二，繁体字的研究、保护和继承工作应该倍加重视。这不仅是主管部门和研究机构的事，还应该让人民大众都能认知一部分常用字的繁体。其三，在实行简化字的同时，应该为繁体字解禁，简繁并行。尤其对于那些简化字无法替代、具有特定含义的繁体字，应该允许人们自主选用。

回过头来再说教育部日前的那个方案，不妨也换个思路，先改取代为并行，并行到一定时候，再顺其自然地规范，如何？

　　当然，本人最为关注的并非"汉字之辩"的解决办法及其结果，而是其过程，是其过程中所展现出来的一种新气象。无论如何，"汉字之辩"已成为 2009 年中国学术界及大众传媒上的一大景观。

2009 年

网络自由谈

如今，没有什么比在网络上公开发表意见更为自由的了。只要会简单的操作，鼠标一点，你所表达的一切，顷刻之间便进入了公众视野。而且，你尽可以隐匿自己，随意用一个网名作代号，或者故意起一个不相干的名字、用一幅不相干的头像来误导。总之，网络的自由度和隐蔽性几乎超过了所有的现实空间。

正因为如此，网络便成了一个不需要有太多顾忌的，最能充分表达自己意愿和情感的公共空间。

关于网络自由的积极意义和强大力量不需细述。山西"黑砖窑"事件、南京"最牛房产局长"事件、徐州"一妻多妾"镇长事件……案发的始作俑者皆是网络。近年来，网络对于民意、民声的畅通，对于民情、民智的汇聚，对于辨伪、求真的坚持，对于反腐、打黑的推动，均不乏其例。且影响大、见效快，可谓独领风骚、居功至伟。

然而，网络自由又是一柄双刃剑。它的消极影响和负面效果也同时存在。由于它的自由和隐蔽，滋生了一些网络言者的责任缺失和良知缺失。道听途说，以讹传讹者有之；别有用心、歪曲事实者有之；编造谎言、造谣惑众者有之；恶意攻击，挟私报复者有之；破口大骂，肆意侮辱者有之；低级下流、庸俗无聊者有之……

如何对待这些消极现象，是党政官员、管理部门、相关人士乃至广大受众不可回避的问题。有的同志深恶痛绝，主张对屡屡出现不良言论的网站予以取缔，不再给予其自由。也有同志不以为然，认为这就是自由，这才是自由。林子大了，自然什么鸟儿都有，没有必要大惊小怪。

　　我则以为，感情用事只能一时痛快，却不是解决问题的办法。疏、堵之道孰优孰劣，古人之训犹在。何况当今是法制社会，得依法行事。谁触犯了法律，理当法办谁。若唯网站是究，就未免失之简单化了。再说，对于网络上的新情况新问题，还存在着法规、科技等诸多方面的跟进、配套问题，客观上仍有不少限制。

　　对于主张放任自流的观点，我也不敢苟同。古今中外、普天之下，从来没有绝对的、无限的自由。举一个比较极端的事例，针对南海主权的争端，数家网站上竟出现了个别网民贴上去的所谓"进攻计划"，虽是恶作剧，却引起了邻国的高度关注。可见，自由必须受到法律的制约，必须与道义、与责任并存。无政府主义从来就不是一个良方。所以，对于网络自由所派生出来的种种不良言论，不论我们现在能够做多少，都应该努力去做。

　　如何去做？没有现成的灵丹妙药，但总得有所作为。

　　我想，必不可少的，是寄希望于网络言者自身素质的提升。虽说国人的法律意识、道德意识、责任意识参差不齐，在内力和外力的综合推动下，总体上是在不断增强的。虽说"慎独、慎微、自尊、自爱"等中华优秀文化基因的传承每每面临着各种情况的干扰，在内因和外因的综合作用下，总体上是在不断进展的。有理由相信，随着社会的进步、文明的普及，那种以为在隐匿了自身的语境中就可以肆意放纵的情况虽不可能绝迹，却终将走向式微。

至于网站，作为当今社会舆论的一个重要窗口，作为汇聚民情、服务民生的一个重要阵地，作为党和政府与人民群众之间的一个桥梁与纽带，应该高扬起法律和道义的大旗，更好地担当起社会责任。必须建立起积极有效的监控机制，不能睁眼闭眼、放任自流，更不能利令智昏、助邪压正。否则，难免自毁长城。

而党和政府的管理部门，应该切实加强引导、指导和监管、查处的力度。要充分发挥网络这一新兴媒体的积极作用，引导和扶持它们做优做强、健康前行。还要主动、积极地参与其中，公开信息、释疑解惑、与广大网民进行直接交流。曾有人建议，将政府新闻发言人的机制引入网络。我以为，此举责无旁贷、势在必行。至于监管和查处，也是题中应有之义，依法办事就是。当然，如能同时在健全和完善相关法规方面早下、多下点功夫，在工作之中进一步增强指导性、前瞻性和科学性，则会更加合情合理。

说到这里，似乎有必要作个简要小结。其一，网络自由是个好东西。存在一些问题在所难免，因噎废食没有必要，也行不通；其二，相信群众相信党。作为拥有 3 亿多网民的网络大国，中国的网络及网络自由必将持续、健康发展，不必怨天尤人；其三，应该有所作为。海阔天高，广大网民、网站业主、相关人士、管理部门都有各自的责任和担当，是应该也能够鱼跃鸟飞的。尽管网络自由还是一个方兴未艾的新事物，多少让人有点儿始料不及、措手不及。

回首前一百年，今天的许多事物皆不可思议；遥望后一百年，当有更多的事物不得而知。

2009 年

记者节里说记者

昨天，11月8日，第10个中国记者节。

节日之际，中国的记者们或多或少地感受到了节日的气氛。

北京：中宣部、中国记协等部门隆重表彰了中国新闻奖、长江韬奋奖的获得者和200名全国优秀新闻工作者。

南京：省委宣传部、省记协等部门隆重表彰了江苏新闻奖的获得者和21名全省优秀新闻工作者。

泰州：泰州日报社党委举行"庆祝第10个中国记者节颁奖联欢会"，表彰了10名在采访一线辛勤工作，取得突出成绩的"十佳记者"；同时，向9名从事新闻工作满20年的老新闻工作者颁发了荣誉证书；还编印了《泰州日报社新闻作品获奖荣誉册》，收入该社建立14年来所获得的各类作品奖计500多项。

正如《泰州日报》和《泰州晚报》在每年"记者节特刊"的报眉上所写："每天关注别人，今天你被别人关注。"

记者们需要这样的关注，需要得到这样的肯定和表彰。

然而，这又不是最重要的。记者们最为需要的是他们的作品能够得到读者的关注和肯定。一件作品、一个栏目、一张报纸，如果没人看，或者看了没感觉，记者们所做的一切，无异于白忙，那才是莫大的悲哀。

泰州日报社的两张报纸还是受到一定关注的。远的不说，请

看 10 月 29 日一位读者就本报关于焚烧秸秆造成浓烟的报道（10
月 28 日《泰州日报》04 版《过境客烟重度污染市区》和《泰州
晚报》04 版《烟雾呛人，谁在焚烧秸秆?》）与我的短信交流：

读者来信："陈社长，说'客烟'压境，怎么来的依据? 驾
机跟踪还是踏烟而觅? 说我们没有'发现'着火点周边有着火
点，应当够拍领导跟准了（注：原文如此）。江都、海安、东台
的烟都飘来了，请问当晚是什么风? 是先吹的东风再吹的西风?
环保部门怎么说不要紧，领导是什么要求也不要紧。但我们的记
者、编辑是有脑子的，白纸黑字，自己别闹笑话了。一孔，
见谅。"

我的回信："谢谢批评! 前晚因烟雾弥漫，为寻究竟，本社
两报记者分成若干小组由市区向四方搜寻火源，有的小组凌晨方
回，写下记者所见。仅此而已，望包涵! 陈社"

读者回复："谢谢陈社长，唐突处海涵!"

我的回复："感谢理解，期望您继续关注批评本报! 陈社敬礼"

与该读者交流的同时，我将这几条短信转发给了我们日报和
晚报的总编。日报成总编建议这位读者再看一看刊于同一版面的
市气象台台长的分析介绍。晚报倪总编则准备向记者们传达这位
读者的来信，要求记者们在采访中力求更细、更实。

我给倪总编回了一信："可以了。首先要表扬。新闻不是判
决书，记者也确实没有直升机，判决书和直升机还都有误呢。关
键在火源。烟的特点是无风时四处弥漫，据说盐城那边也在说他
们的烟是泰州飘过去的呢!"

我之所以建议倪总编不要就这篇报道再对记者们批评，是因
为实在于心不忍。想想看，15 位记者，冒着浓烟，分成多个小
组，在暗夜中搜寻了几个小时，直到找到火源、拍下照片为止。
然后再回到报社，综合成两报的报道。若论报酬，摊到每个人的

头上已是微乎其微。他们可以因为苦、因为报酬少、因为会有舆论风险而不干吗？不可以。他们可以因为是娇生惯养大了的独生子女而像在家里一样想偷懒就偷懒吗？不可以。新闻职业的使命决定了他们别无选择。

这只是一例。近年来，随着人们法律意识的增强，与报社打官司的案件明显增多。主要为控告报纸的报道不符合事实和引用的图片侵权两类。就在前两天，我还收到了一份市中级法院的《举证通知书》，称北京某摄影公司状告泰州铁通公司2004年8月在《泰州日报》的一则广告中使用的照片为该摄影公司负责人所摄，属于侵权。铁通公司为第一被告，本社为第二被告。

当然，本报受到关注，不仅体现在读者的质疑、批评和控告方面。应该说，更多的还是体现在读者的肯定、赞扬和改进建议方面。无论何种意见，无论准确与否，我们都是欢迎、重视的，记者们也都十分看重。因为，这不仅有利于我们发扬成绩、纠正错误，也是我们与读者直接交流、沟通的一个渠道。

比较令人郁闷的是，有时，记者的人格得不到应有的尊重，执业的权利得不到应有的保障。被斥之大庭、晾于门外的情况有之；被推三阻四，忽悠得东奔西走的情况有之；被横加阻挠、胡搅蛮缠甚至恶意诬陷的情况有之；仅仅把记者当作工具使用，实际上很是厌烦新闻规律的情况有之……

不可否认，记者首先也有一个自身素质提高的问题。从中央到地方正在深入开展的"三项学习教育活动"正是抓的这一问题。不过，这应该不影响记者们应得到的起码尊重和基本保障吧？

记者节，一年难得的一次，本该多营造点欢乐祥和的气氛，却拉拉杂杂说了一堆这些话，是否有点不合时宜呢？

2009 年

恶人告状

恶人告状，古已有之。不同的是，古人得自己去衙门击鼓鸣冤、递上状纸，且须当着控告对象及证人的面陈述和举证，若被断为诬告，还有反坐之虞。如今，这些均可避开，电脑早已普及，想写就写、想印就印，而邮寄又极为便捷，所谓"8分钱，查半年"，匿名信自然就成了一大法宝。

当然，对匿名信也不可一概而论，有些举报人出于自我保护的考虑，不得已而匿名，当可理解。况且，有的案件也正是根据匿名信提供的线索而打开缺口的。因此，是非的根本界限并不在形式，而在内容。倘若你的举报有事实根据，便无可厚非。倘若你的举报没有事实根据，而是捕风捉影、似是而非，甚而颠倒黑白、无中生有，那就是别有用心了。

恶人告状总是有其原因的。曾有一位领导同志向我推荐人民日报的一篇《打击诬告就是保护举报》的文章，文中写道："在有些单位里，总有一些人工作无能耐，整人有本事。工作不力受到批评，违法乱纪受到查处，不服气又说不出口怎么办？告，诬告；无理要求得不到满足，上蹿下跳也无人理睬，走投无路怎么办？告，诬告。"此言不虚，之所以诬告你，总是你在什么事情上不能满足他或者妨碍了他。但又不尽然。

有的人告状的原因其实是说不上什么原因、也摆不上桌面，就是个心理阴暗而已。他只容许天下的好事都年复一年地归他所有，既不能有别人的份，也不能有大家的份。否则，他就会跟你没完。他会恬不知耻地四处自我标榜，又会处心积虑地四处挑拨离间。而在一些不知情的领导，特别是新任领导面前，他又会装出一副诚恳、拘谨、中立的样子，去反映他似乎很难启齿的别人的问题……不过，最能让他放纵而解恨的还是匿名信，电脑一开，想怎么编造就怎么编造，想怎么诽谤就怎么诽谤。他当然不会承认自己的所作所为，你也难拿出证据说是他的所作所为。卑鄙，便成了卑鄙者的通行证。

已经施行的《江苏省信访条例》提出："提倡信访人采用书信、电子邮件、传真等形式提出信访事项，使用真实姓名（名称），载明联系方式。"可以想见，恶人是不会、也不敢响应这个提倡的。

恶人告状很会选择时机。当要调整干部的时候，当同事即将得到晋升的时候，当别人事业有成、家有喜事的时候……上级机关的告状信就多起来了。这样的时候，被控告的对象往往一下子就成了五毒俱全、十恶不赦的坏蛋，上级机关即便不会轻易相信，至少也得疑窦丛生、被唬出一身冷汗来的。更有甚者，告状信还会被批发到有关单位、有关部门、有关领导，还会直接寄给被控告人的妻子、丈夫、公婆等家庭成员，"情真意切"地提醒他们一定要管管此人的这个问题那个问题尤其是生活作风问题了，千万不能再蒙在鼓里被欺骗了！如此等等。此时，他总是躲在暗处偷着乐，眼巴巴地等待着人家单位混乱、家庭纠纷、立马走人。这就是他这种人的"幸福指数"。他大概早已忘记了他自己的斑斑劣迹，忘记了他所写的那些诬蔑之词原来正是他自己的真实写照呢！

那位领导同志推荐我读人民日报文章的时候，特地谈到诬告者本应成为人人喊打的过街老鼠，为何在有些地方却能大行其道的问题。他嘱我留意文中的两句话，一句是"'新鞋不踩臭狗屎''君子不和小人斗'的观念作怪"，另一句是"个别地方上梁不正，诬告者往往是个别领导豢养的排斥异己的整人工具"。他的意思我自然明白，多年前，我曾发表过一篇题为《曾参杀人》的文章，分析了古今中外造谣者的种种伎俩及其规律，文末是这样的一段话：曾参没有杀人，倒是说曾参杀人的人手中还拿着刀子呢！有鉴于此，光是轻飘飘地说一声："走自己的路，让别人去说吧！"就未免太"阿Q"了，也很不负责任。

文章里说的都不错，可是在现实生活中，人们又很少去选择以牙还牙、动刀动枪。"宁人负我，毋我负人"是中国人的传统，总以为善良和仁慈是为人之大道，宽厚之下，即便是魔鬼也不至于一点良心都没有的。所以，还是"走自己的路"更省事、更清爽一些，因为事实只有一个，公道也自在人心。何况，真的让大家放下手中的工作去踩那堆"臭狗屎"，也太抬举它了！

2009 年

公权私用与抓好"一把手"

公权私用，是指将公共的权力和权利为私所用。毫无疑问，这是不可为之的越权之举，属于违纪乃至违法的范畴。公权包括哪些内容？较多为人关注的是对人、财、物的使用权、支配权。这方面，出的问题比较多，受到的诟病比较多，从上到下的官场腐败案几乎都与之有关。

当然，戏法人人会变，各有巧妙不同。公权的私用，有肆无忌惮的直接攫取，也有迂回曲折的间接获得，更有掩而不露的瞒天过海。中石化前总经理陈同海在大肆受贿的同时，日均消费公款4万余元，属于肆无忌惮的一类；国家科委原副主任李效时让其子与人"合办"公司，再由其子于该公司取得"工作报酬"，属于迂回曲折的一类；日前落马的广东省中山市市长李启红，自称"对家人开办的公司不插手、不帮忙、不指示、不发话"，其家族却利用其权力的影响，通过国有企业改革、房地产招投标等方面的运作，获得了巨额的"合法收入"，当属瞒天过海的一类了。

即便如此，财和物的公权私用，还是有据可查、查而可究的。而在用人问题上的公权私用，则比较难办。中共中央《党政领导干部选拔任用工作条例》等规定颁布后，公然与党纪国法对着干的有恃无恐者日渐其少了。不过，办法总是有的。譬如，想要关照或打压某人，让心领神会的部下去办就行了。都按程序、标准、条文来，依据齐全、理由充分、合情合理，想找毛病都难；譬如，我解决你的人，你解决我的人。或者我解决你的人，你解决他的人，他再解决我的人。多绕几个弯子，谁奈我何？黑龙江绥化市委原书记马德、江苏省委组织部原部长徐国建在这方面搞的名堂都不少，有些问题早已昭然若揭，却毫发无损。直到关系人案发，才把他们牵扯了出来。其中缘由皆在此。

所以，要解决公权私用的问题，绝非易事。近年来，党中央审时度势，出台了一系列极具针对性的纪律、规定。然而，制度的制定是一个方面，执行是又一个方面。毛泽东主席有句名言："政治路线确定之后，干部就是决定的因素。"就是说，有了好的制度，还得看是谁来执行以及如何执行。这方面，从其本人开始，我党的教训不可谓不深。

从目前的实际情况来看，贯彻执行党中央的纪律、规定，解决公权私用的问题，依然需要抓好干部这一"决定的因素"，尤其是领导干部，特别是领导班子中的"一把手"。

首先，应高度重视"一把手"的筛选配备。在现行体制下，"一把手"的权力过于集中，他们基本素质如何，事关重大。有一个耳熟能详的阿克顿定律："权力导致腐败，绝对的权力导致绝对的腐败。"似乎说得绝对了一点，但权力确实是一把双刃剑。因此，主事者一定要出以公心，坚持以德为先、审慎选拔，让那些堪当重任、不辱使命的优秀人才出任"一把手"。而对那种擅权弄权、视公权为私权的人则应防患于未然，及时警示、及时调离、及时处分。这不仅是对事业负责的态度，也是对当事人负责的态度。

其次，应督促"一把手"摆正自身位置。要求他们切实遵循民主集中制的原则，当"班长"，不当"家长"。那种形式上、程序上貌似民主集中，却容不得不同意见，也就无人发表不同意见，以至于民主变成了唯唯诺诺，集中变成了一人说了算的现象；那种下对上只能恭维、不能反对，只能说好话、不能说真话，"批评与自我批评"变成了"表扬与自我表扬"的现象；那种固执己见、唯我正确，"少数服从多数"变成了多数服从少数、服从"一把手"的现象，都应该予以纠正。

再次，应加大对"一把手"的监督力度。由于"一把手"权倾一方、责任重大，对他们的监督就尤为重要。江苏赣榆县委前书记孙荣章曾口出狂言："在赣榆县，我就是老天、我就是法律、我就是共产党！除了不能倒卖军火，没有我办不到的事！"所以，当他"征服"北京某女时，电话一打，先让人送给她一块价值16万元的天然水晶石，随后又让人汇给她200万首付款，供她购买北京的新房……孙书记何以能如此为所欲为？他自己反省的原因之一，便是"感觉不到受到什么约束和监督"。

理论界有言，抓好"一把手"固然重要，但仍然不是解决问题的根本之道。美国学者阿密泰也说过："清除腐败，不仅是挑出一只烂苹果，而更应该检查放置苹果的篮子。"堪称精辟。这方面，长期从事纪检监察工作的泰州市纪委书记陈国华同志思考颇多。他认为，加大对"一把手"的监督，应作为新形势下预防腐败的重中之重，并专门撰文，建议将这一问题写入《中国共产党章程》。有人说，此类具体问题，《党章》恐难吸纳。我则以为，唯有具体，方能深入，何乐不为？

2009 年

雷锋的意义

在雷锋逝世 50 周年的今天，中华大地上又掀起了呼唤雷锋、学习雷锋的高潮。

50 年前，毛泽东主席发出了"向雷锋同志学习"的号召。一夜之间，雷锋的名字已名扬天下。在"毛主席挥手我前进"的岁月里，雷锋成了中国最大、最靓的超级明星，雷锋的粉丝数以千万计，雷锋式的英雄模范人物遍布五湖四海。

雷锋的意义何在？

雷锋日记里写道："对待同志要像春天般的温暖；对待工作要像夏天一样火热；对待个人主义要像秋风扫落叶一样；对待敌人要像严冬一样冷酷无情。"周恩来总理概括为："憎爱分明的阶级立场，言行一致的革命精神，公而忘私的共产主义风格，奋不顾身的无产阶级斗志。"

雷锋，是一个楷模、一支标杆，是高尚、纯粹、无私等等所有优秀品德的集大成者。

半个世纪后的今天，世界发生了很多变化。

雷锋也走下了"神坛"，他不再是那个傲立于世俗社会之上的"高大全"典型。作为一个 22 岁的小伙子——相当于现今的"90 后"吧，他在那个年代就穿皮鞋、戴手表、骑摩托，十足一个"帅哥""潮男"；他也谈恋爱，追着他喜欢的女孩；他有着令人羡慕的职业，有着稳定的收入……那个曾经被极度完美化、政治化的"全民偶像"已还原为一个有血有肉的正常人，还原为一个有着善良品质和高尚道德的好人。今天的雷锋，已与过去有了许多不同，他更真实、可近、可亲了。

或许，这就是雷锋对于今天的意义所在。

不仅于此。更为重要的是，在价值观念多元、社会风气滑坡、法治措施缺失，食品安全难以保障、污染事件屡禁不止、老人摔倒无人相扶、孩子碾于车下无人相救……各种道德溃败事件不断发生的当下，孔繁森、郭明义这样的好人就愈加难能可贵。而雷锋，这位"中国好人"的代表和象征，就愈加为人们所怀念、所呼唤。21世纪的学习雷锋活动也就应势而生、蓬勃兴起了。可见，50年前的先进典型雷锋对于今天，便有了鲜明而深远的时代意义。

当"雷锋"再度成为一个热门话题时，有一种议论颇具代表性："现在贪污腐败问题触目惊心，不要光要老百姓学雷锋，领导干部、有权部门应该先学。"我以为，此说言之有理，又有失之偏颇之处。不妨接着说开来：

其一，"凡是要求群众做到的，我们首先做到；凡是要求群众不做的，我们首先不做。"这是党和政府对所有领导干部及广大党员的基本要求，也是我们经常挂在嘴边的一句话，学雷锋当不例外。

其二，有些事情、有些时候是等不了先后的。譬如有人突然被碾于车下，正巧被我遇上了，我是立即去救呢，还是等领导们先来呢？当然，这只是一个假设，上述议论的本意应不在此。我想说的是，学雷锋本是自觉自愿的行动，倘若还得有个先决条件或者找个不学的理由，那就与雷锋精神相悖了。

2012 年

毕飞宇的小说逻辑学

　　著名小说家毕飞宇先生日前发了一条长微博，内容是他在北京大学的一篇演讲，题为《"走"与"走"——小说内部的逻辑与反逻辑》。在这篇演讲中，毕飞宇从"走路"这一日常生活里的常见动态着眼，以林冲、王熙凤两个典型人物为例，展开细致的文本梳理和分析，论述了《水浒》的逻辑与《红楼梦》的反逻辑。

　　林冲的"走"，每一步都是逼出来的，最典型的章节是《林教头风雪山神庙》。在经历了误入白虎堂、刺配沧州道等一系列欺压之后，林冲的人生已彻底崩溃。但即便如此，这个怕事的男人依然没有落草为寇的打算。他唯一的愿望是做一个好囚犯，积极改造，重新回到主流社会。然而事与愿违，一切都不是他能够意料甚或左右的。大雪、大风、大火、大石头，杀人，逃亡……一步接着一步，林冲终于"走"到梁山上去了。他"走"出去的每一步都是他自己不想"走"的，然而又不得不走。他的"走"，是小说的内部逻辑决定的。别无选择，"逼上梁山"之谓也。

　　王熙凤的"走"，许多地方却违背了正常的逻辑，毕飞宇以《庆寿辰宁府排家宴　见熙凤贾瑞起淫心》为例。王熙凤去探望垂危的"闺密"秦可卿，低低地说了许多衷肠话儿，眼圈儿红红地告了别——走进园子，却"自看园中的景致，一步步行来赞赏"——这时，下流坏子贾瑞出现了，与其周旋一番之后，"于是凤姐儿方移步前来"——接下来是看戏，"凤姐儿听了，款步提衣上了楼"——高贵，优雅，从容，淡定，刚刚的那些"悲伤"瞬间逆转，实在不合情理，有悖常识。原因何在？按照毕飞宇的解读，这与曹雪芹此前设下的黑洞，亦即焦大那句著名的"国骂"直接相关。这才有了王熙凤"走"的反逻辑。

读了毕飞宇的演讲稿，真的长了见识。原来小说是可以这样读、这样解的。

所谓逻辑，指向的是客观规律，如生活的规律，思维的规律，事物发展的规律。林冲的"走"，每一步都是事物发展的必然，没有随心所欲的胡编乱造，没有哗众取宠的光怪陆离。读过《水浒》的人都知道，林冲这个人其实窝囊得很，他一直没能也不敢做他自己，始终处在两难之中。因为纠结，他的心中积压了太多的负能量。他一步一步地往前走，却一步步走向了自己的反面。这是因为，他"走"的每个环节，都有其内在逻辑性的支撑。一个和造反一点关系都没有的人，却上了梁山当了土匪，为什么？逻辑。而事情的步步发展又是社会环境和自然环境造成的，合情合理，令人信服。林冲的"走"，使读者不得不叹服施耐庵的强大逻辑能力。

而王熙凤的"走"则每每反其道而行之，按照正常的逻辑，明明应该那样，凤姐儿偏偏这样。由于不合逻辑，王熙凤的"走"便显得颇为怪异，也给读者留下了很大的想象空间。而当我们把小说中一些人和事的前因后果联系起来，把另一些反逻辑的奇怪现象串连起来，把曹雪芹故意挖的一些"坑"，留的一些"白"关联起来，是可以发现这种反逻辑之中其实是隐藏着一支合理的逻辑链条的。而这，正是曹雪芹之所以为大师的非同寻常之处，也是《红楼梦》之所以为巨著的非凡魅力所在。正如毕飞宇先生所言：我们在阅读《红楼梦》的时候其实要做两件事，第一，看看曹雪芹都写了什么；第二，看看曹雪芹都没写什么。

以这样的眼光再去看生活，看社会，看世界，不乏同样的领悟。

逻辑，是毕飞宇先生交给我们的一把钥匙。他曾说过，他父亲对思维品质一直都有很高的要求，非常在意一个人的思维模式。他记得很清楚，那是 1976 年夏天，在兴化县中堡中心小学的梧桐树荫下，聚集了很多乘凉的人，他和一个小伙伴在那儿吵一件什么事情，声音比较大。他父亲突然走过来问他："你刚才那些话有没有逻辑性？"这句话让毕飞宇觉得自己犯了很大的错误。

这样的种子，种在一个少年的心田，怎能不生根、发芽、开花、结果呢？

2015 年

关于足球的议论

　　最近微博、微信上关于足球的议论比较热闹，中央刚刚出台了《中国足球改革总体方案》，一些地方、部门闻风而动，随即叫响了种种贯彻措施。譬如拨付多少多少资金建立若干足球学校，譬如将足球确定为所有中小学生的必修课程，譬如足球踢得好的孩子升学时给予加分……据说如此而来，中国必将产生9000个梅西，网上的不少议论便是冲着这些来的。

　　中国足球是许多国人的心结，恨铁不成钢。体制、机制、实力、竞技状态等方方面面每每乏善可陈，黑球、黑哨、贪官等各路"乌鸦"泛滥成灾，丢足了脸面，伤透了人心。在前几年整肃贪腐的基础上，中央高层此次下大决心、作长规划、用硬办法，志在让中国足球翻身，当属拨乱反正的大刀阔斧之举，一些地方、部门立即表态，着手贯彻，这些本无可厚非，为什么还引来这么多的议论呢？

　　不妨来听一点不同的声音。有人说，需要花钱的地方多的是，足球学校当怎么建，需多少钱，该怎么花，应通盘考虑，听取多方意见，依法、依规、依程序行事；有人说，足球定为必修课了，乒乓球呢？篮球呢？国画呢？京剧呢？防抢、防骗、防拐卖、防性侵呢？男孩多去学足球了，女孩呢？那些就是对足球不感兴趣的孩子呢？有人说，有关部门刚宣布将取消许多原来的升学加分项目,随即又把个足球增加进来,给其特殊待遇,合理吗?如此等等,不能说没有一定道理。

中国的足球应该抓、而且非抓不可,但也确实有一个在全局、在一盘棋中的定位问题,需要把握好一个度。比方说,有的地方义务教育还不尽如人意,基本的校舍、课桌、板凳尚未达标,就得优先解决这一类问题;从小抓起不错,对孩子们的兴趣爱好也可以加以引导,但强求一律,甚至搞"废黜百家、独尊儒术"那一套就行不通了;至于加分,也宜相对而言,不必一概而论,相信教育、体育部门的同志在这方面会有办法。

中央的《中国足球改革总体方案》应该积极贯彻执行,这个"积极",是建立在认真"吃透两头"——把上面的精神领会透、把下面的情况把握透的基础上的。基础工作还没做好就急于表态、决策,急于向上面显示你的好样子,则难免欲速不达、过犹不及。

再说远一点,抓好中小学的足球与让孩子们充分、多元的发展不应成为一对矛盾。倘若发生矛盾了,孰轻孰重,道理不言自明。

2015 年

业界良心

这几天，扬子晚报一则《南京一对夫妇摆摊修鞋擦鞋 28 年始终只收 1 元》的采访报道被多家媒体转发，反响十分热烈。

报道介绍了这些情况：1. 南京市鼓楼区有一对摆摊修鞋、擦鞋的夫妻——吴苹及其老公刘师傅，从 1987 年起，他们的擦鞋价格始终保持在 1 块钱，至今已 28 年。吴苹说："钱嘛，能够维持生计就好了。来我这的很多都是熟人，我怎么好意思涨价？别人怎么涨是他们的事，我做我自己的事情。" 2. 在吴苹擦鞋、补鞋的过程中，有人会把东西暂时寄存在这里，她说，有的老客户会让我们顺便照看下东西，甚至帮他们收快递。联想到现在有些地方代收快递等得收一些费用，记者问起吴苹，她表现得很不理解："只看着钱，生活有什么意义？" 3. 吴苹在修鞋摊的周围放了 6 把供老人专用的椅子，她说："这一片有个菜场，有些老人买完菜走不动，就顺路歇歇脚。" 4. 吴苹的摊位是政府照顾下岗职工特定在这里的，所以不像其他人那样要挪来挪去。5. 旁边大厦里的工作人员看吴苹每天搬来搬去费力，就腾出了一块地方，让她晚上把修鞋车和椅子寄放在大厦里。6. 吴苹家是老房子，不需还房贷，"女儿已经参加工作了，家里赚的钱也够花"，吴苹晃了晃手中的擦鞋巾，"你看，这一块能用很长时间呢！" 7. 吴苹夫妇的善良和诚恳，打动了很多人，周围的顾客也都是与他们有着很多年的交情。偶尔也会来一些新客，知道擦鞋 1 元钱后非常惊讶，"有时候也会遇到一些人，过来擦鞋后，坚持要多给钱，硬塞给我们，说大家都不容易。" 8. 吴苹说，修鞋擦鞋这么多年，从未想过换一行，虽然每天要戴着口罩防路边的汽车尾气，虽然胶水会把手粘住，甚至被呛到，虽然女儿心疼自己想让休息不让继续修鞋，但吴苹并没有换工作的打算。"我不老，还能干活，并且我是真的喜欢这个，自由自在的没有束缚，用流行的话说，我也是自由职业者了!"

从这篇报道中，人们感受到了一位普通劳动者的朴实和真挚，感受到了他们对顾客、对社会的善待和感恩。按照市场规律，服务价格的变动乃属正常，而吴苹夫妇打破常规的"1 元擦鞋 28 年"则是一种信念的坚守，是其价值观的反映。他们以优良的服务和薄利多销的方式赢得顾客，浓浓的人情味胜过了生意人的算计。在一个人们习惯用财富、地位衡量生活质量的时代里，吴苹夫妇以平和、从容的心态，从 28 年的坚持中，品味普通生活的快乐……诸多评论之中，我最欣赏"业界良心"这句话。"业界良心"，是对吴苹夫妇上述作为的恰当写照和高度概括，更是人们对各行各业的希望和期许。因之，我还想由此及彼地说几句。

吴苹讲到了政府对下岗职工的照顾，她的摊位是政府"特定"的，"不像其他人那样要挪来挪去"。倘若没有政府的"特定"呢？退一步，即便有了政府的"特定"，也未必就能 28 年"高枕无忧"。比如某些执法、管理部门，尤其眼下颇为抢眼的"临时人员"，他们自有他们的依据和道理，要做到 28 年熟视无睹谈何容易？还有卫生创建、环境创建、文明创建等各个方面检查、验收一类的突击行动，也都各有各的考核依据和标准，能容忍如此有碍观瞻的小摊小贩 28 年"岿然不动"更不容易。"旁边大厦里的工作人员"的容忍及帮助也不容易，通常情况下，保安们早就把吴苹的那些"破烂"拎起来扔出老远了，还能"腾出一块地方，让她晚上把修鞋车和椅子寄放在大厦里"，并且竟然不嫌那一堆乱七八糟的毒胶水、臭鞋子的有害气体熏人。

　　总而言之，吴苹夫妇的"业界良心"固然难能可贵，有关部门、有关方面的"特定"或"特许"却是其赖以谋生并得以升华的根基，此类对下岗职工的"特定"或"特许"是属于正常履职，抑或也是出于"业界良心"？媒体上没有说。可以下定论的是：没有他们的作为和不作为，必定没有这个"1元擦鞋28年"的小摊，也没有今日之吴苹。那些总是"要挪来挪去"的"其他人"就是一面镜子。

2016 年

习惯成自然

　　一位老同学与我闲聊，说他退二线不久，一次去开会，想要喝茶的时候，忽然发现他的茶杯不在面前。说他当"一把手"这么多年，从来都是有专人帮他拎包、拿茶杯，适时地放到他需要用的地方。现在说变就变，还就不习惯，于是抱怨人情冷暖，世态炎凉。

　　我对他说，其实问题不在人情、世态，而在你的习惯，为什么不自己拿茶杯呢？为什么"一把手"就不能生活、工作自理呢？他说不是的，我也想自己拿的，可是抢不过他们，久而久之，就成了习惯。我说问题还在你身上，和你不一样的"一把手"有的是，美国总统还自己打着雨伞呢！话说回来，即便过去你有了这个习惯，现在也必须改掉它。你已经退下来了，如果还要求别人仍然像过去那样对待你，无微不至地为你服务，不仅没有道理，也不近人情，除非国家出台新的规定，哈！

　　我的话，老朋友算是听进去了，但接着又诉苦。说他其实在退二线前就做好了思想准备，一旦退下就不能再像以前那个样子了，后来也确实做得挺好。难就难在一些小的方面，尤其一些细节想不到、记不得。譬如那次会议后，他曾反复提醒自己，以后一定要自己拎包、拿茶杯了，可还是有忘掉了的时候。几十年的习惯，一下子要完全彻底地改过来，不容易啊！

这是实话，想想他过去的样子，看着他现在的样子，觉得他还真的不容易。便与他推心置腹，我说这么多年了，没有人帮我拎包、拿茶杯，也没有人跟我抢。退下来后我很少到单位去，也就少掉了你的这些烦恼。但老实说，我也有与你类似的心态，譬如别人对我的态度，如果在我退前、退后差别比较大，我心里就会不舒服。诸如此类，我的内心也常有一些卑微的、不讲理的东西。由此而言，我们同病相怜。

老朋友当即表扬我，说我说了实话，不装清高，够意思。我又来了劲，继续打击了他一下，我说如果硬要说我们两个还有什么区别的话，就是你的这些生活、工作不能自理的习惯比我多了一点。

我曾写过我的一位老领导，他比较开明和宽容，工作作风平民化，十分注重听取包括不同意见之内的各种意见，善于集思广益、择善而决。我以为这是他的一种品格修养，也与他担任过信访办主任有关，耳朵里塞满了方方面面尤其基层群众的诉求、意见、批评，习惯成了自然。

前两天看到微信里的一篇文章，作者是位妈妈。她有一次参加儿子幼儿园的联欢会，孩子们表演完节目，老师给每个小朋友发了两块巧克力。儿子举着巧克力，跑到后面家长席找到妈妈，喜滋滋地剥了一块送到她的嘴里。坐在她旁边的另一个孩子的妈妈很是羡慕，说你儿子多孝顺啊！你看我儿子，一个人把两块都吃了，瞧都不瞧我一眼。作者笑着说："这是习惯，独享和分享可是从小培养的呀！"

习惯这个东西，是逐渐养成的，往往需要经过较长时间的累积，因而难以一下子改变。譬如当过兵的人，一般都比较守时。经常迟到的人，尽管每次都有这样那样的原因，根子还在习惯。

有的习惯是很私人化的一种状态，只要不妨碍他人，不会有人多管闲事。变或不变，都是你自己的事。最近我就遇到一个现实问题，母亲不幸去世，一下子难以适应。以前我们从外面回来，进门的第一句话都是"妈，我们回来了！"现在习惯性地刚要开口，才想起不必说了；以前家中三餐都是等母亲的召唤，常常要催上几次我才过来。现在忽然没有了她的声音，无所适从似的；以前收到报刊，都是她先粗翻一下，然后放到茶几上由我先看。现在少了这道程序，捧起报刊，却别有一番滋味；以前座机的来电都是她先接听，找我们的便请人家稍候，然后召唤我们。现在电话铃声响过一阵，我们才突然醒悟似的奔过去拿起话筒……

亲友们要我节哀顺变，当包括改变这些过去的习惯吧？

2016 年

聂树斌案的选择性

2016年12月10日，央视《今日说法》栏目播出了《"聂树斌案"十年调查》，回顾了他们11年来关注、采访此案的一些片段，诸多独家影像引人注目。据称，其中的若干细节为22年来首次披露。由于最高法院已于此前的12月2日作出聂树斌的无罪判决，这档节目起到了对这一最终判决呼应、诠释的作用。

纵观此案，可以说选择性无处不在。聂树斌1994年9月被捕后，最初5天的询问、审讯资料没了踪影，对其有否作案时间具有重要意义的考勤表被办案人员拿走后也没了下落，而作案现场聂树斌的脚印、指纹、精斑等主要证据皆无影无踪（据说是由于条件限制等各种原因而没有做到）……案件卷宗里都是聂树斌的有罪供述，他还不止一次申明其时的供述是真的，以前说了假话。却又找不到一句他所说的"假话"甚或鸣冤叫屈的记载，当然更看不到有否诱供、逼供的痕迹了。

更有甚者，2005年1月冒出来的那个自称真凶的王书金，交代得那么完整、具体，若干细节与作案现场的情况完全吻合，连他扔在草丛中的一串钥匙都回忆得准确无误……时任该县分管刑侦副局长的郑成月等人皆已确认王书金乃真凶无疑，郑局长当时就告诉记者："案子很快就有结果，快了五天，慢了也不过六七天，马上就有彻底的结果。"但是，更大的力量坚持此案没有办错、聂树斌没有杀错，我们从来都是对的，怎么可能错呢！

于是，指控、判决王书金犯罪事实时，历数了这个恶魔另几件强奸杀人的罪行，却对其自称真凶的"聂树斌案"只字不提。偏偏王书金不依不饶地上诉，赌咒发誓地宣称确实是自己杀的人，属于主动交代司法机关未掌握的犯罪事实，是自首和重大立功情节，应当对他从轻处罚。可无论他怎么说都没有用。那个郑成月也还在"啰唆"，干脆叫他走人。与此同时，郑的一家还受到了种种明里暗里的迫害。

那些坚持"我们从来都是对的"的人，选择的是和他们保持一致，千方百计维护他们"从来都对"的人。此后，在那块地盘上，就很难听到不同的声音了。

如果没有最高法院的干预，没有指令山东高院异地复查，没有启动审判监督程序重新审判，"聂树斌案"恐怕还是原来的那个样子。

聂树斌的父母都已 70 多岁了，风烛残年，他们终于等来了这一天。为申冤吃尽苦头的聂母张焕枝老妈妈准备起诉公开讲假话的人，引来了微博上的一片支持，更有人主张同时追究造成此冤案的责任人。我也以为这是顺理成章的事，但又不无悲观地预测，有没有地方受理、能不能立案，都是问题。

2016 年

辑五　王振华现象

　　问题还在于，你在说自己好的同时，还得容许和容忍别人议论、讨论、争论，容许和容忍别人发表不同意见，包括尖锐的甚至反对的意见。而不是无视、封锁、排斥所有异己，譬如那位总导演所说的"不好的建议我们可以一概置之不理"。

——《褒贬"春晚"》

关于"大师"

　　"大师"的称谓，过去见得不多，且一般用于前人，表示对一种沉淀岁月的追寻，对一座耸立山峰的仰望，较少见诸今人，敢于自称"大师"的更是寥寥。譬如鲁迅，当之无愧的文学大师，却从不以此自居，也不接受别人对他诸如此类的尊称或"册封"。人们知道，这位曾拒绝诺贝尔文学奖提名，自称"不够格"的大师是有主见、有个性，有自己的价值追求和道德底线的。所以，一个世纪以来，他的称谓依然是最普通的"先生"二字。

　　后来，"大师"的称谓被用得多了起来，"工艺美术大师""陶艺大师""园艺大师""烹调大师"接踵而至，大约与当今职称政策主事者的美意及偏爱有关。诚然，堪当此称的大家并不少，陶艺大师顾景舟便是其中之一。只是一个行业里搞得"大师"遍地，总有点儿无所适从的感觉。好在也无人计较，把职称里的"大师"与人们心目中的"大师"有所区分就是了。话说回来，制定职称政策的人又显失公平，对书画界、文学界、高教界等同样不乏"大师"的领域过于吝啬，书画家的顶级职称是"一级美术师"，作家是"文学创作一级"，表演艺术家是"一级演员"，教授是"一级教授"。虽说前者可强化为"国家一级美术师"，次者可简化兼强化成"国家一级作家"，还是不够响亮，不够扬眉吐气。更有其他因素影响，职称的吸引力和公信力又被打了不少折扣。

　　于是另辟蹊径，自称、互称或群呼的"大师"便多了起来。前些年横空出世的是"书画大师"，这些年更为吓人的是"国学大师"。

　　几年前有位著名书画家应邀来泰，受到了非常高的礼遇。这在泰州不算奇怪，本邑乃礼仪之乡，对待客人历来优厚有加。再说人家并未"无功受禄"，又写又画的十分辛苦。媒体自然围绕中心，闻风而动。某日忽见报端一生花妙笔，称某国学大师、著名书画大师（此处略去其他头衔）应邀来泰如何大受欢迎、引起轰动云云。便致电写此稿的记者，问稿中"国学大师"出于何处。答曰市里某处长。又致电某处长。说是那位"大师"的经纪人跟市领导严肃交代，所有对"大师"的介绍、报道，排在第一位的必须是"国学大师"，属于重要问题说三遍的分量。我说白纸黑字登在党报的头版啊！你们也得把把关吧？"国学大师"是个什么概念？知道不知道对这个问题有许多讨论？知道季羡林先生坚辞"国学大师"称谓的事情吗？季老说他的研究方向重在东方文化，知之范围有限，任何"大师"的头衔都不敢当。有人盛赞，说这是老先生的伟大谦虚。也有人坦言，老先生是说的实话，他确实离"国学大师"还有距离，中国近代以降，能当此名的仅王国维、陈寅恪、吴宓等寥寥数人。处长说他也没办法。我无语。又有人劝我："你就不要书呆子了，没事的，现在还有多少人看报纸啊？"我又无语。

2016 年

褒贬"春晚"

据央视等媒体报道，今年的"春晚"好评如潮。我相信这些报道皆有依据，因为那许多人的好评有道理，非虚言——包括我自己和我接触到的不少人也给予了充分肯定。当然，不叫好、认为差劲甚至反感的人也不少。

就"春晚"而言，历来众口难调。窃以为好评差评、说好说坏均属正常。不就是一台文艺演出吗？即便被赋予了"全民精神盛宴"的使命，也确实为数以千万计的男女老少所期待，依然不过是一台文艺演出。

央视自己说自己好也属正常，"春晚"搞了三十多年了吧，它哪年没说过自己好？大至一个国家、一个地区，小到一个单位、一介草民，哪个没说过自己好？凭什么不能说自己好？

问题在于，说自己好得有个度，得让人觉得像那么回事，差不离。过犹不及。所以，凡是懂得一点常识的人皆不能苟同，更不用说懂得很多常识的央视领导了。

问题还在于，你在说自己好的同时，还得容许和容忍别人议论、讨论、争论，容许和容忍别人发表不同意见，包括尖锐的甚至反对的意见。而不是无视、封锁、排斥所有异己。

大千世界千差万别，人们的兴趣也千差万别，况且还得有个因时因地因人而异的综合考量，得有所兼顾。我们推崇"正能量"，被"春晚"上的一些节目激动得热血沸腾、感动得热泪盈眶，爱国爱党之情溢于言表，觉得自己很高尚。可还有不少人不以为然，他们认为，大年三十了，忙了累了烦了一年了，一家老小难得团聚在一起吃菜喝酒包饺子过大年，能不能多一点放松轻松，多一点家常寻常？能说他们全无道理？甚而站在政治或道德的高处蔑视他们，判定他们觉悟低趣味俗不高尚，属于"负能量"？

举个小例子吧，有专家在微博上发帖子，一一列出本次"春晚"假唱歌手的大名，最后作出本次"春晚"所有歌手都是假唱的结论，包括也打动了我的那曲《父子》。我却难以接受，又不是现场真人秀，不是买了票来看来听真唱的，何必攻其一点不及其余？我欣赏能力低，对"假唱""真唱"的分辨能力更低，若论看电视，我宁可选择效果好的"假唱"，而不要差劲的"真唱"。当然，你说我弱智我承认，说我犯了纵容而不是抵制"假唱"的立场错误我也承认，若还要上纲上线给我再戴个什么大帽子就受不了了。话说回来，我也不会就此认为那位专家就是反对"春晚"，接着上纲上线给人家戴个什么大帽子，并且强烈要求、坚决拥护封杀、制裁他。陈佩斯、朱时茂的"教训"尤在，尽管他们当年还胜了诉。

六十年前，毛泽东同志提出了"百花齐放　百家争鸣"的正确方针。一年前，习近平同志在文艺工作座谈会上又强调了这一方针。而革命导师马克思则在更早时候作出告诫："你们赞美大自然悦人心目的千变万化和无穷无尽的丰富宝藏，你们并不要求玫瑰花和紫罗兰散发出同样的芳香，但你们为什么却要求世界上最丰富的东西——精神只能有一种存在形式呢？"

由是来观对于"春晚"的褒贬并推及其余，需要改进的地方是有的。

2016 年

媒体形象

最近，央视一位王姓摄像师在机场安检时因"太冷"不肯脱去外衣，刁难机场工作人员，导致纠纷。被人曝光后，引来一片吐槽，矛头所向，不仅在于王摄像师为什么会如此"牛"，还在于央视为什么会屡出如此麻木不仁的"牛"人。

这说明了一个道理：一个人的一言一行，不仅代表个人，也关系着其所身处的单位、城市，甚至国家。而媒体人由于更具公众性，被关注的程度更高、影响更大，其言其行，非同小可。因为工作关系，我与媒体打过不少交道。毋庸讳言，央视是我在其中颇有微词的一家——这么说其实不准确，难免引起歧义。正确的说法应该是：我对央视某些工作人员颇有微词。但即便这样说，央视还是脱不了干系，还必须有所承担，眼下王摄像师的"太冷"就是一个例子。

我凭什么"对央视某些工作人员颇有微词"呢？因为类似王摄像师的央视人员我也见识过。譬如某导演，张口就要书记、市长来见他，盛气凌人、不可一世，摆谱和训人乃其常态，没有比接待他更难办、更难受的了。当然，此等抑或更不堪的情况在其他媒体的某些工作人员身上也有。记忆中，假传圣旨，忽悠得"太阳从西边出"的；拉大旗作虎皮，逼着基层单位就范的；到了小地方就不上路子，以为"乡下人"都是聋子、瞎子的……我或我的同事也都见过。这次，有法律工作者认为那位王姓摄像师已构成"妨碍公务罪"，我看若不是有人曝光，莫说定罪，伤其皮毛都难。如同我们曾见识过的某些媒体人一样，法律、规章之类似乎离他们很远，而他们领导并不知道他们在外面的作为——因为他们在自己领导目前总是一副谦虚谨慎的好样子。

毫无疑问，以上所说的情况只是极少数，我所接触过的央视人及其他媒体人，绝大多数都值得尊重。且举两个事例。

一是李挺及其同事。李挺是 20 世纪 90 年代的央视新闻部主任。一次，我和市广播电视局的同志去为泰州建市汇报会的事情找他，央视记者刘爱民安排的。我们坐在一间播音员的办公室等候，王宁、李瑞英等名播都在，那办公室很小，五张办公桌挤在一起，我们坐下后，他们只得从挂着一大排出镜服装的架子旁边侧身挤过。但他们并没有嫌我们这些"乡下人"碍事，还递上茶水要我们别着急。后来李挺来了电话，说他一时还走不开，要我们不要等了，事情肯定办。我们说带了一点泰州特产给你们，还想请你们吃个饭，他说："谢谢，谢谢，这次就免了吧!"没照面，事情后来都办了。

二是强荧及其单位。强荧 20 世纪 90 年代任《新民晚报》特稿部主任。我当时在扬州市委宣传部工作，他来采访，10 天时间在市区及各县市跑了一圈。我一路陪他，他基本上是白天采访、晚上写稿，一天换一个地方。每到一处，他都坚持自己结算所有食宿费用。陪到高邮，部里来电话问我能不能回去一趟。强荧毫不介意，说你们已帮我把一路安排好了，确实不需要你再陪下去了，与我就此告别。几天后，《新民晚报》开始推出他的特稿，扬州两个整版，各县市区分别一个或半个版，加起来 10 个版面，而且视角很新，精彩之处甚多，没有一篇敷衍之作。而这一切，没有收一分钱。

　　诸如此类的事例我在若干场合都介绍过，我以为，这才是值得称道的媒体人，也才是值得称道的媒体形象。

2016 年

此一时彼一时

最近，江苏省人力资源和社会保障厅出台了《关于调整我省职称外语和计算机应用能力政策有关问题的通知》，明确从 2017 年 1 月 1 日起，不再将外语水平与职称评审挂钩，取消职称计算机应用能力要求。这一举措得到了广泛欢迎。

在中国，职称是专业技术水平、能力、成就的等级称号。拥有何种职称，表明他具有何种学术水平，象征着一定的身份。职称通过考试、申报、评审等一系列程序，由主管部门授予，主要代表社会地位，有高职称的人享有较高的社会经济和福利待遇。由是观之，这是对人才的一种尊重，有其道理。

问题在于，你不加区别，不论从事什么工作，只要想申报职称，先得去考外语和计算机，拿不到这两张合格证书，一切免谈。而实际上，不少行业不少单位，不需要那么多的外语，也不需要那么多的计算机技能。很多人职称评上了，外语和计算机的知识也忘得差不多了。据报载，作家铁流为评副高职称，曾连续考了 12 年的英语和计算机，耗费了大量的时间和精力，仍未通过。而他 1980 年就开始发表作品，1999 年加入中国作家协会，获得过多项作品奖。历任北海舰队政治部创作室专业作家，山东省作协全委会委员。他没学过英语，但使用电脑熟练，写作都是电脑，排版也不在话下，可每临考试就傻眼，因为考的内容大部分与他平时用的不搭边。

对于职称评定中的种种不合理，早就意见纷纷了，但意见再多又有何用？本人1994年7月写过一篇题为《导向》的杂文，文中说："某县某单位忽接通知，自兹日起凡申报中级以上职称者，均须先考外语。按理说，该单位所用专业素与外语无缘，学了以后也用不上，似不必为此脱离实际强人所难，然申述无效，反被叫住受了一通'改革开放、面向未来'的教导，只得一一按章缴费培训。一时间，众科室处处念念有词，所幸数月后皆速成合格。唯业务领头人因分身乏术缺课太多，考试前又'旧脑筋'未作'有关准备'，迄今仍未取得申报资格，这次工资'套改'很是吃了亏。应该承认，职称评定中重名轻实的形式主义弊病已非皮毛，再加上其他因素的神奇作用所造成的种种不合理，使得如今的一些'资格证书'鱼龙混杂、一再掉价……诚然，任何政策都很难尽善尽美，相对的不合理总是避免不了。但政策的导向作用不可忽视，提倡什么、鼓励什么都应该在我们的政策中得到现实的体现。"——再说一句，我们并非反对专业人员学习、掌握外语和计算机知识，只是反对将考试作为一道门槛，不分青红皂白一刀切的做法。

三十多年过去了，有关方面终于实施调整，真是此一时彼一时！

最近读到著名教育学者熊丙奇先生与网友的一次交流，不仅说了职称考试的不合理，还说了职称评审的不实际。他认为，现行的职称评审属于行政评价，而不是基于学术本身的评价。行政机构看你是否达到他们设置的指标，是进行数量上的考核，而不是关注、考核成果的质量。看论文，也就是看你发表的数量和发表的杂志。而不是阅读研究论文全文，看其实际水平和贡献。这就导致有的人为了职称评审而买卖版面、买卖论文，最后获得相应的发表数量，也就通过了这样的考核。而对于他有没有这样的学术能力，实际上是不关心的。因此，行政机构应该调整管理人才、评价人才的传统方式，取消职称评审，真正回归到职务聘任制，由用人单位通过科学合理的评价体系选人用人。

窃以为，熊先生的分析和期望很有见地，只是事情大约只能一步一步地来，所谓此一时彼一时也！

2017 年

"魅力泰州" 及其他

　　2007 年 6 月 30 日晚，"魅力泰州" 大型综艺晚会在泰州体育馆闪亮登场，取得了轰动效应。

　　这台演出的导演、剧务概括出这台晚会的几个 "最"。其中之一便是市场营销的成功，一万多张从 300 多元到 1000 多元的门票一销而空，说这是这个系列活动有史以来少见的。几位从事演出策划、经营的业内人士也连称意外，说他们曾多次到各地考察 "欢乐中国行" 等大型演出活动，都是凭着老经验，等到演出开始前才去买降价票，1000 多元一张的门票，400 元左右就能搞定。而在泰州，演出前几天就一票难求了，有几位从外地赶来的周杰伦的 "粉丝"，拿着高价收购来的门票还兴高采烈地说是 "运气" ……

　　这个结果也为我们始料不及。泰州日报社作为这场演出的承办单位，起初的票价定位是一等票 1000 元以下一张——那就够高的了！可是账算下来，即便按这样的价格把票全部卖完，单支付央视一个方面的各项开支都不够。譬如有些明星大腕，一个人的出场费就是几十万、百多万，而且钞票未落袋不会登台。这使我们很是郁闷，却又别无选择。只得重新定位，参照邻近市的价码把票价提了上去。心里头则悬悬的，既担心票卖不出去欠下一屁股债，又担心被买不起票的老百姓指着背脊骂娘。

看来，我们原先的顾虑是杞人忧天了。市场就是市场，它往往与你的判断和想象差之千里。话说回来，别以为市场这一次"厚待"了我们，我们就喊"万岁"了。恰恰相反，承办这次活动的酸甜苦辣，使我们对当下演艺市场种种现象的厌恶又加深了。

有同志劝我们，存在的就是合理的，只要买卖双方愿意就行，这是市场经济的法则。言之有理。但我仍不能释怀。存在的就合理吗？登台几分钟唱了几首歌就值几十万、上百万？有这么高的价值吗？这个价值里头，艺术到底占了多大的比重？这种艺术与市场严重背离、价值与价格严重背离的现象为什么能够如此大行其道？我以为，如今的演艺市场里面，非艺术的因素、非理性的因素、非阳光的因素都有。包括我们在内的这类活动的组织者、经营者，虽有无奈，不也起了推波助澜的作用吗？否则，港台的一些演艺人员就不至于一到大陆就身价百倍，一窝蜂地赶过来"淘金"；大陆的爱好者、初学者、稍有成就者们也不至于紧赶慢赶地都拥到北京去"发展"，闹出许多"显规则"和"潜规则"来。最为典型的是千方百计地争着上央视的各种晚会，尤其是春节联欢晚会，那可是一种标志、一种象征、一种资本。上去过了，你就不是原来的你了。

当然，这种情况并不是演艺市场独有，书画市场也不乏见。市场上的书画价格往往取决于你有什么样的头衔、什么样的知名度、什么样的权威人士赞赏、什么样的媒体炒作，而艺术价值则每每退为其次。市场就是市场，有头衔和没头衔是不一样的，大地方的人和小地方的人是不一样的，善于公关和不善于公关是不一样的……譬如你昨天还是省级协会的什么负责人，今天刚刚被委任为全国协会的什么负责人了，你的作品无论是以前的、现在的，还是往后的，价格统统大涨，涨得连你自己都不得不相信你早就不是原来的你了。

如此等等，艺术市场出现的这些情况，与市面上的一些评价标准偏重于易于量化的市场，而轻于不可量化的艺术很有关系。致使一些艺术家和从业者们偏重于求得市场的追捧，而轻于守住艺术的寂寞。当然，我写此文的本意，并非是对当下艺术市场的全盘否定，也丝毫没有把艺术与市场截然对立起来的意思。我只是说了其中一点比较离谱的现象罢了。

其实，艺术的价值是内在的、不变的、历久弥坚的；市场的价格则是随风而动、潮起潮落的。这个道理谁都懂得。问题在于，存在决定意识，身在江湖，人们没有理由要求那些为市场而生的人离开市场半步；也没有理由要求艺术家们无视市场、藐视市场，去做一个特立独行的"外星人"。人们所能做的，只能是面对现实，多一点艺术的标准，多一点理性的成分，多一点蓝天、白云、阳光，使得艺术价值与市场价格之间的背离和落差能够缩小一点。

2017 年

关于里下河的区域界定

　　近见媒体在报道"第六届全国里下河文学流派研讨会"新闻的同时，发布了关于里下河区域界定的图文，阐明："里下河不是一条河，而是由四条水系构成的一个地域。"澄清了"里下河是一条河"之类的误解，很有必要。

　　关于里下河区域（一般称为里下河平原）的地理范围，媒体依"百度百科"的表述："西起里运河，东至串场河，北自苏北灌溉总渠，南抵新通扬运河。"

　　此说将历史上本属于里下河平原的一些地方（包括有"里下河门户"之称的古海陵、今泰州城区）划了出去，失之古今混同。因为里下河平原存在久矣，而苏北灌溉总渠和新通扬运河均建于 20 世纪 50 年代，不足百年。就文学范畴而言，也是切断历史的削足适履。

　　笔者参考有关资料，略述端详。

　　里下河平原的形成：

　　里下河平原的形成，经历了海洋、海湾、潟湖、沼泽、平原的漫长演变过程。在距今约七千年前后，海平面上升至一个相对稳定的位置，长江入海口以北一段的海岸线呈向西凹入的弧形，形成了介于沿淮河与沿长江两个冲积平原之间的一个大海湾。淮河、长江不断挟带泥沙入海，并在波浪、潮汐和沿岸流作用下，于此海湾口堆积成沙堤，形成与外海隔开的潟湖。距今三千多年以来，潟湖在江淮诸多支流注入的影响下，水质逐渐淡化，终成淡水湖。又因湖泊内泥沙淤积而逐步演变，形成了四周高、中间低的"锅底洼"平原区。再随着周边几条运河的开凿而趋于定型，成为后世所称的里下河平原。

里下河平原周边的四条水系：

淮河。古已有之，曾名淮水，位于长江与黄河之间，全长1000公里，与长江、黄河、济水并称"四渎"，乃我国独流入海的四条大河之一。因宋代黄河南决夺淮入海，淮河原先的入海通道逐步被黄河的泥沙淤塞（故有废黄河之称），自此灾害频仍。新中国成立后，还直接入海通道于淮河的夙愿成为现实，是为先后于1951年、1998年开挖的苏北灌溉总渠和淮河入海水道两大水利工程。这两条排洪入海通道皆西起洪泽湖，经淮安、洪泽、射阳、滨海诸县，沿射阳港、黄沙港、新洋港、斗龙港等滨海河道，承泄里下河平原及沿海地区之水，最终由滨海扁担港入海。两条入海水道各长160多公里，同向平行相依，同处里下河平原之北，作为古淮河水系的恢复性重构，当为其组成部分，今为里下河定界，仍可以古淮河统称之。

里运河。简称里河，位于扬州与淮安之间，自长江北岸瓜洲北上，经邗江、江都、高邮、宝应、淮安诸县，由清江浦至淮河，长170公里，是连接长江与淮河的古运河，也是中国最早见于明确记载的运河。里运河初为春秋时吴王夫差开凿，时称邗沟。出于军事、经济或水利需要，历代均有整治。东汉末期即用于漕运，成为东部平原地区的水上运输大动脉。隋炀帝时大规模整修扩大。元代开通京杭大运河，邗沟成为其中一段。里运河在里下河平原之西。

盐运河。亦名运盐河、南运河等，位于扬州与南通之间，起于扬州湾头，经江都、宜陵、海陵、姜堰、曲塘、海安、如皋而达南通，长160公里，是我国最早的盐运河，系大运河的一条支流。该河始建于西汉文景年间，前身是西汉吴王刘濞时开凿的一条西起扬州茱萸湾、东通海陵仓及至如皋蟠溪的一条运河。开挖此河主要是为了便利运盐，故称之盐运河或运盐河。该河开凿后，淮南盐场所产海盐通过水运，经海陵转输各地。刘濞后，历代统治者为攫取盐税这一重大财源，又逐渐将盐运河向东南延伸，最终达南通。清宣统元年（1909）盐运河改称通扬运河。而于1958年开挖的新通扬运河则西起扬州东郊芒稻河，经江都、海陵、姜堰至海安与通榆运河相接，长90公里，位于通扬运河之北。今人为免混淆，遂以老通扬运河、新通扬运河分称之——其实老通扬运河还是沿用盐运河之初名更佳。盐运河位于里下河平原南端，河之南为"上河"、河之北为"下河"乃两岸人民千百年来的惯称，是河从泰州穿越而过，与南官河、城河、稻河、草河等诸多河流共同构成南达长江，北通里下河腹地兴化的一重要枢纽。之所以称泰州为"里下河门户"，此即由来。

串场河。俗称下河，位于海安与阜宁之间，经海安、东台、盐城、阜宁诸县入淮河，长130公里，是里下河平原与东部滨海平原之间的一条人工内运河道。初为唐代修筑捍海堰取土而挖出的复堆河，因捍海堰年久失修，渐失挡潮功用。北宋范仲淹为官泰州期间，在此基础上筑成捍海堤（后称范公堤），"农子盐课，皆受其利"，沿范公堤一线的富安、安丰、梁垛、东台、何垛、丁溪、草堰、小海、白驹、刘庄等十大盐场最为著名，为淮南盐主产地，官方设泰州盐运分司执事，盛极数百年。因复堆河将这些盐场串联了起来，故称串场河，居里下河平原之东。

我的表述：

综上，关于里下河平原的区域界定，似可表述为："西起里运河，东至串场河，南自盐运河（今老通扬运河），北临古淮河（今苏北灌溉总渠段）。"

有专家告诉我，因海岸线不断东移，古范公堤外增加的大片土地经逐步开发，已多为垦区，今江苏水利界遂将其纳入里下河规划治理范围，依此规划，里下河平原面积将从一万多平方公里扩大到两万以上。还有专家认为，老通扬运河的不少功能已为新通扬运河所代替，里下河的南界亦当随之改变。窃以为，作为区域界定，保持其历史延续性、体现其人文积淀当是题中应有之义，已经或即将发生的变化则可通过必要的说明来补充。

个人浅见，且作引玉之期。

2018 年

偷换概念为哪般

张扣扣被执行死刑的消息公布后，议论如潮。如同当初一、二审判决公布时一样，引起了社会的极大关注。本文说一说其中的"偷换概念"现象。

其一，是有罪辩护还是无罪辩护？

张扣扣的辩护律师邓学平在今年1月8日的辩护词中明确表示："根据现行刑法，张扣扣的确犯有故意杀人罪和故意毁坏财物罪。对于检察院起诉指控的事实和罪名，我们没有异议。我们也认同，法律应当对张扣扣的行为给予制裁。我们今天的辩护主要围绕量刑展开。"不难看出，此为辩护人的基本立场。

可是有人却无视这一事实，硬说辩护律师要让张扣扣脱罪，是以"所谓为母复仇"为借口而突破法律的防线，这就是偷换概念了。其实辩护人的诉求够明了的了，他们依据相关法律列举多项理由，希望法庭在死刑立即执行与缓期执行之间，尽可能选择后者。再退一步讲，即便他们作无罪辩护也是法律允许的，是现行法律赋予当事人及其代理人的权利。那么为什么要将白纸黑字的有罪辩护说成无罪辩护，说成帮杀人犯评功摆好呢？

更有专业人士称："这是份法庭辩护词吗？这是个赝品！因为它根本不在意眼前的法庭、本案法官，以及前案法官的判决，以及中国《刑法》的规定。"此话怎讲？辩护人必须将本案法官以及前案法官的判决当回事？不得申辩？不得提出不同意见？如此而言，还要辩护人干什么？还要开庭审理干什么？干脆把辩护制度取消得了。

其二，是为母报仇还是因生活不如意泄愤杀人？

陕西高院的终审判决如此定论："张扣扣因对1996年其母被本案被害人之一王正军伤害致死而长期心怀怨恨，加之工作、生活不如意，继而迁怒于王正军及其家人，选择在除夕之日报复杀人。"

而张扣扣本人则是另一种说法："王三娃用木棒将我母亲一棒打死，我也在现场，当时我年龄还小，只有13岁，我就想拿着刀将王三娃弄死，最后被我爸爸拉住了，当时我看到我妈鼻子口里都是血，心里非常痛苦，我就发誓一定要给我妈报仇，我还大声说：'我不报仇，我就是狗日的。'从那之后一直到现在，我心里一直憋着这股仇恨。"

至于工作生活的不如意，并非张扣扣独有。和众多工作生活不如意者一样，张扣扣也不是没有一点如意之处，譬如他的邻居、同学、朋友、同事甚至王家的一个亲戚对他的评价都不错，他还是集团的工作标兵，多年来，他与任何作奸犯科的坏事都沾不上边……当张扣扣死到临头的时候，再挖地三尺，说他不是什么好东西，是因为种种不如意才迁怒于人的，意在何为？

有一点无法否认，张扣扣与那些焚烧公交车、乱撞行人、狂砍孩童等滥杀无辜的罪犯不同，他是冤有头债有主，他杀了王家父子三人，因为他认定王家的几个儿子或者是直接杀人者，或者是事后加害者，王家父亲则是在案发现场叫嚣"往死里打，打死老子顶着"的唆使者，而对王家母亲以及其他的无辜者未加伤害。古今中外见一个杀一个的冷血狂魔有的是，张扣扣不是。

张扣扣只是为母报仇，工作生活如意或不如意都得报。没有事实证明他具有仇视、报复社会的动机和行为。当然在现代社会，即便为母报仇，杀人仍是重罪，而且捅了那么多刀，情节特别恶劣，理当依法严惩。某些说辞刻意淡化张扣扣为母报仇这一主因，实属多此一举，偷换概念反而显得另有用心。

其三，是申诉被驳回还是没有申诉？

1996 年的张扣扣母亲被伤害致死案，与 2018 年的张扣扣报复杀人案，有着紧密关联，作为客观存在的事实，切割不开。对于当年的判决，张家不能接受。据说张扣扣父亲提起过申诉，但是被驳回了——而且是以口头告知的方式通知的，未讲任何驳回的理由。

另一种声音则说，张家当年没有上诉。言下之意，张家不上诉就是对判决的认可，20 多年过去，现在再说对当年判决不服，已经没有意义了。

到底是申诉（或上诉）被驳回还是没有申诉？应该很容易查证，可至今仍是各执一词。

在张扣扣被执行死刑的当天，《潇湘晨报》记者分别采访了当年的两个当事人，一个是张扣扣的父亲张福如，一个是王家的二儿子王富军，兹将采访报道摘录如下：

采访张福如：

潇湘晨报：您是说当年动手的是（王家）二儿子？那时您在现场吗？

张福如：对，是老二打死的不是老三，老三是顶罪的。

潇湘晨报：你对以前的判决也不满？

张福如：不服。老三判了七年，坐了三年半就出来了。

潇湘晨报：传言未经证实，对方错不至死啊，还有其他原因吗？

张福如：判决要赔偿我们家的钱，我都没收到，我也没收到过道歉。

采访王富军：

潇湘晨报：那个过程到底是怎样的？是张母向你吐口水吗？

王富军：当时是我在路边乘凉，他母亲就朝我吐口水，当时年轻气盛就气不过，走的时候吐的，没吐上，我就没在意，就骂了一句，就几个小朋友在那。过了十几分钟她又返回来，又朝我脸上吐，我真的是忍无可忍，就给了她一巴掌。

潇湘晨报：之后呢？

王富军：她抓着我的衣领不松手，就耍赖，抓着我衣领就说我打她，我都没动手，后来就叫家里人过来了，离着不远。

潇湘晨报：后来呢，发生了什么？

王富军：我母亲说你回去别在这，就在这个时候我三弟才（打了她），我都没看见。

潇湘晨报：武器是什么？一根棒子吗？

王富军：就是那个，一米多长的木棒，劈柴用的，就挥了一下，没想到会打到头部。她那个人平时也耍赖，当时打了也没在意，她就倒在地上了，后来她自己爬起来了，就没在意，当时来了一辆车，一叫她她自己就起来了，后来找了个架子车给她拉到医院去了，就看伤，没想到有这么严重，当时我兄弟也在流血，就各看各的伤。当年的时候有些细节问题都没写上，（后来）抢救不及时，失血过多抢救无效死亡。我父亲是劝架，根本就（没参与），对一些报道真的是很无语，就乱说。

潇湘晨报：张福如现在跟媒体讲，你不死他就不服，这个事你怎么看？

王富军：我相信法律是公正的，当时他觉得冤他为什么不上诉，现在他上诉，纯粹是没事找事。

其四，是做了精神病鉴定还是没有做？

鉴于张扣扣的童年遭遇和其自述的作案心理，他的两位辩护律师怀疑他患有创伤后应激障碍。由此向法庭申请对张扣扣进行精神病鉴定，但被当庭驳回。他们还对控方关于张扣扣精神正常的证据，先后发表了三轮质证意见。

控方认为张扣扣的一系列行为可以证明他精神状况正常，有辨认能力和自控能力，且无家族病史，所以法庭驳回了张扣扣的精神病鉴定申请。

精神病是个大概念，包括各种名称的精神性疾病在内，病源、病症复杂多样，不是凭外在的行为表现通过推理都能准确界定的。而此案人命关天，社会影响极大，由专业机构进行科学鉴定，出具医学意义上的权威结论，无论对于哪一方都至关重要。尤其对于被杀的三位不幸者和被判死的杀人犯，都是一个交代，是法庭应该也不难负起的一个责任。据张扣扣父亲讲，他借的钱，出了 15 万做精神鉴定，到现在都没给他一个结果。

现在的问题是，有关方面只说张扣扣无精神问题，却不说未做精神鉴定的情况，用控方的结论来取代专业机构的鉴定，实在是一种有意无意的概念模糊。

诸如此类，为什么会出现这些"偷换概念"的现象呢？

依愚之见，此案并不算复杂，问题是必须尊重事实，坦然承认 20 多年前的张母被伤害致死案与如今的张扣扣蓄意杀人案具有直接联系。在此基础上做好两件事：一是前案。对于当事人质疑的问题启动必要的审查，就王家老三是否属于"顶包"、动手给了张母一巴掌又叫来家里人的王家老二为何没有责任、张母是怎样先用铁条打的人、还手的王家儿子是否属于正当防卫、当时的判决有否执行到位、张家到底有否申诉（或上诉）等问题依法理个清楚，给当事的两个家庭及公众一个明确说法。二是后案。

采纳被告人的合法合理请求，由专业机构对张扣扣进行精神病鉴定，并将结果向当事的两个家庭及公众公布。

不难想象，如果前案的一些事情及时做妥帖了，避免后案发生的可能性是存在的。如果后案的有关事情能做得更妥帖一些，也不至于爆发如此汹涌的舆情。

有人说，讨论张扣扣案只能就该案范围内已经认定的事实论事实，就对应的法律条文论条文，除此之外免谈。这种貌似专业的权威面孔，对社情民意是不屑一顾的，"不明真相""不懂法律""吃瓜群众"之类的讥讽、斥责多了去了。我倒赞成张扣扣辩护律师的一句话："司法判案不应该是简单地比照法条那么简单。司法的合法性源于它对社会的满足和对正义的回应，而不是简单地、机械地做出一个判决。"

殷鉴不远，天津赵大妈气枪案、深圳鹦鹉案、连云港药神案、昆山反杀案、山东于欢案……一个接着一个的"神反转"，已经做出了回答。

2019 年

王振华现象

王振华涉嫌猥亵儿童犯罪一案，公众知晓得如此之快，有点儿出人意料，盖因他的身份不一般。其实媒体和警方最初提供的嫌疑人信息皆语焉不详。但很快就被无所不能的"吃瓜群众"扒了出来，一时间舆论哗然。

王振华的身份确实不一般，作为新城控股集团有限公司等多家企业的创始人和董事长，资产几百亿的富豪，他身兼全国工商联执委、全国工商联房地产商会常务副会长、第十三届上海市政协委员、上海市房地产商会会长、江苏省第十二届人大代表、江苏省工商联副主席、常州市人大代表、常州市工商联第十四届执委会主席等若干职务。获有全国"五一"劳动奖章、全国劳动模范、江苏省优秀民营企业家、江苏省社会主义建设贡献奖、上海市统一战线（工作）先进个人、常州市明星企业家、中华慈善突出贡献人物等诸多殊荣。他还是前不久带领新城集团党员代表在鲜红的党旗下重温入党誓词的共产党员。

就凭这些光环，按照曾经有过的一些情况，公众能够及时知晓确乎难得。据说这得归功于上海的《新民晚报》，是该报率先披露的。更有人分析，说这是有关方面借鉴了"孙小果案"的经验——1997 年，昆明警方查实了孙小果案，当地媒体也做了披露，但阻力重重，案件办不下去，这才把事情捅给了外地媒体。

有记者赴昆明做了采访，所幸没有被抓捕，于是有了《南方周末》报1998年1月9日第一版的《昆明在呼喊：铲除恶霸》，惊动了高层，遂得以将孙小果等人绳之以法。

据媒体介绍，知情人透露的情况中，王振华这个人的品行不好，口碑不佳，尤其人所皆知的"包养"绯闻颇多。2016年1月至2月间，王振华曾接受家乡纪委调查——媒体称系配合纪委对当地官员的调查。而他这次涉嫌猥亵儿童犯罪，显然是有预谋的甚或是一种并非首次的惯常安排。因为向他输送女童的同案犯周燕芬从撒谎欺骗孩子的母亲，到带孩子从江苏到上海，到在星级宾馆住下，到由王振华实施犯罪，整个过程跨越两地，一天内完成，王当即给付周一万元酬劳，银货两讫。真的是环环相扣，配合默契，有一种"例行公事"般的轻车熟路，颇见这一对人渣搭档的"专业化"和"职业化"。

王振华这样一个丧尽天良的衣冠禽兽，显然不是一天"炼成"的，事实上他为人诟病已经有了许多年月了，有关部门尤其他的那些官员朋友是闭目塞听还是装聋作哑？怎么就这么不避讳、不顾忌，争先恐后地加给他这许多光环呢？或曰，王振华为地方经济增加了GDP和税收，为社会主义建设事业做出了贡献，可说是一个原因。某些官员的政绩能够因此加分，也是题中应有之义。

不过从已经公布的若干腐败案件中，应有规律可寻。譬如利益交换，富豪给贪官投之以桃，贪官必得利用公权报之以李。富豪办不到的事情，自有贪官给他们搞定。贪官不方便干的事情，富豪又会安排得妥妥帖帖。所以，当你看到他们勾肩搭背、认同乡、结干亲、拜山头，互为帮衬、助势的时候；当你满怀期望、等他为民作主却被敷衍了事，求告无门的时候；当你悲情上书，盼他兑现帮扶小微企业政策，却石沉大海的时候；当你殚精竭力、勤勤恳恳忙工作，却只是一件干活工具的时候……你一点也不要惊讶。

当然，以上所说的都是腐败案件中的现象。毋庸置疑，富豪当中不乏干净的好人，官员当中多数是人民公仆，即便贪官当中也有平易近人、为老百姓办过不少实事的人，不宜以偏概全。怎么说呢？这个世界很精彩，这个世界很无奈。

王振华绝对属于"偏"当中的一员了，人民代表竟有这种反人类的嗜好，真不知道还有什么语言能够谴责。那么此案有没有某些典型性呢？不妨做一个假设，倘若这次王振华没有意外翻船，他肯定还是光环照耀下的王振华，还是某些官员的座上客，他的光环还将继续增加、继续升级。

如此等等，我姑且称之为：王振华现象。

2019 年

寻常人和聪明人和另类

某单位一项工程正在招标，上级领导的秘书来跟该单位负责人打招呼，说有一个即将投标的单位是这位领导家乡的亲戚，关系比较近，请在可能的情况下予以关心。

接下来，就有了多种可能性。

一

如果该单位负责人是甲的话，他稍露难色，对那位秘书说，好的，我来了解一下，看这个投标单位是个什么状况。你最好再跟有关方面招呼一声，我会尽力的。

如果该单位负责人是乙的话，他胸脯一拍，对那位秘书说，没问题，请您转告首长，请他老人家放心。

如果该单位负责人是丙的话，他苦巴着脸，对那位秘书说，你给我出难题了，我们招标从来都是公开透明的，有些话不好说啊！

领导的秘书对甲说，这个投标单位各方面情况还是可以的，不过肯定不是最好的，不然领导要我来找你干什么啊？甲皱了皱眉头，旋又微微一笑，略有迟疑地说，好吧，我尽力而为吧！

领导的秘书对乙说，我这就去向领导汇报，谢谢你了！乙笑睐睐地一把拖住他，这会儿就别走了，咱哥俩有些日子没聚了吧？聊会儿，有些具体环节还得再商量一下，晚上还是老地方，还是那几个老乡。

领导的秘书对丙说，领导也很体谅您的难处，一般的事情不会找您的，您说是不是？丙笑得像哭，是的是的，领导能体谅最好了，我确实不能保证。这样吧，我先了解一下这个投标单位的状况，等他们的标书来了之后再看情况吧！

二

一个月后，这个投标单位中标了。

甲给领导的秘书打电话告知这个结果。秘书说，谢谢你啦！我马上就向领导汇报。甲放下话机，松了口气。

乙给领导的秘书打电话告知这个结果。秘书说，正好领导要我打电话给你，约你今天晚上去陪他打牌，等他接待过客人我电话你，还是老地方。乙乐呵呵的，好滴好滴，谢谢你一直以来对我的关照啊！

丙给领导的秘书打电话告知这个结果。秘书说，领导已经知道这件事了，谢谢你啦！丙赶忙说，不要谢我，主要不是我出的力。我一开始还有点担心，没想到班子里和各方面的意见这么一致。秘书嘿嘿一笑，领导已经知道具体情况了，不管怎么说还是要感谢你的，没有你一把手点头，事情不会这么顺利。丙放下话机，叹了口气。

三

两个月后，上级纪委就该单位工程招标是否存在问题进行调查。

甲对调查人员说，没有问题，招标的所有程序都是规范的，所有材料都归了档，欢迎你们查核。至于中标单位，是当地的，肯定不是外地的，你们看一下材料就清楚了。

乙对调查人员说，你们来得太好了！有两家未中标的单位四处告状，其实这两家单位资质还是不错的，可是他们跑到我家里送礼，被我批评了一通。他们就怀疑我不肯帮忙，故意刁难。甚至在外面造谣，说中标单位的负责人是我们一位上级领导家乡的亲戚，这也太离谱了。这个中标单位是当地的，肯定不是外地的，负责人有名有姓有身份证，是地地道道的当地人，与那位领导的家乡毫无关系。你们来调查，我们是喜出望外啊！正好可以帮我们还原事实真相，消除谣言带来的负面影响。至于招标程序，那是绝对规范的，所有材料都归了档，欢迎你们查核！我相信一句话：清者自清！

丙对调查人员说，我们招标是按规定程序进行的，纪检监察部门全程参与，所有材料都归了档，欢迎你们查核。至于中标单位，是当地的，肯定不是外地的，也没有哪位领导跟我打过招呼。如有什么问题，我作为单位主要负责人，承担全部责任。

领导的秘书给甲打来电话，你们今年的几项工作推进得不错啊，领导表扬了，他要你们总结个材料，在大会上做个经验介绍。

领导的秘书给乙打来电话，领导要我打电话给你，请你今天晚上陪他去参加一个重要活动，他以前的几个老同事来考察旅游文化，领导约了好几次了，肯定又要闹酒，要你这个"茅二斤"去再立新功！

领导的秘书没有给丙打电话。

四

故事尚未结束。但寻常人、聪明人和另类的各自形象已初见端倪，暂且打住。

人生如旅，难免会遇见各色人等，每个人都会在各种角色之间自觉或不自觉地进行着选择。寻常人、聪明人和另类这三类角色当然不能包括所有，但作为人生阅历中的某种见闻或体悟，还是有一点比较、鉴别作用的。而由于价值观的差异，对于这三类角色的判断也会有种种差异，"寻常人"或许并不寻常，"聪明人"也难说就是聪明，"另类"会被一些人作为笑料，也可能另一些人只是叹息一声，并无讥笑之意。

十来岁时读过鲁迅先生的《聪明人和傻子和奴才》，一直留存在记忆中，因为先生对人性的刻画入木三分。也曾想及，鲁迅的这篇文字是属于小说还是杂文还是其他？查了一下，它出于《野草》。《野草》中多为散文诗，而杂文以及其他一些文字皆可归入散文，不知先生是否有此考虑？

笔者的这篇习作实乃东施效颦，心向往之而已。

2019 年

你成熟了吗

你这个人啊，怎么这么容易掏心窝子？没有必要把你的想法公开说出来嘛！你以为是坦诚，错了，你这是没有程度，是不成熟。

即便是个别交谈，防人之心也必不可少，这方面的教训还少吗？就算你对这一位或那一位很了解很信任了，也不能这样。所谓推心置腹，其实是不成熟。

成熟，就是包裹好自己，让人看不清、看不透你，才能游刃有余。

如果你当上了领导，一定要谨言慎行。有人总结过，说要"少说话、多做事"，是个好主意，但又不可泛泛而论。

谨言不是简单的少说话，而是不要随便说话，得视情而行。一般情况下，少说或者不说不失为上选，因为言多必失。而在有的情况下，就必须说，譬如上司礼贤下士，请你给他提提意见，你三言两语敷衍一下，或者张口结舌，就是有意见了。你必须说，关键是要说好，这方面有不少经典语录值得借鉴。这个时候的谨言，是不能自以为是、一厢情愿，如果你向魏征同志学习，那就太不成熟了。

慎行也不是要你少做事，事情总是要做的。工作上的事情不论，即便某些让你为难的事，少做或不做并不是个办法。慎行，是要你慎重对待，而非无所作为。譬如涉及工作范围内的事，需要你们突破一点规则；或者是工作范围外的事，需要你们做一点贡献。如果你"一根筋"，以为不能办的就不办，或者把公与私分得倍儿清。同志啊，你这不是慎行，而是不懂事，已经谈不上成熟不成熟了。

成熟，就是脑袋瓜灵，善于审时度势、讨人欢喜。

批评人尤其要慎重，有个成语"闻过则喜"，真有这样的人吗？告诉你，所有人都喜欢听好话，无论什么阶级阶层，无论大人物小人物，都一样，这是人的本性所决定的。所以不要轻易批评人，实在要批评也只能轻描淡写、点到为止。总之，无论你怎么正确，别人怎么错误，千万不能树敌，这才算得上成熟。

表扬人同样要慎重，你得瞻前顾后。因为你表扬了张三同志，就等于批评了李四、王五同志，那就得不偿失。所以你在表扬张三同志的同时，切莫顾此失彼，最好能通过合适、有效的办法，把李四、王五、赵六等同志都兼顾到。虽说表扬是个好东西，但也是一把双刃剑，明白了这个道理，你才算得上成熟。

成熟，就是不要把是非分得太清，理想状态是只有人爱你，没有人恨你。

如果你说要为群众办点儿实事，没有人会说你错，但是不允许突破政策界限。"法无禁止即可为"对你不适用，适用的是"法无授权即禁止"，凡是没有文件规定的许可，任何事情都不能做，否则就是违规。你认为帮群众办事，只要出发点和效果是好的，又没有损害上下左右的利益，就算不上什么过错，至少不会有受益者暗地里"反戈一击"，幼稚！你太幼稚了！

如果你想改变点儿什么，那得考虑人们的接受程度，譬如"稳定"，譬如"平衡"，而方方面面的既得利益尤其动不得。你说你们是在追求公开公平合理，言下之意，过去就不公开公平合理了？这话你能说吗？你配说吗？你知道天有多高、地有多厚？是的，鲁迅是写过："从来如此，便对吗？"噢！原来你是在自比鲁迅啊？鲁迅是你好比的吗？狂！你太狂妄了！

成熟，也是一种因袭，一种无为，任何幼稚或狂妄都于事无补。

或许会有人说，你这篇文章是对"成熟"这个概念的歪曲，因为《现代汉语词典》的解释是"植物的果实等完全长成"，引申义为"完善"，满满的正能量。感谢批评！不过还请允许我"反批评"一下：是我歪曲吗？什么年代了，你还抱着这部41年前编印的词典说事，说明你比较脱离尘世，也还没有"成熟"。

当然，我就更不成熟了，写这篇文章就是严重不成熟。呵呵！

读者朋友，你成熟了吗？

2019 年

有所不为

　　"有所不为"这个词最早见于《论语》——"不得中行而与之，必也狂狷乎。狂者进取，狷者有所不为也。"而后《孟子》又做了新的表述——"人有不为也，而后可以有为。"意为：人只有放弃一些事情不做，才能在别的一些事情上做出成绩。再往后，就成了人们耳熟能详的"有所为有所不为"了。

　　现成的一个例子是泰州的春兰集团，他们成功的秘诀即"让开大道，占领两厢"，将冷气设备以外的多种产品砍掉，集中全力研制家用空调机，从而成为全国同行中的龙头老大。而他们的下坡路则始于违背初衷，电冰箱、摩托车、电脑、汽车，各种新产品全线铺开，握紧的拳头变成了张开的五指，最终连空调这个主打产品也在市场竞争中败下阵来。有所为有所不为，春兰集团的成败皆在其中。

　　"有所不为"也可以用于人生，又颇难尽然。譬如你所从事的职业，能够选择的余地并不大，而绝大多数人得靠这份职业安身立命、养家糊口，不能放弃，不能马虎，必须"有所为"，而非"有所不为"。在这样的情况下，"有所不为"往往只能用于职业之外的那一小部分时间、空间了。

　　而正由于那一部分的时间、空间不大，"有所不为"才更加重要。那么，哪些事情应该"有所不为"呢？

且从"有所为"说起。就是说，你得把有限的时间和精力用在你所热爱的事情上，否则你会很痛苦，会懊恼自己虚掷了光阴。由此来看，最幸福的人生当属于那些对自己所从事的职业无比热爱的人了。像一些科学家、艺术家、专业作家还有职业革命家，职业就是自己所钟情的事情，职业之外忙的还是这些事情，不用操心"有所不为"的问题。还有一种情况，不少人职业之内忙，职业之外还是忙，那是因为生计或其他原因，多数不是出于热爱。所以，能够将"热爱"作为自己"有所为有所不为"的选择标准，是幸运的。

举个例子，我女儿写作不错，20岁和27岁时先后出版了两本书，且颇多好评。可她说她于写作并非热爱，而是有想说的话而又恰巧有点空，甚至有时只是为了让我们高兴。所以她对出不出书无所谓，都是我一厢情愿地寄给出版社的。她说她最爱的是创业，想开一家像样的公司。结果毕业不久就全身心地扑了上去，没日没夜地忙。文学写作随之停止，连开了七年的博客也关掉了。我们很是惋惜，更担心她如此"拼命"而累坏了身体。她却说我乐意啊，做自己想做的事，幸福！随后安慰我们一句："等我退休以后再写吧，单我创业过程中的酸甜苦辣、大喜大悲就足够写一本书了。"她这样的选择，也属"有所为有所不为"吧？

如果你爱好广泛，热爱的事情多的是，作为一种爱好倒也无妨，但若作为人生追求，每个爱好都当作一回事情孜孜以求，就难免顾此失彼，需要有所取舍。《孟子》又曰："鱼，我所欲也，熊掌，亦我所欲也，二者不可得兼，舍鱼而取熊掌者也。"当然，古今中外"鱼"和"熊掌"得兼者不乏其人，但终归属于小概率事件。稍作探寻，你就会发现这些"十项全能"者各有各的道理，不好去一个劲儿地效仿或者虚心学习的。

愚钝如我者，也曾有过几个小小的爱好，一会儿这个、一会儿那个，不亦乐乎。幸好还算没有昏了头，年岁稍长便渐次舍弃，虽每有不甘，也只能如此。属于自己的时间就那么一点点，不敢向往太多。否则大半辈子下来，情况肯定比现在更糟——我的体会，就我们这些普通人或曰芸芸众生而言，对于"有所为有所不为"的命题，重点和难点在于"有所不为"，唯有做到了"有所不为"，才能"有所为"。人生短暂，能够做起一件事，或者在某一方面有所进步、有所成就，已属不易。

"有所不为"还应该具有另一个层面上的含义。就是不仅在所做的事情上需要有所取舍，而且在时间、精力的投入上也需要有所取舍，这一点也十分重要。世事纷繁、家事纷繁，生活中必须做和想去做的事情太多，每个人都免不了。怎么办？该做的必须做，而且必须做好。譬如服务社会，譬如帮助别人，譬如照顾家庭，远近巨细，皆不可舍。三下五除二，能舍的就剩下自己的那点小天地了。黔驴技穷，唯有可看可不看的电视不看，可去可不去的应酬不去，可参加可不参加的活动不参加，如此等等，有所不为。女儿便说我生活质量太差，并举例说明，说她从小到大，爸爸就没有带她到公园去玩过一次，大有把她的生活质量也带差了的意思。

确实，这方面我做得并不好，譬如关注天下大事乃至若干小事的积习改不掉，花费了不少时间。又如尽管这些年来国家足球队基本上越踢越烂，可一有比赛实况我还是忍不住要看，又得花费一些时间。总而言之，将有限的时间和精力更多地用在"有所为"上，并非易事。

2019 年

也写 400 字

群里朋友写的"400 字"短文我拜读了一些，都是对《坡子街》的赞扬和期许，我除了对少许措辞保留意见外，举双手赞成，我这"400 字"且换一换角度。

1. 在纸媒文学副刊命运多舛的情况下，《坡子街》能够逆势而上、光彩夺目，翟总等晚报同仁居功至伟，而报社领导班子的支持、支撑也功不可没。别的不论，单《坡子街》的成本就是一笔不小开支，资金从何而来？经营收入乃重要一脉。所以，我们的赞美也是向曹社长及有关同志的致敬。

2. 群内的"表扬与自我表扬"皆源于真情实感，但仍需明白我们的所见所识毕竟难以穷尽，不宜自诩"全国之最"。何况群里还有不少五湖四海的同行或高手，他们也在看着、听着。

3.《坡子街》已成泰州文学重镇，其意义不可限量。但就泰州而言，它还代替不了全部；就文学而言，它也只是其中的一部分。

4. 街上新人辈出、后来居上，翟总力促他们出版作品集，功德无量。似可由晚报统一办理丛书号，费用报社支持部分，作者分摊部分。

个人片见，不当处敬请原谅！

2021 年

说明：泰州晚报《坡子街》副刊倡导"大家读、大家写"，创办两年来，风生水起，气势如虹。"街长"翟明总编在作者微信群中要求大家各写一篇 400 字左右的短文，评头论足、建言献策，遂有此文。

变与不变

不觉退休已九年有余（若算上两年多"准退休"时间，已近十二年），前些天和朋友聊到退休前后的一些情况，觉得做个梳理也不错，遂敲下了"变与不变"这个题目。

先说变。

退休前，职务在身，言谈举止多受身份的影响并约束。退休后，得及时调整角色定位，实现根本性的改变。这一点对我而言，似乎困难不大。

退休前，时间上的自由不多，能自主支配的空间很小。退休后，这方面的自由多得近乎奢侈，过去想做而未及做的一些事可以从从容容地做起来。譬如写作，退休前没有整块的时间，只能写写散文、杂文、时评之类。退休后，不仅写了散文、杂文，还写了文艺评论，更写了短篇、中篇和长篇小说，出版的书籍超过了以前的总和。我曾在长篇小说《五条巷》的后记中写道："感谢我的退休生活！"此之谓也。

退休前，大部分的接待、宴请皆由工作派生，有被动、有主动，难以回避。那时公务活动尚未禁酒，往往搞得疲惫不堪，常常处于亚健康状态。退休后，这方面的应酬大为减少。其他方面的往来，主动权也回到了自己手中，已然终结了往日的疲于应付。步入老年，身体状况却比以前好了。

退休前，难免前呼后拥，听到的以"英明、高明"居多。退休后，对我的评价多了平视中的真诚、中肯，不同抑或不敬的声音也有所增加。亦有之前有意和我保持距离的，此时却和我亲近了起来。这些均属正常，乃古今常理，我深以为然，自当顺时而变。至于一些结识时间不长的新朋友，亲近与否应该与我的过去没有多大干系，他们面对的就是一位退休老人，彼此都谈不上变或不变。当然，人生在世，除了活在自己的内心里，还得活在别人的脸色中。这些，我心中明白得很，又多了几份体谅和达观。

退休前，出差之类都有人安排一应事项，不论远近都不用操心。退休后，每有出行，无论长途的购票、选座，还是目的地的短途交通，我都能应付裕如。去大城市小住，最喜欢地铁的快捷。而在泰州，必定首选公交车，经过不长时间的历练，已成"路路通"，可谓"快乐公交"。

退休前，因工作职责决定，经常参加宣传口、新闻界、文艺界的活动。加上我的熟人、朋友、师长比较多，他们的书画展、首发式、研讨会等各类盛事，我尽可能做到有请必到。退休后，我基本上不再参加这类活动，唯一原因是不想给各位增加麻烦。因为他们不免会对我这个前人和老人表示尊敬甚或谦让，而"喧宾夺主"则是退休者应该主动回避的。

再说不变。

退休前，我的职业生涯四十余载，在十多个单位工作过，不论处于什么岗位，算是比较敢于直言的一个人，无论对待领导还是同事。多数情况下，我的直言反而增进了他们与我的交流和理解，不少领导和同事都成了我的朋友。昔日同事与我忆旧，常会对我直言不讳的性格说上一通，扬州一位同事来信的结尾是："你走了，我们很寂寞！"退休后，我秉性不改，当然这个时候主要是对于一些历史情况的实话实说包括指误了。和以前一样，也难免会使人不习惯、不舒服甚而反感。我的态度正如我在一篇旧作中所写："简单，是襟怀的坦白和豁达。为人误解人所难免，何不当面问个明白？此等事情想得太复杂只会愈来愈复杂，简单一些，复杂也能变得简单。或者干脆什么也别说，既是误解终会消除的，让岁月的长河静静流过吧，回头再看，已不见了昔日的波澜。"

退休前，我的自理能力尚可，无论工作还是生活，都不愿麻烦同事太多。曾有一位老同学与我闲聊，说他退居二线后一次去单位开会，想要喝茶的时候，忽然发现他的茶杯不在面前。说他当"一把手"这么多年，从来都是有专人帮他拎包、拿茶杯，适时地放到他需要用的地方，可现在说变就变，还就不习惯。我对他说，为什么不自己拎包、拿茶杯呢？为什么"一把手"就不能生活、工作自理呢？他说不是，本来我也是自己拿的，可是抢不过他们，久而久之就成了习惯。我说问题还在你身上，我也当过"一把手"，可我从来不让人帮我拎包、拿茶杯，也不让人跟我抢，诸如此类，习惯成自然，退下来后就少了这些不适应。

退休前，我在工作中也曾遭遇过一些不愉快。退休后，这些不愉快已成过去，前年冬天，忽有几位朋友问及其中的一件事以及其余，我干脆合并同类项，且写下一组文字作答。这些事和另一些事本是我储存着的小说素材，之所以作为纪实散文呈现，因为它与小说的区别是没有虚构，都是真材实料，经得起检验。这才是人们需要的，是我对于人们关切的负责。去年夏天，一位久不来往的老同事老朋友约我单独聊一次，说他终于弄清楚了，多年来之所以对我意见极大，是有人误导的缘故。我说我不需要听这些了，我们相处多年，我是什么样的人你应该清楚。这些，也是我的一种"不变"吧？

退休前，我对中国现当代文学史、对苏共和中共党史的兴趣较浓——实际上超过了写作的兴趣——读过不少这方面的书籍、资料。由于有关说法、评价不一，进而做了一些研究、思考，也乐于和一些朋友交流、讨论。退休后，这方面的兴趣未减，书籍、资料继续读，研究、思考、交流、讨论也是有增无减。便有好心人说我是操闲心，犯不着，劝我学学一些高人的谨言慎行。我不以为然，我就是这么个人吧，无论得失，没有隐藏自己观点的习惯。

退休前，我比较喜欢打抱不平，说得着话，出得上力的时候，不免援之以手，"冒犯"的领导不是一个两个——幸好结怨的极少。其他情况下也是不会控制情绪，每闻不平就容易激动，除了大发议论，便是写杂文随笔，无论本地的事还是外地的事，较前的一篇是 1978 年 5 月发表在《新华日报》的《"特殊浴客"从何而降》，稍后的一篇是 2010 年 11 月发表在《泰州日报》的《公权私用与抓好"一把手"》，加起来有一两百篇了，于己于人每有不易。退休后，我依然喜欢打抱不平，依然容易大发议论，依然写杂文随笔，虽说限于一些原因比以前写得少了，这副笔墨始终没有丢开。

退休前，我有许多毛病，譬如脑筋僵硬、不善变通，既缺乏工作的艺术，又缺乏交际的艺术；譬如直来直往，不会拐弯，既缺乏大局之观，又缺乏小局之谋；譬如尖锐有余、含蓄不足，既缺乏柔韧的技巧，又缺乏圆润的风范……总而言之，不解风云、不识时务，人称"另类"。退休后，工作的事情已离我而去，其他的情况仍然存在。检点下来，这些毛病未见改变多少。

2021 年

附录：

评论文章摘录

黄毓璜《简单着是美丽的》：删繁就简、单骥直径是作者艺术运筹的通常方式，他以此舒缓而放达地展开思绪并收获那些为世人所不见、所不取的人世箴言和人生精警。

黄毓璜　作家、评论家。曾任江苏作协书记处书记、理论工作委员会主任、《评论》主编等职。著有《文苑探微》《云烟过眼》《苦丁斋思絮》等。

徐一清《陈社的散文和随笔》：在陈社的随笔中，几乎找不到风、花、雪、月、鸟、虫、鱼、烟、酒、茶等，他关注的是现实人生，放眼的是改革开放大潮中变幻的景观，议政，议经，议教，议文，视野开阔，对世风、世态、世相、世情，透视入微，以积极的负责的态度，真实地清醒地看取人生。

徐一清　诗人、作家、评论家。曾任泰州市文学工作者协会副主席、《花丛》副主编、《泰州志》副总纂、《泰州知识》《泰州文献》丛书编委等职。著有《逝去的灵性》《平原鹰》等。

陆建华《在人生和文学的大道上坦然前行》：在作者对社会百态和人生世相剖析的杂文中，很多篇触及到当今生活中的敏感部位，但作者没有绕道走，更没有王顾左右而言他，而是直抒胸臆，大声疾呼，这样，读者在感到痛快淋漓的同时更会产生强烈的共鸣。陈社能做到这一点，凭仗的不仅是勇气，更靠的是真诚。

陆建华　汪曾祺研究学者、作家、评论家。汪曾祺研究会会长。著有《汪曾祺传》《私信中的汪曾祺——汪曾祺致陆建华38封信解读》《陆建华文学评论自选集》等。

顾农《坦然的陈社》：世界上多有文与人相悖的情形，陈社不在其列。他这种文章，只能遥望官场的纯文人当然无法做，身在此山中并有一顶帽子的文人往往不愿做，而陈社坦然道出，此其所以为陈社。

顾农　作家、中古文学、鲁迅学研究学者。曾任扬州师范学院中文系主任等职。著有《建安文学史》《魏晋文章新探》《文选论丛》等。《文艺报》"玄览堂随笔"专栏作者。

赵本夫《精神的高度》：一个作家能走多远，取得多大文学成就，决定的因素不是技巧，而是精神的高度。陈社先生的这部杂文随笔集，就是一部有独立思想和精神指向的书。陈社先生生活中为人儒雅、谦和，似乎一切事都可以商量。但从这部书里，我们却发现他是个有着鲜明个性和精神操守的人。特别对社会百态和人生世相的解剖，就如一把闪亮的手术刀，犀利而深刻。

赵本夫　作家。曾任中国作协主席团委员、江苏作协副主席、《钟山》主编等职。著有《卖驴》《无土时代》《天漏邑》等。《天下无贼》被冯小刚改编成同名电影。

潘浩泉《心灵的仪式》：如果说文学创作是陈社的心灵仪式，

那么，坦然超然当是其心灵仪式的重要旋律。我对他新作的书名《不如简单》特别欣赏，它是该书压轴的那篇随笔的题目，亦是全书点睛之笔，同时也可把它视为陈社生活理念的"关键词"之一，读来很能引起共鸣。

潘浩泉　作家、评论家。曾任泰州市政协副主席、泰州市作家协会主席等职。著有《世纪黄昏》《幸福花决心要在尘土里开》《忘忧草》等。

周世康《给一个解读　亮几点见解》：昨天的新闻就是今天的历史。本书是把历史的一些足迹，以及这些足迹背后的动因，一起形之于文字，留存在纸上了，其价值将在时光的流逝中日益彰显。加之文风清新、话语平实、可读易读，相信它一定能引起读者兴趣，受到读者欢迎。

周世康　媒体人、评论家。曾任新华日报副总编辑、江苏省广播电视厅厅长、省委党校常务副校长、省委宣传部常务副部长、省新闻工作者协会主席等职。

施亚康《文贵明道　关乎痛痒》：他的文章写形势、写发展、写民生、写文化、写世象、写作风，林林总总，触及方方面面，题材无不从现实出发，反映人们的普遍关注。写历史也注意观照现实，以古鉴今，避免游离现实，空发议论。读他的文字，让人感到作者强烈的问题意识，载道明道，关乎痛痒。

施亚康　报人、评论家、作家。曾任扬州日报总编辑、泰州市委宣传部代部长、泰州职业技术学院党委书记等职。著有《新闻与政要》《把真诚举过头顶》《大事微观》等。

于国建《〈不如简单〉赏析》：别看他温文尔雅，淡泊平和，文人味儿十足，真正遇到事情，他是两肋插刀、仗义执言、颇有几分侠气的。陈社是敢讲真话的人。敢讲真话，可谓年年讲月月间天天讲。讲真话前加一个"敢"字，可见讲真话其实不易。

于国建　报人、评论家、作家。曾任扬州市委宣传部副部长、泰州日报总编辑、泰州市社科联主席、泰州市委宣传部副部长等职。著有《燃烧集》《脚下碎片》《退思闲想》等。

汤卫国《简单的核心是真》：早在陈社先生的第一本书《坦然人生》出炉的时候，就有人非议他"并不坦然"。我现在才明白，因为这些人并不喜欢真实。一些人在读《坦然人生》和《不如简单》时，也许会脸上发烧。陈社先生说这些"坦然"和"简单"的真话，犯了官场里的大忌，遭到忌恨也就不足为奇了。

汤卫国　媒体人、副研究员。曾任县级泰州市广播电视局局长、泰州市社科联副主席等职。发表论文数十篇，著有《经济中的复杂性研究》《转型中的泰州民企》等。

储福金《读陈社散文》：陈社的这类文字，有理有据，论述充分，深刻、犀利、独到，读来回肠荡气，十分解渴。譬如《不如简单》中的文字曾为多位评家引用，"不如简单"则成了一些读者的口头禅。据说《谋事与谋人》《识人之道》等篇曾引起过相当活跃的讨论，甚而被人戏称为民间的"审干标准"，真是太幽默了。

储福金　作家。曾任江苏作协副主席、小说工作委员会主任等职。江苏省有突出贡献的中青年专家。著有《黑白》《心之门》《人之度》等。

丁浩《删繁就简三秋树》：陈社先生的"不如简单"，看似简单，其实内涵恢宏精深。那是一种晶莹的成熟，那是一种高远的意境。正是这种成熟与意境，造就出了把握生活真谛的人。

丁浩　作家。曾任江苏省文联创作研究中心主任、江苏省大众文学学会副会长、《乡土》杂志主编等职。著有《五桂村》《小西厢漫笔》《万里无风》等。

苏增耀《品读陈社》：内心藏着一团火的陈社微笑着把他笔端上的文字搞得滚烫滚烫的，也把我们的心搞得滚烫滚烫的。《曾参杀人》《中国小学》《眼见为实》《狗就是狗》……哪一篇不是接近了沸点，到了今天也没有降温。所以我经常向我的朋友说起这本书的正气和赤诚。昔日古人煮海取盐，今日陈社以心煮字。真话的芳香在如今这个时代，是多么难得，也多么可人！

苏增耀　作家、评论家。曾任靖江市委副书记、靖江市政协主席等职。现为靖江市马洲文化研究会会长。主编《枣儿》《靖江之最》《靖江印象》等，著有《政协风格》等。

子川《坦然的书写》：陈社的文风属于思辨色彩较浓的那种，这是他文章的魅力所在。在文章中说一些真话，发一些或许不宜发的议论，未必对个人有利，尤其对一个从事宣传文化工作的基层领导而言。以陈社的智商、情商不会不明白这些道理。然而，读了他的《不如简单》《讲真话》《君子与小人》《坦然就不累》等篇章，人们就很容易明白，做一个聪明人于陈社：非不能为，实不愿为！

子川　诗人、作家。曾任《扬子江诗刊》特聘主编等职。现为中国诗歌学会理事、江苏省中华诗学研究会副会长。著有《总也走不出的凹地》《子川诗抄》《虚拟的往事》等。

朱行义《那时"寻味"》：陈社的随笔就精神底色和思想认知而言，有着知识分子的风骨和传统，敢于说真话，敢于批判现实。有些篇目尽管说理充分，事实也不涉及具体人事。但还是有人觉得板子打的是他。那年月"对号入座"很流行。有几次，我劝他换个笔名，他不同意。

朱行义　报人。曾任泰州师范学校教师、县级泰州市报要闻部、专副刊部主任、泰州日报副刊部主任、泰州日报编委、泰州市文联《稻河》文学期刊执行主编等职。

姚舍尘《陈社散文创作断想》：这几乎是一个修为的过程，伴随这个过程的，是陈社心智的成熟和精神高度的提升。这类知性散文的问世必然引发共鸣，我注意到不少评家对他散文的肯定相对集中于这类"问道"篇什。总是因简单之清澈、坦然之阳光鸣而和之的，这是中年群体的和声。人生进入哲思，便入化境。如此这般，陈社后期散文，闻知醍醐灌顶了。

姚舍尘　作家、评论家、影视剧撰稿人。曾任县级泰州市文联副主席、高港区副区长、泰州市政协副主席等职。著有《落红》《五月的鲜花》《吾园秋深》等。

费振钟《关于陈社和他的写作》：陈社这本书中有着鲜明的"现实作风"，无粗声大言，无疾言厉色，亦无强词夺理，有平常心，有静观心，有求实心，是故能成良善之知，将理性的力量引发到最大限度。读者可对照《狗就是狗》这篇闲话，揣摸作者此中用意，为何倡言推崇人类理智主义。

费振钟　作家、评论家、文化学者。江苏作协专业作家。著有《江南士风与江苏文学》《堕落时代》《费振钟文学评论选》等。

王桂宏《〈走过〉的脚印》：《关于"大师"》《"聂树斌案"的选择性》《"傻根"王宝强》《伟人之后》等，笔触之处，有名人、有权人，真是事不分大小，人不分贵贱，只要有所感触或者不同意见，就要说上几句。敏感也好，重大也好，陈社总是坦然面对，不卑不亢，实在议论，既有讽刺，也有幽默，见解独到，把度有分，可谓驾重若轻。

王桂宏　作家。曾任镇江新区党工委副书记、纪工委书记等职，现为镇江市写作学会会长。著有《乡愁》系列散文集及长篇小说《浮茶》《原点》等。

雨城《陈社的坚持》：他这人一生好像与真东西有缘。有一点我一直想不明白，甚至为他捏一把汗：多年身处官场，主导着一方最讲政治的主流媒体，他怎么就那么敢讲真话？而且老写一些看起来不怎么讨喜的文章。我常替他揣摩：上面领导会怎么看，组织部门会怎么看，官场同僚会怎么看？

雨城　作家、编剧、导演。北京中视英龙国际文化传媒公司创作总监、北京中北电视艺术中心签约编剧。作品有《我们的法兰西岁月》《大醋坊》《情系梧桐》等。

王干《人生有一种哲学叫减法》：正像陈社书中说的那样，"面对世事的复杂，你想简单，又每每不敢。简单是需要心的超脱、欲的超脱的，它是对天地的达观、对生死的洞察。倘有所悟，简单就不只是一点勇敢和机智，而是生存方式的一种选择，返璞归真的一种活法。"陈社的文章处处显示着这种超脱和洞察。

王干　作家、评论家。曾任《中华文学选刊》《小说选刊》执行主编等职。现为扬州大学特聘教授。著有《王蒙王干对话录》《随笔选》《王干文集》等。

陆彩荣《一书清风朗心房　满目烟云寄情思》：作者 20 世纪末在扬州日报《一周走笔》专栏所作的系列快评，视野宏阔，笔简意赅，指点江山，意气豪迈。在全球化日益推进的今天，这样的视界想必具有很好的借鉴意义。

陆彩荣　报人、评论家。曾任光明日报社经济部副主任、科技部主任、新闻策划部主任、报社编委等职。现任中国外文局副局长。著有《激情跨越》《中国文房书画诗集锦》等。

王太生《文字的重量》：陈社先生为文，总是不紧不慢，让人看到一个智者的深邃目光。《"负面报道"之我见》里说："对任何事物不同的处置都有可能产生不同的效果。把对一些事物的报道定为'正面报道'，对另一些事物的报道定为'负面报道'，未免失之简单化。其实，比之更为重要的，是给予公众足够的知情权，将事实的真相告诉人们。"

王太生　媒体人、作家。曾任泰州新闻网编辑，现为泰州日报副刊编辑。国内报纸副刊知名写手，《羊城晚报》《深圳商报》《杂文报》《文学报》等报刊专栏作者。

庞余亮《应该致敬的是他的初心》：如果陈社是一个农民的话，他绝对是那个做到颗粒归仓的优秀农民。颗粒归仓，是陈社先生的顶真之处，也是他的可爱之处。也正是因为陈社先生无私而温暖的关照，岁月反而无私地眷顾了他的文字。多年之后，他文字中那友谊和人性的温暖没有降低半度。

庞余亮　诗人、作家、评论家。江苏省作协理事、泰州市文联主席、泰州市作协主席、靖江市政协副主席。著有《薄荷》《为小弟请安》《半个父亲在疼》等。

雷雨《简单行世性情文》：他默默地观察，细细地思考，苦心孤诣深思熟虑之后，是《靖江人》的浑然天成。这样的文章，不能刻意，不能强求，只能是水到渠成，一气呵成。而《〈花丛〉散忆》这样的来自乡土民间的也许更接近文学精神的故事，我们也许已经久违了！

雷雨　作家、评论家、出版人。现任凤凰传媒集团副总编、江苏作协理事、南京市评论家协会副主席等职。著有《漫卷诗书》《龚自珍传》《诗人帝王》等。

吴萍《真诀自从眼中得》：农民、工人和公务员，履历中的种种身份，先生均是各有体悟，最终凝萃成集。信息大，眼界宽，思想深，展开的不仅是先生的个体世界，延宕而出更是读者们同呼吸共休戚的当下社会。

吴萍　评论家、作家。作品见于《散文》《文艺报》《书城》等媒体，著有《遇见》等。

（以作者年龄为序）

黄毓璜：简单着是美丽的

陈社先生新近出版了杂文随笔集《不如简单》，他把原是该书压卷之作的篇名移用作书名，该有过一番并非随意的斟酌——这里的四个字固然概略了他的一种人生感悟，也大体提挈了贯注于全书之中的艺术旨意和内在蕴藉。

为这个书名所动，伴同了我对作者的了解。陈先生以多重角色的组合体进入我的印象，他是官员，是作家，是编辑，既有漫步艺苑的雅好，又有运动场上的兴致和迷恋——他当然体验过世事的纷繁、深味过心灵的杂沓，"不如简单"自然就不能不是一种"过来人"的生命领悟和人生告诫。因为很喜欢这个书名，还改变了我的阅读习惯，我指的是我一反常态地从后向前逐次读完了这本书。

呼唤"简单"，是被辑入"识人之道"一组文字的母题。"简单"需得"呼唤"，是因为人们常常不肯简单；无奈的生活也使人们往往不能简单。在我看来，读《不如简单》《识人之道》《当官的滋味》《谋事与谋人》《人生得失》《距离》《帮忙》诸多篇章，与其指认其富裕的哲理内存，不如领略其现实储量——脚下的现实是他的出发点和归宿地。这类作品在从为官、为民而归根结底是从"为人"的普遍层面上袒呈现实的时候，多自"形象"和"现象"入手，经感触进入理会，由具象生发抽象，读起来有临场的感同身受，也不乏悠远的人生情韵。当其理丝有序地为识人之道、为官之道剥丝抽茧般"去蔽"，穷形极相地为人心、人际惟妙惟肖地"图形"，当那种"谋人"者在得与失上构成价值观的颠倒，当"距离"的丧失演绎出"越帮越忙"的闹剧，我们在面对"人格"考诘的同时，也就面对了一种"自扰"的追问：纷繁世事的让人们"活得太累"，乃至如作者描摹的活成那等亡失自重的怪模怪样，只缘人们握不牢一个真实的自己，至少不懂得人生虽说"有许多完全靠自己，又有许多完全由不得自己"；不懂得"选择"和"放弃"，人就难免在"强求"的钻营中，怠慢了人的尊严和人格操持，失却人的自然和本真。而"简单"，原本就是"真真实实、顺乎自然"的"我行我素"，它因之美丽着，以一种临近自然的平常之心，以一种超然物外的坦荡襟怀。

如果说"庸人自扰"的现实痛感，激发了"呼唤简单"的热忱；那么，"见贤思齐"的精神憧憬，则诱导了对于"简单"的发现和青睐。我特别注意到作者笔下一些人物的神采，比如《他还活着》中的李进、《一面之缘》中的景国真、《我与一清》中的徐一清。作者对这几位先生的深深敬仰和赞许有加，跟他们的身份、职务、履历乃至才干无多关涉，那些包含处世方式和人格力量的细微叙说，恰恰突现出一种"简单"，一种跟时尚构成对视的、近于极致的"简朴"和"单纯"。我知道作者的描述和把握是准确到位的，它证实并深化了我对于一种精神的体感。我跟这几位都相识，面对景先生的一次采访和跟徐先生的一次共同与会，第一印象确如作者所写："衣着朴素""一副老实巴交的模样"，或"少言寡语"或"言之讷讷"，事后回味出来的要点亦如作者所写——记得我为他们感动过，不只是体味到某种"似淡却醇"；在一个密匝匝、闹嚷嚷的喧嚣人世，我不能不怦然心动于一种难能可贵的宁泊自守。李进先生跟我之间也很简单，他当文化局长、文联主席期间，读过我几篇文字，没想到在小县城便收到他的信并题赠的一首七律；后来还被别人告知，他不但在文化局长会上提醒我所在的地区关注我，还提出调我来省的动议。那年赴会去京回程路过南京，朋友说李进关心着你，建议去看望一下。可没有想到，见面后他只字未提这些事，仿佛没有发生过，简单地交谈几句后便是沉默，这让我尴尬，也让我进入对于那沉默的品味，沉默原是难以捉摸的，但彼时似乎从中品味出了一种东西，多年来没再去想它，如今读陈社笔下的李进，往事就重现出来，当年那"品味"竟在《他还活着》的字里行间分明起来，彼时说不清楚的那个"东西"，也被作者启示了一个合适的表述语，那不是别的，正就是一种属于人格的"简单"，正就是一种简单人格的美丽。

　　无论《不如简单》的作者是否自觉到，人格化的"简单"在他的文本中已经显在、潜在为一种标准和向往。如他所说，简单是一种境界，"重付出、轻获取"的张云泉（《张云泉的人生境界》）的境界就是求得"问心无愧"这么简单，清心寡欲、不忮不求、排解一切烦琐的简单；亦如其所言，简单需要一些勇气，向"黑哨"的"重重黑幕"打响"第一枪"的陈培德（《勇者陈培德》）的勇气，就是"决心与这场斗争同在"这么简单，肩担道义、不遑返顾、排斥一切复杂的简单。简单当然还是一种面对现实的坦诚和不为名利所累的气度，德国政府和民间面对本国球队败绩的平和温馨态度（《善待世界杯》）、高仓健对待普通服务者和无名配戏人体贴关怀的动人精诚（《戏外的风景》），都很能让人触摸到一种绚烂之极而归于简单的心灵。作为对照，相反的情况便是"复杂化"背后的心机，《曾参杀人》，对变化多端的谣言"常常在一个绝妙的时机出现在一个绝妙的地方"的揭示，

《功成名就之后》，就那神神道道、包包藏藏的"秘诀"究竟"是一个秘方还是一套方法"的质疑，从简单的对应体上切入了一类叵测的居心和莫名的玄虚。

崇尚简单表现为作者的人生态度也表现为作者的艺术态度。在题材的遴选和开掘上，他往往注重"真"与"实"的质地。一篇《狗就是狗》很能代表其对于题材的认知方式和深度照察，不同于许多"狗年说狗""鸡年说鸡"的文字，没有什么义生题外的畅想抑或曲径通幽的做巧，可谓直白而简单。这可能使他的文章剥离几许炫目的色光，然而也唯其如此，艺术的简约从题材的内敛性和开掘力上造就了作品迥异于一般的方位与角度。把无奈的动物从人类的盘弄和肆虐中"解放"出来，还原其自身的面目与特性，对于题材的开发来说，取得"独辟蹊径"的可能，题旨也因而得以的开拓，否决了人类的倨傲、文字的游戏而遇合了"善待动物"的要义和根本。在艺术的构思和运筹上，跟作者平等的意识和务实的精神相表里，习惯于"平视"与"平铺"，简化了结构、单一了思路的同时也优化了叙述的生活感与亲和力。如《精彩的时空》，作者赞赏采访者面对大腕、大拿们的那种平视态度；《郑板桥的"怪"》，则为一种高标的怪异梳理出艺术与情理之常道。删繁就简、单骥直径是作者艺术运筹的通常方式，他以此舒缓而放达地展开思绪并收获那些为世人所不见、所不取的人世箴言和人生精警。

《不如简单》常常会让我读其文而想见其人。总觉得作者的为文，其实是应和了那句"我笔写我心"的老话，"简单"云者不啻夫子自道。要不然，对于挚爱故乡的"名片"和"专利"，他何至于以《随感二题》学究式地做出那么顶真的考辨和苛严的检讨；面临深情思念的母校百年大庆，他也不至于"不合时宜"若斯，应约交上的一篇纪念文章竟如同一份意见书。当然，陈社先生是一位能干的人，只是天下能者多矣，能干而又淡泊的人就少一些，能干又淡泊而复满腔热诚者堪称可贵，陈先生当得此称。去年在家乡的一次文学聚会间，大家为一位初露头角的文学青年的下岗困境闹心，未料陈先生当即爽快表态，由他来考虑解决，我不禁立即当众向他鞠躬致礼。老实说，我不知道这一躬会不会白送了，这类事情复杂呀。不料会后未久消息传来，问题已获妥善解决。解决得如此简单。

2007 年

丁浩：删繁就简三秋树

——读陈社《不如简单》

　　十多年前，因为工作关系，我得以结识陈社先生。近日有幸得到他惠赠的新作——杂文随笔集《不如简单》。陈社先生在书中提出，简单是生存方式的一种选择，简单是返璞归真的一种活法。书中的许多篇什，大都是"不如简单"观点的运用与写照。认真读罢此书，我深为陈社先生"不如简单"的观点所折服。

　　种种史实表明，我们人类的童年生活是简单的，远远没有当今文明社会所具有的与日俱增的物质生活享受和复杂纷繁的人际关系。社会日趋进步，人们不再满足简单，开始有了许许多多的追求，有了额外的欲望。特别是进入现代社会之后，人们终于让简洁单纯的自己变得复杂起来，不再认同人类祖先衣食自足、简单平凡的生活。人们学会了察言观色，学会了应酬交际。人们还学会了攀比，比财富、比奢华、比时髦。当这一切成为人们的生活习惯之后，谁也没觉得有什么不对头。突然有一天，人们张开眼睛四处一看，发现拥挤不堪的城乡到处都是没完没了的车流和来去匆匆的人群，发现密密匝匝的高楼大厦间是工业时代粉尘飘飞的灰暗天空，发现穿吃住行无一不被假冒伪劣的东西所包围，发现实际生活进程中的摩擦和冲突在不断地升级与恶化。于是，人们不免发慌，惶惶不可终日；于是，人们开始向往一种清淡简单的生活，提倡"简单主义"。

美国的爱默生、梭罗，中国的李大钊，都曾大声疾呼：回归简单生活！如今，世界性的简单主义浪潮已遍及我们生活的每一个角落。听说美国有一本号召省略生活奢求的书，名叫《简化生活需知》，累计销售量已经超过 100 万册，成为全世界最为热销的生活书籍之一。

早些年，我读过奥地利物理学家、诺贝尔奖得主普里高津的一部学术著作：《探索复杂性》。书中所说的"复杂"，特指我们所生存的物质世界的构造。为深入研究包罗万象、庞杂繁复的物质世界，科学家们把眼光投向了"简单"，从简单入手，认识复杂。一个事物、一个系统，不管它多么复杂，总是一个个"简单元"的有限叠加。陈社先生提出"不如简单"的观点，并没有回避我们所面对的纷繁复杂的现实世界。在阅读《不如简单》时，《探索复杂性》一书给我以启迪：简单，是认识世界的一种工具。"不如简单"，可以是我们认识世界的一种思想方法。

常常听到有人埋怨工作压力太大，忙得不得了，累死人。我们的生活的确如此，世事纷扰，工作紧张，怎么能不忙不累呢？假如不是胡子眉毛一把抓，有分析，有取舍，去粗存精，去伪存真，把握全局，抓住关键，凡事从简，就不会陷入事务主义的烂泥坑，就能有节有序地做事，轻轻松松地做人。所以，"不如简单"，可以是一种工作作风。

人们的日常生活是一个广阔的海洋，浩浩荡荡，波浪翻滚，朝晖夕阴，变幻莫测。一个人对待生活的态度可以有一千种一万种，但是最好只选择一种基本的态度，这就是简单。将简单当成为人处世的依据，即使把复杂的事情看简单了，也不能把简单的问题想复杂了。不管春风得意，不论风狂雨骤，心始终只往简单的方向上去想，脚始终只往简单的路子上去走。所以，"不如简单"，可以是一种为人处世的态度。

人事喧嚣，红尘滚滚。修养高妙的人才会看得清、悟得透、想得开，像颜回那样，"一箪食，一瓢饮，居陋巷，人不堪其忧，回也不改其乐"。在升降沉浮的人世间，在浮华纷扰的生活中，甘于清贫宁静的人，才会胸涵大气、荣辱不惊，不羡名利、不尚豪华，升沉自然、得失随缘；才会活得冲淡、平和，清闲、舒畅、充实、自在；才会随心所欲，从容不迫，活出一种至高至上的境界来。所以，"不如简单"，可以是一种人生境界。

人生在世，应该拥有一份追求简单的情怀。随遇而安，固守一片净土；多一分散淡，少一分贪心，多一分恬淡，少一分诱惑。追求简单的情怀会让人体悟到生命的乐趣与活着的美丽。简单的人生，是一种智慧的人生；追求简单生活，便是一种智慧的情怀。《菜根谭》也好，《呻吟语》也好，都是在教人追求简单生活，而追求简单生活最简单的方法就是"自静其心"。所谓"自静其心"，就是要冷静客观地认识自己，对可能遭遇的得失成败、荣辱毁誉不妨看穿一点、看淡一点。白居易在他的诗中说，"自静其心延寿命，无求于物长精神，"说的就是这个意思。不争不执，善良热诚，以清静心看世界；不愠不怒，宁静淡泊，以平常心过日子。所以，"不如简单"，可以是一种幸福感。

郑板桥有言："删繁就简三秋树。"陈社先生"不如简单"的思想方法，是由繁返简，是删繁就简。"不如简单"，看似简单，其实内涵恢宏精深。那是一种晶莹的成熟，那是一种高远的意境。正是这种成熟与意境，造就出了把握生活真谛的人。

2007 年

雷雨：简单行世性情文

　　陈社先生寄来的《不如简单》，放在案头，已经多时了。每每回味起陈社先生的这些或清浅好读或情意绵绵或绵里藏针的文字，心中就会涌起诸多感慨来。这些文字会给作者带来什么功利性的好处吗？可能未必，甚至还会带来一些负面的影响甚至是莫名其妙的闲言碎语。但是，作者为什么还这样执着坚守无怨无悔？还这样毫不动摇惨淡经营？

　　《不如简单》收录了作者不到 20 万字的文章，基本上都是短小好读的时评文章。没有微言大义，没有金刚怒目，没有历史秘辛，没有廉价煽情，没有肉麻吹捧。有的是对乡土的挚爱，社会的观察，往事的追忆，人生的感悟，还有对本职工作的思索，谈不上惊天动地妙语如珠，说不上口若悬河灿若莲花。但是，这些文字，娓娓道来，清晰明白，在淡雅随和如话家常中不乏激情洋溢，在软语温存细声慢气中展示真知灼见。

　　作者是泰州人，而且是从具有深厚人文底蕴的老泰州走出来的颇具影响的文人翘楚，对自己的故土，他有着永远也割不断的情愫。透过《水的泰州》《母校的美丽》《我所期望的百年泰中》《我们永远的家园》《靖江人》这些文章，我们可以感受到作者对母校的情感是何等的炙热，对母校存在的问题是怎样的忧心如焚，又是如何的建言献策不遗余力。准确描画一个地域的众生百态，传神勾勒一个群落的喜怒哀乐，既不牵强附会，又能切中肯綮，是很不容易的事情，易中天写了不少读城记，往往难以避免强作解人的尴尬，即使如余秋雨，在过于华丽的修饰中也难免捉襟见肘的无奈。陈社先生没有这样的雄心，在一个地方走马观花来去匆匆就能够下笔千言天马行空，他默默地观察，细细的思考，苦心孤诣深思熟虑之后，是《靖江人》的浑然天成。这样的文章，不能刻意，不能强求，只能是水到渠成，一气呵成。陈社先生在泰州经年，没有看到他再写出《兴化人》《姜堰人》《泰兴人》，而是单单写出了一个《靖江人》，足见陈社先生珍惜文墨，不是随便涉笔成文，也从一个侧面凸显出他对文字的敬重，而不是如有些人把文字当作一种交易的工具。梅兰芳是泰州人，但是如何做好名人与故乡的文章，担负着一定责任的陈社先生表现出的清醒理智和君子风度，实际上并不是很容易做到，尤其是处在他那样位置的人，但是陈社说出了自己的见解，这样的《随感》让我们对陈社又增添了几分了解：读书人也并不是事事都随声附和的啊！

温文尔雅的陈社先生也有拍案而起的时候。他在《勇者陈培德》一文中，对浙江体育官员陈培德勇于揭穿足球黑幕的热情礼赞，让我们感受到老夫聊发少年狂的青春热血；而《识人之道》《沉默种种》《讲真话》等篇什，文白夹杂，议论不枝不蔓，从文字的简约流畅中，我们往往能感受到作者历经沧桑的沉重感悟："对你了解不多、不深的人，不要急于讲。对离你很远、你的话在他耳里无足轻重的人，不要轻易讲。而对那些专喜欢听好听的话，喜欢听他听惯了的话，甚至假话的人则最最不能讲。"看似有点明哲保身，看似有点世故圆滑，但是多听听这样的从惨痛的现实中得来的颠扑不破的警言，如今的王彬彬教授也许不会再怪罪萧乾先生生前"尽量不说假话"的夫子自道了吧？

与陈社先生见面不多，几年前看到他的《坦然人生》，很为这样的人生姿态感慨。如今世风，有多少人能够做到坦然面对，不卑不亢？看到他与远在欧洲留学女儿的书信集，让我们知道陈社是怎样尽职尽责的一位父亲；看到他整理自己坎坷多难的父亲的遗稿，我们知道了陈本肖先生当年在新文化运动中的贡献，也知道了陈社先生渊源有自，是怎样一位儿子。在《不如简单》中，有许多文字是关于陈社先生为一个地方的文化建设、文化事业如何的殚精竭虑孜孜不倦的付出自己的艰辛和努力，《〈花丛〉散忆》这样的来自乡土民间的也许更接近文学精神的故事，我们也许已经久违了！多年前，有幸和陈社先生远赴新疆，同居一室，在天山脚下海阔天空，陈社先生谈他的女儿，谈他对文学的理解，谈他对自己力所能及的文化事业的构想，真让人有听君一席话胜读十年书的感动。

　　简单行世性情文，痴心不改读书人。这也许就是我所知道的陈社先生！

2007 年

朱行义：那时"寻味"

读陈社的杂文随笔，不少文章耳熟能详，再次勾起我对《寻味集》的记忆。

20世纪80年代末，我从原县级泰州市报要闻部调出，先是负责经济报道，后又去了专副刊部。从要闻到副刊只是工作领域的转换，却让我结识了一批泰州文艺界的挚友，不知不觉中成就了一段日后不断怀念仍然激动的华彩乐章。我与陈社也就是那时结下文字之交，并且在其后的办报生涯中不断得到他的鼓励、指导和帮助。

县级泰州市虽然只是个30多万人口的小城，但文化氛围浓烈，文学上拥有一个梯次结构明显、涵盖领域广泛、数量不菲的创作群体，这是副刊一个多么富足的资源！然而，当时泰州的作家与泰州的副刊是有所疏离的。我就想着改变这种状况……

一个偶然的机会，我碰到时任市文化馆副馆长的诗人张荣彩，开始了几次长谈，后又邀请姚社成、徐一清一聚……省略掉泰州作家与泰州副刊的因因果果，我们达成共识：泰州文坛要有一个发声的平台。这就诞生了在泰州影响了好几年的专栏——《寻味集》。寻味，探索体味。栏目定位为"有人生体验、能发人深省、具一定文采"的随笔作品。后来还请画家徐文藻做了个刊头，一株枝繁叶茂的树，代表思索的勃勃生机。

《寻味集》开栏后，确保每周一至两篇，初期作家是皖人（姚社成）、北山（徐一清）、天宁（张荣彩）和顾农。不到半年，就产生了不小的影响：姚社成的空灵超拔、从容不迫，张荣彩的机智幽默、精细斑斓，徐一清、顾农的文史双修、汪洋恣肆……他们的随笔以独到的视野和气度，解读眼前的世界和人生的况味，抚慰了自己，亦慰藉着读者。一度，在《寻味集》上发表作品，被视作一份殊荣。一时间，专奔"寻味"的稿件纷至沓来。我们的原则是，符合要求的进栏目，不符合要求有一定价值的进其他栏目。为此我们又辟了一个《天滋亭遐思》，专门发表那些一事一议的直白短平快。这样还是引来了非议。

有位老先生因为稿件没按他的意愿刊发在《寻味集》上，四处反映，说我们是个小圈子，《寻味集》的导向有问题。这样的说法，在那样的年代（反对资产阶级自由化）不是小事情。时任市图书馆馆长的诸祖仁曾写过一篇《说蚊》予以抨击。当然只是辩理，不能解决《寻味集》面临夭折的问题。其实，泰州本土作者在《寻味集》上发表作品的，并非是"小圈子"，我记得的有：杨祖瑄、陈人龙、巴秋、石文虎、武维春、叶茂中、祁明、丁龙扣、诸祖仁、顾维俊、吕沧浩、刁泽民、陈建波、黄坚等，还有一些用的别名，现在对不上号了。

不知是巧合，还是有意为之，关键时候，时任市委宣传部副部长的陈社打来电话，说是要给《寻味集》投稿，随后便寄来了稿件。陈社的加入，至少是对《寻味集》的肯定，这在当时有着极大力量。不过，这个力量远不止于延续《寻味集》。记得当时报社总编王长发曾告诉我说，《文汇报》总编马达，来泰时看过《泰州市报》，认为一个县级城市的报纸副刊每期都有一篇质量很高的随笔，难能可贵，"一些大报未必做得到！"马达也指出，《寻味集》如果解决了精细有余、大气尚欠的不足，还能再上一个台阶。这个"大气"，随陈社而来。《过犹不及》《曾参杀人》《还我一个王实味》《坦然人生》《〈菊豆〉的悲哀》《眼见为实》等，都是那时的作品，到现在依旧意义卓然。

尽管我到新闻单位工作后，就知道陈社，但那是宣传部副部长的陈社。不过，有件事让我对这位部长心生敬意。我在泰州师范的同事刁泽民调到市文联不久，一天到我办公室闲聊，说差点酿成大祸。那天他去向陈社汇报工作，随手把叶茂中给的一根什么牌子的香烟递过去。离开后刚到楼下，就听楼上"噼啪"一声响。被叫回头才知道那根香烟里大概有个鞭炮。刁泽民说陈部长给他看那支炸开了的香烟时，他汗都吓出来了，连忙说明原委。陈部长很大度，依旧微笑着连说："没事没事，不过叶茂中这玩笑开大了，让你逃过一劫。"

接触到《寻味集》的陈社，让我想起古代文人苏东坡。他们身上的一个共同点，即士大夫的情趣，老百姓的情怀。这在他的随笔里可以读出来，在后来的交往中，也体会多多。《寻味集》初期，我们编辑部与四位作者有个"索稿"约定，不能如期交稿的，我们就上门去，那得破费请客的，主要目的当然是为了栏目不断档。记得姚社成、张荣彩都曾经"被上门"。那时，给他们的稿费很微薄，也没有公款吃喝这一说，一次自掏腰包，大概要几次的稿酬。作为编辑，有时也请他们聚聚。一次，我们邀陈社参加，他慨然应允。席间，为活跃气氛、打破平均主义，有人提议掷骰子喝酒，陈社也欣然同意，最后豪情激荡，都很尽兴。

许多讲真话、言心声、传民意的切中时弊之作，在今天看来似乎是一件不费力气的事，然而在那思想解放起于青萍之末的年代，不仅需要一点眼力和见识，还需要相当的胆量和勇气。

《寻味集》几位发稿频率较高的作者，风格各异，唯陈社在气息上与时代呼应最紧，行文上也多尽兴。陈社的随笔就精神底色和思想认知而言，有着知识分子的风骨和传统，敢于说真话，敢于批判现实。有些篇目尽管说理充分、事实也不涉及具体人事。但还是有人觉得板子打的是他。那年月"对号入座"很流行。有几次，我劝他换个笔名。他不同意，"肖放"依旧。

当时我们编的《寻味集》稿件，在送审后，常常因为"敏感"或其他原因被删被改，有些甚至删得断了文气、改得悖了原意，作者难免心生芥蒂。陈社便对我说，所谓敏感的句子，有时正是要点所在，重要的内容不征得作者同意怎么可以随便删改呢？这样下去，会失去作者和读者。我们当然得想想办法。一方面与领导商量尽量保护原作风格，另一方面，想出个特殊招数。那时，《泰州市报》还处于铅印时代，有时遇有过分删除，我们划版时就多算上被删除的那部分空间，到时铅字排版字数不够来不及处理，只好恢复原文。这个办法到汉字激光照排上马，就行不通了。好在那已是 1992 年邓小平南方谈话以后，时代气氛发生了变化，对副刊也开放、开明得多了。

后来，陈社调扬州工作，但仍坚持为《寻味集》撰稿，《不如简单》《全面的误区》《面包会有的》《功成名就之后》《是非何智丽》等佳作皆是。《寻味集》一般每年都要搞一次联谊活动，已调扬州的顾农、陈社，南京的张荣彩都回来参加过，他们依然是我们的重要撰稿者。

1996 年，地级泰州市成立，陈社又回到泰州，依然是宣传部副部长，只是我们的联系反而少了。偶尔遇到一次，常说到《寻味集》，他希望我们在《泰州日报》把这个栏目重开起来。后来，我们开设了《周末茶座》，陈社依然常给我们写稿。《人生得失》《讲真话》《沉默种种》《人品与文品》《谋事与谋人》等一批剖析人生、透视灵魂的力作吸引了众多读者的眼球。我又打电话给他，建议他换个笔名，他依然故我。

再后来，他来报社任书记、社长，我揣测，身在此位的他，从文的锋芒肯定要收一收了。谁知道他秉性不改，依然写，依然署名，只是他的作品更多的是时评了。对我们副刊，他有关心、有指导，却很少过问具体工作，依然像过去那样投稿，依然不提任何特别要求。他的或他转来的文章被"毙"掉的不下三次五次，起初我会打电话给他解释一下，后来干脆免了。书记大人也不再追问，就这么过去了。

他在报社的这几年，是我们交往 20 多年来接触最少的一段时光。一是他太忙，不愿意打搅他。二是也没有什么事要去找他。报社实行党委领导下的社长、总编负责制，我们有事也是向副总编、总编汇报，所以我基本上不去他的办公室。记得有一次例外，大约是 2008 年吧，日报全面改版，《品周刊》也在其列。编委会统一意见后，要我直接去向书记汇报。结果他不同意，说《品周刊》反映不错，不少读者每期必看并收藏起来，还有读者来电咨询希望单独订阅，一些文化学者也建议我们汇编成书，你们应该进一步挖掘资源、提高质量，这件事我来跟总编商量。这样，《品周刊》又办下去了。后来，我们和邀请的徐一清、黄炳煜两位专家一起，根据《品周刊》之《品城脉》专版的内容，选编了《泰州城脉》一书。

与陈社接触少了，但同事对他的议论却听得不少。比较多的评价，是认为他没有官架子，对职工比较关心、爱护、宽厚，公事私事、大事小事都可以直接找他。当然也有人对他不满意，认为他过于仁慈，缺乏"一把手"的霸气和狠劲。他并不否认，却依然故我，似乎依然继续着他的"寻味"。

我曾打算将当年《寻味集》的文章汇编一下，出一本集子。陈社十分赞同，说这是一件有意义的事，这不只是一本旧作汇集，而是泰州日报的一种历史厚度。报社现在有了出版社，这点钱也出得起，水到渠成。到时把所有作者、编者都请来聚一下，请大家为我们的今天再做些贡献，可谓承前启后、继往开来。

由于我的耽搁，这件事竟没有做下去。前不久我与陈社又说及这一遗憾。他反而宽慰我说，其实《寻味集》的最大意义，是它作为一段历史，20 多年过去，却依然能够活在大家的记忆中。

2014 年

后　记

本卷为"杂文新编"，系相对于本人的旧版同名杂文集而言。

"旧版"《不如简单》出版于2006年10月，收入了此前我写的杂文随笔72篇。时过十多年，又积累了不少，故在"旧版"基础上进行增删，遂成"新编"。

"新编"增加了75篇，保留了30篇，总数为105篇。但因一些原因，现只保留93篇，分为五辑，以发表或写作的时间先后排序。

辑名皆取自辑中单篇的题目，无特别含义。

书序仍沿用赵本夫先生当年为"旧版"所作的序，先生对我勉励有加，弟与有荣焉！

"旧版"面世后，不少师长、朋友发表了评论文章予以鼓励，本书选摘了一些，加上另一些有关评论，一并附录于后，挂一漏万，唯有致歉了！

本人于1973年开始涉足杂文，初时并无"文学创作"的想法，仅仅是有感而发。第一次在省级报刊发表的杂文是《特殊浴客从何而降》（1978年5月19日《新华日报》），不料竟产生了不小的影响，由此激励和鞭策了我。

作为一个业余作者，我从事杂文写作已四十余年，一路走来，于己于人每有不易。而今由"旧版"而"新编"，当是"我心依旧"的一点坚持。价值几何？只能任凭人说了。

感谢各位！

陈社

2022 年 2 月